KB043535

백설공주를 탐하는 방법

백설공주를 탐하는 방법

죰죰 장편소설

가하

백설공주를 탐하는 방법

지은이 춈춈
펴낸이 이형기
펴낸곳 도서출판 가하

초판인쇄 2019년 4월 11일
초판발행 2019년 4월 18일
출판등록 2008년 10월 15일 제 318-2008-00100호

주소 서울 영등포구 양평로 67, 1209 (당산동5가, 한강포스빌)
전화 02-2631-2846 **팩스** 02-2631-1846

www.ixbook.co.kr

ISBN 979-11-300-3648-9 03810

값 17,000원

Contents

남자는 유쾌했다. 시종일관 웃는 남자에게 하민은 가끔씩 마주 웃어주었다.

"제 결혼생활은 완벽했으면 좋겠어요."

이 남자와 결혼해도 괜찮을까. 그 생각이 불현듯 머릿속을 스치는데, 로펌의 변호사라던 선자리 상대가 그렇게 말했다. 오늘이 하민과 남자의 세 번째 만남이다. 대부분 첫 번째에서 퇴짜를 맞거나 두 번째에서 상대방이, 혹은 하민이 죄송하다는 말을 전했다. 세 번까지 만남이 이어지는 건 처음이다.

"완벽이요?"

여태껏 말없이 고개만 끄덕이던 하민이 되묻자 그가 자신에 찬 표정으로 대답했다.

"네. 완벽한 가정을 가지고 있어야 성공에 가까워지죠."

휘기에(Figuier) 향이 뒤늦게 맡아졌다. 약속에 늦을까 봐 서둘렀는데, 오일 뚜껑을 닫다가 손끝에 묻은 모양이다.

교외의 한적한 레스토랑, 주인이 손수 가꾸는 정원이 유명해 알음알음 손님들이 찾아오는 이곳을 남자는 세 번째 만남의 장으로 잡았다.

오랜만에 운전대를 잡아 손목이 뻐근했다. 욱신거림이 팔꿈치까지 내려와 스테이크는 절반도 못 먹었다. 남자는 그걸 눈치채지 못하고선 제 이상을 이야기했다.

"하민 씨와 결혼하면 다른 일을 해볼 생각이에요."

"다른 일이요?"

　하민이 질문만 던지고 있다는 사실을 아는지 모르는지, 남자는 번드르르한 소리를 늘어놓았다.

"태어날 아이들을 위해서, 그리고 AE그룹에 어울리는 남자가 되기 위해선 제가 지금 몸담고 있는 로펌이 작다고 생각돼서요."

　남자는 눈을 빛냈다. 그것이 마치 이 이야기를 위해 지금껏 변죽만 울리며 시간을 보냈음을 알려주는 듯해 입맛이 썼다.

"제가 완벽한 아내가 되지 못할 텐데 괜찮으시겠어요?"

　이런다고 뭐가 달라질까. 괜찮다고 하면 정말 결혼이라도 하려고? 하민은 씁쓸하게 웃었다. 남자가 당황하는 기색이 역력해 고개를 돌리다가 제 눈을 의심했다. 창 너머에는, 이 시간에 여기 있어선 안 되는 남자가 진한 네이비색 슈트를 입고 정원을 가로지르고 있었다.

　187센티미터의 키에 서늘한 인상. 약간 올라간 눈 때문에 웃지 않으면 차가운 분위기가 감돈다. 콧대가 유난히 높아 인중까지 깎아지르며 그 아래 얇은 입술선은 또렷하다. 어릴 때부터 연예계 데뷔 제의가 쏟아질 정도로 축구선수를 하기엔 아까운 외모이지만, 그렇다고 기업가를 하기엔 지나치게 잘생겼다.

하민이 서둘러 앞을 바라봤다. 남자는 기분이 상한 표정이다.

"잠시 실례할게요."

정원에 있는 그가 금방이라도 이리 들이닥칠 것 같아 하민은 벌떡 일어났다. 당황할수록 다리를 저는 습관이 나와버려, 미세하게 절뚝거리며 화장실로 걸어갔다. 선 상대가 그 모습을 보며 인상을 찌푸리는 것도 모른 채 그녀는 서둘러 모퉁이를 돌았다. 화장실에 들어가자마자 세면대에 몸을 기댔다.

"병신 육갑하는 것도 아니고."

하민의 선 상대였던 남자가 통화를 하며 씹어뱉었다. 정신이 다른 데 가 있단 걸 알았지만 비위를 맞추기 위해 노력했는데, 여자는 어느 순간 소스라치더니 자리를 떠버렸다.

— 야, 그래도 AE그룹 딸이라며?

"딸 같은 소리 하네. 어차피 세컨드 자식인 거 이 바닥이 다 아는데."

— 다 알면서 AE 사위 돼보겠다고 나선 게 누군데?

"근데 그 병신년이, 지도 주제를 아니 나왔으면서 존나 비싸게 구니까."

남자는 연신 화장실 방향을 흘끔대면서 거침없이 욕설을 내뱉었다. 여자가 사고로 오른손에 거의 감각이 없고 오른쪽 다리도 전다는 것을 알면서도 이 자리에 나왔다. 장애가 있으니 상대적으로 쉬우리라 여겼다. 세컨드의 딸이라 해도 정식으로 호적에 올라 있으니 잘만 하면 AE그룹으로 입성할 수 있는, 그에게는 인생의 전환점 같은 기회라 생각했다.

"생긴 거라도 씨발…….."

그 순간, 남자의 얼굴에 시커먼 그림자가 드리워졌다. 방금까지 하민이 앉아 있던 곳에 슈트재킷 단추를 풀며 앉은 상대는 모든 게 지극히 자연스러웠다.

– 왜 말을 하다 말아?

수화기 저편에서 친구가 재촉했지만 남자는 의자의 팔걸이에 팔을 걸치고 비스듬히 턱을 괸 상대를 바라보느라 대답할 수 없었다.

"계속해요, 난 신경 쓰지 말고."

"자리를…… 잘못 찾으신 것 같은데."

하민이 일찌감치 내려놓은 나이프와 포크를 든 상대가 씩 웃었다.

"이봐요."

남자가 서둘러 전화를 끊고 인상을 찌푸리며 위협적인 목소리를 냈다.

"자리를 잘못 찾아온 거…….."

"여기 맞아요."

상대는 스테이크를 썰면서 대답했다. 매끄러운 미소를 그리면서 남자를 빤히 쳐다보는 얼굴은 지나치게 차가웠다.

"사실, 정확히 말하자면 거기가 내 자리거든."

자신을 향한 나이프에 하민의 선 상대는 눈에 보이게 움찔거렸다.

"이 무슨, 웬 미친놈이 여기서 난동이야? 이봐."

"방금 말했던 여자가 먹고 버린 남자."

남자는 지나치게 잘생겼으며 또한 당장이라도 제 앞에 들이대고 있는 나이프로 찌를 것처럼 폭력적이었다. 재벌가에서는 연예인이나 모델을 데리고 논다더니, 그러다 버린 건가?

"그래서 그런데, 좀 비켜줬으면 좋겠는데."

"뭐? 이게 지금 뭐라고 지껄이는 거야?"

"김우석 씨."

생판 모르는 타인의 입에서 자신의 이름이 튀어나오자 우석은 재빠르게 머리회전을 했다. 자신의 이름까지 알고 있다면, 그리고 제가 아까 하민에 대해 했던 욕까지 들었던 남자가 그녀에게 모든 걸 얘기한다면 어떠랴. 끔찍하다.

"너 정하민한테 함부로 입 열면…….."

"정하민은 하필 만나도 이런 좆같은 면상에 개같은 성격인 놈들만 만나는 건지."

남자가 씹듯이 내뱉은 말에 우석은 움찔거렸다.

"김우석 씨랑 내 차이가 뭘까."

끼익끼익. 나이프가 접시에 닿아 날카로운 소리를 냈다. 진짜로 썰어버리고 싶은 건 따로 있지만 대신 고기를 썬다는 얼굴로 남자가 덧붙였다.

"나는 성격이 좀 좆같아도 얼굴은 봐줄 만한데 말이죠."

스스로의 외모에 대해 자부심이 넘쳐도 당연할 만큼, 동성인 우석이 봐도 눈이 갈 만한 외양이긴 하다.

"너 뭐야. 정하민이 데리고 놀던 애야?"

"데리고나 놀아줬으면 좋겠는데."

그가 손 안에서 가볍게 나이프를 굴렸다.

우석은 이런 놈들을 잘 알고 있다. 눈빛부터가 정상이 아니
다. 남의 맞선 자리에 앉아선 웨이터를 불러다 스테이크를 주
문하는 놈이 정상일 리 없다.

"이 무례는 정식으로 사과받겠다고 정하민한테 똑똑히 전해.
남자가 있으면서 선자리에 나왔다는 안 좋은 소문이 도는 게
싫다면 말이야."

우석은 본인이 방금까지 전화로 하민에 대해 떠들었던 건 잊
었는지 으르렁댔다.

"정하민이 돌아오면 잘 전할게요."

남자가 웃으며 고개를 끄덕였다. 파르르 떨던 우석은 재킷을
집어 들고 일어났다. 아직도 모습을 드러낼 낌새가 없는 하민
이 사라진 화장실 쪽을 노려보더니 계산도 하지 않고 레스토랑
을 나섰다.

하민이 돌아온 것은 그로부터도 한참 뒤였다. 자신의 의자는
비어 있고 김우석이 앉아 있던 데엔 익숙한 얼굴이 있다.

"……네가 왜 여기 있어?"

스테이크를 말끔하게 썰어둔 그가 씩 웃으면서 하민의 자리
로 접시를 밀었다.

"다 식어서 새로 시켰어. 먹어."

"나 여기 있는 거 어떻게 알았는데?"

포크를 드는 대신, 하민은 눈앞의 남자를 바라봤다. 대부분
의 사람은 햇빛을 받으면 머리카락이 갈색으로 보이는데 이 남

자의 머리는 태양 아래에서도 검기만 하다.

"그럼, 어젯밤 옆에서 잠들었던 여자가 사라졌는데 그냥 둬?"

"우리 아무 일도 없었어."

어젯밤에 이 남자, 우정헌은 술을 진탕이 되도록 퍼마셨고 그의 옆에 가만히 앉아 있던 하민과 처음으로 함께 밤을 보냈다. 하지만 둘 사이엔 아무 일도 없었다. 우정헌은 침대에 누워 있었고, 그를 내려다보던 하민이 나가려 하자 그 손을 붙잡고 놓아주지 않았던 것뿐이다.

"정말?"

정헌이 시큰한 미소를 띠며 되물었다. 뭔가를 알고 있기라도 한 듯 은밀한 웃음이다. 그가 손을 뻗어 하민의 앞에 있는 포크를 집어 내밀었다.

"아무 일도 없었다고 누가 그래?"

진득한 눈길이 따라붙는다. 농도로 치면 아마 쩍쩍 달라붙을 정도로 질척일 거라 하민은 생각했다.

"우정헌."

"남녀가 한방에 있었는데 아무 일도 없었다고 한들 누가 믿어줄까?"

달칵. 하민의 손에서 미끄러진 포크가 테이블을 치고 바닥으로 떨어졌다. 웨이터가 오기 전에 자리에서 일어난 정헌이 하민에게로 다가와 주저 없이 무릎을 꿇고 포크를 주워 직원에게 건넸다.

"남자를 침대에 눕혔으면 책임을 져야지."

정헌이 하민의 다리를 붙잡고선 오른 다리를 정강이부터 꾹 꾹 누른다.

"읏……."

몸이 풀리는 기분에 하민이 저도 모르게 작은 신음을 흘렸다.

"많이 뭉쳤네. 긴장했어?"

그의 손이 점점 올라와 종아리를, 그리고 허벅지를 부드럽고 힘 있게 매만졌다. 하민은 언제나와 같은 바지 차림이라서 다행이라고 생각했다.

테이블에 가까워질 정도로 상체를 숙여 허벅지 위쪽을 만지며 정헌이 물었다.

"여기까지, 손이 올라온 건 기억나?"

"안 나. 그리고 손 치워줘."

긴장만 하면 딱딱하게 굳는 다리가 정헌의 손길 하나에 어느 정도 풀렸다는 건 부정할 수 없었다. 하지만 그와 이런 식으로 부딪치면 안 된다는 생각에 하민이 몸을 뒤로 뺐다.

"밤새 네가 숨을 색색거리는데, 하민아."

우정헌이 달콤하게 웃었다. 하민이 움직이지 못하도록 다리를 붙잡고 내리누르면서 살살 눈웃음을 쳤다.

"내가 어떤 기분이었을 것 같아?"

대답할 겨를도 없이 정헌이 그녀의 허리를 붙잡고 자신 쪽으로 끌어당겼다. 얼굴에 그의 따뜻한 숨이 닿자 솜털이 바르르 떨렸다. 지난밤 내내 눈앞에 있던 얼굴이 눈을 뜬 채로 자신을 마주하고 있었다.

"먹고 싶고, 빨고 싶고, 갖고 싶었어."

옛날이나 지금이나 우정헌은 하고 싶은 말은 전부 내뱉는다. 아이들은 거침없는 그를 좋아했고 그중엔 그녀도 있었다.

"그러니까 나 좀 봐줘. 좆같은 새끼들 좀 그만 만나고."

"……누가 좆같다는 거야."

"여기 앉아 있었던, 얼굴 좆같이 생긴 새끼."

대체 오늘 저 입에서 나오는 좆같다는 소릴 얼마나 더 들어야 하는 걸까. 하민은 힘없이 웃었다.

"괜찮은 사람이야."

"세 번 만나면 운명 같아? 결혼 생각이라도 했어?"

뜨끔했다. 이만큼 만난 남자는 없어 결혼 생각을 했던 것은 사실이기에.

정헌이 손을 내밀어 색소가 옅은 하민의 머리를 쓰다듬었다. 남들의 것과는 현저히 다른 색이다. 흐린 안개 같은 잿빛 머리카락에 눈동자의 홍채는 붉다. 지나가다 한 번쯤 뒤돌아볼 만한 외모. 그녀는 한국인에선 드문 알비노이다.

"나랑은 삼백 번도 더 만났는데. 그렇게 치면 결혼, 그 이상도 했을 시간이잖아."

"그만 일어나자."

다리가 다시 딱딱하게 굳어간다. 오른손은 원래 거의 감각이 없지만 심하게 저릿거리는 듯하다. 정헌은 하민의 머리카락을 지나 찹쌀떡 같은 살결을 쓸었다. 가만히 들여다보면 핏줄마저 보일 듯 창백한 피부다.

그를 피하고 싶어 움찔거렸지만 손은 끈질기게 따라붙었다.

이제는 우정헌이라는 남자가 어색하다. 그와 자신은 10여 년 동안 떨어져 있었고 재회한 지 고작 두 달도 안 됐다. 그리고 그 두 달 전 처음 만난 것도 선자리에서였다. 각각 다른 사람이 상대였지만.

우정헌, 이 남자만 생각하면 머리가 깨질 듯이 아프다. 자신을 다정하게 바라보는 남자를 하민은 마주할 수 없었다. 저 눈 어딘가에 떠 있을 경멸의 조각을 생각하면 자다가도 숨이 멎을 정도였다.

무슨 정신으로 가게까지 돌아왔는지 기억이 나지 않는다. 확실한 건 자신의 차를 운전한 사람이 우정헌이라는 사실이다. 다리가 도저히 운전을 할 만한 상태가 아니었다. 머리는 깨질 것 같았고 손도 잘 움직이지 않아 대리기사를 부르려는데, 정헌이 차 키를 빼앗아가서 운전석에 앉았다.

항상 하민이 주차하던 곳에 익숙하게 차를 세운 그가 차 키를 손가락에 걸어 내밀었다. 손을 뻗어 키를 빼려던 찰나 정헌의 손가락이 오므라든다. 정헌은 장난스럽게 웃었다.

"차나 한잔하고 가라고도 안 해?"

"안 해."

최대한 매몰차게 굴며 키를 낚아챘다. 조수석 문을 닫고 가게로 다가가 문을 열려는데, 열쇠가 자꾸 미끄러지려 했다. 아무렇지도 않게 안으로 들어가 문을 잠가야 하는데, 열쇠가 미끄러져 안착한 곳은 정헌의 손바닥이었다.

"너랑은……."

"차도 안 마시고 섹스도 안 하고 결혼도 안 한다고?"

하민의 얼굴이 달아올랐다.

그는 무심한 얼굴로 열쇠구멍에 열쇠를 넣었다. 디퓨저와 소이캔들을 만드는 작은 가게다. 나름 단골도 있고, 일주일에 한번 취미로 배우고 싶어 하는 사람들을 위해 수업도 한다.

"알면 됐어."

"친구로는 지내기로 했잖아."

두 달 전 우연히 마주쳐 재회를 기뻐하는 그를 거절하지 못하고 친구로 지내기로 했다. 세상에 이런 불편한 친구가 있을까 싶을 정도로 어이없는 짓이었다.

"그래, 딱 거기까지만……."

"밥 먹고 차 마시고 영화 보고 섹스까지 하는 친구."

하민의 눈이 동그래졌다. 그게 꼭 놀란 토끼 같아 정헌은 낮게 웃었다. 저 잿빛 머리카락 속으로 파고들면 기다란 귀가 쫑긋 튀어나올 것 같다.

"너……."

"나는 그런 친구 말한 건데."

눈만 붉은 줄 알았더니 서서히 붉어지는 얼굴이 보는 재미가 있다. 고등학교 시절에도 하민은 그의 몇 마디에 얼굴을 붉히곤 했다.

"남녀 사이에 친구가 가능할지 몰라도 너와 난 안 돼."

정헌이 짧게 말했다. 애초에 친구는 불가능했다. 자신의 곁에 두어야 하는 것, 우정헌에게 정하민은 그런 존재다. 열린 가게 문틈으로 온갖 향기가 흘러나와 코를 찔렀다. 독할 법도 한데 향기 하나하나가 살아 있어 오히려 조화롭다. 마치 정하민의 냄새 같다.

"우정헌."

"응."

"정헌아."

"설레게 왜 자꾸 불러?"

설렌다는 말과 달리 가라앉은 그 눈을 하민이 응시했다.

"못 들은 걸로 할게."

"너도 나도 결혼할 사람 찾고 있는 건 마찬가지잖아."

하민은 시선을 떨궈 정헌의 손에 있는 자신의 열쇠고리를 바라보고 있었다. 그가 하려는 말을 한 귀로 듣고 흘리려는 것처럼 애써 주의를 돌렸다.

"나는 왜 안 돼?"

그가 비스듬히 고개를 기울여 기어이 하민과 눈을 맞췄다.

"왜 안 되는 걸까."

그 이유는 네가 잘 알지 않느냐 묻고 싶다. 최대한 그와의 접점이 없게끔 살아왔다. 이제 와서 우정헌과 엮일 순 없다.

"결혼이 안 된다면 잠깐 곁에 두기라도 해."

정헌이 다정하게 덧붙였다.

"곁에 잠시 두면?"

"너 잘하잖아, 곁에 두고서 사람 피 말리면서 손끝 하나로 부리는 거."

그가 한 손으로 문을 열고 하민이 들어가길 기다리며 부드럽게 속삭인다.

하민은 구역질이 치솟아 손등으로 입을 막았다. 이럴 줄 알았다. 그가 잊었을 리 없다. 그때의 이기적이었던 자신을.

"하민아, 가장 잘하는 걸 해."

그 목소리는 귀가 녹아버릴 만큼 소름 끼치게 달콤해 숨을 쉴 수가 없었다.

가만히 정면만 쳐다보며 얼어 있는 그녀의 턱 끝에 정헌의 손가락이 스쳤다. 미처 온기를 느끼기도 전에 그가 잡고 있었던 문이 천천히 닫혔다. 시간이 느릿느릿 흘러가는 것 같다.

자신을 선택하라고 속삭이면서 사라지는 우정헌을 하민은 차마 돌아볼 수 없었다.

◆

"선생님?"

눈앞에서 흔들리는 손끝을 보고서야 하민은 정신을 차렸다. 며칠 내도록 정헌이 한 말이 머릿속을 떠나겼다. 그날 그에게서 나던 향기와 목소리, 표정까지 생생했다. 영업 중에도 이렇게 잠깐잠깐 딴생각에 빠진 그녀를 가게의 손님이자 수업을 수강 중인 선우가 흔들어 깨웠다.

"……아, 선우 씨."

선우는 붉은 눈동자가 겨우 자신을 향하자 웃었다. 붉다기보다는 아주 깊은 적색에 가깝다. 선우는 이 눈동자가 태양 아래에선 어떤 색으로 빛날지 문득 궁금해졌다. 하지만 내색하지 않고 장식장에 있는 디퓨저 하나를 가리켰다.

"이게 무슨 향기죠?"

"재스민이요."

"냄새를 안 맡아보고도 아시네요."

"리드스틱, 또 만지셨죠?"

하민이 선우의 손가락 끝을 톡 쳤다. 디퓨저에 꽂아놓은 리드스틱을 만진 그에게서 희미한 재스민 향이 났다.

"아. 이렇게 향이 많이 섞여 있는데 이게 맡아져요?"

"향기 속에서 사는 게 제 일인걸요."

그래도 이 수많은 향 중 스쳐가는 향을 구분해내는 건 대단한 일이라는 걸, 선우는 타이밍을 놓쳐 말하지 못했다.

"문 열리는 소리도 못 들으시고."

항상 반갑게 인사해주던 하민이 그가 들어온 것도 모르고 생각에 잠겨 있기만 해 그녀 주위를 뱅뱅 맴돌았다. 겨우 말할 거리를 찾아서 눈앞에다 손을 흔들자, 그때서야 저를 향한 눈은 수심에 잠겨 있었다.

"미안해요. 제가 요새 정신이 없어요."

"무슨 일 있어요?"

"아뇨."

네게는 이야기해주지 않을 거라고, 여느 때와 다름없이 하민은 선을 그었다.

"친구 집들이 갈 건데, 이게 좋을 것 같아요."

선우가 재스민 디퓨저를 가리키며 화제를 돌렸다.

"친구분이 플로랄 향을 좋아하시면……."

"시커먼 사내놈이라 향기로운 게 필요해요."

다른 것을 추천해주려는데, 선우가 고개를 흔들며 고집했다.

"보통은 여자분들에게 선물하는데."

남자 손님들은 보통 여자친구 선물로 디퓨저나 캔들을 구매한다. 남자가 남자에게 선물하는 경우는 처음이기에, 하민은 잠시 근심을 잊고 웃었다.

"여자친구가 없어서요."

하민은 애매한 미소를 지으며 새 디퓨저를 포장하려 작은 상자를 꺼냈다. 선우는 올해 서른인 그녀보다 두 살 어리다. 가끔 가게 앞을 지나다니곤 했는데, 하민이 시선을 느껴 눈을 들 때마다 그가 창밖에서 안을 바라보고 있었다. 그러다 눈인사를 하게 되었고, 어느 날 가게 유리창에 수강생을 모집한다는 공고가 붙자 그는 처음으로 조심스럽게 문을 열고 들어왔다.

그게 벌써 1년 전으로, 선우와 하민의 사이는 그때나 지금이나 변함없다. 선우는 몇 번 그녀에게 대시했다가 거절당한 뒤 더 이상 그런 기색은 비치지 않았고, 가게에도 발길을 끊지 않았다.

"곧 생길 거예요. 선우 씨 잘생겼잖아요."

"얼굴로 안 되는 것도 있더라고요."

선물상자에 리본을 묶던 하민이 눈을 동그랗게 떴다. 토끼만 같은 그 모습에 손을 뻗어 그녀의 머리를 쓰다듬고 싶어져서 선우는 주먹을 꽉 쥐었다.

"진심으로 부딪쳐봐요."

"저 꽤 진심이었는데."

하민은 그제야 그가 아직도 자신에게 미련이 있다는 걸 깨달았다.

"저 말고요."

"왜요?"

"더 좋은 사람 만날 수 있잖아요."

그의 직업뿐만 아니라 이쪽 동네에 산다는 것 자체도 재력이 뒷받침된다는 증거인지라, 하민은 단호하게 잘랐다. 선우는 어린 나이에 변호사로 성공가도를 달리고 있다. 잡지에서 그의 얼굴을 발견하고서 얼마나 놀랐는지 모른다.

"그 좋은 사람의 기준이 뭔데요?"

이번에야말로 궁금했던 것을 묻자 싶어 선우가 평소와는 다르게 깊이 파고들던 순간이다.

"나도 그 기준 알고 싶은데."

대화에 열을 올리느라 가게 문이 열린 줄도 몰랐다. 그리고 선우와의 대화 직전까지 생각했던 목소리가 환청처럼 들려와 하민은 숨을 흡 삼키며 인형처럼 얼어붙었다.

선우가 제 어깨 너머를 바라보는 하민을 두고 천천히 고개를 돌리니 장신의 남자가 서 있었다. 비딱하게 모로 기울인 냉정하고 잘생긴 얼굴과 맞춤 슈트가 기막히게 잘 어울리는 남자였다.

"귀신이라도 봤어?"

선우를 무시한 채 하민에게 말을 붙인 정헌이 비틀린 웃음을 지었다.

"일주일간 이제나저제나 언제 연락이 올까, 휴대전화도 쥐고 잤어."

정헌이 주머니에서 휴대전화를 꺼내 흔들었다. 그를 향했던 하민의 시선이 묘하게 비껴나간다.

"선우 씨, 여기요."

하민은 떠안기듯 선우에게 쇼핑백을 건넸다. 얼떨결에 그걸 받아 안은 선우가 품에서 지갑을 꺼내려 하자 하민이 고개를 저었다.

"나중에요. 나중에 주세요."

"무슨 일이에요, 하민 씨?"

"자리 비켜달라고 필사적으로 애원하잖아요."

정헌은 근사한 눈웃음을 지으면서, 하지만 뒤틀린 심사를 반영하듯 입술을 비틀었다.

하민의 간곡한 얼굴에 선우는 물러설 수밖에 없었다. 이상한 기류였다. 그녀가 이토록 당황하는 건 처음 본다. 하민이 오늘 계속 넋을 놓고 있었던 이유도 왠지 이 남자 때문일 것 같단, 좋지 않은 예감이 들었다.

수컷들의 눈이 마주쳤다. 상대는 오만하고 자신만만하며 독을 품고 있었다. 말투는 나긋하게 자리를 비켜달라고 하지만, 강압이고 명령이나 다름없었다. 자신과 하민이 아무런 사이가 아니라는 것을 선우는 뼈저리게 알았다. 그녀가 나가달라고 하면 나갈 수밖에 없는 손님과 주인 관계이다.

"감사합니다."

쇼핑백을 구기듯 꽉 쥐고 나가는 선우의 뒷모습에 예의 바른 인사가 따라왔다. 온전히 둘이 되고 나서야 정헌이 방금까지 선우가 있던 자리에 서서 하민을 내려다봤다.

"인기도 많지. 매번 다른 남자랑 있는 모습, 언제까지 보일 거야?"

잊고 있었던 두통이 다시 몰려오는 것 같다.

"지금 영업시간이야. 이거 엄연한 영업방해고."

"그럼 여기 있는 거 전부 줘. 하나하나 포장해서. 아까 그 남자 것도 내가 계산할게."

정헌이 카드를 내밀면서 천연덕스럽게 웃었다.

이참에 창고에 넣어두었던 재고품까지 전부 팔아버릴까. 하민이 그런 쓸데없는 생각을 하는데, 눈앞에서 카드가 흔들렸다.

"오늘 더 이상 팔 물건이 없으면 되는 거 아닌가?"

"돈지랄, 내 가게에서 하지 마."

하민의 입에서 지랄이란 단어가 나오자 그가 낮게 웃었다.

"안 그러면 네가 영업방해로 신고할까 봐 무서워서 그래."

그는 영업방해를 들먹인 하민의 탓으로 몰고 간다. 영양가 없는 말씨름을 하며 투닥이는 게 마치 고등학교 시절로 돌아간 듯한 기분이 든다. 정헌이 카운터에 턱을 괴고 더 해보라는 듯 고개를 까딱였다.

"무서우면 겁먹은 척이라도 해."

"정말 무서운데."

"우정헌."

"네 주변엔 벌레가 너무 잘 꼬여."

선우를 벌레 취급했다.

"벌레라니. 무슨 말을 그렇게……."

말을 끝내기도 전에 정헌이 하민의 왼뺨을 감쌌다. 뜨끈할 정도인 그의 체온에 놀라 물러설 타이밍도 놓쳤다.

"나한테만 흘려. 다 받아먹어줄 테니까."

하민의 얼굴이 달아올랐다. 지금껏 아무렇지도 않았는데, 갑자기 캔들과 디퓨저의 향기가 밀려와 숨을 쉴 수가 없었다. 어쩌면 강렬한 냄새를 뿜고 있는 우정헌 때문일지도 모른다.

"무슨 생각을 했길래 얼굴이 빨개?"

하민이 고개를 세차게 저었다. 볼 위로 연한 잿빛 머리칼이 흩어진다.

"나, 그런 적 없어."

하민이 겨우겨우 내뱉는데 정헌이 묘하게 웃었다.

"너 흘리고 다녀."

이제는 귀 끝까지 빨갛다. 서른이라는 나이가 무색하도록 적나라하게 감정을 드러내는 그 얼굴을 보며 정헌은 웃음을 삼켰다. 볼에 닿아 있는 손을 치울 생각도 못 하는 데서 그녀가 받은 충격이 얼마나 큰지 알 수 있다.

"그래서 나도 홀렸고."

"말장난하지 마."

"장난 아닌데."

세상과 단절된 얼굴로 의자에 앉아 꼿꼿이 허리를 펴고 있는 모습은, 보는 사람으로 하여금 이상한 기분이 들게 했다. 10년 전 하민의 머리칼은 조금 더 하얬고 눈은 조금 더 붉었다.

"정하민."

시선이 부딪쳤다. 자신의 이름을 부르는 목소리의 의미를 하민은 여전히 알 수 없었다. 우정헌은 옛날부터 어려운 상대였다.

"내가 좀 급해서 그러는데 결혼, 나랑 해."

"말도 안 되는 소리."

"AE 정 회장이 오늘내일한다는 소문을 들었어."

정 회장. 사람들이 하민의 아버지인 정유성을 부르는 호칭이다. 언론을 막고는 있지만 알 만한 사람은 다 아는 얘기다. 오빠인 주호는 이미 후계자 수업을 끝마쳤다. 지금 모든 가족이 심혈을 기울이고 있는 일은 주호가 아버지의 죽음 뒤 최소한의 흔들림으로 큰 타격 없이 회장 자리에 오르는 것이다.

"독신주의자였던 정하민이 선보러 다니는 거, 그래서 아냐?"

그와는 두 달 전 10년 만에 재회했다. 하지만 정헌은 하민이 독신주의자라는 사실을 처음부터 알았던 양 말한다.

"……맞아."

"결혼을 안 하면 유산 상속에서 뺀다는 소리도 돌던데."

느른한 목소리였지만 단박에 목을 조일 것처럼 매섭다. 아쉬운 듯 하민의 볼에서 손을 뗀 정헌이 손님용 소파에 앉으며 다리를 꼬았다.

AE그룹을 이끌어온 정 회장의 개인 자산은 그 규모가 막대하다. 정 회장의 죽음을 앞두고 하민이 선보러 다닌다는 소문이 돌자 상속 때문일 거란 추측이 돌았다.

하민은 눈조차 깜박이지 않고 조용히 정헌을 응시했다. 입술이 떨어질 듯 말 듯하다. 옅은 색의 립글로즈가 발라져 있는 그 입술을 탐욕스럽게 먹어치우고 싶다는 생각을 하면서 정헌은 기다렸다. 섣불리 이 침묵을 깨고 싶지 않았다.

"……맞아."

머릿속에 정헌이 한 말, 자신이 가장 잘하는 걸 하라는 그 한마디가 맴돈다. 제가 손끝 하나로 사람을 부리며 피 말리게 했다는 그 시절. 그가 기억하는 건 그게 전부이리라 싶어 웃음조차 나오지 않았다.

"그래서 정 회장님이 돌아가신 뒤에 깨끗이 이혼해줄 사람으로 찾고 있어."

목소리는 한 치도 떨리지 않았다. 담담하게, 마치 진실처럼 술술 입 밖으로 흘러나왔다.

그는 디퓨저의 리드스틱을 손가락으로 무의미하게 돌리고 있었다. 하민은 천천히 카운터를 돌아 나와 그가 앉아 있는 소파의 맞은편으로 걸어왔다. 약간 저는 다리를 서늘한 시선이 끈질기게 주시한다.

"깨끗하게라."

툭. 그의 손에서 리드스틱이 부러졌다. 마치 정헌의 심경을 대변해주는 것 같다.

"네가 왜 이러는 줄 알아. 새로 앱 개발하는 데 투자금 필요하다면서."

그녀의 말에 정헌이 짧게 웃었다.

"나한테 아주 관심이 많았나 봐?"

"네가 왜 나한테 이러는지 궁금했거든."

입안에 모래가 굴러다니는 것 같다. 내뱉는 단어 하나하나가 바늘이 되어 혀를 찔러댔다. 하민은 눈을 내리깔고서 그의 손끝을 바라봤다. 부러진 리드스틱이 언젠가 끊어졌던 그와 자신의 관계처럼 보여 조금 웃음이 났다.

"너도 돈 필요하니?"

하민이 고요하게, 하지만 대놓고 물었다.

"돈이야 항상 필요하지."

그가 심상하게 답하면서 일어나 손을 뻗어 하민의 턱을 들어올렸다.

"그리고 이런 걸 물을 땐 상대방 눈을 보고 하는 게 예의 아니겠어?"

이 남자가 갖고 싶었을 때가 있었다. 그가 죽을 만큼 원망스러웠을 때도 있었다. 서로가 서로에게 상처밖에 되지 않는다는 것을 너무 늦게 깨달았다. 그런 관계를 이어가자고 하는 정헌이 뻔뻔하다 생각되어, 하민은 가슴에서 북받치는 덩어리를 꾹 내리눌렀다.

"나랑 선봤던 남자랑 너랑 다를 게 뭐야?"

결국엔 명예와 재산이 목적이다. 세상에서 가장 비참한 여자를 곁으로 데려와 제가 올라설 수 있는 가장 높은 곳으로 올라가려는 남자. 우정헌이 그런 남자였나?

10년의 세월이 지나고서 다시 본 지 겨우 두 달 된 그의 속내를 하민은 모르겠다. 그녀가 아는 것은 그가 친구들과 차린 소위 대박이 난 IT 기업체를 갖고 있고, 이번에 새로운 앱을 개발 중인데 투자자들마저 고개를 저을 정도로 모험적인 것이기에 그가 제 사비까지 모두 쏟아붓느라 재정적으로 곤란한 상황이라는 사실.

"나는 적어도 욕망에 충실했고, 먼저 도망간 적 없어."

하민이 도망갔다 탓하는 것 같다. 그의 손끝에서 묻어난 향기가 어떤 건지 하민은 도저히 분간할 수 없었다.

"그리고 넌 나에게 굉장히 미안하잖아. 아직도 비가 오는 날이면 다리가 아파, 하민아."

그건 그녀도 마찬가지다. 비가 오는 날이면 온몸이 곱아들고 가게를 열지도 못할 만큼 고열에 시달렸다.

"나에게 아직도 미안한 마음이 남아 있다면,"

하민은 본능적으로 눈치챘다. 아마 그가 협박처럼 제안할 이 뒷말을 자신은 거부할 수 없노라고.

"나를 선택해."

어지러웠다. 그의 주위로 빙글빙글 세상이 돌았다. 끝없는 소용돌이 속에서 정신을 차리려 했지만, 이미 방향을 잃었다.

Chapter 1

대낮, 하민이 볼 수 있는 바깥은 대부분 비 오기 전 잔뜩 흐
린 때 같은 어둑한 날이다. 하민은 짙은 선글라스를 쓰고 한 손
에는 양산을 든 채 AE그룹 본사 사옥 앞에 서 있었다. 98층의
쌍둥이 빌딩 사이에 놓인 양쪽을 자유롭게 오갈 수 있는 여덟
개의 구름다리. 이렇게 볕이 좋을 때면 거울처럼 빛나는 사옥
의 유리창이 선글라스를 쓰고 있음에도 눈이 부실 정도다. 하
민은 저도 모르게 선글라스 다리를 만지작거렸다. 이대로 이것
을 벗어버리고 싶단 충동이 고개를 든다.

"막내!"

수행비서들을 줄줄이 달고 나온 수지가 크게 손을 흔들었다.
그리고 그들을 저만치 떼어놓고서 10센티도 넘을 것 같은 킬힐
로 뛰어 하민의 앞에 도착했다.

"이사실로 곧장 오라니까. 뭐하러 햇빛 아래 서 있어?"

"언니, 잘 지내셨어요?"

이복형제였다. 조금은 편하게 대해도 되련만 하민은 항상 존
대했고 선을 그었다. 본사에 단 한 발짝도 들이지 않는 점이 하
민의 고집을 단적으로 보여주는 예 중 하나다. 급한 용건이 있

으면 보통 사옥 앞 프랜차이즈 커피숍에서 만났다. 하민이 이렇게 사옥 밖에서 기다리는 일은 흔치 않다.

"그럼. 언니는 잘 지냈지."

"식사는 하셨어요?"

수지는 동생의 손에서 햇빛 때문에 생긴 붉은 반점을 발견하곤 인상을 찌푸렸다.

"일단 어디 좀 들어가자."

정수지는 하민이 아는 사람 중 가장 멋있다. 처음 생모 손을 잡고 본가의 커다란 대문을 넘던 날, 자신보다 다섯 살 많았던 수지는 배다른 동생의 손을 먼저 잡아줬다. 주호와 최 여사가 하민을 받아들이게 된 데엔 수지의 노력이 컸다.

"바쁘진 않아? 윤 비서가 임신으로 퇴직하거든. 퇴직선물 겸 비서실 전체에 캔들 돌릴 생각인데."

이렇게 종종 일거리까지 가져다줘서 하민은 자신의 배다른 언니가 정말 좋았다.

수지에게 있어 첫 번째로 중요했던 일은 언제나 약했던 동생을 지켜주는 것이다. 대문을 지나 돌계단을 밟고 올라오던 하민의 모습을 지금도 잊을 수가 없다. 하얀 원피스를 입고 그보다 더 하얀 아이가 주눅이 들어 이제는 얼굴도 기억나지 않는 여자의 치마 뒤로 숨었다. 여자가 홀로 가버린 뒤엔 눈치를 보느라 방에서 나오지 않는 아이가 안타까웠다.

이복동생이란 게 무엇인지 잘 몰랐지만 어른들의 분위기로 대충 짐작만 했다. 어머니인 최 여사의 가슴앓이를 이해하기엔 수지는 어렸고 그저 식사 때에도 고개를 푹 숙인 채 밥만 입에 욱여넣을 뿐 반찬도 집어 먹지 않는, 남들과 다른 외모를 갖고 있는 하얀 아이가 신경이 쓰였다.

"언니가 주문해주는 건데 바빠도 시간을 내야죠."

하민의 발그레해진 볼이 귀여워서 수지가 웃었다.

"그래, 오늘은 우리 막내가 왜 언니를 보자고 했을까?"

수지가 커피숍의 문을 열고 들어서며 물었다.

"……우정헌. 정헌이 만나고 있어요."

하민은 속삭이듯 내뱉었다. 수지의 일그러진 얼굴을 보고 싶지 않아 따라 들어가지 못했다.

"뭐?"

"다시 만난 지는 두 달쯤 됐어요."

일단은 이성간의 만남이라고 해두는 게 좋을 것 같아 그렇게 말했다.

"네가 왜 걔를 만나?"

수지는 이해가 안 간단 얼굴이다.

"언니, 저 정헌이랑 결혼하려고요."

그 순간, 수지가 하민의 손목을 잡았다. 들고 있던 양산이 문밖에 나뒹구는데도 줍지 못하고 하민은 그대로 끌려갔다. 순순히 앉으란 곳에 내려앉은 하민의 표정은 담담했다. 이미 굳은 결심을 한 듯한 태도에 수지는 엉켜버린 머릿속을 빠르게 정리했다.

"그 우정헌이 너 이렇게 만든 새끼, 그 새끼 말하는 거지?"

"네."

"너 지금 제정신이야?"

수지가 버럭 소리를 질렀다. 커피숍 안에 있던 사람들이 일제히 돌아볼 정도였다.

"어떻게 그 낯짝을 당당하게 내밀어!"

수지가 울분을 토했다. 어릴 때부터 남들과 달라 평범하지 못한 인생을 살아왔던 하민이다. 하민은 그들 세계에서 세컨드의 딸이라는 소문이 돌았고, 비싼 사립학교에서 버텨내지 못했다. 사립학교에서 사립학교로 옮겨가다 하민을 향한 아이들의 악의가 극도에 치달았을 때, 가족들은 하민의 일반 학교 전학을 택할 수밖에 없었다. 한국에서 알비노로 태어나, 평범하지 못한 집안에, 일거수일투족이 타인 입에 오르내리는 인생이 평탄했을 리 없다.

"걔가 사람새끼야, 짐승새끼야?"

"……회장님 돌아가시기 전에, 저 결혼하는 거 보고 싶다고 하셨잖아요."

"지금 아버지가 문제야? 그리고 왜 하필 상대가 그 새끼인데? 혼수상태인 아버지가 놀라서 벌떡 일어나시겠네."

꼬박꼬박 회장님, 큰사모님이라고 칭한다. 공식적인 자리에선 아버지, 어머니라고 부르지만 하민이 그조차도 하지 않으려 하는 걸 수지가 모를 리 없다. 언젠가 최 여사가 그랬다. 처음에는 하민이 죽도록 밉고 싶었는데, 자신이 미처 미워하기도 전에 오므라들어 고개를 숙이는 아이를 보니 마음이 좋지 않았다고. 잘못을 저지른 것은 남편과 내연녀인데 아무것도 모르는 아이를 무작정 미워하는 것이 편치 않았다고.

20년 넘게 키운 하민이 아직도 자신을 큰사모님이라고 부르는 것이 마음에 안 드는 눈치였지만, 그렇다고 최 여사가 나서서 엄마라고 부르라고 하기도 뭐해 호칭은 그렇게 굳어버렸다.

"아버지가 너 결혼하는 거 보고 싶다고 했던 건 그냥 마음의 짐을 덜기 위해서야."

정 회장은 그 말을 유언처럼 남기고 혼수에 빠졌다. 하민이 선을 보러 다니기 시작한 것은 그 이후부터다.

"네가 잘 사는 모습을 봐야 편해질 것 같아서 그러신 거지."

"알아요. 아는데……."

하민은 원하는 것을 입 밖으로 소리 내 말해본 적이 거의 없다. 단 두 번. 그중 한 번은 지금 일하고 있는 가게를 차려달라는 것이었다. 나머지 한 번은 우정헌에 관해서였고, 지금 세 번째로 입을 열려 하는 것도 왠지 우정헌과 관련이 있는 듯해 수지는 지끈거리는 관자놀이를 눌렀다.

"어떻게든 나를 이용하려고 속내를 숨기는 사람들을 만나기보단,"

최소한 우정헌은 제 속내를 감추지 않는다.

"대놓고 나를 이용하려는 사람이 좋겠어요."

"차선이 아니라 차악을 선택하는 거니?"

"솔직히 말씀드려요?"

하민의 적색 눈동자가 물기로 번들거렸다. 입은 웃고 있는데 왜 우는 것처럼 보이는지. 수지는 깊은 한숨을 내쉬었다.

"잠깐이라도 우정헌이랑 살아보고 싶어요."

"그 말이 왜 안 나오나 했다."

하민이 굳이 자신을 찾아온 이유를 알 것도 같다. 만약 집안에서 이 사실을 안다면 한바탕 뒤집어질 게 뻔하니까. 이참에 우정헌을 죽여버리겠다며 날뛸 주호의 모습이 선했다.

"막내야, 언니는 이 결혼 반대야. 결혼이 아니더라도 네가 우정헌을 만나는 건 절대 반대야."

"알아요."

알면서 왜 이러냐고 소리를 지를 뻔했지만, 수지는 가까스로 참았다. 실내에 들어서야 겨우 선글라스를 벗고 테이블만 보고 있는 하민이 푹 가라앉아 있어서 다그칠 수가 없었다.

"걘 너에게 좋은 영향을 주지 못해."

그건 하민이 제일 잘 안다. 우정헌과 그녀는 만나서는 안 되는 인연이다. 악연 정도가 아니고, 어쩌면 그로 인해 자신이 죽을지도 모른다는 두려움을 느꼈었다. 예쁜 꿈을 꿔야만 하는 십 대 시절이 우정헌으로 인해 끔찍하게 변했다.

"네가 그때 그런 부탁만 안 했어도,"

"언니."

하민은 조용히 그녀를 불렀다.

"이미 지나간 일, 말해 뭐하겠니. 너 그때 뭐라고 했어. 다시는 우정헌 안 만나겠다고 했잖아."

운명이 얄궂음을 두 달 전에 느꼈다. 자신의 옆 테이블에서 상대방 여자와 인사를 나누는 목소리만 듣고도 우정헌이라는 걸 알아차렸다. 사춘기 소녀처럼 떨리는 마음을 주체할 수가 없어 정작 제 맞선 상대가 자신의 이름이 무엇인지 어떤 직업인지 말했던 것도 귀에 들어오지 않을 만큼 세상이 온통 그의 목소리로 가득 찼다. 자신에게 이런 영향을 줬던 사람은 이제

껏 단 한 명도 없었다.

"……회장님 돌아가실 때까지만."

"정하민."

"부탁드려요."

하민은 물러서지 않았다. 동생의 부탁이라면 웬만해선 전부 들어줄 수지가 침통한 얼굴로 깊은 한숨을 내쉬었다.

"그러다 네가 또 망가지면?"

"망가져도, 상처받아도, 후회하지 않아요."

한 번이라도 우정헌과 살아보고 싶다던 하민.

지금은 괜찮을까. 10년 전처럼 일방적으로 하민이 상처받진 않을까. 어떤 생각을 하는지 알 수 없는 인형 같은 얼굴로 앉아 있는 동생을 보며 수지가 마른세수를 했다.

"그때는 내가 도망쳤는데."

하민이 수지에게 미안하단 듯 웃으며 덧붙였다.

"우리가 다시 만나게 된 이유는 아마, 이번엔 정헌이가 도망갈 수 있는 기회를 주기 위해서가 아닌가 하는 생각이 들었어요."

우정헌이라면 지긋지긋하다. 하민의 인생에 거침없이 걸어들어와 그녀를 뒤흔들고 평생 안고 갈 장애를 지워준 그를 박살내겠다고, 지금은 혼수상태인 아버지는 이를 갈았다.

"오빠가 많이 반대할 거야."

"알아요."

올해 서른여덟의 정주호, 곧 AE그룹의 차기 총수가 될 하민의 오빠는 수지 못지않게 우정헌을 싫어했다.

"너 결혼하는 거 보고 싶다고 말한 아빠도 그 상대가 우정헌 이라곤 생각도 못 했을 거야."

하민의 오른손이 미세하게 경련했다. 수지는 그 손을 감싸고 주물러주면서 다정하게 속삭였다.

"너는 우리의 하나뿐인 동생이야. 네가 어떻게 생각하든 그 건 변하지 않아."

"알아요. 저한테 잘해주신 거."

"네가 이번에 상처받고 무너진다면 우정헌 새끼 가만히 안 둬. 끝까지 쫓아가서 진창에 처박고 개처럼 기어다니게 만들 거야."

수지의 뒤에는 AE그룹이 있다. 실제 그녀의 힘만으로도 그 정도쯤 가능하다는 것을 알기에 하민은 고개를 저었다.

"저 많이 컸어요, 언니."

"컸다고 상처 안 받는 거 아니야."

하민은 평생을 사람들의 시선에 시달려왔다. 아주 어릴 땐 알비노, 즉 백색증이 옮는단 잘못된 인식 때문에 어쩌다 하민 과 손을 스쳤던 같은 반 아이가 울음을 터트리며 뒤집어져 양 쪽 보호자가 소환됐던 적도 있다.

"우정헌이 대체 너한테 뭐니?"

그 말에 눈물이 터져 나올 것 같았다.

적색 눈동자가 젖어든다. 눈물을 흘린다면 피눈물이 돼 흐를 것 같다고 수지가 생각했을 때 하민이 젖은 목소리로 말했다.

"한 번이라도 갖고 싶은 사람이요."

"걔가 너를 원망해도?"

"나를 더 미워해줬으면 좋겠어요. 거기에 난 찢기고 상처 입어도 좋아요."

자신을 택하라는 우정헌의 말이 달콤해서 숨을 쉴 수가 없었다. 온몸으로 그를 끌어안고 빨판처럼 들러붙어 놓아주고 싶지 않았다. 유산과 자신의 결혼은 전혀 상관이 없지만 우정헌이 그렇게 믿게끔 내버려두었다.

"그건 내가 못 봐. 이상한 생각 말고. 알았어?"

수지는 으름장을 놓았지만, 주호에게 이 사실을 어떻게 이야기해야 할까 싶어 눈앞이 깜깜했다.

* * *

"뭐가 그렇게 좋아?"

정헌은 내내 싱글벙글이다. 평소에도 사무적인 미소를 띠긴 하지만 이런 적은 처음인지라, 동업하는 친구 중 하나인 강우가 슬그머니 물었다.

"글쎄."

"너 아까부터 입 찢어지려고 해."

정헌이 픽 웃었다.

"나는 좀 더 기다려주려고 했는데 생각보다 쉽게 내 손에 떨어져서."

"뭐 꿔준 돈이라도 받았어?"

"꿔준 돈이라……."

미소가 짙어졌다. 그는 컴퓨터의 검은 바탕화면에 비친 제 모습을 바라봤다. 겉껍데기만큼은 누구도 인정할 수밖에 없을 만큼 훌륭하다. 입꼬리가 날카롭게 올라간다. 정하민도 제 얼굴에 반했던 걸까.

"슬슬 받아야지."

"좋겠다. 내 돈 들고 튄 새끼는 아직도 연락이 없는데."

사업이 막 기반을 잡았을 때 들어왔던 첫 수익금을 셋이 나눴다. 그 일부를 불알친구에게 빌려줬다가 고스란히 연락이 끊긴 강우가 한숨을 내쉬었다.

대기업과 운 좋게 공동으로 추진했던 앱의 간편결제 시스템이 주목받으면서 하루아침에 수백억을 벌었다. 셋이서 시작했던 사업은 직원을 늘리고 여러 앱 개발과 대기업과의 컬래버레이션에 힘쓰고 있는 상황이다.

"나도 10년 만에 받는 거야."

"헐…… 지금 나보고 10년을 기다리라는 거야? 와이프가 알면 진짜 이혼이다, 이혼이야."

강우가 울상을 지었다.

"뭐가 이혼이야? 너 와이프한테 걸렸어?"

안으로 들어서던 윤주가 강우에게 물었다.

"아냐. 아직 안 걸렸어. 그래서 말인데 윤주야, 나 돈 좀 빌려주라. 다음 달이 장모님 환갑이야."

"난 이미 건물을 샀지. 없어."

윤주는 난칼에 거절했다. 강우가 정헌에게 빌붙지 못하는 이유는 이미 정헌이 개인적으로 개발하고 있는 앱에 사비를 쏟아붓고 있단 것을 알기 때문이다. 윤주가 정헌을 돌아보다가 그가 웃고 있는 보기 드문 모습에 미간을 좁혔다.

"좋은 일이라도 있어?"

"있어."

"무슨 일? 같이 좀 좋자."

"곧 결혼하거든."

"뭐?"

경악은 강우의 입에서 터졌다. 윤주는 입을 다물어버렸고, 강우는 벌떡 일어나 정헌에게로 성큼 다가섰다.

"야, 연애하는 기미도 없던 놈이 무슨 결혼이야. 전에 선본 여자야?"

정헌은 딱 한 번 선을 본 적이 있다. 우연히 그가 마담뚜와 통화하는 걸 들은 건 강우였다. 그게 벌써 두어 달 전 일인데, 별다른 소리가 없기에 잘 안 되었나 했더니만 계속 만나고 있었던 모양이다.

윤주의 얼굴이 굳었다. 강우는 대학 동창이었지만 윤주는 고등학교부터 쭉 정헌과 함께였다. 지금까지 그가 여자에게 관심을 보였던 적은 단 한 번뿐이다. 자신도 모르는 사이에 결혼이라니, 말도 안 된다. 제가 잘못 들은 거다.

"윤주야."

"……응?"

"너도 아는 사람이야."

왜 불길한 예감은 틀리지 않는 걸까. 아는 사람이라는 말에, 그가 관심을 보였던 유일한 여자가 떠올라 윤주는 소리쳤다.

"너 설마!"

"그래. 하민이 만났거든."

정헌이 달콤하게 웃었다. 말로 할 수 없을 정도로 부드럽게 풀린 그 얼굴을 윤주는 오늘 처음 본다.

"걔…… 만났다고?"

"곧 소개시킬게."

"야, 당연히 소개시켜야지. 사귀는 줄도 몰랐는데 소리 소문 없이 결혼이라니. 선자리에서 만난 거야? 누구야? 윤주도 아는 모양인데 왜 나만 몰라!"

"그래, 그래."

정헌이 웃으면서 강우를 달랬다. 이 기쁜 소식을 직원들에게도 알려야 된다며 오두방정을 떨던 강우가 사무실을 뛰쳐나갔다.

윤주는 입술을 질끈 깨물었다. 당황스럽고 경악스러워서 표정 관리가 되지 않았다. 이제는 다 잊은 줄 알았다. 정하민이라는 이름 세 글자가 그의 머릿속에서 깨끗이 지워졌다 여겼다. 그리고 언젠가 그가 뒤를 돌아보았을 때 그곳엔 항상 자신이 있으니 당연히 그의 곁을 쭉 지키는 건 본인이리라 믿었다.

"어떻게, 걔랑…… 어떻게 만났어?"

"그게 중요해?"

긴 다리를 꼬고서 방만하게 앉은 정헌이 물었다. 어느새 얼굴은 싸늘하게 식은 채였고 눈빛은 날이 서 있다. 지금까지 함께한 동료로 보는 시선이 아닌, 마치 경계해야 될 대상을 대하는 것 같다.

"그냥…… 오래도록 연락 끊겼었잖아. 궁금해서."

윤주가 가까스로 평정을 유지했다. 자신이 정헌에게 어떻게 비치는지까지는 신경 쓰지 못하고 집요하게 물었다.

"두 달 전에 내가 선봤을 때 있잖아."

"응."

강우로부터 정헌이 선자리에 나간다는 이야길 들었을 때 하늘이 무너지는 기분이었다. 그가 통화를 했다는 마담뚜에게 연락해 웃돈을 주고서 특별할 것 없고 외모도 별로인 여자를 내보내라고 뒷공작을 펼쳤을 정도로 윤주는 제정신이 아니었다.

"그날 만났어."

"거짓말. 네 상대는……."

마담뚜로부터 상대 여자의 사진을 받아보고 마음을 놓았던 터였다. 그 여자는 결코 정하민이 아니었다.

"누가 내 상대랬어? 옆 테이블에서 정하민이 다른 놈과 선보는 중이었다고."

"아……."

"꼭 내 상대를 아는 것처럼 이야기하네."

이렇게 눈치 빠른 남자가 제 마음을 몰랐을 리 없다. 그걸 깨닫자 수치심이 몰려와 윤주의 얼굴이 달아올랐다.

"윤주야."

필요에 의해 뭉쳤을 뿐이다. 셋이 하고자 하는 바는 명확했고 꿈도 같았다. 어떻게든 이 스마트폰이 지배하는 세상에서 그 틈새를 파고들어 돈을 버는 것이 그들의 목표였다. 그러나 적어도 강우와 정헌의 목표는 같았을지언정 윤주는 아니었다. 오로지 정헌의 곁에 있기 위해 같은 꿈을 꾸는 척했을 뿐이다.

"난 너한테 여지 준 적 없어."

냉정한 말이 떨어졌다. 단호하게 쳐내는 음성이었다.

"그게…… 무슨 말이야?"

목소리가 형편없이 떨리며 새어나왔다. 아무것도 아닌 듯 웃어 보이고 싶었지만 파들파들한 목소리와 함께 떨리는 입꼬리는 미처 올라가지 못해 괴상한 표정을 만들었다.

"네가 멋대로 내 주변을 견제하고 방해했던 거, 그만두라고 이제."

"무슨 소리인지 이해가 안 가네."

"그래. 그렇게 자존심 세워. 넌 입 밖으로 낸 적 없으니까. 나도 네가 선을 넘지만 않으면 지금처럼 멋진 파트너로 남아 있을 거야."

정헌은 오히려 윤주가 제 마음을 쉽게 인정하지 않고 모른 척하는 것이 더 편하단 듯 말했다.

"거울 보고 연습해. 세상에 다시없을 친구를 만난 표정을 지어줘."

"누구에게? 정하민, 걔한테?"

"걔 겁먹게 하지 마. 겨우 곁에 끌어다 놓았으니까."

"아직도 그렇게 애틋해? 정하민 걔도 참 배알도 없다. 결혼하잔다고 한다고 해? 아님 걔가 결혼해달라고 매달렸니?"

"윤주야, 뭔가 착각하는 모양인데,"

그와 함께한 세월은 다 뭐였을까. 우정헌은 내내 이런 눈으로, 이런 마음으로 자신을 봐왔던 걸까. 윤주는 온통 혼란스러웠다. 서른. 이제 그도 슬슬 결혼을 생각할 나이라고 생각했다. 그의 하나뿐인 여동생과 가장 친한 것도 저였고, 그 여동생이 새언니가 됐으면 좋겠다고 입에 침이 마르도록 이야기하는 대상도 저였으니까.

"네가 내 뭐라도 돼?"

"난⋯⋯."

"지금 친구로서, 혹은 동료로서 과하게 선 넘은 거 알지?"

우정헌은 그가 말한 대로 여지라곤 주지 않았다. 그에게 접근하는 모든 여자들에게 항상 그랬다. 하지만 왜 그럼에도 불구하고 자신은 특별하다고 생각했을까. 뒤통수를 거하게 맞은 느낌이다.

"⋯⋯나는 네가 나를 돌아봐줄 줄 알았어."

"꿈이 과하네."

정헌은 한마디로 그녀를 밑바닥으로 끌어내렸다. 단단한 자존심이 쩡, 소리가 울릴 정도로 금이 갔다.

"그럼 날 왜 네 곁에 뒀어? 내 마음을 알았다면 거절해줬으면 되잖아!"

"네가 내 곁에 있었던 게 아니라?"

그가 곁에 둔 게 아니라 제가 그의 곁에 머물기를 바란 게 사실이라 윤주는 미칠 것 같았다.

"혹시 투자금 때문에 그래? 걔네 집이 AE라서? 너 앱 개발하고 있는 거, 투자자 내가 찾아볼게. 아빠한테 이야기하면⋯⋯."

"그건 오로지 내 사비로만 개인적으로 진행 중인 프로젝트야."

"그럼 대체 왜…….”

언젠가 문득 정하민이 어떻게 살고 있는지 불안하고 궁금해서 수소문했던 적이 있다. AE그룹의 정하민은 찾기 쉬운 존재였다. 여전히 사람 같지 않은 창백한 낯짝으로 다리를 저는 꼴에, 그 대단하다는 AE그룹도 쟤 다리 하나 못 고쳐주는 게 우습다 생각했다. 그러곤 고등학교 때는 몰라도 성인이 된 뒤 AE의 뒷받침이 아니고서는 자신에게 견줄 수조차 없다는 결론을 내렸다. 돈 때문이 아니라면 몸 불편한 여자와 결혼하고 싶어하는 사람이 어디 있을까.

"내가 그걸 너에게 말해야 해?”

"네가 뭐가 모자라서! 돈 때문이잖아! 지금 개발하던 게 엎어지게 생겨서 아무거나 먹으려고 하는 거 아냐!”

윤주가 악에 받쳐 바락댔다. 작은 주먹으로 정헌의 책상을 쿵 내리친다.

"먹어나 봤으면 좋겠는데, 어지간히 안 줘서.”

"지금 나랑 농담하자는 거야?”

"아니. 진심이야. 안달이 나 죽겠는데 너까지 그런 소릴 하니까 좀 짜증이 나.”

우정헌의 추진력은 무시무시했다. 그를 옆에서 봐왔던 강우와 윤주가 제일 잘 안다. 정헌은 대학 때 시작한 작은 회사를 단 6년 만에 주식회사로 키워내고, 젊은 CEO로 소개되며 매스컴에 오르내릴 정도다. 셋이서 시작했지만 우정헌은 독보적이었다. 조만간 둘은 이사직으로 내려오고, 정헌을 대표로 하여 사명을 바꿀 예정이었다.

그는 한번 노린 것을 포기하는 남자가 아니다. 이게 그저 단순히 어린 날의 열병, 혹은 첫사랑 같은 게 아니라는 것을 윤주는 뒤늦게 깨달았다. 그렇게 따진다면 그 시절부터 그를 사랑해왔던 자신도 마찬가지일 거다.

"다른 사람은 다 돼도 걔는 안 돼."

가끔 생각했다. 우정헌이 축구를 그만두지 않았다면 지금 어떤 길을 걷고 있을지. 그는 유망한 청소년 국가대표였고 하나에 몰입하는 끈기와 집착은 무서울 정도였다. 지금쯤 대한민국에서, 아니, 유럽에서 가장 사랑받는 축구선수가 돼 있었을 터다.

"네 다리 그렇게 만든 여자랑 지금 결혼을 하겠다고?"

우정헌이 나른하게 웃었다. 어디 더 해보라는 듯 윤주를 말리지 않았다.

"네가 재활에 얼마나 힘들었는데! 어떻게 정하민을 아직도 마음에 둘 수가 있어? 잘못했으면 너 평생 다리 절었어. 정하민은, 걔는……!"

"난 축구를 12년을 했거든. 하지만 그만둘 때 미련 없었어. 그리고 정하민을 만난 지 이제 12년째인데."

학업 성적도 나쁘지 않았다. 다만 공부보다 축구를 좀 더 잘했을 뿐이다.

"별로, 질릴 거란 생각이 안 들어."

"그래, 곁에 두고 질리면 버리려고? 네가 결혼하는 이유가 저밖에 모르는 계집애한테 복수하기 위해서라면, 그렇다고 말을 해. 그럼 납득할게."

"내가 제 살길만 찾아 떠난 정하민에게 복수하고 걔 인생을 엉망진창 만들려는 거라면, 도와줄 거야?"

정헌의 목소리가 비밀을 이야기하는 것처럼 낮아졌다.

"그래. 내가 도와줄게."

"상대는 AE그룹인데?"

윤주의 아버지도 잘났다 할 수 있지만 고작 대기업 임원이다. 상대는 난다 긴다 하는, 재계에서도 다섯 손가락 안에 드는 AE그룹이다. 절대 무너트릴 수 없는 견고한 강철의 성에 함부로 덤빌 수 없다.

"그래봤자 첩 자식이고, 오늘내일하는 정 회장이 죽는다면 걔가 얼마나 버틸 거 같아?"

그렇게 말하던 윤주의 머릿속에 생각 하나가 스쳤다. 정하민이 이 결혼을 받아들였다면 우정헌에게 마음이 있다는 뜻이다. 우정헌이 진심으로 덤벼들면 거부할 수 있는 여자는 없다.

"대단하다, 우정헌. 아주 간단한 방법이네."

결혼이라는 미끼로 우정헌에게 빠져 죽을 것처럼 굴 정하민이 상상돼 윤주의 입가에 뾰족한 웃음이 걸렸다.

"굳이 결혼을 하지 않아도 고통 줄 방법은 얼마든지 있었을 텐데."

정헌은 대답하지 않았다. 묘한 미소만 띤 채 윤주를 바라볼 뿐이다.

"AE를 건드릴 필요도 없겠네. 정하민은 멍청하게 또 너만 바라보고 너에게 목매고 졸졸 쫓아다닐 테니까."

졸졸 쫓아다니는 강아지를 상처 주는 방법은 다양하다. 아주 많다. 윤주는 마음이 가벼워졌다. 정하민을 가장 고통스럽게 버리고 상처 입힐 남자를 생각하니 분노 대신 희열이 가슴을 채웠다. 그 계집애는 그래도 된다. 언젠가 버려지고 상처받아 울고불고 고통에 좌절하는 하민을 윤주는 꼭 제 눈으로 보고 싶었다. 길에서 만나기라도 했다면 뺨이라도 올려붙였을 정도로 그녀는 정하민이 끔찍하고 지긋지긋했다.

"정하민이 벌은 받아야지."

느리게, 우정헌이 대답했다. 그 뉘앙스가 약간 미묘하다고 생각했으나 이미 제멋대로 시나리오를 생각한 윤주는 더 이상 파고들지 않았다. 170센티미터의 늘씬한 미녀인 그녀가 정헌의 책상에 걸터앉으며 매혹적으로 미소 지었다.

"그래, 그 계집앤 벌을 받아야 돼."

윤주는 우정헌이 가장 힘들었을 때 그를 개처럼 부리다 버린 계집애를 떠올리며 긍정했다.

⇒ᐧ◆ᐧ⇐

가게 영업은 항상 10시쯤 마친다. 고급 주택가의 골목 한 귀퉁이에 있는 가게는 아는 사람만 알고 오는 그런 곳이다. 도로변에 자리를 얻는 게 더 낫지 않냐고 수강생 하나가 물었을 때 번잡스러운 걸 싫어하는 하민은 이곳이 딱이라고 대답했다. 처음 캔들숍을 내고 싶다고 하자 수지가 치안 좋단 이곳에 덜컥 가게를 구해줬다. 그게 벌써 3년 전이라 항상 적자를 간신히 넘기면서도 소박하게 꾸려가는 중이다.

가게 안을 은은하게 밝히는 조명과 작은 간판 불만을 켜두고서 하민은 밖으로 나왔다.

"왜 이렇게 늦게까지 일해?"

유리문을 잠그려는 순간 불쑥 들려온 목소리에 놀라 손에서 열쇠가 미끄러졌다. 가게와 좀 떨어진 곳에 주차해놓고 차의 보닛에 앉아 있던 정헌이 구둣발 소리를 내며 다가왔다.

"요새 세상이 얼마나 험한데 이런 골목길에서 장사하면서 이렇게 늦게 귀가해?"

"여기 안 위험해. 9시 넘어가면 시간마다 순찰도 돌고…….."

"한 시간에 한 번 순찰 도는데 그 한 시간 동안 무슨 일이 생길 줄 알고?"

그가 열쇠를 집어 들어 문을 잠갔다. 방범시스템까지 켜놓고 나서야 하민의 손을 잡았다.

"그래서. 오늘 이야기하고 온다며."

가타부타 않고 곧장 본론부터 들어갔다. 정수지를 만난다는 말을 들었는데 그 이후 연락이 없어서 직접 걸음한 참이다.

"반대해?"

"당연히 싫어하지."

"그 정도쯤은 예상했어."

고등학교 시절엔 반이 달라도 거의 붙어 지냈다. 두 달 전 우연히 다시 만나게 된 뒤부터 정헌은 불쑥불쑥 이렇게 하민을 찾아왔다.

"너만 확실하게 말했으면 돼."

"내가 뭐라고 말해야 되는데?"

자신의 차로 그녀를 데리고 가던 정헌이 눈썹을 찌푸리며 웃었다. 당연한 걸 묻는다는 표정으로 한참을 내려다보더니 입을 뗐다.

"죽어도 나랑 결혼해야겠다고. 정수지는 너라면 끔벅 죽잖아."

세컨드의 딸이라고 등한시당할 거라 생각하기 십상이나, 그 집안에서 정수지는 무조건 정하민 편이다. 하민이 정수지만 설득한다면 결혼까지 진행하기가 그렇게 어렵지는 않으리라.

"나를 제일 미워했던 게 정수지인데. 길길이 날뛰었을 텐데, 어디 안 다쳤어?"

"언니는 나 안 때려."

"고막을 다쳤을 수도 있잖아. 성질나면 그 목소리로 유리창도 깨겠던데."

수지는 자신에게 상처를 줄 사람이 아니라고 이야기하려던 하민은 정헌의 장난스러운 한마디에 웃음을 터트렸다. 수지는 화가 나면 목소리가 쩌렁쩌렁해진다. 오늘도 커피숍에서 모두의 시선을 단박에 사로잡았었다.

"이제야 좀 웃네."

그 순간, 거짓말처럼 하민의 얼굴에서 웃음기가 사라졌다. 사라지는 웃음을 손으로 잡을 수도 없고. 하민의 굳어지는 표정을 고스란히 목격한 정헌이 한숨을 내뱉었다.

"나 집까지 걸어갈 수 있어."

조수석 문을 열어주는 그에게 하민이 말했다. 가게에서 도보로 오 분도 걸리지 않는 곳에 그녀의 오피스텔이 있다.

"네가 사는 집에 날 들여보내주진 않을 거 같아서."

그게 무슨 소리인가 싶어 그를 바라보자 정헌이 하민의 어깨를 살짝 열린 조수석 쪽으로 밀었다.

"내 오피스텔에 데리고 가려고."

"……어?"

"난 너 내 집에 들일 용의가 있어서."

곧 자정이다. 이 말이 뜻하는 바를 아무리 둔한 하민이라도 눈치챌 수 있었다. 귀 끝까지 붉어져 고개만 겨우 흔들자 정헌이 그녀를 조수석에 앉혀 안전벨트까지 매줬다.

"그게……."

"빨개지지 마. 나까지 이상한 생각 드니까."

그가 손가락으로 하민의 볼을 톡톡 건드렸다. 피부가 하얘서 모든 반응이 눈에 쉽게 들어왔다. 특히 그녀가 얼굴을 붉힐 때면 정헌은 당장이라도 하민을 먹어치울 것처럼 무섭게 바라봤다.

"그냥 집에 갈래."

"야식이라도 먹여 보내고 싶어서 그래."

자신이 이상한 생각을 한 게 민망할 정도로 정헌의 입에선 바른 대답이 나왔다. 그 대답을 듣고 얼굴이 이번에는 창피함으로 새빨갛게 물들자 정헌이 조수석 문을 닫지도 못하고서 허리를 굽히며 앓는 숨을 내쉰다.

"내가 야식이 아니라 다른 걸 먹고 싶어 할까 봐 무서워?"

저 붉은 볼에 혀를 대보고 싶다는 충동이 일었다. 뜨거운 혀에 감기는 피부는 어떤 느낌일까. 혀끝에 녹아들 그 감각을 떠

51

올리자 등줄기가 저릿하다.

"아니, 안 무서워."

이렇게까지 말하면 정하민이 넘어오리란 걸 알고 있었다. 정곡을 찌르면 걱정한 것도 아닌 척, 강한 척 구는 것은 예나 지금이나 다를 게 없다.

"경계는 계속 해. 느슨해지면 정말 네가 상상하는 것 이상으로 개같이 굴 거야."

그가 웃으면서 말했다. 농담처럼, 혹은 농담을 가장한 진담처럼 들리는 이상한 말이었다. 하민이 미처 대답하기 전에 정헌은 조수석 문을 닫고 운전석에 앉았다.

정헌의 오피스텔은 그리 멀지 않았다. 차로 십여 분 걸린 곳에 있는 오피스텔은 그녀가 사는 곳과 비슷한 구조에 좀 더 깨끗했다. 가게를 연다는 이유로 집안일은 일주일 동안 미루다가 쉬는 날 하루 몰아서 하는 자신과 다르게 남자 혼자 사는 집이라곤 믿기지 않을 만큼 깔끔했다.

"간단하게 할 수 있는 게 훈제오리랑……."

니야아.

냉장고를 열어 안을 살펴보던 정헌이 말했을 때 하민의 발치에 하얀 털뭉치가 다가왔다. 새하얗고 긴 털을 가진 고양이였다. 하민의 다리에다 몸을 문지르면서 빤히 올려다보는 눈동자는 에메랄드빛이다.

"공주님, 왔어?"

하민이 공주님이라는 말에 눈을 크게 뜨고 정헌을 돌아보자 그는 별일 아니란 얼굴로 한쪽 무릎을 꿇고 그녀에게 붙어 있는 고양이를 불렀다.

"공주님, 이리 와."

"……얘 이름이 공주야?"

"응."

마음이 술렁였다. 너무 오랜만에 그 호칭을 들어서 그런 걸까. 자신을 부르는 게 아니라는 걸 깨닫고서 미묘하게 실망했던 것 같기도 했다. 스스로의 마음을 알아채지 못한 채 제 다리에 몸을 부비는 고양이를 손끝으로 쓸었다.

"너랑 안 어울려."

우정헌이 동물을 키울 거라곤 상상도 하지 못했다. 그것도 이렇게 하얀 고양이를. 그가 동물을 키운다면 도베르만이나 흉포한 사냥개 종류가 어울릴 거라고 생각하고 있을 때 고양이가 까슬한 혀를 내밀어 손가락 끝을 핥았다.

"알아. 그런데 우인이 숍에서…… 우인이 기억해? 고등학교 같이 다녔는데. 걔 수의사 됐거든. 분양 못 가고 구석에서 가만히 있기만 하는 게 누가 생각나서 데려왔어."

훈제오리를 전자레인지에다 넣어 해동시키면서 정헌은 아일랜드 식탁에 턱을 괴었다. 그의 이야기를 듣는 둥 마는 둥 하민은 눈앞의 고양이만 빤히 바라보고 있었다.

동물을 가까이해본 적은 한 번도 없다. 애초에 다가가본 적이 없으니 흥미가 있을 리 만무했다. 이렇게 동물을 만질 기회가 있었는지 머릿속을 더듬어봤지만 없다. 손가락에 닿는 혀의 까끌까끌함이 생소했지만 피하고 싶진 않았다. 하민이 다른 손으로 고양이의 머리를 살금살금 만졌다.

그르르릉.

"화가 난 거야?"

목울음에 깜짝 놀라 정헌을 올려다보는데 그가 웃음기 어린 목소리로 대답했다.

"더 만져달라고 하는 거야."

"그르렁거리는데?"

"골골대는 거야."

고양이들이 골골댄다는 얘긴 들은 적 있지만 그게 그르렁 소리와 비슷할 줄은 몰랐다. 말 잘 듣는 착한 학생처럼 하민은 열심히 고양이를 쓰다듬었다. 혹시나 제 손에 힘이 들어가서 고양이를 다치게 할까 봐 심혈을 기울이는 게 눈에 보일 정도다.

"데려가서 키울래?"

"아니. 네가 키우는 거잖아."

키운다기보단 동거에 가까웠다.

"난 진짜가 있으니까 됐어."

"진짜? 얜 가짜야?"

정말 몰라서 묻느냔 얼굴로 정헌이 그녀를 바라봤다.

"어차피 함께 살면 같이 키울 텐데 뭐, 상관없나."

함께 살면, 이라는 전제가 붙자 하민은 미묘한 표정이 됐다. 기대되는 표정인 것 같으면서도 침울한, 이상한 얼굴이었다. 애써 고개를 숙이고 고양이에게만 신경을 집중해 몇 번이고 쓰다듬는다.

정헌이 무릎 꿇고 있는 하민을 응시하다가 다가왔다.

"그러다 쥐 나면 어쩌려고."

입술로 소리를 내 고양이를 저만치 쫓아 보내곤 하민의 겨드랑이에 손을 넣어 그녀를 가뿐히 일으켰다. 자신의 턱 아래 오는 작고 아담한 몸에서 온갖 향기가 났다. 그 향기들이 정하민의 냄새와 섞여 묘한 체취를 자아냈다.

띠띠. 전자레인지가 울렸지만 누구도 움직이지 않았다.

야아아옹.

"공주님, 쉿."

정헌은 고양이를 보며 말했지만 움찔거린 건 하민이다. 제 품에 있는 부드러운 몸이 경직하자 그가 갈라진 목소리로 묻는다.

"왜. 너 부르는 줄 알았어?"

"……아니."

공주님이라는 낯 뜨거운 소리에 하민이 고개를 저었다. 백설 공주는 학창시절 내도록 하민을 따라다닌 별명이다. 예뻐서가 아니라 빈정거리는 뉘앙스를 그대로 담고 있는 그 별명을, 그렇지 않은 의도로 불러준 건 눈앞의 남자가 처음이었다. 그래서 공주님이라는 말에 몸이 절로 반응한 건지도 모른다.

"공주님."

그의 숨소리가 머리 위에서 들렸다. 단단하게 자신을 받치고 있는 팔은 꿈쩍도 하지 않았다. 또다시 고양이를 불렀겠거니 싶어서 하민이 저만치에 있는 고양이를 바라봤다.

"이번엔 너 부른 거 맞아."

뜨거운 입술이 이마에 낙인처럼 내려찍힌다. 은을 머금은 머리칼이 살랑거렸다. 이번에야말로 하민은 경직됐다.

"스무 살이 되면 네 몸을 만지고 네게 나를 묻고,"

이마에 입술을 댄 채 그가 사근사근 속삭였다.

"섹스하기로 한 거 기억나?"

정헌의 냄새가 너무 짙다. 머리를 아찔하게 하고 온통 진탕이 될 정도로 휘저었다.

"……아니."

"거짓말. 매일매일 말했는데. 교실 옆자리에서 잠든 척하는 네 귀에, 양호실에서, 체육시간에 양산을 쓰고 밖에 나와 앉아 있는 네 귀에 대고, 옥상에서 비 오는 날에도."

귓가에 아직도 그가 속삭이던 숨결이 남아 있다. 비 오는 날에는 더 음탕하게 젖어 속삭였던, 치기 가득했던 어린 시절이 생각났다.

"언젠가는 약속을 지켜줄 것 같아서 계속 혼자였는데."

그럴 리가 없다. 수많은 여자들이 정헌의 주변을 맴돌았단 걸 하민은 알고 있었다. 그리고 가장 오래도록 그의 곁을 지키는 윤주의 존재 또한 안다. 그가 결혼을 한다면 그 상대는 윤주가 되리라고 막연하게 생각했던 적도 있다.

"나이 서른에, 10년 전 약속 하나 때문에 홀로 보내는 남자는 매력 없어?"

"그만…… 읏……."

이미 그의 숨결로 뜨거워진 이마에 습한 입술이 천천히 닿았다. 젖은 입술이 쭙쭙, 닿았다 떨어지는 소리가 외설스러웠다.

"정헌아……."

"아아, 씨발."

욕설을 한숨처럼 흘렀다. 하민이 그의 이름을 부르는 데 당황한 것처럼 무의식적으로 욕을 내뱉은 정헌이 하민을 제 몸에 꽉 붙여 안아 올렸다.

"조금만 더 불러줄래?"

"홋……."

그저 꽉 껴안고 있는 것만으로 절정에 치솟을 것 같았다. 침실까지 갈 여유도 없어, 당장이라도 이대로 하민을 바닥에 뉘이고 싶다. 흥분한 게 분명한 거칠어진 숨에 하민의 숨결 또한 거칠어졌다. 머뭇거리던 작은 두 손이 그의 셔츠 앞섶을 꽉 움켜쥔다.

입술을 맞대고 있지 않아도 서로의 숨결이 엉켰다. 입술에 닿는 뜨거운 정헌의 숨에 저도 모르게 혀를 내밀어 핥자 그의 눈빛이 매서워졌다.

"아홋……!"

"가만히 있어. 움직이지 마."

정헌이 으르렁거렸다. 뭐든 씹어 물고 싶다. 흉포하게 날뛰는 감정을 주체할 수가 없다. 제법 잘 참아왔다고 여겼는데 창백한 입술 위를 오가는 붉은 그녀의 혀를 보는 순간 난폭해졌다.

쯔읍, 츱. 피 맛이 옅게 혀끝에서 느껴지는 게 더 황홀했다. 숨을 제대로 쉬지 못해 간절하게 그에게 매달리는 작은 몸을 달랑 안아 올려 제 허리에 다리를 감게 했다. 하민에게 파고들고 싶어 몸부림이 난다. 만약 손이 하나 더 있었다면 옷이고 뭐고 할 것 없이 찢어발겨 이대로 그녀 안에 파묻혀버렸으리라.

"하민아. 정하민. 내 공주님."

그가 낯 뜨거운 별명을 계속해서 부르자 귀가 흐물흐물 녹는다. 뜨거워서 견딜 수가 없었다. 제가 그의 허리를 끌어안고 매미처럼 붙어 있다는 걸 모를 만큼, 서로의 턱을 타고 흐르는 타액을 느끼지도 못할 만큼 하민은 온 힘을 다해 그에게 매달렸다.

우정헌에게선 사내 냄새가 났다. 그리고 그녀가 한 번도 맡아보지 못했던 여름 오후의 햇볕 냄새가 났다.

→ · ◆ · ←

11시 50분. 수업을 끝내는 종이 울리자마자 아이들이 전광석화처럼 급식실을 향해 튀어나갔다. 한창 먹을 때인 남자아이들이 가장 빨랐고 오늘 급식 별로라며 매점이나 가자는 무리는 마지막에 일어났다.

툭. 여자애들 중 하나가 하민의 책상을 발로 찼다. 돌바닥에 책상다리가 긁혀 끽 듣기 싫은 소리를 내며 밀렸다. 종이 치자마자 교과서를 집어넣고 추리소설을 읽던 하민의 고개가 들렸다.

"아. 방금 소름 돋았어."

여자애가 과장되게 어깨를 떨면서 옆에서 기다리던 친구들에 말했다.

"사람 눈이 어떻게 저렇게 빨개? 머리색은 또 왜 저렇고. 가지가지 해. 차라리 염색을 하고 렌즈를 끼든가. 보는 사람 놀라게 이게 뭐야."

"야, 열 내지 마. 태생이 공주님이라 저대로 살고 싶으시다잖아."

하민의 외모는 철저한 배척의 대상이었다. 유치원에 가자 처음에는 신기하다며 다가오던 아이들은 곧 제 부모 손에 이끌려 쟤랑 놀지 말라는 말을 들었다. 차라리 외국인으로 보였다면 좀 나았을까. 외국에서도 이런 외모는 드물다는 것을 알게 되어 하민은 일찌감치 그 생각을 접었다.

사람들은 이걸 병이라 오해했고, 옮을까 두려워했다. 시간이 지나면서 그런 잘못된 인식은 줄어들었지만, 이미 타인에게 먼저 마음을 열지 않게 된 하민의 성격으로 인해 외모는 덩달아 놀림거리가 됐다.

"그래, 잔디 깔아주고 들어온 우리 학교 공주님이셨지."

"잔디만 깔아줘? 야, 체육관 봐. 다 짓기도 전에 명판부터 달았잖아, AE 체육관이라고."

여자아이들이 까르르 웃었다. 이 자리에 하민이 없는 양, 입을 놀린다.

하민은 철저하게 못 들은 척하며 제 책상을 끌어다 눈을 내렸다. 바늘 같은 시선이 뒷목으로 뜨끔하게 따라붙었다. 활자가 눈에 들어오지 않았다. 같은 페이지에 머무른 채 넘어가지 못하는 책장은 눅눅해졌다.

"네 엄마 창녀라며? 한몫 단단히 챙겼다고 하더라?"

어차피 제가 밖에서 낳아 온 자식이라는 건 공공연한 비밀이다. 하민은 그 말에도 반응하지 않았다. 이전에 다닌 곳은 더 심했다. 소위 말하는 대한민국에서 손꼽히는 사립학교에선 하민은 넝마가 되도록 짓밟혔다. 이런 빈정대는 말에는 반응하지 않는 게 제일 좋다.

"쟤는 AE에서 안 태어났으면…….."

어떻게든 하민에게 상처를 주려던 여자애가 저편에서 오르는 비명에 뒤를 돌아봤다.

"지금 7반하고 9반이 축구시합 한대!"

"꺄! 그럼 우정헌도 나와?"

우정헌이라는 이름에 여자아이들이 일제히 밖으로 뛰쳐나갔다. 일부는 점심을 먹으러, 일부는 우정헌을 보러 나가자 교실이 텅 비었다. 그제야 책에서 시선을 뗀 하민이 약간 주저하다 창문으로 다가갔다. 오후의 햇살이 따사롭다 못해 뜨거웠다. 얇은 교실 커튼 뒤에 서서 푸르른 잔디밭을 내려다봤다.

하민이 전학 온 일반 학교는 축구로 유명한 곳이다. 아이들이 말하던, AE 회장님이 깔아줬다는 잔디밭을 축구화가 거세게 짓밟는다.

삐이이이이이! 경기의 시작을 알리는 휘슬이 울렸다. 서로 다른 옷을 입고 있는 아이들이 정말 축구선수처럼 잔디밭을 내달렸다. 잔디밭 옆 벤치 근처에 있는 수많은 여학생들처럼, 하민도 한 사람을 좇았다.

"정헌아, 사랑해!"

어디선가 커다란 목소리가 올랐고, 남자아이가 그쪽을 힐끔 돌아봤다. 그 순간 그가 꼭 자신을 보는 것 같아서 하민은 커튼 뒤로 숨었다. 우정헌을 처음 본 것도 아닌데 가슴이 뛰었다.

제대로 쳐다보지도 못할 만큼 눈부신 햇살 아래 달리는 그를 종종 봤다. 수많은 사람들의 시선에 섞여 훔치듯이 보았다. 나에게는 고통뿐이던 햇빛이 누군가에겐 찬란하게 빛나는 원동력이 된다는 사실을 하민은 처음 알았다. 하얗게 부서지는 웃음을 지으며 필드를 날듯이 달려가는 모습에 매료됐다. 우정헌의 주변이 온통 반짝여 하민은 그저 훔쳐보기만 했다.

그가 문득문득 생각나 따사로운 햇살이 내리쬐는 정원에 가만히 서 있었던 적도 있다. 삼십 분도 채 되지 않아 피부가 짓물렀고, 따갑고 간지러운 고통이 일었다. 언니는 무슨 바보 같은 짓이냐 화를 냈고, 자신은 다시는 그러지 않겠다고 약속했다가도 또다시 우정헌이 생각나 같은 실수를 반복했다. 하민에게 있어 처음으로 관심이 가는 타인이었다. 어쩌면, 우상이었는지도.

커튼 뒤에 있던 손가락이 스멀스멀 뜨거운 볕이 내리쬐는 창문을 향하다 불쑥 창밖으로 나갔다. 그가 맞고 있는 햇살을 쬐어보지만 역시나 하민에겐 고통일 뿐이다.

"같을 리가 없지."

독서를 좋아하지는 않는다. 다만 혼자 조용히 할 만한 게 책 읽는 일뿐이라 버릇처럼 책장을 넘겼다. 그래야 아이들의 시선을 피해 고개를 숙이는 것임에도 수치스러워 숙이는 걸로 보이지 않을 테니까.

얼마나 그러고 있었을까. 손등이 붉게 부어올랐고 그제야 뒤늦게 손을 뺐다. 화상을 입은 것처럼 붉게 변한 손등이 하얀 피부와 대조적이다. 복도에서 웅성거리는 소리가 들리자 하민은 재빨리 자리에 앉았다. 바깥은 여전히 비명과 함성으로 시끄러웠다. 책으로 시선을 내렸다. 이제는 옆에서 조롱하는 이도 없는데 계속해서 귀는 바깥의 동향을 살폈다.

급식을 재빨리 먹고 들어온 남자애들 몇이 자리에 앉아 있는 하민을 힐끗 바라봤다.

"여자애들 또 난리네."

"우정헌이 나왔는데 당연하지."

"야, 저러고도 이과 5등 안에 든다는 게 놀랍지 않냐?"

"그래서 엄친아라잖아. 심지어 우리 엄마까지 우정헌 소문 듣고 나를 걔랑 비교하신다. 엄마 친구 아들도 아니고 그냥 엄마 아들이랑 같은 학교 다니는 앤데."

그새 매점까지 다녀왔는지 막대사탕을 쭉쭉 빨면서 창가에 걸터앉은 아이들이 운동장을 내려다본다.

"근데…… 쟤 왜 밥을 안 먹어?"

급식을 신청하지 않은 건 아니다. 만약 제가 밥을 안 먹는다는 걸 언니가 알게 된다면……. 생각만 해도 큰일이다. 나름 단단하게 마음을 걸어잠그고 상처를 안 받으려 노력하고 있다고 해도 자신을 동물원 원숭이 구경하듯 하는 시선은 참기 힘들었다. 먹을 때마다 체하기를 반복하던 하민은 학교에서 밥 먹는 걸 그만뒀다.

"몰라. 여자애들이 따돌리던데."

하민의 눈길이 더욱 아래를 향했다. 운동장을 내려다보던 아이들이 일제히 자신을 쳐다보고 있는 게 느껴졌다.

"근데 뭐였지? 쟤 저렇게 하얀 거……."

"알…… 알비노?"

"야 그건 동물한테 나오는 거 아냐?"

"무식한 새끼야, 사람한테도 나와."

"저번 주에 티브이에서 봤는데."

입술을 꾹 깨물었다. 당사자 앞에서 버젓이 동물과 비교를 하는 게 우스워서 그랬다. 어느 순간 밖은 조용해졌고 경기가 끝났음을 휘슬 소리로 인해 깨달았다. 손목시계를 흘깃 보니 5교시가 시작될 시간이다. 빨리 시간이 지나가길 기다리면서 겨우 활자에 집중하려 했을 때였다.

"아, 뭐! 야, 안 봐?"

짜증스러운 목소리가 복도 가득 울려 퍼졌다. 곧 교실 앞문이 벌컥 열렸다. 아이들이 미처 다 돌아오기 전이라 교실엔 남자아이들과 하민뿐이다.

"왜. 네가 보고 싶다며."

"아, 그냥 궁금하다고 했지. 사람이 원숭이도 아니고 무슨 구경을 하라고……."

교실에 떠밀려 들어온 사람은 방금까지 운동장에서 뛰던 우정헌이다. 무심코 고개를 들었던 하민과 그의 시선이 마주쳤다.

어두운 색을 머금은 루비 같은 눈동자가 정헌을 바라봤다. 열어놓은 창문으로 초여름의 바람이 불어들었다. 밝은 잿빛 머리칼이 그의 눈앞에서 사르르 흩어졌다. 새하얀 피부는 자국이 날까 봐 손조차 댈 수 없을 정도로 창백했다.

"진짜 공주님이네."

하민의 눈이 커다래졌다. 우정헌은 눈물방울이 루비가 되어 떨어졌다는 어린 시절 들었던 동화의 주인공을 떠올렸다. 그가 절 붙잡는 친구의 손을 뿌리치고 단번에 하민에게 다가왔다. 훅, 그의 체취가 풍겼다. 땀 냄새와 잘 마른 빨래에서나 나는 보송보송한 햇살 냄새가 났다.

"왜 애들이 백설공주라고 부르는지 알겠어."

그건 자신을 모욕하는 말이었다. 어떻게든 알량하게 느껴지게끔 아이들이 멋대로 지어 불렀다. 하지만 그 수치스러운 별명이 우정헌의 입에선 진심이 돼 나오자 하민은 어찌할 바를 몰랐다. 비웃음의 조각조차 없이 진지하게 백설공주라고 부르는 그를 올려다봤다.

"눈 색도 되게 예뻐."

씩, 곡선을 그리는 입술이 매력적이다. 이상하게 눈이 부셔 하민이 미간을 찌푸리자, 정헌은 그게 자신의 몸에서 나는 냄새 때문이라고 생각했는지 운동복에 코를 대고 킁킁거렸다.

"미안. 씻기도 전에 끌려와서."

왜 한마디도 나오지 않는 걸까. 뭐라 대꾸할 말을 찾지 못한 그녀는 입술만 오물거릴 뿐 쉽게 입을 떼지 못했다.

"땀 냄새 많이 나?"

보통은 냄새가 난다는 걸 깨달으면 물러날 텐데 우정헌은 오히려 다가왔다. 제 코에는 별로 안 나는 것 같다고 투덜거리면서.

64

"아니. 너한테…….."

기껏 입을 열어놓고서 하민은 문장을 맺지 못했다. 빨래 마른 냄새가 나? 잘 말린 빨래 냄새가 나? 어느 쪽도 우스웠다. 바보 같은 소릴 하지 않아 다행이라고 생각하며 그녀가 작게 웃는데 교실 문이 거칠게 열렸다.

"정헌아! 우리 반에 웬일이야!"

"꺄! 나 보러 온 거야?"

"아니."

단도직입적으로 말한 정헌이 아직 주인이 돌아오지 않은 하민의 앞자리 의자를 빼 그녀를 향해 앉았다.

"정하민."

하민의 왼쪽 가슴에 달려 있는 명찰을 살핀 그가 이름을 불렀다.

"내 이름은 알아?"

"알아. 우정헌."

책을 내려다보다 정헌을 보다, 정처 없는 시선이 결국 그를 똑바로 다시 마주하고 나서야 조용히 이름을 말할 수 있었다. 그녀의 대답을 듣고 정헌이 소리 내 웃었다. 주변의 웅성거림은 신경 쓰지 않는 듯하다. 하민도 신경이 쓰이지 않았다. 오로지 그의 얼굴만 보고, 그가 하는 말에만 집중해서 그런 걸까.

"그래. 내 이름은 우정헌이야. 네가 힐끗힐끗 보던 우정헌."

그 말에 하민이 벌떡 일어났다. 정헌이 하민이 만지작거려 구겨진 책장을 매만지면서 말했다.

"어떻게 알았냐고 안 물어봐?"

65

수업 종이 치기 오 분 전이다. 속마음을 들킨 것 같아서 당황한 하민은 교실을 빠져나왔다. 빠르게 걷다가 종국엔 뛰었다. 곧 숨이 턱 끝까지 찼으나 개의치 않았다.

"하아…… 하아…….."

아무도 없는 별관의 과학실까지 도달한 뒤에야 멈췄다. 그러자마자 5교시 수업 시작종이 울렸지만 교실로 돌아갈 엄두가 나지 않았다. 우정헌이 아직도 자신의 책상 앞에 앉아 있을 것만 같았다.

"왜……?"

빈 공간에 대고 물음을 던졌다. 밝은 게 싫어 암막커튼을 다 쳐놓고 나서야 의자에 앉아 엎드렸다. 철제 테이블에 붉게 상기된 얼굴을 묻었다. 그제야 머릿속이 조금 차가워지는 듯했다.

"조그만 게 되게 빠르네."

문이 열리더니 숨소리 하나 흐트러지지 않은 우정헌이 들어왔다.

"우정헌?"

"당황하면 도망가는 버릇 있어? 어떻게 알았냐고 물을 줄 알았는데."

복도에서 새어 들어왔던 빛이 그가 문을 닫자 차단된다. 형체만 구분할 수 있을 정도로 밤이 내린 과학실이었다.

"수업…… 수업 들어가야지."

"그러는 넌 왜 안 들어가는데?"

수업에 빠진 건 처음이다. 얼떨결에 생애 첫 땡땡이를 우정헌과 함께하게 됐다. 항상 한기가 도는 차가운 과학실에 히터라도 틀어놓은 것처럼 열기가 감돈다.

"너 전학 온 날 봤었어."

그날은 하민의 기억에 없다. 제가 우정헌을 지켜봐온 줄 알았는데 그의 입에서 뜻밖의 이야기가 나왔다.

"멀리서 봤는데 발랑 까져서 염색한 줄 알았지. 근데 애들 얘기 들으니까 아니더라?"

그가 하민의 옆 책상에 걸터앉았다.

염색을 생각해보지 않은 건 아니다. 렌즈를 낄까도 했다. 하지만 예민한 두피에 염색을 했다가 병원에만 반년을 넘게 다녔다. 하민의 고집으로 강행했던 것으로, 그 이후로 언니는 절대 염색을 금지했다. 각막도 예민하고 얇아 렌즈 자체도 안 된다는 전문가의 소견에 하민은 전부 포기할 수밖에 없었다. 염색에 실패하고 두피에 붉은 진물이 흐르는데, 곁을 지나가던 동급생 하나가 머리색이 바뀐다고 해서 그 얼굴이 바뀌는 거냐 비웃던 게 아직도 귓가에 생생하다.

"만져봐도 돼?"

우정헌이 하민의 머리카락을 보며 물었다.

굳이 알려 하지 않아도 그에 대해 알게 된 사실이 몇 있다. 이성에는 관심이 없고 축구, 혹은 수학이나 과학 쪽에 재능을 보인다고. 남자인 친구들과 잘 어울리지만 특별히 친한 친구는 많지 않고, 두 번 생각하지 않고 머리에 떠오른 말을 거침없이 내뱉는 성격이라고 했다. 그래서 여자아이들은 그가 멋있다고 비명을 질렀다.

"……아니. 손대지 마."

"그럼 좀 더 빨리 말했어야지."

그의 손끝에 머리카락이 엉켰다. 실크 같은 감각에 정헌의 눈이 가느스름해진다. 은빛 머리카락을 인지하고 묻자마자 손이 나간 참이다. 하민이 반사적으로 상체를 뒤로 쭉 빼자 정헌이 뒤통수를 손바닥으로 감쌌다. 하민은 순식간에 가까워진 거리에 놀라 숨을 멈췄다.

"나 점심시간에 축구하는 거 안 좋아해. 그렇지 않아도 축구부라 매일 공 차는데 또 공을 차고 싶겠어?"

왜 그는 이런 말을 하는 걸까.

"운동장이 제일 잘 보이는 교실에서 커튼 뒤에 숨어 보는 거, 너지?"

고개를 돌리면 그녀의 교실이 눈에 들어온다. 시끄러운 여자애들이 아니라 온전하게 멀리서 지켜보는 시선을 의식하게 된 건 우연이었다. 커튼 사이로 빼꼼 내민 얼굴이 온통 선망에 젖어 있어서 계속 생각났다. 정헌이 그 반 소속인 축구부원에게 전학 온 학생에 대해 묻자 공주님이라는 우스꽝스러운 별명을 알려줬다. 그리고 당장 가서 보라며 등을 떠밀어 어쩌다 교실까지 오게 됐고, 하민을 가까이에서 본 순간 멈출 수 없었다.

"아냐."

"정말 아냐?"

다 알고 있단 얼굴로 그가 달콤하게 웃었다.

"정말, 아냐."

"그럼 앞으로는 안 볼 거야?"

그 질문에는 쉽게 대답할 수 없었다. 정말 보지 말라는 소리가 돌아올까 봐.

"내…… 시선이 불편했다면 앞으로 조심할게."

"네가 그렇게 발라먹고 싶은 얼굴로 보면 내가 공을 더 열심히 쫓아가거든."

아마 지금 자신의 얼굴은 봐주기 힘들 정도로 달아올라 있을 거라 하민은 생각했다. 과학실이 어두워서 다행이라고. 이런 얼굴을 그에게 들키고 싶지 않았다.

우정헌이 정하민에게 빠졌다는 이야기는 금세 학교를 한 바퀴 돌았다.

5교시가 끝나고 교실로 돌아왔을 때 수업에 빠진 그녀를 담임이 호출했고 주의를 들은 뒤에야 풀려났다. 애초에 우정헌은 축구부라 논외였다. 교무실 어디에서도 자신과 같이 호출을 받았을 그가 보이지 않자 내심 실망했다.

"너 우정헌이랑 뭐 했어? 걔가 너 쫓아갔잖아."

평소엔 말도 걸지 않던 아이들이 순식간에 몰려들었다. 우정헌을 따라다니던 무리다.

"아무 일도 없었어."

차분한 목소리로 일축했다.

"설마 쟤랑 무슨 일이 있었겠어?"

"특이하니까 관심이 좀 갔나 보지."

특이한 애라는 말은 익숙했다. 하민 역시도 그렇게 생각했다. 특이한 외모, 분에 넘치게 과한 집안. 하지만 따라붙는 꼬

69

리표.

"표정 하나 안 변하는 거 진짜 독하다."

"아까 못 봤어? 제 엄마 창녀라는 소리 듣고도 눈 하나 깜짝 안 하더라."

책들이 바닥에 널브러져 있다. 뒤집어져 있는 의자를 일으켜 세우고 책을 정리했다.

"뭐가 그렇게 잘나서 사람을 깔봐?"

"나 너희 깔본 적 없어. 겨우 그 이유로 지금까지 괴롭힌 거라면…….."

"괴롭혀? 우리가? 얘가 얘가 생사람 잡네?"

툭 밀렸다. 자신보다 훨씬 큰, 이름도 모르는 여자애가 손바닥으로 가슴을 치자 그대로 밀려났다. 남자아이들은 여자들의 기 싸움에 끼어들고 싶지 않은지 멀찌감치 떨어져 구경 중이다.

"뭐 눈에는 뭐만 보인다고, 네 엄마처럼 남의 남자 침 바르려고 하니?"

"맞아. 윤주가 정헌이 좋아하는 거 뻔히 알면서 개랑 둘이 수업을 빼먹어?"

우정헌을 싫어하는 사람도 있던가. 모두가 그를 좋아했다. 끼어들지 않고 한발 물러서 있던 강윤주와 하민의 시선이 부딪혔다. 짜증과 분노가 얼핏 비친 눈을 보니, 여기에 참여하지 않았다고 해서 윤주가 결코 이 일에 상관없는 게 아님을 알 수 있다.

"아무 일도 없었어. 너희들 말대로 그냥 신기해서 본 거야."

구경당하는 입장이 되는 건 익숙했다. 하민이 의외로 빨리 꼬리를 내리자 여자애들은 신랄하게 비웃어댔다.

"어차피 넌 반쪽짜리야."

아무리 심한 말로 상처를 줘도 어떤 일도 일어나지 않는다는 걸 알아차린 아이들은 꽤 잔혹했다. 하민이 어른에게 일러바치지 않고, 선생님들이 어떤 제재도 하지 않자 마음껏 날뛰었다. 육체에 가해지는 폭행보다 세 치 혀가 더 무서울 때가 있다. 그저 손발을 써야만 폭력이라고 여기는 아이들은 자신들의 말이 얼마나 다른 이를 아프게 하는지 알지 못했다.

"알아."

"어디서 병신 같은 게 나타나선."

푸른 핏줄이 보이는 하얀 피부. 그 피부색보다 좀 더 짙은 회색 머리칼. 그리고 컬러렌즈를 낀 것 같은 붉은 눈동자에 도톰한 입술. 하민은 알지 못했지만 그녀가 처음 전학 왔을 때 학교가 떠들썩했다. 남자아이들 사이에서 빠르게 소문이 돌 정도였다.

지금에야 그녀의 무심함과 냉정함에 질려 말을 걸어오던 남자애들도 나가떨어졌다지만, 처음엔 그게 자연스럽게 적을 늘리는 계기가 됐다. 그러자 다른 세상에 살고 있는 듯한 생김새까지 배척받았다.

"적어도 손발은 잘 쓰고 있으니까 그런 소리 마."

"이게, 진짜!"

밀쳐지나 하는데, 제 눈앞에서 소리 지르는 여자애가 끌어내졌다.

"놔! 이거 뭐야!"

"너네 성격 좆같네, 진짜."

까드득, 까득. 그의 입안에서 막대사탕이 잘게 부서져내렸다. 한쪽 볼을 우물거리면서 팔목엔 검은 비닐봉지를 건 우정헌이 하민을 밀치려 했던 여자애의 뒷덜미를 잡고 있었다.

"저, 정헌아."

"듣자 듣자 하니 누가 부모 욕을 그렇게 해? 창녀? 웃기고 앉았네. 정하민, 넌 네 엄마 창녀 소리 듣는데 왜 가만히 있어?"

화살이 하민에게 돌아왔다. 대답하지 않고 바닥에 떨어진 책들을 쓸어 모으듯 안아 올렸다.

"이 반 새끼들은 다 좆도 없어? 뒤에서만 정하민 예쁘다고 짖기만 하지, 어떻게 된 게 개소리하는 애들한테 그만하라고 하는 새끼들이 하나도 없냐."

교실이 삽시간에 조용해졌다.

"정헌아, 그만해."

상황을 지켜만 보던 윤주가 다가와 정헌의 손에서 여자아이 교복을 떼어놓으며 부드럽게 말렸다.

"넌 반장이란 애가 뭐 해?"

"나도 지금 발견했어. 말리려던 참이고."

윤주가 하민을 흘깃거렸다.

하민은 그들과 상관없이 책상 위에 책을 정리해놓고 나머지는 서랍에 넣었다. 찢지 않은 것만도 다행이다. 전 학교에선 꽤 악랄하게 당했는데 여기선 겨우 이 정도 수준이라 차라리 낫다. 우정헌이 나타난 뒤로 묘하게 얼어붙은 분위기에도 아무렇지 않은 척 의자에 반듯하게 앉았다. 그리고 책을 펼쳐 드는데 옆에서 부스럭 소리가 났다.

"집안도 그렇게 좋다면서 물고 뜯고 싸우지? 그거 못 하겠으면 집에 일러바치기라도 하든가."

책상에 우유와 빵을 올려놓는 그의 목소리는 냉랭했다. 하민은 물끄러미 정헌을 바라보며 대답했다.

"너랑 나 사이에 무슨 일 있었어? 그것만 말해주면 애들도 조용해질 것 같은데."

과학실에서의 새빨개진 얼굴은 어디에도 없다. 싸늘하게 굳은 하민의 모습 그 어디에도 저에게 향했던 동경의 흔적은 보이지 않는다.

"아무 일도 없었지."

꼭 위험한 장난을 치는 아이처럼 정헌의 입꼬리가 비틀렸다. 그리고 빵 봉지를 좀 더 하민 쪽으로 밀었다. 깊게 숙인 상체가, 그의 손이 하민의 책상을 짚었다.

"그런데 앞으로도 아무 일도 없을 거라고 보장은 못 해."

저 꽁꽁 싸맨 것을 낱낱이 풀어버리고 깊숙이 들어 있는 알맹이를 봐야겠다. 그때의 정헌은 그 생각뿐이었다. 정하민은 대체 왜 아무것도 하지 않고 그저 시간이 흐르기만을 기다리고 있는지 알고 싶다는 욕망이 불쑥 치솟아 스스로도 당황할 정도였다. 처음 축구공을 찼을 때 마음 깊이 넘실거리던 희열과는 다른 뜨거운 것이 가슴을 끓게 했다.

"먹어, 공주님. 나 보느라 점심도 못 먹었잖아."

그는 막대사탕을 하나 더 꺼내 으득으득 씹었다. 하민의 뭐라도 되는 것처럼 구는 정헌에게 아이들은 아무 말도 하지 못했다.

까드득. 막대 부분까지 씹히는 소리가 선득하다. 하민이 움직이는 그의 입술을 바라봤다. 그 입안에서 씹어 먹히는 게 꼭 저 같아 소름이 돋았다.

학교 앞에 외제차가 서 있었다. 원래는 기사 아저씨가 데리러 오는데 수지는 시간이 날 때마다 직접 하민을 데리러 왔다.

그녀의 성격을 닮아 새빨간 페라리는 엔진음을 날리며 떡하니 교문 앞에 세워져 있다. 찢어진 청바지에 흰 셔츠 하나만 입고 있는 수지는 눈에 띄는 존재다. 게다가 오후 늦게 정규수업이 끝날 즘 유일하게 특혜를 받고 돌아가는 하민을 흘겨보는 눈들도 많았다.

빛이 투과되지 않는 양산을 쓰고, 발목을 감추는 바지와 손등까지 덮는 블라우스를 입고, 선글라스까지 쓴 하민의 등으로 가지가지 한다는 비난이 쏟아졌으나 하민은 돌아보지 않았다. 오로지 저 앞에서 손을 흔들고 있는 수지를 향해 걸어갔다.

"언니, 바쁘실 텐데."

"바빠도 너 데리러 오는 보람은 있지. 뒤에는 친구들이야?"

수지가 턱짓하기에 무심코 돌아보다가 운동장에서 공을 차며 몸을 풀던 정헌이 이쪽으로 달려오는 걸 발견했다. 공만 쫓아다니는 축구부 애들이 그 뒤를 우르르 따르고 있어 저도 모르게 숨을 흡 들이켰다.

"와, 좋을 때다."

수지가 휘파람을 나직하게 불었다.

건장한 남자애들이 단번에 교문을 넘자 수위아저씨가 당황해 뛰어온다. 하민의 발치에 그가 찬 축구공이 도로록 굴러와 멈췄다.

"안녕하세요!"

정헌이 수지를 향해 붙임성 좋게 머리를 숙였다.

"우리 하민이 친구?"

"네."

"아니에요, 언니."

서로 다른 대답을 하는 두 사람을 수지는 의미심장하게 쳐다봤다. 누군가 하민을 따라온 적도 처음이고 일단 수지가 이 학교에서 본 하민의 친구라는 아이도 처음이다. 하민은 학교생활에 대해서 절대 입을 열지 않았다.

"잘생겼네."

수지가 정헌에 대해 객관적인 평가를 내렸다. 우정헌을 따라 몰려온 대여섯 명의 아이들은 페라리를 보고 흥분해 주변을 돌면서 탄성을 질러댔다.

"우정헌이라고 합니다."

"아……."

어디서 들어본 듯한 이름에 머릿속을 재빨리 뒤지던 수지가 곧 작은 탄성을 뱉었다.

"청소년 국가대표, 맞지?"

얼마 전 해외에서 큰 활약을 떨쳤다던, 축구계의 미래라는

우정헌의 기사를 본 적 있다. 신문이란 신문은 모조리 읽는 수
지였기에 그를 알아보기란 어렵지 않았다.

"네."

"실물이 사진보다 나은데?"

"감사합니다."

"언니, 얼른 가요."

정헌과 수지가 말 섞는 걸 초조하게 바라보던 하민이 수지의
팔을 붙잡고 흔들었다.

이거 묘한데? 수지는 속으로 웃음을 삼켰다. 그녀가 아는 스
포츠 스타들은 어릴 때부터 여자관계가 문란했다. 한번 우정
헌에 대해 알아볼까 싶어 고개를 끄덕이고는 조수석 문을 열자
양산을 접은 하민이 냉큼 올라탔다.

똑똑. 조수석 창문을 두드린 우정헌이 짙게 선팅된 차창 밖
에서 웃고 있었다.

"정하민."

하민은 대답하지 않았다. 앞만 고집스럽게 바라보자 운전석
에 앉은 수지가 짓궂게도 창문을 내려준다.

"언니!"

"내일 점심 같이 먹어."

용건은 그것 하나뿐이었는지, 우정헌은 하민의 대답을 듣지
도 않고 손을 흔들며 물러났다. 그리고 차 옆에 떨어진 축구공
을 발끝으로 통 차올려 손으로 받아든다. 하민이 대답 않고 정
면만 보자 마침내 차가 출발했다.

"우리 하민이, 남자친구 생기는 거야?"

"그런 거 아니에요."

"이상하네. 내가 우정헌에 대해서 아는 건 누가 언니 신문에서 스포츠 기사만 쏙 골라 봐서인데."

수지는 눈치가 빠르다.

"오랜만에 하민이 친구 봐서 좋다."

친구가 아예 없었던 것은 아니다. 하지만 그 아이가 어떻게 됐는지 떠올린 하민은 긴장으로 굳어졌다. 그걸 알면서도 수지는 멈추지 않았다.

"우정헌에 대해 알아볼 거야. 이상한 애는 아닌지 정도만."

"……그러지 마세요, 언니."

"우리는 네가 상처받는 걸 바라지 않아. 운동하는 애들은 뇌도 근육으로 돼 있어서 단순하거든. 따르는 여자도 많아서 말도 못하게 문란한 애들도 있고."

우정헌은 그렇지 않다는 말이 목 끝까지 치솟았으나 수지가 옹호와 관심으로 받아들일까 봐 애써 삼켰다. '우리'. 그 우리는 AE 본가, 자신이 속해 있는 집안을 가리킨다.

"그냥 오늘 우연히 말을 섞었을 뿐이에요. 저 축구 좋아해서 기사 읽어본 거고, 정말 그냥……."

"우리 하민이 필사적이네."

수지는 웃었다. 그리고 버릇처럼 셔츠 앞주머니에서 담배를 빼 물려다 하민을 생각하고 손을 다시 운전대에 놓았다. 백색증 환자는 면역력이 약하다. 하민은 깨지기 쉬운 유리 같은 아이다. 어릴 때부터 잔병치레도 많아 몸에 안 좋은 건 최대한 하지 못하게끔 수지가 꽁꽁 싸매고 돌았다.

"저녁, 언니랑 먹고 들어갈까?"

"네. 좋아요."

하민이 본가에서 먹는 저녁을 별로 좋아하지 않기에 그리 물으니 긍정의 대답이 돌아왔다.

"언니…… 오빠에겐 말하지 마세요."

"왜? 오빠도 알면 좋아할 텐데."

"그냥……."

수지는 모르는 체하며 운전대를 부드럽게 돌렸다.

"학교에서 별일은 없고?"

"아무 일도 없어요."

"괴롭히는 애들은?"

"없어요."

우정헌은 왜 잘난 네 집안에 일러바치지도 않느냐 했다. 하민은 제 입이 저지른 실수를 누구보다 잘 알고 있다.

"전학 온 지 꽤 됐는데, 왜 우리 하민이는 언니에게 친구 하나 소개 안 해주는 걸까."

수지는 짐짓 서운하다는 투다. 그 말에서 왠지 자신이 학교에서 겪는 것을 알고 있다는 듯한 뉘앙스가 풍겨 장갑을 낀 손에 땀이 고였다.

"언니는 서운해."

"저 붙임성 없는 거 아시잖아요."

"맞아. 언니랑 나이 차이도 많이 나고 늦둥이인데 애교가 없어도 너무 없어. 아빠도 서운해하시더라."

정 회장은 하민이 예뻐 죽으려 했다. 아내에 대한 미안함에 마음껏 대놓고 아끼며 품지는 못하지만, 어떻게든 끼고돌고 싶어 안절부절못하는 게 눈에 보일 정도다. 이제는 세월이 지났으니 대놓고 표현해도 어머니도 딱히 뭐라 안 하실 텐데 유독 조심했다.

"엄마도 너 안 미워해."

미워했다면 애가 아플 때마다 주치의를 달달 볶을 리 없다. 감기에 걸리거나 혹은 가장 빈번한 일인 햇빛에 화상을 입거나 하면, 최 여사는 하민에게 티를 내진 않지만 주치의에게 제대로 치료하라고 몇 번이나 당부하고 주의사항을 귀여겨듣곤 한다. 알비노, 즉 백색증에 대한 외국 논문들을 뒤적이는 것도 어머니였다.

만약 이렇게 다 큰 상태로 하민이 집안에 들어왔다면 상황은 달랐을지도 모른다. 자신은 너무 어릴 때 하민을 봐서 마냥 좋았고, 어머니는 충격을 받았다가 그 작은 아이가 열이 머리끝까지 오르고 하루가 멀다 하고 아프니 어느새 미움은 사위어들어 제 보호 아래 있는 새끼라고 인식한 모양이다.

"알아요."

다정하게 이야기하시는 법은 별로 없지만 그렇다고 사모님이 저를 미워하진 않는다는 걸 알고 있었다. 다만 하민은 자신의 생모를 용서할 수 없었다. 가정이 있는 남자를 꼬드겨 의도적으로 자신을 낳고 막대한 돈을 받아 사라졌다.

어릴 땐 몰랐는데 우연히 집안 고용인들이 하는 이야기를 들은 뒤부터 하민은 제 처지를 한 번도 잊은 적 없다. 정 회장의 하룻밤 실수로 생겨난 게 저였다. 중학생이던 하민이 유전자 검사를 하자고 먼저 이야기를 했을 때의 충격받은 그의 얼굴은 아직도 생생하다. 그리고 하민은 깨달았다. 이미 유전자 검사는 마쳤음을, 그렇기에 그녀가 이 집에 들어올 수 있었음을.

"벌……."

머리로 생각하던 게 입 밖에 나왔다.

"응?"

"아니에요."

하민이 차창을 바라보며 서둘러 입을 닫았다. 자신이 이렇게 남들과 다른 외모로 태어난 건 이 화목하고 안온한 가정을 깨트린 벌이 아닐까. 너는 절대 이 안에 섞이지 못한다고. 비단 이 가정뿐만 아니라 이 세상에서 계속해 사람들의 구경거리가 되고 손가락질거리가 되는 게 제게 내려진 천벌이 아닐까.

조용히 아무도 없는 곳에서 혼자 살고 싶다. 고등학교를 졸업하면 뭐가 달라질까. 보통은 대학생활을 기대하는데 하민은 그런 게 없었다. 그저 사람들에게서 벗어나고 싶었다.

"하민아, 무슨 일 있으면 언니에게 바로 말해야 해."

룸미러로 수지와 눈이 마주쳤다. 다정하게 웃고 있는 수지의 얼굴을 보면서 하민이 천천히 마주 웃었다.

"네. 그럴게요."

마음이 안쪽부터 곪아가고 있는 것 같다. 더 입을 열었다간 제 속의 악취가 퍼질까 봐 하민은 아무 말도 하지 않았다.

→ ◆ ←

점심시간 종이 울렸다. 아이들은 쏟아져 나가듯 사라졌고 여자애들 무리는 뒤늦게 일어났다. 자신에게 뭐라 시비를 걸 것 같아서 책을 잡은 손에 힘이 들어갔다.

"책 보고 있으면 뭔가 있어 보이는 거 같지?"

지나가면서 툭 던져진 말을 못 들은 척했다. 누군가가 하민의 책을 집으려던 때다.

"빨리 밥 먹으러 가자."

반장인 윤주다. 윤주는 여자애 손을 잡고 문 쪽으로 밀면서 고개를 숙이고 있는 하민의 머리꼭지를 일별했다. 쉬는 시간마다 하민을 보러 왔던 정헌이 점심시간에 안 올 리 만무했다. 또다시 이런 꼴을 보인다면 화살은 자신을 향할 게 뻔해 애들을 말린 것뿐이다.

윤주의 짐작대로 식판 두 개를 들고 교실 안으로 들어서던 정헌이 하민 주변의 여자애들을 보며 눈썹을 들어올렸다.

"정헌아, 서운해. 우리가 뭘 했다고 그렇게 봐?"

"나도 니들이 다수로 둘러싸면 무서워. 쟨 얼마나 무섭겠어?"

"우리 그냥 지나가는 건데."

억울하다는 목소리를 뒤로하며 정헌이 식판을 하민과 그 짝의 책상에 올려놨다.

"밥 먹자."

우정헌 몫의 식판은 어마어마했다.

"……식당 밖으로 식판 가지고 나오는 거 교칙 위반 아냐?"

"내가 영양사 누나랑 친해. 밥 먹고 곱게 반납만 하면 돼."

"아, 별꼴이야, 정말."

"윤주가 훨씬 낫지, 어디서 저런 거랑."

종알대는 여자아이들의 목소리가 들렸다. 윤주가 기가 막힌 얼굴로 이쪽을 쳐다보자 하민은 미친 듯이 불편해졌다.

"강윤주."

정헌이 기어이 하민의 손에 숟가락을 들려주며 윤주를 불렀다.

"응."

항상 모두에게 친절한 이미지인 강윤주가 정헌의 말에 부드럽게 웃으면서 대꾸했다. 정하민 따위 신경에 거슬리지 않는다는 걸 온몸으로 보여주려는 듯한 미소였다.

"너랑 나랑 무슨 일 있었어?"

"……뭐?"

"왜 애들이 오해하게 하고 그래?"

어제 하민이 제게 했던 말을, 정헌이 그대로 윤주에게 돌려줬다. 고등학교에 입학하고 한 반이 되고 나서부터, 윤주는 우정헌만을 맹목적으로 좇았다. 그는 신경도 쓰지 않았지만 모두가 둘이 사귀는 거 아니냐고 할 정도로 정헌의 가장 가까이 있는 이성은 윤주뿐이다.

분노로 몸이 바르르 떨렸다. 분노보다 더 짙은 건 반 아이들 앞에서 이런 말을 대놓고 들은 수치심이다. 아이들은 꼴좋다고 생각할 거다. 어제 일로 닭 쫓던 개 지붕 쳐다본다고 쑥덕이던 소리도 들었다. 꽉 쥔 작은 주먹이 바들바들 떨리는 것을 알아차린 다른 아이가 윤주를 데리고 황급히 교실을 나섰다.

"신경 쓰여?"

고소한 밥 냄새가 올라왔다. 굶는 데 익숙해져서 괜찮을 줄 알았는데 막상 냄새를 맡으니 배가 고팠다.

"너 저런 거 신경 안 쓰잖아."

우정헌은 사람의 밑바닥을 쿡쿡 찔렀다.

"나도 쟤들이랑 똑같아. 신경 쓰여."

"너 속눈썹도 은색이네."

하민이 주저하다 대답을 하는데 정헌이 그녀의 내리깐 속눈썹을 가까이에서 지켜보며 말했다.

"회색이야."

흐린 하늘처럼 멍청하고 칙칙한 색이다. 어릴 때 별명은 할머니, 혹은 마녀였다.

"어두운 데서 보면 그런데, 이렇게 밝은 날 보면 온통 반짝거려."

피부도 하얀데 머리카락마저 반짝거렸다.

적빛 눈동자가 그를 물끄러미 응시했다. 누가 누구를 보고 반짝인다고 하는지 하민은 이해가 되지 않았다.

"내가 안 이상해?"

"이상하지."

정헌의 대답에 가슴이 조여들었다. 그래, 이상하지 않을 리 없다. 거울을 볼 때마다 하민 스스로도 낯선데 그에게 너무 많은 걸 바랐다.

"희미하게 창문 너머로 봤을 때는 별 감흥이 없었는데 가까이에서 보고 나니까 내가 이상해질 정도야."

그저 신경이 쓰이는 정도였다. 하지만 만나고 난 뒤엔 달라졌다.

"나는 널 알고 싶어서 꽤 귀찮게 굴 것 같은데."

하민이 밥을 먹을 생각이 없어 보이자 정헌이 크게 한술 떠 반찬까지 얹어 입 앞에 내밀었다.

"그러니까 빨리 먹고 빨리 커. 그래야 내가 뭐라도 할 수 있지."

다른 의미로 체할 것 같다. 정헌의 눈이 희미한 열기를 품고 있었다. 잔디밭에 있었던 저의 동경이 눈앞에서 숟가락을 내밀며 밥을 먹으라 채근했다. 마른침을 넘기는 하민을 정헌은 웃으면서 바라봤다.

"침 넘어갈 정도로 내가 좋으면 침 발라봐."

그 뻔뻔스러움에 하민이 픕, 웃었다.

"아직 그 정도로 좋지는 않아."

그렇게 입을 떼는데 안으로 숟가락이 밀고 들어왔다. 아기에게 하듯 밥을 떠먹여주던 정헌이 하민의 침이 묻은 숟가락을 제 입에 물었다.

"그거⋯⋯."

음식물 때문에 제대로 말을 끝맺지 못했는데, 그가 숟가락에 묻은 남은 밥풀을 자연스럽게 혀로 떼 먹는다.

"뭐가?"

"더럽잖아."

재빨리 입에 든 것을 삼키고 하민이 말했다.

우정헌이 제가 물고 있던 걸 하민의 입에 다시 넣었다. 딱딱

한 쇠가 혓바닥에 닿는다.

"더러워?"

대답할 수 없었다. 귀 끝까지 곧장 붉어지는 얼굴을 보면서 우정헌이 속삭였다. 창문 틈새로 불어온 뜨거운 바람이 귓가를 간질였다.

"지금 네가 생각하는 거랑 내가 생각하는 게 같은 것 같은데."

기어이 다시 하민의 입에서 나온 숟가락을 들고 밥을 먹기 시작한 우정헌에게서 벗어나려 하민이 식판의 밥을 입에 욱여넣었다.

속이 울렁거린다. 체했을 때와는 조금, 다른 느낌이었다.

Chapter 2

우정헌과 정하민은 친해질 수밖에 없었다. 그는 시도 때도 없이 하민의 교실을 찾아왔고 심지어 빈자리에 앉아 같이 수업을 듣기도 했다. 학교는 축구부에 관대한 편이었다. 게다가 우정헌은 성적도 좋아서 축구 때문에 자신의 반 수업을 빼먹었다며, 천연덕스럽게 "선생님 수업 꼭 듣고 싶어서요!" 하면서 엉겨붙었다. 모두가 우정헌을 좋아했다.

가끔 축구부 코치가 그의 귀를 잡고서 사라지는 것만 아니면 정하민의 곁에는 정헌이 있었다. 대답 하나에도 귀를 기울여주고, 한마디도 허투루 듣는 법이 없는 상대가 있다는 건 이상한 기분이었다.

"그럼 당연히 사귀는 거 아닌가?"

이렇게 햇볕이 강한 날, 밖에 나와본 적은 거의 없었다. 그것도 이렇게 운동장 한구석에 있을 일은 더더욱 없었다. 체육시간에도 혼자 교실에 남아 있는데 우정헌이 기어이 하민을 끌어냈다. 자신의 운동복 상의와 하의를 전부 하민에게 입혀 손가락 끝까지 가리게 한 채 양산과 선글라스까지 쓰는 중무장이었다.

"푸읍!"

그가 가져다준 시원한 이온음료를 뿜어냈다. 정헌은 픽 웃으면서 제 운동복 소매로 슥슥 닦아줬다.

"내 온 학교생활이 넌데."

사레들려 캑캑거리는 하민의 등을 그가 커다란 손으로 부드럽게 토닥였다. 운동하고 있던 애들 몇몇이 놀림 삼아 휘파람을 불었다. 선글라스 너머로 새카만 정헌의 얼굴이 보였다.

"말도 안 돼."

하민이 겨우 그 한마디만 하고 다시 콜록거렸다.

"왜 말이 안 돼? 나 지금 까인 거야?"

달콤한 목소리로 웃으면서 묻지만, 하민은 그게 결코 농담이 아니란 걸 깨달았다. 그는 지금 몹시 기분이 안 좋다.

"그냥 친구로 있었으면 해."

"곤란한데."

정헌은 하민의 앞에 딱 붙어 앉아 든든한 그늘이 돼주었다. 손이 양산 아래 머리카락을 슥슥 문질러준다. 그리고 머리카락 끝부터 턱까지 죽 내려간 손길이 하민의 턱을 들어올렸다.

"요새 꿈에 네가 자꾸 나와."

달콤한 목소리는 어느새 지독하게 낮아져 탁하게 갈라졌다.

"……왜?"

"몰라서 물어?"

정하민이 꿈에 나오기 시작한 진 오래다. 다만 그가 입을 다물고 있었을 뿐. 벌써 뜨거운 열기에 양산을 썼음에도 반쯤 익은 얼굴이 곧 터질 홍시 같았다. 먹으면, 달아 견딜 수 없으리라.

"너 내 꿈에 홀딱 벗고 나와."

"정헌아."

서둘러 주변을 살폈다. 다행히 아무도 없었지만 하민은 제가 뭘 들은 건지 제대로 파악하지 못했다.

"네 알몸 본 거 책임질게."

"너…… 너…….."

머리끝까지 열이 올라 이대로 기절할 것만 같다. 기절조차 하지 못하게 진중하게 다가온 눈빛만 아니면 정말 정신을 놓았을지도 모른다.

"나랑 만나. 너 요새 웃는 것도 늘었어. 그게 전부 나 때문이면 친구 같은 건 못 해."

"하아…… 하아…….."

하민이 심호흡했다. 저쪽에서 그의 코치가 빨리 안 뛰어오냐며 거칠게 휘슬을 불었다. 하지만 그녀의 대답을 듣기 전에는 움직이지 않을 것처럼 정헌은 가만히 있다.

"친구 하면 평생 같이…….."

"웃기지 마. 남녀가 평생 같이 있을 수 있는 다른 방법도 있어."

이마가 따끔했다. 그가 손가락을 퉁기며 하민을 다그쳤다. 가슴이 뛰었다. 어설픈 미래가 순식간에 환영처럼 눈앞을 스치고 지나갈 정도였다.

"네가 나 빼곤 신경 쓰지 않아도 되는 곳에서 살게 해줄게."

정헌은 축구를 좀 더 열심히 해서 하민과 함께 외국에 나가게 되면 좋을 것 같다고 막연히 생각했다. 스스로 평가해도 축구를 꽤 잘하는 편이고, 이대로라면 해외 쪽 스카우트도 긍정적이었다.

"그걸 어떻게 믿어? 사람 마음이란 거, 한순간에 바뀌기도 하는데."

그리고 목적을 위해서라면 무슨 짓이든 할 수 있는 자신의 친모 같은 사람도 있다. 목적을 가지고 낳은 아이가 바로 저였으니까. 큰돈을 받은 친모를 다시는 볼 수 없었다.

"한번 정하면 나는 끝까지 가."

축구가 그랬고 정하민이 그랬다. 그는 인생에서 단 두 개만 선택하기로 했다. 너무 많은 것을 모두 가지고 갈 필요는 없다. 가장 필요한 것. 가장 잘하는 것과 가장 원하는 것.

그가 코치의 부름에 드디어 등을 돌렸다. 선글라스로 가려진 자신의 눈동자를 정헌이 미처 확인하지 못해 다행이다.

"그런 말 들으니까 좋니?"

언제부터 있었는지, 우정헌이 사라진 자리를 강윤주가 채웠다.

"아……."

"나, 너에 대한 얘기 들었어."

하민과 친한 것처럼 옆에 앉아, 이쪽을 돌아보는 정헌을 향해 상냥하게 웃으며 윤주가 손을 흔들어줬다. 살짝 미간을 좁힌 그가 이내 공을 따라 움직였다.

"혜원고에 중학교 동창이 있거든."

혜원고라는 말을 듣자마자 하민의 얼굴이 굳었다.

"너랑 친했던…… 누구더라."

"……말하지 마."

그 이름은 어딘가에 묻어 하민조차 감히 꺼내지 못하는 것이었다.

"아, 박윤아?"

양산을 쥔 손이 부들부들 떨리는 걸 윤주는 웃음을 삼키고 바라봤다. 고작 이름 하나에 이렇게 반응할 정도라니.

혜원고에 다니는 친구에게 이 이야기를 듣자마자 생각했다. 밝은 우정헌의 미래에 이 애가 있어서는 안 된다고. 우정헌을 좋아해 정하민을 질투해 이러는 게 아니라고 스스로를 다독였다. 우정헌을 위해 제가 나서서 이 무서운 계집애를 떼어주려는 거다.

"걔 자살했다면서? 그것도 온 가족이 전부 다."

「나 좀 살려줘. 하민아, 우리 친구잖아. 나 좀 살려줘, 하민아.」

윤아가 죽기 전날 찾아와 전교생 앞에서 무릎을 꿇고 빌었다. 무슨 일이냐고 물어도 울면서 말해주지 않았다. 그저 몇 번이나 살려달라고 비는 윤아에게 하민이 해줄 수 있는 건 아무것도 없었다.

「너는 곧 우리 집안의 얼굴이야. 너에게 기어오르는 게 있으면 밟아주면 돼. 네 자존심이 곧 AE의 자존심이야. 우리 집안이 얕보이는 건 그룹 전체가 얕보이는 거다.」

AE그룹이 얼마나 대단한지 고작 고등학생 애들은 막연하게 생각할 뿐 제대로 인지조차 못 한다.

윤아는 하민의 친구였다. 함께 놀았고 종종 그녀의 집에서 식사를 하기도 했다. 난생처음 친구가 생긴 하민은 마음을 놓았다. 뒤로는 음험하게 하민을 얕보고 욕하고 심지어 아이들을 선동해 그녀를 따돌리게 만든 게 윤아라고 해도 전부 이해했다.

하민은 물주였고, 제 하나뿐인 친구를 위해 그녀는 못 할 일이 없었다. 점점 많은 걸 요구받았다. 처음엔 집안 사정이 어렵다는 이유로 하민의 카드를, 옷을, 가방을 빌리더니 종국엔 장식품처럼 하민을 데리고 다녔다.

하민의 집안에서 이를 알게 된 건 몇 달이나 지난 뒤였다. 하민의 씀씀이가 커진 걸 수상하게 여긴 수지가 알아보다 학교에서의 따돌림 주동자와, 그로부터 파생한 온갖 더러운 소문을 알게 됐다.

작은 중소기업을 운영하던 한 집안이 일격에 풍비박산이 났다. 수백억 원대의 빚을 떠안게 되었고, 어디에서도 구원의 손길은 내려오지 않았다. 결국 그 집안의 가장은 가족의 동반자살이란 극단적인 선택을 했다.

"나는…… 관계없는 일이야."

"정말 그래? 그럼 앞으로 우정헌에게 나쁜 일이 생겨도 너 때문이 아니란 거야?"

언니인 수지가 정헌의 존재를 알고 있었다. 우정헌에 대해 어떤 결론을 내렸을까. 자꾸 땀이 나 장갑을 아예 벗어버린 하민이 갈라진 입술을 깨물었다.

"너 정말 무섭더라. 어떻게 친구가 죽었는데 눈 하나 깜짝 안 하고 바로 전학을 올 수가 있지?"

제게 빌던 윤아가 기억났다. 아버지는 해외에 계셔서 오빠인 주호에게 부탁했을 때 돌아온 대답은 자신이 곧 AE의 얼굴 중 하나라는 것이었다. 한 집안을 죽음으로 몰고 갈 수 있는 돈과 권력이 있으니 마음껏 쓰라는 말이 무서웠다. 자신에게 그런 힘이 있다면 제발 윤아의 가족을 구해달라고 하자 주호는 냉정하게 고개를 저었다.

"벌써 집에다 이른 건 아니지? 설마 몇 마디 했다고……."

"안 그랬어. 나는 아무것도 안 했어."

"아무것도 안 해? 친구가 죽게 생겼는데 그게 더 나쁜 거 아니야?"

두 손에 얼굴을 묻었다. 손바닥이 축축했다. 온몸이 싸늘하게 식었다.

"정헌이는 축구가 전부인 애야. 네 말 한마디면 쟤 인생이 박살날 텐데, 박윤아처럼 안 만들 자신 있어?"

"나는…… 난…….."

"그냥 물어본 거야. 내가 너한테 뭐라고 했다고 이렇게 떠니?"

하민은 말을 더듬었다. 장례식장에 찾아갔을 때 자신에게로 쏟아지던 시퍼런 시선들. 스치듯 들려오는 살인자라는 소리.

정신과 치료를 받아야 했을 정도로 온통 피폐해졌다.

"쟨 유럽 진출이 목표야. 그거 좌절되면 정헌이도 박윤아처럼 되지 않으리란 보장이 어딨어?"

양산이 떨어졌다. 눈가가 축축해져 선글라스까지 벗었다. 손 안에서 우그러진 플라스틱이 손바닥을 날카롭게 찔렀다.

"우정헌이 박살나고 난 뒤 후회하면 너무 늦을 것 같아서. 친구로서 해주는 말이야."

"무슨 일이야?"

하민의 상태를 멀리서 지켜보던 정헌이 훈련에서 빠져나와 다가온다.

"아, 하민이가 햇볕에 너무 오래 있었나 봐. 보건실에 데려다주고 올게."

윤주가 하민을 부축했다. 창백한 뺨을 타고 흐르는 물기에 정헌이 다가와 제 품으로 하민을 끌어당겼다.

"손대지 마."

경계하듯 정헌이 윤주에게 이를 드러냈다.

"나는 그냥 하민이가 몸이 안 좋은 것 같아서……."

"얘가 무슨 소리 했어?"

덜덜 떠는 하민의 귀에 정헌의 목소리는 들어오지 않았다. 그가 주저 없이 하민을 안아 들었다.

"구급차 부를까?"

"아니…… 아니……."

하민이 정헌의 목을 꽉 끌어안았다. 방금까지 햇볕 아래에서 뛰고 온 그의 목덜미가 땀으로 젖어 있었다. 거기에 정신없이 얼굴을 부볐다. 젖은 눈가가, 입술이 비벼지자 하민을 데리고 재빨리 보건실로 가던 정헌의 걸음이 느려졌다.

"너 뭐 하는 거야."

"나 때문에 사람이 죽었는데."

저도 모르게 그 말이 튀어나왔다. 우정헌에게 하는 모든 말은 하민의 진심이다.

"그게 뭐."

무심한 대꾸가 돌아왔다.

보건실 문을 열고 들어가자 선생님은 잠깐 자리를 비웠는지 아무도 없었다. 일단 침대에 하민을 눕혀놓고 손바닥으로 이마를 짚었다.

"열은 없는데 왜 이렇게 식은땀을 흘려?"

"너는 괜찮아?"

"너 때문에 사람이 죽었는데 왜 나보고 괜찮냐 물어?"

항상 자잘한 부상으로 드나들던 보건실이라 깨끗한 거즈가 어디 있는지 알고 있었다. 그걸 찾아 하민의 이마를 닦아주고 드러난 목덜미의 식은땀을 닦아줬다.

"나 때문이니까. 내가……."

"네가 죽었으면 지금쯤 소년원에 있었겠지. 그게 나랑 무슨 상관인데? 강윤주가 너보고 살인자래?"

앞뒤는 알지 못했지만 강윤주가 무슨 소릴 했을지 짐작이 갔다. 붉게 흔들리는 동공이 지나치게 예뻐서 속눈썹에 붙은 눈물을 그가 빨아 먹었다.

"으……."

"별 시답잖은 소리에 벌벌 떠네."

그가 속눈썹에 입을 맞췄다는 것도 알아차리지 못한 채 다시 눈물이 고여 글썽글썽한 눈동자는 불안으로 떨리고 있었다.

"네 집안 무서운 거 나도 알아. 네가 지금 이렇게 떠는 이유랑, 너 괴롭히는 애들 입도 뻥끗 안 하는 이유를 종합해보니 대충 알 거 같고."

하얀 얼굴이 손바닥에 찹쌀떡처럼 짓뭉개졌다. 살짝 벌어져 색색대는 숨을 내쉬는 입술을 정헌의 그림자가 덮었다. 하민이 마시던 이온음료 맛이 고스란히 나는 혀는 숨 막히게 뜨거웠고 녹을 것처럼 질척였다.

"망가지는 것들에겐 이유가 있어. 나는 쉽게 망가지지 않을 거고."

두 눈을 곱게 접으며 정헌이 웃고 있었다.

"네 집안이 네 소중한 것에 손댔을 리가 없잖아. 나는 그 방법이 아주 마음에 드는데."

그는 냉철했다. 스포츠를 하다 보면 간혹 그런 순간들이 생겼다. 보다 냉혹하게 상대를 바라보고 경기를 읽어야 그 흐름이 보인다.

"나라면 좀 더 잔인하게 부숴버렸을 거야."

하민이 몸을 웅크린다. 있는 대로 웅크리자 생각보다 더 작은 몸에 정헌은 혀를 가볍게 찼다.

"배의 배로 갚아줘야 아무도 건드리지 못하지."

하민은 미소가 늘어났다. 그걸 보고 침 흘리는 놈들이 늘어난 건 당연했다. 그 웃음이 온전히 자신을 향한다는 걸 알면서도 배알이 뒤틀리고 심사가 꼬였다. 정헌은 애초에 지독하게 이기적인 성격이다. 타인에게, 그것도 같은 사내놈들에게 기회를 줄 리 만무했다. 자신이 발견하고 예쁘게 틔우려 하는 꽃을 누가 꺾어가게 둘 리가.

"네 집안이 무서워서 말을 못 하겠다면 나를 칼로 써."

제 타액에 젖어 번들거리는, 눈이 돌아갈 정도로 예쁜 하민의 입술을 핥으면서 정헌이 말했다.

"살을 좀 찌워야겠어. 너 지금 안으면 그대로 부서질 거 같아."

울먹거렸던 하민이 뒤늦게 그가 무슨 말을 하는지 알아차리고선 정헌의 어깨를 때렸다.

"이제 좀 정신이 들어?"

"너……!"

"집중 잘하네. 나 키스는 처음이었는데 안 서툴렀어?"

상대의 혀를 빨고 타액이 섞이는 과정을 영화에서 몇 번 봤지만 그렇게 입을 맞추고 싶은 상대는 없었다. 하지만 하민의 입술을 본 순간 충동이 일었고 기회를 놓치지 않았다.

"웃……."

"여기 좀 부었어."

아랫입술의 도톰한 부분을 그가 손끝으로 눌렀다. 머릿속에서 박윤아의 이름이 깨끗하게 지워질 정도로 정헌은 하민이 제게만 집중하게 만들었다.

영화에서 왜 그렇게 서로를 물고 빨았는지 좀 알 것 같았다. 하얀 얼굴에 유독 붉은 입안이 열을 올리게 만든다.

"나는 운동으로 다 발산해서 성욕이 별로 없을 줄 알았거든."

정헌의 눈동자는 기묘한 열기를 띠고 있었다.

"그런데 아닌가 봐."

"……여기 보건실이야."

"보건실이 아니면 돼?"

"아니."

"그럼 학교가 아니면 돼?"

하민의 눈동자가 흔들렸다. 어느새 눈물이 쏙 들어갔고, 어떤 대답을 해야 좋을지 몰라 머리를 굴렸다.

"네가 기분 나쁘지 않았다면, 입술만 빨게 해줘."

한 번만 더 입술이 닿고 싶었다. 제 체온보다 더 뜨겁고 달콤했던 혀를 다시 한 번 맛보고 싶단 욕망이 참을 수 없을 만큼 그를 충동질했다.

"나도 처음이라 뭘 어떻게 해야 할지 모르겠어."

한숨과 함께 하민이 말했다. 그리고 미처 그 한숨이 끝나기도 전에 정헌의 입술이 찾아왔다. 부어 있는 아랫입술을 집요하게 빨고 신음과 함께 벌어진 안쪽으로 혀가 밀고 들어왔다. 어설프고 서투른 입맞춤이다.

"우웃……."

하민의 입이 그의 입술을 삼킬 것처럼 벌어졌다. 두 손이 누워 있는 그녀의 얼굴을 감싸고 이리저리 돌려가며 입을 맞췄다. 타액이 흘러 목 안을 적시고 입꼬리를 타고 흘러내렸다.

"후웁…… 웁……."

숨을 제대로 쉬지 못해 그의 어깨를 탁탁 두드렸을 때 정헌
이 아쉬운 얼굴로 몸을 세웠다.

"미치겠네."

처음이었다. 그가 목까지 빨개지는 건.

"얼굴 붉히지 마. 나까지 더 부끄럽잖아."

"넌 좀 더 부끄러워해도 돼."

하민이 꼬물꼬물 보건실 담요를 머리끝까지 뒤집어쓰면서
말했다. 끝만 겨우 나와 있는 뒤통수를 그가 건드리면서 덧붙
였다.

"막 익어서 한입에 삼켜도 될 것 같거든."

남은 졸업까지 참을 수 있을까. 키스를 하니 손이 나갈 것 같
다. 정헌이 머리를 털었다.

선생님이 돌아오기 전까지 둘은 아무 말도 하지 않았고 어색
한 침묵만 보건실을 감돌았다.

이른 하교를 한 뒤 저택의 거실로 들어서서 습관처럼 말했
다.

"다녀왔습니다."

"왔니?"

거실의 소파에 앉아 영문신문을 보고 있던 최 여사가 대답하
며 돋보기를 조금 올려 하민을 바라봤다.

"네."

사회활동으로 바빠서 집에서 부딪히는 일은 거의 없었다. 이
런 오후에도 으레 약속이 있어 집을 비우는 날이 많은 최 여사

98

와 마주하는 건 오랜만이라 하민이 고개를 숙여 인사했다.

"이리 앉아보렴."

최 여사가 신문을 접고 소파를 가리켰다. 눈에 띄게 긴장한 기색인 하민을 보면서 씁쓸함을 감췄다. 그래도 저를 키워준 어미인데 하민은 남처럼 군다.

"영문과에 가고 싶다고?"

지망대학과 학과를 임의로 써서 냈는데 최 여사가 알고 있었다. 하민이 고개를 끄덕이자 그녀가 주방 쪽으로 목소리를 냈다.

"여기 애 먹을 간식 좀 가져와요. 어째 볼 때마다 말라가니."

하민이 자신을 부담스러워하고 피하려 하는 걸 알고 있어 최 여사는 거의 하민에게 신경 쓰지 않는 편이다. 자신이 나서서 뭔가를 하기보단 그나마 제일 편하게 여기는 수지를 통해 의사를 전달했다.

"죄송합니다."

"그건 죄송할 일이 아냐. 그럴 땐 잘 먹겠습니다, 해야지."

티브이에 흔히 나오는 막장 드라마의 그것처럼 학대당하거나 멸시를 받은 적이 없다. 한 번도 소리 내 말하지 못했지만 하민은 최 여사를 존경했다. 만약 자신이 최 여사의 입장이었다면 결코 이렇게 얼굴을 마주 보고 대화하지 못했을 것이다.

이 집안의 누구와도 닮지 않은 얼굴이다. 이제는 생김새조차 기억나지 않는 친모와 자신이 닮았을 거라 추측했다. 최 여사가 제 친모를 떠올릴까 봐 제대로 얼굴을 마주한 적이 없다.

"회장님은 나중에 너한테 백화점 쪽을 주고 싶어 하는 것 같은데."

아직 고등학생인 하민으로선 생각도 못 할 일이다. 그리고 언젠가 이 집을 나가서 살 생각을 하고 있어 저도 모르게 고개를 저었다.

"아니에요."

"경영 쪽으로 진로를 정하는 게 낫지 않니? 자식이라곤 셋뿐인데 셋이서 도와야지."

"저는 경영에 관여하고 싶지 않아요."

그들의 가문이 일군 재산은 오롯이 제 배다른 오빠와 언니에게 돌아가야 했다.

"아주 관심이 없는 거니?"

최 여사가 미지근해진 홍차를 마시며 물었다.

"네."

"요새 운동하는 애 만난다면서?"

누구에게 들었는지 묻지 않아도 알 수 있었다. 언니인 수지가 말했으리라.

"그냥 친구예요."

"수지가 걱정이 많던데. 운동하는 애들 무식하다고."

"공부도 잘해요."

"뭐, 아직은 어리니까. 집에도 나중에 한번 시간 맞춰서 데리고 오렴."

하민의 볼이 발그레해졌다. 최 여사가 처음 보는 딱 그 나이 또래의 모습이었다. 돋보기를 밀어올려서 가만히 바라보고 있자 하민이 손등으로 볼을 훔쳤다.

"하민이가 걔를 많이 좋아하나 보네. 어릴 때 연애해보는 것
도 좋지."

정 회장과 하민을 보면 우스웠다. 정 회장은 제 고집대로 밀
고 나갔고 하민은 따르는 척하면서 열심히 그와 거리를 벌렸
다. 최 여사가 몇 번이나 아이에게 강압적으로 굴지 말라 주의
를 줬지만 그때뿐이다. 정 회장은 어떻게든 하민의 모든 것에
관여하고 싶어 했다.

"그게……"

"수지는 못마땅해한다지만 나는 찬성이야."

의외의 말에 하민이 그제야 최 여사를 바라봤다. 늦은 나이
에 봤던 두 남매 외에 제 배 아파 낳지 않은 하민까지, 세월이
흐르는 대로 그 흔적을 그대로 놔둔 얼굴은 자연스러운 주름이
져 있었다. 언니가 가끔 최 여사에게 피부과 시술을 받으라고
하지만 세월을 역행하는 건 좋지 않다고 얼굴에 손을 못 대게
했다. 하민이 본 최 여사는 우아하고 고아한 사람이다.

"보고 싶은 건 사실이니까 데리고 오라고 한 건 진심이야."

이 집안사람들은 막무가내인 구석이 있었다. 유일하게 이 집
안의 핏줄이 아닌 최 여사의 눈에만 보이는 점이다. 하지만 이
해 못 할 것도 아니다. 힘이 있는데 굳이 참을 필요는 없다고
그녀도 그렇게 여겼으니까. 하지만 하민에게는 그때의 일이 꽤
큰 상처였는지 꽤 오랫동안 심리치료를 받았다.

"대학도 아마 회장님은 경영학과로 가라고 큰소리를 내시겠
지만 내가 잘 말해보마."

"감사합니다."

제 아이들과는 달리 하민에게는 손가락 하나 대지 않았다. 최 여사는 자신의 두 자식들을 무섭게 가르쳤다. 잘못한 것이 있으면 때려서라도 가르쳤으나 하민에게는 그럴 수 없었다. 수지가 신기하다는 듯 물은 적도 있다.

하민은 또래보다 작아서 자신의 아이들에게 훈육하듯 했다가는 큰일 날 것 같아 차마 그러지 못했다고 우스갯소리를 했다. 그럼에도 자신을 어렵게만 대하고 거리를 두는 게 서운하지 않다면 거짓이리라.

"저…… 이만 올라가볼게요."

"그래. 저녁은 같이 하자꾸나."

불편해하는 아이를 굳이 붙잡아 곁에 두고 지켜보는 악취미는 없다. 최 여사가 신문을 다시 펴자 목례를 해 보인 하민이 2층으로 향하는 계단을 밟았다.

뒤늦게 주방에서 간식거리를 챙겨 나오던 강원댁에게 최 여사가 말했다.

"그건 애 방으로 가져다줘요."

"네, 사모님."

강원댁까지 2층으로 올라간 뒤에야 최 여사가 안경을 벗고 얼굴을 굳혔다.

"우정헌이라……."

약간 마음에 걸리는 게 있었지만 곧 하민의 붉어진 뺨을 생각했다. 그렇게 좋아하는데 그냥 둘까. 최 여사는 한숨을 내쉬었다.

어느 날 학교를 가보니 별명에 살인자가 추가됐다. 이전 학교에 있었던 일을 알게 된 아이들은 더 이상 그녀를 건드리지 않았다. 그저 자신을 꺼림칙해하는 눈과 경멸해 마지않는 눈이 늘었을 뿐이다. 오히려 하민은 이게 편했다. 살인자라는 수군거림은 들렸지만, 적어도 시비를 거는 아이는 없었다.

"정말 특이해."

하민의 앞자리에서 턱을 괸 정헌이 말했다. 점심시간, 이제는 당연하게 함께하게 된 식사를 묵묵히 하고 있던 하민이 고개를 갸웃했다.

"뭐가?"

입에 든 것을 씹어 넘기며 묻자 정헌이 씩 웃었다.

"하민아, 그럴 때 보통은 화를 내."

"난 오히려 편하고 좋아. 차라리 전염병 환자처럼 이렇게 아무도 안 다가왔으면 좋겠어."

스스로를 고립시키는 데 하민은 아무런 스트레스도 받지 않았다. 정헌은 이 얇은 막 안으로 들어갈 수 있고 이야기할 수 있는 것이 저뿐이라는 사실에 음험한 즐거움이 치밀어 올랐다. 손을 뻗어 오물거리는 입술을 그리고 뺨을 쓰다듬자 숟가락이 그의 손목을 탁, 친다.

"밥 먹는데 뭐 하는 짓이야?"

"밥 안 먹으면 해도 돼?"

닿고 싶은 것은 손이 아니다. 하루 종일 머릿속을 떠나지 않았다. 입술에 다른 체온이 남아 있어 몇 번이나 손등으로 문질러도 감각이 선연했다.

"넌 그 생각밖에 없어?"

"무슨 생각."

"온통 야한 생각밖에 없는 것 같아."

"나도 내가 이렇게 미친놈일 줄 몰랐는데. 맞아, 온통 그 생각밖에 없어."

마음이 넘실거렸다. 정헌은 평생 이렇게 하민을 독점하고 싶었다. 하민이 타인에게 받은 상처를 제 품으로 파고들어 울며 토로했으면 좋겠다.

"……너는 이상해."

"네가 더 이상해."

"너 변태 같아."

"창문 뒤에 숨어서 훔쳐본 넌."

그가 입술을 비틀며 그렇게 말하자 더 이상 반박할 수가 없었다. 훔쳐봤다기보다 그가 뒤를 돌아보면 왠지 자신을 보는 것 같아 몸을 숨겼을 뿐이다.

"저기."

점심을 먹으러 간 줄 알았던 윤주가 혼자 교실로 들어섰다.

"소문 내가 낸 거 아니야."

다가온 윤주가 그렇게 말했다. 바로 며칠 전, 우정헌에게서 떨어지라고 했던 것관 전혀 다른 목소리였다.

"누가 했든 상관없어."

그도 알고 있을까, 윤주가 우정헌에게 마음이 있다는 것을.

"그때 누가 들었나 봐."

하민은 우스운 사실을 깨달았다. 굳이 다른 반인 우정헌이 자신의 곁에 있을 때 이런 소리를 한다는 건 그에게 나쁜 사람이 되고 싶지 않아서였다. 이 변명은 자신이 아니라 우정헌에게 하는 것이다.

"하민아, 용서할 거야?"

"용서하고 말고 할 게 어디 있어. 덕분에 난 좀 더 편해졌어."

며칠 전만 해도 살인자라는 말에 하얗게 질려 정헌에게 안겨 옮겨졌던 게 연기인 것만 같아 윤주는 하민이 가증스럽기만 했다.

"그렇다니 다행이네."

윤주가 웃으면서 말했다. 둘이서 다정하게 앉아 있는 꼴을 보자니 배알이 뒤틀렸다. 하지만 신기한 것에 이끌렸을 뿐이다. 이 둘이 이어질 일은 꿈에도 없을 거다 생각하며 마음을 넓게 가지기로 결심한 게 불과 어제였다.

"아이들에게 이상한 소문을 진짜로 믿지 말라고 이야기해둘게. 하민이 너도 앞으론 반 활동 열심히 참여하고 애들이랑 어울려줬으면 좋겠어."

"그건 내가 싫은데."

정헌이 딱 잘라 말했다. 하민의 숟가락에 반찬을 얹어주면서 정곡을 찔렀다.

"너 같으면 어제까지 헐뜯고 욕하던 애랑 웃으면서 이야기할 수 있겠어?"

"헐뜯고 욕하다니. 다 얘가 아무 말 안 하고 있으니까 소문이 와전된 거잖아."

"혼자 있고 싶어 하면 혼자 있게 해. 너희들 무리에 억지로 껴 있는 게 더 스트레스니까."

하민의 마음속에 들어갔다 나온 것처럼 정헌이 단언했다. 사람과의 관계를 이런 식으로 해서는 안 된다는 것을 알고 있었다. 하지만 계속해서 상처받은 마음은 더 이상의 관계를 거부했다. 그것이 친구의 죽음으로 끝났을 때 하민은 버틸 수가 없었다.

"그래. 강요하지 않을게."

정헌이 나서는 한 하민은 아무 말도 하지 않을 거라고 여긴 윤주가 선선히 물러났다.

입맛을 잃은 하민이 뚫어져라 그를 바라봤다. 매일 자신 때문에 코치에게 죽도록 혼난다는 것을 안다. 그만 혼자서 운동장을 돌고 있는 것을 본 적도 있었다.

"네 일 해도 돼. 더 이상 같이 점심 안 먹어도 돼. 너도 네 생활이 있잖아."

정헌이 있을 땐 보기 싫은 책을 억지로 볼 필요가 없었다. 그 책의 주인공이 돼서 그 안에 빠져서 허우적대지 않고 현실을, 그를 볼 수 있었다. 하지만 그렇게 있고 싶은 자신과 달리 정헌은 꿈이 있다.

"아, 곤란한데."

식판을 한쪽으로 치우며 그가 말했다.

"네가 그렇게 말하면 나까지 쳐내려는 것 같아서 기분이 안 좋은데."

"쳐내려는 게 아니라."

"알아, 네 나름대로의 배려라는 말로 포장하려고 하는 거. 내가 너와 있는 시간을 좀 줄이면서 친구들과 놀고 웃고 공 차고 그러고 다니면."

그가 손을 뻗어 하민의 타이를 잡아끌었다. 책상 위에서 얼굴을 맞대고 다시 입을 맞추려는 것처럼 굴어서 몸을 빼려 했다.

"너는 혼자 견딜 수 있겠어?"

아예 몰랐다면 그만이지만 정헌이 늘 함께 있어줬다. 수업 외의 모든 시간을 그와 함께했다. 갑자기 정헌이 사라진다면……. 그가 다른 이들과 웃고 노는 상상을 하자 자신이 치기어리게 내뱉었던 말의 의미를 뒤늦게 깨달았다.

"투정도 적당히 부려. 왜 마음에도 없는 소릴 해."

마음을 다잡을 수도 없이 빠져들었다. 여기서 멈춰야 된다는 것을 알았다. 우정헌은 위험하다. 자신에게 돈이나 무언가를 원하는 상대에게 그걸 주면서 관계를 유지하는 법만 알고 있는 하민에게 이런 식의 관계는 낯설었다.

"……내가 너한테 뭘 해주면 돼?"

"아아……."

그가 위험하게 웃었다. 이를 드러내고 이제야 알았다는 얼굴로 눈을 접는다.

"우리 공주님께선 이런 식으로 사람을 곁에 뒀구나?"

이성과 교제할 때는 뭘 어떻게 해야 하는지 알지 못해, 하민은 겁부터 집어먹었다. 뭔가 잘못 말한 걸까?

"뭘 해주면 되냐니. 내가 뭘 바랄 줄 알고. 그럼 다 줄 거야?"

"내 곁에 있어준다고…… 그럼 나도…….."

왜 짜증이 치밀까. 이 자리에 제가 아닌 딴 놈이 앉아서 하민에게 이 소리를 듣고 있었을지도 모른다 생각하니 차가운 분노가 피를 식게 한다. 누군가 다른 마음을 품고 접근했다면 제가 들어갈 틈은 하나도 없었을 것이다. 못된 마음을 먹은 상대의 뜻대로 맹목적으로 유순하게 굴었을 게 분명했다.

"머리부터 발끝까지, 내가 원하면 다 줄 거냐고 묻잖아."

"그건,"

"혈기왕성한 남자에게 하기엔 너무 위험한 발언인데."

하얀 얼굴에 제 얼굴을 가져다 댔다. 제 피부와는 확연하게 달라 얇고, 건드리면 찢어질 것처럼 보드라웠다.

"내가 널 어떻게 망가트릴 줄 알고."

정하민은 완벽한 존재가 아니다. 그가 지금까지 봐왔던 그 어떤 것보다 세심하게 주의를 기울여야 할 상대였다. 그렇지 않다면 정말 소문대로 그녀의 집안이 자신을 찢으려 달려들지도 몰랐다.

망가지기 쉬운 상대. 본인은 상대와 벽을 쌓고 있다고 믿지만 일단 한번 그 너머로 들어가면 완벽하게 상대에게 맞추고 그 상대를 위해 바보처럼 온몸을 바친다. 이 사실을 정헌은 누구와 공유할 생각도 알릴 생각도 없다.

"그렇게 하지 않을 거잖아."

"뭘 믿고 이렇게 막 던져?"

언젠가 여동생이 토끼를 키운 적 있었다. 아주 예민해서 잠깐의 스트레스만으로도 죽어버린다는 하얀 토끼는 그가 몇 번 데리고 놀자 어느 날 싸늘히 죽은 채로 이불 위에서 발견됐다. 그가 손 안에 넣고 주물렀던 건 고작 며칠뿐이었다. 그때의 실수를 반복하지 않기 위해 정헌은 조심스럽고 다정하게 대하기로 했다.

"그냥 믿는 건데."

하민이 눈앞에서 희미하게 웃었다. 작고, 하얗고, 빨갛다. 언젠가 그가 죽인 토끼처럼.

"정헌아?"

"응."

그가 지을 수 있는 가장 달콤하고 안온한 얼굴로 웃었다. 새카맣고 어두운 속내가 저 하얀 얼굴에 질척거리며 달라붙지 않는 데 안도하면서.

─ ✦ ─

"하민아. 정하민."

정헌이 다정하게 하민을 바라보는 순간 그녀가 정신을 차렸다. 기억 속의 앳된 얼굴 대신 한층 더 성숙하고 남성미를 풍기는 얼굴이 눈앞에 있다.

"놔, 놔줘."

"블라우스 빨아줄게."

"아냐. 내가 집에 가서,"

그 순간, 단추가 후드득 떨어졌다.

"이런. 새로 사줘야겠네."

제 몸처럼 하얀 레이스 속옷을 입은 하민은, 시각이 마비될 만큼 모든 게 하얗다.

"내가 많이 잘못한 것 같아. 이걸 어떻게 갚지."

"이제 그만하고 비켜줘."

"나만 그럴 순 없잖아. 나한테도 똑같이 해, 하민아."

녹진녹진해진 머리는 그 말을 쉽게 이해하지 못했다. 하민이 그저 눈만 깜박이고 있자 정헌이 해사하게 웃으면서 제 셔츠와 바지를 벗어 던지고 아일랜드 식탁에 앉았다.

드로어즈만 걸쳐진 몸은 단단한 근육으로 짜여 있었다. 운동을 포기한 적 없었던 마냥 유독 두껍고 단단한 허벅지와 밀빛 복근은 군더더기 하나 없다. 그가 두 손을 뒤로 짚으며 잔뜩 부푼 욕망을 내보였다.

"약속을 어긴 벌을 받을게."

위험하다. 하민이 고개를 저었다. 하지만 정헌은 인정사정없었다. 강한 수컷이 지독하게 페로몬을 내뿜으며 무방비하게 자신을 드러냈다.

"네가 안 오면 내가 가."

그가 눈이 반달로 휘어지도록 웃었다. 빈말이 아니라는 것을 알았다. 하민은 우정헌의 모든 버릇을 기억하고 있었다. 자석에라도 이끌린 것처럼 그에게 한 발 다가갔다.

"더."

다시 한 걸음 다가가자 그가 혀를 내밀어 제 입술을 축였다.

당장에라도 달려들어 아래 깔고 제 욕심을 채우고 싶은 암컷을 음탕하게 응시했다.

"나는 이렇게 얌전하게 네가 약속을 지키기까지 기다렸잖아."

하민이 완전히 다가왔다. 그녀의 손을 잡고 제 단단한 허벅지에 얹었다.

"나에게 주기로 한 걸 줘."

"……시간이…… 너무 오래 지났어."

"거기에 이자를 더해야지. 그래야 내 심상한 마음이 조금이라도 달래지지 않겠어?"

정헌이 뻔뻔스럽게 이자를 요구했다. 하민은 거부할 수 없었다. 잊고 살던 10년 전을 기억해낸 뒤론 도저히 그를 밀어낼 수가 없다는 걸 깨달았다.

몸이 욱신거려 잠에서 깼다. 이미 해가 중천에 떠 있다는 걸 깨달았지만 하민은 꼼짝도 할 수 없었다. 쉼 없이 달리기를 하고 아직도 숨이 턱까지 차 있는 듯한 기분이었다. 정헌이 수건을 적셔다 몸을 닦아줬던 것도 같다.

"……아."

잔뜩 잠겨 목소리가 제대로 나오지 않았다. 옆자리는 비어 있어 정헌이 자리에 없다는 것만 깨달았다. 허리에 힘을 줘 일어나려다 몇 번 미끄러져 포기했다.

"일어났어?"

트레이닝복 차림의 정헌이 유명한 죽 브랜드의 쇼핑백을 들고 오피스텔에 들어섰다. 어떻게 똑같은 일을 겪었는데 그는 저렇게 멀쩡한지 이해가 되지 않았다. 하민이 고개만 돌려 한숨을 내쉬었다.

"나 가게 열어야 되는데."

끔찍할 정도로 갈라진 목소리였다. 감기에 심하게 걸렸을 때도 이 정도는 아니었다.

"일어나서 가, 그럼."

그러지 못한다는 것을 알면서 정헌이 말했다. 그릇을 꺼내 포장해 온 죽과 반찬을 쟁반에 담아 침대 곁으로 가져왔다.

"며칠은 쉬는 게 좋을걸."

시트 사이로 드러난 하민의 어깨에 잇자국이 가득했다. 목부터 시작해 온통 붉은 열꽃이 피어 있다는 사실을 모르는 그녀가 고개를 흔들었다.

"내일 수업 있어서 안 돼."

가게를 연 뒤부터 한 번도 빼먹지 않았다. 빠진다면 일일이 수강생들에게 전화를 돌려야 하는 게 여간 귀찮은 데다 목소리도 잘 나오지 않았다.

"그 어린애도 들어?"

"누구?"

그렇게 물었다가 정헌이 말하는 상대가 한 명뿐임을 기억하곤 고개를 끄덕였다.

"단골손님이야. 내 가게 안 그랬음 벌써 망했어."

단골들이 항상 주문을 준다. 그러고 보니 수지가 말한 캔들도 만들어야 했다. 나름 요새 바쁜 몸이라 어떻게든 기운을 차려야겠다고 생각해 정헌이 떠먹여주는 대로 얌전히 입을 벌렸다.

"수업이 몇 시야?"

"오후 2시."

수강생들 대부분이 인근에 사는 주부들이다. 그들이 편한 시간대에 맞추다 보니 오후 이른 시간에 두 시간 동안 하는 수업은 남는 자리가 없을 정도였다.

"걔 백수야? 그 시간에 오게?"

"아, 근처에 사무실 낸 변호사야."

그 땅값 비싼 동네에서 사무실이라. 거기까지 생각한 정헌은 눈을 가늘였다. 그를 보자마자 단번에 탐색했던 시선을 잊지 않았다.

띠띠. 갑자기 도어록이 해제되는 소리가 났다. 당황한 하민이 손을 허우적대는 걸 정헌이 이불을 들어 머리 끝까지 덮어씌웠다.

"어? 오빠가 왜 여기 있어?"

이불 속에서 하민이 숨을 멈췄다. 그를 '오빠'라고 부르는 사람은 하나뿐이다. 정헌의 여동생인 정희의 목소리에 이불을 꽉 말아 쥐었다.

"회사 안 갔어?"

"넌 연락도 없이 무슨 일이야."

"반찬 가져다주러 왔지."

그렇게 말하며 들어오다 현관에 놓인 여자 신발을 발견하고 눈을 동그랗게 떴다.

"손님 와 있어?"

"거기 두고 가."

정헌이 손을 내저으며 정희에게 쌀쌀맞은 투로 말했다. 이 집에 계속 드나들며 한 번도 여자의 흔적을 발견하지 못했던 정희 또한 당황해 반찬통을 현관 앞에 내려놓으며 재빠르게 집 안을 스캔했다. 군데군데 허물처럼 벗어놓은 옷가지와 불룩한 침대의 이불을 보곤 입만 벙긋대며 물었다.

'윤주 언니야?'

"결혼할 사람이야. 윤주는 아니고."

"뭐어? 결혼할 사람?"

아무리 남매가 소원해졌다고 해도 정헌이 결혼하게 되면 최소한 그 상대를 소개시켜줄 거라 여겼다. 하지만 이불 속에 꽁 꽁 싸매놓고 결혼할 사람이라고 일축하는 것에 놀라 소리를 지르자 정헌이 손가락 하나를 입에 가져다 댔다.

"이제 가."

"말도 안 돼. 윤주 언니는……."

바로 얼마 전에도 윤주가 연락해 슬슬 자신의 집안에 들어오는 선자리를 거절하기 힘들다며, 정희에게 정헌과 다리를 놓아 달라 부탁했었다. 만약 오빠에게 만나는 사람이 있었다면 같이 일하는 윤주가 몰랐을 리 없다.

"나가라고 했어, 우정희."

일말의 여지없이 나가라고만 하는 정헌에게 정희가 물었다.

"나도 소개시켜줘."

"어차피 결혼식 때 볼 거야. 나가."

"그 전에 봐야지! 내가 시누인데!"

"웃기지 말고 나가."

세상에 단둘뿐인 가족이다. 정희는 그렇게 생각하지만 정헌의 생각도 같은지는 알 수 없었다. 부모님이 돌아가시고 정헌은 자신에게마저 쌀쌀맞아졌다. 아무리 노력해도 한번 틀어진 관계는 좀처럼 회복되기 힘들었다. 경제적인 지원은 해주지만 딱 거기까지라고 선을 긋고 아무리 노력해도 여지를 주지 않았다. 그래도 이렇게 갑작스럽게 결혼을 하겠다고 결혼식장에서나 상대 얼굴을 보라고 할 줄은 몰랐다.

정희의 눈에 순식간에 눈물이 가득 고이자 정헌이 짜증스러운 숨을 내쉬었다.

"우정희."

여기 더 있다간 정헌이 정말 화를 낼 것 같아 정희는 말없이 현관문 손잡이를 돌렸다. 현관문이 닫히는 소리가 난 후에야 하민이 이불을 끌어내렸다.

"……동생한테 왜 그래?"

대답 대신 벌어진 그녀의 입술 사이로 죽을 한술 떠 넣었다. 우정헌과 결혼하기로 한 마당에 정희를 만날 걸 예상하지 못한 건 아니지만 이런 상황은 또 의외였다.

"결혼하면 너랑 부딪치지 않게 할게."

"동생이잖아. 당연히 나랑 얼굴 보는 거고."

동생이란 이름으로도 용서가 안 되는 게 있었다. 애초에 자신이 정희였다면 그런 어리석은 짓은 절대 하지 않았으리라.

"어차피 네 말대로 계약결혼이잖아. 내 동생의 얼굴까지 볼 필요가 있겠어?"

정헌이 그녀가 미처 잊고 있었던 사실을 일깨워줬다. 하민은
할 말이 없었다. 더 이상 그의 일에 끼어들지 말고 딱 여기까지
만 하라는 경고로 느껴져 입을 열지 않았다.

데려다주겠다는 우정헌의 제안을 극구 사양하고선 자신의
옷보다 큰 그의 옷을 몰래 주워 입고 그가 씻는 틈을 타 오피스
텔을 빠져나왔다. 택시를 잡아타자마자 자신의 집 주소를 말하
고 휴대전화를 꺼내 들었다가 배터리가 나간 걸 발견했다. 아
마 가게가 닫혀 있는 걸 안 수지가 벌써 경찰에 신고했을지도
모른다.

어떻게 말해야 하지? 수지에게 정헌의 얘기를 한 그날 그의
집에서 밤을 보냈다는 걸 알면, 보수적인 언니가 불처럼 화낼
건 분명했다. 손톱을 물어뜯느라 자신의 오피스텔 앞에 도착한
것도 뒤늦게 알았다.

"여기요."

택시에 가지고 있던 현금을 지불하고 내렸다.

"정하민."

내리자마자 들리는 낮은 목소리에 하민이 뒤를 돌아봤다가
수지를 발견했다. 팔짱을 낀 채 오피스텔 로비에서 나오는 모
습에서 단단히 화가 난 게 느껴진다.

"……언니."

거기서 이야기하기엔 한낮의 햇볕이 너무 뜨거웠다. 혹시라
도 하민이 화상을 입을까 봐 수지가 그녀를 오피스텔 안쪽으로

잡아끌었다.

"어디서 왔길래, 아니, 어디서 온지는 알겠다. 우정헌, 그놈은 이대로 너 혼자 보내? 걔가 지금 생각이 있어, 없어?"

"데려다준다고 씻는데 내가 그냥 나온 거예요."

가까이에서 자세히 보니 드러난 목덜미가 온통 얼룩덜룩하다. 무슨 일이 있었는지 기민하게 눈치챈 수지는 하민의 방에 올라오기 전까지 아무 말도 하지 않았다.

"죄송해요, 언니."

"가게는 닫혀 있지, 네 전화기는 꺼져 있지. 가게 앞에 있는 CCTV 돌려보고 네가 누구랑 있는지 알아서 가만히 있었던 거야."

안 그랬으면 경찰에 신고했을 거라는 걸 함축한 말이었다. 그래도 혹시나 싶어 회사를 쉬고 내내 오피스텔 앞에서 기다리고 있었다. 우정헌이 같이 보였다면 이대로 주먹을 날렸을지도 몰랐다.

"오빠한테는 말 안 했어."

주호는 수지보다 이성적으로 생각하고 냉철하게 상황을 파악하지만 이런 상황에서라면 벌써 이미 우정헌의 집으로 쳐들어가 하민을 끌고 나왔을 사람이다.

하민이 문을 열자 제대로 치우지 못한 집 꼴이 눈에 보였다. 더 이상 다그칠 마음도 사라진 수지가 앓는 소리를 냈다.

"아줌마 보내준다니까."

"집에 누구 들이는 거 싫어요. 주말에 치우려고 했는데……"

한남동 자택에서 보내주는 아줌마를 몇 번 썼다가 자신의 생활이 그대로 일거수일투족 보고된다는 것을 알아차린 뒤부턴 혼자 해내려고 애썼다. 청소에 재능이 없는 걸까 싶을 정도로 어설펐지만 그래도 나름대로 열심히 하려고 했다.

"여기 앉아봐."

소파 위를 가리키며 수지가 말했다.

"너도 성인이니까 언니가 길게는 말 안 할게."

드러난 목덜미를 보면 한숨만 나왔다. 그렇지 않아도 피부가 약한 앤데 아주 씹어 먹었구나 생각하면서 벌서는 것처럼 무릎을 붙이고 두 손을 허벅지 위에 얌전히 놓은 하민을 토닥였다.

"우정헌 그 새끼 내 눈에 보이면 죽여버린다고 전해."

본심이 튀어나와버렸다. 하민이 눈을 크게 뜨자 수지가 고개를 절레절레 저었다.

"걘 진짜 나한테 한 대 맞아야겠다."

"때리지 마세요."

"네 오빠한테 맞는 것보단 나을 거야. 오빠는 사람 쓰니까."

주호는 프로레슬링 선수를 쓰고도 남는다.

"주말에 한남동에 들러. 오빠한테는 아직 말 못 했고, 엄마가 너 좀 데리고 와달래."

가게 일로 바쁘다는 핑계로 한남동에 드나들지 않은 지 벌써 몇 달째다. 가끔 정 회장의 병원에서 마주칠 때마다 얼굴이 상했다며 본가에 오라는 말을 했지만 흘려들었었다.

"아…….."

"언니가 옆에 있을 거니까 너무 걱정은 말고. 혼내려고 부르시는 거 아니니까."

"알아요, 아는데…….."

하민이 희미하게 웃었다.

"내 편이시라는 거 잘 아는데."

한남동을 나와야겠다고 생각한 계기가 있었다. 사실 그 일만 없었어도 하민은 제일 먼저 최 여사에게 정헌과의 일을 이야기했을지도 몰랐다.

스무 살, 숨이 멎었으면 하고 바랐을 때 하민을 지탱해줬던 건 최 여사였다. 끊임없이 그녀를 데리고 외국에 다니며 한국을 잊고 살 수 있도록 도와준 고마운 분이다.

"나도 염치가 있잖아요, 언니."

"엄마는 그런 거 신경 안 써. 괜히 사모님이겠어? 너 미워하시는 거 아냐."

"차라리 미워라도 하셨으면 좋겠어요."

3년 전에 얼굴도 모르던 친모가 나타났다. 가지고 있던 돈을 남자를 잘못 만나 전부 탕진했다며 뻔뻔하게도 한남동 저택의 문을 두드렸다. 그때 해외를 떠돌다 돌아온 지 얼마 안 돼 집에는 하민과 최 여사뿐이었다.

처음엔 하민의 이름을 대서 그녀의 손님인 줄 알고 문을 열어줬는데 나타난 것은 자신과 똑같이 생긴 여자였다. 머리색이나 눈 색은 달랐지만, 어쩌면 자신이 백색증으로 태어나지 않았다면 완벽하게 똑같았을 여자를 본 순간 저도 모르게 최 여사를 바라봤다. 끔찍하도록 닮았다. 친모의 나이가 된다면 자신이 꼭 그렇게 생겼으리라. 오랜 시간이 지나 하민의 친모를 기억하지 못했던 최 여사도 너무나도 닮은 두 사람의 모습에 충격을 받아 잠시 기절했었다.

"미워했으면 너 더 상처받았을걸."

정곡을 찌르는 수지의 말에 하민은 숨을 삼키며 웃었다.

어떻게 자신이 한남동에 뻔뻔스럽게 남아 있을 수 있었을까. 뒤늦게 최 여사가 쓰러졌다는 고용인의 전화를 받고 달려온 회장님과 주호는 하민의 친모를 단번에 쫓아냈다. 하민에게는 신경 쓰지 말라고 했지만 신경이 쓰이지 않을 리 없다.

타이밍이 너무 나빴다. 겨우 마음을 잡고 외국에서 돌아오는 날 최 여사는 이제는 엄마라고 불러줬으면 좋겠다고 조심스럽게 운을 뗐고, 하민도 그러려고 마음먹은 찰나였다. 그걸 20년 넘도록 얼굴도 비치지 않았던 친모가 나타나 전부 조각냈다.

"맞아요. 그랬을 거예요."

자신을 볼 때마다 친모를 떠올릴 최 여사가 너무 불쌍했다. 최대한 한남동에 가는 것을 자제하고 부딪치는 일은 거의 피해 왔는데, 자신의 결혼을 기점으로 한 번은 더 정식으로 찾아뵈어야 한다는 사실을 깨달았다.

"저는 최 여사님께 그렇게 좋은 딸은 아니었을 거예요."

"이 나이 먹도록 한 번의 이혼에 그마저도 들어오는 선자리를 박차는 나보단 안 아픈 손가락일 거야. 오죽했음 회장님도 네 결혼은 보고 싶다고 하셨을까. 둘째, 재가하는 거 보고 싶다고 안 하고."

처음 정 회장이 쓰러졌을 때 하늘이 무너지는 것 같았는데 몇 달간 이 상태가 계속되자 이제는 가족 모두가 마음의 준비를 하고 있었다.

"죄송해요."

"네가 나한테 죄송할 게 뭐 있어. 오빠도 엄마 말이면 뭐……."

장담할 순 없지만 지금 집안의 큰 어른은 누가 뭐라 해도 최 여사다. 하민이 막 주말에 인사드리겠다고 고개를 끄덕이는데, 초인종이 울렸다.

"누구세요?"

인터폰 버튼을 누르며 그렇게 물었을 때 렌즈에 불쑥, 얼굴을 들이대는 남자가 있었다. 우정헌이다. 이 기가 막힌 타이밍에 하민이 뒤를 돌아보자 이미 그녀의 어깨 너머로 상대를 확인한 수지가 씩 웃었다.

─ 문 열어줘.

"제가 갑자기 없어져서 놀랐나 봐요."

"이게 벌써 편을 들고 있어?"

수지가 눈을 흘겼다. 우정헌은 계속 벨을 눌렀고, 하민이 어쩔 수 없이 열림 버튼을 누르자 곧 모니터에서 사라졌다. 얼마 되지 않아 현관문을 두드리는 소리에 문을 열어주니 검은 그림자가 드리워진다.

"누가 멋대로 사라지래?"

"너야말로 누가 멋대로 귀한 집 애를 밤새 납치해서 감금해?"

하민의 뒤에 버티고 선 수지가 정헌의 말을 신랄하게 받아쳤다. 그제야 정헌이 수지의 존재를 알아차렸다. 그가 흐트러진 머리칼을 반듯하게 정리하고 천연덕스럽게 미소를 지었다.

"안녕하세요, 누나?"

수지는 솔직히 기가 막혔다. 이렇게 웃으면서 인사할 사이는 분명 아닌데 우정헌의 속내가 어떤지 짐작도 할 수 없었다. 회사에서 상대하는 거라곤 속에 능구렁이 두어 마리는 키우는 사람들인지라 표정은 무심함을 유지할 수 있었지만, 내심 당황했다.

"일단 현관에서 할 말은 아닌 것 같고, 들어와."

수지가 안쪽을 가리켰다. 그리고 정헌이 하민을 지나쳐 안으로 들어오자마자 그대로 손을 날렸다.

짝!

"왜 맞는 줄은 알지?"

"그럼요."

정헌이 고개가 돌아갈 정도로 세게 얻어맞자 하민이 그의 팔을 움켜잡았다. 그는 아무렇지도 않은 얼굴로 웃으면서 수지에게 대답했다. 하민이라고 하면 싸고도는 집안다웠다. 그래서 그는 참을 수 있었다. 이런 집안 때문에 정하민이 어디로 새지 않고 얌전히 있었으니까.

"네가 뻔뻔하게 다시 나타날 줄은 몰랐는데 근성은 알아줘야겠네."

"아무것도 없는 부상당한 전직 축구선수를 받아줄 집안이 아니잖아요."

"그래서 사업을 했다 이거니?"

정헌은 대답 대신 미소를 지었다. 하민이 안절부절못하며 수지와 그를 번갈아 바라봤다. 정헌의 곁에서 그의 팔을 꽉 붙잡는 제 동생을 곁눈질한 수지가 한숨을 내쉬었다.

"무슨 생각인지 모르겠지만 네가 어떤 목적을 위해 하민이 이용하는 거라면."

"가만두지 않겠다고요?"

"잘 알아들어서 좋네."

"알아요. 제가 세운 건 AE그룹이 후, 불기만 해도 모래성처럼 흩어질 거란 거."

정헌은 자신의 팔을 잡고 있는 하민의 손이 덜덜 떨리는 걸 알아차렸다. 그가 자신의 집안 때문에 어떻게 무너졌는지 알고 있어서 그 얘기가 나올까 봐 두려워하는 게 분명했다.

"그런데 이제 제가 그 집안사람이 되게 됐으니, 잘 봐주시겠죠?"

그가 의미심장하게 웃었다.

만만치 않은 놈이다. 그러니 10년 만에 나타나 하민을 온통 뒤흔들어놓고 결혼 약속까지 받아냈겠지.

"난 혼인신고까진 생각 안 해봤는데."

수지의 말에 정헌의 미간이 일그러졌다. 그래, 이런 인간적인 반응을 바랐다.

"요새 누가 혼인신고를 바로 하니? 그리고 조용히 집안 어른들만 모시고 식 올리게 할 거야."

외부로 AE그룹의 막내가 결혼을 했다는 사실을 유출시키지 않겠다는 선언이다. 네가 자신들의 입맛에 맞지 않으면 언제라도 하민을 앗아가겠다는 협박이나 다름없었다.

"야망이 큰 남자, 나쁘진 않지. 네가 지금 와서 이러는 이유는 모르겠지만 잘 계산하고 행동해. 10년 전엔 봐줬을지 몰라도, 지금은 행동에 책임질 수 있는 나이잖니?"

수지도 여기까지만 하기로 했다. 하민이 불안해하는 건 수지와 정헌 둘 모두 바라는 바가 아니다.

"난 이만 가볼게. 여기까지 온 김에 넌 청소나 좀 하든가."

수지가 정헌을 바라보며 바닥에 널린 쓰레기를 턱짓했다. 하민이 서둘러 주저앉아 쓰레기를 치우기 시작했다.

"와. 해도 해도 정하민, 너무한 거 아냐?"

"주말에 치우려고 했어."

수지에게 했던 변명을 그대로 반복하면서 하민이 속옷을 재빨리 주워 빨래바구니로 던졌다. 둘이서 청소나 하라며 수지가 나가고 난 뒤 정헌까지 내보내려 했지만 그는 버텼다.

"그 몸으로 뭐 해?"

하민을 침실로 데려가 앉히려던 정헌이 허탈하게 웃었다.

"너 잠은 어디서 자?"

침대까지 온통 옷가지와 가방으로 뒤덮여 있다. 원래는 이 정도까지는 아니었는데 몇 번 드라이클리닝을 할 시기를 놓치다 보니 이렇게 됐다.

"여기 좀 걷어내면 돼."

옷을 바닥으로 밀자 겨우 사람 하나가 들어가서 잘 수 있는 공간이 나왔다. 정헌이 눈을 가느스름하게 뜨고 하민이 하는 양을 지켜봤다.

"바쁠 땐 일하는 아주머니 부르면 되고."

"누가 부잣집 아가씨 아니랄까 봐."

한남동엔 부탁하지 않았지만 가끔 이용하는 청소용역업체를 지금 부를까 생각했다.

정헌이 그녀의 머리를 꾹 눌렀다. 그가 옷장을 뒤져 깨끗한 시트를 꺼내고 이불과 시트째로 침대 위에 있는 옷들을 한꺼번에 들어올렸다. 그걸 바닥에 내려놓고 척척 시트를 가는 폼이 한두 번 해본 솜씨가 아니다. 새 이불까지 어디선가 내와 침대 위만 깨끗하게 만들어놓고 하민을 눕혔다.

"여기 가만히 있어. 손가락 하나 까딱하지 말고."

허물 벗듯 던져놓은 옷가지가 여기저기 널브러져 있는 것만 빼면 어지럽혀진 흔적은 없다. 일단 색별로 분류해 세탁기에 넣고 돌리고 난 뒤 청소기를 들었다. 주방 쪽은 깔끔했다. 혹시 해서 냉장고를 열자 생수와 음료수 등만 겨우 구색을 맞춰 채워져 있었다.

"뭘 먹고 사는지 모르겠네. 정하민! 평소에 뭐 먹고 살아?"

"아, 넌 밥 안 먹었지? 여기 맛있는 데 있어."

지금 저 몸을 해서 나가서 밥 먹자는 소린가 싶어 정헌이 됐다고 대답했다. 일단 청소를 하고 내려가서 장을 좀 본 뒤에 뭐라도 해서 먹을 생각을 하던 때 의외의 소리가 들렸다.

"주문했어!"

"뭐?"

"여기 백반집 괜찮아. 매일 국이랑 밥도 다르고 여기까지 배달돼."

침실로 가보니 하민이 배달 앱을 켠 휴대전화를 흔들고 있

다. 주방이 유독 깨끗했던 이유를 거기서 찾아낸 정헌이 기가
막혀 실소를 흘렸다.

→ · ◆ · ←

윤주가 제 아버지의 서재를 노크도 없이 열어젖혔다. 아버지
가 답을 미루기만 해 초조하던 참에 운명의 장난처럼 정하민이
나타났다. 둘이 결혼만 한다면 자신들이 차린 회사에 투자자가
넘쳐날 테고 꼭 그게 아니더라도 AE 쪽의 자금이 흘러 들어올
가능성이 컸다.

"아빠! 제가 꼭 부탁드렸잖아요."

대기업 임원으로 오래 있었던 그는 발이 넓었다. 은행장들과
친했고 실제로 처음 회사를 차릴 때 아버지의 도움을 얻어 투
자자를 구할 수 있었다.

몇 달 전부터 정헌이 개발하려는 앱에 투자할 사람을 찾아달
라 부탁했었지만 이렇다 할 답변이 돌아오지 않았다. 정헌이
사비로 충당하는 것도 한계가 있다. 제 개인적인 욕심이라며
회사 돈을 운용하진 않겠다고 했지만 그가 투자자를 찾는 것도
사실이다.

"뭘 말이냐."

"아직도 투자할 사람이 없대요? 이거 정헌이가 회사 이름
이 아니라 개인적으로 만드는 거라고 해도 시중에 나오기만 하
면."

"언제까지 우정헌이 놈 뒤꽁무니만 따라다닐 셈이야? 갠 너

한테 관심도 없는데 계속 헛물만 켜고 있을 게냐."

"아빠…… 이번만 도와주세요. 그럼 정헌이도 저를 다시 볼 거예요."

윤주는 초조했다. 절대 만날 리 없을 줄 알았던 두 사람이 다시 만나다니, 제 잘못이 밝혀질까 뒤늦게 두려웠다. 우정헌은 자신을 용서하지 않으리라.

"지금 걔가 돈 때문에……."

자신이 그때 정하민에게 뭐라고 했더라. 기억이 희미했다. 분명 시발점은 윤주 자신이지만, 윤주는 정하민을 용서할 수 없었다. 정하민이 박살낸 건 정헌의 다리였다.

"그렇게 투자자를 구하고 싶으면 선을 보든지."

"그럴게요. 선, 볼게요. 그러니까……."

"그래, 그래야지. 그렇지 않아도 AE 쪽 정 이사가 지금 녀석이 만들고 있는 앱에 관심을 갖고 있던데."

"네?"

왜 아버지의 입에서 AE 얘기가 나오는지 알 길이 없어 윤주는 멍청하게 되물었다.

"아, 정 이사 쪽에서 입단속을 단단히 시켰지."

이제는 회사가 세워진 지도 꽤 된 터라, 더 이상 숨길 이유가 없어 그는 술술 말했다.

"투자자들 너덧 명이서 자본을 댄 것처럼 꾸몄지만 너희 회사 자본 전체가 AE 쪽 자본으로 만들어진 거야."

"그게 무슨……."

"그쪽에서 먼저 연락해서 잘은 모르겠는데 어쨌든 알려지는 걸 원치 않으니 비밀에 부쳐달라고 하더구나. 지금이면 뭐 회사도 자리 잡았으니 상관없겠지."

애초에 윤주의 아버지인 상헌은 대학을 졸업하기도 전인 애송이 셋이서 회사를 차려봤자 오래가리란 생각은 하지 않았다. 자본금을 대줄 투자자를 물색해달라는 딸의 부탁에 쓸데없는 생각 말고 취업이나 준비하라고 호통치려던 찰나, 막대한 투자자가 등장했다.

상헌이 보기에도 셋의 아이디어는 좋았지만 어느 누가 어린 아이들을 상대로 투자해 모험을 하겠나 싶었다. 하지만 익명의 투자자가 제시한 금액은 대학생 셋이 차린 작은 IT 회사를 단번에 자리 잡게 하기 충분하고도 남았다.

"그게, 그게 AE 자본이었다고요? 누구요? 누가 대체……."

"그 집 둘째 정수지 이사 말이야. 그 이사 통해서 들어온 제안이었다."

상헌이 그 제안을 마다할 이유는 없었다. 월급쟁이에서 위로 올라가는 것보다 차라리 사업을 하겠다는 딸을 이참에 밀어줘 잘됐으면 하는 욕심도 들었기 때문이다.

"말도 안 돼. 정수지가 왜요? 왜 우리 회사에 그 여자가 투자를 해요?"

덜덜 떨리는 목소리로 윤주가 외쳤다.

"나도 모르지. 왜 그렇게 흥분하는 거냐. 회사가 잘됐으니 투자자도 투자금을 전부 회수한 걸로 아는데."

"왜 그 집에서 정헌이를 도와주는 건데요?"

자신의 거짓말이 들통난 걸까. 아니, 그랬다면 AE에서 자신을 가만뒀을 리가 없다. 어떤 식으로든 압박이 들어왔을 테고 아버지도 무사하지 못했으리라. 아직은 모른다. 아직은 아무도 모른다.

"거기 돈 더 이상 받지 마세요."

"뭐? 투자자를 구해달라는 건 네가."

"아빠 딸 죽는 거 보기 싫으시면 더 받지 말라고요!"

정하민은 10년 만에 나타난 게 아니다. 10년 동안 숨죽이고 기생충처럼 자신들에게 들러붙어 있었던 거다.

윤주는 비명을 토해내고 싶어졌다. 그 계집애를 잡아다 작신 작신 밟고 싶다. 재수 없는 계집. 윤주는 어금니를 꾹 물며 머리를 굴렸다. 정하민이 어디까지 알고 있는 걸까.

"너 아비한테 그게 무슨 말버릇이냐!"

상헌이 소리쳤으나 윤주의 귀에는 아무것도 들리지 않았다. 정말 지긋지긋했다. 자신을 보지 않는 우정헌도 지긋지긋했고 고고한 척 저는 깨끗하다는 얼굴로 고개를 빳빳이 치켜들고 있을 정하민도 끔찍했다.

"처음엔 걔가 떠나면 다 잘될 줄 알았어요."

상헌은 제 딸이 무슨 말을 하는지 이해할 수 없었다. 득득, 이가 갈리는 섬뜩한 소리가 그에게까지 들릴 정도다.

"제가 지금 어떤 심정인 줄 아세요?"

죽을 만큼 뛰어서 우정헌 곁에 따라붙었는데 그의 품에 정하민이 안겨 있었다. 단 한 번도 그 그림자가 저희에게서 떨어진 적 없었다니. 윤주가 발작하듯 웃었다.

"걔가 10년 전에 죽어버렸어야 됐다고. 그런 생각이 이제야 드네요."

그렇게 웃던 윤주가 웃음기를 싹 지웠다. 그리고 상헌의 책상으로 좀 더 다가섰다.

"하나만 더 물어볼게요."

"윤주야, 대체 이게 무슨 일이냐."

"제발 이건 아빠라고 대답해줘요. 정헌이 대학 등록금부터 시작해서 졸업할 때까지 비용. 그건요? 그건 누가 낸 거예요?"

정헌의 집안은 하루아침에 무너졌다. AE그룹의 하청업체로 공장을 운영하고 있었지만 AE에서 거래처를 바꿔버렸다. 밀려오는 어음들을 갚지 못한 상황에서 공장에 불까지 났고, 그의 부모님이 목숨을 잃었다.

정헌이 부상으로 인해 축구를 포기하고 일반 대학에 진학했을 때 그에게 남아 있는 건 아무것도 없었다. 윤주는 그의 등록금과 생활비를 지원해달라고 제 아버지에게 부탁했었다.

"그건……."

상헌이 대답하지 못했다.

"그것도 정 이사예요?"

상헌은 우정헌과 혹시라도 제 딸이 잘될까 봐 떨어트려놓고 싶은 입장이었다. 그런 그가 우정헌을 후원해줄 리 만무했다.

"난 우정헌을 붙잡을 게 아무것도 없네요."

윤주가 중얼거린 뒤 상헌을 등졌다. 악연의 연속이라니. 기가 막혀 웃으면서 뒤를 돌았다. 지끈거리는 두통이 몰려왔지만 아직 정신을 놓을 수 없었다. 휴대전화를 찾아 2번으로 저장된 번호를 꾹 눌렀다.

– 언니, 안 그래도 언니한테 연락하려고 했는데…….

"정희야. 지금 시간 돼?"

밤에 가깝긴 하지만 그렇게 늦은 시간은 아니다.

– 지금요?

잠시 머뭇거리던 정희가 곧 집 근처에서 보자고 대답하자 윤주가 자신의 방에 들어가 차 키를 챙겼다.

집 근처의 커피숍에 앉아 있던 정희가 안으로 들어서는 윤주를 발견하고 손을 흔들었다. 항상 완벽하게 예쁜 모습만 보여주던 윤주가 오늘따라 흐트러진 머리와 화장기도 없는 얼굴로 맞은편에 앉았다.

"언니, 안 그래도 물어보고 싶은 게 있었는데."

"너 정하민이랑 정헌이 다시 만나는 거 알아?"

"……네?"

정하민이 누구였더라. 곰곰이 생각하던 정희의 얼굴이 경악으로 일그러졌다.

"그…… 그…….."

"그래. 정하민. 네 집안 무너트리고 네 오빠 다리 그렇게 만든 애."

그 일로 부모님이 돌아가셨다. 아직도 10년 전만 생각하면 정희는 밥이 제대로 넘어가지 않았다. AE에서 그렇게 갑자기 거래를 끊지만 않았어도 부모님이 억울하게 돌아가실 일은 없었다. 그리고 자신의 오빠가 축구를 그만두게 된 게 정하민 때문이라는 것을 알았을 때 정희는 그녀를 찾아갔다.

"그 여자랑 오빠랑 다시 만난다고요?"

"정헌이한테 들었어. 정하민이랑 결혼하겠다고 하더라."

윤주는 헛웃음을 터뜨렸다.

정헌을 말릴 수 있는 건 정희밖에 없다. 지금은 소원하다 해도 둘은 서로에게 세상에 단 하나밖에 없는 핏줄이다. 윤주는 정희를 이용해서 정헌의 마음을 돌릴 생각이다.

"말도 안 돼. 오빠가 미쳤대요?"

"미쳤나 봐."

"그럼 오빠 오피스텔에 있던 게 정하민, 그 여자였어요?"

강우는 몇 번 정헌의 오피스텔을 가봤지만 윤주는 얼씬도 못했다.

"오피스텔에…… 정하민이 있었어?"

"이불 뒤집어쓰고 있어서 누군지는 못 봤는데……. 쫓겨났어요. 오빠가 결혼할 사람이라고……. 하, 그래서 나한테 안 보여줬구나. 내가 반대할 거 뻔히 알아서!"

테이블 위로 꽉 쥔 주먹이 부르르 떨렸다. 정희의 눈에 눈물이 들어차다. 그렇지 않아도 정헌의 오피스텔에서 돌아와 내도록 운 참이다.

"오빠가 미쳤나 봐요. 어떻게 그 여자를 다시 만나? 우리 부모님이 어떻게 돌아가셨는데. 오빠가 어떻게……."

"나도 걔가 무슨 생각인지 모르겠어. 복수 때문에 만나는 것 같긴 한데."

"복수요?"

윤주가 넌지시 말을 흘렸다. 정헌이 설사 복수 때문이라 해도 만약 투자자와 대학 시절 자신을 후원해준 게 AE라는 걸 알게 되다면 제가 한 거짓말이 들통날 수도 있다. 윤주는 정헌의 복수를 멈추게 하고 그에게서 정하민을 떼어낼 수 있는 유일한 사람인 정희의 손을 붙잡았다.

"이제 와서 복수가 무슨 소용이야. AE에 복수할 수 있는 사람이 대한민국에 누가 있겠어. 난 네 오빠가 또 다칠까 봐……, 흑."

윤주가 눈물을 주르륵 흘렸다.

"안 돼. 우리 오빠 다치면 안 돼요. 미쳤어. 그 여자가 얼마나 무서운 사람인데."

정희는 제 오빠와 사귀는 정하민을 친언니처럼 따랐다. 회색 머리카락에 붉은 눈이 처음엔 생소하고 무서웠지만 자신이 정헌의 동생이라는 이유만으로 하민이 노력해줬기 때문이다. 그게 하민에게 얼마나 어려운 일이었는지 정헌을 통해서 들은 뒤론 정희도 하민을 진심으로 좋아했다.

"오빠는 그 여자한테 복수 못 해요. 되게 불쌍해 보이잖아요."

같은 여자의 눈에도 여려 보여서 지켜주고 싶었다. 하민과 걷다 보면 어느새 그녀를 인도 쪽에 놓고 자신이 도로 쪽으로 걷는 걸 깨닫고 둘이서 배를 잡고 웃었던 적이 있을 정도다.

"곧 엄마, 아빠 기일인데…… 오빠는 왜…….”

"더 이상 정하민 만나면 안 돼. 걔가 무서운 게 뭔 줄 알아?"

자신의 손을 잡고 있는 윤주의 눈을 바라보다 정희가 움찔거렸다. 기괴하게 번뜩이는 눈동자에는 당장이라도 무슨 짓을 벌일 것처럼 선득한 기운이 흘렀다.

"굉장히 약아서 네 오빠는 감당 못 해. 불쌍한 제 외모를 백 번 활용해서 다시 만났겠지. 복수? 정헌이는 못 할 거야. 그만큼 불쌍하게 울면 네 오빠가 다시 안 녹을 것 같아? 그럼 네 부모님은 어떻게 해. 억울하게 돌아가신⋯⋯."

"흐윽⋯⋯."

부모님 이야기가 나오자 정희도 흐르는 눈물을 참을 수 없어 눈을 꼭 감았다. 새카맣게 타서 시신조차 알아볼 수 없었다. 모두가 나오라고 외쳤지만, 그 소리를 듣지 못했는지 부모님은 공장 안에서 돌아가셨다. 다들 동반자살이 아니냐 의심했지만 경찰 조사를 한 결과 화재는 사고로 밝혀졌고 그 보험금으로 겨우 빚을 변제했다.

"언니 얘기 무슨 소리인 줄 알지? 정하민은 언니가 만나볼 게. 넌 네 오빠 설득해."

회사에서 복수냐고 물었을 때, 정헌이 띠었던 미묘한 미소가 머릿속에 남아 언짢았다.

"그럴게요. 이 결혼 절대 안 돼요. 오빠가 부모님께 이럴 순 없어요."

정희가 고개를 끄덕이며 속삭이듯 말했다.

정헌을 만나 눈물로 호소하고 부모님을 들먹이리라. 동생이 그렇게까지 하는데 정헌은 결혼을 강행할 수 없을 것이다. 피는 진한 법이니까. 제 동생이 혀를 물고 죽겠다고까지 한다면 정헌 또한 정하민에게서 손을 뗄 거라고 윤주는 안일하게 생각했다. 이번에도 정헌에게서 하민을 떨어뜨릴 수 있으리라, 그렇게 믿었다. 아니, 믿고 싶었다.

Chapter 3

하민이 길게 하품을 했다. 환기를 위해 살짝 열어둔 창문에서 바람이 들어와 초가 깜박거리는 걸 보고 있자니 꼭 최면에 빠지는 것 같았다.

"어제 문 안 열어서 걱정했어요."

"아…… 휴업이라고 붙여놓는 걸 깜박했어요."

아직 수업이 시작하기까지 이십여 분이 남아 있어 온 사람이라곤 선우뿐이다. 그를 의식하지 못하고 하품을 했으니 서둘러 입을 가렸으나 그는 씩 웃었다.

"어디 놀러 갔다 오셨나 봐요."

얇은 머플러로 목을 두르고 소매가 길게 내려오는 차림이 어색하지 않은 건 평소에도 햇빛 때문에 이런 차림을 많이 해서였다. 약간 갈라진 하민의 목소리를 예민하게 캐치해낸 그가 묻자 잠깐 머리를 굴리고 대답했다.

"네. 친구들이랑 놀이공원 다녀왔거든요."

"아……. 그래서 목이. 저도 바이킹 한번 탔다가 다음 날 목이 갔어요. 고소공포증 있어서."

놀이공원은 언제 가봤는지 기억도 희미하지만 하민은 열심히 고개를 끄덕였다.

딸랑. 가게 문에 붙여놓은 풍경이 울렸다.

"어서 오세요."

수강생일 거라 생각해 인사부터 한 하민이 슈트를 입고 들어선 정헌을 보고 웃는 낯 그대로 굳었다.

"나도 좀 배우고 싶어서 왔는데."

"네가 캔들 만드는 법 배워서 뭐 하려고."

"집에 냄새가 좀 심해서 잠을 잘 수가 없어서."

그의 집에 갔을 때 이상한 냄새는 맡지 못했다. 하민이 주로 방향제 용도로 사용도 가능한 디퓨저 몇 개를 떠올렸다.

"선물로 줄 테니까 그냥 가지고 나가."

안 그래도 선우로 인해 회원들에게 항상 놀림을 받는데, 여기에 우정헌까지 가세한다면……. 생각도 하고 싶지 않다. 다른 회원들이 오기 전에 서둘러 디퓨저 몇 개를 포장하려고 하는데 넓은 테이블에 앉아 있던 선우가 일어나 인사했다.

"안녕하세요, 우리 구면이죠?"

품에서 명함을 꺼내 정헌에게 다가와 건넸다.

"아, 변호사셨군요."

하민에게 들어 선우의 직업을 알면서도 정헌이 다시 물었다.

"네. 작게 여기 근처에서 사무실을 운영하고 있습니다."

정헌이 역시 명함을 꺼내 내밀자 선우가 이름과 직함을 확인하고 눈을 빛냈다.

"여기 혹시, 이번에 '헬쓰리' 개발한 곳 아니에요?"

"맞아요."

"아, 저도 그 앱 쓰고 있거든요."

선우가 반갑게 말하자 정헌이 여유롭게 웃으며 대꾸했다. 앱을 켜서 그가 미처 활용하지 못했던 기능들의 팁 같은 것들을 선우에게 알려줬다. 하민은 정헌을 쫓아낼 타이밍을 잃고 두 사람을 바라만 보았다.

"선생님, 안녕하세요."

여기 다니는 김에 비슷한 또래 아이들을 낳고 기르는 주부들끼리 뭉쳤다는 그들은 중간에 만나서 같이 왔는지 우르르 들어왔다. 그리고 이십 대 초반의 대학생 둘이 오자 열 명 인원이 딱 맞았다.

"어서 오세요."

"어머, 우리 동네에 이런 미남이 다 계셨나?"

가장 붙임성 좋은 회원 하나가 정헌을 보면서 물었다.

"오늘부터 등록했습니다. 반가워요."

정헌이 자리에서 일어나 인사하자 주부들 사이에서 비명이 터졌다.

"진짜 잘생겼네. 그런데 어디서 본 것 같은데……."

나이대가 좀 있는 회원이 고개를 갸웃했다. 하민이 재료들을 하나하나마다 놓아주면서 웃음 지었을 때다.

"어? 이름이 우정헌이에요?"

"네."

"그…… 축구선수 아닌가? 맞죠? 내가 축구 엄청 좋아하거든."

"뭐? 축구선수야?"

138

"아니, 지금은 아니고. 부상으로 그만뒀다고 들었는데."

챙! 디퓨저 용기가 바닥을 구르며 날카로운 소리를 내자 이목이 일제히 이쪽으로 쏠렸다.

"아, 죄송해요. 손이 미끄러져서."

굵직한 유리조각들이 뒹굴자 빗자루로 쓸어야 한다는 것도 잊고 하민이 주저앉아 파편들을 집어 들었다.

"사장님! 그걸 맨손으로 집으면 어떻게 해!"

근처의 누군가 말리기 전에 다가온 정헌이 하민의 손을 잡아 일으켰다.

"베인 곳은 없어?"

"없는데…….."

정헌이 얼굴을 굳혔다.

"정신을 어디다 두고 다니는 거야?"

그는 아무렇지도 않아 보였다. 축구 이야기에도 별 감흥이 없는 것처럼, 오로지 중요한 건 하민뿐인 것처럼 굴었다.

"빗자루 어디 있어?"

하민이 알려준 곳에서 빗자루를 가지고 나온 정헌이 그녀를 멀찌감치 떨어트려놓고 재빨리 뒷수습을 했다.

"어머어머어머, 박력 있네. 멋있다, 우정헌 씨!"

가만히 서 있는 하민의 옆구리를 찌르면서 무슨 사이냐고 묻는 사람들의 목소리가 멀리서 들렸다. 이렇게 협소한 자신의 세계에서도 우정헌을 알아보는 사람이 있는데, 그는 지금껏 얼마나 많은 사람들에게 축구에 대한 이야기를 들었을까.

"정헌아, 오늘은 그냥 가."

그에게 그녀는 타인이다. 타인인 자신이 축구 이야기를 들어도 가슴이 선득거리는데 본인의 마음은 어떨지, 감히 짐작조차할 수 없었다.

"말했잖아. 냄새 때문에 왔다고."

"무슨 냄새가 난다고 그래? 네 집에서 냄새 안 나."

그가 유리를 쓰레기통에 버릴 때 거기까지 따라간 하민이 작게 말했다.

"너 간 뒤로 되게 심하게 나던데."

쓰레받기와 빗자루를 제자리에 두면서 정헌이 말했다. 자신에게 어떤 냄새가 났던 걸까. 미처 본인은 인지하지 못하는 냄새가 있다는 것을 알고 있기에 하민의 얼굴이 붉어졌다.

"발정 난 냄새 감춰주는 거. 그거 사러 왔어."

"……너."

"선생님 수업해야죠! 거기서 잘생긴 우정헌 씨랑 둘이서 뭐해요?"

사람들이 그들을 부르고 있었다. 하민이 입술을 오물거리다가 눈을 질끈 감아버렸다.

"이상한 소리 하지 마. 오늘만이야."

정헌은 웃음을 삼켰다. 여유롭게 하민을 따라 테이블에 앉자아까 축구선수냐고 물었던 회원이 재차 확인하려 들어 그녀를얼어붙게 만들었다.

"네, 부상당해서 은퇴한 비운의 축구선수 우정헌 맞아요."

아무렇지도 않은 얼굴로 천연덕스럽게 정헌이 비운의 축구선수까지 운운했다.

"거봐, 내 말이 맞지. 세상에 이런 인물이 전무후무했거든. 그래서 내가 기억하지. 축구도 잘해서 유망주였단 말야."

축구에 대해 잘 안다는 그녀가 주변인들에게 자신이 아는 정보를 마구 떠벌려댔다.

"그 이야기는 나중에 하시고 오늘은 선물용 캔들을 만들어볼 거예요."

하민이 서둘러 수습하려 했으나 이미 분위기는 산만해졌다. 목소리는 낮췄지만 옆 사람에게 조곤조곤 이야기하는 회원을 보면서 그녀가 정헌의 눈치를 살폈다. 그쪽에는 전혀 신경도 쓰지 않고 빨리 수업을 진행하라며 은근한 미소를 짓고 있는 그의 모습에 마음이 놓였다.

"이건 미니 캔들인데, 굉장히 귀엽죠? 이렇게 귀여워도 은근히 까다롭거든요."

제대로 집중하고 있는 건 선우와 정헌뿐이다. 어차피 수업을 해도 대부분이 주부들의 수다와 함께였기에 하민이 소이왁스를 집어 들었다.

"그런데 두 사람이 무슨 사이예요?"

수업을 진행하려는 하민에게 묻지는 못하겠는지 한 회원이 정헌의 팔을 흔들었다.

"연주 회원님, 프라이버시는 우리 침해하지 않기로 해요."

하민이 웃으면서 정헌 대신 답했다. 그가 하민을 생소하게 쳐다봤다. 타인에게 벽을 쌓는 정하민만 보아왔는데, 유들유들 농담처럼 웃어넘기는 모습이 정헌에게는 상당히 크게 다가왔다.

"곧 결혼하거든요. 이번 주에 상견례하고."

"세상에! 아니 대체 매일 가게 문 열면서 연애는 언제 하셨대!"

"밤에 했겠지! 호호호."

저희들끼리 주거니 받거니 하며 왁자한 웃음을 터뜨린다. 아무도 수업에 집중하지 않았다. 설마설마했지만 확인사살을 당한 선우는 더 이상 하민을 바라보지 않았다. 모두의 눈이 정헌과 주부들에게 쏠려 있었다.

어떻게 시간이 지나갔는지 알 수 없었다. 정신을 차려보니 다들 결혼 축하한다는 말을 남기고 자리를 뜬 후다. 선우의 인사를 받았다는 것만 기억났다.

가게를 지키고 있는 사람은 정헌뿐이다. 즐거워 죽겠다는 얼굴을 하면서 하민 대신 뒷정리를 하던 그가 진이 빠져 보이는 그녀를 돌아봤다.

"앉아 있어. 내가 치울게."

그렇지 않아도 서 있을 힘도 없었다. 오늘 수업만 아니었다면 가게 문을 닫고 쉬었으리라. 하민은 의자에 앉아서 정헌을 바라봤다.

"이 냄새."

"응?"

에센셜 오일 뚜껑을 닫다가 손에 오일이 살짝 묻자, 향기를 맡은 그가 말했다.

"너한테 계속 나는 냄새야."

그가 손을 내밀었다. 하민이 자연스럽게 얼굴을 가져가 코끝에 대고 향을 맡았다.

"아, 로즈우드 향이야."

그녀가 가장 좋아하는 향이었다. 처음 외국의 한 호텔 프런트에서 이 향을 맡았을 때 한동안 움직일 수 없을 정도로 좋아서 계속 그 자리에서 킁킁대기만 했다. 지배인에게 물어 그게 로즈우드 향이란 걸 알게 됐다.

장미 향이 나지만 장미가 아니었다. 장미에 은은한 나무 향이 배어 달콤한 숲속을 걷는 듯한 기분이 들게 했다. 우습게도 하민에게 위로가 되는 향이었다. 이 냄새를 맡으면 정헌이 생각났다. 달콤하지만 코끝을 쌉싸름하게 만드는 그와 닮았다고 여겼다.

"여기선 자단나무라고 해."

하루에도 수많은 에센셜 오일을 만졌다. 그중에 그는 이 향기를 어떻게 기억해낸 걸까. 하민이 가장 많이 쓰는 향이기도 했지만 일반인은 구분하기 어려울 텐데.

"안을 때마다 코끝이 간지러웠거든. 코를 박고 고개를 들고 싶지 않을 정도였어."

정헌은 정확하게 기억했다. 하민에게서는 인이 박인 것처럼 이 내음이 났다.

"……비누 이거 쓰거든."

로즈우드 에센스를 넣은 비누를 주로 사용하지만 그 향이 제게서 나는 줄은 미처 알지 못했다. 항상 맡아와서 당연하다고 생각해서일까.

"나중에 나도 몇 개 줘."

"네가 좋아하는 향 말해주면 그걸로 만들어줄게."

"내가 좋아하는 향."

그의 손에 묻은 오일이 하민의 코에 묻었다.

"이거."

이 향이면 된다고 하는 정헌 때문에 가슴이 욱신거렸다. 온통 로즈우드 향초를 피워놓고 침대에 누워 과거를 회상하고 후회하기만 했던 지난날이 떠올랐다.

"아무렇지도 않아?"

"뭐가?"

"사람들이 알아보는 거."

"별로."

아까 봤던 하민의 행동에서 그의 과거를 신경 쓴다는 걸 눈치챈 상태였다. 오른쪽 발의 부상은 심각했다. 의사는 축구를 포기해야 된다고 했고, 부모님이 돌아가셨기에 정헌은 모든 것을 혼자 결정할 수밖에 없었다. 축구는 뒤로할 수밖에 없었다.

"나한테 죽을죄라도 지었어?"

하민이 하얗게 굳어 있었다. 그녀의 머리칼을 천천히 다정하게 넘겨주면서 그가 테이블에 걸터앉았다.

"나는…… 그때…….''

"네 상처밖에 안 보였다고?"

모든 게 정헌 때문이라고 여겼다. 자신이 그를 상처 주는 게 당연하다고 생각하며 하민은 그를 원망했고, 그럼에도 놔주지 않았다.

"축구를 그만둔 걸 후회하지 않느냐고 묻는다면 후회하지. 사람들이 알아보는 거? 어떤 마음일 거 같아?"

머리를 쓰다듬는 손길은 다정하고 조심스러웠다. 조곤조곤 말하는 음성에는 분노나 노여움이 느껴지지 않았다. 하지만 그를 올려다볼 수 없었다. 눈은 속일 수 없으니까. 저를 향한 그의 눈빛이 경멸과 멸시에 젖어 있다면 애써 다잡은 마음이 무너질지도 모른다.

"아주 개같아."

하민이 저도 모르게 시선을 들었다. 정면으로 그와 눈이 마주쳤다. 웃고 있어서 어떤 눈빛을 하고 있는지 알아차릴 수가 없다. 여기서 미안하다고 해야 할까. 그를 짓밟아놓고 미안하다는 말이 과연 통할까.

"네가 내 눈치 보는 거, 그게 그중 제일 개같고."

그의 얼굴에서 웃음기가 사라졌다. 노골적인 시선은 그녀가 아직도 그 일을 마음에 담고 있는 데 대한 불쾌함만 있을 뿐이지, 비난이나 탓할 의도는 없었다.

"축구를 포기하는 선택밖에 남아 있지 않았지만, 결국 그걸 택한 건 나야."

유명한 축구선수가 되고 싶었다. 길을 지나가면 누구라도 다 알아보는, 스포츠 신문 1면을 항상 차지하는 선수가 되려고 노력했다. 그리고 그렇게 될 자신도 있었다.

수많은 러브콜을 받고 연봉이 수백, 혹은 수천억 원까지 올라갈 수 있는 꿈이 한순간에 물거품이 됐다. 도저히 그조차도 어쩔 수 없는 부상은 재기의 기회마저 날아가게 만들었다.

"사고가 난 건 나 때문이야……."

하민이 제 입으로 처음 사고에 대해 언급했다.

뉴스에 나올 정도로 큰 사고였다. 건널목에서 음주운전자가 모는 트럭이 달려왔다. 내리막길에 가속까지 붙어 이대로 몸이 부서져 죽을지도 모른다는 공포가 머릿속을 뒤덮었을 때, 트럭이 아닌 자신을 곧게 바라보는 정헌의 얼굴이 하민이 기억하는 마지막이다.

"그래."

교활한 미소를 감춘 정헌이 긍정했다. 어쩔 줄 몰라 하며 자책하는 하얀 얼굴이 안쓰러울 정도로 창백하지만 다독여줄 마음은 들지 않았다.

"그러니 네가 나를 책임져야지."

그가 하민의 손을 들어올려 자신의 무릎에 가져다 댔다. 부상으로 부서진 무릎 위를 지그시 누르게 했다.

"아직도 비가 오는 날이면 욱신거리거든. 그게 사고 때문인지, 너 때문인지 모르겠지만."

계속해서 되뇌었다. 내가 이렇게 된 건 너 때문이라고. 그러니 다시는 도망가지 못할 올무를 씌워 제 곁에 두겠다고. 그게 꼭 자장가처럼 노곤하게 만들어 하민이 그의 허벅지에 머리를 뉘였다.

"숨을 어디다 색색 내쉬는 거야."

슈트의 얇은 옷감 위로 하민이 내쉬는 숨이 뜨겁게 감겨들었다. 허벅지가 떨릴 정도로 습한 숨에 그가 짧게 웃었다.

"아……."

웃음기 어린 목소리에 하민이 고개를 들었다가 이내 정헌의 손에 의해 허벅지에 얼굴을 묻었다.

"계속 처박고 있어줘."

느른한 정헌의 숨이 클래식이 흐르는 이 공간을 적셨다. 그의 다리에 얼굴을 묻은 채, 놓아주지 않는 남자로 인해 하민이 의식적으로 숨을 내쉬었다. 입술과 옷감이 맞닿아 있는 곳이 숨을 뱉을 때마다 축축하게 젖어간다. 밖에서 보면 음란한 짓을 하고 있는 걸로 보일지도 모른다. 지나가는 사람이 유심히 가게 안을 들여다볼까 봐, 혹은 단골손님이 가게 문을 열까 봐 긴장한 어깨가 굳었다.

"뭘 그렇게 걱정해?"

그의 시선이 아까 선우가 앉았던 의자에 놓인 서류봉투를 향했다. 얼마 지나지 않아 창밖으로 그의 모습이 보이자 입가에 매달린 미소가 더 진해졌다.

"손님이 오면 바로 말해줄게. 잠깐만 이대로 누워서 쉬어."

정헌의 체취가 올라왔다. 그가 로즈우드 오일을 만진 뒤여서 그럴까. 정말 그에게서 자신이 맡았던 향이 났다. 그와 닮았다고 생각했던 향이 정헌에게서 나자 들뜬 머리는 제대로 생각하지 못했다.

"그렇게 좋아?"

"정……헌아……, 으응…….."

굉장히 만족한 상태로 정헌이 밖을 바라봤다.

유리문을 열고 들어오려다 그대로 멈춰 선 선우가 보였다.

"우리, 누가 보면 음란한 짓을 하고 있는 걸로 보이려나."

"흐윽……."

손길이 부드럽게 그녀의 목덜미를 어루만졌다.

유리문의 손잡이를 꽉 움켜잡은 채 서 있는 선우의 시선이 하민의 뒤통수에 가 있는 것을 본 정헌이 포식자의 웃음을 지었다. 이건 제 암컷이고 짝이다, 하며 다른 수컷의 냄새가 배지 않도록 극도로 조심하고 경계하는. 손에 넣기까지 아주 오래 걸렸는데 고작 저런 애송이에게 넘겨줄까 봐.

아직 해가 지지 않은 늦은 오후, 선우는 돌아설 수밖에 없었다. 앞으로 그를 다시 볼 일 없기를 바라며 정헌은 만족스럽게 웃었다.

⇢ · ◆ · ⇠

한남동 방문이 하루 앞으로 다가왔다. 마치 모르는 사람 집에 처음으로 인사 가는 것만 같아 정헌보다 하민이 더 떨었다. 오늘은 오후에 오픈한다고 가게 앞에 써 붙이곤 오랜만에 백화점에 가서 옷을 샀다. 최 여사가 좋아하는 보석브랜드에서 신상 브로치가 나왔기에 고민하다가 그것도 샀다. 자신의 얼굴을 기억하는 매니저에게 물어 최 여사가 아직 이 브로치를 구입하지 않은 걸 확인하는 꼼꼼함까지 보였다.

오랜만의 쇼핑으로 잔뜩 지쳐서 가게로 돌아왔을 때는 점심이 막 지난 시각이었다. 정헌이 저녁을 같이 먹자고 해, 실제로 가게를 여는 건 대여섯 시간 남짓이라 서둘러 문을 열려 했다.

"자릴 비우면 언제 오는지 써 붙여야지, 사람을 얼마나 기다리게 할 셈이니?"

가게 문을 열자마자 하민보다 먼저 들어선 여자가 손부채질
을 하면서 눈을 흘겼다.

"……언제 오셨어요?"

"아침부터 와 있었지. 전화를 해도 받지도 않고. 또 번호 바
꿨니?"

"통화할 정도로 그렇게 친한 사이는 아니잖아요. 전화하시는
거 싫어요. 가게에 불쑥불쑥 오시는 것도 싫고요."

쇼핑백을 테이블에 올려두며 하민이 말했다.

누가 봐도 자신과 닮은 생모, 연희가 손으로 입을 가리며 웃
었다.

"그럼 내가 한남동으로 갈 텐데 괜찮을까 몰라. 큰사모님은
잘 계시니?"

하민이 괴물이라도 보는 얼굴로 친모를 바라봤다. 자신도 저
렇게 뻔뻔스럽게 정헌에게 상처를 줬을까. 자신을 투영해 보듯
여자를 바라봤다. 역겹고 구역질이 났다.

"왜 오셨어요?"

"일산 쪽에 괜찮은 가게 자리가 하나 났어. 권리금이 이억인
데, 놓치기 아까운 기회야."

"1년 전에 돈 가져가셨잖아요. 그게 저한테 전부였어요."

"네가 지금 어느 집안에서 어떻게 살고 있는데 그걸 믿으라
고? 이렇게 쇼핑 펑펑 할 돈은 있고 엄마한테 줄 돈은 없다고?
네가 누구 때문에 AE에 들어갈 수 있었는데!"

지긋지긋한 레퍼토리다. 하민이 한남동을 나오고 난 뒤부터

이어진 관계였다. 자신은 주기적으로 그녀에게 돈을 주고 그녀는 한남동에 얼씬거리지 않는다. 연희가 쇼핑백을 흔들다 바닥에 던지자 내용물이 쏟아졌다. 그중 보석으로 유명한 브랜드의 케이스를 보고 연희는 눈을 빛냈다.

"세상에! 너무 예쁘다, 딸! 이거 엄마 해도 되는 거지?"

짙은 보라색의 주먹만 한 자수정이 작은 천연 진주로 장식돼 있었다. 가격 때문에 고민했지만 몇 번을 들었다 놨다 하다가 결국 이번 달에 대량주문이 들어왔으니 큰마음 먹고 산 브로치였다. 오로지 최 여사가 이걸 보고 '예쁘구나.' 할, 그 한마디를 듣기 위해서 산 선물이 주인에게 가기도 전에 더럽혀졌다.

"그러세요. 가져가세요."

신이 나서 당장 자신의 재킷에 달아보는 연희를 그저 바라만 봤다.

"지금은 이것밖에 없어요."

그렇지 않아도 슬슬 연희가 찾아올 때라 생각했다. 금고 깊숙한 곳에서 미리 찾아놓은 봉투를 꺼내 내밀었다.

"나 한연희야. 네가 정 회장 핏줄이 아니었으면 그렇게 태어나서 어디서 밥이라도 먹으면서 살 수 있었을 것 같아?"

친모조차 자신을 기형이라 생각하는데 누구에게 기댈 수 있는지. 하민은 허탈하게 웃었다. 봉투 안을 재빠르게 확인한 연희로부터 삿대질과 함께 욕설이 쏟아졌다.

"네 엄마를 업고 다니지는 못할망정. 네가 아무리 끔찍해도 너는 내 자식이고, 정 회장 핏줄이야. 천만 원? 이거 먹고 떨어지라는 거야, 지금?"

"……한남동에서 돈 받으면요? 최소한 저 지금까지 키워주신 최 여사님께 손은 안 벌려야 하잖아요. 거기서 나온 돈 한 푼도 여기에 쓰기 싫어요. 이건 제가 반년 넘게 가게 일로만 번 돈이고."

짝! 볼이 화끈거렸다. 연한 피부가 반지의 장식에 걸려 찢어졌다. 볼을 포함해서 귀밑까지 순식간에 벌게지며 피가 흘렀다. 피를 볼 생각까지는 없었는지 당황한 연희가 말을 잃고 멍하니 있는 동안, 하민이 티슈를 뽑아 볼에 댔다.

"거지 취급하지 마. 너는 내가 불쌍하지도 않니? 그 집에서 쫓겨나서……."

"저는…… 최 여사님이 제일 불쌍해요. 믿었던 남편에게 배신당하고 새파랗게 어린 여자에게 기만당한 그분이요."

"이게!"

다시 손이 올라갔다. 하지만 하민이 볼을 감싸고 있어서인지 차마 내리치진 못하고 부들부들 공중에서 떤다.

"여기 가게 나름대로 잘돼요. 전 여기서 번 돈만 드릴 거예요."

"그래, 이건 됐고. 정 회장님 병원에 너무 오래 계시는데…… 엄마가 듣기론 유언장 작성이 이미 끝났다고 하더구나."

어쩜 이리 뻔하고 상투적인 전개인지.

"네 몫으로 나올 재산이 어느 정도니?"

온몸에 벌레가 기어다니는 것 같다. 할 수만 있다면 이 얼굴을 죄다 쥐어뜯고 핏줄에 흐르는 이 사람의 피를 전부 빼고 싶다.

"저 주는 대신 삼십억 받으셨다면서요."

20여 년 세월 동안 그 돈을 전부 탕진하고 돌아와 당당하게 다시 돈을 요구할 수 있었던 것은 천성이 그런 사람이어서일까, 아님 정하민이라는 딸을 낳아준 데 대한 자부심이 넘쳐 제가 받아야 할 당연한 대가라 생각해서일까.

"삼십억이 돈이니? 그래서, 얼만데?"

"강남에 부동산, 하남 일대 땅, 평택 부지 등 전부 처분하면 이천억 좀 넘어요."

그 순간 하민은 사람의 동공이 저렇게 팽창될 수 있다는 걸 처음 알았다. 탐욕 때문에 사람이 이렇게 추해질 수 있다는 걸 깨달았다.

"하, 하민아."

"좋으세요?"

"우리 그럼 부자 되는 거니?"

"우리라뇨. 정확히는 저만이죠."

"이게 다 너 잘 낳아준 엄마 덕인 거 알지? 응?"

볼을 찢어놓고도 미안하다는 말 한마디 없던 여자가 엄마 행세를 했다. 좋아 죽을 것 같은 얼굴로 다정하게 손을 내밀며 그 돈으로 무엇을 할지 바쁘게 머리를 굴린다.

"그럼요. 그래서 보답하는 마음으로 전액 기부하려고요."

"뭐, 뭐?"

쉰을 훌쩍 넘긴 나이임에도 청순하고 가녀린 외양의 한연희. 그녀의 얼굴이 지옥의 야차처럼 일그러지는 모습을 보면서 마음속 깊이 기뻐하는 자신은 분명히 어딘가 잘못됐다. 저와 똑같이 생긴 얼굴에 떠오른 절망에, 하민의 가슴에선 희열이 끓어오른다.

"회장님이 돌아가시면 좋은 일 하는 사람은 한 명쯤 있어야죠."

정 회장의 죽음은 그저 한 사람의 죽음이 아니다. 선대에게 물려받은 그가 해외진출을 하며 단단하게 기반을 잡아놓은 기업은 흔들릴 테고 주식은 등락을 반복할 게 분명했다. 새로 총수가 될 주호도, 그 자리가 그에게 합당한지 알아보려는 사람들에 의해 계속해서 위기를 맞을 거다.

자신이 어떻게 하면 이 집안에 도움이 될지 몇 번이나 생각한 끝에 하민이 내린 결론은 그러했다.

"그, 그게 어떤 돈인데! 그걸 기부를 해? 그게 말이나 된다고 생각하니!"

"제가 이 집안에 들어와서 돈을 축내는 것 외에 뭘 했다고요?"

"그 피! 그 피를 이어받은 당연한 대가야!"

"전부 빼서 드릴까요. 제가 빼서 드리는 피를 몸에 넣고 이 자리에 대신 들어오실래요?"

"너는 네 엄마가 불쌍하지도 않아?"

남의 말은 귓등으로도 듣지 않은, 오로지 스스로만 불쌍하다고만 여기는 여자를 어떻게 하면 좋을까.

"젊은 나이에 너 하나 낳고 내 청춘을 다 바쳤는데, 이제 와서 엄마를 이렇게 무시하다니. 지금까지 네가 잘 있는 줄 알고 있으니까 안 나타난 거야. 엄마도 당당해야 하니까. 손대는 사업마다 이 지경이 안 됐으면!"

"……회장님 돌아가시면 차라리 저랑 둘이서 어디 다른 곳에라도 가서 살아요."

"그 돈 다 기부 안 할 거지? 응?"

"아무도 모르는 곳으로 가서 살아요. 돈을 아주 많이 벌지는 못해도 내가 평생 모실게요. 다시는 한남동에 나타나지 말고 그렇게 살아요."

"네가 그 돈 절반, 아니 반의반이라도 나 준다고 약속하면 다신 안 나타날게. 네 앞에서도 영원히 사라져줄 수 있어. 그러니까 정신 차리고 생각해. 변호사한테 이미 말한 거 아니지? 아니, 말했대도 어쩔 거야. 번복하면 그만이지. 아니면 그 독한 것들이 너한테 다 기부하라고 협박했니? 그런 거야?"

마음 같아선 정말 그 돈의 전부라도 주고 다시는 나타나지 말라고 애원하고 싶었다. 하지만 더 이상 그들의 재산으로 이 여자를 배불리 먹이고 떵떵거리며 살게 두고 싶지 않았다.

"그런 거 아니에요."

"아니긴 뭘 아니야! 큰사모님이 그렇게 시킨 거지? 지들 이미지를 왜 너한테 만들라고 시켜? 지들 돈으로 하라고 해. 넌 한 푼도 못 내놓는다고 하고. 엄마가 큰사모님 만날게."

"제발요!"

딸랑. 손님이 들어오는 소리가 들렸지만 하민은 멈출 수 없었다.

"이게 버러지가 아니고 뭐예요! 인두겁을 쓰고 어떻게 그렇게 뻔뻔할 수가 있어요! 그때 그쪽 만나고 최 여사님 졸도하고 난 뒤부턴 난 그분 눈만 봐도 무서워요. 내가 겨우 무슨 마음을 먹었는데! 나한테 어떻게 해주신 분인데 그분에게 이래요!"

"그 많고 많은 재산 네가 상속받는다고 해도 티라도 날 거 같아? 이 멍청한 것아, 그것들이 알아줄 것 같냐고. 정 회장 죽으면 넌 낙동강 오리알 신세야. 정 회장이 살아 있으니까 그나마 대접받고 산 거라고! 그 사람 죽으면 제일 먼저 팽 당할 게 누군데!"

"선생님, 괜찮으세요?"

문을 열고 들어온 건 선우였다. 큰소리가 오가길래 그냥 나갈까 싶었는데 오늘까지 꼭 법원에 제출해야 될 진정서가 들어 있는 서류를 두고 갔다. 눈치를 봐서 서류만 달라고 할까 했는데 하민이 한쪽 볼에 티슈를 대고 있기에 끼어들지 않을 수가 없었다.

"……선우 씨."

"처신 똑바로 해, 병신 같은 계집애 돈이라도 없으면 누가 봐줄 줄 알고?"

"이봐요! 무슨 말을 그렇게."

"됐어요. 그냥 가게 두세요."

하민이 건넨 돈 봉투를 들고 그대로 자리를 박차고 나간 연희는 뒤도 돌아보지 않았다. 쇼핑백에서 빠져나와 바닥에 떨어진 옷가지들을 정리해 테이블에 올려놨다.

"그날 서류 놓고 가셨죠?"

"네. 바빠서 이제야 찾으러 왔어요. 오늘 꼭 필요했는데 아침에 안 계셔서."

"미안해요. 급한 건 줄 알았으면 제가 가져다 드릴 걸 그랬어요."

선우에게 서류를 놓고 갔다고 문자는 보내놨지만 답장이 없어 다음 수업 때 주려고 따로 챙겨놨었다.

"……맞았어요?"

선우가 굳은 얼굴로 물었다. 천천히 볼을 감싼 티슈를 떼어내자 길게 긁힌 피부가 드러났다.

"안 되겠다. 병원 가야겠어요. 이거 얼굴에 상처 난 거라 이대로 있으면 안 돼요. 흉이라도 남으면 큰일 나요."

하민이 자리에서 일어나 카운터 안쪽에 넣어둔 서류봉투를 꺼냈다.

"전 괜찮아요. 다른 데 다친 것도 아니니까 병원은 제가 알아서 갈게요."

"아뇨, 병원까지 데려다 드릴게요."

"오늘까지 법원에 제출해야 된다면서요. 빨리 가세요."

"꼭 병원에 들르세요. 문 닫기 전에 꼭요."

선우의 당부에 그녀가 고개를 끄덕였다. 그리고 그가 서류를 가지고 나간 뒤 가게 문을 잠그고 팻말을 돌려 'Closed'가 밖을 향하게끔 했다. 가게 안에 있는 화장실 거울로 가운데서부터 귓불까지 붉은 자국이 길게 나 있는 걸 확인했다.

"제대로 긁어놓으셨네."

흐르는 물에 상처를 닦았다. 그렇게 깊지 않아 병원에 갈 정도는 아니었다.

"아……."

손톱이 상처 끝을 건드렸다. 이제야 겨우 화끈거리며 살이 패인 티를 낸다. 좀 더 긁어버릴까. 이 얼굴을 하고서야 그 여자와 너무 똑같아서 거울을 볼 때마다 끔찍하다. 손톱 끝에 하민이 힘을 주자 피가 주르륵 흘렀다.

"무슨 멍청한 짓이야."

곧 얼른 손을 떼고 깨끗한 수건을 볼에 가져갔다.

"내일 또 최 여사님 얼굴 어떻게 보지?"

제가 입을 꼭 다물면 이 일을 모르시겠지만 그래도 편하지 않았다. 고개를 들어 눈이나 마주칠 수 있을까.

「하민이 네 별명이 백설공주였다고? 너무 잘 어울리는구나.」

유럽의 어느 호텔 침대에 나란히 누웠을 때, 처음으로 학교에서 있었던 일들을 입 밖에 낼 수 있었다. 고등학교를 졸업하고도 한참이 흐른 뒤였다. 그 별명을 듣고 정헌과 똑같은 말을 해준 사람은 최 여사가 처음이었다. 비웃지 않고 자신의 말에 귀를 기울여줬다.

그 여자가 손을 댄 브로치를 최 여사에게 줄 수 없다. 할 수만 있다면, 이 얼굴을 그분이 보기 괴로워한다면. 하민이 차마 거울을 다시 쳐다보지 못하고 고개를 떨궜다.

쿵쿵쿵. 누군가 밖에서 유리문을 두드렸다. 심호흡하고 마음을 다스렸다. 내일 한남동엘 가는데 이런 얼굴로 갈 수는 없으니 병원에 다녀와야겠다.

"······정헌아?"

우정헌이 쇠파이프를 들고서 유리문에다 휘두르려 한다. 비현실적인 광경에 그의 이름을 부르자 들리지 않았을 테지만 거짓말처럼 그가 손을 멈췄다. 문 열어. 입모양만 보고도 무슨 말인지 알아차린 하민이 서둘러 달려가 문을 열었다.

"너는 안에 있는 것 같고, 불러도 안 나오고 무슨 일 생긴 줄 알았잖아."

"잠깐 화장실에 있었어."

그가 하민의 얼굴을 살폈다. 수건을 떼어내고 상처 부위를 봤다.

"누가 이랬어?"

"이따 저녁에 보기로 했잖아. 여긴 무슨 일이야?"

"네 손님이 전화했어. 아무래도 너 병원에 안 갈 것 같다고."

그날 정헌이 선우와 명함을 주고받았지. 가게에서 나간 선우가 정헌에게 따로 연락을 취한 모양이다.

"그게······."

"어떤 여자랑 싸우고 있었다는데. 그 여자가 널 때린 거야?"

"그게 아니라······."

"그게 아니면 뭔데."

"다툼이 좀 있었는데 내 잘못이었어."

하얀 얼굴에 선연한 자국에 그가 잇새로 분노를 뱉었다. 잠시 한눈판 사이에 벌어진 일이다. 선우의 전화가 아니었다면 하민은 홀로 병원에 갔을 게 분명했다.

"그 여자, 사람을 이 꼴로 만들어놓고 어디 있어? 아무리 네게 잘못이 있었다고 해도 얼굴을 이렇게 만들어놔?"

경찰에 신고할 생각으로 휴대전화를 꺼내는 그를 말렸다.

"하지 마. 얼마 안 긁혔어."

"너 지금 얼굴이 이렇게 됐는데 흉이라도 지면 어쩌려고."

"성형하면 되지."

이 기회에 차라리 완전히 다른 얼굴이 되고 싶었다. 피부가 약해 성형이 불가능하다는 걸 알면서도 하민은 그런 꿈을 꿨다.

"그걸 말이라고 해?"

"나 성형해보고 싶었거든."

어떻게든 그의 주위를 돌리기 위해 하민이 실없이 웃어 보였다. 정헌이 생모의 존재를 아는 게 죽기보다 싫었다. 모성애라고는 없고 돈만 밝히며 손을 올리는 데 스스럼없는 여자와 자신이 닮았다는 것조차 알려주기 싫었다.

"여기 좀 봐."

어딘가 절박하다. 단순한 다툼이 아니었다고 정헌의 본능이 말하고 있었다. 나중에 이 사건을 목격한 선우와 좀 더 이야길 해봐야겠다고 생각하며 정헌이 그녀를 데리고 가게를 나왔다. 문단속을 하며 쇠파이프를 집어 들었다.

"그런데 너 왜 그런 걸 들고 다녀?"

"혹시 모를 일에 대비해서."

"픕."

혹시 모를 일이 뭐 있다고 차 트렁크에 쇠파이프를 넣어가지고 다니는지. 꼭 어둠의 세계에서 일하는 사람처럼 보여서 하민이 볼을 부풀리며 웃었다.

"아."

정헌이 다치지 않은 반대편 볼을 꼬집었다.

"지금 웃음이 나와?"

한 손에 쇠파이프를 들고 하민의 볼을 꼬집는 걸 지나가는 행인들이 발견하고 경악했다.

"조폭인가 봐. 어떻게 해. 여자 얼굴에서 피 나."

그 소리를 듣고 하민이 배를 잡고 웃었다. 결국 아니라고 그녀가 웃으면서 직접 해명한 뒤에야 경찰에 신고가 들어가는 일은 막을 수 있었다.

병원에 도착해서 이대로만 잘 아물면 괜찮을 것 같다는 말을 들었다. 다만 하민의 피부가 일반 사람보다 훨씬 얇고 약해 경과를 조금 더 두고 봐야 된다고 했지만, 당사자인 그녀는 별로 신경 쓰지 않았다. 오히려 정헌이 의사를 붙잡고 주의사항 등을 하나하나 꼼꼼하게 체크했다.

"여기 봐."

칼로 그은 것 같은 얼굴의 상처를 정헌이 한참을 내려다봤다. 속눈썹이 파르르 떨리는 그 모습에 하민이 눈치를 살필 정도였다.

"하민아, 나한테 할 말 없어?"

"없는데……."

"내가 생각보다 멍청하진 않아서."

알아보려고 마음먹으면 못 알아볼 것도 없었다. 그녀가 시선을 피하는 것을 날 선 눈으로 보던 정헌이 당연하게 하민을 태우고 자신의 오피스텔로 갔다.

"정헌아."

"그래."

하고 싶은 말이 있으면 해보라고 정헌이 고개를 까닥였다. 고집스럽게 정면만 향해 있는 턱 끝이 매서웠다.

"나는 너한테 다 보여줄 생각이 없어. 서로에게 필요한 게 있어서 함께하기로 한 거잖아."

정 회장을 위해서, 그는 그의 회사를 위해서 손을 잡은 관계였다. 잠자리를 한 건 충동적이었지만 후회스럽지는 않았다. 오히려 그에게 안기고 싶었던 마음이 컸다. 과거처럼 든든하고 안전하게 안아줄 품이 그립지 않았다면 거짓말이었다.

"아, 그래? 그럼 궁금한 게 있는데."

정헌이 오피스텔 주차장으로 들어가 가장 가까운 곳에 차를 세웠다. 그리고 하민을 돌아보며 물었다.

"정 회장님이 나라면 질색할 텐데 넌 나를 선택했잖아? 교활한 범을 집안에 끌어들였잖아. 네 유산까지 나눠주기로 하고."

"그래."

"네가 나를 선택한 이유가 뭔지 말해봐."

그는 처음에 이런 걸 묻지 않았다. 유산 상속 이후까지 적당히 넘어갈 줄 알았다.

"제일 편해서. 날 가장 잘 알고 있잖아. 너라면 짧은 시간이라도 편하게 지낼 수 있을 것 같아서."

천연덕스러운 말이 흘러나왔다.

주차장 그 어둑어둑한 공간에서 정헌이 서늘하게 웃었다. 그러다가 어깨를 떨 정도로 웃었다. 자신을 응시하는 눈은 아주 새카매서 하민은 그가 갑자기 왜 이러는지 알 수 없어 입을 다물었다.

"그럼 아주 불편하게 해줄까?"

"갑자기 왜 그래?"

"널 아주 불편하게 만들어줄 수도 있어."

정헌이 다가왔다. 하민이 본능적으로 서둘러 차 문을 열려 했지만 잠긴 문은 꿈쩍도 하지 않았다. 그의 손이 어깨를 돌렸다. 제 쪽으로 정확히 보게 만들었다.

"어떻게…… 불편하게 만들겠다는 거야? 나는 그럼 너랑 안."

협박처럼 그와 함께하지 않겠다고 말하려 했을 때 품으로 끌리듯 들어갔다. 하민의 볼 상처를 피하며 꽉 끌어안은 정헌이 그녀의 뒷목을 단단히 잡았다.

"지금 와서 도망가는 건 곤란하지. 어떤 새끼를 지금 내 자리에 데려다 놓으려고."

"정헌아, 너 지금 좀 무서워."

"지금까지 곱게 지켜온 동정을 따먹어놓고 손을 떼겠다면 화가 나는 게 당연하지."

"거짓말."

"거짓말 같아? 그럼 내가 누구랑 했을 것 같은데? 내가 놀 거 다 놀고 네 앞에서만 순진한 척 구는 것 같아?"

이가 으드득 갈릴 정도로 화가 났다. 이런 일이 생겼을 때 그를 부르지 않은 하민에게. 그리고 선을 그어놓고 그에게 알리고 싶지 않다며 거짓을 둘러대는 그녀에게.

"그게 아니라……."

"나 따먹고 발 빼지 마."

단호한 정헌의 어조에 하민이 말을 잃었다. 어디서부터 어떻게 설명해야 할까.

"아직 발 안 뺐어."

"나한테는 거짓말하지 마. 뒷전이 되는 거 기분 별로거든."

"그냥 모르는 척해주면 안 돼?"

그의 어깨에 입술을 대고 하민이 말했다. 몸의 힘이 쭉 빠져나갔다. 아마 연희를 마주하는 게 꽤나 고되었나 보다. 수전증처럼 덜덜 떨리는 손을 들어 정헌의 허리를 감쌌다.

"내가 너무 부끄럽고 숨고 싶단 말이야."

자신은 아주 약해져 있어서 부서지고 사라져버리고 싶었다. 하민에게도 자존심을 세우고 싶은 상대가 있다. 적어도 다시 만난 우정헌에겐 예쁘고 흠 없는 모습만 보여주고 싶었다.

친모가 나타나는 타이밍도 참 기가 막혔다. 어린 시절, 의지할 곳 하나 없이 외로웠을 때 나타나 갖은 사탕발림으로 그녀를 속였더라면 아마 마음을 다 내주었을지도 모른다.

"어딜 만지면 신음하는지, 네 몸 어디에 어떤 모양의 점이 있는지까지 다 알아."

샅샅이 훑었다. 가장 안고 싶고, 보고 싶어 했던 몸의 그 어디도 허투루 보지 않았다.

"더 부끄러운 게 남아 있어?"

그 말에 정말 부끄러워져 얼굴을 들 수 없었다. 그의 어깨에 묻고 있던 눈가가 축축해졌다. 핏줄이 돋아난 손이 애타게 그의 슈트를 쥔다.

"내 마음. 나는 그게 제일 부끄러워."

"나보다 부끄러울 순 없을 텐데."

숨이 막혔다. 정헌이 말도 못하게 다정해서.

"하민아, 네 생각보다 난 더 최악이거든."

혀를 물어 끊어내고 싶을 정도로 혹독한 재활훈련을 했다. 의식이 없는 그녀의 곁을 반년 넘게 지켰다. 자신이 다리를 저는 모습을 보인다면 하민은 분명 절망하고 좌절할 것이기에 아무렇지도 않은 모습을 보여주려고 했다.

하민은 그가 부상으로 축구를 그만뒀다는 사실도 모른 채 혼수에서 깨어났다.

"나중에…… 내가 정리가 되면."

하민은 자신을 키워준 정 회장의 소원이라면 그 누구와도 결혼할 수 있었다. 마음에 남아 있는 무거운 짐을 이제야 벗어던질 수 있을 거라고 여겼다.

불쑥불쑥 치밀고 들어오는 우정헌이라는 그림자를 너무 오래 갖고 있었다고. 두 달 전, 그 자리에서 우정헌을 우연히 보지만 않았더라도, 그와 단 하루만이라도 같이 살아보고 싶다는 욕심은 상상만으로 그쳤을 텐데.

지금이 못내 좋고 아쉬웠다. 무엇을 위해서 그렇게 많은 사람과 선을 보러 다녔을까. 그와 닮은 점이 하나라도 있을까, 찾고 있었던 걸까. 이건 사랑이라는 이름으로 포장돼서는 안 되는 집착이었다.

"그때 말해줄게."

아마 영원히 말할 일은 없을 거라 여기며 하민이 희미한 목소리로 말했다.

"그럼 난 느긋하게 기다리고 있을게."

지금까지 제 인생의 인내를 전부 가져다 썼다. 정헌은 참을 생각이 전혀 없었다. 하지만 아직은 겁을 집어먹고 달아나면 안 되니까 달콤한 덫을 놓는다. 하민이 듣고 싶어 하는 말을 속삭였다. 눈이 마주쳤다면 곧장 들키고 말았을 거짓말이었다.

차창에 비치는 하민의 뒤통수를 느릿하게 바라보는 두 눈동자가 섬뜩하게 빛났다.

─────── ✦ ───────

삐!

벨을 누른 하민의 얼굴이 잔뜩 굳어 있다. 그에 비해 정헌은 내내 웃는 낯이다. 깔끔한 블랙 슈트를 차려입고 커다란 꽃바구니를 들고선 문이 열리길 기다렸다.

"나 정말 괜찮아? 티 안 나?"

의사는 가급적 상처가 낫기 전까지 화장도 하지 말라고 했지만 하민은 기어이 전문가에게 메이크업을 받았다. 얼굴의 상처를 들킨다면 정헌이 했던 것 못지않은 다그침이 쏟아지리란 걸 알기 때문이다.

"괜찮아. 티 안 나."

가까이에서는 붉은 선이 보였다.

"머리 이렇게 할까?"

하민이 흘러내린 머리칼로 볼을 가려보았다.

"하지 마."

그가 머리카락을 넘겨주면서 딱 잘라 말했다. 동그랗게 드러나는 이마가 보기 좋다. 살짝 접힌 눈으로 그녀의 상처를 확인하면서 문득문득 치미는 덩어리를 삼켜냈다. 아무렇지도 않게 웃으면서 기다리자 곧 문이 열렸다.

한 그루에 수천만 원을 호가하는 소나무들이 군데군데 심어져 있고, 작은 연못과 넓은 잔디밭이 있는 빌라였다. 대학교 부지 전부를 사서 AE그룹에서 단 여덟 채만 지었다는 빌라는 현재 대한민국에서 최고가를 호가했다.

"잘 왔어요. 반가워요."

현관문을 열고 들어가자 한복을 곱게 차려입은 최 여사가 보였다. 그 옆으로 못마땅한 표정의 주호와 하민과 눈이 마주치자 환하게 웃는 수지가 있다.

"안녕하세요, 어머님."

"우리 구면이죠?"

넉살 좋게 어머님이라고 말하는 정헌을 보면서 최 여사는 웃었고 주호는 싸늘하게 일갈했다.

"아직 허락하지도 않았는데 어머님이라니."

마음에 안 든다는 티를 내고 서 있는 그를 지그시 본 최 여사가 소파에 자리를 권했다. 그녀가 가장 상석에 앉고 양옆으로 하민과 정헌이, 그리고 주호와 수지가 앉았다.

"우리 하민이랑 결혼하고 싶다고요?"

정헌은 내내 하민의 손을 놓지 않았다. 그걸 유심히 최 여사가 살폈다. 이미 그녀도 끊어진 인연이라고 생각했다. 하민을 데리고 전 세계를 다니면서 최 여사가 한 일은 하민이 우정헌을 포기하게 만드는 것이었다. 우정헌이 없어도 네 세계는 안전하고 아늑하리란 약속과 다짐이었다.

"말씀 편하게 하세요, 어머님."

"어머니, 누누이 말씀드리지만 저는 반댑니다."

"네 의사는 중요하지 않다."

최 여사는 주호에게 잘라서 말했다. 이 집안의 결정권자는 그녀였다.

"선자리에서 다시 만났다고요?"

"서로 상대는 달랐지만 우연히 다시 만났습니다."

"둘은 정말 인연인가 보구나."

최 여사가 웃었다. 하민이 마주 웃어 보였지만 어딘가 그 웃음이 석연치 않았다. 그녀가 가늠하는 얼굴로 바라보자 차마 시선을 마주하지 못한다.

"어머니, 하민이 사고는……."

"언제까지 그때 이야길 꺼낼 거니. 그럼에도 둘이 만난다고 하질 않니."

"아버지가 계셨으면 절대 이 결혼 허락 안 하셨을 겁니다."

"네 아버진 병원에 계신단다."

최 여사가 씁쓸하게 말했다. 정 회장은 입버릇처럼 말해왔었다. 하민이만은 하고 싶은 일, 만나고 싶은 사람, 모두 강요하지 않고 제가 바라는 대로만 하게 해주고 싶다고.

"둘의 문제는 둘이 푸는 거고, 나는 관여하지 않겠지만 우정헌 군."

"네."

"아마 해명해야 될 이야기가 많을 것 같은데."

이미 모든 것을 꿰뚫어 본 최 여사다.

"그건 제가 알아서 하겠습니다."

"이런 건방진!"

주호가 싸늘하게 내지르자 최 여사가 손짓으로 그를 막았다.

"보시다시피 우리 집안에선 별로 우정헌 군을 반기지 않아요. 회장님도 병원에 계시고, 식은 최대한 조용히 빠르게 올렸으면 싶어요."

얼핏 들으면 자신을 편들어주는 것 같지만 결코 그를 위하는 게 아니다. 그걸 잘 아는 정헌이 앞에 놓인 찻잔을 들었다.

"물론 혼인신고는 살아본 다음에 했으면 하고."

최 여사가 웃으면서 덧붙였다. 짐작했던 대로였다. 정 회장이 언제 어떻게 될지 모르는 일촉즉발의 상황에 혹 결혼이라도 해 유산 상속에 어떤 문제가 생기길 바라지 않는 것이다.

"나는 둘이 만난 게 어떤 인연이라고 생각해요. 그게 마무리를 지어야 될 인연인지, 이어갈 인연인지는 보면 알겠죠."

명백하게 끝을 두고 하는 소리에 정헌은 선선하게 웃었다.

"신혼집은 이쪽에서 준비할게요, 우정헌 군."

"아뇨. 제가 준비하겠습니다."

"우리 집과 가까운 곳에 있었으면 해서요. 하민이는 아무리

가까운 데 둬도 마음이 안 놓여서."

최 여사는 일말의 양보도 없었다. 나긋한 어조이지만 실상은 통보였다.

"그럼 전 혼수를 하면 됩니까?"

최 여사의 눈썹이 슥 올라갔다. 차받침에 찻잔을 내려놓는 손길마저 우아했다.

"집을 준비하겠다는 건 그 안에 필요한 것들도 우리가 하겠다는 뜻이에요."

아직 우정헌을 완전히 신뢰할 수 없었다. 혼수상태였던 하민의 곁을 지키다 그녀가 깨어났을 때 그 모든 원망과 히스테리를 묵묵히 참아준 건 고맙게 여기지만, 지금의 우정헌은 그때와 달랐다. 하민은 그 시절의 자신을 자책하고 있었고, 우정헌은 어떤 생각인지 알 수 없었다. 그 부분이 최 여사는 마음에 걸렸다.

"그럼 '몸'만 들어가도록 하겠습니다."

왜 정헌이 화를 낼 거라고 생각했을까.

하민이 이 상황을 정리해야 된다는 걸 깨닫고 자신들의 힘으로 하겠다고 말하려는데, 정헌이 선수를 쳤다. 정헌은 최 여사의 말에 순순히 따르며 오히려 그녀의 손을 꼭 잡고 말린다.

"'몸'만 쫓겨날 수 있단 것도 명심해두고."

수지가 웃으면서 정헌의 말을 그대로 받아쳤다.

"네, 처형."

얼굴색 하나 변하지 않는 그 대답에 수지가 기가 막히단 듯 웃었다. 뻔뻔한 줄은 알고 있었지만 한술 더 뜬다.

"하민아."

"네."

최 여사가 부르는 목소리에 무심코 정면으로 그녀의 얼굴을 바라봤다. 어제저녁 자주 걸음하는 매장에서 하민이 자신을 위해 브로치를 샀다는 말을 들어 내심 기대했던 참이다. 하지만 그 브로치는 하민에게 들려 있지 않았다. 그녀가 그 부분을 물어보려다 손을 뻗어 하민의 턱을 잡았다.

"사모님?"

왼쪽으로 하민의 턱을 잡고 돌리는데 그 눈이 활활 타오르는 불 같았다.

"무슨 상처니?"

뺨을 길게 가로지른 상처는 그리 크지 않았지만 그렇다고 해서 작지도 않았다. 하민의 피부에 대해 잘 알고 있는 최 여사의 목소리에 노기가 묻어나왔다. 그제야 주호와 수지도 하민을 유심하게 살폈다.

"그냥 앞을 못 봐서 선반에 긁혔어요."

"그래."

느리게 고개를 끄덕이는 최 여사의 뒤로 식사가 준비됐다는 아주머니의 목소리가 들렸다.

"아니 얼마나 부주의했길래 얼굴을 긁혀? 병원에는 다녀왔어?"

"네. 정헌이가 같이 다녀와줬어요."

"식사부터 하자."

최 여사가 그 말을 남기고 자리에서 일어나 먼저 식당으로 걸어갔다. 수지가 눈짓으로 옆에 가서 팔짱이라도 끼라고 했지만 하민이 고개를 가로저었다. 혹시 눈치채셨을까 싶어 식은땀이 났다. 정헌이 이상한 소릴 하는 게 아닌가 했지만 의외로 그는 하민의 거짓말에 동조해줬다.

　식사가 끝나고 생각보다 일찍 하민과 정헌을 돌려보낸 최 여사의 얼굴이 무섭도록 굳어 있었다. 화를 내는 일이 거의 없었던 최 여사가 이런 얼굴을 하자 이상을 느낀 수지가 슬그머니 물었다.
　"마음에 안 드세요?"
　"주호야."
　"네, 어머니."
　수지 대신 주호를 부른 최 여사가 냉랭한 눈을 하고 말했다.
　"하민이 친모 지금 어디에 있니?"
　"엄마, 그 끔찍한 여자는 왜 갑자기 찾아요?"
　자신에게까지 오지 못했던 브로치.
　눈을 마주치지 못하던 하민을 보고 최 여사는 3년 전을 떠올렸다. 그때도 꼭 그랬다. 제 생모를 보고 너무 놀란 나머지 자신을 똑바로 바라보지 못했던 하민의 모습이, 오늘의 것과 똑닮았다.
　"수지 너는 하민이에게 따로 들은 건 없고?"
　"네. 전혀요."
　"앙큼하구나."
　최 여사가 싸늘하게 웃었다. 하민을 말하는 줄 알았지만 그 말이 향한 곳은 그쪽이 아니었다.

"회장님이 오늘내일하고 계시니 어느 쪽에 붙어야 될 줄 아
는 게 박쥐 같지 않니."

최 여사가 침실로 천천히 걸어갔다. 주호가 알아보겠다며 물
러났고 수지만이 그녀의 뒤를 따랐다.

"설마 하민이가 친모랑 연락을 주고받고 있다고 생각하시는
거예요?"

"그랬다면 그렇게 내 눈을 못 쳐다보진 않았겠지. 일방적인
관계일 게다."

하민의 생모인 연희에 대한 일은 정 회장이 직접 처리했었
다. 최 여사가 나설 만한 부분은 아무것도 없을 정도로 철저했
다. 최 여사가 처음으로 연희에 대해 입을 열었다는 건 그만한
이유가 있어서다.

"찾는 데 어렵지는 않을 거예요. 아마……."

"그래. 회장님 비서진 쪽에서 연락처를 갖고 있겠지. 그 비서
들도 제 살길 찾아야 되니까."

화장대 앞에 앉은 최 여사가 거울에 비친 자신의 딸, 수지를
바라봤다.

"누가 그 여자 편에 서서 하민이에게 떨어질 유산의 콩고물
을 주워 먹으려 하는지 알아보고."

벌써 일선에서 물러난 지 수년째인 최 여사의 감은 죽지 않
았다. 국내 최고의 갤러리를 운영하며, 정 회장의 곁에서 온갖
비리와 권모술수를 겪고 산 게 한평생이었다.

"어떻게 하실 거예요?"

3년 전, 다시 나타난 연희 때문에 자신의 어머니가 졸도했던 경험을 두 번 다시 겪고 싶지 않은 수지가 물었다.

　"걱정되니?"

　"당연히 걱정되죠. 쉽게는 안 떨어질 텐데요. 한두 푼만으론 성에 안 찰 거예요. 곧 하민이 앞으로 유산이 상속되는 걸 알 테니까."

　"너희에겐 항상 정직하게 살라고 가르쳤지."

　후후, 최 여사가 웃었다. 자연히 살아가며 깨우칠 것들을 미리 알려줄 필요는 없다고 여겼다.

　"그렇게 나약하고 가녀린 여자였다면 난 진즉 이곳에서 뒤처지고 도태되었을 거란다."

　연희가 다시 나타났을 때 놀라긴 했다. 그때 최 여사는 옆에 있는 하민을 가장 먼저 살폈다. 제 속으로 낳지는 않았어도 20년을 키운 아이였다. 혹시라도 피를 빨아 기생하는 벌레들과 상종하지 않기를 바랐다. 그리고 하민이 제 생모를 끔찍하게 생각하게끔 만드는 데 최 여사는 성공했다.

　그녀의 모든 행동은 계산돼 있었다. 하민은 절대 자신을 저버리고 제 생모를 택하지 못한다. 그건 최 여사가 자신의 남편과 불륜을 저질러 하민을 계산적으로 낳은 연희에게 주는 벌이다.

　"엄마……."

　"그 아이는 내 보호 아래 자랐단다. 이제 와 제 생모에게 모든 걸 떠먹이려는 걸 볼 수야 없지."

　제멋대로 아이를 주고 떠나놓고, 겨우 제게 마음을 주기 시작한 아이를 멀어지게 만들었다. 그리고 하민의 얼굴에 있는 상처를 본 순간 최 여사는 그 여자가 하민의 주변을 맴돌고 있다는 걸 어렵지 않게 깨달을 수 있었다.

"동원할 수 있는 건 다 동원하렴. 당장 그 여자가 어디에 있는지 찾아."

"찾으면 어떻게 하실 건데요?"

수지의 물음에 최 여사가 보석함을 열었다. 안에서 알이 굵고 날카롭게 세공된 2캐럿의 다이아 반지를 약지에 끼며 입을 뗐다.

"내 물건을 찾으러 가야지."

반지를 낀 최 여사가 거울 속으로 눈이 마주친 딸에게 그린 것 같은 미소를 보여줬다.

　　　　　　　→·◆·←

한남동 집을 나와 간 곳은 어느샌가 당연하게도 정헌의 집이었다. 요새는 출퇴근을 이곳에서 한다고 생각하며 오늘은 집에서 쉬겠다고 말했으나 그는 막무가내였다. 하민을 제집으로 데리고 오자마자 재킷을 벗고 셔츠를 걷어 올렸다.

야옹. 고양이가 이제는 제 주인보다 하민을 더 반겼다. 그녀의 다리에 몸을 부비며 털썩 옆으로 누워 애교를 부렸다.

"이리 와."

욕실에 다녀온 그가 침대 밑에 다리를 넓게 벌리고 앉아 그 사이를 가리켰다.

"오늘은 난 그냥 집에 가는 게 좋을 것 같아."

하민이 곤란한 얼굴로 고양이를 만져주며 자리에서 일어날 기색을 보였다. 정헌이 기가 찬 얼굴로 손가락을 까닥였다.

"내가 피곤한 널 덮칠 것 같아?"

바늘도 안 들어갈 얼굴로 신랄하게 말하는 그를 보고 하민이 미안한 얼굴을 했다.

"여기 오면 항상 그래서……."

"화장 지워주려고 그래. 넌 네 얼굴에 별로 신경 안 쓰는 것 같지만 난 굉장히 신경 쓰이거든."

그의 손이 너무 커서 그 안에 들려 있는 작은 클렌징크림을 발견하지 못했다. 혼자서 이상한 상상을 한 것 같아 괜히 미안 해져 무릎걸음으로 러그 위를 느리게 지나 그의 앞에 멈췄다.

"앉아."

다리 사이에 얌전히 자리를 잡고 앉자 크림의 뚜껑을 열어 정헌이 하민의 얼굴을 문질렀다. 예민한 상처 부위를 기가 막 히게 살살 느낌도 거의 없이 문지르면서 몇 번이나 그녀가 혹 시나 아픈지, 미간을 찌푸리는지 세심하게 관찰했다.

"하나부터 열까지 손이 많이 간다니까."

그러다 분명히 어젯밤까지는 없었는데 지금은 있는 귀밑, 머 리로 가려진 곳의 붉은 자국을 눈여겨봤다.

"이건 뭐야?"

"아침에 세수하다 긁었어."

별로 대수롭지 않게 대답하는 하민이 정헌은 어딘가 이상하 다고 생각했다. 보통의 여자들은 얼굴에 난 상처에 예민하게 반응했다. 특히 하민은 보통의 사람들과 다른 제 외모를 콤플렉스로 여기는데 이런 상처가 얼굴에 난다면 시선을 더 끌게 된다. 하지만 아무렇지도 않게 치부하니 이상했다.

"손싸개를 해놓을 수도 없고."

"내가 애도 아니고."

하민이 웃자 정헌이 진지하게 말한다.

"애 취급이 싫으면 줄로 손을 묶어 매달아놓을 수도 있어."

부드러운 티슈로 크림을 꼼꼼하게 지워준 그가 웃음기 없는 목소리를 이었다.

"물론 넌 애 취급을 싫어하니까 성인답게 내 취향대로 다리는 벌려놓을 거야."

얼굴을 오가는 손길이 조심스러워서, 그리고 솜털을 건드리듯 보드라워서 하민이 그의 가슴에 상체를 기댔다. 귓가를 간질이는 정헌의 목소리마저 자장가 같았다. 자신의 상처를 본 뒤 최 여사가 무어라 다그칠 거라 생각했지만 이상하게 묻지 않았다. 최 여사의 뒤를 따라 오빠와 언니도 그랬다.

"오늘 일 기분 나빠하지 말아줬으면 좋겠어."

"별로."

예상하지 못한 바가 아니라 정헌은 대수롭지 않게 대답했다.

"오히려 맨몸으로 들어오래서 기쁜데."

"응?"

"꼭 부잣집에 들어가는 기둥서방 같잖아."

친모인 연희가 했던 말이 떠올랐다. 그녀의 말은 틀린 게 하나도 없었다. 운이 좋아서 AE에 들어왔다. 자신이 선택했던 인생이 아니다. 어쩌면 평범한 결혼생활조차 꿈을 꿀 수 없을지도 모른다.

"허튼 생각 하지 마. 내가 그 무엇을 해간다고 했어도 네 집안에선 마음에 안 들어 했을걸."

어느 누가 AE그룹의 입맛에 맞을 수 있을까. 이미 굴지의 백화점 계열사까지 갖고 있어서 아무리 귀하고 좋은 것을 가져온다 해도 마음에 차지 않을 게 분명했다. 애초에 정헌은 결혼 허락 외엔 아무것도 생각하지 않았다. 기분이 나쁘지도 않았고 오히려 그쪽에서 최대한 빨리 하자고 했으니 서두를 생각만 가득했다.

"그냥 둘이서 살 조그만 집이면 됐는데."

"나랑 소꿉놀이라도 할 셈이었어?"

느리게 귓바퀴를 혀로 핥으며 정헌이 물었다.

찌르르한 소름이 등줄기에 돋아 더욱더 그의 가슴에 몸을 기댔다. 도독하게 소름이 돋은 곳을 더듬어 찾아낸 그가 그 부분을 손가락 끝으로 문질렀다.

"웃…… 목은, 안 돼."

그의 입술이 점점 아래로 향했다.

"목 말고 다른 부분은?"

"흔적…… 잘 안 없어져서……."

"그러라고 남기는 거야. 나는 짐승이 아니라 영역 같은 걸 표시하지 못하니까."

그녀에게 달려드는 부나방 같은 수컷들을 전부 없애고 싶다.

"아님 여기까지 파인 블라우스를 입든가."

그가 하민의 가슴골을 가리켰다.

"여기에 마킹을 하면 누구라도 알아볼 거야."

오늘도 하민은 목 끝까지 오는 블라우스에 긴 정장바지 차림이었다. 햇빛 때문이라는 것을 알면서도 기꺼운 건 어쩔 수 없다. 다른 수컷을 방어하려는 듯하지 않은가.

"그래도 역시 나는 네가 목 끝까지 숨기고 있는 게 좋아. 이렇게 벗겨내는 재미도 있거든."

"읏…… 제발, 그런 말은 정헌아……."

정헌이 하민의 목덜미에 코를 박았다. 두 사람 모두 똑같은 로즈우드 비누를 쓰고 디퓨저를 사용하지만 이 냄새는 달랐다. 완전히 정하민과 동화되어 그녀의 살결에서 더 독특한 향기를 풍겼다.

"사람 마음이란 게 이렇게 간사해."

목덜미를 지분거리며 정헌이 말했다.

"피곤할 테니 얌전히 잠들 수 있게 도와주고 싶다가도 내 마음대로 다 해버린 뒤 기절하듯 재울까 싶거든."

뭐, 결국 제멋대로 할 테지만.

그의 손을 말리듯 쥐었던 하민의 손이 힘을 잃고 떨어졌다. 깊은 밤의 시작이었다.

→ ◆ ←

한연희는 타고나길 욕심이 많았다. 어릴 때 할머니가 죽고 난 뒤 서울로 상경하고서부턴 더 그랬다. 서울은 야수들의 세계나 마찬가지였다. 제 밥그릇을 챙기지 않으면 아무도 저를 챙겨주지 않았다. 제 오빠가 할머니의 장례를 치르고 울다 지쳐 있을 때 부조금과 사망보험금을 모두 챙겨 야반도주했다. 그렇지 않아도 입에 풀칠하기도 힘든데 남은 돈을 오빠와 나눠 쓰겠다는 생각은 추호도 없었다. 멍청하고 아둔하니까 이런 꼴을 당해도 할 말이 없는 거다.

제 오빠가 그 돈을 다 빼앗기고 자신을 찾으며 시름시름 앓다가 죽었다는 사실을 나중에 들었지만 연희는 눈 하나 깜짝하지 않았다.

남자를 만나 흥청망청 지내다 세 번의 임신과 유산을 겪었다. 그러다 갖고 있는 돈이 바닥날 무렵 씀씀이는 그대로였고 빚은 눈덩이처럼 불어났다. 몸을 팔게 된 건 당연한 수순이었다. 젊은 몸과 꽤 예쁘장한 얼굴로 단번에 남자들을 꼬드겨 생활을 이어나갔다. 백화점에서 가장 좋은 것들만 사들이며 점점 초라해져가는 몸을 꾸몄고, 어떻게든 한몫 잡기 위해 안달했다.

가끔 접대로 인해 술집을 방문하는 거물에 대한 이야기를 들었다. AE그룹의 전신(前身), 전자회사 '아성'이다. 아성의 젊은 사장이 접대를 받거나 혹은 접대를 할 때 꼭 자신이 일하는 술집에 온다고 했다. 마담이 직접 접대하는 중요한 술자리인만큼 대학을 나온 똑똑한 아가씨들이 그곳에 들어갈 수 있었다. 여자들과 대화는 나누되 몸에는 절대 손대지 않는 '아성'의 정 사장은 유명했다. 아름다운 아내와 어린 두 자식을 끔찍하게 아낀다는 이야길 듣고서, 한연희는 그가 바로 자신이 찾던 사람이라는 걸 깨달았다. 한연희 인생에서 만나본 사람 중 가장 높은 데 있는 이였다.

호시탐탐 기회만 노렸다. 그때는 자신이 생각해도 하늘이 도왔던 것 같다. 대학생 아가씨 하나가 몸이 아파 나오지 못한다는 연락에 곤란해하던 마담은 그중에 그래도 가장 상식 있는 척을 했던 연희를 룸에 들여보냈다.

몰래 정 사장의 술에 약을 타고 함께 나와 운전기사도 돌려보내고선 제집으로 데려갔다. 낡은 다세대 주택의 지하방에서 온몸에 힘이 빠져 인사불성이 된 남자 위에 올라탔는데, 운 좋게 배란일과 맞아떨어져 아이를 가졌고 남몰래 출산했다.

"병신을 낳아서는."

태어난 아이는 병원에서도 놀랄 정도로 새하얬다. 아이가 눈을 떴을 땐 너무 놀라 바닥에 던질 뻔한 것을 곁에 있던 간호사가 잡아냈다. 새빨간 눈동자로 자신을 바라보는 아이를 보고 이런 병신 새끼를 결코 정 사장이 받아주지 않을 거라 판단했다.

하늘이 자신을 돕는 줄 알았는데. 다 된 밥에 기형아 계집이라니. 그 당시 의사가 백색증이라고 설명을 해도 연희에게 자신이 낳은 아이는 그저 기형아일 뿐이었다.

약을 먹어서 그런 거야. 하민이 그렇게 태어난 이유는 그것밖에 없다고 손톱을 깨물었다.

아이를 고아원에 버려두고 연희는 계속해서 술집에 나갔다. 아이를 낳고 난 뒤 피부의 윤기를 잃고 제대로 영양도 보충하지 못해 비실대는 그녀를 써줄 곳은 그리 많지 않았다. 고급 접

대부에서 점점 더 추락해가다 문득 그 아이가 생각났다. 그래도 한번 그 집 핏줄이라고 우겨볼까. 밑져야 본전이잖아.

연희는 당장에 고아원에 가서 거지 행색을 하고 있는 아이를 데려왔다. 불길하고 전염병 환자 취급받아 제대로 먹지도 씻지도 못한 아이의 때를 박박 벗겨서 몇 번을 일러줬다. 나는 너를 낳았지만, 넌 다른 곳에 가야 한다고 주입시켰다. 여기보다는 훨씬 낫다고도 했지만, 가지 않겠다고 고개를 흔드는 어린걸 억지로 잡아끌어 정 사장의 집을 물어물어 찾았다.

커다란 저택에 아름다운 정원. 그곳에서 뛰어놀고 있는 아이들은 그가 그렇게 끔찍하게 아끼는 자식임이 분명했다. 여자아이 하나가 그녀를 발견하고 눈을 동그랗게 떴다. 예쁜 원피스를 입고 달려와서 제 곁에 선 하민을 물끄러미 바라본다.

「안녕, 네가 수지니?」
「네. 그런데 아줌마는 누구세요?」
「아빠와 엄마를 좀 만나러 왔는데.」
「집에 계세요. 근데 어떻게 들어오셨지?」
「대문이 열려 있었단다.」

웃으면서 그렇게 말한 연희는 하민을 끌고 저택으로 발을 들였다.

정 사장은 자신이 실수한 날을 다행히 기억하고 있었다. 그리고 빠른 유전자 검사를 통해 제 아이로 인정했다. 인정하지 않을 수도 있다는 걸 염두에 두고 있었는데 그는 겁을 잔뜩 집어먹고 주변을 둘러보는 하민을 순순히 품기로 결정했다.

삼십억. 상상도 못 했던 돈이 수중에 떨어졌다. 조건은 다시는 그들의 가족 앞에 나타나지 않는 것이었다. 그렇게 좋아하고 원하던 돈이 생긴다니, 연희는 정말 다시는 나타나지 않겠다 혈서라도 쓸 수도 있을 정도였다.

마르지 않는 샘이라도 되는 양 돈을 써대다, 정신 차리고 가게를 해보자 싶어 손댔지만 손대는 것마다 몇 년을 가지 못하고 망했다.

자신의 인생 최악의 시기에 하민이 생각난 것처럼 이번에도 마찬가지였다. 언론에선 정 사장에서 정 회장이 된 그 남자가 공식석상에서 모습을 보이지 않은 지 오래라고 떠들어댔고, AE에서 운영하는 병원에 입원 중이라는 소리만 반복했다.

정 회장이 죽는다. 그렇다면 그 많은 재산은 어떻게 될까. 끈질기게 연락한 끝에 그의 비서 중 하나의 입을 통해 하민에게도 재산이 상속된다는 걸 알았다.

"그 재산을 뭐? 다 기부를 하겠다고? 어림없는 소리."

거울을 보면서 얼마 전 하민에게 빼앗아 온 브로치를 재킷의 가슴에 단 연희가 이리저리 비춰보았다.

"배부르게 살아서 세상 물정을 몰라."

제 어미의 고생을 하나도 모르는 딸은 배부른 소리만 해댔다. 어미가 이리 어렵게 살아왔는데, 없는 돈이라도 마련해줘야 되는 게 아닌가 하며 입술을 비죽였다.

AE그룹의 비서를 꼬여내기란 쉬웠다. 자신보다 열두 살이 어린 그 남자는 정 회장이 죽고 난 뒤 뿔뿔이 흩어질 비서진을 생각하며 오랫동안 스트레스를 받아왔다. 새로운 회장이 임명되면 전 회장을 따랐던 자들의 말로는 뻔했다. 몇몇을 빼곤 한직만 맡아 돈다.

막대한 재산을 약속하며 어느새 내연의 관계까지 된 둘은 남자의 임대아파트에서 생활 중이다.

딩동.

"자기 왔어?"

오늘따라 화장이 예쁘게 된 것 같아 어깨를 으쓱였다.

딩동. 거울을 보는 중에 다시 한 번 초인종이 울리자 마지막으로 한 번 더 제 모습을 점검하곤 연희가 뛰어나갔다. 상대를 확인도 않고 낡은 문을 열자마자 그대로 굳어버렸다.

"……사, 사모님?"

감색 투피스를 말끔히 차려입고 서 있는 건 분명 최 여사였다. 자신을 보고 졸도했던 때와는 현저하게 다른 모습으로 고압적으로 서 있는 그녀에게선 한겨울 한파 같은 기운이 풍겼다.

"오랜만이네."

문을 닫기 직전에 그녀의 뒤에 서 있던 경호원으로 보이는 남자가 낡은 현관문을 잡았다.

"이거 놔. 이거 가택침입이야. 사모님 무슨 일로 오신 줄은 모르겠지만……."

남자가 문을 벌컥 열자 그 엄청난 힘에 문을 닫을 엄두도 못 내고 연희는 물러났다.

"실례하지."

최 여사가 구두를 신은 채 안으로 들어왔다.

"이봐요, 큰사모님!"

"그 많던 돈은 다 어쩌고 이런 데서 사는가."

미술관을 구경하듯 여유롭게 집을 둘러봤다. 일회용품 쓰레기들과 썩어가는 식탁 위의 음식들을 무심한 눈이 훑었다. 남자가 식탁 의자 중 그나마 멀쩡한 걸 들고 와 최 여사의 앞에 놓았다. 그리고 손수건을 꺼내 깨끗이 닦자 그제야 최 여사가 그것에 앉았다.

"데리고 와."

최 여사가 남자에게 지시했고 그가 어딘가로 전화를 걸었다.

"이거 엄연한 가택침입이에요. 당장 경찰에 신고하기 전에 나가세, 꺄아!"

두 손으로 입을 가리고 연희가 비명을 질렀다. 바로 오늘 아침에 입고 나갔던 정장 차림 그대로 남자가 피투성이가 된 채 끌려 들어오고 있었다.

"자기! 자기야!"

최 여사가 손짓하자 현관문이 닫혔다. 위압적인 남자들이 그 앞을 지키고 섰다.

마룻바닥에 던져진 남자에게 다가간 연희가 그를 끌어안았다. 숨이 붙어 있는 것을 깨닫고 안도보단 두려움에 질렸다. 지금의 최 여사는 강철처럼 단단했다. 굳게 다문 입술은 변명이 먹힐 만한 여지조차 없었고 눈은 살벌하게 빛났다.

"우리 집 재산에 관심이 많다고?"

"그거 어차피 하민이에게 물려줄 거잖아요! 제가 그 애를 어떻게 낳았는데!"

"낳고 난 직후에 고아원에 보내 아이의 생사조차 모르다가 애가 다섯 살 되어서야 겨우 데려오고서?"

"그, 그건 하민이 병원비를 벌려고……."

변명이 술술 나왔다. 문제는 그 술술 나온 소리를 들을 필요도 없다는 듯 강경한 태도의 사람들이다. 오래된 아파트라 소리를 지르면 타인의 귀에는 닿을 게 확실한지라 연희는 비명을 내질렀다.

"꺄아아아아아!"

최 여사는 무심하게 그녀의 발광을 지켜보았다.

"사람 살려! 살려주세요!"

"들어오기 전에 양옆, 위아래를 포함해 전부 비웠으니 더 해봐."

"사모님! 제가 대체 뭘 어쨌다고!"

"그 천박한 몸뚱어리를 굴려 문 비서를 꼬여놓고는. 기어이 문 비서를 회장님과 구멍동서로 만드니 마음이 좋던가?"

최 여사의 입에서 나온다고는 믿을 수 없는, 천박한 말이 흘러나왔다.

한연희는 확실히 하민과 여러모로 닮았다. 눈매며 얼굴형, 코와 입까지 닮지 않은 곳을 찾는 게 더 빨랐다.

"우리 집 돈을 받으려면 이 정도는 해야지."

그녀의 말이 떨어지기 무섭게 현관문을 잡고 당겼던 남자가 연희의 어깨를 단단하게 내리눌렀다.

"너 뭐야! 니들 다 고소할 거야!"

이들은 일반적인 경호원이 아니다. AE그룹에서 대외적으로 해결할 수 없는 일이 발생할 시 은밀히 동원하는 사람들로, 이런 협박은 먹히지도 않는다.

"아이를 버리고 돈을 받아먹었으면 약속대로 우리 앞에 얼쩡대지 말았어야지."

"그러니 한 재산 떼어달란 거잖아요! 찔끔찔끔 주면서 그걸 어떻게 하라는 거야!"

"수십억이 찔끔거리는 정도인 줄은 몰랐군."

"당신들에겐 기별도 안 가잖아! 하민이 불러줘요. 내 딸이랑 이야기할래!"

최 여사가 웃으면서 반지를 안쪽으로 돌려 끼웠다. 그녀의 눈이 연희의 손에 가 있었다. 작은 에메랄드가 박힌 반지를 보고 차갑게 웃는다.

짝! 얼굴이 홱 돌아갔다. 그리고 연희가 무슨 일이 있었나 깨닫기도 전에 볼을 타고 피가 후드득 흘렀다.

"꺄아아아아!"

짝! 최 여사는 망설임 없이 계속해서 내리쳤다. 죽죽, 피가 쏟아졌다. 제 얼굴에도 몇 방울 튀었지만 최 여사는 손을 멈추지 않았다.

"사, 살려…… 살려주세요, 사모님."

짝!

"네가 낳아놓고 어미라는 년이 그것도 모르다니. 네 아이의 피부가 약해서 평생 흉터를 안고 살아가야 한다면 어미인 너 또한 함께 감당해야겠지."

몸부림치는 연희를 남자들이 꽉 눌렀다. 사지가 결박당하다시피 해 제 앞에 꿇려 있는 여자를 보며 최 여사는 비웃었다.

"겨우 매질 몇 번에 반성이라는 것을 하다니, 확실히 폭력이 무섭긴 한 모양이야."

연희는 폭력보다 최 여사가 더 무서웠다. 안면 한번 바꾸지 않고 자신을 때렸다. 비명에도 아랑곳하지 않고 그저 더러운 것을 제 손으로 만진다는 불쾌감만 비쳤다.

"사모님, 사모님! 제가 잘못했어요. 제가 잘못했습니다."

"너는 내가 지금껏 키워온 아이를 얼굴도 들지 못하게 하는 모욕을 줬어."

"일부러 그런 게 아니에요. 돈에 눈이 멀었어요. 정말이에요!"

두 손이 발이 되도록 빈다.

최 여사는 반응하지 않았지만 화가 머리끝까지 올라 있는 상태였다. 하민이 마음을 열고 자신을 엄마라고 부를 날은 언제쯤일까.

딩동. 초인종이 울리자 연희의 얼굴에 화색이 돌았다.

"여기…… 읍!"

남자가 넥타이를 풀어 그녀의 입에 집어넣고 그 앞을 커다란 손바닥으로 막았다. 현관에 갔던 남자 하나가 최 여사에게 다가와 보고했다.

"우정헌입니다."

최 여사는 픽 웃었다. 역시 만만히 볼 놈이 아니다. 여기까지 찾아오기가 쉽지 않았을 텐데 우정헌은 금방 찾아냈다.

"열어줘."

남자가 서둘러 현관으로 가 문을 열었다. 집으로 들어온 우정헌이 주변을 둘러봤다.

"하."

그는 기가 막혀 헛숨을 들이켰다.

"주말에 보고 또 보는군요."

상석에 앉아 두 사람을 무릎 꿇려놓고 가만히 이쪽을 바라만 보고 있는 최 여사를 향해 목례했다.

"여긴 어떻게 알았죠?"

최 여사가 인사 다음으로 묻자 정헌이 별거 아니라는 얼굴로 대답했다.

"경찰인 친구에게 차량조회 부탁했어요. 하민이 가게 앞엔 CCTV가 네다섯 개 있잖아요."

그래서 한연희의 주소를 알게 됐다. 다른 설명을 듣지 않아도 하민이 그녀의 딸이라는 것을 알 수 있었다.

"나쁘지 않은 실력이야."

"살려주세요. 이 여자가 날 죽일지도 몰라!"

하민과 닮은 얼굴로 저렇게 피 흘리며 소리를 지르는 꼴을 보자니 지금쯤 제 이불 위에서 곤하게 자고 있을 얼굴이 생각났다.

"처음 뵙겠습니다. 하민이랑 결혼할 사람이에요."

정헌이 한 손을 연희에게 내밀었다. 하지만 곧 남자들에게 손발이 잡혀 있는 상대를 깨닫고 멋쩍게 내렸다.

"하민이가 누굴 닮았나 했더니 어머니 판박이군요."

자신이야 마음먹고 왔다지만 정헌은 이 사태가 당황스러울 텐데도 왜 그러냐 입 한번 벙끗하지 않았다. 철저하게 공범이 되기로 작정이라도 한 것처럼 최 여사의 뒤에 선다.

"누가 하민이 얼굴을 그렇게 만들어놨는지 궁금했거든요. 어떤 새끼길래 하민이가 감싸나 싶어서."

"그래서?"

"차라리 새끼인 게 낫겠다 싶어요. 제 친모가 그랬으니 하민이가 얼마나 무너졌겠어요."

부끄럽고 숨고 싶다는 하민의 음성이 생각났다. 하민이 머리를 묻은 어깨 쪽 옷이 젖어가는 데 느꼈던 분노를 떠올렸다.

"한연희."

"네, 네! 네, 사모님."

"다시는 내가 살아생전 너와 얼굴 부딪칠 일 없었으면 하는데."

"그렇게 할게요. 떠나서 다시는 돌아오지 않을게요!"

누군가는 고작 이런 폭력에 무릎을 꿇냐 하겠지만 연희는 정말 자신의 대답 한 번에 생과 사를 오갔다. 벽이 아주 얇아 무슨 소리를 하는지까지 들릴 옆집이 아직도 조용하다면 정말 이들이 시체 한둘쯤 옮긴다 한대도 모를 거다.

최 여사가 고개를 끄덕이자 남자가 품속에 손을 넣었다.

"히익!"

그 안에서 칼이 나올 거라 예상했는지 히끅히끅 연희가 딸꾹질을 했다.

"살려주세……."

나온 것은 하얀 봉투였다. 그걸 연희의 발치에 던지며 최 여사가 말했다.

"성형수술하고 어디서 작게 자리를 잡는 데 부족함은 없을 거다."

돈 봉투를 받고 나서야 안도가 찾아왔다. 한편으론 제 상태가 어떤지 몹시 불안하고 두려웠다. 믿을 건 반반한 얼굴뿐인데. 이 얼굴이 어떻게 망가졌는지 알고 싶지 않았다.

"여기요."

화장대에서 손거울을 가지고 온 정헌이 친히 그녀의 손에 그걸 쥐여줬다.

"꺄아아아아!"

꽤 악취미다. 제 얼굴이 전부라 믿고 살아온 사람에게 네 얼굴이 어찌됐는지 확인하라며 거울을 쥐여주다니. 하지만 십년 체증이 조금 내려갈 정도로 통쾌하기도 했다. 돈을 내려놓은 최 여사가 그곳을 떠나기 직전에 연희의 가슴에 달린 브로치를 떼어냈다.

"자네 손때가 묻어 더럽다고 내게 가져오지 않은 거겠지만, 이 주인은 따로 있었던 듯하니 가져가겠네."

그깟 브로치에 신경 쓸 여유가 없다. 최 여사는 둘을 병원에 데려다주라고 남자들에게 지시하곤, 정헌과 임대아파트를 빠져나왔다.

"오늘 일은 하민이는 몰라야 될 거예요, 우정헌 군."

"저도 하민이가 알길 바라지 않아요."

"그래요, 우리가 목표하는 바가 일치하는군요."

이제 정오가 지난 임대아파트 앞은 아이들을 데리고 나온 주부들 몇을 빼곤 한산했다.

온갖 협잡꾼들 틈바구니에서 이 자리에 오기까지 많은 이들의 피와 고름을 밟았다. 연희에게 적당히 겁을 주는 건 최 여사에게 어렵지 않았다. 그녀가 직접 손을 쓴 적은 별로 없었지만 나서야 할 땐 꼭 나섰다.

"하민이에게 왜 정헌 군을 떠났는지 물어보세요. 두 사람은 그걸 확인하고 나서야 제대로 된 관계를 맺을 수 있을 거예요."

최 여사의 충고를 듣고도 정헌은 전혀 그에 대해 궁금해하지 않았다.

"대충 짐작은 하고 있는데⋯⋯."

"말해요."

"저희 부모님이 운영하던 공장 화재사고, AE 쪽에서 손썼다는 게 사실입니까?"

두어 걸음 앞서 걷던 연희가 멈춰 섰다. 그리고 천천히 뒤를 돌아봤다. 햇빛을 등지고 있는 모습을 보니 앞으로도 이렇게 하민의 곁에서 해를 등지고 서 하민을 해칠 수도 있는 그 빛을 가려줄 것만 같았다.

"우정헌 군은 어떻게 생각해요?"

의미심장한 미소를 띠면서 최 여사는 그때의 일을 되새김질했다.

Chapter 4

"망했다. 오늘도 못 열었어."

정헌의 침대에서 눈을 뜬 하민은 제일 먼저 더듬거리며 휴대
전화를 찾았다. 자신이 베고 있는 베개 아래서 휴대전화가 발
견됐다.

"그냥 한 한 달 휴업이라고 붙여놓을까."

그렇게 생각하는 중에 자신이 일어난 걸 알았는지 하얀 털이
복슬복슬한 공주님이 침대로 뛰어 올라왔다.

"네 주인 대신 곁에 있어주려고?"

오늘은 아예 가게를 열지 않고, 정 회장이 입원해 있는 병원
에 가야겠다고 마음을 굳혔다. 의식적으로 공주를 계속 쓰다듬
으며, 충전기를 찾기 위해 손을 옆으로 뻗었다가 작은 요거트
와 식빵 한 조각을 발견했다. 정헌은 바쁜 일이 있어 나가면서
도 하민의 식사는 작게라도 꼭 챙겼다.

일어나자마자 다리에 느껴지는 신경통 같은 자잘한 통증에
인상을 찌푸렸다. 암막커튼을 걷으니 날씨가 맑았다. 꼭 비가
오는 날에 느껴지는 통증처럼, 혹은 편두통처럼 오는 통증에
손을 내밀어 다리를 주물렀으나 별 효과는 없었다. 이런 날이

면 다리가 더 힘을 잃어 절뚝거리게 되곤 한다.

니야옹. 고양이가 울면서 아픈 다리에 몸을 부볐다. 혼자 두고 가도 될까. 정헌이 계속 혼자 뒀으니 별문제는 없겠지만, 마음에 걸렸다.

동물은 하얗기만 해도 이렇게 예쁜데. 하민이 고양이를 쓰다듬었다. 집요하게 자신의 아픈 다리를 부비고 핥고 하는 것이 꼭 통증을 이겨내라 격려해주는 것 같았다.

"나도 차라리 너로 태어났으면 모든 사람들이 예뻐해줬을까."

의미 없는 소리를 입 밖으로 냈다. 여기에도 저기에도 섞이지 못하고 공기 중에 떠다니는 부유물이 된 기분이 들 때가 있었다. 사람들의 시선이 자신을 따라다니는 건 죄의 낙인이라 느껴질 때가 있었고, 역병을 옮기거나 불행을 옮기는 사람이 된 것 같단 생각이 들 때도 있다.

"여기저기에 폐만 끼치는 것 같네."

고양이를 쓰다듬어주며 하민이 씁쓸하게 웃었다.

삐. 현관문이 열리는 소리가 나더니 안으로 들어서던 정헌이 그녀를 발견했다.

"일어나 있었어?"

백화점을 들렀다 왔는지 쇼핑백 몇 개가 들려 있었다.

"응."

"식사는 나가서 제대로 하자. 옷 갈아입어."

정헌이 쇼핑백을 건네며 말했다. 하민의 다리에서 안 떨어지려는 고양이를 익숙하게 떼어내 저쪽으로 밀었다. 그의 눈이

제 셔츠 하나만 입고 바닥에 앉아 있는 하민의 몸을 진득하게 훑었다. 드러난 맨다리가 대리석 위에 놓여 있었다.

"나 갈 데 있는데."

"취소해. 오늘은 나랑 갈 곳이 있으니까."

그렇게 말하며 하민의 앞에 눈높이를 맞춰 앉았다. 그가 맨다리를, 그리고 허벅지의 반을 가린 셔츠를 물끄러미 쳐다본다.

"차라리 벗고 있는 게 더 낫겠어."

어깨 위에 흩어져 있는 잿빛 머리카락으로 시선을 돌렸다. 쇄골 위의 제 잇자국이 마치 뜯어먹힌 흔적 같다.

"이러면 자꾸 상상하게 되거든."

"무슨…… 상상?"

마른침이 넘어가 말을 하던 중 하민이 입술을 핥았다. 잔뜩 긴장한 채 자신을 바라보는 붉은 눈동자는 틈을 봐서 도망가려는 기색이 보였다. 정헌이 손을 뻗자 어깨가 움찔거렸으나 피하지 않고 얌전히 앉아 있는 그녀가 눈을 도로록 굴렸다.

"이 아래, 아무것도 안 입었잖아."

"으…… ."

"아니야?"

하민이 고개를 끄덕였다. 울상이 돼서 반쯤 뒤로 허리를 빼고 있다. 두 손으로 바닥을 짚고 슬금슬금 그에게서 벗어나는 것이 재미있어 상체를 깊이 숙이자 놀란 눈동자가 그를 붉게 비쳤다.

"거짓말."

정헌이 눈을 빛내며 말했다.

하민은 제 옷가지가 보이지 않아, 겨우 이 셔츠만 찾아 입었다. 그가 음탕하게 웃는다. 명백한 성욕을 담고 올라가는 입술에 하민이 셔츠를 더 끌어내리려 안간힘을 썼다.

"일어나서 도망갈까 봐 내가 전부 숨겼는데 그럴 리가."

"돌려줘!"

"기껏 숨긴 걸 내가 왜?"

체온이 낮은 손이 물러나는 하민의 발목을 쥐었다. 발을 빼내려 그녀가 힘을 주자 정헌이 느리게 입을 뗐다.

"버둥거리지 마."

"너 발로 찰 거야."

"너는 얼마나 더 나를 고문할 생각인지."

정헌이 하민을 끌어안고 덮치듯 내리눌렀다.

"으응……."

완전히 바닥에 뉘이며 정헌의 품에 안겼다.

정헌은 하민의 머리카락에 얼굴을 묻으면서 로즈우드와 뒤섞인 제 냄새를 찾아내곤 배부른 사자처럼 웃었다. 선녀와 나무꾼처럼 그녀의 옷을 숨겨둔 건 충동적이었다. 자신이 이 집에 다시 들어왔을 때 하민이 사라져 있는 걸 바라지 않았다.

준비해서 데리고 나가야 하는데 움직일 수가 없다. 제 품에 안겨 있는 몸이 너무 작고 따뜻해서 이대로 한몸이 됐으면 했다.

"정헌아……."

하민은 그를 불렀다.

"그래."

"나 다리가 아파."

정헌이 굳었다. 하민을 안고 일어난 그가 그녀를 소파에 앉혔다.

"여기가 아파?"

바로 러그에 주저앉아선 하민의 흉터가 있는 발을 살폈다. 허벅지부터 시작해 종아리까지 수술흔적이 길게 남아 있다. 깨지기 쉬운 것을 만지는 양 섬세한 그의 손길이 하민의 다리 전체를 훑었다.

"응. 아까부터 욱신거려."

"진작 말해야지."

"······네가······."

콧등이 빨개진 채로 그녀가 말을 잇지 못했다. 정헌이 찡그린 얼굴로 웃었다.

"저녁부터 비 온다고 했어."

"아······ 그래서 아팠구나. 어쩐지."

정헌이 주방으로 가 약을 따로 넣어놓은 선반에서 진통제를 꺼내 물과 함께 가져왔다.

"내가 먹는 진통제야."

그러고 보니 그도 비가 오면 다리가 아프다고 했다. 지금 자신과 같은 통증을 겪고 있는 걸까. 너는 안 먹냐는 듯 하민이 바라보자 알약을 그녀의 입에 밀어넣었다.

"먹으면 좀 괜찮아질 거야. 오늘 움직일 수 있겠어? 다른 날 갈까?"

"오늘 어딜 가는데?"

"정 회장님께 인사드리러 가려고 했지."

하민은 정헌이 그녀와 똑같은 생각을 내뱉자 당황해선 할 말을 찾지 못해 입에 컵을 대주는 대로 꿀꺽 삼켰다.

"나도 오늘 회장님께 가려고 했는데."

최 여사를 사모님이라고 부르는 건 친모가 아니기에 그럴 수 있다고 생각했는데 아버지를 회장님이라고 부르는 건 이상했다.

"가자. 약 먹었으니까 괜찮아."

"회장님께 가려고 했는데 나랑 같이 갈 생각은 없었어?"

"그냥……."

뭔가 말을 해야 하는데 나오지 않았다. 일단은 결혼을 할 사이였다. 혼인신고를 하든 안 하든 정 회장이 의식이 없다고 해도 그를 데려가 소개하는 게 맞다.

하민이 눈에 띄게 당황했다. 할 말을 찾지 못하고 정헌의 어깨 너머를 바라봤다.

"네가 불편해할 것 같아서."

"혼수상태로 누워 있는 그분을 내가 왜 불편해해?"

그는 다 잊은 걸까.

그의 부모님을 죽음으로 몬 건 정 회장이었다.

「뻔뻔하기도 하지.」

10년 전, 윤주의 비아냥이 들리는 듯해 눈을 질끈 감았다. 그

197

녀의 말대로 뻔뻔한 건 하민 자신이다. 돈과 권력이면 그 무엇이라도 된다는 걸 잘 알았다. 그런데도 그의 가족이 돈으로 짓밟힐 때 아무것도 할 수 없었다. 바보처럼 누워만 있었으니까. 아무것도 모른 채 혼수상태에 빠져 있었으니까.

"내 부모님을 죽게 만들어서 그걸 마음에 두고 있다고 생각해?"

정헌은 돌려 말하지 않았다. 언제나처럼 정곡을 찌르고 하민의 반응을 살폈다.

"그건 사실이니까."

"글쎄. 그거야 두고 볼 일이지."

의미심장한 말이다. 그리고 소름이 끼칠 정도로 선득한 말이기도 했다. 하민이 저도 모르게 정헌의 팔을 매달리듯 붙잡았다.

"정헌아."

"말해."

자신을 잡은 하민의 손등을 부드럽게 매만지며 정헌이 대답했다.

"너를, 그리고 네 가족들을 그렇게 만든 건 나야. 내 탓이야."

지금이라면 이 마음을 전할 수 있을까. 넘쳐서 추하게 흐르고 있는 마음이 부끄러워서 입이 떨어지지 않았다.

"나를 원망해. 네가 원망해야 될 사람은 나야."

그의 입장에서는 한 번도 생각해보지 않았다.

저녁때쯤 온다던 비는 어느새 툭툭, 창문을 두드렸다. 그리고 곧 수만 개의 빗줄기가 우레와 같은 소리를 내며 지상으로 쏟아졌다. 정헌의 시선이 비틀리며 그 창가를 향하더니 다시 하민에게로 돌아온다.

"하민아, 기억나?"

그 한마디에 가장 아픈 기억이 여지없이 강제로 끄집어내졌다.

스무 살을 앞두고 있던 어느 날이었다. 우정헌의 기분이 내내 좋지 않은 날이기도 했다. 그의 기분에 따라 예민하게 반응하는 하민도 마찬가지였다. 여느 때 같으면 정헌은 무조건 웃으면서 괜찮다고 했겠지만 그날은 정말 이상했다.

"이거 말고."

그건 하민이 가장 먼저 알아차렸다. 정헌의 얼굴은 굳어 있었다. 그걸 풀어주기보다, 왜 그런지 묻기보다 그가 사온 크림빵을 밀쳐냈다.

"난 딸기 크림이 더 좋아."

"다음에 사다 줄게. 이거 먹으면 안 돼?"

골똘히 뭔가를 생각하기도 했고 알 수 없는 시선으로 그녀를 보기도 했다. 할 말이 있는 것 같았는데 끝끝내 정헌은 한마디도 하지 않았다. 그게 하민의 불안을 증폭시키고 공포를 불러일으켰다. 1년 넘게 정헌과 문제없이 잘 지내왔다. 이제는 전교생이 둘이 사귄다는 사실을 알 정도였다.

"너 원정경기 갔다가 일주일 만에 돌아온 거잖아. 내가 사달라는 거 사주면 안 돼?"

"……내가 너무 피곤해서 그래."

우정헌은 인기가 많았다. 굳이 제가 아니라도 그의 주변을 맴도는 여자들은 얼마든지 많았다. 그가 원정을 갈 때마다 은근히 도는 뒷말들을 하민 또한 알고 있다. 선수들은 성욕이 강해서 코치나 감독이 보지 않을 때 숙소를 이탈해 나이트클럽에 가거나 거기서 만난 여자들과 원나잇을 즐긴다는 이야기를 들은 적도 있다.

"뭘 했기에 피곤해?"

이제는 정말 스무 살이 되기까지 며칠 남지 않았다. 프로팀에 들어가기로 한 그의 숙소와 가까운 곳으로 대학 원서까지 넣은 하민의 눈이 불안으로 떨렸다.

"그냥. 잘 못 자서 피곤해."

"그러니까 밤에 뭘 했길래……."

어제는 매일 하던 통화도 없었다. 그의 기분 하나에 이렇게 예민하게 반응하는 자신이 싫었지만 하민은 끈질기게 물었다.

"그만 좀 해."

화를 낸 건 아니었다. 하지만 하민이 더 묻지 못하게끔 단호하게 끝맺는다. 정헌의 일렁이는 눈을 들여다보는 하민의 얼굴에 고집이 떠올랐다.

"나한테 뭐 할 말 있지?"

"아니."

정헌의 대답은 바로 나왔다. 그리고 더 이상 이 자리에 있기가 싫었는지 수업 종이 울리기 전에 자신의 교실로 가버렸다. 혼자 덩그러니 남아 있는 하민은 이 상황이 익숙하지 않았다. 항상 절 감싸줬던 우정헌이 짜증을 냈다.

"정헌이가 왜 그러는지 알려줄까?"

책상만 쳐다보던 하민이 고개를 들었다. 윤주가 팔짱을 끼고 서 있었다. 그 무엇보다, 왜 여자친구인 자신은 모르는 걸 윤주는 알고 있는지 불쾌했다.

"나도 아빠 통해서 들은 거야. 우리 아빠가 거래하고 있는 곳 중에 우정헌네 공장도 있거든."

윤주가 하민의 옆에 앉아 속삭였다. 윤주의 눈에 기쁨이 넘실댔다. 자신이 상처받은 만큼 하민이 상처받길 원했다. 닭 쫓던 개라고 알게 모르게 위로랍시고 손가락질당했던 모욕을 갚아주고 싶었다. 우정헌의 사랑을 받고 점점 피어나는 꽃 같은 정하민을 짓밟아 다시는 일어나지 못하게.

몸 파는 여자에게서 났으면서 반쪽짜리 AE의 피가 섞였다는 이유만으로 공주님 대접받는 계집이 망가져버렸으면 좋겠다는 끔찍한 상상을 하면서 윤주가 이야길 이었다.

"공장이 부도 위기래. 가장 큰 거래처가 AE였는데 중국 쪽에 공장을 운영하면서 단번에 잘라냈다나 봐. AE의 하청업체란 이유 하나로 은행에 막대한 빚을 졌고 사업을 무리하게 추진하시려 했는데 엎어졌다지?"

"무슨……."

정헌의 부모님이 공장을 운영한다는 건 알았지만 그게 AE의 하청업체라는 건 전혀 몰랐다.

"몰랐어, 그렇게 오래 사귀어놓고? 하긴, 우정헌 성격에 너한테 공장 살려달라고는 못 하겠지."

"그게 정말이야?"

"금방 들통날 거짓말을 왜 하겠어?"

하민의 머리에 스치는 생각은 하나였다. 우정헌도, 자신의 친구처럼 죽어버리면 어떻게 하지?

하얗다 못해 파랗게 질려가는 얼굴을 즐겁게 구경하며 윤주가 소리 내 웃고 싶은 것을 가까스로 참았다.

"네 아버지에게 가서 징징거려봐. 남자친구라고. 그럼 또 알아? AE면 그깟 작은 공장 하나쯤은 우습게 일으켜줄 텐데."

몇 번이나 입을 열었다가 닫은 정헌은 이 말이 하고 싶었던 걸까.

"아저씨랑 아주머니 성격 여리셔. 아마 못 견디실걸."

이대로 앉아 있을 수 없었다. 하민은 자리에서 벌떡 일어났다. 가방을 챙기지도 못한 채, 선글라스와 양산도 놓고 학교에서 순식간에 빠져나왔다. 휴대전화로 한 번도 연락해보지 않은, 비상연락망인 정 회장의 비서실 번호를 눌렀다. 정 회장의 개인 휴대전화까지 비서실에서 관리한다는 것을 알고 있기 때문이다.

"저예요. 회장님 어디 계세요?"

– 방금 회의 들어가셨습니다.

"지금 회사로 찾아가봐도 될까요?"

수업 중이 분명한 하민의 말에 비서실장은 잠시 침묵했다. 하지만 곧 차를 보내주겠다고 답했다.

"아뇨. 제가 직접 갈게요."

어차피 사거리에서 택시를 타면 본사까지는 가까웠다. 머릿속은 온통 똑같은 일이 반복되어서는 안 된다는 생각으로만 가득했다. 교문을 나서기 직전에 어둑하던 하늘에서 기어이 빗줄기가 떨어져내렸다. 온몸을 때리며 쏟아지는 차가운 겨울비에도 아랑곳하지 않고 하민이 횡단보도의 신호가 바뀌길 초조하게 기다렸다.

"정하민!"

정헌이 자신을 부르는 소리가 들렸다. 이제 막 신호가 바뀌려는 차였기에 돌아보지 않으려던 하민의 손을 뒤에서 그가 붙잡았다.

"너 이렇게 비 오는데 어딜 가려는 거야?"

"잠깐만. 잠깐 다녀올 데가 있어서 그래."

그의 팔을 뿌리치며 이제 막 바뀐 신호를 향해 한 발 떼던 순간이다.

"내가 미안해. 아까 짜증내서 그래? 그래도 이렇게 빗속에 우산도 없이 다니는 건 아니잖아."

머리로 정헌의 재킷이 떨어졌다.

짜증을 내놓고도 마음이 편치 않아 다시 하민의 교실에 갔을 땐 윤주로부터 하민이 갑자기 뛰쳐나갔다는 말만 들었다. 어딘가로 사라지기 전에 간신히 잡았는데 하민은 그를 뿌리치려고 안간힘을 썼다.

"나 빨리 건너가야 돼."

마음이 조급했다. 비서실장이 회의가 끝난 뒤 두 시간 뒤에 정 회장은 바로 일본으로 간다고 일러줘서 더 그랬다. 그 전에 이야기를 끝내야 된다. 정 회장에게 따로 개인적인 부탁이나 말을 섞지 않았던 하민이 정헌으로 인해 처음으로 독대를 하리라 마음먹었다.

"다녀와서 이야기해. 응?"

하민이 그를 뿌리치며 뒷걸음질 쳤다. 그리고 신호가 바뀌기 전에 횡단보도를 뛰어갔다. 정신없이 나오는 바람에 운동화로 갈아 신지 못해, 실내화로 횡단보도의 움푹 파인 부분을 딛는 순간 고여 있던 빗물이 사방으로 튀었다.

"정하민!"

그때 뒤를 돌아본 것을 자신이 후회하는지, 혹은 후회하지 않는지 알 수 없다.

정헌의 부름이 찢어질 것 같아 막 도로를 다 건너기 전 그 중간에서 돌아보다, 하민은 정헌에게 돌진하는 트럭을 발견했다. 그는 자신을 쫓아 다급하게 신호의 마지막 불이 깜박이는 횡단보도를 건너고 있었다.

제가 그때 무엇을 생각했는지 알 수 없다. 확실한 것은 머릿속이 하얗게 표백됐단 거다. 주저앉을 뻔한 다리는 미친 듯이 제가 건너왔던 길을 되짚어 건넜다. 하민이 온 힘을 다해 자신의 눈앞에 있는 우정헌을 끌어안았다.

콰앙!

희미하게 뜬 눈에 보이는 것은 온통 울고 있는 하늘이었다.

"……헌아."

품에 어떤 감각도 없었다. 분명 정헌을 꽉 끌어안은 것 같았는데…… 빗줄기에 눈을 뜰 수 없었다. 호흡이 가빠지고 의식이 가물거린다. 그게 하민이 기억하는 열아홉 살의 마지막이었다.

하민이 혼수에서 깨어난 건 꼬박 6개월이 지난 뒤였다. 자신이 우정헌을 온몸으로 감쌌다고 했다. 그래서 그는 다리에 경미한 부상을 입고, 하민은 온몸의 뼈가 부서지다시피 해 6개월 넘게 혼수에 빠져 있었다고 수지가 설명해줬다. 특히 오른쪽 다리와 오른손의 부상이 심각했다고 말하는 수지의 눈에는 눈물이 가득 고여 있었다.

손 하나 까딱하지 못했다. 밥도 떠먹여줘야 했고 우정헌은 연습 때문에 바빠서 가끔밖에 와보지 못한다고 서운해하지 말란 소리만 들었다.

하민은 어떤 반응도 보이지 않았다. 하루 종일 창밖을 보고 재활훈련도 그리 열심히 하지 못했다.

"하민아."

우정헌이 모습을 보인 건 그로부터도 한 달이 지난 뒤였다. 아주 늦은 밤 잠들어 있는 자신을 깨운 목소리는 이름을 부르는 단 한마디라 그게 너무 우스웠다.

"왜 이제야 와?"

"미안해. 일이 좀 있었어."

"무슨 일? 내가 병원에 누워 있는데 무슨 일이 그렇게 많았는데. 너 들어간 팀에서 꼼짝달싹도 못 하게 해?"

"그게 아니야. 빨리 오고 싶었는데 내 사정이 여의치 않았어."

밤의 자락에 서서 정헌이 말했다. 하민은 그를 노려봤다.

"네가 그때 나 붙잡지만 않았어도, 따라오지만 않았어도 이런 일 없었어."

"알아. 알고 있어."

"그렇지 않아도 전염병 환자 취급받고 AE의 치부라고 수군대는데 이제는 병신 소리까지 듣게 됐네. 신기한 구경거리가 하나 더 추가됐어. 안 그래?"

"하민아."

하루 종일 아무것도 하지 않았다.

우정헌이 돌아오면 괜찮다고 해야지. 네가 무사해서 다행이라고 말해줘야지. 그랬던 마음은 그가 오지 않는 하루하루, 지나갈수록 악독하게 변해갔다. 어쩌면 평생 오른발과 오른손을 쓸 수 없을지도 모른다는 말을 듣고 도망갔는지도 모른다고 생각했다. 재활을 받아도 다리를 절 가능성이 많다니.

"하."

하민이 짧게 웃으며 두 손에 얼굴을 묻었다.

"나는 이제 어떻게 해?"

"내가 곁에 있을게. 걱정하지 마. 급한 일은 전부 처리하고 휴가 냈어."

정헌이 부드럽게 하민을 달랬다. 어떻게 하냐고 덜덜 떠는 그녀의 마른 어깨를 꽉 끌어안았다.

"난 네가 깨어났으니 전부 괜찮아."

"거짓말. 그럼 한 달이나 안 왔을 리 없잖아. 내가 이렇게 된다니까 무서웠어? 책임지기 싫었던 거야?"

사고(思考)가 비틀리고 마음이 배배 꼬였다. 세상 그 무엇도 예뻐 보이지 않았고 스스로가 가장 불행하다는 생각이 들었다.

이 외모만 어떻게 된다면. 그렇게 많은 걸 바란 것도 아니다. 그저 남들과 다름없이 평범한 생김새를 원했다.

"정말로 바빴어. 네가 내 생명의 은인이잖아."

그렇게 말하는 우정헌은 웃는지 우는지 어둠에 가려 알 수 없었다. 그때는 그걸 주의 깊게 볼 생각도 하지 않았다. 정하민은 우정헌에게 집착하고 비틀려 있는 상태였다.

쭉 자신의 병실에 머물다시피 살았지만 잠깐이라도 그가 없으면 하민은 발작처럼 소리를 질렀다.

정헌이 직접 음식을 떠먹여줬고 재활치료에 동행할 때가 많았다. 고통스러운 그 치료과정을 정헌은 묵묵하게 기다렸다. 온갖 짜증과 히스테리를 전부 받아주고 하민의 원망 섞인 말도 다 받아주면서 한결같이 옆을 지켰다.

하민은 자신의 가족들이 우정헌을 용서할 수 없다며 그 집안을 풍비박산 낸 것도 모른 채 모든 걸 당연하게 여겼다.

"여기 들어가시면 안 됩니다."

밖에 있는 경호원들이 누군가를 제지하고 있었다.

"언니! 언니! 나 좀 봐요! 언니!"

정헌은 오늘 일이 있어서 늦게 온다고 했다. 그가 없어 짜증이 잔뜩 나선 리모컨으로 채널을 돌리다가 이내 스포츠 전문 뉴스채널에 눈을 고정했다.

– 우정헌 선수가 부상으로 인한 은퇴를 했다죠?

– 그렇습니다. 너무 안타깝습니다. 석 달 전, 화재로 부모님을 먼저 떠나보낸 우정헌 선수가 부상으로 인한 은퇴라니. 차일피일 은퇴를 미뤄왔지만 결국 부모님의 죽음이 가장 큰 충격이었을까요.

"……정헌이가…… 축구를 그만둬?"

밖의 소란까지 신경 쓸 여력이 없었다. 멍청하게 하민은 그 한마디만 반복했다. 뉴스에서는 계속 정헌이 축구를 그만뒀다는 소리를 하고 있었다.

"말도 안 되는데……."

가만히 생각해보면 이상한 일이 한두 가지가 아니었다. 그제야 자신의 몸종처럼 굴던 정헌의 모습이 낯설었다는 걸 겨우 깨달았다.

쾅! 문이 벌컥 열리며 윤주와 정희가 들어왔다. 그의 동생은 얼굴이 엉망이다.

"언니……."

정희가 하민을 힘없이 불렀다.

문을 열고 그들을 끌어내려는 경호원들에게 손짓하자 그들이 곧바로 물러났다.

"정희야, 내가 이상한 말을 들었는데…… 뉴스에서……."

"그래. 우정헌 축구 그만둔 거 전 국민이 다 알아."

윤주가 신랄하게 입을 놀렸다.

"다 너 때문이야! 네 아버지는 보기 좋게 정헌이랑 정희 부모님께 등 돌렸어. 딸년이 병신 됐다고 우정헌에게도 가차 없이 굴었어!"

정희는 울었고 윤주는 고함을 내질렀다.

그러고 보니 정헌이 병실에 올 때마다 약속이나 한 것처럼 하민의 가족들은 아무도 오지 않았다.

"언니…… 아니죠? 거짓말이죠?"

정희가 두 손을 꼭 잡고서 물었다.

"나는…… ."

"대답해, 정하민!"

"모르는 일이야."

정헌은 자신에게 아무 말도 해주지 않았다. 알 수 있을 리 없다.

"정헌이네 부모님이 어떻게 되셨는지 알아?"

하민은 이미 윤주의 얼굴에서 불길한 기운을 읽었다. 언젠가 자신에게 했던 그 말을 할 준비가 백번이고 돼 있는 얼굴에서 도망갈 길은 어디에도 없다.

"하지 마!"

하민이 발작적으로 소리쳤다.

"공장에 불이 났는데 거기서 돌아가셨어. 그 많은 사람들이 나오라고 소리쳤는데 끝까지 나오지 않으셨어. 그게 자살이 아니면 뭐야! 그게 뭐냐고!"

"아아아!"

정희가 바닥으로 무너져 흐느꼈다.

"너는 정헌에게 얼마나 더 빼앗아가야 만족할 거니? 걔한테 지금 남은 게 뭐가 있어? 뛰쳐나가던 너 쫓아갔다가 사고당한 게 그게 정헌이 잘못이야? 네가 혼수상태였던 동안 걔는 죽을 만큼 재활훈련했어. 너한테 다리 저는 모습 안 보여주려고! 네가 죄책감 느낄까 봐!"

하민은 두 손으로 귀를 막고 침대에 엎드렸다. 감각이 없는 오른손은 제대로 움직여주지 않아 베개로 그쪽을 틀어막았다.

"그만해, 제발. 그만……."

"AE그룹 참 대단해. 혼수상태인 딸 간병하는 동안 그 남자 집을 박살내고, 미래까지 빼앗고, 제 딸 옆에 붙어 있는 것 말고 아무것도 못 하게 만들었잖아! 그 우정헌을! 필드 위에서 뛸 때 가장 빛나던 애를!"

윤주는 희열에 차 있었다. 이제 우정헌이 갈 곳은 어디에도 없다. 가진 것 없는 빈털터리 빚쟁이를 그 어디서 받아준단 말인가. 구원자처럼 그의 곁에 자신이 남아 있는다면. 우정헌이 가장 힘들 때 곁에 있어준다면. 그의 곁에 당당하게 제대로 설 생각에 윤주는 이 상황이 기껍기 그지없었다.

"네가 우정헌을 망칠 줄 알았어. 애초에 너 아니었음 사고도 안 났을 거고. 그냥 죽어버리지 그랬니? 아, 네가 죽어버렸으면 우정헌도 네 아버지가 죽였으려나?"

"으헝…… 어어어엉! 우리한테 왜 이러는 거예요? 우리가 무슨 잘못을 했다고. 언니, 우리 오빠 좋아했잖아요. 언니네 가족이 왜 오빠한테 그래요?"

"그러고도 너는 정헌이를 움켜쥐고 놓지 않더라. 뻔뻔하기도 하지."

정헌의 부모님이 돌아가셨을 때. 그때가 언제였더라. 자신이 깨어나고 한 달이 지나는데도 정헌은 오지 않았지. 그리곤 아주 늦은 밤 찾아와서 어두운 곳에 서 있던 그를 마주했었다.

"그때가…… 언제지……? 그때가 언제였더라……."

제발 그날이 아니길 간절히 빌었다.

"5월 29일. 정헌이 부모님 돌아가시던 날."

하민이 엎드린 채 비명을 질렀다. 경호원들이 재빨리 뛰어와 의사를 부르고 윤주와 정희를 밖으로 내보냈다.

말도 안 돼. 말도 안 된다. 6월 초에 찾아왔던 우정헌을 기억했다. 그에게서 코끝을 매캐하게 하는 향냄새가 맡아졌으나 하민은 그저 날카로운 혀로 그를 공격하기에 바빴다.

위태로운 집안을 위해 이리저리 뛰어야 했을 우정헌. 부모님이 돌아가시고 장례가 끝나자마자 자신을 찾아왔던 어두운 밤. 제 분에 못 이겨 그에게 날카로운 말을 쏟아부었을 때, 정헌은 울고 있었을지도 몰랐다.

하민은 계속해서 비명을 질렀다. 스스로가 끔찍해 견딜 수가 없었다. 그에게 달려드는 차를 보고 반사적으로 뛰어가 껴안은 건 자신이다. 자신이 죽는 것보다 그가 죽는 게 더 무섭다고 그 짧은 시간 동안 분명히 느꼈다.

깨어나고 겨우 한 달, 우정헌이 찾아오지 않았다고 병신이 된 자신이 이제 필요 없어서라고 생각했다니.

"으…… 흐윽…… 으……."

제 이기심이 끔찍해 견딜 수가 없었다.

"하민아! 하민아, 이게 무슨 일이니!"

꽃다발을 들고 병실을 찾았던 수지가 하민에게 달려왔다.

"언니, 우리가 그랬어요?"

"뭘 말하는 거야."

"그때…… 어떤 선택지도 없이 절벽에서 밀어버렸던 그 애처럼, 내가 다쳤다고 정헌이를 그렇게 만든 거예요?"

수지는 그제야 하민이 무얼 말하는지 알아차렸다.

"우리가 그랬다고 생각하니?"

"아니면 뭔데. 안 그랬어도 살펴줄 수 있는 거잖아요. 내가 좋아하는 사람인데. 그 가족들 숨통 틔워주는 거 회장님, 아니 언니가 해줬어도 되는 일이잖아요."

차라리 그대로 깨어나지 않고 죽어버렸다면 우정헌에게 정하민은 끔찍했던 이름으로 기억되진 않았을 텐데. 정헌은 어떤 마음으로 자신을 보고 있었을까. 그에게 온갖 짜증을 부리면서 다 너 때문이라고 말하는 입술이…….

"이젠 전혀 예뻐 보이지 않을 거야."

우정헌에게 달려갔을 때 왜 그를 밀치지 않았을까. 하민은 온 힘을 다해 우정헌을 끌어안았다. 차라리 밀쳤더라면 축구를 계속할 수 있었을 텐데.

"정헌이도 알지도 몰라요. 난 그때 차라리 같이 죽어버리면 좋겠다고 생각했나 봐. 이제 생각이 났어요. 응, 그렇게 생각했어."

"너 그게 무슨 소리야?"

"언니, 나는 이제 겨우 스무 살이 됐는데……."

부모님이 돌아가시고 축구를 그만두게 돼도 정헌은 자신에게 한마디도 하지 않았다. 입에 담기에도 끔찍해서일까.

"왜 아무것도 없죠?"

하민이 깨어난 걸 크게 기뻐하면서 정 회장은 스무 살을 병상에서 보내 안쓰러운 막내딸에게 선물이랍시고 주식의 일부와 강남의 노른자 땅에 있는 청담동 건물을 두 채 쥐여줬다. 이 돈 중 아주 일부만 있었어도 우정헌네는 쉽게 회생했을 거라 생각하니 그게 다 무의미해졌다.

"……재산, 처분해주세요. 회장님 몰래 하나하나요."

"하민아."

"언니, 잠시만요. 생각 좀 할게요."

그들의 손으로 부순 건 되돌릴 수 없다. 하민은 이미 깨져버린, 유리로 만든 성을 물끄러미 바라봤다. 모래보다 더 고운 가루로 돼 있어서 짝을 맞춰 다시 세울 수조차 없다. 그냥 고운 모래가 됐다. 반짝반짝한, 쓸모없는.

똑똑.

"우정헌 군이 왔습니다."

하민의 생각처럼 자신의 가족들은 정헌을 싫어했다. 애초에 제가 그를 감싸지 않았다면 일어나지 않았을 사고였다. 정 회장은 크게 분노했고, 최 여사는 하민이 깨어날 때까지만이라도 그를 내치지 말라며 남편을 말렸다. 혼수상태인 하민이 그의 목소릴 들으면 언젠가 깨어날 수도 있다고 외국의 논문까지 찾아다 들이미는 최 여사 덕분에 정 회장은 수그러들었다.

"들여보내지 마세요."

하민이 문을 바라보며 말했다. 고요하게 바싹 메말라버린 눈을 하고선 경호원에게 나가라 손짓한다.

"비밀스럽게 하고, 이런 거 전 못 해요. 해본 적도 없고."

감각이 없는 발을 내려다보면서 하민이 입을 뗐다.

"언니, 언니가 정헌이 키다리 아저씨 좀 해주세요."

"하민아, 그건……."

"물밑으로 뭐 하는 거, 잘하시잖아요."

밖에서 정헌이 자신을 부르는 목소리가 희미하게 들려왔다. VIP 병실의 창문은 일반 병실보다 조금 더 크다. 그 창문을 물끄러미 바라보면서 하민이 말했다.

"아직 한쪽 발과 한쪽 팔은 쓸 수 있으니까."

자신의 동생이 이런 눈을 할 수도 있었던가. 수지를 돌아보는 눈이 아찔할 정도의 절망을 담고 있어서 수지는 하민을 잡기 위해 팔을 뻗었다.

탁. 공중에서 그 팔을 쳐낸다.

"안 들어주시면 여기서 뛰어내려 죽어버릴 거예요."

갓 스무 살이 된 아이는 고작 제 목숨을 가지고 거래를 할 수밖에 없었다.

"우리가 밉니?"

만약 하민의 입에서 그렇다는 대답이 나오면 어떻게 해야 할까. 수지가 그런 생각을 하는데 하민이 고개를 저었다.

"아뇨. 믿지 않아서 제가 더 미워요. 나라도 만약에 언니나 오빠가 이런 일을 당했다면 상대를 죽이고 싶었을 것 같거든요."

그 밤에 정헌에게 손을 내밀며 보고 싶었다고, 안아줬다면 이 죄책감이 좀 사라졌을까. 이미 엎질러진 물을 손으로 열심히 주워 담는다고 해도 겨우 목을 축일 정도의 물방울만 얻는다.

"정하민!"

정헌의 목소리가 이번에는 제법 또렷하게 들렸다.

천진한 얼굴로, 그리고 세상의 모든 사랑하는 것을 보는 듯한 얼굴로 하민이 문을 향해 웃었다.

"다 해주세요. 정헌이가 앞으로 살아가면서 필요한 것들, 하고자 하는 것들. 불편하지 않게요."

하민은 툭 치면 곧장 쓰러질 것 같았다. 조금 전 흥분했던 이유로 링거에 붉은 피가 역류했지만 수지는 의사를 부를 생각도 못 했다.

"그건 네 재산 건드리지 않고 언니 선에서 할 수 있어."

하민이 그럴 수 있으면서 왜 막지 않았냐는 얼굴로 수지를 바라봤다.

"갑자기 언니가 원망스러워졌어요. 걱정 마세요, 미워하는 건 아니니까. 근데 나는 지금 거울 볼 자신이 없어서, 내가 너무 소름 끼칠까 봐. 그래서 언니 본 거예요. 언니 미워서 그런 거 아니에요."

항상 어딘가 결핍되어 있던 동생이다. 아무도 그 결핍을 채워줄 수 없었다. 자신이 굴러들어오는 바람에 가족을 전부 상처 입혔다고 생각하는 아이라 조심스럽게 대해주는 게 맞았다. 한 번씩 너무 감싸고돌아 도에 넘치는, 그들만의 방식을 하민에게 강요한 적 있는 터라 수지는 더는 그러지 않으려고 노력했다.

"알아. 네가 원하는 거 언니가 다 해줄게. 그러니까 나쁜 생각 하지 말자, 응?"

"고마워요, 언니."

"정헌이도 만나. 너 정헌이 좋아하잖아. 걔도 널 안 좋아했으면 그렇게 입 꾹 다물고 있진 않았겠지. 서로 만나서."

"저는 가끔 정헌이 속을 모르겠어요."

그가 저를 좋아하는 건 확신한다고 해도, 그가 무슨 생각을 하며 어떻게 살아가는지 항상 궁금했다.

"지금의 저는 정헌이를 계속해서 만나면,"

그의 진심을 어떻게 알아차릴 수 있을까. 전엔 서로 눈을 보고 대화하면 진심이 느껴졌는데 하민은 그를 마주 볼 자신이 없었다. 아무렇지도 않게 그 눈을 마주하고 나를 원망하냐 물을 자신이 없다. 입으로는 아니라고 말해도 눈으론 그 찰나의 진심을 목도하게 될까 봐.

"끊임없이 의심할 거예요. 복수를 위해서 나를 말려 죽이려고 이렇게 최선을 다하는지 집착적으로 확인하고 의심하고 상처 주고, 또 내가 상처받고."

하민이 음울한 미소를 띠었다.

"그러기엔 우리는 너무 어려요. 만약에 정헌이가 날 원망하지 않는다고 해도 언젠간 이 관계를 스스로 망쳐버릴 거예요. 난 정헌이가 아님 안 되는걸요."

지금이라도 당장 문을 열고 정헌을 부르고 싶었다.

"그리고 정헌이가 괜찮다고 해도 나는 여전히 타인에게 그리고 나 스스로에게 정헌이 부모님을 죽인 살인자일 거예요."

그에게 미안하다는 말을 못 한 게 아쉬웠다. 하지만 정헌의 얼굴을 보면 사과보다는 매달리고 엉엉 울 것 같아 볼 수가 없었다.

언젠가는 전할 수 있을까. 미안하다는 말로 괜찮아질 날이 과연 올까. 그 까마득한 앞날이, 미래가 이토록 불안하게 느껴지고 아득한 적은 하민에게 처음이다.

"제발, 나를 도와주세요, 언니."

하민이 꺼져가는 목소리로 애원했다.

· · · · ✦ · · · ·

자신을 원망하라는 하민을 정헌이 묘한 표정으로 바라봤다. 그의 원망을 다 담아내기엔 그녀는 너무 작고 부러질 것처럼 보여 어림도 없었다. 그가 입 밖으로 쏟아내는 순간, 그 무게를 견디지 못하고 당장 숨이 끊어질 것처럼 하민은 애처롭기만 했다.

"너는 나를 단번에 내쳤어."

병원 복도에서 목이 터져라 하민을 불렀다. 정희가 엉엉 울면서 돌아가자고, 무서운 여자라고, 더 이상 엮이기 전에 가자고 애원하다 종국엔 부모님 생각은 한 톨도 하지 않느냐며 불효자식이라 그를 욕했다.

"나에게 남은 건 너 하나였는데 말이야."

정헌이 그의 공주님에게 속삭였다. 가슴을 깊이 파고드는 상실감은 잘 벼려진 날붙이와 같았다. 애써 감당해내고 있던 것들이 하루아침에 무너지고 함께 견뎌줄 사람은 그 이후 얼굴 한번 보지 못했다. 이를 악물고 올라서야 그 머리카락 끝자락이라도 볼 거란 욕심에 정헌은 제 모든 것을 쏟아부었다.

수능시험을 봐 다음 해 명문대학에 들어갔다. 좋은 성적을 유지해왔기 때문에 어렵진 않았다. 고등학교 졸업 후 바로 프로팀에 입단하려 했던 건, 빨리 사회에 나가야 제가 하민을 독차지할 수 있을 거라 생각했기 때문이었으니. 그래봐야 AE 발끝에도 미치지 못할 걸 알면서도 하민에게 다가가려 했다.

"나는 그때,"

"네가 어떤 마음이었는지 별로 생각하고 싶지 않아."

하민의 대답을 일축하며 정헌이 자신의 품으로 그녀를 끌어당겼다. 눈빛은 고요했지만 언제라도 풍랑이 칠 듯 일렁인다.

"나는,"

"이렇게 돌고 돌아서 곁에 있게 됐잖아? 응?"

다정한 목소린데 뼛속까지 한기가 밀려들었다. 어떻게든 다시 제자리면 된다는 말이 마치 그의 부모님의 죽음과 빼앗긴 미래를 그가 눈감아준단 것처럼 들렸다.

"지금 당장 널 안고 싶은데, 비가 더 오기 전에 다녀와야겠다. 그렇지?"

하민이 고개를 끄덕였다. 달콤하지만 살점을 녹일 독을 갖고 있는 이 늪 같은 데서 빠져나가고 싶었다.

※ ◆ ※

정 회장의 병실은 외부인, 특히 기자들의 출입을 엄격하게 차단했다. 그의 병실은 병원장이 직접 관리했고, 간호사들까지 전부 20년 넘게 AE그룹 산하 병원에서 한솥밥을 먹은 이들이다.

철통같은 경비 속에 하민이 들어서자 앞을 지키던 경호원들이 꾸벅 인사했다.

"회장님 만나고 싶어요."

그들은 정헌을 힐끗거리더니 미리 언질 받은 게 있었는지 비켜섰다. 가족 외의 외부인이 병실에 들어가는 것은 병원 관계자들을 제외하곤 처음 있는 일이다.

베이지색 대리석으로 마감된 그곳은 고급 레지던스나 호텔 같은 분위기를 풍겼다. 창밖엔 비가 내렸지만 햇빛이 들어오면 병실 안으로 쏟아지는 빛이 꽤나 괜찮을 것 같다. 강남의 빌딩 숲이 한눈에 보이는 곳에 위치한 병실은 하루에도 수천만 원이 깨졌다.

산소호흡기와 각종 심폐기능을 도와주는 기계들을 온몸에 꽂고서 누워 있는 이는 비쩍 말라 있었다. 정헌이 처음이자 마지막으로 본, 태산처럼 우뚝 서 있던 AE의 왕은 이제는 초라하고 볼품없이 말라선 생명유지장치에 의해 연명 중이다.

"저 왔어요."

하민이 링거 바늘이 꽂혀 있지 않은 왼손을 꼭 붙잡았다.

가망이 없는 자의 숨만을 이곳에 붙들고 있는 건 환자와 가족 모두에게 가혹한 일이다. 하지만 아직 주호의 입지가 다져지지 않았다. 회장의 부고가 알려져도 잠깐의 흔들림조차 없어야 한다는 최 여사의 엄명에 주호는 한시도 쉬지 못했다. 그때까지 죽음을 미루는 건 정 회장 또한 바라는 바일 것이라고 평생의 동반자였던 최 여사가 말했다.

아무도 토를 달지 못했다. 정 회장을 가장 잘 아는 건 그녀다.

정 회장은 2년 전 뇌졸중으로 쓰러진 뒤에 급하게 병원으로 옮겨졌지만 잠깐 의식이 돌아와 유언장을 쓴 후, 뇌의 다른 혈관이 연달아 터졌다. 지금은 가족들 모두가 마음의 준비를 한 상태였다. 여름이 되기 전 오빠인 주호는 새로운 오너로서 취임할 거고, 그때 이 무거운 장치들이 정 회장의 몸에서 떼어내지리라.

"원래 비 오면 안 나오는 거 아시잖아요. 밖에 비가 아주 많이 와요."

햇빛이 너무 심하게 비추는 날엔 하민이 이곳에 오기로 했다는 소식이 들어오면 누군가가 블라인드를 내려두었다. 지금은 비가 와서인지 열려 있는 블라인드 너머로 잿빛의 도시가 펼쳐져 있다.

"회장님……."

차마 아버지라고, 아빠라고 애교 섞인 목소리로 한 번도 불러본 적 없다.

"제가 회장님이 되게 싫어하실 일을 할 것 같아요."

정헌은 그저 가만히 서 있었다.

2년 전, 정 회장은 유언장 작성을 마친 뒤 소원이 있다면 죽기 전 하민이 든든한 가정을 갖는 것이라 했다. 저희에게서 채

우지 못한 것을 하민 스스로 가정을 이루어 충족할 수 있다면 그녀의 고립감과 외로움이 사위어들지 않을까 해서였다. 그 말을 못 들은 척, 모르는 척해오다 주호의 취임식이 잡혔다는 소리를 듣고 충동적으로 선자리에 나가기 시작했다.

하민은 살가운 딸이 아니었다. 정 회장이 무어라 한마디 붙이면 고개를 숙인 채 대답하는 게 전부였다. 머리 위를 맴돌던 따스한 시선을 기억했다. 제가 다치면 누구보다 광분해 도를 넘게 나서는 것을 알면서도 한 번도 아버지라고 불러드리지 못했다.

그렇게 소원이시라면 마지막 가시는 길, 보여드려도 되지 않을까. 그러다 정헌을 만났고 그가 자신을 선택하라고 했을 때, 이미 의식이 없어 의사표현도 하지 못하는 정 회장이 떠올랐다. 자신이 행복했으면 좋겠다고 말하던 모습이 선연했다. 그렇다면, 내가 이 남자를 만나 한순간만이라도 행복할 수 있다면 회장님도 이해해주지 않을까 하는 이기심이 고개를 치켜들었다.

"안녕하세요, 회장님."

정헌이 고요하게 눈을 감고 있는 그에게 허리를 굽혀 인사했다. 인사를 받아줘야 할 사람은 대답이 없었지만 그는 하민의 어깨를 짚고 그 옆에 섰다.

"만약 10년 전이었다면 어림도 없었을 일이었겠죠."

정 회장을 딱 한 번 봤다. 사고가 난 직후 하민이 깨어나기 전까지 재활을 받을 때다.

"어차피 서로 상처밖에 되지 않을 관계라면 접으라고 하셨죠."

정헌은 정 회장을 물끄러미 내려다봤다.

"왜 그렇게 봐?"

자신을 유심히 살피는 하민을 돌아다보지도 않은 채 그가 물었다.

"내가 목이라도 조를까 봐?"

그의 손가락이 정말 정 회장의 목을 조를 것처럼 다가가자 하민이 숨을 들이켰다. 하지만 그 손은 환자복의 단추 하나가 풀어져 있는 걸 단정하게 닫아줬을 뿐이다.

"하민아, 그렇게 조급해하지 마."

부모님의 죽음 뒤, 정헌은 미친 듯이 시간이 날 때마다 공장에서 일했던 사람들, 부모님의 사업과 관계된 모든 사람들을 만나고 다녔다. 정 회장은 그의 부모님의 죽음과 관련이 없다. 하지만 정헌은 하민에게 그 얘길 않은 채 웃어 보였다. 그녀가 죄책감에 자신의 곁을 떠나지 않았으면 하는 뒤틀린 마음 때문이다.

정말 작정하고 정 회장이 나서서 손을 쓴 거라면 자신은 하민을 얻을 기회를 영영 날려버리게 된다. 그녀를 다시 얻을 기회를 갖기 위해 서로에게 남겨진 부모님의 죽음이라는 최대의 난제를 추적하고 또 추적했다. 자신이 평생을 함께하고 지켜주고 싶었던 여자를 미워하기 싫어서, 그 핑계를 대고 그 죽음은 너의 잘못이 아니라 말해주려 그랬다.

"나중에 내가 다 말해줄게."

그래도 단칼에 자신을 자르고 10년 동안 얼굴 한번 보여주지 않고 숨어 있던 정하민이 괘씸했다. 이 정도의 심술쯤은 그녀가 받아들이고 이해해야 했다. 제게 미안해 죽을 것 같은 표정으로 그의 손길에 끌려다니며 결국 그가 하자는 건 다 해주는 정하민이 어여뻐 어찌할 바 모르겠으니까.

"네가 생각하는 것만큼 우리가 최악의 사이는 아니거든."

"무슨 말인지 모르겠어."

"그리고 나는 굉장히 집요하고 계획적이라."

정헌이 정 회장을 바라보며 말했다.

"계산은 정확해야 해. 너를 내게서 뜯어놔 피를 말렸다면 상대도 응당 그래야지."

좌절감과 상실감. 세 치 혀를 잘못 놀려 영원히 회복되지 않을 것 같았던 관계. 그 관계를 어떻게든 이어붙이기 위해 무던히도 애썼던 지난날들이 떠올랐다. 아마, 영원히 우연인 줄 알겠지. 하민이 처음 나갔던 선자리 옆에서 선을 보고 있었던 자신과의 재회를.

정헌은 하민과 눈이 마주치자 달콤하게 웃었다.

"자주 찾아뵐게요, 회장님."

아마 다음에 올 땐 더 좋은 소식을 가지고 오리라. 정하민을 다시 찾아 손에 넣고 제 품에 안은 순간, 그는 과거를 정리해야 할 때란 걸 깨달았다.

사흘 내내 내리던 비가 멎자 하늘은 구름 한 점 없이 화창했

다. 날씨는 점점 더워지지만 손목까지, 목 끝까지 옷을 입고 있
는 하민은 오랜만에 제시간에 가게 문을 열 수 있었다. 열자마
자 향이 비슷한 캔들 몇 개에 불을 붙이고 수명이 다한 리드스
틱들을 디퓨저에서 빼내고 새것을 꽂았다.

날씨가 좋아 블라인드를 좀 더 활짝 열까 싶었는데 점심에
함께 식사하자며 정헌이 왔다가 자외선 어쩌고 잔소리를 할까
봐 그냥 두기로 했다. 가게 안만 바깥보다 세 톤 정도 어둡다.
캔들이 빛날 때 가장 예쁘게 보이기 딱 좋은 밝기였다.

딸랑. 풍경이 울리고 청소를 미처 하기도 전에 찾아온 손님
에게 하민이 반갑게 인사했다.

"어서 오세요."

"……오랜만이에요, 언니."

뜻밖의 상대가 눈앞에 있었다. 며칠 밤을 꼬박 새운 것 같은
얼굴로 얼마나 울었는지 눈이 퉁퉁 부은 채 가게 문을 잡고 있
는 건 정헌의 동생 정희였다. 세월이 지나도 단번에 알아볼 수
있었다. 마지막으로 봤을 땐 이제 갓 고등학생이 됐던 무렵이
었는데 지금은 엄연한 성인이다.

"정희야."

"들어가도 돼요?"

목소리가 젖어 있었다. 정희가 이런 식으로 찾아오리라곤 예
상하지 못했다. 하지만 정희의 얼굴을 본 순간, 한 번은 짚고
넘어가야 할 일이 왔다는 것을 깨달았다.

"들어와."

고개를 끄덕이며 안쪽의 테이블 의자를 빼줬다. 들고 있던

빗자루는 제자리에 수납해뒀다.

"홍차 좋아하니?"

"물이면 돼요."

테이블에 올려진 정희의 손은 기도하듯 맞물려 있었다. 마치 떨리는 손을 진정이라도 하려는 것처럼 보여서 냉장고에서 생수를 꺼내는 하민의 손도 떨렸다. 마지막 만남이 최악이었는데 어떻게 말을 꺼내야 할까.

"윤주 언니한테 들었어요. 언니, 오빠 다시 만나신다면서요?"

하민이 정희의 앞에 생수를 담은 컵을 놓아주고 제 앞에도 한 잔 놓았다.

"언니가 사람이에요?"

직설적으로 나오는 건 제 오빠를 닮았다 싶었다. 마주 보고 있지만, 애써 입꼬리를 올리고 있었지만 그 한마디가 정말 저를 개돼지만도 못하게 느껴지게끔 만들었다.

"우리 부모님 기일이 내일모레예요."

"……그래."

정헌은 그에 대해서 하민에게 말해준 게 없었다. 하민은 컵만 만지작거렸다.

"언니가 제사상 차리고, 절할 수 있어요?"

점점 떨림이 가라앉는지 이제는 날카로운 소리들이 새어나오기 시작했다. 당장에라도 달려들어 목을 졸라, 돌아가신 부모님의 원수를 갚고 싶단 생각이 작은 얼굴에 떠올랐다 사라진다.

"살인자가 차려주는 제사상을 받을 부모님도 아니지만, 뻔뻔하게 그 앞에 절할 수 있겠어요?"

뭐라고 대답해야 할까. 정희의 말이 구구절절 다 맞았기에 반박조차 할 수 없었다. 정헌이 정희 또한 생각할 수 있는 사실을 망각한 채 자신을 곁에 두려는 건 아니리라.

"언니는 살인자예요. 부모님을 죽이고 오빠마저 죽이려고 했어. 그래놓고 이제 와서 어떻게 뻔뻔하게 오빠랑…… 살을 섞고 그 집에 들어갈 수 있는 거죠?"

"정희야, 나는 그때 너무 어렸어."

"나는 더 어렸어요. 부모님의 보호가 필요할 나이에 내 손으로 제사상을 매년 차려야 했는데. 언니가 사람이라면 어떻게 오빠를 다시 만날 수가 있어!"

기가 막혔다. 살인자가 평생 후회하며 살지는 못할망정 이렇게 예쁜 가게를 차리고 주인 행세를 하며 아무렇지도 않게 웃으면서 지낸다는 걸 알게 되자 하늘은 불공평하다는 걸 알게 됐다.

매년 이맘때가 되면 가스레인지의 불빛도 보기 무서웠다. 어디선가 타는 냄새만 맡아도 질겁할 정도로 떨었다. 부모님의 시신은 새까맣게 타서 거기서 나던 탄내는 시간이 지나도 잊히지 않았다.

정헌이 몇 번이나 그건 하민 때문이 아니라고 했지만 이미 원망할 대상을 정해놓은 정희는 모든 걸 그녀의 탓으로 돌렸다. 그들의 불행이 눈앞에 있는 여자의 탓이 아니라면 누구의 탓이란 말인가. 정희의 완강한 태도에 정헌은 입을 다물어버렸다. 세상에 서로뿐인 남매는 하루하루 최악으로 치달았다.

지금 정희가 바라는 건 정헌이 오래도록 그를 바라봐온 윤주와 결혼해 행복한 가정을 꾸리는 것이다.

"나는 그때도 지금도 이기적이야."

누가 봐도 이상한 관계였고 다시는 이어지지 못할 걸 알면서도 하민은 욕심을 부렸다. 그때 미안하다고 못 했으니까. 아니, 어떻게 감히 그런 말을 입에 올릴 수가 있을까. 전부 뒤로하고 그와 달콤한 꿈을 잠깐이라도 함께하고 싶었다. 그게 정헌이 원하는 복수 중 한 부분이라면 얼마든지 어울려줄 용의가있다.

최악으론 자신이 사망한 뒤 그에게 제 유산의 전부가 돌아가는 건 어떨까도 상상해보곤 웃어버렸다. 그리고 자신도 자신의 가족들이 해결하는 방식을 그대로 따르고 있다는 걸 깨달았다. 돈으로 해결하는 것. 그걸로 보상이 된다면 밑 빠진 독이라도 좋으니 얼마든지 퍼붓고 싶어 하는 자신을 발견하고 하민은 절망했다.

"안 볼 땐 어떻게든 참아졌는데……."

가끔 그의 소식을 지나가듯 들으면서 마음을 다독일 수 있었다. 우정헌이 문득문득 생각나는 건 그에게 너무 미안해서일거라고, 이제 그때의 애틋했던 마음은 없다고 그렇게 스스로를세뇌했다.

"보고 나니까 견딜 수가 없어."

끝없는 욕심에 파묻혀서 언젠가 저도 스스로를 밑바닥까지끌어내리게 될까.

"잠깐만 내가 견딜 수 있게 해줘. 너무 외로워서 그래. 너무 미안해서 어떻게든 갚고 싶어서 그래. 정희야, 아주 잠깐도 안 될까?"

"미쳤어. 오빠도 미쳤고 정하민, 당신은 더 끔찍해. 괴물들 같아."

돈이 엄청나게 많은 집안이었으니 어떻게든 정헌을 돈으로 붙잡을 것만 같아 정희는 몸을 떨었다. 그대로 밀쳐낸 물컵이 테이블 위를 굴러 바닥으로 떨어져내린다. 날카로운 소리가 울린 순간, 정희는 미친 듯이 캔들과 디퓨저들을 올려놓은 선반을 휩쓸었다. 우르르, 촛농과 액체가 뒤섞여 바닥에 떨어졌다.

부수지 않고는 견딜 수 없는 마음을 알아 하민은 그녀를 말리지 못했다. 두 손에 얼굴을 묻고 주저앉는 정희를 감히 다독여주지도 못했다.

"어떻게 아무렇지도 않은 척 이렇게 살 수가 있어? 다른 사람 인생을 박살내놓고 어떻게……."

하민과 정헌이 다시 만난다는 걸 알았을 때 정희는 무서웠다. 기껏 기반을 다진 정헌의 회사가 이번에는 완전히 주저앉을까 봐.

정하민과 엮여서 잘된 사람은 없다. 윤주가 전부 이야기해줬다. 정하민의 주변 사람들이 어떻게 됐는지. 검은과부거미같이 주변을 다 잡아먹고 짝짓기가 끝나면 수컷을 잡아먹는 탐욕스러운 암컷이라고 했다. 이번에야말로 우정헌을 잡아먹을 속셈이라 걱정하는 윤주를 보고 정희는 참을 수 없었다.

"내 인생도 박살낼 거예요? 이렇게 난리 피웠으니까? 우리 남매가 어떻게 살았는데. 그거 알아요? 오빠는 내가 언니 병원 찾아간 그날 이후로 나랑 말도 잘 안 섞어요."

"몰랐어, 나는……."

"정하민 씨는 정말 이상한 사람이에요. 제일 먼저여야 할 핏줄조차도 다 끊어놓을 수 있는 무서운 짐승이야."

숨이 막혔다. 부정할 수 없는 진실이라 더 그랬다. 핏줄이 제일 먼저인 가족들. 태어났을 때부터 그 끈끈한 가족들의 관계를 찢어발기며 AE그룹에 들어앉은 저였다.

"왜 그런 얼굴이에요?"

"……."

"진짜 당신이 정말 몰랐다면 그게 더 무서운 거야. 모르면서 주변에서 그런 일이 일어났다는 게 진짜 무서운 거라고. 난 언니가 우리 오빠랑 처음 집에 놀러 왔을 때 어른들 수군거리는 소리 안 믿었어요. 근데 정말 언니 무슨 병 있나 봐. 세상에서 언니에게 일어나야 할 모든 나쁜 일들 주변에 떠안기는 그런 병 있나 봐."

그렇게 본인은 잘 먹고 잘 살며 고고한 척하겠지. 정희가 소리 높여 웃었다. 언젠가 정헌이 그녀의 외적인 부분에 대해 한마디도 하지 말라고 단단히 주의를 줬던 게 생각났다. 그게 네 약점이구나, 남들과는 다른 것이 네 가슴을 후벼 팔 약점이구나.

"그래서 다른 사람들에게 피해가라고, 악운 같은 거라고 알려주려고 언니가 그렇게 태어났나 봐요."

어떻게든 상처를 주고 싶어서 견딜 수가 없었다. 너는 적어도 네 부모를 잃진 않았으니까 가슴을 부여잡고 끝없는 자기비하에 빠져 허우적대라고 명백한 의도를 담고서 말했다. 윤주가 알려줬다. 하민과 내내 한 반이었던 그녀가 어떻게 하면 가장 아픈 말로 정하민을 찢어놓을 수 있는지. 그렇게라도 털어내라, 어깨를 다독이며 속삭였다.

"……곧 정헌이 올 거야. 할 말이 끝났으면 나가봐, 정희야."

그렇게 말하는 하민은 담담했다. 오히려 정희가 뜨끔할 만큼 차분해 보여 더 화가 났다.

"왜요? 오빠가 오면 누구 편을 들 것 같아서? 오빠가 부모님 자식이라면 적어도 언니 편은 아니지 않겠어요?"

"내 편 들 것 같아서. 그럼 나한테도 너한테도 상처일 것 같아서 그래."

하민이 자신의 생각을 내뱉었다. 경악으로 일그러진 얼굴이 사납게 일변하는 것을 담담하게 바라봤다. 그 말들이 아프지 않을 리 없다. 하지만 평소에도 자신이 생각하던 게 그저 타인의 입에서 나왔을 뿐이다. 너무 당연한 말이라 오히려 괜찮았다.

"오빠가 언니 비위를 맞춰주는 건,"

"얻을 게 있어서겠지. 그래도 막상 네가 정헌이 앞에서 혼이 나면 내 마음이 무거워져서 그래."

정말로 돈은 얼마든지 내줄 수 있었다. 그가 원하는 게 이 비루한 몸뚱이라도 괜찮았다. 그 둘은 하민이 정헌에게 무릎이라도 꿇고 바칠 수 있는 모든 것이었다. 그걸로 보상이 된다면 얼마든지 집안에 손을 벌려 더 달라고 말할 용의도 있다.

"그러니까…… 가."

저게 상처받지 않은 게 맞는지, 일순 정희는 알 수 없었다. 엉망이 된 가게 안에서 홀로 서 있는 하민이 지독하게도 낯설어 보였다. 제 가게가 아닌 것처럼 어울리지 못하고 섞이지 못하는 그 모습을 애써 모르는 척, 정희는 이를 악물고 하민을 노려봤다.

"오빠한테서 떨어져요. 오빠한테 무슨 일 생기면 내가 당신 죽일 거야."

"그럴게. 그리고 정헌이한테 무슨 일이 생긴다면 나는 아마 네가 죽이기 전에 목을 매달 거야."

농담처럼, 혹은 진담처럼. 자신을 놀리는 말인지 진담인지 알 수 없는 얼굴로 하민이 웃었다. 경고를 남기고 나오려는 순간 정희는 알아챘다. 저렇게 담담한 척 사람 속을 뒤집고 웃고 있어도 그녀가 제정신이 아니라는 걸.

주저앉아서 그 유리조각과 아직도 깨어진 채 타고 있는 촛불을 맨손으로 모으고 있었다. 빗자루와 쓰레받기는 저 멀리 있는데 제 손이 빗자루인 양 유리조각들을 쓸어모으며 무릎을 바닥에 대고 있다. 파편이 얇은 바지를 찢고 살갗에 파고드는 것도 모르는 얼굴이다. 하민이 그저 정면만 보며 기계적으로 유리파편을 움직이고 있단 걸 나가기 직전에야 알아챘다.

"왜……."

아무것도 잃지 않은 여자가 자신보다 더 많은 걸 잃은 듯한 기분이 드는지. 정희가 하민에게 다가가 신경질적으로 그녀를 일으켰다.

"오빠가 이거 보면 그쪽 편을 들 거라면서. 나를 정말 나쁜 년 만들려고?"

밀치듯 하민을 의자에 앉혔다. 자신에게 무슨 일이 일어났는지 미처 알아차리지 못한 동공이 느리게 정희를 올려다봤다. 이래서 환장하는구나, 자신의 오빠가. 마음 한구석이 어쩐지 시리다.

휴대전화를 꺼내 구급차를 부르면서 정희는 하민의 가게를 빠져나왔다.

얼마나 그렇게 앉아 있었을까. 가게로 들어오던 사람이 비명을 질렀고 하민의 눈이 느릿하게 그걸 좇았다. 얼굴은 익숙한데 상대의 이름이 기억나지 않았다. 색을 잃어버린 듯 온통 흑백으로 이루어진 세상에서 옛날 영화의 한 장면처럼 손으로 입을 막고 뭐라 소리치는 여자의 얼굴이 보였다. 자신에게 다가와 어깨를 짚으며 몇 번이나 괜찮냐 묻는 여자를 빤히 바라봤다.

누구였더라. 익숙한 얼굴인데. 캔들을 배우는 주부들 중 하나란 걸 멍한 와중에도 떠올려냈지만 도통 이름이 기억나지 않아 입을 열 수 없었다. 구급차가 도착하고 주변에 무슨 일인가 싶어 몰려든 몇몇 구경꾼들이 열린 문틈으로 보였다. 왜 자꾸 고전영화 같지? 눈을 깜박였지만 모든 것이 흑백으로만 보인다.

구급대원들이 와서 괜찮냐고 묻자 하민이 고개만 겨우 끄덕였다. 머리끝까지 바닷물에 잠긴 것처럼 귀까지 먹먹했다. 이런 경험이 낯설었다. 호기심 어린 시선들이 전부 자신에게 향해 있자 정희가 한 말이 떠올랐다. 제가 이런 외모로 태어난 건 타인에게 경고하기 위해서라던 그 말.

"정하민!"

사람들 사이를 헤치고 달려오는 인영이 있다. 기다란 다리로 몇 걸음 걷지 않아 순식간에 가게로 들어왔다. 또렷하게 제 귀에 박히는 목소리, 그리고 우정헌이 나타나자마자 그 주위로 거짓말처럼 색이 돌아왔다.

"세상에, 저걸 다 어떻게 해?"

"손이 다 찢어졌네."

사람들의 목소리가 뚜렷하게 들리는 게 생소해 하민이 주변을 둘러봤다.

"너 뭐야, 왜 이래? 누가 이런 거야?"

구급대원들에게 손과 발을 맡긴 채 하민이 정헌을 올려다보며 웃었다.

"정헌아, 있잖아. 넌 하나도 안 변한 것 같아."

뜬금없는 소리를 하며 하민이 선망으로 똘똘 뭉친 눈동자로 그를 바라봤다. 고등학교 시절 그를 보던 눈빛과 똑같았다. 눈이 부셔서 어쩔 줄 모른다는 표정으로 정헌을 올려다보는 얼굴은 영락없는 고등학생 정하민이었다.

"네가 달려오는데 빛이 나서."

정헌의 시선이 하민의 손바닥을 온통 찢어놓은 유리조각에 가 있다. 식염수를 붓고 상처를 살피며 막 그녀를 부축하려는 구급대원들의 손을 피해 그녀가 팔을 뻗어 정헌을 붙잡았다.

슈트 자락을 꽉 붙잡아 손에 박혀 있던 유리가 더 깊숙이, 신경까지 찌를 기세로 파고들었다.

"환자분!"

구급대원이 놀라서 하민을 불렀으나 맹목적인 눈은 정헌에게 못 박혀 있었다.

"뒤늦게 깨닫는 그런 거 있잖아. 아, 내가 이래서 널 봤었지 하는 거."

해가 항상 우정헌을 따라다닌다고 생각했다. 흐리는 땀 한 방울마저 빛나는 남자라는 것을 잠시 잊고 있었다. 뚝뚝, 피가 떨어지지만 정헌과 하민, 누구도 움직이지 않았다.

"이게 무슨 짓이야."

"미안해, 정헌아."

하민이 그에게 매달렸다. 정헌은 그녀를 떼어내지 못했다. 손을 잘못 대면 더 심하게 다칠까 봐 어디서부터 어떻게 해야 할지 모르겠다. 검붉은 핏자국이 주변에 나 있는 것을 확인하고 물었다.

"뭐가 그렇게 나한테 미안할까."

그의 부모님의 죽음에 대해서는 감히 용서도 빌 수 없다. 하민이 그에게 미안한 것은 단 하나뿐. 지나간 시간은 돌이킬 수 없다. 아무리 꿈에서 몇 번이나 그날을 반복한다 해도 현실에서는 이루어질 수 없기에 정헌에게 매달렸다.

"내가 너무 어렸어. 내가 제일 아픈 줄만 알았어."

이렇게 태어난 것도 힘이 드는데 이제는 병신 소리까지 듣게 됐다고 정헌에게 퍼부었다. 너는 이미 다 잃고 아무것도 남아 있지 않았을 텐데.

"네가 우는 걸 못 봤어, 정헌아. 미안해."

하민의 속삭임에 정헌은 얼어붙었다.

그녀의 인생에서 가장 끔찍한 순간을 함께해준 남자의, 끔찍했던 순간을 함께해주지 못했다. 숨을 쉴 때마다 바늘이 폐부를 찌르는 것 같았다. 그에게 매달리기만 하고, 입을 씻어도 가시지 않는 독기 어린 말들을 정헌이 어떻게 참아왔는지 하민은 감히 상상도 할 수 없었다. 그가 자신에게 배신감을 느껴 죽도록 미워하고 복수하려고 한대도 어쩔 수 없다고 생각했다.

"지금은 안 아파?"

정헌이 물었다. 그녀가 고개를 끄덕였다. 아니라고 하면 큰일이라도 나는 줄 아는지, 아프지 않다고 한다. 정헌이 부드럽게 하민의 손을 잡고 제 옷자락에서 떼어냈다.

"병원에 가자. 이렇게 유리가 박혀 있는데 아프지 않을 리가 없지."

정말 아프지 않은데. 정헌의 눈이 무섭도록 가라앉아 있어서 하민은 고개를 끄덕였다.

"그리고 누가 여기 왔는지 말해봐. 네 친모가 다시 왔다 갔어?"

자신은 그날 일에 대해 입도 떼지 않았는데 어째서 그의 입에서 친모 소리가 자연스럽게 나오는 걸까. 하지만 어떻게 알았냐고 물을 힘이 남아 있지 않았다. 그저 고개만 흔들었다.

정헌은 하민을 조심히 안아 들었다. 두 무릎 아래 손을 넣어 가뿐하게 들어올렸다. 그리고 직접 구급차로 가서 침대에 하민을 뉘였다.

"그럼 왜 가게가 엉망이 돼 있을까."

어린아이 달래듯 천천히 물었다.

"그냥. 내가 너무 화가 나서 다 던져서 깼어."

"잘도."

그랬겠다는 말을 잇새로 씹어 넘기면서 정헌이 또다시 친구의 도움을 얻어야 하나 머릿속을 뒤지는데, 하민이 누워서 웃었다.

"그럼 스트레스가 풀리잖아. 넌 다 부수고 싶었던 적 없어?"

한 번도 실행해보진 못했지만 캔들과 디퓨저들을 미친 듯이 던지고 싶을 때가 실제로 하민에겐 있었다. 모조리 다 깨버리고 부숴버리고 싶었다. 발밑에 두고 아작아작 밟고 싶을 때가 분명히 있었다. 오늘이 그런 날이라고 생각하면서 하민이 엉망으로 찢어진 제 손바닥을 들어올렸다. 아직도 고통이 느껴지지 않았다. 타인의 손을 보듯 무심하기만 했다.

"왜 스트레스를 받았는데?"

구급대원이 올라타고 곧 요란한 사이렌을 울리며 차가 출발했다. 나른하게 하민이 웃으면서 답한다.

"모르겠어. 그냥 오늘은 다 짜증이 났어."

"너랑 밥을 먹자고만 하면 일이 터지는데. 그렇다고 해서 밥을 안 먹일 수도 없고."

그의 손이 하민의 얼굴을 덮었다. 그제야 제 얼굴이 열에 달아올랐다는 것을 깨달았다. 시원한 손끝에서 나는 향기에 하민이 코를 킁킁거렸다.

"개 같네, 정말."

조금 더 시간을 두는 게 좋았을까. 하민이 그가 나타남으로 인해 눈에 보이게 망가져간다. 하지만 전부 그녀가 잘못했다. 다른 남자와 결혼을 하기 위해 선을 보러 다니다니. 그것부터가 개같은 일의 시작이었다.

"멍멍."

환하게 웃으면서 개 짖는 흉내를 내는 걸 보고 있자니 기가 찼다. 그가 손가락으로 그녀의 코를 꼬집었다.

"지금 웃음이 나오지?"

정말 아프지 않은 것처럼 하민이 웃었다. 그리고 병원에 도착해 유리를 뽑을 때가 와서야 울면서 정헌에게 매달렸다. 눈물이 그렁그렁해서 마취를 해도 아프다고, 꽤 깊게 찢어진 곳은 몇 바늘씩 꿰맸는데 손바닥을 바라보지도 못하고 정헌의 품에 얼굴을 묻고서 바들바들 떨었다.

"이렇게 아파 울 거면서 괜찮은 척은."

"진짜 아파."

입술을 꾹 깨물면서 말하자 의사가 한숨을 쉬었다.

"흉이 많이 질 겁니다."

"이건 뭐 얼굴에도 상처 나고 손발은 성할 날이 없고. 누가 데려갈까?"

얼굴의 상처는 이제 제법 희미해졌지만 환한 데서 보면 붉은 기가 남아 있다.

"저 내일 수업 있는데 이거 빨리 안 나을까요?"

방금 다친 사람이 이 손을 하고서 하루 만에 나을 수 있냐 묻다니, 진심인가 싶어 젊은 의사는 기가 찬 얼굴을 했다.

"안 낫습니다. 절대 안정. 그리고 상처에 물이 들어가지 않게 최대한 조심하셔야 되고요."

생각해보니 난감했다. 다친 게 무릎과 손이라서 씻을 때 어떻게 하지, 하는 얼굴로 하민이 고민에 빠지자 정헌이 말했다.

"어차피 네 손으로 씻을 것도 아닌데 무슨 걱정이야."

"우정헌."

젊은 남자 의사가 듣고 있는 데서 이런 소릴 하니 화들짝 놀란 그녀가 그를 부르자 어깨를 으쓱인다. 괜히 휴대전화를 확인한 의사가 멋쩍게 다 됐다며 다음 날 소독하러 오라는 말을 남기고 황급히 일어났다.

미라처럼 붕대가 돌돌 말린 두 손을 들고 그 자리에 가만히 앉아 있던 하민이 눈을 흘겼다.

"그런 소릴 막 하면 어떻게 해?"

"없는 소리 했어?"

유들유들하게 웃으며 넘어간 정헌이 턱짓으로 그녀를 가리켰다.

"다시 안고 옮겨줄까?"

"걸을 수 있어."

그러고 자리에서 일어나던 하민은 신음을 뱉으며 주저앉았다. 붕대로 감아놓은 무릎이 당겨 걸을 수가 없었다. 정헌이 주위의 시선을 신경 쓰지 않고 그녀를 안아 올렸다. 두 손이 자연스럽게 그의 목을 감았다. 피곤한 듯 잿빛 속눈썹이 꼭 닫혀 있었다.

"그 난리를 겪었으니 피곤하지."

"그게 아니라 사람들이 쳐다보는 게 창피해서 눈 감고 있는 거야."

"그래. 더 꼭 감고 있어. 내가 너 어디로 데려가도 모를 만큼."

제가 지금 불쾌한지 혹은 기꺼운지 알 수 없었다. 다만 손발을 다친 하민이 온전히 자신에게 기대어야 한다는 사실만은 확실했다.

하민을 데리고 오피스텔로 돌아오는데 불청객이 찾아와 있었다.

요새 들어 중요한 미팅도 빠지고 이번에도 점심에 약속이 있다며 점심시간이 되기 한참 전에 자리를 뜬 그를 찾아 윤주가 나선 참이다. 오피스텔에서 하민을 봤다던 정희의 말이 떠올라 오피스텔까지 찾아와 벨을 눌렀지만 안에서는 어떤 기척도 나지 않았다. 정하민이 한다는 가게까지 찾아가는 건 아직은 무리수다.

정희가 그곳에 찾아가 한바탕 뒤집었다는 말을 들은 건 성헌의 오피스텔에서 나오던 때였다. 지하 주차장에서 하민을 안고 들어오던 그와 정면으로 부딪혔다.

"네가 여긴 어쩐 일이야?"

"그냥. 급하게 미국 쪽 바이어랑 미팅이 잡혀서. 너랑은 연락이 안 돼서 직접 알려주려고 왔지."

미국 측에서 자신들과 손을 잡고 앱을 한번 개발해보자고 연락이 왔다. 당분간 미국과 한국을 오가며 계약을 조율하고 상황을 봐야 했다. 요새는 게임 개발 쪽으로도 투자를 하고 있어서 한창 바쁜 와중에 정헌은 자꾸만 자리를 비웠다. 평소라면 강우와 자신만으로 얼마든지 해냈겠지만 하민의 존재를 알고 있는 윤주는 그녀가 눈엣가시 같다.

"오랜만이야, 정하민."

당연하게 정헌의 품에서 눈을 빛내고 있는 정하민을 보자 배알이 뒤틀렸다. 재회한 지 얼마나 됐다고 그의 품을 차지하고 있을 수 있을까. 그러고 보니 학교 다닐 때도 뻔뻔했다. 그런 기색을 숨기면서 윤주가 손을 내밀며 말했다.

"미안. 손을 다쳐서."

하민이 양손에 감겨 있는 붕대를 보이면서 악수를 거절했다.

"다쳤나 봐?"

정희에게 상황을 들었다. 하지만 모르는 척 묻자 하민이 고개를 끄덕였다.

"내가 부주의해서 좀 다쳤어."

"나 정헌이랑 할 이야기 있는데 이래서야 안 되겠네."

"그럼 둘이서 이야기 나누고 올래? 나 먼저 올라가 있을게."

"그럴 게 뭐 있어? 일 이야기라 네가 들어도 상관없어. 근데 지금 정헌이가 너무 힘든 것 같으니까 올라가서 하자."

자연스럽게 윤주가 오피스텔 안까지 동행 의사를 밝혔다. 정헌은 그런 그녀를 슥 쳐다보기만 할 뿐 제지하지 않고 하민을 안은 채 엘리베이터에 올라탔다. 그가 술에 취했을 때 몇 번 그 오피스텔 앞까지 데려다준 적은 있었어도 안에는 들어가본 적 없다.

"아버지가 언제 한번 식사 같이 하자고 하셔."

"그래."

별 의미 없이 정헌이 대답했다.

"으……."

손끝을 잘못 움직였다가 통증이 밀려와 하민은 작게 앓는 소리를 냈다.

"괜찮아? 어디가 또 당겨?"

다정한 목소리가 그녀의 신음 하나에 반응하는 것을 윤주가 차갑게 바라봤다. 방금 전 자신에게 말했을 때와는 천양지차다.

"손가락이 아파."

자신보고 들으라는 듯 어리광을 부리는 거라고 윤주는 생각했다. 하민은 예전부터 사람 속 뒤집는 데 일가견이 있었지. 정헌에게 안겨 잠시 스치듯 마주친 하민의 눈빛이 내가 널 이겼다는 것처럼 느껴져 윤주는 볼 안쪽 살을 지그시 깨물었다.

당연히 저인 줄 알았는데. 이제는 당연히 제 차례인 줄 알았는데.

우정헌을 좋아하는 일은 가혹했다. 그의 곁에서 버티는 동안 몇 번이나 떨어져나갈 뻔했다. 그때마다 정헌은 부드럽게 윤주를 다독였다. 힘든 것 다 알고 있으니 함께 기운 내자고 말해줬다.

당연하게 안겨 들어가는 하민의 모습에 지나간 세월이 엄청난 돌덩이가 되어 내리막길로 굴러떨어졌다.

"정헌아."

"잠깐만. 나중에 이야기해."

하민을 식탁 의자에 내려놓고 정헌이 재킷을 벗었다. 윤주는 정헌이 냉장고를 뒤져 냉동 볶음밥과 계란을 꺼내 직접 프라이팬에 넣고 볶는 걸 덩달아 지켜보게 됐다.

"넌 밥 먹었어?"

"응. 난 먹었어. 괜찮아."

먹지 않았지만 그렇다고 해서 하민과 얼굴을 맞대고 식사를 할 생각은 추호도 없다. 붕대로 감겨 있는 손이 불편한지 하민이 자신의 손을 내려다보다 정헌을 봤다가 한숨을 폭 내쉬었다. 그러다 윤주와 눈이 마주치면 그 시선을 피하지 않고 한참을 마주했다.

"고등학교 졸업하고 처음이지?"

하민과 시선을 맞추며 윤주가 물었다.

"졸업식엔 못 갔으니까, 사실 두 번째지."

그날 윤주가 병원에 찾아와 독설을 퍼붓고 돌아간 사실을 잊지 않고 있는 하민이 말했다.

"너 못 일어날까 봐 반 애들이 걱정 많이 했었어."

"그래?"

그게 거짓말이라는 건 서로 안다. 하민이 친하게 지낸 상대는 다른 반이었던 정헌뿐이다. 하지만 자신이 사고를 당하고 반 분위기가 뒤숭숭했으리란 건 하민도 이해했다.

"못 일어날까 봐는 무슨 소리야. 꼭 그러길 바랐던 것처럼."

고개를 비틀어 뒤를 보며 정헌이 일축했다.

"그냥, 말이 그렇다는 거지."

윤주가 자신의 실수를 깨닫고선 웃으며 손사래를 쳤다.

"가끔 모임에서 네 이야기 나와. 어떻게 사는지 궁금하다고."

궁금하기는 할 터다. 애초에 하민이 전학을 선택하지 않았다면 그들과 접점이 전혀 없었을 것이다. 난다 긴다 하는 대학을 나온 아이들 대부분이 AE그룹 계열사에 입사했다. 그게 그들 중 가장 잘된 케이스였다. 그러다 보니 하민이 떠오르는 건 당연했다. 언론에도 모습을 보이지 않으니 그들과 함께 고등학교를 나온 정하민이 꿈처럼 멀리 느껴졌다. 술자리에서 그때 하민과 친하게 지낼 걸 그랬다는 우스갯소리들이 심심찮게 나왔다.

"나야 뭐, 그냥 잘 있지."

"10년이나 지나서 만났는데 아직도 그 감정인지 궁금해."

그저 어떻게 다시 만났냐, 이미 알고 있지만 친근하게 본심을 숨기고 그렇게 물어볼 예정이었다. 하지만 절로 주먹이 꽉 쥐어질 정도로 화가 머리끝까지 나 날카로운 본심이 튀어나왔다.

"'그 감정'은 아니지."

하민은 조용히 말했다. 제 말이 정헌의 귀에 들어가길 바라지 않는 것처럼.

"정헌이는 네 일이라면 이제 막 자리 잡아가는 회사도 내팽

개치고 뛰어가는데 그 감정이 아니면 어떻게 만나? 최소한 그때보다 더 좋아야 만나는 거 아닌가?"

"그때로 돌아갈 수는 없어. 그리고 아마 그때의 그 감정 그대로라면 나는 정헌이를 계속 원망하고 있었을걸."

어떻게 보면 윤주에게 고마웠다. 그녀가 말해주지 않았다면 하민은 새까맣게 몰랐을 거다. 아무도 정헌의 부모님의 죽음, 그리고 그가 축구를 그만두게 된 것에 대해서 자세히 이야기해주지 않았으리라.

"윤주야, 그때 병원에 와서 말해줘서 고마워."

윤주가 반사적으로 정헌의 뒷모습을 바라봤다. 듣지 못했는지 그는 볶은 밥에다 계란을 깨트리고 있었다. 하민의 목소리가 너무 작았다. 윤주는 두근대는 심장을 내리눌렀다. 아직도 정하민은 자신이 거짓말을 했다는 걸 눈치채지 못했다.

"그때 내가 무슨 소릴 했는지 잘 기억 안 나. 나도 흥분해 있었거든."

"그래."

야옹. 고양이가 식탁으로 뛰어올랐다. 그리고 하민과 윤주의 정 가운데 서서 하민을 빤히 바라보다 붕대가 감겨 있는 하민의 손을 보곤 호기심 어린 몸짓으로 사뿐사뿐 다가와 혀를 가져다 댔다.

"안 돼, 공주님."

냐아.

"내려가."

정헌이 볶음밥을 든 그릇을 가져오며 고양이에게 내려가라 말했다.

"쟤 이름이 공주님이야?"

그가 고양이를 키운다는 사실도 알지 못했던 윤주가 물었다.

"응."

하얀 고양이와 하민을 번갈아 바라보다 그녀의 고등학교 시절 별명을 떠올리며 헛웃음을 흘렸다.

"정하민 생각하고 지은 별명이니?"

"알겠어?"

그 별명을 기억하는 사람이 저뿐만이 아니라는 생각에 정헌이 웃었다. 그저 기뻐서 물어본 것이겠지만 그가 웃는 게 정하민 때문이라고 생각하니 윤주는 마주 웃지 못했다.

"너도 참 악취미다, 우정헌."

"왜?"

"그거 애들이 하민이 놀리려고 만든 별명이잖아. 하민이를 그렇게 부르면 하민이는 자기를 놀리는 거라 생각할지도 몰라."

"누가 지었는지 잘 지었잖아."

그의 손등이 하민의 뺨을 죽 쓸었다.

"백설공주."

"내가 나이가 몇인데 자꾸 그렇게 불러?"

하민이 창피하니까 더 하지 말라며 고개를 저었다. 그러거나 말거나 정헌은 수저로 밥을 떠 그녀의 입에 대준다.

"얌전히 입이나 벌려."

손가락이 당겨서 뭘 쥘 힘도 없었다. 민망해서 건너편에 앉

245

은 윤주를 힐끔 보자 그녀가 괜찮다는 얼굴로 웃어 보였다. 이렇게까지 그녀와 좋은 사이는 아니었는데. 세월이 지났다는 걸 다시금 느끼면서 하민이 입을 작게 벌렸다.

"착하네. 입 안 벌린다고 할까 봐 괜히 걱정했잖아."

"안 벌린다고 했으면?"

"내가 씹어서 넣어주려고 했지."

물어본 자신의 잘못이다. 무심코 손바닥에 얼굴을 묻으려다 통증이 올라와 끙끙 앓았다.

"손 쓰지 말라니까."

그가 한쪽 손으로 하민의 손목을 잡아 가볍게 눌렀다. 그리고 곁에 앉아 계속해서 떠먹여주는 모습이 소꿉놀이만 같다. 우정헌이 이렇게 풀어진 얼굴로 누군가에게 밥을 떠먹여주는 모습은 상상도 하지 못했다. 정하민이라 가능한 걸까.

저들이 함께했던 시간보다 자신이 우정헌의 곁을 지킨 시간이 몇 곱절은 더 길다. 누군가를 좋아하고 아끼는 감정의 깊이가 시간에 비례하지 않다는 것을 윤주는 인정할 수 없었다. 대한민국에서 누구나 부러워하고 우러르는 집안에서 태어난 걸로도 모자라 기어이 우정헌마저 가져간 하민을 보면서 신은 불공평하다고 생각했다. 미친 듯이 노력해도 저는 잡을 수 없는 마음을 정하민은 왜 그렇게 손쉽게 잡는 건지.

"둘이 보기 참 좋다."

"미안해. 내가 손이 이래서 오랜만에 만났는데 이상한 모습만 보여주게 되네."

"괜찮아. 연애하면 그럴 수 있지. 곧 결혼한다고 들었는데,

맞아?"

하민이 그걸 벌써 말했냐는 듯 정헌을 바라봤다. 그녀가 대답하지 않고 정헌을 바라보자 그가 하민의 입에다 밥을 밀어넣었다.

"왜 하라는 대답은 안 하고 날 보는데?"

작은 입술이 오물거리며 밥을 씹고 있을 때였다.

"다음 주에 애들이랑 작게 한 달에 한두 번 모이는 자리 있는데 하민이 너도 와."

"거길 얘가 왜 가?"

"너도 오잖아. 하민이도 우리 학교 학생이었는데 못 올 게 뭐 있어? 둘이 결혼도 한다면서. 애들한테 어차피 알려야 할 거 아냐."

하민이 애매하게 웃었다. 정헌은 모르는 척하는 걸까, 아니면 정말 모르는 걸까. 윤주가 자신에게 갖는 경계심과 적대감은 인사를 하기 전부터 느꼈다. 그건 과거보다 더 심해져서 아무렇지도 않은 척 말을 섞었지만 계속 의식이 됐다.

"아님 식장에 들어가기 전까지 몰라서 그래?"

정헌의 얼굴이 무섭게 굳었다. 윤주가 웃으면서 턱을 괴었다.

"농담이잖아. 뭘 그렇게 무섭게 봐? 하민아, 정말 안 올 거야?"

"난 가봤자 아는 사람도 없을 텐데."

"애들은 다 너 알걸? 그리고 아는 사람이 왜 없어. 나랑 정헌이 있잖아."

고등학교 시절 친구들과 계속해서 연락했다는 정헌이 생소했다. 자신의 학창시절은 그 하나뿐이라서 궁금하기도 했다.

"애들이라고 해봤자 같이 공 찼던 애들 몇 명이야."

그 모임에 멋대로 따라갔던 건 윤주였다. 남자들 몇이서 모이던 모임이 윤주로 인해 같은 고등학교였던 친구들 몇이 더 뭉치게 됐고 그렇게 한 달에 한두 번 시간 맞는 애들끼리 동창회를 하기 시작했다.

"내가 가도 안 불편하다면."

"정말 오는 거야."

윤주가 제 날 선 눈빛을 들킬까 봐 눈을 접어 웃었다. 주제를 모르면 옛날처럼 우회적으로 알려주는 수밖에 없다. 우정헌이 너를 공주 대접해주는 건 네 재산이 탐나서, 신분상승의 기회를 노리기 위해서라고 다른 이의 입을 통해 듣는 게 가장 적절했다.

"이번에 미국 쪽 N사 부사장이 직접 가족들과 한국에 온다는데 그쪽은 홈파티 좋아하잖아. 아무래도 관광 겸 가족여행인 것 같은데 거기 맞춰서 준비해주는 게 좋지 않나 싶어서."

정헌의 모든 신경과 시선은 하민에게 가 있었다. 오로지 귀만 윤주에게 열려 있어 이쪽은 쳐다도 보지 않고 고개를 끄덕인다.

"그렇게 해. 양평 쪽 한번 알아봐. 서울 근교라 교통도 괜찮고 남이섬 쪽 관광도 가능하니까."

"지금 곧 휴가시즌이라 괜찮은 곳이 있으려나 모르겠네."

"괜찮으면 별장 알아봐줄까? 가족별장이 그쪽에 있는데."

도움이 됐으면 해서 하민이 물었다. 한 해에 한두 번 정도 이용하는 곳이다. 정 회장이 쓰러진 뒤로는 이용하지 않아서 하민이 쓴다고 해도 별 무리는 없으리라.

　"사오십 명 정도 수용 가능해?"

　윤주가 입을 떼기도 전에 정헌이 물었다. 하민이 기억을 곰곰이 더듬으며 대답했다.

　"응. 자고 가는 것까진 불가능해도 정원이 잘 꾸며져 있어서 작은 파티 정도는 가능해."

　"그럼 거기 알아봐줘. 출장요리랑 바비큐 등은……."

　"그것도 해주는 분들 있어. 걱정하지 마."

　어느새 정헌과 하민이 의논하고 있었다. 윤주는 그들 사이에 끼어들지 못하고 그저 바라만 봤다. 정헌을 차지하다 못해 제자리까지 차지한 모습이 이루 말할 수 없을 정도로 가증스러웠다.

　"비용은 따로 견적 내서 지불하도록 할게."

　"아냐. 어차피 수지 언니한테 말하면 돼서. 언니가 돈 안 받을 거야."

　"이제 나도 가족이라?"

　하민이 애매모호하게 웃었다. 수지는 그가 부탁했다면 일 원짜리 한 장까지 다 챙겨 받았겠지만, 하민의 말이라면 녹을 듯이 굴 것이다.

　"그럼 둘이서 이야기 나눠. 난 밥도 다 먹었고 좀 누워 있을게."

　사실은 온몸이 소독약으로 도배돼 코끝에 그 냄새가 남아 있었다. 씻고 싶었지만 물이 닿으면 안 된다는 의사의 말이 생각나 그냥 쉬어야겠다 생각했다. 엉거주춤 자리에서 일어난 하민이 침실로 갔다.

"역시 잘나가는 AE를 뒷배로 두니 좋네. 하민이 덕분에 안 뛰어다니고 전화 안 돌려도 되겠어."

윤주가 즐거운 척 굴었다. 정헌이 문득 생각났다는 얼굴로 윤주를 불렀다.

"윤주야."

"응?"

"표정 관리해야지. 네가 나한테 안달 난 건 알겠는데, 그거야 둘만 있을 때나 노골적이어야지. 하민이 앞에선 자제해. 쟤가 장님도 아니고 안 보이겠어?"

"뭐…… 뭐?"

정헌은 항상 적당히 윤주를 구슬려왔다. 이런 건 처음이다. 윤주는 순식간에 얼굴이 벌겋게 달아올랐다.

"질투로 당장 죽을 것 같은 얼굴을 하고선."

그가 짓는 상냥한 눈웃음이 더 잔혹해 보였다.

"나랑 정하민이 어떻게 섹스를 하는지 궁금해 죽겠다는 얼굴로 쳐다보고 있잖아. 정하민 자리가 네 자리라는 얼굴로."

"우정헌!"

"내가 틀렸어?"

고저 없는 목소리로 그가 물었다.

"표정 관리 잘해. 비즈니스 파트너로라도 남고 싶으면."

"정하민이 어떻게 생각할 것 같아? 네가 돈 때문에 개랑 손잡은 거 알면…… 아니, 애초에 말이 돼? 정하민이랑 우정헌이라니. 지금 너 앱 개발하는 거, 그건 둘째 치고 아예 AE그룹 돈 끌어오려고 하는 거잖아. 위로 올라가려고!"

네가 정말로 좋아하는 건 정하민이 아니라 그녀가 갖고 있는 위치라고 말해달라고 윤주가 내뱉었다.

"나는 너랑 오래가고 싶어, 윤주야."

또 이 소리다. 우정헌이 했던 말이 생각났다. 언제 그가 여지를 준 적이 있느냐는 말. 이게 희망고문이 아니고 무어란 말인가.

"그러려면 입을 다물 줄도 알아야지."

"진짜 이럴 때마다 정떨어져, 우정헌. 쟤 그만 갖고 놀아. 너한테 빠져서 허우적대는 거 안 보여?"

그에 정헌이 반색했다.

"정말 나한테 빠져서 허우적대는 걸로 보여?"

"정하민한테 AE 빼고 뭐가 있는데? 평범한 집안에서 태어났으면 벌써 도태됐을 인생이야. 쟤한테 화가 난다고 해도 적당히 데리고 놀아. 우린 죽었다 깨어나도 AE 발끝도 못 따라가."

그릇을 식기세척기에 넣은 정헌이 낮게 콧노래를 불렀다.

"네 부모님이, 그리고 네가 어떻게 망가졌는지 옆에서 봐온 나는 정하민이 죽도록 싫어."

정헌이 짧게 웃었다. 윤주의 등줄기에 소름 돋는 바람이 훑고 지나갔다.

"날 생각해주는 건 역시 너밖에 없어. 앞으로도 잘 지내자, 10년 동안 함께한 내 파트너."

윤주는 허탈해서 웃었다. 그럼에도 이 남자를 떠날 수 없고 싫어할 수 없다는 사실이 지긋지긋했다. 그리고 지긋지긋한 만큼 자신은 한 번도 가져본 적 없던 남자의 가장 다정한 모습을 차지한 병신 같은 계집애가 죽이고 싶을 정도로 미웠다.

Chapter 5

가게를 한 달가량 닫아두기로 결정했다. 이런 손을 하고선 캔들을 만들 수가 없다. 구급차가 도착했을 때 동네에 한 바퀴 말이 돌았는지 치정싸움이다, 강도가 들었다 등등 별 근거 없는 소문들이 떠돌아다니고 있었다.

정헌이 사람을 시켜 가게를 치우게 한 듯 가게에는 유리조각 하나 찾아볼 수가 없었다. 더 이상 놓을 데가 없을 만큼 가득하던 캔들은 사라지고 선반은 휑하다. 굳이 쉬기로 결정하지 않았다 해도 당분간 가게 문을 열 생각도 못 하게 정헌은 깨질 수 있는 것들을 싹 치워버렸다.

"선생님."

걱정스러운 얼굴로 휑한 가게에 들어선 사람은 선우였다.

"선우 씨, 잘 있었어요?"

"이상한 소문을 들어서 걱정했어요. 구급차도 왔다 갔다고 해서."

그가 카운터 위에 놓인 하민의 붕대를 감은 손을 발견했다.

"많이 다치셨어요?"

"저도 그 소문 들었는데요, 치정싸움이나 강도가 든 건 아니에요. 유리가 깨졌는데 제가 그걸 모르고 바보처럼 그 위로 넘어져서 그래요."

"대체 어떻게 넘어지셨길래……."

"아, 마침 잘 왔어요. 수업 새로 시작한 지 3주 정도 됐잖아요. 수강료 전액 환불해드리려고 했는데. 여기 계좌번호 적어줘요."

보통 수업의 두 달 비용을 한꺼번에 받기에 수강생들에게 전액 환불해주고 죄송하다는 말과 함께 계좌번호를 알려달라 문자를 보내던 차였다. 덧붙여서 당분간 가게를 닫기로 했다는 메시지를 작성 중이었는데 선우가 들어왔다.

"전 괜찮아요. 나중에 돌아와서 수업 계속해주세요."

"그래도 드리고 가야 마음이 편할 것 같은데."

"정말 괜찮아요. 돌아오실 거잖아요. 안 그래도 다치셨다는데 가게 계속하실까 봐 걱정됐어요. 이 기회에 푹 쉬세요."

문자를 보낸 뒤 돌아오는 답장들과 동일한 대답이다. 대학생 두 명만 환불을 받기로 결정하고 원래부터 이 수업을 들었던 다른 사람들은 전부 이렇게 말해줬다.

"선우 씨도 고맙고, 다른 분들도 정말 고마워요. 아마 한 달쯤 걸리지 않을까 싶어요. 캔들도 전부 다시 만들어야 하고, 이 기회에 가게 리모델링도 좀 해볼까 해요."

"아, 그것도 좋겠네요. 제 친구가 인테리어 업체 다니는데 소개해드릴까요?"

하민이 고개를 끄덕였다. 사실 가게를 다시 할 수 있을지 확신이 가지 않던 차에 반드시 열어야 할 이유가 생겨 한편으론 마음이 놓였다.

"식사라도 같이 하고 싶은데 오늘 선약이 있어서요."

항상 식사 제의를 거절했던 하민이 먼저 말을 꺼내자 선우가 놀란 눈을 했다.

"다음에 밥 같이 먹어요, 그럼. 꼭."

"그래요."

흔쾌히 대답했다. 옛날과는 다르게 벽이 허물어진 기분이다. 정헌을 보고 반쯤 포기했던 선우는 이제야 완전히 하민을 포기했다. 그녀가 사람을 대하는 태도가 바뀐 건 그 남자를 만난 뒤부터다.

"좋은 연애 하시는 것 같아요."

"네?"

"누군가를 만나며 긍정적인 에너지를 받는 거, 되게 좋은 일이거든요. 선생님이 지금 그런 것 같아요."

간밤의 일이 떠올라 하민이 웃는 것도 우는 것도 아닌 표정으로 고개를 끄덕였다. 긍정적인 에너지라기보다, 우정헌 머릿속은 야하고 음란한 에너지로 가득 차 있다.

"그렇게 말해줘서 고마워요."

빵빵! 약속한 사람이 도착했는지 가게 앞에서 클랙슨이 울렸다. 리모델링을 위한 임시휴업이라고 유리문에 서둘러 붙이며 하민이 선우를 돌아봤다.

"선우 씨."

"네."

"혹시…… 재산 상속에 관한 일도 하세요?"

"뭐, 일단은 하긴 하죠. 그런데 제가 경험이 많이 없어서 그 쪽은 잘 몰라요."

"음…… 그럼 조만간 제가 선우 씨 사무실로 찾아뵐게요. 그 때 같이 식사해요."

하민의 말에 선우가 얼떨결에 고개를 끄덕였다. 하민이 가게 문을 잠그고 재빠르게 앞에 세워져 있는 차로 다가가자 차 안에서 의외의 인물이 나왔다. 우정헌인 줄 알았는데 멀끔하게 생긴 다른 남자였다.

"제가 간다니까 여기까지 오셨어요?"

"오늘 햇볕도 강한데 어딜 오려고. 다쳤다면서."

햇볕에 하민이 오래 서 있을까 봐 재빨리 문을 열어준 남자가 선우를 힐끗 돌아봤다.

"저쪽이 애인?"

"아니에요. 저 캔들 수업하는데 오시는 수강생분."

"아아…… 하긴, 얼굴이 유약해 보여서 처제 마음 잡기는 글렀다 싶었어."

형부였던, 하지만 아직까지 형부라고 부르는 종혁이 픽 웃었다. 그가 직접 중형 세단을 운전하며 조수석에 앉은 하민에게 툭 던졌다.

"수지한텐 나 만난다고 이야기했고?"

"언니 지금 제 전화도 안 받아요. 엄청 화나서."

"다친 거 말 안 했다가 걸렸구나?"

수지의 성격을 가장 잘 알고 있는 종혁이 짐작해 말했다.

"……네."

간밤에 정헌이 하민의 가게에서 가지고 온 귀중품들 중 휴대전화에 반가운 번호가 찍혀 있었다.

수지는 AE의 임원과 결혼했었다. 그 또한 아버지가 정 회장의 아래서 오래 일했던 계열사 사장으로, 어릴 때부터 수지와 알고 지내던 사이였다. 하민도 어릴 때부터 종혁을 한 번씩 함께 봤었다.

둘이 결국 결혼에 성공했을 때는 그리 놀라지 않았는데, 이혼을 한다고 했을 땐 굉장히 놀랐었다. 이혼의 주된 단골멘트인 성격 차이로 이혼한 그들은 아직도 가끔 만나는 것 같았다. 현재 종혁은 AE 계열 백화점 사장직을 맡고 있다.

"저번에도 백화점 다녀갔다면서? 들르지 그랬어."

"바쁘실 것 같아서요."

"우리 처제 얼굴 볼 시간은 있지."

종혁은 집안사람들과 달랐다. 원리원칙을 따지는 수지와 다르게 종혁은 사생활만큼은 그런 식으로 따지는 걸 별로 안 좋아했다. 여자문제를 제외하곤 자유분방한 사람이다. 넉살도 좋고 유들유들해 하민은 어쩌면 집안에서 가장 친한 사람을 꼽으라면 이제는 가족이 아닌 종혁을 댈지도 모를 정도다.

"수지가 그러던데. 결혼한다고."

"아, 들으셨구나."

"상대는 고등학교 때 열애상대?"

"네."

고등학교 때의 하민의 모습도 알고 있던 종혁이 낮게 휘파람을 불었다.

"내 그럴 줄 알았지. 나도 고등학교 때 사고 치고 수지랑 결혼한 거 아냐."

수지가 생리를 건너뛴 데 지레 놀라 둘이 두 손을 꼭 잡고 정회장에게 결혼 허락을 받으러 왔었다. 당연히 종혁은 죽을 뻔했다. 그렇지 않아도 불같은 성격의 정 회장이 골프채를 휘두르는 바람에 팔이 부러졌었다. 임신은 아니었지만 대학을 졸업하자마자 두 사람이 결혼한 건 그때 이미 정 회장이 두 사람 사이를 인정했기 때문이다.

"아니에요, 그런 거."

"그래. 다들 아니라고 하기 마련이지."

그는 백화점 본점으로 차를 몰았다.

"처제가 결혼한다는데 형부 된 입장으로 뭐든 사줄 테니까 골라봐."

"별로 갖고 싶은 거 없는데."

"장모님이 나한테 연락하셔서 처제 예물 좀 보래."

그가 장난스러운 웃음을 지었다. 왜 최 여사가 그런 말을 했는지 알 것 같았다. 결혼을 준비하는 과정에서 그가 수지보다 더 섬세하게 예물이나 예단을 준비했기 때문이다. 자신이 하면 하민이 불편할 거란 걸 알았는지 최 여사는 이혼한 딸의 전남편에게 맡기는 걸 선택했다.

"예물은 정헌이랑 와서 골라도 돼요."

"여기서 보고 그중 마음에 드는 거 몇 개 골라놓는 것도 나쁘진 않지."

"사모님이 여기 백화점 저 준다고 하시던데."

"뭐?"

퍼스널 쇼퍼를 부를까 하다가 직접 보는 게 낫겠다며 보석 코너로 가는 도중, 하민이 그리 말하자 종혁이 웃으면서 되물었다.

"형부 생각해서 제가 거절했어요."

"와…… 나를 처제 아래로 넣으려 하셨단 말씀이시지? 나보고 그럼 지금 라이벌 단장해주라고 하신 거야? 장모님 진짜 너무하시네."

"형부 밥그릇을 뺏을 수 있나요? 걱정 마세요."

"그런데 장인어른이 평소에 처제한테 백화점 주고 싶어 하신 건 맞으니까. 처제가 정 갖고 싶다고 하면 내가 양보할게."

커다란 사업체를 두고 양보하겠다고 하다가 눈이 마주친 순간, 웃음이 터졌다. 하민이 맑게 웃자 종혁이 그녀의 어깨를 두드렸다.

"수지는 그놈이 마음에 안 들어 죽으려는 모양이지만, 나는 얼굴도 안 봤는데 마음에 들어."

"왜요?"

"처제는 날 편하게 생각해도 이런 농담이나 웃는 건 잘 안 했잖아."

선우에 이어 종혁까지, 오늘에만 비슷한 말을 두 번이나 듣자 멋쩍어졌다. 그렇게 웃지 않는 편은 아니었는데. 그래도 많이 바뀌었다고 생각했었는데, 자신을 지켜보는 사람들은 멀게만 느껴졌던 모양이다.

"보기 좋아."

하루에도 몇 번씩 천국과 지옥을 왕복하는 기분이다. 정희를 떠올리면 마음이 한없이 무거워지지만, 이제는 차라리 찾아오지 않았다면 더 마음이 무겁고 아팠을 것 같단 생각이 든다. 한 번 둑이 터지자 불어난 물은 무섭도록 터져 나왔다.

"형부, 그냥 내가 좋아하는 거 하면 되는 거겠죠?"

"그럼. 물건도 사람도 내가 좋아하는 거 고르면 돼."

둘이서 그렇게 오랫동안 좋아했는데 왜 헤어진 걸까. 형부는 아직도 확실히 언니를 사랑하고 있고 수지 또한 다른 남자를 만나지 않는 걸 보니 형부에게 마음이 있는 듯했다. 아직도 둘이 종종 만나지만 재결합은 안 할 것처럼 관계를 이어가고 있었다.

"……수지가 걱정하더라."

"네?"

"나보고 만나면 꼭 손발 왜 다쳤는지 물어보라고. 그런데 말하기 싫으면 안 해도 돼."

"아, 사고였어요. 넋을 놓고 있어서."

하민은 정희에 대해 아무 말 않았다. 아무리 넘어졌다고 해도 수지는 믿는 눈치가 아니었다. 이 일을 듣자마자 새벽인데도 기어이 정헌의 오피스텔로 찾아와 하민의 곁에서 뜬눈으로 지새우고 출근한 언니의 얼굴이 떠올랐다.

"수지는 처제가 물가에 내놓은 어린애 같대."

서른 살이나 먹은 자신에게 어울리지 않는 말이라 하민이 쓰게 웃었다.

"항상 불안하다고."

표정도 감추고 무슨 일이 생겨도 괜찮다고 말하는 막내에게 언젠가 크게 무슨 일이 생길까 봐 수지는 하민을 과보호했다. 곁에서 그걸 쭉 봐온 종혁이 하민의 삶은 하민에게 좀 맡기라고 잔소리했다는 이유로 부부싸움까지 번졌었다.

"나중에 이 형부한테도 소개해줄 거지?"

"결혼식 때 오시면 되잖아요. 식구들끼리만 할 건데요, 뭐."

종혁이 웃었다. 안 된다고 펄펄 뛸 수지가 눈에 선했기 때문이다. 종혁은 반짝이는 보석 코너에 하민을 데려갔다.

"갖고 싶은 거 다 골라. 형부가 쏜다."

이곳에 있는 모든 보석을 사달라 해도 흔쾌히 결제해줄 것 같아서 하민은 고개를 저으며 웃었다. 조명을 받은 색색의 보석들이 눈이 부시도록 빛났다. 빛나는 것은 우정헌이란 생각이 머리에 박혀 있는 하민이 코너 전체를 한눈에 담았다. 시선이 닿는 곳 어디라도 우정헌이 있어 빛나는 기분이었다.

"형부."

"응. 뭐가 마음에 들어?"

"형부 인생에 빛나는 사람은 누구였어요?"

"당연히 수지지."

고민 없이 바로 나오는 종혁의 대답에 하민이 다시 물었다.

"그런데 왜 헤어지셨어요?"

"내가 모자라서 그래. 수지가 하는 일을 이해 못 했거든. 좀 더 나랑 많은 시간을 보냈으면 했어. 수지도 회사일을 돕기 시작하면서 우리 생활은 완전히 어긋나서."

종혁은 거기까지만 말했다. 하민의 시선이 머무는 보석들을 눈여겨보다 카드를 내밀며 알아서 포장해 사장실로 올려 보내라고 일러두었다.

"내가 대충 골라줬다고 장모님껜 이르지 말고."

"네."

"수지한테도 내가 이런 소리 했다고 하지 말고."

"그럼요."

"우리 처제가 결혼을 앞두더니 생각이 많아졌나 보네. 평소 안 묻던 걸 묻고."

반짝이는 상대를 알아도 놓칠 수도 있다는 걸 알게 된 뒤였다. 종혁과 수지의 관계가 먼 훗날 자신과 정헌의 관계가 되지 않을까. 사장실에서 차 마시고 맛있는 거 먹으러 교외에 가자는 종혁의 제안에 하민이 그를 따라나섰다.

"사장님, 사모님께서 와 계십니다."

"수지가?"

"큰사모님이요."

비서실에서 전해 들은 말에 종혁은 눈에 띄게 시무룩해졌다. 하지만 문 안쪽으로 들어가 전담 쇼퍼들과 이야기를 나누고 있는 최 여사를 보는 순간 그 시무룩함은 곧 사라졌다.

"장모님!"

아이보리색 투피스를 입은 최 여사가 뒤를 돌아봤다.

"잘 지내셨어요."

하민이 고개를 숙여 인사하다 최 여사의 가슴에 달린 브로치를 발견했다.

"아……."

"나한테 잘 어울리지 않니."

"너무 잘 어울리세요, 사모님."

브로치를 찬 가슴을 한 손으로 누르면서 최 여사가 하민을 향해 물었는데 쇼퍼들이 대답했다.

"하민아, 네가 볼 땐 어떠니?"

"사모님과 잘 어울리세요."

"누구 안목인데, 그래야지."

"아가씨께서 안목이 있으셔서 그래요. 큰사모님 취향을 단번에 아시더라고요."

하민이 말하지 말라 눈짓을 하기도 전에 매장의 쇼퍼가 이야기했다.

"돌고 돌아 주인을 찾아오는 법이지."

최 여사는 의아해하는 기색도 없이 쇼퍼의 말을 대수롭지 않게 넘겼다. 보통은 자신에게 똑같은 물건을 샀느냐고 물어보실 텐데 그런 것도 없이 은근한 미소를 띠며 서 있는 그들에게 자리를 권했다.

"수지는 한 시간 뒤에 들른다고 했으니 그리 섭섭해하지 말고."

"미인이 두 분이나 계신데 섭섭할 리가요."

말은 그렇게 했지만 종혁의 얼굴엔 미소가 가득했다.

"그렇게 좋으면 그냥 같이 살지 그래?"

"열심히 연애하는 마음으로 대하고 있습니다."

"수지 나이도 나이야. 다시 합가하려면 하루라도 서둘러 손주 녀석 재롱 보는 재미라도 느끼게 해줘야지."

"하하하, 네."

"너도 마찬가지다, 하민아."

"네?"

갑자기 화살이 자신에게 돌아오자 놀란 하민이 눈을 동그랗게 뜨고 최 여사를 바라봤다. 그녀가 인자한 얼굴로 웃었다.

"손주 녀석 얼굴 하루 빨리 보여주는 건 너도 마찬가지라는 소리야."

최 여사의 시선은 하민의 얼굴에서 떨어지지 않았다. 깊이를 알 수 없는 진한 갈색 눈동자가 다친 손과 무릎을 몇 번이나 훑었다.

"원래 이곳에 올 예정이 아니었는데 수지가 하도 호들갑을 떨어대서 말이지."

최 여사가 하민의 손을 조심스럽게 가져가 자신의 손 위에 포개놓았다.

"흉은?"

"괜찮을 거래요."

"입에 침도 안 바르고 거짓말은."

최 여사가 씁쓸한 마음에 미간을 찌푸렸다. 아플까 손을 잡지도 못하겠다.

"연희, 그 여자 일은 걱정하지 마렴."

최 여사 입에서 친모의 이름이 튀어나오는 순간, 하민의 어깨가 굳어졌다. 너무 놀라 한마디도 하지 못했다.

"멀리 떠나서 살기로 나랑 약속했단다."

"……왜 그 여자를 직접 만나셨어요?"

종혁이 눈짓하자 쇼퍼들이 전부 밖으로 빠져나갔다.

"내가 내 딸 일에 끼어들면 안 되니?"

"아뇨. 얼마든지 그러셔도 돼요. 하지만…… 왜 사모님이 그 여자를 만나서……."

그 끔찍하고 지긋지긋한 얼굴을 굳이 마주했냐 차마 묻지 못했다. 자신의 얼굴을 끔찍해한다고 말하는 것과 다름없어서, 최 여사가 아픈 얼굴을 할까 봐.

"네 앞에만 나타나지 않는다면 난 뭐라도 내어줄 수 있어."

가식과 거짓이라곤 없는 목소리였다. 하민은 겨우 최 여사를 마주 볼 수 있었다.

"너는 회장님을 아주 많이 닮았단다."

아직도 어리게만 느껴지는 하민이 제짝을 찾아가는 모습을 정 회장이 봤어야 했다고 최 여사는 생각했다.

"우리 식구들 누구도 그 여자와 네가 닮았다고 생각하지 않아. 설사 닮았더라도 나는 네게서 회장님의 모습만 보련다."

하민은 코끝이 붉어질 정도로 울컥이는 마음을 꾹 참았다. 최 여사와 닿아 있는 손은 따스했다.

"……왜 저를 미워하지 않으세요?"

한 번도 던진 적 없는 질문을 입 밖에 냈다. 차라리 최 여사가 자신을 미워했으면 마음이 편했을 것이다.

"너는 우리가 미웠던 적이 한 번이라도 있었니?"

아이는 기특하게도 단 한 번도 제 친모가 누군지, 어떤 여자인지 묻지도 찾지도 않았다. 만약 그랬다면 상황은 달라졌을지도 모른다.

"아뇨."

"네가 우릴 미워하지 않는데 우리가 너를 미워할 수 있을 리가 없잖니."

반쪽짜리 피라도, 최 여사와 피가 섞이지 않았더라도 그건 당연했다. 일방적인 미움이란 그 마음을 품은 당사자만 힘들게 하는 법이다. 그녀는 그걸 어린아이를 본 순간 알아차렸다. 자신이 원망하고 미워하고 배신감에 떨어봤자 고작 어린아이였다. 어떤 해를 끼칠 수도 없는. 어른을 보고 그대로 판박이처럼 자라는.

언젠가 하민이 물어보면 답해줘야지 했던 말을 20년 이상의 세월이 흐른 후에 비로소 최 여사는 해줄 수 있었다.

→·◆·←

쨍! 벽으로 날아간 손거울이 그대로 조각났다.

성형외과로 급하게 가서 찢어진 얼굴의 피부를 재생하려고 온 힘을 쏟았다. 앞으로 대여섯 번쯤 더 수술을 한 뒤에야 호전이 될 수도, 아닐 수도 있으리란 의사의 말에 연희는 길길이 날뛰었다.

"개새끼. 감히 내 돈을 들고 튀어?"

엎친 데 덮쳐 남자는 연희의 돈을 전부 가지고 도망갔다. 다음 수술을 언제 받을 수 있는지 기약도 없고 돈도 없다.

떨리는 손으로 볼을 만져봤다가 연희는 비명을 질렀다.

"악! 악! 악!"

악에 받친 목소리가 쩌렁쩌렁 울렸고, 누군가 방문을 두드렸다.

"조용히 좀 하세요!"

"까아아아아아악!"

비명을 더 크게 내지르자 상대는 욕설을 내뱉더니 옆방으로 들어갔다. 세 평 남짓한 고시원밖에 갈 곳이 없다. 얼굴에는 찢어진 붉은 흉터가 흉물스럽게 나 있어 거울을 볼 때마다 깨부수고 만다.

"망할 년. 내 얼굴을 이렇게 만들어?"

손끝에 울퉁불퉁한 상처가 고스란히 느껴진다. 고작 하민의 얼굴에 작은 상처 하나 냈다고 자신의 얼굴에 평생 갈 흉터를 만들어놨다. 그동안 살을 섞고 살다 돈을 들고 도망간 남자보다 최 여사가 더 증오스러웠다.

"내 속으로 낳은 년을 내가 훈육하겠다는데!"

이럴 순 없다. 정 회장이 멀쩡했다면 자신을 이렇게 대했을 리 없다.

"제 얼굴도 똑같이 그어져봐야……."

그렇게 중얼대다 문득 최 여사가 하민을 끔찍하게 아끼는 데 생각이 미쳤다. 그 계집애를 아끼지 않았다면 굳이 손에 피를 묻혔을 리 없다. 황금 알을 낳아줄 거위. 저에게 일확천금을 내려줄 아이를 생각했다. 다시 한 번 하민을 다독여 유산을 상속받게 한 뒤 외국에 나가 수술을 받자. 성형외과 의사도 오히려 한국보다 미국에 가서 수술을 받는 게 나을 거라 하지 않았던가.

내가 저를 어떻게 낳았는데! 연희가 입술을 깨물었다. 원래는 포부 크게도 정 회장을 완전히 유혹해내 본처 자리에 앉으려 했다. 그가 흔들리기라도 했다면, 별채의 어느 방구석 하나는 차지할 수 있었을 텐데. 그리고 평생 떵떵거리며 살 수 있었는데 이것도 전부 최 여사, 그년이 자신의 앞길을 막았기 때문이다.

"엄마를 버리면 안 되지. 이 세상에 저와 완벽하게 같은 핏줄이 친어미밖에 더 있어? 내가 아니었으면 고아원에서 죽었을 계집애가…….."

정신이 나간 듯이 중얼거렸다. 그러다 문득 고시원 창문에 비치는 자신의 얼굴을 보고 비명을 지르며 커튼을 쳐버렸다.

한평생 얼굴만 믿고 남자들에게 다리를 벌리며 살았다.

"두고 봐. 한 재산 챙겨서 나가기만 하면 다시는 이딴 나라 돌아도 안 볼 테니까."

하루에도 수십 번 손으로 얼굴을 만져본다. 오늘은 더 나아 있겠지 하고 기대를 걸어보지만 더 심해지는 것만 같았다. 왼쪽 뺨에 난 채찍으로 휘갈긴 것 같은 상처는 꿈에서도 그 상황이 되풀이해 나올 정도로 끔찍했다.

"그렇게 고상한 척 굴더니 그년도 나를 질투한 거였어. 내가 저보다 훨씬 젊고 예쁘니까. 제 남편이 또 나에게 한눈팔까 봐."

자식은 세상에 태어나게 해준 것만으로도 부모를 부양할 의무가 있다. 결국엔 정하민은 저를 저버리지 못한다. 그게 핏줄이다.

일주일이 지나자 붕대를 풀고 얇은 거즈만 붙여놨다. 실밥도 풀었지만 아직은 당기는 곳이 있어서 정헌은 그녀를 손가락 하나 까딱하지 못하게 했다.

"무릎도 봐봐."

윤주가 모임 날이라고 알려준 날짜에 외출 준비를 하던 그녀를 정헌이 붙잡았다. 오후에 병원에 가서 붕대를 풀었는데, 잠깐 전화를 받으러 나갔던 그가 돌아왔을 땐 이미 하민이 바지 자락을 내린 뒤였다.

"괜찮다니까. 진짜 이러다 늦겠어. 나는 처음 가는 건데 늦는 거 좀 그렇잖아."

"상관없어. 그냥 자유롭게 있다가 가는 자리라."

이른 저녁이다. 어느새 길어진 해는 아직 하늘에 떠 있다. 정헌이 하민의 머리에 챙이 넓은 모자를 씌워줬다.

"이거 자외선 차단도 된대."

다 알아봤다는 얼굴로 그가 뿌듯하게 말했다. 여성잡화 코너에서 모자를 사기 위해 기웃거렸을 게 생각나 하민은 머리가 눌린다고 거절하려던 말을 삼켰다. 마지막으로 그녀의 눈에 선글라스까지 씌워주는 정헌에게 차 타고 가는 거 아니냐 물으니 가는 동안 눈이 부셔서 안 된다는 대답이 돌아왔다.

"오늘 떨어지지 말고, 다리 아프면 바로 말하고."

모자를 사고서 구입한, 폭신하고 밑창이 두꺼운 플랫슈즈를 가져다 하민의 발 앞에 놔줬다.

"나 너 없을 때도 혼자 잘 다녔어."

"알아. 그런데 이젠 내가 있으니까 해주는 건데 그게 뭐."

"신발 사주면 그거 신고 다른 데 가는 거 알아?"

하민이 제가 사준 신발을 신는 걸 만족스럽게 보다가 그녀의 말에 얼굴을 찌푸렸다. 미처 거기까진 생각하지 못했나 보다.

"그럼 네가 나한테 돈 줘. 그거 팔십칠만 원이야."

"괜히 말했다. 그냥 신어야지. 미신이잖아."

"이게 어딜. 사람 마음 후려쳐놓고 그냥 가?"

정헌이 그녀의 뒷덜미를 잡고 음산한 음성을 흘렸다. 정말 돈을 달라고 할 줄은 몰라서 농담이겠거니 하다가 그와 눈이 마주쳤다. 흔들리지 않는 눈이 반드시 너에게 돈을 받고 말겠다는 굳은 의지로 빛났다.

"농담인데."

"그래. 그냥 신어. 생각해보니 누님께 여동생 신발값 좀 보내달라고 해야겠다. 이 기회에 누님과 연락도 트고 잘 지내는 것도 좋겠지."

"내가 줄게!"

하민의 입에서 바로 그 소리가 나오자 정헌이 팔짱을 꼈다. 이것 봐라, 하듯 비틀리며 웃음을 그리는 입술이 꽤 악랄했다.

"내가 신발 사달라고 했나, 뭐? 자기가 사줘 놓고."

"그거 좋네."

"응?"

"자기라는 말. 오늘 가서 자기라고 불러, 그럼. 그걸로 신발

값 해."

"미쳤어? 말도 안 돼. 거기 다 동창이야. 너랑 나랑 고등학교 때도 자기 소리를 안 했는데 이제 와서 그러라고?"

정말 정헌의 머릿속엔 뭐가 들었는지 궁금할 정도였다. 자기라는 말만 들어도 팔뚝에 소름이 돋았다. 절대 못 한다고 하민이 고개를 흔들자 모자가 오른쪽으로 삐뚤어졌다. 그걸 바로 해주면서 정헌이 능글맞게 웃었다.

"왜 안 돼?"

"이름으로 부를 거야."

"정헌아, 라고?"

챙이 넓어 턱을 꽤나 치켜들어도 그의 얼굴이 잘 보이지 않았다. 결국 모자를 완전히 뒤로 넘기고야 정헌의 표정을 볼 수 있게 된 하민이 입을 벙긋거렸다. 지금 이 순간이 좋아 죽겠다는 얼굴로 채근하는 그가 낯설었다. 자신이 알던 우정헌이 아닌 것 같다.

"……응. 이름 부를래."

"그래. 난 네가 정헌아, 라고 부를 때마다 꼴려. 이제 막 제이름이 우정헌이라는 걸 안 세 살 먹은 꼬맹이처럼 굴게 되거든."

그가 하민에게 다시 모자를 씌워줬다. 현관문 앞에서까지도 실랑이하다 먼저 문을 열어주면서 나가는 길을 살펴준다. 그저 블랙 색상의 기본 정장이다. 벌써 긴장했는지 오른쪽으로 미세하게 기우는 하민의 옆으로 가 버팀목이 됐다.

"진짜, 이상한 소리 좀 하지 마."

팔꿈치로 그의 옆구리를 쿡 찔렀다.

"하민아."

"응?"

지하 주차장에 다다라 조수석 문을 열어주면서 그가 부드럽게 그녀를 불렀다.

"네가 오늘 몰랐던 사실을 알게 될 텐데."

사실은 계속 그녀가 오해했으면 했다. 하지만 그게 하민을 좀먹어간다면 밝히는 게 맞다. 다만 그걸 알고도 자신을 끔찍하게 여기지 않기를 바랐다.

"나에 대한 감정이 식는다면, 네가 말했던 그 미안한 마음만이라도 계속 남아 있었으면 해."

그것만 있어도 하민은 자신을 떠나지 않을 거다. 빈손으로 시작해 그녀의 곁에 서기 위해 10년을 기다리고 버텨왔다. 여기서 정하민이 떠나버리는 건 페널티고 반칙이다.

"그게 무슨 소리야?"

"세 치 혀가 어떻게 사람을 무너트릴 수 있는지, 나는 네가 당한 그대로 되갚아줄 생각이야. 10년은 내게도 꽤 길었으니까."

독기 하나로 버텼다. 정하민은 높은 하늘에 떠 있는 별이나 다름없었다. 아무리 손을 뻗어도 따서 제 품에 넣을 수 없는 위치에 있었다. 그래서 이용할 수 있는 건 철저하게 이용해주리라 생각했다.

하민이 정헌에게 무슨 일이냐고 몇 번을 물어도 그는 말해주지 않았다. 동창회 장소인 전통주점에 도착해서도 그랬다.

주차하고 조수석으로 돌아온 그가 차 문을 열었을 때는 땅거미가 지고 있었다. 모자는 필요 없겠다며 뒷좌석에 내려놓고 눌려 있는 하민의 머리카락 사이에 손가락을 넣어 슥슥 부풀려준다.

"다리는?"

"괜찮아."

차에서 내리려는데 그가 어깨를 밀었다. 그리고 기어이 바닥에 무릎을 꿇고 앉아 하민의 오른쪽 다리 바지자락을 걷어냈다. 손바닥이 부드럽게 근육이 거의 없는 종아리를 감쌌다.

"움찔거리지 마. 이상한 생각 하게 되니까."

무릎까지 바지를 밀어올린 후, 다리에 붙은 거즈를 살짝 떼고 그 안의 상처를 유심히 살폈다. 교통사고를 당해 수술했던 흉터 위에 또 다른 흉터가 생긴 것을 그가 인상을 찌푸리며 바라봤다.

"흉 남겠는데."

"안 남는 게 이상하지. 원래 다 남는 거야. 난 피부 약해서 이 정도만도 감사한걸. 어차피 치마는 계속 못 입었으니까."

원래도 자외선 때문에 치마는 기피했지만 사고가 있은 뒤론 아예 꿈도 꾸지 않았다. 흉터가 워낙 커서 현재의 의학기술로는 완전히 없애기가 불가능하다는 말을 들었다. 의사는 재활에도 회의적이었는데 하민은 포기하지 않고 열심히 노력했다. 그나마 걸을 수 있다는 것에 감사했다.

"그건 다행이야. 여기에 네가 치마까지 입었으면 난 이미 네 치맛자락 걷어 올렸을걸."

두 손을 필사적으로 뻗어 정헌의 입을 막았다.

"오, 우정헌. 일찍 왔네?"

근처에 주차하던 동창이 정헌을 발견하고 다가왔다. 하민의 앞에 무릎을 꿇고 있던 정헌이 옆을 돌아봤다.

"근데 왜 이러고 있어? 어? 진짜 정하민이네. 나 기억 안 나?"

"기억은 안 나는데 누군진 알아. 요새 영국에서 뛰고 있다면서. 민석진, 유명하잖아."

"이야, 난 내가 유명해도 너는 모를 수도 있을 거라 생각했는데."

유럽리그에서 뛰어 주가가 천정부지로 치솟는 중인 석진이다. 그가 정헌과 같은 고등학교를 나왔다는 사실조차 하민은 잊고 있었다.

"영국에서 언제 왔어?"

하민의 무릎 위까지 올라간 바지를 가지런히 내려주고 자리에서 일어난 정헌이 석진에게 물었다.

"일주일 됐어. 다음 주에 돌아가. 너희들 모인다고 해서 온 거야. 이야, 슈트 잘 어울리는데? 축구 그만두고 똥통에서나 구르겠구나 했는데 내가 아는 축구 그만둔 인생 중에 성공한 건 너 하나뿐이다, 인마."

석진과 정헌은 친했다. 그가 유럽리그로 나가는 바람에 서로 바빠 연락을 못 한 지 오래됐지만 이런 농담을 주고받을 만큼은 충분히 됐다.

"너도 그럼 축구 그만두고 와. 취직시켜줄게."

"아서라. 난 컴퓨터만 봐도 토하는 사람이야. 스마트폰 안 쓰고 2G고."

이래서 연락이 안 됐다. 대부분이 다 메신저를 쓰는데 2G 휴대전화를 쓰는 석진 같은 사람은 점점 멀어지기 마련이다.

"진짜 정하민은 여전히 예쁘네."

"어?"

하민이 되물었다. 정헌이 조용히 하라며 이를 드러냈으나 석진은 씩 웃었다.

"정헌이가 말 안 해? 너한테 집적대면 축구화로 머리를 날려버리겠다고 했거든. 아, 머리가 아니라 불알이었나?"

따악! 그가 지갑을 꺼내 석진의 입을 때렸다. 입술이 가죽에 맞닿으며 꽤 아픈 소리를 냈는데도 석진은 입술을 움켜잡고선 큭큭댔다.

"그래서 아무도 하민이 네 곁에 못 가고 맴돌았잖아."

"난 먼저 들어갈게. 이야기 나누다가 들어와."

어디까지가 농담이고 진담인지 구분이 가질 않았다. 석진이 말하는 게 혹시 정헌의 옛날 여자친구 이야기가 아닌지, 하는 의구심마저 들었다.

총총거리며 사라지는 뒷모습을 보면서 정헌이 느리게 웃었다.

"그렇게 좋냐? 야, 나야 메신저가 안 돼서 못 끼어들었다고 쳐도 휴대전화 완전히 난리 났던데?"

"더 난리 날 거야."

"하민이 괴롭혔던 애들은 좀 뜨끔하겠더라. 모임에 안 나올 생각까지 하던데. 사회에 나가서야 알았겠지. 정하민이랑 지들이랑 차이가 하늘이랑 땅인데."

취업활동을 하면서 더 절절히 느꼈겠지. 그가 품에서 담배를 하나 꺼내 정헌에게 건네자 웬일로 그가 받아들었다. 여느 때와 마찬가지로 거절할 거라고 여겼는데 의외였다.

스무 살 초반 때처럼 담배를 입에 물고 자동차 보닛에 걸터 앉았다.

전통주점 안은 고막이 떨어져나갈 정도로 시끄러웠다. 모임 이름을 말하자 직원이 안내해줬다. 이른 시각부터 모여 놀던 스무 명 정도의 사람들은 문을 열고 들어선 하민을 발견하고 일제히 움직임을 멈췄다.

"정……하민?"

남자 하나가 확인하듯 물었다.

"오랜만이야."

이름도 기억나지 않았다. 윤주와 정헌 이외의 이름들은 하민에게 흐릿할 뿐이다.

"헐, 진짜 반갑다!"

퇴근하고 바로 왔는지 세미정장 차림들이 대부분이었다. 단체 테이블의 가장 구석에 자리 잡고 앉자 곧바로 막걸리가 든 주전자가 앞에 세팅됐다.

"내 친구들이 안 믿었거든. AE그룹 셋째랑 같은 학교엘 어떻게 다니냐고, 다 개뻥이라고 하더라고."

이미 코가 빨갛게 변한 남자가 인증샷을 찍자며 하민에게 휴대전화를 들이댄 순간 전화기가 그대로 뒤로 날아갔다.

"야!"

"어딜 사진을 찍어."

"너 그거 아직 할부 6개월 남았는데!"

"새로 사."

모두가 왁자하게 웃었다. 하민도 조금 웃고 말았다. 생각보다 편한 분위기였다. 얼굴도 모르는 이들이 자신을 기억하는 걸 보니 신기하기도 했다. 자신도 알지 못했던 고등학교 시절의 정하민을 기억하는 사람들.

휴대전화를 던져 박살을 내놓은 정헌이 하민의 옆에 엉덩이를 붙이고 앉았다.

"와, 진짜 어떻게 둘이 다시 만나게 된 거야? 헤어졌다고 안했나?"

"그때가 언젠데? 계속 만나고 있는 거 아니었어?"

"아, 왜 그때 사고…… 아…….."

여자애 하나가 말문을 떼다 정헌과 하민의 눈치를 보곤 얼른 입을 다물었다.

모두가 그제야 지난날을 떠올렸다. 하민은 혼수상태로 졸업식에 오지 못했고 우정헌은 프로팀에 들어갔다가 부상으로 인한 은퇴를 했다. 그 사실을 가장 가슴 아프게 생각하는 사람은 정헌과 함께 들어온, 이제는 국민 축구선수로 각인된 석진이다.

석진에 대해 이야기할 때면 정헌에 대한 이야기가 딸려 나왔다. 석진보다 훨씬 축구를 잘했고 가장 아까웠던 인재라고. 그러다가 문득 이전에 들은 적 있던 소문이 살그머니 고개를 치켜든다.

"근데, 정하민이 정헌이네 집 망하게 한 거라며?"

"정헌이네 부모님 자살이라고 안 했나?"

재벌은 아니지만 꽤 부유한 집안에서 나고 자라, 부상만 피한다면 어떤 걱정도 없는 유망주였다. 이곳에 있는 아이들은 하루아침에 그 유망주가 어떻게 바닥까지 떨어지는지 모두 지켜봤다.

"그거 AE에서 손쓴 거라며."

"뭐? 근데 지금 정하민을 다시 만난다고?"

자기들끼린 속닥거린다고 했는데 누군가 경악에 차 큰소리를 내는 바람에 모두가 듣게 됐다.

"뭘 그렇게들 속닥여? 그냥 대놓고 물어."

정헌이 하민의 술잔에 술을 따라놓고 자신의 잔을 채우며 말했다.

"어…… 우리가 되게 이상한 소문을 들었었거든. 정하민이…….."

우윳빛 액체를 보면서 하민은 정헌의 옆에 얌전히 앉아 있었다. 아무 소리도 들리지 않는 것처럼 고요한 눈에는 어떤 감정도 비치지 않는다. 마치 처분을 기다리는 순종적인 짐승 같다.

"사실이야."

룸으로 들어오면서 윤주가 말했다.

"그렇지, 하민아?"

인형처럼 가만히 앉아 있던 하민이 턱을 조금 들어 윤주를 바라봤다. 곁에 있는 정헌의 얼굴을 마주할 수 없었다. 어떻게 친구라는 탈을 쓰고 그의 부모님의 죽음을 함부로 입에 올릴 수 있을까. 하민은 이들을 이해할 수 없었다. 정헌은 아무렇지 않다는 듯 대꾸했지만 왜 이런 이들과 친구를 하냐고 묻고 싶었다.

"다들 그만들 좀 해라. 여기 당사자 있는 거 안 보여?"

석진이 인상을 굳혔다. 그는 원래 이 모임을 별로 좋아하지 않았다. 정헌과 친해서 한국에 올 때마다 참석하지만 그렇다고 해서 여기서 나오는 질 나쁜 이야기들까지 좋아한다는 의미는 아니다.

"우리도 소문 들은 건데 뭘."

"아무리 소문이라도 부모님에 대한 건 조심들 하지?"

"왜. 그냥 둬. 재미있는데."

"넌 인마."

화가 난 석진이 옆에 정하민을 앉혀두고 그런 소릴 할 거냐 따져 물으려다 정헌의 얼굴을 보고 입을 다물었다. 저런 표정 일 때의 정헌은 위험했다. 정헌이 고등학교 재학시절 폭력사건 으로 신문에 오르내리거나 경기 참가자격을 박탈당하지 않은 건 코치와 감독이 다방면으로 수를 썼기 때문이다.

평소에는 잘 웃고 어울리는 성격이지만 한번 돌면 그는 치밀 하고 집요해졌고 상대를 돌아버리게 만드는 데 일가견이 있다. 상대가 움직이지 않는 한 먼저 치지 않는 인내까지 가졌다. 혹 시라도 정헌과 싸우게 되면 무조건 사과를 하자고, 본인 성격 도 만만치 않은 석진이 생각할 정도다.

"그거 어차피 비밀도 아니잖아. 정하민도 알아. AE에서 손써서 너희 부모님 부도까지 간 거."

"이러려고 하민이 여기까지 불렀어?"

정헌이 윤주에게 물었다.

"우정헌, 정신 차려. 네가 재한테 복수하고 싶어 하는 마음도 아는데."

불안했다. 우정헌의 마음이 진짜인 것 같아서. 우정헌이 저러는 건 복수 때문일 거라고 생각했는데 그러기엔 하민을 바라보는 눈이 소름 끼칠 정도로 절절해 윤주는 초조했다. 아니겠지. 사람으로 태어났는데 부모의 죽음을 등지고 그 원흉인 여자를 만나는 패륜아는 아닐 거야. 윤주는 애써 제 마음을 다독였다.

"정하민, 네가 대답해봐. 여기 애들도 궁금한 모양인데."

"야, 그걸 말하겠냐? 우리가 잡지사에라도 불면 어쩌려고."

폭소가 터졌다.

"하민아, 그래도 잘 부탁한다. 우리 형이 이번에 AE전자 쪽으로 이직했어. 나도 그쪽 광고 계열사 다니고 있고."

"이 새끼, 여기서도 영업질이네. 그렇게 따지면 나도 좀 묻어가자. 내가 이번에 면접 본 데가……."

장난처럼 시작했던 것이 점차 경쟁이 붙더니, 녀석들은 하민 주위로 슬금슬금 다가왔다. 대한민국에서 가장 높은 연봉을 자랑하는 꿈의 직장이다. 복지 또한 외국계 못지않게 잘돼 있어 계열사마다 신입사원 경쟁률이 치열하다.

"친구 좋다는 게 뭐냐? 응? 앞으론 여기 정헌이랑 자주자주

나와. 결혼식에 우리 전부 초대해줄 거지?"

하민의 결혼식이라 함은 AE의 직계가족들과 각 계열사 사장 등 정재계 인사로 넘칠 터. 거기에 가서 얼굴이라도 알리면 그동안 자신을 무시하고 핍박했던 상사들에게 한 방 날릴 수 있겠지, 하며 시시덕댔다.

"그러다 수틀리면 우리도 우정헌 꼴 나는 거 아냐?"

여자 동창 하나가 비아냥대자 싸늘한 침묵이 감돌았다.

"이야, 여자들 질투 무섭네. 왜? 정하민이 넘사벽 집안이니까 질투나? 너도 우정헌 뒤꽁무니 쫓아다녔잖아. 윤주한테 깨갱해서 접었으면서."

"내가 언제!"

"정헌이 다리가 그렇게 된 것도 너 때문이잖아. 너 쫓아 나갔다가……."

하민이 일어났다. 입을 막고 자리에서 벗어나려는 그녀를 정헌이 붙잡아 제 무릎에 앉혔다. 한 손으로 단단하게 그녀의 허리를 끌어안은 채 다정하게 묻는다.

"토할 것 같아?"

"우정헌 인생을 망쳐놓고 지금 와서 구원자 행세를 하려고?"

구원자 행세.

"그렇게 해서 정헌이에게 보상해줄 수만 있다면 나는 상관없어."

제 욕심은 아닌 것처럼, 단 하루라도 그와 살아보고 싶다는 건 뒷전인 양 포장했다. 그게 역겨웠지만 제 마음을 그에게 보여주고 싶지 않았다.

"정하민이 이렇게 이야기하는데 내가 어떻게 가만히 있을 수 있겠어?"

정헌이 하민의 어깨에 얼굴을 묻으며 말했다.

"그리고 내가 정하민을 쫓아 나가기 전에 정하민이 급하게 나가야 했던 일이 뭐였을까, 윤주야."

"그건……."

"네가 하민이에게 속살거렸다면서, 우정헌 집이 박살났다고."

"사실이잖아. 난 사실만 전한 거야."

"하민아, 그때 어디로 가려고 했어? 정 회장에게 가서 무릎이라도 꿇고 우리 집을 구해달라고 할 예정이었어?"

하민은 제 머릿속을 정확히 아는 듯한 정헌의 얼굴에 할 말을 잃었다. 자신의 집안으로 인해 우정헌이 망가질까 봐, 어떻게든 바로잡아야 된다는 생각밖에 없었다.

"나한테 트럭이 돌진했을 때, 너는 있는 힘을 다해 뛰었지."

피할 수 있었다. 뒤로 넘어져 트럭을 피하면 됐다. 하지만 뛰어오는 하민이 그대로 트럭에 치여 제 곁에서 영영 사라져버릴 것만 같았다. 정헌이 손을 뻗고 하민이 온몸으로 그를 끌어안았을 때 의식이 끊겼다.

"멍청아, 너는 그때 정말 죽을 뻔한 거야."

이렇게 부서질 것 같은 몸으로 자신에게 뛰어오는 정하민은 체육시간에조차 뜀박질 한번 한 적 없다. 운동이라고는 전혀 못하는 몸으로 바람을 타고 날아오는 것처럼 보였다. 그의 품에 사뿐 안착해 제 온몸으로 보호하듯 그를 끌어안았다.

"그래서, 그때 정하민이 너를 감쌌다고 넌 패륜아가 될 작정이야? 내가 아는 우정헌은 누구야?"

정헌도 그렇게 믿었었다. 처음엔 정말 정하민의 집안이 자신을 박살냈다고 여겼다. 그럼에도 정하민을 미워할 수 없었던 건 그때 분명히 제 목숨 따위는 상관없이 달려와 온몸으로 그를 지키려 했기 때문이다.

"네가 아는 우정헌은 아마…… 너한테 질질 흘리고 여지를 주던 그 우정헌이 아니었을까."

정헌이 웃음을 참으며 말했다.

"뭐?"

"납품단가를 속여 중국산 부품을 섞었고, 그게 AE 감사팀에 발각되자 자살하신 거야."

정헌은 제 부모님에 대해 한 문장으로 일축했다. 공장은 좀 더 커질 기회가 있었다. 무리하게 은행 대출을 가져다 썼고 그걸 해결하기 위해 가장 큰 납품업체인 AE그룹에 단가를 속여 납품했다. 국산 부품을 쓰다가 중국산으로 바꾸니 남는 수익은 어마어마했고 그만큼 AE 쪽은 부품결함 사고가 연달아 터졌다. AE의 감사팀에서 그 원인을 밝혀냈고 거래를 끊는 건 당연한 수순이었다. 부모님 공장에서 오래 일했었던 공장장을 만나 정헌이 직접 들은 사실이다.

그리고 그걸 부추겼던 건.

"네 아버지였지, 윤주야. 불어나는 은행 이자를 견디다 못해 초조해하는 내 부모님에게 이렇게 하면 된다고 슬쩍 귀띔해주셨다고 들었어."

윤주를 향해 말하고 있었지만 정헌의 시선은 하민에게 고정
돼 있었다. 제 잘못이 아니라는데도 왜 너는 그런 얼굴로 아파
하고 있는 걸까. 오히려 이제는 거리낄 게 없다고 좋아해야 하
는 것 아니냐, 정헌은 묻고 싶었다.

"내 부모님의 실수가 분명해."

형사입건까지 될 정도로 심각한 사안이었다. AE에서는 당
시 자동차 부품의 결함으로 인해 사망자까지 발생해 골치를 썩
었었다. 이 모든 뒷이야기를 하민의 사고가 일어나고서 몇 년
후에야 알게 됐다.

그가 매일 혼수상태인 하민의 병실을 드나드는 걸 정 회장은
크게 노여워했으면서도 그의 부모님의 입건만은 막아줬다. 오
로지 자신의 막내딸이 눈을 뜨고 그 일로 인해 제 아비를 원망
할까 봐.

앞뒤 맞춰보니 그랬다. 그리고 부모님은 자살이 맞았다. 공
장장은 왜 그게 사고로 처리돼 사망보험금과 화재보험금이 전
부 나왔는지 모르겠다고도 했다. 그것 또한 후에 가서야 AE에
서 사람을 매수해 정헌과 그의 여동생이 빚더미에 앉지 않게
배려해준 것임을 깨달았다. 그건 자연스럽게 알 수 있는 사실
이었다.

"하민아, 내 부모님의 죽음과 너는 아무런 연관이 없어."

"거짓말! 지금 우정헌이 거짓말하는 거야! 믿지 마!"

그 자리에 있는 시선들이 전부 윤주에게 쏠렸다.

이상한 소문이 돈다는 건 그도 알고 있었다. 10년 전의 일을
다시 끄집어내 증권가 찌라시에도 실릴 정도였다.

"정말…… 내가 아무런 연관이 없어? 나 때문에…….'"

"너는 내가 바보 같아?"

빚이 없어졌다 해도 그와 정희에게는 아무것도 남지 않았다. 맨몸으로 바닥에서부터 시작해야 했다. 하민은 더 이상 그를 만나주지 않았고, 그는 더 이상 촉망받는 축구선수도 아니었다. 수능을 봐서 어떻게든 대학을 가야 했다. 거짓말처럼 그의 등록금이 마련됐는데, 후원자는 윤주의 아버지였다. 선심을 쓰듯 열심히 공부하라는 남자의 말을 정헌은 믿지 않았다. 고작 그의 딸 때문에 아무것도 없는 자신에게 돈을 쓸 사람이 아니다.

정헌이 이상하다고 느꼈던 건 그가 생활비를 벌기 위해 아르바이트를 하나 더 늘렸을 때였다. 거짓말처럼 생활비를 하고도 충분할 정도의 고액 과외를 맡게 됐다. 절망뿐이던 그의 인생에 이런 행운이 연달아 올 리 없다는 걸 우정헌은 잘 알고 있었다. 그리고 사업을 시작하려 하자 투자금이 쏟아졌다.

"네가 그렇게 뒤에서 도와주고 있다는 사실도 모를 정도로, 내가 어리석어 보였어?"

닥치는 대로 흡입했다. 하민이 주는 걸 전부 먹어치워 몸뚱이를 불려갔다. 까마득한 저 위에 있는 정하민에게 닿기 위해서 정헌은 어떻게든 제힘으로 일어나야 했다. 내세울 게 있는 남자가 돼야 감히 욕심이라도 내볼 수 있다. 사업을 하고 자리를 잡으면서 부모님의 일을 파헤칠 여유가 생겼다.

"너는…….'"

바닥에 떨어져 짓밟힌 우정헌에게 빛이었다.

모두가 그에게서 등을 돌렸고 정하민도 등을 돌렸다. 그에게 어떤 말도 할 여지를 주지 않은 채 철옹성으로 들어가버려 그 그림자 한 자락 볼 수 없었다.

"내게 남은 유일한 거야."

그에게 중요했던 건, 전부였던 건 사라졌다. 부모님의 죽음, 그의 꿈이었던 축구. 그리고 정하민. 둘을 영원히 보냈으니 남은 건 정하민뿐이었다. 그렇게 대단한 집안이라 해도 축구선수로 유명해져 수십억대 연봉을 받게 된다면 정하민에게 비빌 구석 하나쯤은 생길 거라 여겼는데 부상으로 인해 재기가 불가능했다.

고등학교를 졸업하기도 전에 미리 예정돼 있던 프로팀에 입단했으나 사고를 당했고 재활은 여의치 않았다. 세 번의 수술 끝에 의사는 그가 다시는 축구를 할 수 없을 거라 선언했다.

"네가 나를 놓지 않았는데 내가 놓을 수 있을 리가."

제 인생을 나락으로 처박아버릴까 했던 순간마다 정하민이 그를 감싸 안았을 때를 떠올렸다. 나는 어떻게든 이를 악물고 네 그림자가 보이는 곳까지는 가야겠다고, 설사 그게 네가 베푼 것들을 먹어치우면서 기어가는 것이라 해도 정헌은 상관없었다.

"다 사탕발림이야! 거짓말이라고!"

윤주가 소리쳤다.

"그게 말이 돼? 웃기고 있어. 그렇게 포장하면 죄책감이 없어져? 정하민이 너를 망친 게 포장이 돼?"

"하민아, 걸어봐."

정헌이 웃으면서 그녀의 허리를 잡고 일으켜 바닥에 발을 딛게 했다.

"자, 걸어봐. 절뚝절뚝, 다리를 절면서 걸어봐."

하민의 팔을 완전히 놓자 그녀가 테이블을 짚었다. 긴장으로 인해 다리가 뻣뻣하게 굳었다. 그걸 알면서도 정헌은 하민을 재촉했다. 그가 입모양으로 말한다. 모두에게 너의 병신 같은 다리를 보여주라고.

눈물이 날 것 같았다. 테이블을 잡고 떨리는 손을 정헌이 손가락으로 가리켰다.

"저것 봐. 손 떨리는 거 보이지? 이리 와서 다시 앉아봐."

다정하게 손을 내밀며 제게 다가오라고 말하는 목소리가 잔혹했다. 풀리려는 다리로 절뚝이며 걸어 그에게 다가서는 제 모습을 모두가 보고 있다.

하민의 손이 그에게 닿기 직전에 그가 팔을 뻗어 있는 힘껏 그녀를 끌어안았다. 온몸에 꽂히는 잔인한 시선들을 대신 받아내며 하민의 눈물 젖은 얼굴을 그 품에 묻어 아무도 보지 못하게 했다.

"봤지? 내가 망가뜨린 거야. 나를 위해 망가지고 부서졌는데."

귀하고 사랑스럽지 않을 리가.

그녀가 쏟아내던 폭언들은 전부 감당할 수 있었다. 우정헌에겐 오로지 자신을 향해 달려왔던 정하민만 보였다. 정하민은 항상 그에게 빛이 난다고 했다. 그의 주위가 반짝반짝 빛난다고. 그게 너무 눈이 부셔, 제가 보지 못하는 해의 한 부분인 것 같다고 했었다.

그 의미를 우정헌은 알 것 같았다. 빗속에서 자신을 향해 뛰어오는 하민이 빛의 길을 찰박찰박 뛰어 자신에게로 곧장 날아오는 것처럼 느껴졌으니까.

똑같은 곳이 망가졌다. 뼈마디가 약한 하민은 평생 다리를 절게 되었지만, 자신은 일반인처럼 살아갈 수는 있었다. 함께 망가진 손이건만, 저와는 달리 하민은 조금만 피로해도 나이프조차 쥐지 못한다.

"똑같은 사고로 똑같은 곳에 상처가 생겼어. 내가 조금 더 멀쩡한 이유는 네가 나를 품어줬기 때문이야."

정헌이 하민의 귀에 속삭이며 윤주를 날 선 시선으로 바라봤다.

"네가 어떻게 우리 아버지랑 나한테 이럴 수가 있어! 너 어려울 때 곁에 있었던 사람 정하민이 아니라 우리 가족이야!"

"윤주야, 너한테 내가 여지 준 적 없었다고 했지? 농담이었어. 빈틈을 안 보였다면 네가 지금까지 개처럼 졸졸 따라왔을 리가 없지."

윤주가 지쳐 나가떨어질 때쯤 그녀를 붙잡고 속삭였다.

"나한텐 너밖에 없다고, 네가 내 곁에 있는 유일한 여자처럼 굴었잖아."

그때의 윤주의 표정은 결연했다. 정말 자신의 뭐라도 된 것처럼 콧대가 높아졌다.

"서서히 말라가고 히스테릭해지고 내 주위의 모든 여자들에게 날을 세웠지. 내가 선을 본다고 했을 때 뒷공작을 벌일 정도로 다급했어."

그때마다 고소를 삼켰다. 그렇게 계속 먹지 못해, 갖지 못해 안달난 추악한 얼굴로 살라며 곁을 내줬다. 그가 하민을 손에 넣기 전까지 이 사실을 밝힐 생각은 추호도 없었다.

"너는 알고 있었잖아. 네 아버지가 한 짓을. 그걸 하민이에게 덮어씌우긴 너무 쉬웠을 테지."

전적이 있었으니까. 그녀를 가지고 논 박윤아라는 계집애의 집이 망해 자살을 선택했을 정도로 사람을 궁지에 몰아봤으니 이번에 그의 집안도 당연하게 정하민으로 인해 그렇게 된 거라고.

모두가 그 말을 믿었다. 그의 여동생도, 처음엔 그조차도.

"사과해야지, 윤주야. 내 인생이, 그리고 정하민 인생이 돌고 돌아 좆같아진 데 굉장히 큰 일조를 했으니까."

"모함이야! 네가 나를 버리기 위해 이런 거짓을 꾸몄잖아! 증거는 어디에도 없어. 증거 있어? 가져와봐. 증거 있냐고!"

윤주가 목에 핏대를 세웠다. 이토록 흥분하는 윤주를 향한 시선들이 의문을 띠었다. 누구의 말이 맞는 걸까.

정헌이 술잔에 담긴 술을 바닥으로 쏟았다.

"이게 내가 지금까지 쌓아올린, 젊은 IT 사업가 우정헌이라면."

꽈앙! 그가 크게 발을 굴렀다. 단단한 바닥엔 금조차 가지 않았다. 그들이 일제히 자신들이 딛고 있는 바닥을 바라봤다.

"그런 나를 한 번에 흔적도 없이 삼킬 수 있는 게 AE그룹이지. 증거가 필요한 일을 왜 하겠어? 그냥 무너뜨리면 간단한

데."

"그, 그래. 어딘가 이상하긴 했어."

"윤주 너는 정헌이 일엔 물불 안 가렸으니까."

"맞아. 그래서 학교 다닐 때 정하민을 그렇게 싫어했잖아."

소문을 기정사실로 만들려 했다. 그가 만나는 친구들조차 이 소문을 알고 있으니 하민을 살인자로 몰고 간다면 절대 감히 우정헌과의 결혼을 꿈꾸지 못할 거란 얄팍한 계산이 깔려 있었다. 하지만 우정헌의 말과 간단한 비유에 한둘씩 그의 편을 들기 시작했다.

"정헌이 말이 사실이라면 네가 사과하는 게 맞는 것 같은데."

가만히 듣고 있던 석진이 입을 뗐다.

"사실이 아니라니까!"

"생각을 좀 해봐라, 엄밀히 말해서 너 때문에 난 사고가 아니라고 정말 자신 있게 말할 수 있어?"

그날 정신없이 하민이 학교 밖으로 뛰쳐나가지 않았다면. 우정헌이 그녀의 뒤를 따르지 않았다면.

윤주가 손바닥으로 이마를 짚었다. 석진이 씁쓸한 얼굴로 말했다.

"네 잘못을 잊으려고 더 정하민을 몰아간 건 아니고?"

윤주는 손톱을 세우며 석진에게 달려들었다. 제가 축구선수를 제압할 수 없다는 사실 자첸 머릿속에 없었다. 정곡을 찔려 어찌할 바를 몰라 그의 온몸을 할퀴어댔다.

"이걸 진짜 팰 수도 없고!"

"저게 뭔데! 저 병신 같은 게 뭔데! 저 음침하고 속을 알 수 없는 계집애가 뭐가 좋다고! 병신 같은 년을!"

석진이 제 팔을 물어뜯으려는 윤주를 밀어놓고 몇 번이나 주먹을 올렸다 내렸다 했다. 정헌은 하민을 자리에 앉혀두고 뒤에서 윤주의 머리칼을 움켜쥐었다.

"아악!"

"무릎 꿇고 미안하다고 빌어. 기면 더 좋고."

"웃기지 마. 죽어도 저년한테는 안 빌어."

"그만해, 정헌아."

하민이 정헌에게 손을 뻗었다. 정헌이 가차 없이 윤주의 정강이를 걷어찼다. 비명과 함께 무릎을 꿇은 윤주가 그를 쥐어뜯으려 버둥거렸다. 정헌은 뒤에서 그녀의 머리카락을 휘어잡은 채로 얼굴을 하민 쪽으로 바짝 가져다 댔다.

"쟨 아무 짓도 안 했어. 처음부터 네가 조바심 내며 북 치고 장구 치고 도를 넘은 거지."

"아무 짓도 안 해? 웃기고 있어. 처음부터 순진한 척, 네 눈에 들려고 그 지랄을 떤 걸 봤는데! 기억해내, 우정헌. 네 곁을 지킨 거 나밖에 없었어! 자그마치 13년이야. 13년 동안 나는⋯⋯."

"그래서, 변태처럼 내 뒤를 훑어보고 어떻게든 해보고 싶어서 헐떡이고 이런 옷을 입고 다니며 엉덩이를 흔들었어?"

정헌은 자신을 두고 흥분해 어쩔 줄 모르는 윤주를 관찰하곤 했다. 발정난 암캐 같은 그녈 볼 때마다 희열에 젖었으니 확실히 악취미이긴 했다.

"내가 시발, 정하민한테도 못 준 걸 너한테 줄 리 없지."

정헌이 억지로 윤주의 얼굴을 제가 뿌려놓은 술 위로 엎드리게 했다. 엉덩이만 뒤로 뺀 채 버둥거리는 모습이 그의 눈엔 벌레처럼 비쳐 한숨 쉬듯 웃었다.

"미안하다는 한마디만 해. 그럼 정하민은 마음이 약해서 '괜찮아.' 하고 대답할 거야."

아무도 끼어들지 못했다. 우정헌이 악랄하게 웃고 있어서 자신이 다음 타깃이 될까 봐 입을 다물었다. 여기 있는 모두가 정하민을 헐뜯었었다.

"정헌아……."

"봐. 정하민이 부르잖아. 네가 미안하다고 한마디만 하면 쟨 자기가 무슨 일을 당했는지도 모르고 10년 동안 내 가족을 죽였다는 죄책감도, 제 다리가 병신이 된 것도 다 괜찮다고 할 거야."

"하민아, 미안해! 우리가 경솔했어. 괜히 윤주의 말만 믿고."

"나도 미안해. 하도 말을 그럴싸하게 해서 진짜 줄 알았어."

"너 착한 거 알고 있었는데. 진짜 미안하다, 정하민."

정헌이 폭소를 터트렸다. 손바닥 뒤집듯 바뀐 상황이 우스워 견딜 수 없는 양 몸을 떨었다.

"저것 봐. 네 추종자들도 잘못을 인정하잖아. 네 아버지가 대기업 임원이라며 네가 손바닥에 넣고 주물렀던 애들이, 아무리 첩 자식이라도 상대가 AE니까 이렇게 다들 고개를 숙이잖아."

힘이란 게, 권력이란 게 이렇게 재미있는 거다. 정헌이 하민을 보면서 말했다.

"이게 네가 가진 거야, 정하민. 가장 쓸모 있는 칼을 가졌으면서 휘두르지도 못하면 녹슨 것과 다름없지."

그는 아주 조금 자극을 줬을 뿐이다. 멋대로 찔려 설설 기는 훌륭한 꼬락서니들이라니.

윤주가 바닥에 얼굴을 묻고 이를 득득 갈았다.

"내가 대신 휘둘러줄게."

최 여사가 무엇을 원하든 그 이상을 할 준비가 정헌은 돼 있었다. 정하민이 속한 세계. 그 견고한 성이 무너지지 않게 바닥을 지탱하고 하늘을 떠받들어야 한다면. 그래서 하민이 안전할 수만 있다면 그는 어떤 짓이든 할 수 있었다. 다만, 정하민을 휘두를 수 있는 건 그여야 했다.

"사람은 의외로 간단히 부서져. 혈혈단신으로 공장을 세우고 기업의 수주를 따낼 정도로 강인했던 내 부모님이 단번에 무너진 것처럼. 네가 누릴 수 있었던 것들을 전부 빼앗아줄까? 너는 안 무너질 수 있을 것 같아?"

정헌이 윤주에게만 들리도록 속삭였다. 바로 곁에 있는 석진만 겨우 알아들었다. 석진이 기가 막힌 얼굴로 정헌을 내려다봤다. 자살하지 않고 버틸 수 있냐는 말을 하면서, 그래도 정하민의 귀에는 들리게 하고 싶지 않았는지 아주 가관이다.

"나는 지금 너한테 기회를 주는 거야."

저게 악마의 속삭임이 아니고 무언지. 제 부모의 원수나 다름없는 윤주를 곁에 둔 채 두고두고 희망고문하며 괴롭힌 거다. 그로 인해 고통스러워하고 좌절하고 그때마다 개껌을 하나씩 던져주며 다시 희망을 주고. 그렇게 윤주의 마음을 독기만 남게 말려버린 건 정헌이었다.

"……안……."

"더 크게 말해."

"미안. 미안해. 미안해. 미안해!"

윤주의 머릿속에 아버지의 얼굴이 스쳐 지나갔다. AE에 문제가 생긴다면 자동차 쪽 경쟁회사인 아버지가 속해 있는 회사의 주가가 올라가는 건 당연했다. 단지 그것만 원했다고, 정헌의 부모가 그렇게 죽어버릴 줄은 몰랐다고 말하던 아버지는 현재 정년을 앞두고 있다.

잇새로 내뱉은 악에 받친 사과에 정헌이 하민을 바라봤다.

"……들었어. 들었으니까 그만 놔줘, 정헌아."

하민은 혼란스러운 얼굴이었다. 눈가가 붉게 젖어 있는 게 이 상황에서도 핥아 먹고 싶을 정도로 예뻐 정헌은 윤주에게서 손을 뗐다.

"넌 너무 물러."

물렀기에 제게 손을 내밀어준 것이겠지만, 타인에게도 무른 것은 마음에 들지 않았다.

한참을 엎드려 캑캑거리던 윤주가 일어났다. 자신에게 쏟아지는 시선들을 마주하지 못하고 서둘러 자리를 떠버렸다. 남은 이들은 황망해 입을 다문 채 우왕좌왕했다.

아무리 피가 섞이지 않았다고 해도 최 여사와 하민은 다르다. 정헌은 얼마 전, 눈 하나 깜짝하지 않고 하민의 친모를 찍어 누르던 날 그녀와 나누었던 대화를 떠올렸다.

임대아파트의 놀이터에서 아이들이 노는 것을 보던 최 여사가 손가락으로 아이 하나를 가리켰다. 이제 너덧 살이 됐을까.

"하민이가 저택에 처음 왔을 때가 딱 저만한 나이였어요."

원망스럽고 때리고 싶어도 덜덜 떠는 아이에게 손을 올릴 수가 없었다. 최 여사는 현명한 여자였다. 때리고 미워할 수 없다면 자신의 아이로 만들어야 했다. 다시는 제 어미를 찾아가지 못하게. 제 어미의 존재는 미련스럽고 천박한 계집이라 생각하도록.

"어떻게 할 수도 없을 만큼 너무 작았어요, 정헌 군."

하민은 계속 아팠다. 아플수록 오그라들어 사람들의 눈치를 살폈다. 제 친모에게 학대를 당했을 거란 최 여사의 추측은 맞아떨어졌다. 적당한 거리를 유지하자 아이는 점점 적응해갔다.

결코 다그치거나 몰아세우지 않았다. 어차피 하민에게 후계자 수업을 시킬 것도 아니었고, 저 하고 싶은 대로 하도록 뒀다. 다만 친한 친구가 생기는 것 같으면 전학을 시키고, 아이가 고립될 수밖에 없게끔 환경을 만들었다. 누구도 아이와 친해질 수 없도록, 그래서 더욱 가족에게 의존하고 미안해하며 죄책감을 갖도록.

하민이 자신의 생김새를 죄의 낙인이라 생각한다는 걸 최 여사는 알고 있었다.

"커서 제 친모를 찾아갈 생각은 못 하도록."

신경을 써주면서 다정하게, 언제나 자신에게 죄책감을 갖도록 하민을 길들인 건 최 여사였다. 그게 그녀가 할 수 있는 최고의 복수였다. 자신을 감히 모욕한 여자의 아이를 저밖에 모르는, 절대 배신하지 않는 제 아이로 만드는 것.

"나는 저 가여운 초식동물 같은 아이를 생각하면 항상 마음이 아파요."

"하민이를 그렇게 만드신 장본인치고 모순적이네요."

무서운 사람이다. 수십 년에 걸쳐 조금씩 길들여진 정하민은 절대 최 여사를 저버리지 못한다. 오히려 평생 그녀에게 죄책감을 품은 채, 그걸 갚기 위해 최선을 다하리라. 이 그늘에서 절대 벗어날 수 없다. 하민은 최 여사의 뜻대로 움직이는 인형이 되었다.

"나는 그 애를 참 많이 아껴요. 그래서, 정헌 군은 무엇을 해줄 수 있나요?"

아이들의 풋내 나는 사랑은 죽음을 목전에 둔 순간 뒤바뀌었다. 최 여사는 수지가 하민의 부탁으로 우정헌의 사업에 손을 대고 도와준다는 사실을 알고 있었다.

"우리 가족에게 어떤 힘이 되어줄 건지 물었어요."

솔직히 하민의 친모를 이 시간에 찾아왔다는 것에서 최 여사는 꽤나 놀랐다. 그리고 그 친모에게 일말의 동정조차 보이지 않는 모습에서 그에 대한 평가를 다시 했다. 그가 올라가려고 하는 건 과연 AE라는 그룹일까, 아니면 정하민의 머리 위일까.

"우리는 아주 비슷한 점이 많은 것 같은데."

최 여사는 더러운 일에도 스스럼없이 손을 댔다. 어차피 후계자인 주호는 이런 일에 직접 관계할 필요가 없다. 수지 또한 손을 더럽힐 이유가 없다. 제 뒤를 이어 양심의 가책 없이 그룹을 위해 일해줄 누군가를 최 여사는 오랫동안 바랐다. 단지 사랑에 눈멀어서가 아니라, 제 손발이 되어줄 착실한 일꾼을.

"제가 갈 수 있는 끝까지, 올라가보고 싶은데."

정헌의 웃으면서 대답했다. 그가 인생에서 가장 견고한 날개를 다는 순간이었다.

"비밀은 무거워 제 입 밖으로 새지 않을 것이며."

그녀는 탑 위에 갇힌 백설공주였다. 그가 죽었다 깨어나도 닿지 못할 데 있다. 손을 뻗어 아래로 끄집어 내리기엔 주변을 둘러싼 성채가 견고했다. 감히 손조차 뻗을 수 없었다. 탑 위에 있는 백설공주의 왕자가 되지 못한다면, 그는 독이 든 사과가 되어야 했다. 자신을 위해 달려와놓고 너무 먼 곳으로 정하민이 가버렸다.

그녀는 백설공주였다. 그는 그 입에 물려진 사과가 되고 싶었다. 자신이 정하민에게 독이길 원했다.

"저에게 그녀를 온전하게 허락해주시면 개라도 되어드리죠."

집안에서 기르는 개로 시작하는 것도 나쁘진 않다. 그 앞에 엎드리는 수많은 사람들이 있는 힘 있는 개일 테니.

"그 아이의 별명이 백설공주라면서요?"

너무 잘 어울려 그 별명을 처음 들은 순간 최 여사는 웃어버렸다.

"백설공주는 나약했죠. 도망을 칠 때도 사냥꾼의 도움을 받고 난쟁이들의 도움 없인 살아갈 수 없는. 종국엔 백마 탄 왕자가 나타나 그에게 의지해 평생을 살아가죠. 어쩜, 우리 하민이 인생과 그리 닮을 수가."

누군가의 보호를 끊임없이 필요로 하는 나약한 정하민. 그리고 그 나약한 여자를 뒷받침해주는 무시무시한 세력. 그 아이러니가 최 여사는 재미있었다.

"이미 짐작하고 있겠지만, 정헌 군의 부모님 일은 잘못 알려진 거예요."

그녀가 지금까지 침묵했던 이유는 과연 우정헌이 그 부모의 죽음까지 뛰어넘어 하민을 위하나 보려 함이었다.

"알고 있습니다."

공장에서 일했던 사람들의 진술을 확보했다.

"악취미군요, 정헌 군. 그걸로 계속해서 아이가 도망가지 못하게 엮어놓곤."

최 여사가 웃으면서 정헌을 비난했다.

"물론 본의 아니게 하민이 때문에 정헌 군을 계속해서 봐온 내 입장에선,"

멀리서 개인 경호원들을 손짓해 부르며 최 여사가 부드러운 미소를 띠었다.

"정말 악취미예요. 그리고 난 그게 꽤 마음에 들거든."

어떤 일도 해주는 충직한 개들이 손짓 한 번에 충실하게 달려왔다.

"어쨌든 이상한 소문이 도는 건 사실이고, 나는 정헌 군이 그에 어떻게 대처하는지 보겠어요.”

AE가 세계적인 기업으로 자리 잡기 위해서 어떤 일이라도 했다는 말은 소문만이 아닐 것이다. 정헌은 눈앞의 이 여자를 적으로 만나지 않아 다행이라고 생각했다. 그저 인자하기만 한, 집에서 꽃꽂이를 하고 자선 바자회에나 얼굴 비치는 대기업 사모님이 아니다. 어쩌면, 정 회장을 그 자리에 앉힌 건 그녀였는지도 모른다. 사업은 깨끗하게만 굴러가는 게 아니기에 음지의 일을 할 사람 또한 필요한 법이다.

“왜 하민이 친모는 그냥 두시는 겁니까?”

그건 화근이었다. 온갖 일로 손을 더럽힌 여자가 고작 뺨을 때리고 지울 수 없는 상처를 주는 것만으로 하민의 친모를 처리할 리 없다.

“아, 그건 좀 곤란한데.”

최 여사가 옷매무새를 정리하며 웃었다.

“뭐, 이미 비밀을 공유한 사이니 말할게요.”

자신의 가슴에 단 브로치를 만지작거리면서 웃는 최 여사의 목소리는 봄바람처럼 가볍고 나긋했다.

“그치가 살아 있어야 내 막내딸은 나에게 아주 많이 미안할 테니까. 잊을 만하면 나타나 그 여린 아이 마음에 죄책감을 심어주겠죠. 그럼 또 그 아이는 미안함에 내 얼굴도 못 쳐다보지 않겠어요?”

이걸 거의 30년 세월 동안 반복해왔다니, 아무리 정헌이라 해도 소름이 돋았다.

“다시 한 번 말하지만, 나는 그 아이를 아주 많이 아껴요. 정 회장님은 대쪽 같은 분이라 우정헌 군을 식구로 맞이하겠다고 하면 펄펄 뛸 테지만."

얼굴색, 말투 하나 변하지 않고 그렇게 말한 최 여사가 자리를 떠났다.

그녀가 왜 정헌이 마음에 드는지 입 밖에 내지 않았어도 그는 알고 있었다. 소름이 돋았던 건 다른 이유에서가 아니다. 그가 생각한 것과 한 치의 다름없는 최 여사의 말에 깊이 공감한 스스로를 발견했기 때문이다.

"너도 참 너다. 독한 새끼."

간만에 한국에 왔다가 이 무슨 몹쓸 꼴이냐고, 석진은 몸을 부르르 떨었다. 정헌의 품에서 기절하듯 잠들어 있는 하민을 쓱 쳐다보면서 석진은 차 문을 열어줬다. 정헌은 조수석에 그녀를 놓고 의자를 최대한 젖혀준다.

"나 같으면 소름 끼쳐서 윤주 걔 옆에 못 둘 거 같은데."

정희가 사실을 안다면 윤주에게 독설을 쏟아부으리란 걸 알아 동생에게조차 입을 다문 정헌이었다. 차 문을 닫고 석진이 그의 어깨를 툭 쳤다.

"어쩐지, 네가 말하기 좋아하는 애들이랑 어울린다 싶었다. 너 때문에 이 모임 오는 거지만 그래도 새꺄, 나한테는 말하지 그랬냐."

"내가 가장 먼저 말해야 될 사람은 하민이야. 걔 죄책감에 기

300

생해 살아온 게 나였으니까."

"기생은 또 무슨 기생이야."

정헌의 성공을 누구보다 축하하지만 다시는 필드에서 만나지 못할 친구를 생각하면 아직도 입이 썼다.

"네가 축구 계속했으면……."

"정하민이랑 헤어졌겠지."

"뭐?"

"우린 고작 고등학생이었어. 절박하고 절실한 게 얼마나 갔을 거 같아?"

정헌은 지독하게 현실적이었다. 본격적으로 프로팀에 입단하면 하민과 만나는 시간이 줄어들 거고 그렇게 보통의 연인들처럼 이별을 고했을지도 모른다. 그는 역대 최고의 연봉을 받고 하민과 결혼하려는 계획이 있었지만 현실에선 그 전에 끝나버릴지도 모르는 관계였다.

"그런데 내가 절실해졌어. 지금까지 절실하다고 생각했던 게 거짓말처럼 진심으로. 나한테 뛰어오는 모습이 너무 예뻐서."

그걸 잊은 채 살 수 없을 것 같았다. 하민도 저와 같은 마음일까. 자신은 하민의 눈에 빛나는 그대로일까.

"나한테 정하민은 그냥 네가 좋아하는 애지만. 난 쟤가 무슨 생각을 하면서 사는지 하나도 모르겠거든. 너 말고 다른 애들이랑 어울리는 모습을 본 적 있는 것도 아니고."

"하민이 말 잘해. 아마 멀쩡할 때 보면 기가 막힐걸."

정헌은 캔들 수업 때의 정하민을 떠올렸다.

"그래. 그럼 멀쩡할 때 한번 같이 보자. 나도 내 여자친구 데려갈게."

영국과 한국을 5년째 오가면서 연애 중인 석진이 조만간 보자며 안녕을 고했다. 정신이 하나도 없는 하루였다. 오늘 벌어진 일들에 대해 제삼자인 석진도 혼란스러운 판에 당사자인 하민이 기절하듯 잠든 건 당연했다. 석진은 다음을 기약하면서 정헌을 보냈다.

하민이 깨어난 건 정헌의 집 침대 위에서였다. 이제는 제법 익숙해진 품에서 눈을 떴을 때 그는 깨어 있는 상태였다.

"정헌아."

"그래."

"나 이상한 꿈을 꿨어."

머릿속이 혼몽했다. 꿈과 현실이 분간이 되지 않을 정도로 그 경계가 모호했다. 느리게 눈을 깜박이자 맺혀 있던 눈물이 도르륵, 굴러떨어졌다.

"꿈이 아닐걸."

"제일 꾸고 싶었던 꿈인데."

정말 꿈이 아닌 걸까. 정헌의 부모님이 저 때문에 그렇게 된 게 아니란 사실을 믿어도 되는지 하민은 알 수 없었다. 윤주가 엎드려 미안하다고 빌었던 기억은 났다. 정헌이 사나운 얼굴로 그녀를 윽박지르고 무릎을 꿇게 만들었다.

"너무 간절했던 거라서 꿈에 나온 것 같아."

정헌이 간헐적으로 경련하는 하민의 손을 꾹꾹 지압했다. 그의 가슴에 머리를 뉘이고 자신의 팔을 눌러대는 손을 가만히 바라본다.

"그럼 몇 번이라도 꾸게 해줄게."

속눈썹은 마를 줄을 몰랐다. 정헌의 약속에 원망이 튀어나오려는 걸 꾹 참았다. 예전처럼 상처 주고 싶지 않다. 섣불리 입을 열었다가 후회 속에 살았다. 자신이 한 번만 그의 입장에서 생각했더라면, 이라는 가정을 항상 안고 있었다.

"말해주지. 네가 말해줬더라면……."

"내가 말하면 네 죄책감이 덜어질까 봐."

정헌은 알아야 했다. 정하민에게 자신이 어떤 의미인지. 아직도 그에게 남아 있는 마음이 있는지. 그게 죄책감인지, 혹은 아직도 사랑인지.

"그게 덜어지면 네가 날 안 볼까 봐."

비겁했다는 건 그도 알고 있다. 하지만 더 비겁해질 수도 있었다. 하민의 죄책감을 이용해 자신을 떠나지 못하게 하려 했지만, 끝까지 그렇게 가기엔 그녀의 눈에서 배어나오는 애정이 보였다.

"다 정리된 후에 네가 제대로 사과받고, 사실 결혼한 뒤에 말하려고 했어. 그땐 네 옷을 안 숨겨도 될 테니까."

가끔 정헌이 자신의 옷을 숨기는 게 하민은 그저 장난이라고 여겼다. 그게 정말 자신이 어딘가로 갈까 봐 하는 불안에서 파생된 행동이라곤 생각하지 못했다.

"그리고 네가 너무 미웠던 것도 사실이고."

하민은 유약했다. 정헌이 봐왔던 그녀는 내내 휩쓸려 다니기만 했다. 하지만 병원에서 그를 거절한 뒤로 단 한 번도 모습을 보여주지 않을 정도의 끈기도 있었다. 그녀가 치료와 요양 겸 외국에 나가 있다는 사실을 알았을 때 정헌은 따라가지 못했다. 그곳에서 새로운 사람을 만나고 그가 없는 새로운 인생을 살면 어떻게 해야 할까. 그 불안을 품은 채로 자신에게 붙어 있는 하민의 흔적만 찾았다.

"무서워해도 늦었어. 넌 발 못 빼."

10년 만의 재회부터가 덫이었다. 최대한 자연스럽게, 우연하게, 그리고 인연인 것처럼. 첫사랑이랑 같은 날 같은 장소에서 선을 보게 될 확률은 얼마나 될까. 하민은 거기까지는 생각이 미치지 못한 듯하다.

"나도 발 빼는 건 늦었다고 생각하는 중인데……."

하민이 그의 탄탄한 배를 짚고 상체를 일으켰다. 그러다 둘 모두 알몸인 상태를 알아차리고서 얼굴을 조금 붉혔다.

"정헌아……."

"왜 그렇게 앓는 것처럼 불러?"

그가 탁한 목소리로 물었다. 하민의 상체를 음험한 눈길이 훑는다.

"다리 상처, 봐도 돼?"

그는 같은 자리에 상처가 있다고 했다. 한 번도 정헌의 상처를 제 눈으로 볼 생각을 못 했다. 부모님의 일이 자신의 잘못이 아니라 해도 그가 축구를 그만둔 사실은 변하지 않았다. 그 상처를 보게 되면 그 사실이 다시 떠오를까 봐 하민은 지금까지 외면해왔다.

"얼마든지."

오른쪽 다리를 세웠다. 하민의 눈에 그의 상처가, 흉터가 더 잘 들어오도록 내보인다.

일자로 죽 찢어져 아직도 불그죽죽하다. 제 다리 상처와도 별반 다르지 않은 것을 보자 눈물이 차올랐다. 하민의 입술이 흉터를 뒤덮었다.

비가 오는 날도 아닌데 부상을 입었던 부위가 타들어가는 느낌에 정헌이 헐떡였다.

"정하민."

갈라진 목소리가 위험하게만 들린다.

"내가 정말 불쌍하면 어떻게 좀 해줘."

"네 머릿속엔 그 생각밖에 없는 것 같아."

"나를 기다리게 한 세월이 10년이 넘어가는데, 내 상상 속에서 넌 이미 수십 번 망가지고 깨졌어. 나는 지금 아주, 얌전한 거야."

그의 입술 사이에 나타난 뾰족한 송곳니가 정말 저를 잡아먹을 것처럼 보였다. 망설이던 하민이 비스듬히 몸을 숙인다. 새빨간 혀가 불꽃처럼 곧 저를 뒤덮을 거란 걸 알아 정헌은 기껍게 신음을 터트렸다.

석진에게서 연락은 꽤 빨리 왔다. 그 밤이 지나고 나서 꽤 크게 앓은 하민이 겨우 침대에서 일어날 수 있을 때쯤, 출국을 앞두었다고 얼굴이나 보자는 연락이 왔다. 석진의 여자친구도 함께이니 하민도 같이했으면 좋겠다는 말에 정헌이 휴대전화를 귀에서 떼고 물었다.

"괜찮겠어?"

새로운 타인을 만나는 건 하민에게 언제나 마음을 다잡고 용기를 내야 하는 일이다. 대부분의 사람들은 첫 만남에서 그녀의 외모에 의아함을 가지고 어떻게 대해야 할지 우왕좌왕하다가 불편한 표정이나 동정의 표정을 지었다.

"지금 하민이 아파. 나중에 한국 다시 들어올 때 보자."

"아냐. 나 괜찮아, 다 나았어. 안 아파."

애초에 아팠던 것도 그에게 시달린 데다 몸살이 겹친 것뿐이다. 여름에 개도 안 걸리는 감기에 걸렸다고 핀잔을 주면서도 정헌은 회사까지 쉬면서 곁에 있어줬다.

"우리가 신혼여행을 영국으로 가도 되고."

결혼을 앞두고 있으면서도 신혼여행을 생각해보지 못해서 그녀가 볼을 붉혔다. 정헌이 그렇게 말하자 이제야 조금 실감이 난다.

"나는 영국 싫어. 계속 비가 왔거든."

정말 영국에 가게 될까 봐 하민은 목소리를 조금 높였다. 수화기 너머에서 웃음소리가 흘러나왔지만 기분 탓일 거다. 정헌이 동물을 쓰다듬는 양 그녀의 머리를 쓱쓱 쓸어줬다.

"비가 오면 아파서?"

일주일을 비 내리는 영국에서 끙끙 앓다가 프랑스로 가는 유로스타를 탔다. 두 시간밖에 걸리지 않았는데 날씨는 천지차이라 프랑스에서 꽤 오래 머물렀다.

"응. 나 진통제 잘 안 먹거든."

"들었어? 영국은 탈락."

– 내가 오라고 한 거 아니다.

수화기 속의 목소리가 좀 더 잘 들렸다.

"친구 가기 전에 만나."

하민이 자신의 머리를 쓰다듬는 정헌의 손등에 제 손을 올리며 말했다. 날큰한 눈으로 그녀를 보던 그가 느리게 대답했다.

"그래. 내일 저녁, 7시, W호텔에서."

전화를 끊고 나서 아직도 침대에서 미적거리는 하민의 옆에 정헌이 앉았다.

"약속은 언제든 취소해도 돼. 조금이라도 마음에 걸리면 말해."

"거기에 여자친구분도 오시는 거지?"

정헌이 고개를 끄덕이자 하민이 기지개를 켰다. 탁상시계를 보니 오후 3시가 조금 넘었다.

"가게 좀 같이 가. 창고에 아마 디퓨저랑 캔들 재료 남은 거 있을 거야. 빈손으로 만나긴 그렇잖아."

선물을 사기도 애매하다. 정헌의 친구이기에 하민은 그런 게 신경 쓰였다. 캔들이나 디퓨저는 어딘가 과하지도, 약소한 선물도 아니라 의외로 무난하게 통한다고 손님들이 이야기한 게 생각났다. 정헌의 친구에게 주는 건데 그나마 제가 제일 잘 아는 거라 다행이다 싶었다.

"그런 거 차리는 놈도 아닌데 뭐."

"내가 신경 쓰여서 그래."

정헌은 하민이 차라리 다른 생각을 하는 게 낫다고 여기며 테이블에 올려둔 차 키를 챙겼다.

가게의 리모델링 때문에 일하고 계시는 분들께 인사와 음료를 건네고 곧장 창고로 향했다. 거기다 전부 짐을 넣어뒀더니 어디서부터 손대야 할지 막막했다. 두 사람이 들어가자 꽉 찬 창고 안, 하민이 이것저것 열어봤다.

"내가 오일을 여기 어디에 뒀는데."

"이거 말하는 거야?"

쓰고 남은 오일들을 모아놓은 상자를 정헌이 발견했다.

"응. 맞아. 다 가져갈 필요는 없고, 골라줘."

좁은 공간에서 맞닿은 채로 하민이 뚜껑 하나하나를 열어 정헌이 냄새를 맡도록 도와줬다. 코에서 살짝 떨어진 곳에서 나는 냄새를 그가 유심히 맡았다. 항상 하민에게서 나는 냄새들이 그의 코끝에서 뒤섞였다.

"친구한테 어떤 냄새가 어울릴 거 같아?"

"내 친구라서 신경 쓰여?"

정헌이 물었다. 고등학교 시절은 물론 며칠 전의 석진에 대한 기억은 거의 없어, 처음 만나는 것과 다름없다. 거기다 정헌의 친구이기까지 하다.

"이거."

"사이프러스? 남자들이 좋아하긴 해."

상쾌한 향이다. 수목원에 들어와 있는 것 같은 느낌이 드는 냄새에 정헌이 그걸 골랐다.

"매일 땀에 절어서 뛰어다니니까 이런 냄새로 덮기라도 해야지."

"이거 향수 아닌데."

"나중엔 향수도 만들어봐. 너 자주 쓰는 거."

"로즈우드로?"

"그래, 그거. 그걸로 향수도 만들어봐. 나한테는 주지 말고."

하민이 사이프러스 오일의 뚜껑을 닫아 따로 빼뒀다. 아무래도 석진에게만 선물을 할 수 없어 여자친구의 걸론 뭘 고를까 에센셜 오일 병을 보면서 건성으로 물었다.

"왜?"

"파블로프의 개처럼 네 냄새만 맡으면 흥분하거든."

섹스 전에 정헌은 하민의 목덜미에 얼굴을 박고 냄새를 맡았다. 잠자리 횟수가 더해질수록 그도 깨닫게 된 버릇으로, 저번엔 회사에서 로즈우드 탑노트가 섞인 향수를 뿌린 누군가의 잔향을 맡은 것만으로도 절정에 이르는 것만 같았다.

"농담도."

"실험해볼래?"

정말 농담이라고 여기곤 하민이 로즈우드 에센셜을 찾아 뚜껑을 열려던 순간 정헌의 손이 막았다.

"굳이 이거 아니어도 돼."

쿵. 상자가 가득 쌓인 곳으로 밀쳐졌다. 정헌이 하민의 목덜미에 얼굴을 파묻었다.

"하아……."

입과 코로 살점을 모조리 빨아먹듯 깊게 하민의 체취를 맡았다.

"저, 정헌아."

"괜찮아, 안 해."

"밖에…… 사람 있어."

어차피 공사로 인해 드릴 소리와 뭔가를 뜯고 짜 맞추는 소음투성이다.

"알아. 너무 시끄러워서 네가 비명을 지른대도 묻힐 거야."

귓가에 닿는 숨에 아랫배가 뜨거워진다.

"아무도 못 듣는데."

정헌이 하민의 손등을 물어뜯었다. 아픔에 손가락이 벌어지고 그 사이로 침음이 비어져 나온다.

"아!"

할딱대는 숨을 그가 먹어치웠다. 밀폐된 공간에서 서로의 몸을 붙이고 살결이 닿아 있다는 게, 그것도 자신의 가게에서 밖에 타인을 둔 채 이런 짓을 하고 있는 게 믿겨지지 않았다. 밀어내면 그의 뒤에 있는 선반이 무너질까 봐, 커다란 소리에 사람들이 들어와 흐트러져 있는 자신을 발견할까 두려웠다.

"안 돼. 흑……."

하민이 필사적으로 고개를 저었다. 공기가 부족한 것 같았다. 온통 이산화탄소로 창고 안이 가득 차 있을 거라 하민은 생각했다. 그게 아니라면 그렇게 제 안에 정헌을 담았을 리 없을 테니까.

일식집의 룸에서 기다리고 있던 정헌은 십 분쯤 늦는다는 석진의 문자에 답장도 하지 않았다. 부지런한 다람쥐처럼 몇 번이나 포장한 선물들을 확인하는 하민을 보는 재미가 있었기 때문이다.

"한두 번 포장해서 파는 것도 아닐 거 아냐."

"그래도."

한 번도 보지 못했지만 석진의 연인에게 줄 선물도 사이프러스와 어울릴 향기로 세심하게 고르고 싶었다. 어제 이걸 고른다고 창고에 들어갔다 오래도록 나오지 않자, 그들을 걱정한 인부 중 하나가 노크를 했다.

"왜 또 혼자 얼굴이 빨개져?"

"누가 빨개졌다고."

정말 모르는 걸까. 하얀 제 피부가 금세 붉어지는 것을. 정헌이 하민의 볼을 매만졌다.

"이상해."

"손…… 떼…….."

"이젠 네가 입술을 씹기만 해도 꼴려서 나도 내가 이상해."

그가 환하게 웃으면서 말했다. 기가 차 고개를 홱 돌려버렸다.

드르륵. 미닫이문이 열리고 석진과 그의 애인이 들어왔다. 노란색 원피스에 카디건을 입은 단발머리의 귀엽게 생긴 앳된 여성이다.

"안녕하세요."

고개를 꾸벅 숙이고 인사하며 하민의 앞에 앉은 여자가 그녀를 보고 입을 작게 벌렸다.

"우정헌이라고 해요. 이쪽은 정하민."

"전 김은정이에요. 스물여덟이니 말씀 편하게 하세요. 근데 언니 대박이에요. 머리색 좀 봐. 진짜 너무 이뻐요."

다다다 자신의 소개를 마친 은정이 감탄을 금치 못했다. 하민은 안절부절못하며 정헌을 바라보았다.

"아, 죄송. 제가 너무 이쁜 거 보면 말이 그냥 나와요."

석진은 은정이 그러거나 말거나 정식코스를 시켰다. 이미 둘은 서로에게 너무 익숙해져 있다.

"진짜 예쁘시네요. 눈도 너무 예쁘셔서……."

처음에는 호의인지 혹은 다른 의미가 있는지 알아차리지 못했다. 하지만 두 주먹을 불끈 쥐고 이것저것 물어보는 은정에게 하민은 곧 경계를 풀었다.

"저 우정헌 선수 팬이었어요!"

하민과 한참을 대화 나누다가 요리가 하나둘씩 나오고 나서야 한숨 돌린 은정이 말했다. 물컵을 입에 대고 있던 석진은 물을 뿜을 뻔했고 정헌은 심드렁하게 그러냐며 식사를 계속했다.

"제가 우정헌 선수 고등학교에 꽃다발 들고 많이 찾아갔었는데."

"그런 애가 한둘이었어야죠."

"재수 없는 새끼."

정헌이 연습에 나오는 날이나 경기를 뛰는 날이면 학교 안도 뒤집어질 정도였으니 하민은 이해했다. 여기서 정헌의 팬을 만나게 될 줄은 몰라 그녀도 신기했다.

"우정헌 선수 쫓아다니는데 이 오빠가 저한테 계속 말 걸었거든요. 그땐 아 뭐야, 오리발처럼 생긴 게 하고 저도 고등학교 입시 때문에 바빠서 더 이상 경기 보러 안 다녔는데."

은정이 자신이 좀 외모지상주의라고, 오늘은 언니가 예뻐서 언니만 눈에 들어왔다고 이야길 이었다. 하민은 웃느라 음식을 먹을 새도 없었다. 그의 앞에서도, 그리고 누군가의 앞에서도 이렇게 시원하게 웃는 건 처음이었다.

"대학 졸업 앞두고 클럽에서 다시 만났네요."

서로를 알아봤지만 가벼운 만남이라고 생각했단다.

"사람 인연은 어떻게 될지 모르는 거더라고요."

"먹으면서 들어. 그러다 뱃가죽 붙겠다."

정헌이 제 몫의 초밥을 집어 하민의 입에 넣어줬다. 당연하다는 행동이었고 어느새 익숙해진 하민이 입을 벌려 자연스럽게 받아먹었다.

은정의 눈에 둘은 선남선녀 커플이었다. 오는 내내 석진에게 귀에 못이 박히도록 하민의 외모에 대해 놀라지 말라는 주의를 들었다. 아마 그녀가 이상한 태도를 보이면 그 자리에서 화를 낼 사람은 성격 존나 더러운 우정헌일 거라고 경고했다. 하지만 하민을 보는 순간 동화 속의 공주님이 앉아 있는 것 같아서 은정은 다른 의미로 할 말을 잃었다. 뽀얗고 창백한 피부는 너무 가냘파 보였고 입술과 눈은 지나치게 붉었다. 동창들이 모였을 때 일어났던 파란을 전해 들은 뒤라, 이렇게 생겼으니 여자들의 시기 질투로 꽤 고단했겠구나 하였다.

"언니라고 불러도 돼요?"

"편한 대로 해요."

"그럼 언니도 말 편하게 하세요."

애교 있게 웃으면서 은정이 한쪽 눈을 찡긋거렸다. 남자들은 술과 함께 축구나 유럽 쪽 경기일정 따위를 진지하게 이야기 중이다.

"언니, 캔들숍 하신다면서요. 나중에 놀러 가도 돼요? 오빠는 계속 영국에 있으니까 심심해요. 난 따라가봤자 여기서나 거기서나, 보는 시간은 거기서 거기예요."

"놀러 오면 나도 좋지. 하루 종일 혼자 있을 때도 있어."

만난 지 적어도 몇 년은 된 것처럼 편했다. 왜 석진이 그녀와 오래도록 만나는지 알 수 있을 정도로, 은정은 사근사근하고 붙임성이 좋아 쉽게 마음을 열 수 있었다. 호의를 갖고 다가오는 상대에게 모질게 굴거나 경계할 수는 없는 법이다.

"헐, 하루 종일 혼자 있을 때도 있으면 가게 유지는 어떻게 해요?"

"귀신처럼 단체주문이 들어오거나 해."

그 주문의 대부분은 수지가 가지고 오는 것이었지만. 월세가 나갈 일도 없어서 들어오는 돈은 재료비 빼고 전부 그녀의 수입이 된다.

"단체주문 몇십 개씩 들어오면 이건 손님이 없는 게 차라리 편하지 않아요? 언니 온라인숍도 하세요? 너무 구경 가고 싶다. 저 밤에 잘 때 항상 캔들 켜놓거든요."

밝게 웃고 있어도 장거리 연애란 쉬운 게 아니다. 몇 달에 한 번, 심할 땐 한 해에 한 번 몇 주 오는 게 전부인 남자친구를 붙잡고 출국장에서 세 시간을 우는 은정이다. 막상 석진이 오면 티격태격 싸우기 바쁘지만 헤어질 땐 펑펑 운다. 헤어지기 싫어서 그날 바로 비행기를 끊어 맨몸으로 같이 영국에 간 적도 있었다. 결국 직장 때문에 이틀 뒤 한국으로 돌아와야 했지만.

"좋아할지 모르겠는데……."

하민이 테이블 아래서 상자 두 개를 꺼냈다.

"내 거도 있어?"

"응."

석진과 자신은 고등학교 동창이라는데 아직 어색했다. 분명히 정헌과 함께 몇 번 이야기를 나눌 기회가 있었을 텐데 전혀 기억이 나질 않았다. 사이프러스 향의 캔들과 디퓨저를 담은 상자를 그에게 슥 밀었다.

"어? 저 이 향 알아요. 시트…… 뭐였는데."

"시트로넬라. 여름이잖아. 벌레가 싫어하는 향이거든. 달달한 레몬 향이라 우리가 맡을 땐 너무 좋지만."

"이런 배려…… 센스……. 진짜 우정헌 씬 복 받은 거예요. 오빠도 좀 보고 배워라. 가방이나 이런 거 매장 매니저 추천이라고 귀 팔랑거려선 제일 비싼 거 호구처럼 덜컥 사오지 말고 이런 마음이 담긴 선물이나 좀 해봐."

은정은 초등학교 선생님이다. 아직까지 언론에 두 사람의 열애 사실은 퍼지지 않았지만 둘 다 나이도 있고 석진이 안정을 바라 조만간 결혼발표를 하기로 했단다.

"시드니로 여행 갔을 때 이 향 산 적 있거든요. 우리나라에선 파는 곳이 거의 없더라고요. 이거 판다는 데 인터넷으로 찾아서 사봤는데 대박……. 내가 알던 향이 아닌 거예요."

인터넷으로 주문했다는 곳은 상대적으로 비싸고 단가가 안 맞는 에센셜 오일이 아니라 프레그넌스 오일일 가능성이 컸다. 그 차이는 천연과 인공 정도로 미묘하지만 본능적으로 아는 걸 보니 은정은 코가 예민한 편 같다.

"여름에 제일 잘 팔리는 향이라 그래. 아마 지금은 구하기 쉬울걸. 나도 사실 이 향은 여름에만 만들어."

손님들 중에 뭘 골라야 될지 고민하고 갈팡질팡하는 사람들에게 계절에 맞는 향으로 추천하면 대부분 그걸 포장해달라 한다.

"아, 그렇구나. 근데 난 이제 언니를 알았으니까 잘 부탁드려요."

"응. 혹시 만드는 데 관심 있으면 일주일에 한 번씩 수업하거든."

"몇 시예요?"

시간을 말해주자 그때는 퇴근 전이라며 은정은 눈에 띄게 서운해했다.

하민은 정헌에게 한 번도 시선을 주지 않은 채 은정의 말에 푹 빠져 있었다. 또래와 손님 사이도 아니고 이렇게 오래 이야기해본 적은 처음이었다. 그것도 대화 상대로서 즐거운 사람인지라 은정의 한마디 한마디에 배를 잡고 웃었다.

"먹으면서 친해지라니까."

간간이 하민을 보며 먹는 양을 확인하고 표정을 체크하던 정헌이 다시 초밥 하나를 입에 대주자 그녀가 입만 벌려 삼켰다.

"부럽다. 우정헌 선수는 굉장히 냉정한 성격이라 알고 있었는데, 역시 내 여자에겐 따뜻하군요. 근데 오빠는 왜 그러냐. 오빠 입으로 들어가는 게 제일 중한가 봐?"

은정이 팔꿈치로 석진의 옆구리를 가격하며 눈을 흘겼다. 잘 먹다가 사레가 들려 쿨럭거리는 그가 눈총에 못 이겨 초밥 하나를 은정의 입가에 가져다 댔다.

"됐어. 기침하면서 침 다 튀기는 거 봤어."

"하민아, 나 영국 가면 우리 은정이 좀 잘 챙겨줘."

"부탁할 만한 사람한테 부탁해. 내가 언니 지켜줘야 되게 생겼구먼."

은정이 한마디 던진 순간, 방 안의 모두가 웃음을 터뜨렸다. 은정도 가녀린 체구였지만 하민은 분위기부터가 달랐다. 누구라도 지켜주고 싶어지게끔 생겼다.

"근데 언니 결혼식 어디에서 해요?"

"가족들끼리 조촐하게 할 건데 2주 뒤쯤? 신혼집 보고 날짜 잡기로 했어."

"진짜 빠르다. 친구들은 초대 안 해요? 저도 가면 안 돼요?"

"아…… 그게…… 내가 친한 사람이 없어서 아마 아무도 안 올 것 같아."

자랑은 아니지만 그렇다고 해서 없는 친구를 만들어낼 순 없다.

"대박……. 맞아요. 너무 예쁜 사람은 혼자 사는 인생이랬어요. 그래서 나도 친구가 별로 없나 봐."

자꾸 은정이 예쁘다 예쁘다 노래를 불러서 얼굴이 홧홧했다.

"저 가도 돼요?"

"진짜 와줄 거야?"

결혼식을 하기로 했지만 지인이 올 거라곤 생각도 않았다. 하민이 눈을 빛내자 은정은 한술 더 떴다.

"친구 없으면 부케는 누가 받아요? 부케 받을 동생이라도 있는 게 어디예요."

"부케 그냥 내가 가지려고 했는데."

아니면 수지에게 부탁하려고 했다. 수지가 두 번째 결혼 역시 종혁과 했으면 하는 바람을 담아 부케를 건네려 했다.

"안 돼요. 난 신부가 자기 부케 가져간단 소린 못 들어봤어요. 어차피 저랑 오빠랑 올해 안으로 발표하고 내년에나 결혼할 건데 제가 받는 게 딱이에요."

"이렇게 나는 코가 꿰이고……."

석진이 쓸쓸하게 중얼거렸다. 그러다 은정에게 옆구리를 찔렸지만 그는 아랑곳하지 않았다.

"진짜 그 입 다물어라, 오빠."

은정이 작은 주먹을 내보이자 석진은 정말 얌전히 입을 다물었다.

"언니, 저 화장실 갈 건데 같이 가실래요?"

벌써 친해진 여자애들처럼 화장실 같이 갈 거냐 묻자 하민이 고개를 끄덕였다. 둘이서 나란히 화장실로 향한 후 석진이 정헌에게 물었다.

"쟤들 언제 봤다고 화장실을 같이 가?"

"난 안심되는데. 정하민이 혼자 안 가서."

"미친놈. 고등학교 졸업한 지가 언젠데 아직까지 화장실 같이 가는 여자들을 봐야 하다니.”

끌끌, 혀를 차면서 석진이 턱을 괬다.

화장실에서 손을 씻고 있는데 뒤늦게 나온 은정이 하민의 곁에 섰다. 방 안은 탕 냄새와 음식 냄새, 그리고 은정과 맞은편에 앉아 향을 잘 맡을 수 없었지만 지금 바로 옆에 서자 잘 느껴졌다.

“향수 혹시…….”

“아, 이거 로즈우드 향이에요. 사람들 잘 모르던데. 역시 언니 향에 민감하시구나. 한 번에 알아챈 사람이 없는데, 신기하네요!”

탑노트가 날아가고 베이스노트의 로즈우드만 남아 굉장히 은은한 향이 났다. 자신의 몸에서 나는 줄도 모르던 로즈우드 비누 향과는 달랐다. 그러다 로즈우드 냄새만 맡아도 흥분한다던 정헌의 말이 떠올라 얼굴이 굳었다. 우정헌은 냄새에 민감한 편이 아니라 못 알아챌 수도 있지만, 제게서 나는 가만한 비누 향만은 정확히 짚어낸 걸 보면 의외로 로즈우드 냄새만은 잘 구분할지도 모른다.

“언니도 한번 뿌려보실래요?”

손을 씻고 클러치에서 향수 샘플을 꺼낸 은정이 하민의 손목 맥박이 뛰는 곳과 목 부근에 향수를 문질러줬다.

“맥박이 뛸 때마다 향기가 퍼진다는 게 너무 로맨틱하지 않나요? 전 그래서 향수가 정말 좋아요. 특이한 향수 모으는 것도 취미고. 향수도 한정판이 너무 많이 나와서 끝이 없어요. 욕심도 자꾸 생기고."

못된 생각을 한 것 같아 하민은 은정에게 미안해했다. 열심히 그녀의 말을 들어주며 룸으로 돌아오니, 남자들은 열심히 대작 중이었다.

"진짜 빨리 먹는다. 속도 좀 맞추지?"

"너 수다 다 떨 때까지 배고파서 어떻게 기다려."

투닥대는 두 사람이 좋아 보였다. 정헌은 무조건 자신에게 맞춰주어서 하민은 그가 뭘 좋아하는지, 얼마나 밥을 빨리 먹는지 알지 못한다.

"음, 잠깐만."

하민이 앉자마자 정헌은 그녀의 목덜미에 얼굴을 묻었다.

"로즈우드 향이네."

하민에게서 나는 향이 아니었다면 절대 구분하지 못했을 것이다. 실제로 별로 이런 데 관심 없는 정헌은 로즈우드 외의 다른 건 전혀 구분하지 못했다.

"향수 뿌렸어? 좀 진한데."

"와…… 개코. 제 향수예요. 이거 프랑스에서 친구가 사다 준 건데 너무 좋죠?"

"네. 정말 좋네요."

정헌이 웃으면서 받아쳤다. 은정이 석진에게 손목을 내밀며 오빠도 좀 맡아보라 투덜거렸다.

"난 맡아도 몰라."

"아, 오빠 비염 있지. 향을 못 느끼는 코라니."

고개를 절레절레 저으면서 은정이 하민과 정헌을 부럽단 듯 쳐다봤다. 보면 볼수록 세심하게 돌보고 아끼는 연인이다. 하민은 그걸 당연하게 받아들였고, 제삼자의 눈에는 우정헌이 안달 나 있는 게 보였다. 제 젊은 날의 우상을 눈앞에 두고 보는 것도 신기했지만 그가 온 열정을 쏟아 상대의 환심을 사기 위해 노력하는 모습은 더 신기했다.

학교 앞 싸가지 우정헌이라는 별명은 유명했다. 누가 찾아오든 뭘 주든 무시하기 일쑤고 귀찮아서 시끄럽다며 말도 못 하게 만들었다. 고백을 받아도 신랄하게 차버렸고, 들은 척도 하지 않는다고 그러니 너도 빨리 포기하라는 말을 지금 애인인 석진으로부터 직접 들은 은정이다.

"언니, 저 그럼 다음 주에 가봐도 돼요?"

"그럼. 그땐 리모델링도 다 끝나거든. 어차피 캔들 만들어놔야 해서. 주말에 놀러 오면 만드는 법 알려줄게. 마음에 드는 향 있음 가져가도 되고."

"아…… 자영업자 좋다. 너그러운 마음씨. 대신 제가 진짜 맛있는 도시락 싸갈게요."

하민이 웃으면서 고개를 끄덕였다.

와인바로 자리를 옮기면서까지 밤늦게까지 이어진 수다에 하민은 녹초가 됐다.

"애가 이렇게 체력이 약해. 오늘은 이만 들어가봐야겠다."

"벌써 12시네. 그래."

"출국이 언제라고?"

"다음 주."

"건강하게 잘 있다 와. 시간 되면 영국 한번 갈게."

"또 말만 그렇게 한다. 신혼여행도 하민이가 영국은 비 많이
와서 싫다고 했다며."

"어. 말만 그렇게 하는 거야."

"야, 다음 주면 아직도 일주일이나 남았는데 그 전에 한 번
더 안 보려고?"

"어, 바빠."

남자들은 의리라곤 쥐뿔도 없는 대화들을 나누면서 쿨하게
돌아섰다.

"언니, 그럼 다음 주에 봐요. 저 향수 소분해놓은 거 있거든
요. 언니도 이거 향 좋아하면 가져다 드릴게요."

"고마워. 그럼 다음 주에 보자."

"네. 제가 간간이 문자 드려도 귀찮아하심 안 돼요!"

은정은 몇 번을 다짐받고서야 하민에게서 겨우 떨어졌다. 두
사람이 대리를 불러 차에 올라탄 걸 배웅한 뒤 둘은 택시에 올
라탔다. 오늘 술을 먹을 거 같다는 정헌의 말에 하민이 먼저 택
시로 움직이자고 제안했다.

"재미있었어?"

"응. 너무너무 좋았어. 나 그렇게 예쁜 동생 처음이야."

하민이 정헌의 어깨에 기대며 배시시 웃었다.

"그러게. 걔가 석진이 남동생이었으면 내가 상 여러 번 엎었
어."

우스갯소리인지 아닌지 분간이 안 가 하민은 그냥 웃었다.
술은 한 모금도 입에 대지 않았지만 취한 것처럼 살짝 들떠 있

었다.

"캔들 가져가길 잘한 것 같아. 이것 때문에 분위기가 더 좋았잖아."

캔들을 만드는 하민의 곁을 내내 얼쩡거리면서 도와주지는 못할망정 방해만 한 정헌 때문에 자칫하면 모양이 엉망으로 나올 뻔했다.

"그래. 다 잘했어."

정헌이 하민의 정수리에 입을 맞췄다. 당일까지도 하민이 긴장해 약속을 취소할까 했는데, 오길 잘했다는 생각이 들었다.

오피스텔과 먼 곳이 아니라 금세 도착했다.

"······은정이도 로즈우드 향수 쓰더라고."

"응. 아까 봤어."

그가 건성으로 대답하면서 오피스텔 현관에 카드키를 댔다. 하지만 하민이 뒤에 서서 같이 들어오지 않자 그제야 돌아봤다.

"너······."

"응?"

"아냐."

그가 고개를 모로 기울였다. 할 말이 가득한 얼굴로 입을 다무는 하민을 가만히 바라봤다.

"뭐가 아닌데. 말해봐."

"아냐. 내가 이상한 생각 했어."

그가 열어놓은 오피스텔 정문 안으로 쏙 들어간다. 그 뒷모습을 잠깐 바라보던 정헌이 웃음을 터트렸다. 그 웃음소리를 들었는지 엘리베이터까지 후다닥 걸어가는 하민의 모습에서 확신을 얻었다. 큰 보폭으로 그녀를 따랐다.

하필이면 엘리베이터 여섯 대가 전부 고층에 있었다. 누가 누르고 있는지 한참을 멈춰 있거나 층마다 걸려 굉장히 느린 속도로 내려온다.

"내가 한 이야기 때문에 그래?"

"아니."

"지금 무슨 이야기인 줄 알고 아니래?"

"아니. 다 아니야."

"왜. 네가 있는데도 다른 애한테 발정하는, 그런 지조 없는 놈으로 보여?"

그가 하민의 등 뒤에서 허리를 굽히고 어깨를 턱으로 지그시 내리누르며 물었다.

"아니라니까!"

볼에 정헌의 입술이 부드럽게 닿았다 떨어졌다.

"아, 어디서부터 가르쳐야 될지 막막하다."

"자기도 처음이었으면서 누굴 가르친다는 거야."

하민이 입술을 비죽이며 구두 굽으로 대리석 위를 가볍게 걸어찼다. 빨리 엘리베이터가 왔으면 좋겠는데 10층 아래로 내려올 기미가 없다. 생각해보니 밀폐된 공간은 더 뻘쭘할 것 같아서 머리를 쥐어뜯고 싶었다. 대체 왜, 그런 소리를 해선.

갑자기 치솟은 질투였다. 혹시나 이 향을 정헌이 맡았다면. 은정의 몸에서 나는 냄새 때문에 정헌이 흥분한다면.

"잠깐만."

정헌이 하민의 손목을 잡아챘다. 어딜 가냐고 말을 꺼내기도 전에 엘리베이터 옆 비상구 문을 그가 열어젖혔다.

"읍! 으읏……!"

비상문이 무겁게 닫히기도 전에 하민의 볼을 양손으로 부여잡은 그가 입술을 무자비하게 열고 침범했다. 처음 그와 키스할 때처럼 숨도 쉬지 못한 채 정헌의 슈트를 두 손으로 꽉 쥐고 정신없이 매달렸다.

입술과 타액이 정신없이 뒤섞였다. 거의 허리를 반쯤 꺾고 덮쳐오는 정헌을 받아들이느라 하민은 그에게 매달리는 수밖에 없었다.

"저 향을 맡으면,"

입술을 맞댄 채 그가 잔뜩 젖은 음성으로 말했다.

"자연히 네가 떠올라서 선다는 뜻이었는데."

음란하게도 다른 의미로 해석했냐, 그가 묻는다.

"흡…… 그런 말 안 했…….."

"내가 너한테 발정이 나서 죽을 것 같은데. 꼭 말로 해야 알아?"

"몰라, 그런 거."

"그래? 그럼 이제부터 일일이 말로 할게. 안을 때마다, 너한테 들어갈 때마다 어디를 만지고 싶은지, 얼마나 울리고 싶은지 전부 말로 먼저 할게."

"하지 마!"

"왜. 모른다며. 모르면 말로 해서라도 알아듣게 만들어야지."

희미한 불만 밝혀진 비상계단에서 그가 수컷의 눈을 했다.

"안 해도…… 홋! 안 해도……."

"넌 눈치가 더럽게 없으니까."

"아…… 누가 오면……."

"엘리베이터가 여섯 대나 있는데 요새 누가 비상계단을 이용해? 설마, 지금 불이 날 만큼 내가 운이 없겠어?"

기껏 한 화장이 온 얼굴을 돌아다니는 정헌의 입술로 인해 짓뭉개졌다. 특히 나오는 길에 화장실에서 발랐던 립스틱이 볼을 타고 죽 그어졌다.

화장품 맛밖에 안 날 텐데 정헌은 하민의 입술에서 떨어져나온 잔재라는 이유로 열심히 그것을 삼켜낸다.

"제발, 정헌아. 홋…… 집에서……."

"집에서 저번에 사둔 치마 입을까?"

흉터 때문에 절대 치마는 싫다는 하민으로 인해 사놓기만 하고 입어본 적 없는 원피스가 떠올랐다. 그는 일단 쇼핑을 나가면 마음에 드는 물건을 모두 사와 하민에게 입혀보고서야 정신을 차렸다. 입지 않는 원피스만 한가득 그의 드레스 룸을 차지하고 있어, 환불하라고 해도 듣지 않는다.

"……싫어. 흉터 때문에……."

한 번도 하민의 흉터를 미적인 면에서 생각해본 적 없었다. 그런 기준에 맞춘다면 분명 흉할 테지만 정헌에겐 황홀할 정도로 아름다운 훈장 같은 거다. 나폴나폴 뛰어왔다고까지 미화된 그의 기억은 중증인 수준이다.

"입어만 줘."

기어이 난폭한 손놀림에 블라우스 단추가 떨어졌을 때였다. 고개를 든 정헌의 눈에 새카만 것이 잡혔다.

"하민아."

하민의 허리를 저도 모르게 꽉 쥐었다.

"오늘 치마 입어주겠다고 약속해줘. 그럼 내가 알아서 할게."

뭘 알아서 한다는 걸까.

"응?"

"불 끄고…… 불 끄면 입을게."

"내외하긴."

정헌이 웃으면서 하민의 흐트러진 옷을 최대한 단정하게 정리했다. 떨어진 단추는 어쩔 수 없었지만 지금 그게 중요한 게 아니다. 돌변한 그의 태도에 어리둥절해하자 그가 말했다.

"위에 감시카메라 있어."

"……우정헌!"

"나도 몰랐어. 걱정하지 마. 관리실 가서 테이프 빼올게."

하민의 얼굴이 지금껏 그가 봐왔던 어떤 때보다 더 새빨갛다. 정헌이 위로랍시고 그녀의 어깨를 끌어안았다.

"괜찮아. 속살은 하나도 안 보일 테니까. 단추도 하나만 뜯어졌는걸. 아마 배는 좀 보였을지 몰라도……."

퍽! 하민이 제 가방으로 정헌의 어깨를 내리쳤다.

그 와중에도 하민의 씩씩거리는 숨소리를 듣기 좋다고 생각하면서 정헌이 먼저 올라가 있으라 손짓했다.

"테이프 가져오기 전에 들어올 생각도 마."

하민이 부들부들 떨며 내뱉은 한마디는 진심이었다. 그리고 비상계단을 나와 1층에 멈춰 선 엘리베이터를 타고 재빨리 올라와버렸다.

 하민은 일주일간 정신없이 보냈다. 종혁과 수지가 같이 연락해서 나가보니 혼수를 고르잔다. 정헌은 회사의 공동대표 문제로 참석하지 못했다. 자신들이 들어가서 살 집인 한남동 주택이 너무 커 하민은 기겁했다. 오랜만에 합심한 종혁과 수지는 자신들이 결혼을 해봐서 혼수 같은 부분은 제일 잘 안다며 되지도 않는 조언을 했다.

 그것보다 둘만 사는 집은 아담했으면 좋겠다고 최 여사에게 말해달라며 하민은 슬쩍 빠졌다. 택시에 타기 전에 마지막으로 본 건 작은 집도 나쁘지 않지, 하고 종혁이 고개를 끄떡이다가 수지에게 한소리 듣는 장면이었다.

 차라리 그 집에 종혁과 언니가 살면 좋을 텐데. 그런 생각을 했다. 아마 시간은 걸리겠지만 재결합으로 이어질 거란 느낌이 들었다. 오후에는 점심시간 조금 지나서 은정이 가게로 온다고 했기에 그 핑계를 대며 빠진 하민은 곧장 가게로 향했다.

 리모델링이 된 뒤 그녀도 처음 와보는 것이다. 가게 문을 열자 옛날엔 화이트 톤이었던 가게가 전부 은은한 우드 톤으로 바뀌어 있었다. 천장을 편백나무로 하고 바닥과 몸체를 자작나

무로 만들어 전부 친환경 소재 위주로 리모델링을 했다.

은정이 오기 전에 창고의 재료들을 꺼내놓을 생각에 아무 생각 없이 창고로 갔다가 고개를 푹 숙이고 말았다. 여기서 어떤 일을 둘이서 벌였는지 기억났다.

"차라리 창고를 막아버릴까."

한번 기억난 이상 쉽게 들어가지 못할 것 같다. 들어간다 해도 그 기억만 떠올라 매번 얼굴을 붉힐지도 모른다. 차라리 리모델링을 하면서 여기를 막고 다른 곳에 창고를 만들어달라고 할걸. 후회가 밀려왔다.

재빨리 재료들을 꺼내고 일단 향이 달아나지 않고 쓸 만한 캔들들을 꺼내 쌓여 있는 먼지를 털어냈다. 어제 업체를 통해 전체적인 청소를 마쳤는지라 이대로 상품을 전시해도 괜찮은 상태였다.

딸랑. 유일하게 가게에서 바뀌지 않은 곳은 창문과 출입문의 정면에 달린 풍경뿐이다.

은정이 왔을 거라 생각해 반색하며 고개를 들었는데 윤주가 서 있었다. 길었던 머리카락은 짧아져 있었고 얼굴은 혈색 없이 푸석거렸다. 화장을 하고 있지만 깊게 드리운 다크서클마저 숨길 순 없었다.

"윤주야."

"오늘 회사에서 내 지분 돌려받았어. 주식이 아니라 현금으로 주더라. 퇴직금이나 다름없지."

상복처럼 검은 정장을 차려입은 윤주의 모습은 섬뜩하기까지 했다. 눈에 핏발이 선 채로 노려보는 모습에 하민은 경찰을 불러야 하나 싶을 정도였다. 조금만 더 가까이 오면 경찰을 부르자 결심하는데, 윤주는 문 앞에 못 박힌 듯 서 있기만 했다.

"넌 그걸 믿니? 우정헌 거짓말을 믿어?"

그들의 공동명의로 돼 있던 주식을 강제나 다름없이 포기하고 나온 차다.

"거짓말 아냐. 그런 걸로 정헌이 거짓말 안 해."

"네가 걜 얼마나 봤다고? 걔 거짓말 잘해. 청렴하고 결백하게 회사 이끌어왔을 거 같니? 우리 아빠부터 시작해서 사업하는 사람들 다 사기꾼들이야."

"네 말대로 그게 거짓말이면 정헌이가 패륜아겠지."

"내 말이 그 말이야. 우정헌은 너 사랑해서 너랑 결혼하는 거 아니야. 다 잃어서 더 높이 올라가고 싶은 것뿐이야. 네가 필요한 게 아니라 네 집안, 돈, 명예가 필요한 거야. 그래서 나를 버리고 너를 택한 거라고. 걔가 나한테 그럴 리 없지. 어떻게 우정헌이 나한테 이래. 내가 몇 년이나 걔를……."

"집에 들어가서 좀 쉬어야겠다. 너 지금 제정신 아닌 것 같아."

한 손으로 입을 막으며 정헌에 대한 원망을 쏟아내던 윤주가 고개를 번쩍 치켜들었다.

"너는 내 꼴 안 될 것 같아? 아, AE그룹은 영원히 대대손손 잘 먹고 잘 살 테니까 그럴 걱정은 없나? 사탕발림에 속아 넘어가서 평생 좋은 꿈을 꾸려고?"

그게 가능만 하다면 그러고 싶었다.

"정헌이가 나를 사랑하든, 그게 거짓말이든 상관없어."

정헌이 내민 조건을 수락했을 때부터 하민에게 상관없는 이야기였다.

"정헌이 부모님이 그렇게 되신 거 내 책임 아니었다고 해도 축구를 포기하게 된 건 내 책임이니까."

"그럼 차라리 돈으로 보상해! 걔한테 돈 준다고 해! 아주 어마어마하게 주겠다고!"

"……그럼 정헌이가 너한테 갈 것 같니?"

윤주가 하민을 노려봤다. 금방이라도 달려들 것 같은 눈길이다.

"네 돈이 아니면, 걔가 네 옆에 남아 있을 것 같아?"

"정헌이가 돈을 달라고 하면 돈을 줄 거고, 다른 걸 달라고 하면 그걸 줄 거야."

그래서 선우를 만나기로 약속을 잡았다. 유언장이 공개된 뒤 자신의 재산에 대한 처분을 그와 의논하려고 했다. 혹시나 우정헌에게 일부를 상속해주고 나머지는 사회에 환원할 수 있는지 물으려 한다. 이런 이야긴 AE그룹의 고문 변호사에겐 할 수 없다. 최 여사나 오빠, 언니의 귀에 들어갈 게 분명하니까.

"나는 어떻게든 그에게 보상이 되길 원해."

거기에 자신의 욕심을 딱 하나 얹었다. 그와 하루라도 살아보고 싶다는 거. 그리고 이미 그 소원은 이뤘다.

"역시 예쁘게만 자라서 세상을 모르는 소리 하네."

사실 윤주는 알고 있었다. 알면서도 그들 관계에 금이 가길 바라 하민을 찾아온 것이다. 정헌은 그때 당시의 공장장과 직원들 인터뷰를 전부 갖고 있었다. 정하민에게 따라다녔던 살인

자란 꼬리표가 앞으로 평생 네 뒤를 따라다니길 원하지 않는다면 주는 돈을 받고 회사의 지분을 완전히 포기하라고 했다. 그리고 해외에 나가 죽은 듯이 살라고. 그게 아주 관대한 처사인 것처럼 말했다. 윤주 아버지의 목줄을 쥐고서 검찰조사로 넘어가면 온 국민이 다 알게 될 거라 속삭였다.

"걔는 지독하게 이기적이야. 나를 10년 넘게 가지고 논 것 보면 알 만하지. 너도 내 꼴 나지 않는단 보장 없고. 10년 뒤에도 20년 뒤에도 너희가 그대로였으면 좋겠다. 이건 진심이야."

윤주의 눈에서 눈물이 뚝뚝 떨어졌다. 저주 같은 진심이라며 기괴하게 웃는 모습에서 독기가 느껴졌다.

딸랑.

"어? 손님이 계셨네요?"

은정이 커다란 찬합을 들고 들어서다 윤주를 보고선 난감한 얼굴을 했다. 어떤 사인지는 모르겠으나 누가 봐도 한쪽이 어마어마한 원한을 품고 있는 건 확실했다.

"은정아, 잠깐만."

"여기 앞에 있을게요."

눈치 빠른 은정이 찬합을 내려놓고 가게 밖으로 나왔다. 하지만 혹시라도 있을지 모르는 사고를 대신해 전면창 앞을 서성이며 틈틈이 안을 확인했다.

"네가 그때 사고로 죽어버렸으면 좋았을걸. 아예 다리를 잃고서 불구가 되거나."

"그런 마음은 언젠가 본인에게 돌아간다고 하더라."

하민이 싸늘하게 내뱉었다. 지금도 충분히 힘들다. 정헌이 치마를 입어달라고 하면 고개를 젓곤 한다. 구두를 신고 치마를 입는 평범한 일상은 하민에게는 없다.

"그거야 두고 보면 알겠지. 내가 떠날게. 네 그 잘난 예비 신랑이 이 나라에서 내 꼴 더 이상 안 보고 싶다고 했거든."

윤주는 어느새 흐르는 눈물을 손등으로 거칠게 닦아내곤 물끄러미 하민을 바라보다 돌아섰다.

"내가 더 빨리 발을 뺐어야 했어."

우정헌의 곁에 있는 유일한 여자라는 착각에 취해 있었다.

마지막 말은 하민에게 거의 들리지 않을 정도로 작았고, 문을 열고 나가는 풍경 소리에 완전히 묻혀버렸다. 윤주가 나가자마자 은정이 재빨리 들어와서 하민의 안색을 살폈다.

"언니, 내가 아무래도 좀 이상해서 오빠한테 연락을 했는데…… 아마 우정헌 씨가 올 거예요."

"……그래?"

"내가 괜히 연락한 거예요? 이제 괜찮다고 할까요?"

"괜찮아. 내가 따로 연락해서 괜찮다고 할게."

윤주의 독기를 마주한 순간 자신에게 달려들어 해코지를 할지도 모른다고 생각했다. 실제로 그렇게 되면 어떻게 하나 했는데 다행히 아무 일도 없었다.

하민은 제 손을 내려다봤다. 유리로 된 캔들이 들려 있다. 자신도 모르게 잡았던 모양이다. 달려들면 이걸로 후려치기라도 하려고? 하민이 허탈하게 웃으며 테이블에 캔들을 내려놨다.

"잘했어요, 언니. 여기서 무기가 될 만한 건 이것밖에 없어. 내가 밖에 얌전히 나가준 건 언니 앞에 유리병이 잔뜩 있어서야. 여차하면 다 던지면 되잖아요."

"품, 그게 뭐야."

하민은 어이가 없어 웃음을 터트렸다. 은정은 사람의 기분을 녹이는 재주가 있다. 은정이 찬합을 가져와 테이블 위에 하나하나 펴놓고 나무젓가락까지 쪼개 건넸다.

"대충 그 여자가 누군지는 알겠는데 이럴 때일수록 잘 먹어야 돼요."

김밥과 유부초밥, 그리고 각종 반찬과 과일들까지 둘이서 먹기에는 많다.

"그리고 그 여자가 어떤 소리를 했든 상관하지 마요."

"남을 상처 주기 위한 말이……."

윤주만큼은 아니지만 자신도 우정헌을 상처 주기 위해 쏟아부은 적 있다. 그리고 그게 아직까지 후회로 남아 있다.

"나한테도 상처로 남더라고."

"맞아요. 이래서 내가 언니를 좋아해요. 얼굴도 예쁘지, 현명하지, 우정헌 씨한텐 엄청 아까워요. 거긴 내가 쫓아다닐 때도 밥맛이었거든. 어릴 땐 왜 이렇게 나쁜 남자가 좋았는지 모르겠어요."

"지금 나 나쁜 남자랑 산다고 흉보는 거야?"

"눈치챘어요?"

"나도 그 정도 눈치는 있어."

"언니."

정헌이 그랬던 것처럼 김밥 하나를 하민의 입에 넣어주면서 은정이 말했다.

"응?"

입이 꽉 찰 정도로 커다란 김밥을 씹는데 입안에서 밥알이 겉돌았다.

"그래도 나쁜 남자 한번 믿어봐요. 언니한테는 좋은 남자 같으니까. 사람은 원래 이기적인 거예요. 나한테만 좋음 그만이야."

정헌이 그날 동창회에 출발하기 전에 그랬다. 그녀가 자신을 끔찍하게 여길 것 같다고. 그날 이후 그가 정말 끔찍해졌을까. 하민은 고개를 저었다. 입에 든 김밥 때문에 말을 할 수가 없었다. 씹어도 씹어도 김밥이 넘어가지 않는다.

"언니, 제대로 울어본 적 한 번도 없으시구나."

은정이 젓가락을 내려놓고 하민의 어깨를 도닥였다. 남자가 아니라 빌려줄 넓은 가슴은 없다고 너스레를 떨어서 하민이 울 듯이 웃어버렸다.

"밥이 잘 안 넘어가죠?"

고개를 끄덕였다. 목이 메여 넘어가지 않아서 뱉지도, 삼키지도 못했다.

"그래서 석진 오빠는 내가 만든 도시락 절대 안 먹어요. 도저히 사람이 삼킬 수 있는 게 아니라고. 김밥, 물 말아서 먹더라고요."

보온병을 열어 시원한 매실차를 가득 따라주며 이거와 같이 삼키라 조언해준다. 하민은 밥알이 튀어나오도록 웃음을 터트렸다.

"언니 진짜 제가 부잣집 딸이라는 것만 오빠한테 대충 들었거든요."

김밥은 포기하고 과일만 집어 먹고 있던 하민이 고개를 끄덕였다. 서로 이야기를 하다가 은정은 하민이 서른 살이 되도록 제대로 해보고 겪어본 게 아무것도 없다는 사실을 깨닫고 충격과 공포에 빠졌다.

"아니, 세상에 어떻게 클럽을 안 가볼 수가 있죠?"

"꼭 가야 되는 거였어?"

"당연하죠! 저 오빠 클럽에서 만났다니까요? 거기 얼마나 쌔끈한 애들이 많은데. 아마 물 좋은 홍대 클럽 가서 최소 다섯 살 어린 애들 보면 우정헌 씨가 눈에 들어오지 않을 거라고 장담합니다."

은정이 엄숙한 얼굴로 오른손을 들었다.

"말도 안 돼. 그렇게 잘생긴 얼굴 흔치 않아."

은정이 못 들을 걸 들었단 얼굴로 하민을 쳐다봤다.

"언니도 얼빠였구나. 그래서 우정헌 씨 그 전설의 성질머리를 참아주고 있었던 거야."

"엄밀히 말해선 정헌이가 참아주고 있는 것 같은데."

"아, 더 이상 편들지 마요. 우리 커플은 서로 깐단 말이야. 서로 편드는 커플 훠이! 훠이!"

크게 손짓을 하며 듣기 싫다고 고개를 가로저었다.

"결혼식이 언제라고 하셨죠?"

"음, 다음 주말?"

"그럼, 이렇게 해요. 총각들만 총각파티 있나요? 처녀파티도 있지."

"그거 좀 이상한 파티 같은데……."

"언니가 지금 서른 살 되기까지 못 해본 것 중에, 결혼하면 하기 곤란한 거 하나만 거하게 합시다."

은정은 입이 마르도록 클럽의 좋은 점에 대해 설명했다. 여기는 꼭 가봐야 한다고. 진지한 얼굴로 하민의 두 손을 꽉 붙잡고 이야기를 늘어놨다. 어린애들을 만나려면 홍대의 클럽이 좋고 돈 많고 잘 노는 애들을 만나려면 강남이 좋다고까지 덧붙였다. 참고로 자기는 강남 클럽에서 석진을 만났다는 일화도 말해줬다.

"홍대 가실래요, 강남 가실래요?"

"정헌이가 허락 안 할걸."

"이 언니 정말 나쁜 짓 한 번도 안 해봤나 보네. 당연히 몰래 가야죠."

"음…… 그럼 7시에 가서 9시쯤 집에 오는 거면 괜찮을 것 같아. 수지 언니 만난다고 하면 되니까."

"9시요? 언니 지금 9시라고 하셨어요?"

은정이 한 손으로 이마를 짚으며 "세상에 맙소사, 지저스 크라이스트." 하면서 제가 아는 신을 다 찾으며 요란을 떨어대는 통에 정신이 하나도 없었다.

"잘 들으세요. 지금 우정헌 씨가 액셀을 엄청나게 밟고 오고 계실 거 같아서 빨리 한 번만 말할게요."

얼떨결에 하민이 고개를 끄덕였다.

"언니 클럽은 12시부터 사람이 좀 모이다가 1, 2시부터가 피

크예요. 여기서 1, 2시는 오후가 아니라 오전이고요."

"아…… 그럼 난 못……."

"우정헌 씨는 소싯적 클럽 엄청 다녀봤을걸요."

다녔는지 안 다녔는지 은정은 모르지만 조금 양념을 치기로 했다. 다녀봤겠지. 제일 친한 친구인 석진이 클럽 죽돌이었는데 우정헌이 한 번도 안 가봤단 건 말이 안 된다.

"뭐?"

"언니가 클럽에 한 번도 안 가보고 결혼하는 건 제가 너무 억울해서 안 되겠어요."

클럽을 한 번도 안 가본 사람은 있어도 한 번만 가본 사람은 없는 법.

"가요. 하루쯤은 일탈해봐야죠. 비교도 안 되게 재미있을 거예요. 음…… 우정헌 씨에겐 저랑 심야영화라도 한 편 본다고 해요."

우정헌도 클럽에 가봤다니. 자신만 안 가는 건 억울했다. 티브이를 볼 때야 사람들이 저 어두운 곳에서 쿵쾅거리는 음악에 맞춰 뛰고 있어 굉장히 시끄럽겠다 싶기만 했지, 가보고 싶은 마음은 추호도 들지 않았다. 그런 곳이라 해도 막상 가면 재미있나 보다. 이렇게 은정이 함께 가준다는데 더 거절하는 것도 뭐해 하민이 고개를 끄덕였다.

"클럽은 불금. 내일 당장 가시죠."

"내일? 당장?"

"옷은 제가 준비할게요. 최대한 자연스럽게 나오세요, 언니."

끼이이이익! 차가 급하게 정차하는 소리가 가게 안까지 들렸다. 방울토마토 하나를 기어이 하민의 입에 하나 더 넣어주곤 은정이 다소곳하게 찬합을 차곡차곡 쌓았다.

"하민아."

문을 열고 들어온 우정헌이 하민부터 살폈다. 윤주가 말없이 얌전히 수긍하기에 확인하지 않았는데, 자신의 불찰이었다. 석진에게 연락을 받고 여기까지 미친 듯이 차를 몰고 오는 내내 아찔했다. 하민이 혼자가 아니라, 은정이 있어줘서 정말 다행이다.

"고맙습니다, 은정 씨."

"아니에요. 제가 뭘 했다고요."

정헌이 깍듯하게 인사하자 은정은 양심의 어느 구석이 찔려 왔다. 내일 되면 이 남자가 자신의 가슴을 진짜 찌를지도 모른다는 불길한 예감이 들어 은정은 게걸음을 치며 그를 외면했다.

"그럼 저도 오빠가 데리러 오기로 해서 이만 갈게요."

"아, 이거 가져가. 오늘 만들지는 못했지만 몇 개 아직은 쓸 만한 게 있더라고."

커다란 쇼핑백에 수면에 좋은 향은 전부 넣어주면서 하민이 내밀었다.

"언니 내일……."

"내일?"

은정의 속삭임이 대번에 멈췄다. 하민의 어깨도 눈에 띄게 움찔거렸다.

"내일 뭐?"

"오늘 정신이 없어서 은정이랑 영화 보기로 했거든."

"아…… 그게 그렇게 속삭일 일이야?"

눈치 더럽게 빠르다고 은정이 속으로 투덜거렸다. 정헌은 신문하는 눈빛으로 둘을 바라봤다. 뭔가 있는 것 같은데 둘 다 입을 열 생각을 안 한다.

"저 캔들 만드는 거 못 도와줬다고 언니가 영화 쏘기로 했어요. 근데 그게 공포영화라 심야에만 상영해서 우정헌 씨한테 말하기 좀 그랬나 봐요."

"심야영화요?"

"네. 보내주시면 안 돼요?"

은정이 최대한 순진한 눈망울로 두 손을 가지런히 앞으로 모은다.

일단은 오늘 가장 고마운 사람은 은정이다. 정헌은 찝찝한 마음을 밀어놓으며 어쩔 수 없이 고개를 끄덕였다.

"그래요."

"와! 고맙습니다. 우정헌 씨. 언니 곱게 예쁘게 잘 돌려보낼게요."

무척이나 미묘한 말이지만 그걸 따지기 전에 은정은 가게를 나갔다.

"괜찮아?"

그 목소리가 자못 위협적이라 어디 살짝이라도 다쳤다가는 윤주를 이리로 소환해내 사과를 시킬 것 같아 하민이 고개를 저었다.

"괜찮아. 나는 여기서, 윤주는 저기 문 앞에서 이야기하다 갔어."

"순순히 물러나기에 여기 찾아올 거라곤 예상 못 했어."

오늘의 약속은 석진 커플과 자신들만 아는 내용이다. 아침에 얌전히 모든 걸 양도하고 나갔으니, 여태 하민과 독대할 수 있는 타이밍만을 무작정 기다린 게 분명했다. 윤주가 정말 나쁜 마음이라도 먹었으면…… 정헌은 아찔해졌다.

"앞으로 혼자 다니지 마. 친구 중에 경호하는 애 있어. 그쪽 회사에 한번 알아볼게."

"아냐. 진짜 그냥 포기한 것 같았어."

"넌 사람 너무 잘 믿어. 걔가 하는 말 믿지 마."

"그냥…… 나갈 때 느낌이 그랬는걸."

그것보다 하민은 다른 걸 묻고 싶었다.

"윤주 아버지는 그럼 어떻게 되는 거야?"

"딸자식 해외 보내놓고 잘 먹고 잘 살겠지."

그걸로 부모님의 일이 일단락되는 거냐고 하민은 차마 묻지 못했다.

"직원들 증언이 있어도 어쩔 수 없어. 윤주도 혹시나 해서 겁먹고 물러난 거고. 어쨌든 지금 정년 앞두고 있는 대기업 임원이 그런 짓을 했다는 걸 밝혀버리면, 몸담고 있는 회사에서 소송 들어올 수도 있으니까."

여러 가지가 얽혀 있었지만 하민에게는 최대한 간결하게 설명했다. 그녀가 이 일을 자세히 아는 걸 원하지 않았다.

"그리고 아무리 윤주의 부친이 그렇게 속살거렸다 해도,"

그가 잠시 말을 끊었다. 다음 말을 하기 힘든 것처럼 느껴져 하민이 가만히 정헌의 허리에 팔을 둘렀다.

"제법이네. 위로도 할 줄 알고."

정헌이 그녀를 꽉 끌어안았다.

"그런 선택을 한 건 우리 부모님이니까."

살아 계시기라도 했다면 왜 그런 짓을 했냐고 따지기라도 했을 텐데 두 분은 세상에 계시질 않았다. 정희에게도 이 일을 납득시켜야 된다는 걸 머리로는 알고 있는데 정헌은 여태 손을 놓고 있었다.

아마 당분간은 진실을 받아들이기 힘들겠지. 윤주가 워낙 교묘하게 굴어댄 것도 있고, 전부 이야기한다 해도 애초에 AE그룹에 속해 있는 하민이 해결해줬어야 됐다고 우긴다면 더는 말이 통하지 않을 터다.

하민은 말없이 정헌의 등을 다독였다. 부모님에 대한 원망은 하지 말라는 손짓처럼 느껴져서 정헌은 어금니를 악물었다. 하민의 마음의 짐을 덜어준 것과 별개로 그에게는 여전히 잔인한 진실이었다.

"정헌아, 미안하다."

은정을 만나러 간다던 하민이 영화가 끝났을 시간인 새벽 1시가 넘도록 연락도 되지 않고, 돌아오지 않아 정헌은 초조한 상태였다. 무슨 일이 생겼다고 여겨 석진에게 연락했다. 그쪽도 은정이 돌아오지 않았다고 해 정헌이 경찰에 신고하겠다고 나서자, 석진이 짐작되는 바가 있으니 한 번만 참아달라고 간

곡히 부탁했다.

"말해봐, 지금 어디에 있는지."

홍대까지 와서 뻬딱하게 서 있는 정헌은 금방이라도 석진을 찢어 죽일 것 같았다. 지나가는 여자들이 새까만 셔츠 하나에 베이지 슬랙스를 입은 그를 힐끗거렸다.

석진 자신은 얼굴이 알려진지라 이 밤에 선글라스와 모자까지 쓰고 있었다. 모자를 쓴 뒷덜미에 식은땀이 고였다. 정헌이 이를 어떻게 받아들일지 알 수 없어 두 손으로 맹수를 진정시키듯 워워, 만 계속했다.

"화 안 내기로 약속해."

"약속해."

"아, 이거 불안한데."

저렇게 곧장 나오는 약속 중 제대로 지켜지는 게 없다는 것을 안다.

그에게 인내란 정하민에게만 해당된다. 태어나 평생을 쓸 인내를 하민과 떨어져 있던 10년 동안 소진한 사람처럼 최근 들어 조급하게 구는 정헌은 말 그대로 빡이 쳐 있다.

"여기 클럽 하나하나 조져줘?"

"사실은…… 뭐? 어떻게 알았어?"

막 고백하려던 찰나 정헌이 싸늘하게 내뱉자 석진은 깜짝 놀라 이실직고했다.

"너랑 은정 씨가 어디서 만났는지 나한테 말한 적 있는 것 같은데."

그땐 홍대가 아니라 강남의 한 클럽이었다. 신나게 몸을 흔들고 부비고 하다가 눈이 맞았다. 일회성 만남이라고 서로 생각했는데 5년째 이어가고 있는 중이다. 석진과 은정이 다툼을 할 때는 그녀가 클럽에 갈 때뿐이었다. 그의 경기 때문에 어느 나라를 가든 은정은 그 나라의 클럽을 꼭 탐방했다.

네가 거기서 나를 만났으니 다른 남자를 만날 수도 있지 않냐며 크게 싸웠다가 정말 다른 남자를 만나겠다고 나선 은정을 잡은 뒤론 석진은 반쯤 포기했다. 정말 말 그대로 춤추고 술 먹는 걸 좋아하는 거였지, 남자를 만나러 가는 게 아니었다. 평소엔 자신과 같이 클럽에 가지만 오늘은 누구랑 함께인지 알 만했다.

홍대, 젊음의 메카, 거기에 불금이다.

"어, 그렇지. 내가 떠들어댔지."

하민은 유흥문화는 전혀 몰랐다. 적어도 정헌이 알기엔 그랬다. 심지어 또래 가장 친한 상대가 바로 며칠 전에 만난 은정일 정도로 백지상태였다. 지금 정헌에게 은정은 천사를 꼬여낸 사탄일 테고 에덴동산의 뱀일 터.

"그래, 뭐. 따지고 보면 정하민도 즐겨야지. 젊을 때 못 놀아본 거 지금에라도……."

"입을 찢어줄까. 내뱉으면 다 말인 줄 알지?"

"너 의처증 있는 거 같아."

석진이 솔직한 심정을 이야기했다. 그러다가 정헌의 큰 손이 다가오자 자신의 연봉을 떠올렸다. 이 몸이 얼마짜리인데 손을 대려고!

"이거 따지고 보면 기회다? 정하민이 누가 가자고 해서 따라가는지 안 가는지 지켜볼 수도 있고."

그러다가 몸을 사렸다. 방금 정헌의 눈빛에 살기가 돌았다. 정말 입이 찢어질 뻔했다. 그가 앞장서라고 하기도 전에 석진이 튀어나갔다.

골목골목을 돌아 요새 한창 핫하다는 클럽 '볼케이노'에 도착했다. 하필이면 이름이 볼케이노이다. 화산 폭발이 임박한 마냥 두근거리는 맘으로 정헌을 바라보는데 그가 거침없이 입장권을 사서 안으로 진입했다.

쿵쾅거리는 소리와 함께 발 디딜 틈도 없이 들어찬 사람들이 함성을 지르며 몸을 흔들고 있었다. 여기서 어떻게 하민을 찾을지 고민하던 정헌은 곧 2층으로 올라가는 계단을 밟았다.

"혼자 왔어요?"

누군가 그의 팔을 붙잡고 소리를 질렀다. 여자들이 정헌을 힐끔거렸다. 대놓고 섹스어필을 하는 걸, 석진은 우환을 피하기 위해 조금 떨어진 곳에서 팔짱을 낀 채 쳐다봤다. 자신을 알아보는 이가 있을까 봐 어두운 클럽 안에서도 선글라스를 벗지 않는 현명함을 보인 그였다.

"우리랑 같이 놀래요?"

"춤춰요, 춤!"

정헌이 미간을 찌푸리자 여자 둘이서 양손으로 그의 팔을 붙잡고 졸라댔다. 석진의 귀에까지 들리진 않았지만 이런 데서 하는 말은 뻔했다. 중요한 건 여자가 남자들에게 들이대는 일은 별로 없는 편인데 우정헌에겐 한 걸음당 한 명씩 들러붙는다는 거다.

"어디다 몸을 비벼."

그는 손가락 두 개만으로 여자들을 멀찌감치 떨어트려놓고 계단을 올랐다.

우정헌이 은정과 하민을 찾았을 때 은정을 재빨리 빼돌릴 생각을 하면서 석진이 그 뒤를 따랐다. 2층으로 올라온 정헌이 스테이지를 둘러봤다. 온통 사이키 조명과 물 밖으로 나온 물고기떼마냥 춤추는 사람들 사이에서 함께 살펴보던 석진은 포기했다. 이 클럽이 아니든가, 벌써 클럽을 옮겼든가 둘 중 하나겠지. SNS에 여기 도장이 찍힌 팔찌를 은정이 올려놔 여기겠거니 했는데 벌써 자리를 옮긴 모양이다.

"저기 있네."

"어? 있어?"

의외로 정헌은 바로 하민에게 가지 않고 지켜보고 있었다. 그가 가리킨 곳은 바 쪽이었다. 하민이 바에 팔을 기대고 서 있고 바텐더가 음료를 건넸다.

"건전하게 노네, 건전하게. 춤도 안 추고."

주변에 은정이 보이지 않아 화장실이라도 간 건가 싶었을 때 스테이지에서 함성이 들렸다. 긴 머리를 흩날리며 격정적으로 몸을 배배 꼬며 춤을 추는 그 실루엣이 매우 익숙했다.

"그래. 클럽에서 화장실 갈 시간도 아깝다는데 화장실에 있을 리가 없지."

하민은 그쪽을 바라보면서 종종 손을 흔들었다. 흰색 티에 청바지를 입고 있어서 그런지 더 어려 보였다. 일단 한번 시야에 들어오자 걱정을 내려놓은 정헌이 2층 난간에서 턱을 괴고 하민만 뚫어지게 바라봤다. 다리가 아픈지 바에 기대 있던 하민에게 남자 하나가 말을 걸기 전까지는 그랬다. 웃으면서 고개를 흔드는 그녀의 귓가에 대고 어떤 남자가 뭐라고 하자 하민이 귀를 기울인다.

"진정해. 여기서는 다 귀에 대고 말하니까. 안 그럼 안 들리거든."

정헌은 대답 없이 난간 밖으로 몸을 쭉 빼냈을 뿐이다. 그렇게 하면 뭔가 들리기라도 하는 듯. 하민에게 말을 건 남자가 이번에는 그녀의 회색빛 머리카락을 쓸어올렸다. 그러자 하민이 몸을 빼며 입을 열었다. 정헌이 난간에서 뛰어내린 건 거의 동시에 일어난 일이다.

"염색 아니에요."

"염색 같은데? 예쁘게 잘됐네요. 미용실 좀 알려줘요. 그건 렌즈예요?"

하민이 곤란한 미소를 지었다. 몸을 슬슬 뺐지만 남자가 달라붙는다. 친한 척 여기저기를 만지면서 물어대는 통에 스테이지의 은정을 부르려 했지만 사람들에 가려져 보이지 않았다.

"진짜 작네. 키가 몇이에요?"

술기운이 섞인 남자가 후, 하고 의도적으로 하민의 귀에 바람을 불어넣으며 물었다.

"160센티미터인데. 너무 가까운 것 같아요."

"여기선 다 이래요. 우리 나갈래요? 나가서 술 한잔 더 할래요?"

"아뇨. 제가 왜 그쪽이랑 나가요?"

"그러지 말고 가요."

"일행 있어요."

누군가 나가자고 하면 일행 있다며 거절하라던 은정의 말을 빌려 그렇게 말했으나 남자는 쉽사리 떨어지질 않았다.

"그러다 아예 바에 드러눕겠어."

뒤에서 남자의 어깨로 손이 올라왔다. 그리고 그대로 쭉 잡아당겨 하민과의 간격을 벌려놓는다.

"어……?"

"그래. 바람은 잘 피웠어?"

하민이 정헌의 눈을 슬쩍 피했다.

"방금 눈 피했지?"

클럽 안이라 언성이 높아질 수밖에 없었다.

"너 뭔데 끼어들어?"

밀려난 남자가 상황을 파악 못 했는지 정헌의 어깨를 쥐었다. 그 남자의 어깨를 석진이 잡았다. 남자는 순간 어디를 바라봐야 할지 갈팡질팡했다.

"여긴 치정싸움 중이니까 저쪽으로 가자. 8등신 여신님 저쪽에 계셔."

더 끼어들어봤자 정말 치정싸움밖에 되지 않을 걸 알았는지 남자가 못 이기는 척 석진의 손을 뿌리치고 인파 속으로 사라졌다.

"난 은정이 데리고 올게. 먼저 나가 있어."

새벽 3시를 넘어가고 있다. 클럽의 가장 핫한 시간에 하필이면 정헌에게 들켜 하민은 어색하게 웃었다.

"뭘 잘했다고 웃어?"

"금방 가려고 했어."

하민을 데리고 밖으로 나온 정헌이 꽤 무더워진 바람을 맞으며 한숨을 내쉬었다. 클럽 안에 사람이 많다고 해도 밖도 만만치 않았다. 금요일 밤이라고 이리저리 떼 지어 움직이는 젊은 청춘들이 가득했다.

"내가 클럽 한 번도 안 가봤다고 하니까 은정이가 놀라서……."

"알아, 이해해."

전혀 이해한 표정이 아닌 듯한 얼굴로 정헌이 영혼 없이 대답했다.

"진짜야. 난 춤도 못 춰서 그냥 사람 구경만 했어."

피부가 발그스름해져 있었다. 얼핏 가슴골이 보이는 하얀색 티셔츠에 잘 입지 않는 몸에 딱 맞는 밝은 색의 스키니 진은 평소 하민의 복장과는 달랐다. 자신의 옷차림을 보고 있다는 걸 알아차린 그녀가 웃으면서 말했다.

"이거 은정이가 사줬어. 석진 씨 연봉에서 깐 거라고 괜찮대. 선물 받았어."

클럽 첫 입성이니 그 자리에 맞게 입어야 된다고 고집을 부리기에, 화려한 것들을 모두 쳐낸 뒤 남은 게 이 옷이었다. 자신이 계산하겠다고 하는 걸 선물이라며 극구 은정이 계산했다. 얼마 전에 받은 디퓨저와 향초가 너무 좋았다고 꼭 이런 식으로라도 갚아야겠다고 해 하민은 거절하지 못했다.

가족 외의 타인에게 받은 선물은 처음이라 하민은 내내 기분이 좋았다.

"술 마셔서 그런가. 엄청 들떠 있네."

"어떻게 알았어? 나 취한 거 티 나?"

"말투에선 티 안 나는데 얼굴에 티 나."

머리끝까지 화가 났다가 이렇게 좋아하는 얼굴을 보자니 김 빠진 콜라처럼 식었다. 처음 사귄 스스럼없는 동생이 생겨 좋아 죽겠다는 얼굴을 보고 여자한테 질투를 할 수도 없어 정헌이 클럽 옆 편의점 의자에 앉았다.

"싸우는 거 아니겠지?"

아직 클럽에서 나오지 않은 둘을 걱정하며 그녀가 물었다. 아직도 클럽 안으로 들어가기 위한 줄은 꽤 길었다.

"같이 춤을 추고 있을지언정. 싸우든 말든 내 알 바 아니고. 다리 안 아파? 이리 와서 앉아."

인파 대부분이 편의점 앞에 진을 치고 있었고, 앉을 수 있는 데가 없었다. 하민이 두리번거리자 정헌이 자신의 허벅지를 두드렸다.

"그냥 서 있을게."

사람들의 시선을 의식하며 고개를 젓는다. 평소 같았으면 자리를 비켜줬을 테지만 지금 정헌의 기분은 별로 좋지 않았다.

"여기 앉아."

주변을 슬쩍 보니 그런 식으로 앉아 있는 커플들이 꽤 된다. 이상하게 보이진 않을 거란 계산을 마치고 나서야 하민이 슬금슬금 그에게 다가왔다. 그것까지 전부 정헌의 눈에는 빤하게 읽혀 더 이상 놀랍지도 않았다.

"난생처음 와본 클럽은 그래서 어때?"

"시끄러워."

"남자들이랑 이야긴 많이 나눴어?"

"아까 그게 처음이야. 진짜로."

"입에 침도 안 바르고 거짓말도 잘해. 내가 본 것만 세 번짼데."

"그럼 아까 그게 세 번째야. 진짜."

슬쩍 던져봤는데 하민이 금세 미끼를 물자 정헌의 눈이 싸늘해졌다.

"아까 내가 서 있기만 해도 몸을 비벼대던데. 네 몸에도 비벼댔어?"

"여자들이?"

"저기가 게이클럽이 아니었으니 여자들이었지."

하민의 얼굴이 어두워졌다. 정헌이 두 손을 둘러 그녀의 허벅지에 놓고 은근하게 어루만진다.

"어딜 만졌어?"

"그냥…… 그럴 때는 은정이가 터치하지 말라고 하면 된대서……."

"그냥 내가 다른 사람이 만졌던 곳 만지고 빨고 싶어서 그래."

"안 빨았어!"

하민이 화들짝 놀라 두 번째 말은 부정했다.

"알아. 그래서 '내가'라고 했잖아."

겨우 품에 안고 나서야 마음이 진정됐다. 다시 만난 뒤 한 번도 제 연락을 받지 않았던 적 없는 하민이기에 무슨 일이 없을 거라는 걸 알면서도 불안했다. 하민을 끌어안고 제 품에 바싹 붙였다. 그녀의 엉덩이가 허벅지 위에서 움찔거린다.

두 손으로 정헌의 손등을 감싸면서 하민이 속삭였다.

"다 만진 것 같은데."

"어딜."

"그냥 잠깐씩 다른 사람이랑 닿았던 곳, 네가 지금 다 만진 것 같다고."

아주 작은 소리로 속삭였다. 고개를 돌려 그를 보려고 노력하기에 귀를 대어주니 다른 사람들이 들을까 봐 작게 말했다.

"다행이다."

"뭐가?"

"네가 치마 입고 있었으면 정말 위험했을 거야."

정헌이 그녀를 껴안고 어깨에 입술을 묻었다.

"웃…… 정헌아…… 너…….."

하민의 붉어진 목덜미가 보였다.

"어떤 술 마셨어?"

"달달한 거."

술도 거의 마셔본 적 없었다. 와인 한두 잔이 하민에게 전부였다. 자꾸 얼굴을 보고 말하고 싶은지 고개를 돌려 속삭이는 그녀의 입술을 정헌이 가볍게 빨았다.

"아…….."

반사적으로 입술이 열리자 안의 혀를 빤 그가 하민을 흉내 내며 속삭였다.

"잭콕이네."

"잭콕?"

"잭다니엘에 콜라 섞은 거야."

"아…… 내가 달달한 거 먹고 싶다고 하니까 은정이가 시켜줬어."

요새 하민이 제일 많이 이야기하는 대상은 당연히 은정이었다. 석진을 따라 영국에 가 있기도 하지만 대부분은 한국에서 생활한다며 자주 보자는 말에 뛸 듯이 기뻐했던 게 생각났다. 왜 그녀의 입에서 나오는 모든 사람에게 질투를 하고 있는지 정헌은 알 수 없었다.

몇 번이나 은정이 여자라는 사실을 인지했으나 하민의 입에서 나오는 은정은 꼭 남자인 은정인 것 같아 질투를 불태웠다.

"다음 달에 가게 다시 열면 와서 배우고 싶다고도 했어. 내가 만든 캔들이 너무너무 좋대."

정헌이 웃음을 삼켰다. 하민은 술을 마시면 말이 많아지는 것 같았다.

"언니!"

클럽 입구에서 나오던 은정이 손을 흔들었다. 그 뒤로 기가 빨린 채로 선글라스를 고쳐 쓰고 나온 석진이 더운지 입고 있는 셔츠 자락을 펄럭였다.

"내가 이 두 분을 너무 간과했어. 클럽 간 줄 알았으면 그냥 좀 두지, 따라올 줄 누가 알았나? 안심하라고 클럽 이름 찍힌 팔찌까지 SNS에 올려줬는데."

다가오는 은정을 보고 자리에서 일어나려던 하민은 허리가 잡혀 다시 정헌의 허벅지에 앉았다.

"가만히 있어. 네가 일어나면 난 지금 굉장히 민망할 상황이 거든."

하민의 몸이 긴장으로 굳었다.

"내가 너한테 발정해 있는 모습, 아무한테도 보여주기 싫지?"

얼어붙은 듯 앞만 보고 있는 하민의 귀에 정헌이 속삭였다. 등줄기부터 육지에 나온 물고기처럼 파르르 떠는 모양새를 보고 웃음을 삼켰다.

"으응……."

"그래. 하민이 넌 나를 창피하게 만들 사람이 아니니까."

꾸욱. 그가 하민의 골반을 잡은 손에 힘을 주었다. 자신이 말도 없이 클럽에 간 데 대해 정헌이 심술을 부리고 있는 건지도 모른다. 그래도 은정이와 석진 앞에서 그를 망신 줄 수 없어 하민은 가만있었다.

"얘가 어려서 철이 없어요. 하민 씨가 좀 이해해줘요."

은정의 머리를 꾹 내리누르면서 석진이 선수 쳤다.

"아뇨! 제가 가보고 싶다고 했어요!"

"오호라……."

그가 입꼬리를 비틀며 웃었다. 뒤늦게 하민이 아차 싶어 어색하게 입술을 물어뜯다가 은정과 눈이 마주쳤다. 은정은 이미 안에서 석진과 한바탕했다. 무조건 정헌에게 싹싹 빌라는 소리에 수긍하지 못하고 씩씩거리던 참이다.

"우정헌 씨! 너무 과보호 아니에요? 언니가 한두 살 먹은 어린애도 아니고, 나이가 서른인데 클럽도 한번 못 가봤다. 술도 제대로 못 마셔봤다. 친구랑 쇼핑을 해본 적도 없다. 모든 삶을 우정헌 씨 기준으로 돌리는 거예요? 숨 막혀서 어떻게 살아."

은정은 단단히 오해하고 있었다. 정헌을 만나기 전에도 하민의 삶은 그랬다. 재미있는 일은 하나도 할 줄 몰랐다. 기껏 찾은 취미가 캔들과 디퓨저 만들기라니.

"야야, 입 좀 다물어. 너 지금 취했어."

"나 완전 제정신이야."

"목소리 큰 것 봐라. 넌 취하면 목소리부터 커지니까. 이리 와. 가자."

뭐라고 더 입을 열기 전에 석진이 은정을 끌고 갔다. 다음에 보자는 말을 남기면서 멀어져가는 둘을 보고서도 하민은 자리에서 일어나지 못했다.

"그런데 왜 석진이한테 말 높여?"

분명히 같은 고등학교를 나왔는데 하민은 한 번씩 석진에게 말을 높였다. 의식적으로 반말을 하다가도 당황하면 존대가 나온다. 그게 묘하게 신경 쓰였다.

"아…… 일단은 친구인 건 아는데, 내 기억엔 없어서."

하민의 대답은 간결했다. 기준도 명확했다.

"우리 하민이 머릿속엔 나만 뚜렷하구나."

하긴. 저가 떠다 먹인 식당 밥이 얼만데. 정헌이 웃음을 참았다. 거둬 먹인 보람이 있다.

"계속 그렇게 거리 두고 남처럼 대해."

웃으면 안 되는데 자꾸만 비식거리는 미소가 정헌의 입술에 걸린다.

"하고 싶었던 거 있으면 나랑 해. 나랑 다녀."

"넌 바쁘잖아."

"생각해보니 연애기간도 없이 결혼하면 네가 너무 억울할 것 같아서."

결혼식이 얼마 남지 않았다.

"괘, 괜찮은데……."

"결혼하면 난 지금보다 더 심해져. 매시 매분 매초, 네가 어디에 있는지 궁금하고 알려고 들 거야. 네가 해보고 싶었던 것들 나랑 해. 누구랑도 하지 마. 그게 여자라고 해도 질투가 나."

자신과도 해보지 않은 일을 타인과 하는 데 대한 질투다. 하민이 하려고 하는 첫 번째는 전부 자신과 했으면 좋겠다.

"네가 처음 하는 일은 나도 처음 하는 거니까."

달큰한 그의 말이 귓가를 간지럽혔다. 그녀가 고개를 끄덕였다. 모기만 한 목소리로 대답도 하긴 했다.

"차로 가자."

정헌이 은근한 열기를 담아 속삭였다.

"으응……."

"너랑 처음 카섹스 하고 싶어."

아마 이렇게 인용을 기막히게 잘해서 그가 성공한 것 같다고 하민이 아득한 머리로 생각했다.

357

태어나서 이렇게 마음이 평온하고 불안하지 않은 날이 있을 거라곤 생각하지 못했다.

눈이 마주치면 자신을 향해 웃어주는 미소에 하민이 입술을 벌렸다. 바보처럼 보일 것 같았지만 그를 보면 갈증이 났다. 냉장고에서 오렌지주스를 꺼내던 정헌이 엄지손가락으로 입술을 슥 훔치면서 더 깊은 웃음을 지었다.

"목말라?"

트레이닝복 하의가 그의 골반에 아슬아슬하게 걸쳐져 있었다. 쭉 뻗은 군살 없는 몸은 근육 하나하나가 역동적이다. 움직일 때마다 부드럽게 일렁이는 근육의 짜임들을 하민이 침대에 누워 바라봤다.

"아니."

"그럼 왜 그렇게 볼까. 뭐가 마른 거야? 위야, 아래야?"

눈빛에 은근한 만족이 서려 있었다.

하민이 시트를 목 끝까지 끌어올렸다. 침대에 올라와 있던 고양이가 뭔가 마음에 안 드는지 꼬리로 침대를 탁탁 치며 정헌을 빤히 바라봤다. 하얀 것 둘이 제 침대 위에 있는 모습을 보니 묘하다.

"한남동…… 신혼집 꾸며야 된다고 하시던데. 작은 집으로 하고 싶다고 했어. 거기 너무 커."

"그래."

"좀 작은 집으로 가고 싶다고 나 혼자 정했는데 괜찮아?"

왜 그런 걸 묻느냐는 얼굴로 정헌이 바라봤다.

"집이 무슨 상관이야. 거기에 네가 있고 없고가 중요한데."

그가 오렌지주스를 다시 냉장고에 넣어놓고 하민 몫의 우유를 컵 가득 담아 침대로 다가왔다.

"나도 오렌지주스."

"안 돼. 우유 먹어야 빨리 크지."

"내 나이가 몇인데 아직까지 키가 커?"

어이가 없어서 하민이 웃으면서 대꾸하자 정헌이 진지하게 대답했다.

"너랑 할 때마다 침대 헤드에 머리 찧어서 키가 작아진 것 같아. 내가 줄여놨으니 다시 키워줘야지."

얼굴색 하나 변하지 않고 말하는 정헌에게 베개를 던졌으나 그가 여유롭게 피했다. 그리고 입에 잔을 대주기까지 한다. 입술 끝에 차가운 우유가 찰랑였을 때에서야 갈증을 느낀 하민이 그걸 받아 마셨다. 기울어져가던 잔에 속도가 더해져 미처 삼키지 못한 우유가 주르륵 흘러내렸다.

하민이 반사적으로 손을 내렸다. 가녀린 목덜미를 지나 쇄골 아래까지 주욱 떨어진다. 시트도 우유도. 정헌은 그 장면을 탐욕스럽게 바라보다가 하민에게 입을 맞췄다. 고소한 우유 맛이 혀끝에 감돈다.

"빨리 커."

"다 컸다니까."

그의 코가, 입술이 얼굴 전체에 문질러지는 느낌이 좋았다.

"간지러워."

"참아줘. 계속 확인하고 싶고, 만지고 싶고, 안고 싶은 거라.

닿아 있고 싶어서 그래."

하민의 창백한 피부는 온기가 없을 것처럼 보였다. 냉기가
흐를 정도로 창백하다. 하지만 이렇게 얼굴을 맞대고 있으면
보통의 온기였다. 저와 같은 피가 흐르는 사람이란 사실을 항
상 뒤늦게 깨닫는다. 손을 대기도 전에 아슬아슬해 부서지거나
사라질 것 같아서.

"나를 얼마나 좋아하는 거야."

하민이 뒤로 넘어가며 그 말을 툭, 던졌다. 좋아한다는 말이
나 사랑한다는 말은 그들 사이에 한 번도 오가지 않았다. 농담
처럼 정헌이 이번에도 대답을 던질 거라 예상했는데 그는 의외
로 얌전히 그녀의 위에 상체를 숙인 자세로 내려다보고 있었
다.

"아마, 네 생각보다 더."

"내가 얼마나 어디쯤 생각하는 줄 알고."

백설공주를 갖기 위해서 어떻게 해야 하는 걸까. 타고난 태
생이 왕자가 아닌 저는 어떻게 해야 손에 넣을 수 있을까. 왕자
가 될 수 없어서, 그래서 그 작은 목구멍을 넘어가는 독이 든
사과조각이 되기로 했다.

"네가 어떤 말을 해도 내가 훨씬 더 클 거야."

정헌은 최 여사를 생각했다.

작고, 여리고, 힘이 없는 정하민이란 아이를 그녀가 만들어
냈다. 어릴 때부터 조금씩 철저하게 제 입맛대로 길들여 키워
냈다. 가장 당당하고 밝게 빛날 위치에 놓아둬도 될 그녀를 죽
이고, 죽여서 여린 마음에 죄책감만 안고 살아가게 만들었다.

정헌의 눈이 선득하게 빛났다.

"너를 위해서 무슨 짓이라도 할 수 있거든."

"이미 다 해주고 있잖아."

겨우 이런 게 좋다고 웃는 하민의 얼굴이 구김이 없고 맑아서 정헌이 씁쓸하게 웃었다.

휴대전화의 진동 소리에 그는 아쉬운 얼굴로 몸을 일으켰다. 협탁에 올려둔 휴대전화에 손을 뻗었다. 동창 중 하나인데 별로 친하지도 않았고 전화를 하기엔 시간도 많이 이르다. 받지 않으려고 했지만 왜 안 받냐고 묻는 하민 때문에 결국 휴대전화를 귀에 가져갔다.

─ 너 소식 들었어?

"무슨 소식."

─ ……윤주, 죽었대.

정헌은 반사적으로 하민을 살폈다. 통화 내용을 전혀 듣지 못한 하민이 자신을 쳐다보는 그의 시선을 느끼고 고개를 갸웃했다.

"언제?"

─ 어제.

그가 자연스럽게 그녀와 거리를 벌렸다.

"나가서 아침거리 좀 사올게."

"안 먹어도 되는데."

"빨리 커야 된다고 했잖아. 샤워하고 있어."

다정하게 하민에게 말한 뒤 현관 밖으로 나온 정헌이 휴대전화를 다시 귀에 가져다 댔다.

"자살이야?"

단도직입적으로 가장 중요한 부분을 물었다. 그러면서도 제발 자살이 아니길 바랐다. 만약 자살이라면 하민은 그 충격을 견디지 못한다. 또 자신이 사람을 죽였다고 생각할지도 모른다.

– 교통사고야. 계속 혼수상태였다가 오늘 아침에 죽었다고…….

윤주의 죽음에 충격을 받거나 죄책감 같은 건 들지 않았다. 닫힌 현관문 너머에 있을 하민이 받을 고통이 정헌에겐 가장 먼저였다. 마치 현관문이 그녀인 것처럼 그의 손이 다정하게 현관문을 어루만졌다.

"언제부터 혼수상태였는데?"

– 엊그제부터.

엊그제면 하민의 가게에 와서 난동을 부렸던 날이다. 정헌의 눈이 가늘어졌다. 인과응보라는 게 있는 걸까. 최 여사가 머릿속을 스쳐 지나갔지만 곧 지웠다. 그녀가 손을 썼다면 이보다 더 빨랐겠지.

– 그런데 여자애들 사이에서 이상한 말이 도는 모양이야. 정하민이,

"쉿. 난 이거 정하민이 몰랐으면 좋겠는데."

– 친군데 어떻게 모를 수가 있겠냐? 언젠간 알게 되겠지.

"친구? 지금까지 모르고 잘 살아왔는데 이제 와서 무슨 개소리야."

입술에서 새어나오는 빈정거림이 매서웠다. 정헌의 말에 상

대가 숨을 들이켰다.

"함부로 떠들고 다니면 안 된다고. 이번 일이 배우는 계기가 됐으면 좋겠어. 너희들 전부 다."

— 히익! 지, 진짜 여자애들이 떠들고 다니는 게 사실이야?

"사실로 만들어줄 수는 있지."

부정도 긍정도 하지 않는다. 정하민을 만나던 날 윤주가 여자 동창 한 명에게 그녀를 만나러 간다 털어놓았다고. 그래서 이상한 소문이 돈단다.

"차라리 사고면 다행인데, 네가 죽는 게 만약 세 치 혀 때문이면 좀 억울하지 않겠어?"

— 나, 나는 모르는 일이야. 그냥 여자애들이 떠드는 거 전해 준 거라고!

"그래, 나한테 전했으니 걔들한테도 똑똑히 전해. 혹시라도 정하민한테 부고 같은 거 보낼 생각 말고."

윤주가 하민의 번호를 알고 있었을까. 집착 강한 성격이니 그럴지도. 보통은 죽은 사람의 휴대전화를 통해 문자가 날아가니까. 미간을 찌푸린 정헌이 자신의 휴대전화를 뒤지자 이미 새벽에 도착해 있는 메시지가 보였다.

그가 현관문을 열고 안으로 들어갔다. 씻고 있는 건지 욕실에서 물소리가 났다. 그 소리에 귀를 기울이며 식탁에 있는 휴대전화를 집어 들자 문자가 한 통 와 있었다.

"죽어서도 엿을 먹이려 하네."

— 그래도 너 좋아했던 애한테.

"두 번만 좋아했다간 죽여서라도 갖겠다고 덤벼들었겠다."

문자를 삭제하고 아예 윤주의 번호를 수신차단 해놓았다. 하민과 윤주가 연락을 주고받았던 흔적 같은 건 전혀 없다. 의외로 하민은 무심해서 스팸문자 하나까지 정리하지 않고 그대로 문자함에 놔두는 버릇이 있다. 만약 원래 알던 사이였다면 문자 한두 개쯤은 오갔던 흔적이 있어야 했다. 그게 없으니 저쪽에서 일방적으로 번호를 저장했단 얘기가 되는데.

— 아무튼 애들한테는 그렇게 전해둘게. 그래도 친군데 발인 때는 올 거지?

"내가 걔랑 무슨 사이기라도 했어? 죽었다는 이유로 동정심이라도 가져야 해?"

오히려 더 귀찮은 일이 생기지 않을 것 같아 정헌은 그것 하나는 편해서 좋았다. 애초에 쓰레기였던 건 저다.

"다시는 연락하지 마."

애초에 이들과의 모임은 딱 여기까지였다. 정헌의 말에 상대는 잠시 말이 없었다. 상대의 뒷말이 궁금하지도 않아서 먼저 전화를 끊은 그가 욕실의 잦아드는 물소리를 감상했다. 정하민의 휴대전화에는 가족과 그, 그리고 은정과 수강생 몇이 전부였다.

알고 있는 사람이 전부 해도 스무 명 남짓. 그중에서도 남자는 저와 선우라는 변호사 하나였다.

"벌써 왔어?"

목욕가운을 입고 나온 하민이 정헌을 발견했다. 그의 손에 그녀의 휴대전화가 들려 있는 걸 봤으면서도 화를 내긴커녕 아무것도 묻지 않는다.

"가려고 했던 가게가 오늘 휴업이란 걸 깜박했어."

"거봐. 아침 안 먹어도 돼. 금방 점심이잖아."

하민이 웃으면서 머리카락에 묻은 물기를 수건에 툭툭 털었다.

"윤주가 네 가게에 온 날."

정헌의 말에 하민이 그를 돌아봤다. 속이 비쳐 보이는 맑은 루비 같은 눈동자가 그를 올곧게 마주한다.

"뭐라고 했는지 기억나?"

문득 궁금해졌을 뿐이다. 윤주가 마지막으로 하민에게 하고 간 말이 저주인지, 혹은 사죄인지.

"……내가 그때 사고로 차라리 깨어나지 않으면 했대."

하지만 이렇게 깨어나서 너를 만나지 않았냐고, 그런 말에는 상처받지 않는다고 하민이 덧붙였다.

"넌?"

"응?"

"넌 그래서 뭐라고 대답했는데?"

"그런 마음은 언젠가 자기에게 돌아간다고."

자신도 질 수 없었다는 듯 하민이 그렇게 말했다. 지극히 정하민다운 대꾸였다. 뿌린 대로 거두고, 말이 씨가 됐다. 정헌은 폭소를 터트렸다. 웃는 그를 하민이 영문을 몰라 바라봤다.

"그래, 정하민 인생에 이런 날도 있어야지."

앞으로 그녀가 말하는 모든 것이 이루어지리라.

곧 신부가 될 하민은 한가해도 너무 한가했다. 오히려 자신의 가게가 리뉴얼을 하고 재오픈하는 데 더 시간과 열정을 쏟아붓고 있었다. 덕분에 하민의 결혼 준비를 도맡아 하는 종혁과 수지만이 두 번 결혼하는 듯한 느낌을 받았다. 결혼 준비가 막바지에 접어들 때쯤 거의 매일 한두 번씩 얼굴을 마주했다.

오늘도 하민을 가운데 껴놓고 드레스를 고르러 가자는 말을 꺼내려던 참이다.

"아, 예쁘다. 언니 이걸로 할게요."

오후 늦게 방산시장에 가 필요한 재료들을 살 생각으로 가득했던 하민이 수지가 보여준 잡지를 뒤적이다 겨우 드레스 하나를 짚어냈다.

"……이건 언니가 예시로 보여준 거고, 네가 몇 개 골라봐. 가서 입어봐야지."

"시간이 없을 것 같은데. 어차피 간단하게 하는 거고……."

"일반인 수준에서 간단한 거지. 엄마한테 나만 혼나! 동생 결혼 이렇게 준비했냐고!"

"전 괜찮아요."

"너 우정헌이랑 살아보고 싶었다며? 그럼 이것저것 해보고 싶은 로망 같은 게 있었을 것 아냐. 결혼식에 드레스는 이런 거 입어보고 싶고 신혼여행…… 아, 젠장. 신혼여행 갈 만한 데가 어디 있지?"

수지의 말대로 우정헌과 살아보고 싶었다. 하지만 결혼에 대한 로망은 별개였다. 애초에 결혼에 별 관심이 없었기에 로망 또한 없었다. 예쁜 드레스를 보고 예쁘다고 생각할 뿐, 머릿속이 온통 핑크빛이 되거나 이런 일은 일어나지 않았다. 어떤 옷을 입어도 상관없었다.

"전 제주도도 좋아요."

"그래. 의외로 너 제주도 안 가봤지? 간단해서 좋네. 제주도로 해, 그럼. 해외에서 오래 있었으니까."

신혼여행지가 얼렁뚱땅 정해졌고, 하민의 바람대로 신혼집도 하민의 가게 앞 주택가 빌라로 정해졌다. 정헌이 내세운 조건은 하나뿐이다. 무조건 그녀의 가게와 가까워야 될 것. 엎어지면 코 닿을 곳으로 신혼집을 구했다.

한남동 옆집에 신혼집을 꾸밀 생각에 기대로 부풀었던 최 여사는 지금 큰딸과 말도 섞지 않았다. 오랜만에 다시 하민을 끼고 살려고 했는데 수지가 하민의 가게를 본가에서 먼 데다 얻어주는 바람에 다 망쳤다며 눈까지 흘겼다.

"우리 처제는 아주 결정에 고민이란 게 없어서 좋아. 수지는 드레스를 3주 동안 입어봤어. 서울에 있는 모든 숍에서 시간별로 예약을 잡고 심지어 드레스를 들고 회사에까지 가져와 입었었지."

종혁이 아득한 과거를 회상했다.

"거짓말하지 마. 3주는 무슨 3주야."

"맞아. 4주는 된 것 같아. 그쯤 되면 뭘 입어도 감흥이 없어지긴 하지."

그 3주 내내 수지를 쫓아다녔던 종혁이 어깨를 떨었다. 가장 난코스였다. 하민 대신 잡지에서 드레스를 몇 벌 고른 수지가 어딘가로 전화를 하며 그를 노려봤다. 자신이 드레스가 가장 중요하다 여겨 유난을 좀 떤 건 사실이지만 오버를 해도 너무 했다.

"네. 윤 실장님? 드레스 몇 벌 가져다주셨음 해서요."

잡지에서 봤던 드레스들과 거기에 어울릴 만한 턱시도를 세 벌 주문했다. 두 시간 내로 도착한다는 대답을 받고서야 통화를 마쳤다.

"······내 사무실을 또 드레스 룸으로 만들 참이야?"

"엄밀히 말해선 당신 보스가 될지도 모르는 하민이 사무실이지."

좌우지간 한마디를 안 진다. 종혁이 포기한 눈빛으로 하민을 향해 고개를 절레절레 저어 보였다.

"제가 형부 자리를 막 뺏진 않을게요. 약속드려요."

"무슨 아직도 형부 소리야? 이혼한 지가 언젠데."

하민이 지금껏 형부, 형부 했던 걸 알면서도 꼭 딴지를 거는 수지가 고개를 홱 돌렸다. 팔짱을 끼고 종혁을 보고 있지 않으면서도 온 신경을 그에게 쏟고 있다는 걸 알고 있는 하민이 난처한 듯 웃었다.

똑똑.

비서실에 정헌이 오면 따로 알릴 필요 없이 언제라도 바로 들여보내라 언질을 해놨기에 종혁은 바로 들어오라고 말했다.

"들어와요."

"실례합니다. 차가 막혀서 좀 늦었습니다."

정헌이 들어와 깍듯하게 종혁과 수지에게 인사했다. 상석에 앉아서 하민의 옆으로 자리를 권한 종혁이 그가 준비해 온 인테리어 책자를 정헌 쪽으로 슬쩍 밀어준다.

"도배와 바닥은 이틀 뒤에 가장 무난한 톤으로 하기로 했고, 거기 가구나 몇 개 골라봐요. 시간이 있었으면 차라리 옆집과 벽을 터서 집 하나로 사용하는 게 나을 텐데."

"60평도 저희 둘이 살기엔 너무 커요."

하민은 종혁이 진짜 그럴까 봐 놀라서 손을 내저었다. 그녀가 말했던 작고 적당한 집은 기껏해야 2, 30평쯤이다. 집 어디에 있든, 언제라도 정헌을 마주 대할 수 있는 작은 집이 좋았다. 하지만 그것만은 양보 못 한다며 60평짜리 집을 덜컥 사놓고 옆집을 내보낸 뒤 벽을 허물까 하는 수지를, 절대 안 된다고 뜯어말렸다.

"네가 없는 집 애도 아니고. 그것도 내 방보단 작단 말이야."

주호가 정 회장이 입원한 뒤 1층의 서재와 방을 사용하게 된 뒤로 수지는 2층 벽을 전부 밀어버리고 혼자만의 공간으로 만들었다. 그 안에서 드레스 룸과 욕실 빼고는 전부 수지의 넓은 방이다.

혼자서 100여 평이 훌쩍 넘는 공간을 사용하고 있는 셈이었다.

"언니가 방을 좀 크게 쓰는 거예요."

방이라기보다는 집에 가깝다는 말을 하민이 애매하게 돌려 말했다.

"우정헌, 넌 어떻게 생각해? 집이 적어도 100평은 돼야……."

화살이 갑자기 정헌에게 날아왔다. 앉아서 하민의 손을 만지작거리고 있던 그가 대수롭지 않게 대답했다.

"글쎄요. 혼자 청소하기엔 너무 큰 것 같은데."

"야, 도우미 아줌마 써. 우리 하민이 죽일 셈이야? 무슨 청소를 한다고 해."

이게 하민이를 좋아하는 줄 알았더니 청소 운운해? 화가 난 수지가 으르렁거렸다.

"집에 사람 들이는 거 싫어해서요. 집안일은 전부 제가 할 겁니다."

세상에 맙소사. 수지는 할 말을 잃었다. 종혁이 수지 모르게 정헌에게 고개를 살짝 저어 보였다. 저놈이 저런 소릴 하면 바가지가 긁힐 건 저뿐이다. 일한다는 핑계로 결혼생활 중 손가락 하나 까딱하지 않았기 때문이다.

물론 도우미 아주머니가 계시긴 했지만 이제 수지에게 이상한 로망이 생길 거란 걸 깨달은 그에겐 암담하기만 했다.

"유난이다, 정말."

말은 그렇게 했지만 정작 부러운 듯 수지가 한숨을 내쉬었다.

가구를 몇 개 고르고, 대화를 좀 하고 있는데 곧 사장실 문이 열리며 십수 명의 사람들이 줄줄이 들어왔다. 그럴싸한 간이 탈의실을 바로 세우고 커다란 행거에 드레스들이 척척 걸리기 시작했다.

종혁은 익숙한 일인 듯 점점 하나의 숍으로 변해가는 자신의 사무실을 바라보고 있었다. 종국엔 자리가 부족하다며 소파까지 한쪽으로 직접 치워주기까지 했다.

"자, 1번부터 19번까지 전부 갈아입는 거다, 하민아?"

그 말을 듣고 종혁이 슬쩍 손목에 걸린 시계를 바라본다.

팔자에도 없는 야근을 하게 생겼다. 대략 드레스 한 벌 갈아입는 데 이십 분씩 잡으면……. 그가 열린 문 사이로 대기하고 있는 비서실장을 손을 까닥여 불렀다.

"시간 되면 먼저 퇴근들 해요."

"네, 사장님."

눈에 띄게 비서실장의 얼굴이 밝아졌다. 절대 자신과 생사고락을 함께하겠다는 의리도 없이 냉큼 대답이 나오는 것에 내심 서운해졌다. 하민과 도우미들을 탈의실 안으로 집어넣고 저 드레스가 어떤 드레스인지 아무것도 못 알아듣는 종혁과 정헌을 붙잡고 수지가 설명하기 시작했다.

"대현 둘째가 저거 찜했잖아. 하, 내가 걔한테 가려는 거 가로채왔어. 우리나라에 한 벌 들어왔다는데 피팅해보면 바로 살 거 아냐. 누가 피팅해본 거 찝찝해서 하기 전에 빼왔지. 저건 삼한그룹 셋째 거. 요새 결혼식 너무 많이 하는 거 같아. 드레스 가져오기가 쉽지 않더라니까."

"그러니까 결론은 남의 드레스 다 빼앗아 왔다는 거구면."

"뺏긴 누가 뺏어."

본인 입으로 빼왔다고 하면서 생사람을 잡는다. 그리고 피팅해보고 바로 살 드레스라면 애초에 저거 한 벌만 가져와도 충분하지 않을까. 종혁은 거기까지 생각하다 정헌과 눈이 마주쳤다. 같은 생각이었는지 어색한 미소와 침묵이 감돌았다.

"어머, 신부님……."

탈의실 안쪽에서 난감한 목소리들이 들렸다.

"무슨 일이죠?"

수지가 일어나기도 전에 정헌이 자리에서 일어나 탈의실 쪽
으로 다가갔다.

"아, 가봉을 해야 하는데 안 입겠다고 하셔서……."

"하민아, 가봉이란 게 있단다. 그냥 거기서 맞춰주는 그대로
입고 나와봐."

"안 돼요. 이대로는 벗겨질 것 같아요."

"아니에요, 신부님. 걱정 마세요."

도우미들이 쩔쩔맸다. 대체 어느 정도길래 하민이 저러나 싶
어서 정헌이 천을 젖히고 안으로 들어갔다.

"아……."

행거에 걸리는 웨딩드레스를 보고도 별 감흥이 없었는데 하
민이 입고 있는 순백의 드레스를 보는 순간 정헌은 낮은 신음
을 내뱉었다. 그렇지 않아도 눈에 띄게 하얀 그녀가 새하얀 드
레스를 입고 있는 모습은 이루 말할 수 없는 자극이다. 날개 뼈
아래 내려와 있는 부드러운 잿빛 머리칼까지, 드레스는 하민을
위해 만들어진 것 같았다.

"이상하지?"

하민이 울상을 지으며 드레스 가슴 부분을 잡아 올리고 있
다.

"나는 가끔 결혼한 녀석들이 자기 와이프 드레스 입은 모습
을 보고 넋이 나갔다는 말을 다 거짓말로 치부했거든."

하민이 무얼 말하는 줄 알겠다. 가슴 쪽이 커서 드레스가 흘러내릴 것 같아 잡고 있는 거였다. 정헌이 들어오자 도우미들이 서로 눈짓을 하곤 슬쩍 밖으로 빠져나갔다.

"넋이 나가는 게 아니라, 기가 막힐 정도야, 아주."

하지만 가슴 앞부분이 좀 파여 있었다. 드러난 어깨와 가슴 윗부분에 온통 제가 남긴 흔적이 빼곡해서 마치 하얀 드레스에 꽃이 핀 것 같다.

"이대로 나가면 안 되겠어. 드레스는 나중에 다시 입어야겠다."

누구에게도 보여주고 싶지 않았다. 오로지 그만 볼 수 있는 하얀 꽃이었으면 했다. 밖에 있을 종혁에게도, 수지에게도 이런 하민의 모습을 보여줄 수 없다.

"응......."

키스마크는 생각도 못 했던 하민이었기에 드레스를 입고 당황했었다.

적나라한 성생활을 가족에게 보여야 한다고 생각해 못 나간다 고집을 피웠을 때 도우미가 하얀 베일을 어깨에 걸쳐 앞에서 여미는 방법도 있다고 말했다. 두 번째 문제는 가슴이 작아서 드레스가 흘러내리는 데 있었다.

"그러게 우유 많이 마시라니까."

"우유 먹는다고 안 커져."

목소리를 낮춰서 하민이 반박했다.

"손을 타면 커진다는데 내 정성이 부족했어. 오늘부터 노력할게."

"뭘 노력한다는 거야."

하민이 그의 입을 막는 순간 드레스가 조금 내려갔다. 나른하게 반짝이던 눈이 순식간에 난폭하게 변했다. 당장이라도 잡아먹을 것처럼 바라보는 그 때문에 하민은 당황했다.

"어딜 봐!"

손으로 드레스를 끌어올렸다. 드레스를 다시 입기 전까지 흔적을 남기는 건 안 된다고 신신당부를 했지만 정헌이 건성으로 고개를 끄덕였다.

"안 나오니?"

"오늘은 날이 아닌 것 같아요, 언니."

하민이 정헌의 등을 밀어 탈의실에서 내보냈다. 결국 수지가 탈의실로 들어가 한 벌 한 벌 입혀보며 정헌을 욕하는 소리가 바깥까지 흘러나왔다.

"작작 좀 해라, 응?"

정헌은 유유자적 자신이 입을 턱시도를 구경했고, 하민은 한번도 탈의실 밖으로 빠져나오지 못한 채 드레스를 골랐다.

"나도 저럴 때가 있었지."

그런 정헌을 보면서 종혁이 웃으면서 고개를 끄덕인다.

한 사무실 안에서 각자 개인플레이를 하는 결혼 준비에, 당사자 외의 사람들이 바쁜 오후였다.

늦은 저녁, 방산시장까지 가서 필요한 물품을 산 뒤에 가게로 가는 정헌의 차 안에서 하민이 고롱고롱 코를 골며 자고 있었다. 얼마나 피곤했으면 코까지 고나 싶어 가게 앞에 차를 세우고 한참을 깨우지 않고 바라봤다.

"나 얼마나 잤어……?"

눈을 비비면서 하민이 일어나 물었다.

"삼십 분쯤."

"깨우지 그랬어?"

"코 골더라."

"거짓말. 나 코 안 골아."

"그걸 자는 사람이 어떻게 알아? 옆에서 보는 사람이 알지. 나 말고 누가 옆에서 봐준 남자 있었어?"

하민이 고개를 저었다. 핸들에 턱을 괴고 내내 달콤한 미소를 지은 채 정헌이 그녀를 바라봤다. 자다가 일어나 별로 예쁘지 않은 모습일 텐데도 그는 신경 쓰지 않았다.

"나 진짜 코 골았어?"

"골았어. 고롱고롱."

하민이 부끄러워하니 그만해야지 하면서도, 붉어지는 볼을 보면 멈출 수 없었다. 꽤 악취미다.

"밤새 가게에 있을 거라고?"

"결혼 준비하느라 정신없을 것 같아서. 오픈 날에 맞춰서 미리 만들어놓을까 해."

"그래. 그럼 회사에 가서 일 마무리하고 나도 여기로 올게."

"너 내일 출근해야 되잖아. 피곤할 텐데 그냥 집에 가서 편하게 쉬어."

정헌은 대답하지 않고 재미있다는 듯 웃으면서 빤히 그녀를 응시했다. 자신이 뭔가 잘못 말했나 싶어 그의 눈치를 살폈다.

"왜 그렇게 봐?"

"그냥. 진짜 몰라서 그러나 싶어서."

아무 사심 없이 말한다는 걸 알지만 이럴 때마다 타고난 요부가 아닌지 의심스러웠다. 그녀의 곁에서 떨어지고 싶어 하지 않는 자신을 들었다 놨다 하는 것만 같다.

"음⋯⋯."

"야식 사서 올게. 문단속 꼭 하고 작업해. 밤에 골목 어둡더라."

"골목이 밤엔 다 어둡지, 뭐. 여기 되게 안전한 동네라니까? 언니가 서울 주택가에서도 범죄율 낮은⋯⋯."

"안전한 동네라도 내가 당하면 더 이상 안전하지 않은 곳이야."

정헌은 경계를 늦추지 말라는 의미로 엄중하게 말했다.

"무슨 일 있으면 또 쇠파이프 들고 네가 와주겠지."

그가 낮게 웃었다.

그렇게 사람에게 데고 상처를 받았으면서도 하민은 기본적으로 사람은 선하다 믿고 있는 게 분명했다. 조금만 두드려도 쉽게 빗장을 풀어버린다.

"좀 더 사람을 의심하고, 아니⋯⋯."

선하디선한 눈망울. 이 눈이 단 한 번도 원망으로 일그러지는 걸 정헌은 본 적 없다. 너무 착하고 약해서 제 눈에 띈 걸까. 제 눈에 띄어 제가 지켜줄 수 있도록 정하민은 이렇게 태어난 게 아닐까 싶을 정도로 여리고 순했다.

"나 빼고 전부 경계해."

"그런 게 어디 있어. 난 네가 제일 무서워."

농담으로 들은 하민이 웃으면서 조수석에서 내리려는 걸 붙잡았다.

"왜 내가 제일 무서워?"

가장 안전해야 할 그의 품에서 무서움을 느끼는 걸까. 정헌의 눈동자가 흔들렸다. 설사 그렇다고 해도 그는 정하민을 놓을 생각은 추호도 들지 않았다. 어떻게든 안심시키고 달래서 제 품에 품고 있으리라.

"설마 모임에서의 일 때문에 그래? 그때 겁을 먹은 거야? 너한테 그렇게 구는 애들이 너무 미워서 그랬어. 너한테는 절대 안 그래, 하민아."

우정헌은 하민에게 가장 무서운 상대였다. 친모도 그렇게 무섭거나 두렵지 않았다. 윤주의 독설도 마찬가지였다. 하지만 정헌은 아니다. 그는 자신을 무너트리고 상처 줄 수 있는 유일한 사람이었다.

수많은 방황의 나날을 생각하면서 하민이 그저 자신도 모르게 내뱉은 진심에 당황해 줄줄 말을 쏟는 정헌의 손등을 감쌌다.

"그것 때문 아닌데."

"다시는 그런 모습 안 보일게. 네가 무서워하는 일은 안 할 거야."

정헌이 당황하는 모습은 처음 본다.

"아파, 정헌아."

"……미안해. 젠장……."

손에 힘이 들어가 있는 줄도 몰랐다. 그가 황급히 하민을 잡은 손에 힘을 뺐으나 그렇다고 놓지도 않았다. 여기 어디에도 도망갈 곳은 없는데 그는 조급해했다. 스스로에게 욕설을 내뱉으며 다른 손으로는 머리를 신경질적으로 쓸어올린다.

"아마…… 너도 내가 제일 무서울 거야. 그래서 이러는 거잖아."

하민이 자신의 손과 정헌을 번갈아 보며 말했다. 그가 뒤늦게 그 말뜻을 알아차렸다. 허탈해하며 천천히 손목을 놓는다.

"그렇지?"

"맞아. 하, 나도 네가 제일 무서워."

혹시라도 저에게 화가 나거나 겁을 집어먹으면 하민은 언제든지 떠날 수 있다. 그에게 그녀를 잡을 방법은 아무것도 없다. 하민이 마음을 먹는다면 그녀의 집안은 무슨 수를 써서라도 흔적조차 남기지 않고 하민을 감춰버리리라. 이미 그런 적 있으니 두 번이라고 못 할 리가. 그리고 그렇게 되면 이번엔 영원히 하민을 찾을 수 없을지도 모른다.

"우린 무서운 게 똑같네."

하민이 자신에게서 손을 뗀 그의 손을 맞잡고 깍지를 꼈다.

"좋아하는 것도 똑같아."

정헌의 퉁명스러운 말에 하민이 고개를 끄덕였다.

"응. 똑같아."

세상에서 가장 싫은 게 햇볕이었다. 자신을 산 채로 태우는 것 같은 그 빛이 하민은 정말 싫었다. 하지만 우정헌을 만난 뒤에 그와 함께 햇볕을 쬐고 나른한 오후의 거리를 걷고 싶을 정도로, 화상의 아픔쯤은 뒤로하고 싶을 정도로 좋아졌다.

"너는 내가 싫어하는 것도 좋아하게 만들어."

너를 비추는, 이루는 모든 것들이 좋다는 말을 하민이 돌려서 했다.

"난 싫어하는 게 별로 없었어."

관심이 없었기에 싫어하는 게 없었다. 모든 건 귀찮고 덜 귀찮고의 차이였다. 하지만 하민을 만난 후로 극명하게 싫은 것과 좋은 것이 나뉘었다.

"그런데 이제는 너를 상처 주는 것들이 전부 화가 나고 짜증이 나."

돌고 돌아서, 오해를 뛰어넘어 겨우 손에 쥐었다. 남들의 눈에 그가 AE란 줄을 잡아 성공하려는 야심가로 비쳐도 상관없었다. 하민의 눈에도 그렇게 보인다고 해도 괜찮았다. 아등바등 그녀의 돈에 기생해서 기어올라 겨우 손에 넣은 것을 놓칠 리가.

돈과 권력에 기생해서 살아가는 게 아니라, 하민의 목구멍 안쪽 깊숙이 들어가 독을 틔우는 사과조각이 되기 위해 걸어온 길이다. 천천히 중독돼서 내가 없으면 살지 못하도록. 그를 떠나느니 차라리 죽어버리도록. 정하민에게 기생하니 그녀가 죽으면 저도 함께 죽겠지만 차라리 그게 낫다. 다시는 그렇게 힘없이 하민을 빼앗기느니 그가 없이는 살지 못하는 몸으로 만들어야 했다.

"고마워. 내 대신에 화를 내주고 짜증을 내줘서."

하민이 다정하게 감사를 전했다.

그 말을 듣는 순간 정헌은 숨이 턱 막혔다. 목 안쪽이 조여들고 말을 뱉는 순간 뜨거운 덩어리가 울컥, 넘어올 것 같아서 더운 호흡만 뱉어냈다. 어쩔 수 없다. 이런 사람이라서 자신의 손에 그 어떤 더러운 것도 묻힐 수 있는 거다. 깍지를 낀 손을 당겨 그가 하민을 꽉 끌어안았다.

"너는 계속 그렇게 나에게만 웃어줘."

정헌이 다정하게 웃으며 말했다. 그의 눈 속에 어딘가 음산한 번들거림이 자리한 것도 미처 보지 못한 채 하민이 고개를 끄덕였다. 지금 이 순간이 그녀에겐 가장 아름다운 한때였다.

⇥ · ◆ · ⇤

몇 시간 뒤 다시 오겠다고 한 뒤 정헌이 돌아갔다. 윤주가 회사를 그만두고 그녀가 했던 몫까지 두 사람이 돌아가며 해야 해서 바쁘다는 걸 알고 있었다. 하지만 최대한 자신 때문에 시간을 빼고 사람을 구하려 애쓰는 것을 보면 마음이 좋지 않았다. 제게 오느라 서두르다가 사고가 날까 봐 조심하라고 몇 번을 덧붙이니 그제야 알겠다는 대답이 돌아왔다.

상자에서 대용량의 소이왁스를 꺼내 커다란 테이블에 올려뒀다. 정헌에게는 말하지 않았지만 아무리 가족끼리 하는 결혼식이라고 해도 그의 친한 친구들이나 은정도 올 텐데 자신이 직접 선물을 준비하고 싶었다. 성격이 좋았던 그이기에 남자들이 많이 올 것 같아 에센셜 오일을 추가로 구입했다.

소이왁스를 녹이기 위해 스틸비커에 왁스를 나눠 넣고 약한 불에 녹을 때까지 저었다. 투명하게 왁스가 녹아가자 에센셜 오일 뚜껑을 열었다. 오일의 향기가 오랜만에 가게 안을 감싸서 저도 모르게 듬뿍 그 익숙한 향을 맡았을 때였다. 딸랑, 풍경이 울리고서야 '아, 정헌이 문단속을 하라고 했는데.' 하고 뒤늦은 후회가 몰려왔다.

안으로 들어선 사람은 여름인데도 스카프로 얼굴을 반 이상 가리고 있었다. 얼굴에는 커다란 선글라스를 쓰고 있어 처음엔 알아보지 못했지만 하민은 곧 상대가 누구인지 알아챘다.

"왜 또 오셨어요?"

"전화를 받으란 말이야! 전화를!"

이렇게 빨리 다시 찾아올 줄 몰랐다. 그 권리금 몇억 대 가게를 정말 하고 싶은 모양이라고 생각하며 하민은 한숨을 내쉬었다. 얼마나 전화를 했는지는 몰라도, 그녀의 번호를 수신차단 해놔 제 전화는 울리지 않는다.

"말씀드렸다시피 전 그 유산, 사회에 환원할 거예요. 아무리 이야기하셔도……."

연희가 신경질적으로 선글라스를 벗고 얼굴의 스카프를 내렸다.

"내 얼굴 보이니?"

"……어떻게 된 일이에요?"

"누구겠어. 잘난 정 회장 와이프, 그 여자가 이렇게 만들어놨지."

아득아득, 이를 가는 소리가 하민이 서 있는 자리까지 들려왔다. 항상 철저하게 화장을 하고 다니던 사람이 화장기도 없이 눈 밑에 다크서클이 짙게 내려와선 서 있자 오싹했다.

"네 뺨에 손을 좀 댔다고 나에게 이렇게 한 모양이야."

왼쪽 볼이 거의 너덜너덜할 정도다. 많이 아물었지만 울퉁불퉁한 흔적은 쉽게 지워지지 않았다.

"거짓말 마세요. 사모님은 그런 짓 안 해요."

"그런 짓? 나한테 이렇게 했는데 그년을 감싸고돌아? 너 바른대로 말해. 누구 배에서 나왔니? 너 낳아준 사람이 누구야!"

"저한테 엄마 소리 듣고 싶으세요?"

생각지도 못한 말에 연희가 소리를 지르던 걸 멈췄다.

하루 종일 이 동네 어딘가에서 저를 기다렸을 여자다. 큰돈을 받고 자신을 그 집에 두고 가버렸을 땐 뒤도 돌아보지 않던 사람이 이제 와서 자신을 기다린다는 사실이 갑자기 우스워졌다.

그제야 연희는 하민이 지금까지 단 한 번도 저를 엄마라 불러본 적 없다는 사실을 깨달았다. 애매한 호칭들뿐이었다.

"그 여자, 무서운 여자야. 너는 이 엄마만 믿어야 돼. 자칫 잘못하면 너 유산 상속도 물거품이 돼. 네가 유산을 받아도 널 죽여서라도 되찾아갈 여자가 그 여자야. 네가 봤어야 해. 남자들을 잔뜩 끌고 와서 날 무릎 꿇리고 내 얼굴을…… 흑…….."

설사 최 여사가 그랬다고 해도 왜 친모에게 동정심이 들지 않는 걸까.

"제발, 그러지 마세요."

"뭐?"

"그분 깎아내리지 마세요. 그리고……."

만약 저 말이 사실이라도 어쩔 수 없다.

"어차피 제 돈도 아니니 전 사모님이 유산을 반환하라고 하면 그럴 거예요."

큰 은혜를 입었다. 자신의 명의로 된 이 작은 가게 건물이면 충분했다. 애초에 해코지할 분이셨다면 가장 힘들고 아팠을 때 그러셨을 거다. 하지만 그때 제 곁에서 따뜻한 위로를 해준 건 친모가 아닌, 제가 가장 죄송해하는 그분이었다.

"하…… 그래……. 그렇구나. 생각해보니 그랬어. 네 얼굴 좀 긁힌 복수를 그년이 해줬다고 지금 속으로 시시덕대고 있지? 그래서 이렇게 배짱 좋게 나오는 거야."

연희의 목소리가 쩌렁쩌렁하게 가게 안을 울렸다.

"누가 내 새끼 아니랄까 봐 남자랑 차 안에서 물고 빨고, 아주 잘하는 짓이다. AE에서 알면 가만 둘 것 같아? 얼마나 제 면들을 생각하는 놈들인데, 이렇게 문란하게 놀고 다니는 거 알면!"

"결혼할 사람이에요."

"그럼 더 몸가짐을 조심히 했어야지!"

"그렇게 몸가짐 조심하는 분이 가정이 있는 남자랑 저를 낳으셨어요?"

"뭐, 뭐?"

"제가 생긴 걸 알았을 때 지워버리셨어야죠!"

하민이 소리를 질렀다. 속에서 갑자기 터져 나온 말에 잠시 자신이 무슨 말을 내뱉은 건지 모를 정도였다.

"저 아직도 기억나요. 저한테 엄마 같은 거 없었어요. 보육원이 내 집이었고 전부였어. 갑자기 나타난 당신이 나를 끌고 한 남동에 데리고 갔을 때, 그때를 기억하고 있어요."

보육원 원장님은 이 여자가 자신의 친모라고 말해줬다. 남들이 다 있는 엄마가 저를 데려가겠다고 나타났으니 좋지 않았을 리 없다. 자신을 내려다보는 시선이 싸늘하고 냉랭했지만 용기를 내 '엄마'라고 불렀다가 뺨을 맞았다. 어디서 병신 같은 계집애가 엄마 소리를 입에 올리냐고, 손님들 앞에선 절대 그런 소리 하지 말라고 윽박질렀다.

"저를 낳았다는 사실을 잊고 싶으신 거였잖아요. 돈은 받고 싶고, 이런 기형아를 낳았다는 사실은 싫고, 처녀 행세는 하고 싶고."

"아악!"

연희가 스스로의 머리를 쥐어뜯으면서 쿵쿵 발을 굴렀다.

"그만하세요. 이 정도면 됐잖아요. 우리 얼마나 더 염치없어져야 해요?"

하민은 차라리 연희의 지금 모습이 낫다고 생각했다. 적어도 자신과 닮은 부분의 반쪽은 사라진 거니까.

"그 돈, 그 유산! 전부 내 거야. 내 속에서 나왔으니 다 내 거야! 나를 엄마로도 인정 안 하는 너한테 그 돈 줄 수 없어! 전부 내 거야. 나 아니었음 너 세상에 나오지도 못했어. 너 못 나왔어. 어디 네가 그 씨앗 아니었으면 병신 같은 년이 살아남을 수 있었겠어! 나한테 삼보일배하면서 네 머리칼을 잘라 짚신으로 엮어야 해, 너는!"

소름 돋게 아름다웠던 여자의 얼굴이 아귀처럼 일그러졌다.

"그만 돌아가세요. 오늘은 오실 줄 몰라서 찾아놓은 돈이 없어요."

"내가 거지새끼 줄 알아! 네가 주는 돈 찔끔찔끔 받아먹게!"

가방을 뒤적이는 하민에게 다가와 그대로 가방을 바닥에 던지고 쿵쿵 밟았다. 휴대전화가 깨지는 소리가 난다.

"유산 나오면, 정 회장 죽으면 그 돈 가지고 엄마랑 둘이 외국 가서 살자, 응? 엄마 얼굴도 고치고 너랑 나도 새출발하고. 이 더러운 나라에서 그년 꼴 보면서 살지 말고. 제 아들, 회장 자리 올랐다고 얼마나 득의양양하겠어? 너도 그럼 못 살아. 그 애들이 너 가만둘 거 같아? 제일 먼저 없애려 들 거야. 제 엄마 아프게 한 너를 가만히 두고 볼 리 없잖아."

"세상 사람들이 다 당신 같진 않아요."

"하, 당신? 다앙시인?"

연희가 눈을 하얗게 뒤집었다.

"가까이 오지 마세요."

"결혼? 네가 엄마 허락도 없이 할 수 있을 거 같아? 아, 그래 결혼할 사람. 그놈이구나. 내가 그년 때문에 정신이 없어서 기억 못 했는데, 그놈이었어. 최 여사 곁에서 내 얼굴 이렇게 되는 거 지켜본 놈."

최 여사와 우정헌. 생각도 못 해본 조합에 하민이 눈을 크게 떴다. 지금 그녀가 무슨 소리를 하고 있는 걸까.

"누가 보면 그 여자가 어디 밖에서라도 낳아 온 자식인 줄 알겠어. 독한 게 둘이 똑 닮아서는, 눈 하나 깜짝 안 하고 나한테 거울을 들이밀더구나. 내가 제 장모인데! 그 새끼도 네 돈 노리고 접근한 거야. 세상에 어떤 사위가 장모한테 그렇게 굴어?"

"제발 그러지 마세요. 제발요."

"너 지금 눈에 뭐 씌어 있는 거야. 엄마 말 들어!"

"나한테 받을 유산이 없어도 엄마라고 나타났을 거예요? 아니잖아요. 그쪽도 돈 때문에 그러는 거잖아요."

"그쪽? 그쪽이라고 했어, 지금 나한테!"

여자가 쿵쿵대며 다가왔다. 하민의 몸집보다 좀 더 큰 그녀가 온몸으로 부딪쳐오자 그대로 밀려났다.

"그렇게 많은 유산, 왜 내가 권리가 없어! 왜 네 멋대로 해!"

두 손으로 하민의 멱살을 틀어쥐고 연희가 소리를 질렀다. 갈라진 그녀의 입술이 어느샌가 터져 피가 배어나온다. 연희를 떼어내려 했지만 온 힘을 다해 붙잡고 있는 사람을 밀어낼 힘이 하민에게 없었다.

거기다 오른손이 자꾸만 미끄러졌다. 흥분한 연희가 뜨거운 줄도 모르고 불에 올려둔 스틸비커를 들어올렸다.

"거기, 그 손 놓으세요."

갑자기 가게 문이 열리며 정장을 입은 두 명의 훤칠한 남자들이 들어섰다.

"니들 뭐야. 뭐야!"

"저희 정하민 씨 경호원입니다. 아줌마, 그 손 놓고 물러나세요. 이러시면 무력 씁니다."

부들부들 떨리는 손으로 연희가 비커를 쥐고 있다. 그래서 남자들도 쉽사리 다가오지 못했다. 혹시라도 초가 녹아 있는 뜨거운 걸 하민에게 뒤집어씌울까 봐 틈을 봐서 제압하려고 했다.

"그거 놓으세요. 손 데잖아요!"

하민이 소리쳤다. 살갗이 벌겋게 익어가는 게 육안으로 보이는데도 연희는 손을 놓지 않았다. 아마 남자들이 나타나는 순간 최 여사에게 맞았던 공포가 다시 떠올랐을 수도 있다.

"네가 나처럼 되고도 어디 AE에서 받아주나 보자. 하하, 엄마가 태어나게 해줬으니 뭘 해도 내 마음이지. 내가 AE에 널 들여보냈으니까 끌고 나오는 것도 내 마음이야!"

"하지 마세요, 제발!"

높게 들린 비커가 눈앞에서 하민의 얼굴로 기울어졌다. 눈을 질끈 감았다. 스스로가 무슨 짓을 하는 줄도 모르는 연희가 흘리는 기괴한 웃음소리에 이어 하민에겐 끔찍한 고통이 찾아왔다.

"아아아악!"

얼굴을 최대한 뒤틀었다. 뒤에서 경호원 한 명이 달려들어 연희를 제압해 테이블로 쓰러트렸고 다른 이는 하민의 상태를 살폈다. 목부터 시작해 가슴까지 뜨거운 왁스가 흘러내렸다. 남자가 서둘러 테이블 위에 있는 생수를 하민의 몸에 뿌렸다.

"아파……. 흑, 아파……."

"꺄악! 꺄아아아악!"

연희가 비명을 질렀다. 경호원이 그녀를 내리누른 곳이 방금 저가 비커를 잡았던, 아직 불이 들어와 있는 전기레인지 위였기 때문이다. 살이 타들어가는 소리와 비명이 난무했다.

"정헌아……."

얼굴과 몸으로 계속해서 물이 쏟아졌고 하민은 그대로 정신을 잃었다. 모든 게 암흑에 잠겨버렸다.

Chapter 7

정 회장은 난이 취미였다. 희귀종이라 값을 매길 수 없다는
난부터 시작해 수백 개의 난초들을 한곳에 모아놓고 다듬는 게
취미인 사람이었다.

최 여사가 오랜만에 난실에서 무명천을 들고 난 잎을 하나하
나 닦는 중이다. 정 회장이 병원에 입원한 뒤로 종종 그녀가 그
를 대신해 이 일을 했다.

"엄마! 하민이가 다쳤다니! 그게 무슨 소리예요?"

수지는 집으로 돌아오자마자 고용인에게 최 여사의 행방을
물어 난실로 들이닥쳤다. 하민은 병원에 들러 치료를 받고 곧
장 최 여사의 방으로 옮겨졌다. 정헌이 그 옆을 지키고 있었고
최 여사는 하민을 내려다보다 난실로 걸음을 한 터다.

"쉿. 하민이가 집에 있으니 조용히 하렴."

목부터 시작해 가슴 아래까지 화상을 입었다. 피부가 너무
약해서 아마 그 흉터가 평생 갈 거라고, 나중에 시기적절하게
수술을 하면 아마 옅어질 수는 있을 것 같다고 의사가 말했다.

10년 전 사고를 당한 뒤로 병원을 유독 무서워해 최 여사는
한남동으로 하민을 데리고 왔다. 의사는 항상 손님방에 상주해

있었고, 국내 제일의 화상전문의가 일본에서의 세미나를 뒤로 하고 전용기로 오고 있었다. 병원에선 생명에 지장이 있는 게 아니니 천천히 두고 보자고 했지만 최 여사는 단칼에 잘랐다. 가족의 전용기를 띄웠고, 당장 불러올 수 있는 최고의 의사를 소집했다.

"그 여자! 내가 그럴 줄 알았어! 미친 여자예요."

"목소리 낮춰라."

"어차피 본채까지 들리지도 않잖아요! 그때 가만히 놔두는 게 아니었어. 저가 무슨 염치로 하민이를 찾아와?"

수지가 들어갔는데도 정헌은 돌아보지 않았다. 보료에 누워 있는 하민을 가만히 바라만 본 채 지키고 앉아 있었다.

"탐나지 않겠니, 그 애가 물려받을 유산이."

무심한 듯도 해 보이는 최 여사의 반응에 수지가 소리쳤다.

"엄마 하민이 예뻐했잖아요. 걔가…….

난초를 닦던 최 여사의 손에서 우드득, 잎이 잘려 나왔다.

"이런. 회장님이 알면 속상해하실 텐데."

싸늘한 눈으로 그 난초를 바라보다가 이내 손에 든 천으로 손끝을 깨끗하게 닦았다.

"아빠 정정하실 땐 무서워서 그때 이후로 얼굴도 안 보이던 여자가. 이대로 두실 거예요?"

언론에 알려지더라도 감방이나 정신병원에 평생 수감되도록 해야 했다. 다시는 나오지 못하도록. 어떻게 자신의 친딸 얼굴에 뜨거운 왁스를 부을 수가 있단 말인가. 수지는 도저히 이해할 수가 없었다.

"소란 떨 것 없다."

최 여사가 한마디로 일축했다.

"엄마?"

"지금 시기가 얼마나 중요한데 고작 이 일로 언론에 오르내려야겠니? 크게 보렴."

"지금 덮는다고 그 여자가 가만있을 것 같아요? 또 찾아와서 협박하면 하민이 걘 마음 약해서……."

"누가 그냥 둔다든."

고요하게 웃으면서 최 여사가 난실의 정중앙 소파에 두 무릎을 가지런히 모으고 그 위에 손을 올려두고서 정자세로 앉았다. 그 옆에는 엉망으로 헤집어진 난이 수도 없이 놓여 있다. 그제야 고요해 보이는 자신의 어머니가 사실은 굉장히 화가 나 있단 걸 수지는 알아챘다.

"가서 하민이가 일어났나 확인해라. 의사 말로는 지금쯤 일어날 거라고 했는데. 그리고 일어나 있다면 정헌 군을 여기로 데려와."

왜 어머니가 우정헌을 찾는 걸까. 의구심이 들었지만 어차피 처음부터 말해주지 않으려 마음먹은 일에 대해선 절대 입을 열지 않는 제 어미를 알고 있기에 수지는 아무 말 않고 난실을 나갔다.

"회장님, 잘 관리하겠다고 하셔놓고는."

쯧쯧. 최 여사가 혀를 찼다. 이 난실의 수많은 난들을 정 회장이 하나하나 일일이 관리할 수 없듯 그 여자도 마찬가지였다. 최 여사를 너무 잘 아는 정 회장은 그래도 하민의 모친이란 이유만으로 자신의 선에서 최 여사가 신경 쓰이지 않게 관리하겠다고 약속했다. 다시는 그 얼굴을 이 한남동에 비치지 못하게 하겠다고.

"정말 무른 분이라니까."

입술에 싸늘한 미소가 맺혔다. 연희를 관리하던 정 회장은 호흡기를 꽂은 채 병원에 누워 있고 곧 생을 마감하리라.

언젠가 하민이 저 온실의 문을 열고 들어왔던 적이 있다. 정 회장은 난을 가꾸고 있었고 자신은 그 옆에서 책을 읽고 있는 한가로운 오후였다. 또 밖에 서 있었는지 붉어진 피부를 하고 들어온 아이가 빼꼼 고개를 내밀었다. 조심스러운 얼굴로 정 회장과 자신을 관찰하고 있다는 것을 깨달았다.

저 짐승이 제게 위협을 가할까 아닐까 가늠하듯 그렇게 어린 아이가 그들을 쳐다보았다. 정 회장도 하민의 시선을 느꼈으리라. 하지만 누구도 그 아이를 알은체 않고 조용히 그 시간을 즐겼다. 최 여사는 책장을 넘겼고, 헛기침을 두어 번 한 정 회장은 부지런히 난을 만졌다.

그때와 변한 것이 있다면 이 자리에는 더 이상 정 회장이 없다는 사실과 하민이 어느새 훌쩍 커버렸다는 사실이다.

"부르셨습니까."

온실 문이 열리고 정헌이 굳은 얼굴로 들어왔다.

온기 한 점 없는 저 싸늘한 얼굴이 최 여사는 마음에 들었다.

"하민이는 일어났나요?"

"네. 방금 깨어났습니다."

이번에는 그녀가 깨어날 때 꼭 곁에 있어주고 싶었다. 그 어린 날처럼 혼자 두고 싶지 않았다. 깨어난 하민이 한참을 제 품에 안겨 우는 것을 겨우 수지에게 넘겨주고 나온 터다.

"우리 집안의 개가 되겠다고, 내게 그랬던 것 같은데."

정헌의 눈에 살기가 인다.

좋은 눈이다. 웃음을 속으로 참으며 최 여사가 맞은편 자리를 권했다.

"정헌 군은 하민의 모친을 어떻게 하고 싶나요?"

"제 식대로 해도 됩니까?"

하민의 생물학적 모친이다. 하지만 정헌은 이 집안의 누구도, 심지어 하민도 그녀를 인정하지 않는다는 걸 알았다. 그리고 애초에 제 배 아파 낳은 새끼를 저렇게 만드는 어미는 어미 자격이 없다.

"정헌 군의 방법이 어떤 방법인지 모르겠는데."

그를 떠보듯 애매한 웃음을 지으며 최 여사가 말했다. 이 자리에서 여유로운 것은 오로지 그녀뿐이다.

"정헌 군이 하민이를 얻고 우리 집안을 위해 가장 처음 해줘야 할 일은, 그래요. 그 아이를 위한 일이 가장 좋겠어요."

최 여사는 하민이 평생 죄책감을 갖고 그녀에게 미안해하게끔 만들기 위해 그 악랄한 모친을 그냥 놔둔 사람이다. 또다시 솜방망이 처벌을 하겠다면 그에게도 생각이 있었다.

"그때처럼 계속해서 찾아오게 해 죄책감을 불러일으키게 두시죠, 왜."

최 여사가 서늘하게 웃었다.

"나는 원하는 걸 가졌을 땐 관대한 편이에요."

의미를 알 수 없는 말이었다. 정헌이 시선이 꿰뚫을 듯 그녀를 응시했다. 정하민을 위해선 그 무슨 짓이라도 할 수 있는 무시무시한 눈이다. 젊은 날의 제 모습도 꼭 저러했을까. 최 여사가 그때의 자신과 꼭 닮은 정헌을 생소한 눈으로 바라봤다.

피는 물보다 진하다고들 한다. 하지만 돈 앞에선 핏줄도 서로를 물고 뜯고 싸우고 배신하는데 타인은 오죽하랴. 몇 번이나 타인에게, 혹은 같은 핏줄에게 배신당해 피 흘리는 정 회장을 목도했다.

들개떼처럼 달려들어 자신의 가족을 물어뜯고 끌어내리려는 사람들을 보면서 최 여사는 아무도 믿어선 안 된다는 것을 깨달았다. 기꺼이 자신의 가족들을 위해, 존경해 마지않는 남편을 위해 여자의 몸으로 이 자리에 섰다. 정적들을 제거해가고 필요한 게 있다면 그것이 협박이든 폭력이든 상관없이 상대를 물어뜯어 다시는 일어서지 못하도록 만들었다. 가장 어두운 범죄에 스스럼없이 제 두 손과 발을 담갔다.

정 회장이 저렇게 되고 최 여사에게 남은 목표는 단 하나였다. 타인에게 그들의 목줄을 넘겨줄 수 없다. 충실하게 자신의 가족들을 위해 개처럼 엎드리고 일할 수 있는 자를 얻는 것.

"그 아이는 평생,"

정헌이 미처 깨닫지 못하는 것을 알려주려 최 여사가 입을 열었다.

"제 가슴에 난 상처를 볼 때마다 이 일을 떠올리고, 제 어미가 한 짓을 떠올리고 내게 죄책감을 갖겠죠. 난 그거면 됐어요, 정헌 군."

모든 것을 이루었다. 최 여사가 아름답지만 치명적인 독을 품은 얼굴로 인자하게 웃었다. 정헌의 무기질적인 시선이 그녀를 훑었다.

"내 앞에서 보이지 않도록 영원히 치워버리세요."

서슴없이 선고했다. 이제 하민의 모친은 이용가치가 없으니 단칼에 잘라버리라고. 네 속이 시원하도록 처리해버리라는 명령이었다.

"제 마음대로 해도 됩니까?"

길이 잘 든 사냥개를 얻었다. 주인 외에는 동족이라도 먹어치울 무자비한 녀석을. 그가 원하는 것과 자신이 원하는 것. 어차피 서로가 목적하는 바는 동일했고, 그렇기에 최 여사는 정헌에게 하민을 주고 자신을 대신해 가족을 지킬 힘을 얻었다. 대대손손 이 은밀한 일은 이어져가리라.

"얼마든지요."

최 여사가 품에서 휴대전화 하나를 꺼냈다. 오래된 폴더 폰을 정헌 쪽으로 가볍게 밀자, 정헌이 받아들었다.

"내 사람들이에요. 정헌 군의 사람들이기도 하지. 언제라도 틈이 발생할 수는 있는 일이니까. 잘 살펴보고 잘 처리하세요."

정헌이 묵묵히 고개를 끄덕였다. 그가 몸을 일으켜 인사하곤 온실을 나서는 것을 최 여사가 오래도록 바라봤다.

"그년 내가 용서 안 해! 정신병원에 처넣어버릴 거야!"

하민의 상처에 덧대어 있는 거즈들을 본 수지는 불같이 화를 냈다. 정신을 차리고 난 뒤 통증은 있었지만 참을 만했다. 자신이 겪었던 것 중 가장 참혹한 일은 교통사고였다. 비교해보면 그때만큼 힘들진 않았다. 입술 틈을 타고 끙, 소리가 절로 났지만 그럭저럭 괜찮다. 그나마도 의사가 진통제를 놔주고 가서 이 정도라는 설명을 들었다. 눈을 뜨자마자 정헌을 잠깐 보고 광분한 수지를 상대하려니 힘에 부쳤다.

"언니 괜찮아요. 저 많이 안 다쳤어요."

"내일모레 드레스 입을 애를!"

천만다행으로 얼굴은 가까스로 피했다. 옛날 같았으면, 불과 몇 주 전만 해도 얼굴에 흠이 나는 걸 아무렇지도 않게 생각했을 터다. 그때였다면 피하지 않았을지도 모른다. 하지만 지금은 정헌에게 상처를 주고 싶지 않았다. 자신의 그런 행동이 그에게 상처가 된다는 것을 깨달은 하민은 지금도 깨어나자마자 후회하는 중이다. 조금 더 자신이 경각심을 갖고 조심했더라면 이런 일이 없었을 텐데.

"드레스는 뭐, 여기까지 오는 드레스도 있는걸요."

하민이 링거를 꽂은 손가락으로 턱을 가리켰다.

"지금 그걸 말이라고 하니?"

"언니, 진정하세요. 저 지금 앉아 있는 거 너무 힘든데."

"미안. 언니가 너무 흥분했나 봐. 미안해. 누워, 누워."

수지가 두 손으로 마른세수를 하며 마음을 진정시켰다. 하민이 교통사고를 당해 혼수상태였을 때의 가족 분위기는 말 그대로 끔찍했었다. 또다시 다쳐서 누워 있는 아이를 보니 분노를 감출 수가 없어서 아이를 약하게 낳은 하민의 모친에 대해 불같이 화를 냈다.

수지의 손에 얌전히 다시 자리에 누운 하민이 저도 모르게 신음을 끙끙 흘렸다. 화상이라 당연히 아프고 고통스러울 게 뻔했다.

"미안해요, 언니. 많이 걱정하셨죠?"

본인이 아픈데도 이렇게 타인을 걱정하는 사랑스러운 아이가, 어떻게 배 아파 낳은 어미 눈엔 보이지 않는 걸까. 병원 어딘가 처박혀서 치료를 받고 있을 연희를 생각하니 새삼 분노가 끓어올랐다. 주호의 취임식만 끝나면 어디 섬에 있는 정신병원에 처박을 거라고 다짐하는데 정헌이 돌아왔다.

누워 있던 하민의 얼굴이 빛이 날 정도로 반짝였다. 아파서 끙끙거리는 신음도 사라지고 정헌을 향해 두 손을 번쩍 치켜들자 그가 다가와 제 목에 팔을 두르게 한다.

"사모님이랑 무슨 이야기 했어?"

"너 너무 약해서 안 되겠다고. 가게도 당장 그만두고 집에 딱 들어앉혀서 애지중지 모셔야겠다고."

"거짓말."

"정말인데. 아니면 나갈 때마다 경호원 줄줄 데리고 다닐래?"

하민이 통증도 잊고 질겁했다.

"그렇지 않아도 내 외모 엄청 눈에 띈단 말이야. 어우, 생각만 해도 싫어."

"지금이 어느 땐데. 은정 씨 봤잖아, 염색한 줄 아는 거. 그냥 있는 집 아가씨가 좀 발랑 까져서 염색한 걸로 보여."

정헌의 우스갯소리에 하민이 킥킥대며 웃다가 가슴을 잡고 헐떡였다.

"웃기지 마. 아픈 데가 당겨."

애초에 머리가 문제가 아니다. 백인처럼 하얀 피부에 홍채까지 붉어서 이질적인 외양이 사람들의 시선을 잡아끌었다. 본인은 잘 의식하지 못하지만 한 번이라도 손을 뻗어 만져보고 싶고, 가져보고 싶은 외모였다.

"그래. 언니는 잊고 정헌이랑 그렇게 속닥속닥해."

혹시나 하민이 일어나서 크게 경기를 하면 어떻게 하나, 그게 수지의 가장 큰 걱정이었다. 하지만 거뜬하게 오히려 그냥 단순한 사고였던 양 굴어 한시름 놓은 게 사실이다.

"몸 좀 괜찮아지면, 언니 친구한테 상담 받아봐."

강남의 유명한 심리상담가라는 친구를 소개시켜준다길래 일단 하민이 고개를 끄덕였다. 괜찮다고 해봤자 믿어주지 않을 게 뻔하고 이럴 땐 얌전하게 굴어야 된다는 걸 알고 있어서다.

"네, 그럴게요. 고마워요, 언니."

"여기 봐봐. 오빠 지금 못 온다고 너 사진 찍어 보내랬어."

주호는 평소에는 티 내지 않았지만, 무뚝뚝하고 자신이 반대했는데도 이혼을 한 수지보다 하민을 훨씬 더 예뻐했다. 하민이 괜찮은 모습을 사진으로 찍어 보내라는 말이 뒤늦게 기억나 수지가 휴대전화를 꺼내 들고 정헌에게 비키라고 손짓한다.

"오빠가 안 그래도 심기가 불편한데 자기가 결혼 반대한 정

헌이 네가 하민이 옆에 있으면 기분 좋겠어? 옆으로 좀 비켜
봐."

정헌이 절대 비켜줄 기세가 아니라 하민이 반대쪽으로 슬쩍
몸을 기울이자, 그 틈을 놓치지 않고 수지가 카메라 버튼을 눌
렀다. 찰칵.

"한 장이면 되겠지."

옆으로 균형을 잃는 하민을 얼른 끌어안은 정헌이 단단하게
그녀를 부축했다.

"오빠가 걱정 덜겠다."

"왜요?"

"네가 웃고 있어서."

수지가 하민의 볼을 아프지 않게 쥐었다 놓으며 잔뜩 안쓰럽
게 쳐다봤다.

"지금 일본에서 화상전문의 오고 있으니까 조금만 참고 있
어."

"어…… 저 그 정도는 아닌데."

"흉터가 아마 남을 거래."

"얼굴 아닌 게 어디예요. 어차피 저 햇빛 때문에 항상 가리고
다니잖아요."

하민이 웃으면서 말했다. 대수롭지 않은 척했으나 가슴 한구
석이 뜨끔거린 건 사실이었다. 다리에도 흉이 커다랗게 났는
데. 저절로 정헌의 눈치를 살피게 됐다.

"왜 내 눈치를 봐?"

"미안해. 네가 조심하라고 한 지 얼마나 됐다고 이렇게 돼

서……."

"너 불편하더라도 경호원들 옆에 붙어 있게 할 걸 그랬어."

그때 가게에 들어왔던 건 정헌이 경호회사를 차린 친구에게 부탁해 하민 몰래 붙인 경호원들이다.

"만약에……."

자책하는 정헌에게 하민이 말했다. 작은 입술이 열리고 떨리는 음성이 속삭인다.

"네가 그분들 안 붙여줬으면…… 나 더 크게 다쳤을 것 같아."

바로 물을 뿌리고 왁스를 걷어냈다. 그렇지 않았다면 피부가 더 심하게 손상됐을 수도 있었다. 의식을 잃기 전에 그들이 빠르게 움직이는 것을 보며 고통과 공포, 그리고 안도를 느꼈다.

"……그 사람은 괜찮아?"

"멀쩡해."

수지가 정헌을 돌아봤지만 그는 다정하게 거짓말을 입에 올렸다.

"아…… 잘은 못 봤는데 소리를 질렀던 게 기억나서."

"걱정하지 마. 너 낫는 것만 신경 써."

하민이 고개를 끄덕였다. 걱정이 됐다기보다 그냥 신경이 쓰였기 때문이다. 그 여자는 또 언제 자신의 앞에 나타나게 되는 걸까.

수지가 조용히 방을 나갔고 하민이 누워 있기 아프다며 정헌에게 기대고 있었다.

"그 사람…… 누군지 이젠 알아?"

"알아."

"진짜 나 계속 너무 창피해. 엄마라고도 안 부르고 싶은 사람인데. 나한테 이렇게 할 줄은 몰랐거든."

자포자기해 정헌에게 털어놓았다. 친엄마가 아니었으면, 하고 바랐다. 하지만 너무나 닮은 얼굴은 유전자 검사까지 할 필요도 없었다.

"그냥 유산을 받으면 한몫 떼어줄 걸 그랬나 봐, 다시는 나타나지 않게. 근데, 그럼 사모님께 너무 죄송해서 계속 고민했거든. 그거 내 돈 아니니까."

"돈은 쓰려고만 마음먹으면 그게 얼마라도 하루에 쓸 수 있어. 한번 주면 계속해서 밑 빠진 독에 물을 부어야 했겠지."

정헌은 냉정하게 생각했다. 끝까지 유산을 주겠다고 약속하지 않은 건 잘한 일이었다며 그녀를 다독였다. 하민이 구급차로 병원에 실려가고 있다는 전화를 받았을 때 자신은 회사로 향하는 차 안이었다.

"응. 잘한 일이라니까 됐어. 더 이상 생각 안 할래."

말하기 전에는 창피했는데 막상 입 밖에 내고 나니 별일이 아니다. 아무 말도 하지 않아도 흘러가는 시간이 편했다. 진통제보다 정헌과 이렇게 있는 게 더 자신을 무감각하게 만드는 것 같았다.

어느 순간 새까만 잠으로 빨려 들어가며 하민이 색색, 숨을 내쉬었다.

"자장자장…… 우리 하민이, 자장자장하자."

귓가가 간지러웠다. 평소라면 닭살 돋게 그런다고 한마디 했을 것 같은데 녹을 것처럼 간지러워서, 그래서 자꾸 눈물이 나올 것 같아서 아무 말도 할 수 없었다. 누구에게도 들어보지 못했던 자장가를 정헌이 머리 위에서 무뚝뚝하지만 꿀 같은 목소리로 불러줬다.

→· ◆ ·←

정헌의 동생, 정희가 하민을 만나고 싶어 한 건 결혼식을 앞둔 어느 날이다. 상처가 어느 정도 나을 때까지 결혼식을 미루자고 정헌도 가족들도 말했는데 끝까지 그날 하고 싶다고 하민이 고집을 부렸다.

결혼식에 정희도 꼭 왔으면 좋겠다고 하민이 먼저 이야기를 꺼낸 뒤에야 정헌은 동생에게 지난날을 이야기했다. 말도 안된다고, 윤주가 죽었다고 아무 소리나 지어낸 게 아니냐고 처음엔 받아들이지 못하다가 그가 확보한 증언들을 보고서야 겨우 정희는 인정했다.

"그럼 난 어떻게 해?"

몸을 떨면서 정헌에게 어떡하냐고 묻는 정희의 얼굴이 잔뜩 일그러져 있었다. 자신이 하민에게 쏟아낸 말들을 떠올리자 굉장히 끔찍해졌다.

"내가 지금까지……. 아…… 왜 말 안 해줬어? 진작 오빠가 말해줬으면……."

"윤주가 또 다른 말로 너를 현혹시켰겠지. 이미 넌 하민이 때문에 내가 축구를 그만두고 무너졌던 걸 알고 있고. 어떻게든 다시 걜 상처 입히고 싶었을 거야."

평소에도 친밀했던 남매는 아니었다. 하지만 그 사건 이후 정헌은 더욱 냉랭해졌다.

"결혼식은 네가 오든 오지 않든 예정대로 진행될 거고. 네가 다니고 있는 대학원 학비와 생활비도 졸업할 때까진 지원할 거야. 평생 날 안 보고 살아도 되고, 너 믿고 싶은 대로 믿고 살아도 돼."

정헌은 정희에게 선택지를 줬다. 세상에 하나뿐인 남매지간에 나누는 대화치고는 싸늘하기 그지없다.

"하지만 제대로 하민이 만나서 용서를 빌어. 그게 내 조건이야."

하민이 유리에 잔뜩 찔려 찢어지고 상처 입었던 날, 정희를 만났다는 걸 알고 있었다. 제 동생이 그녀를 밀치고 때린 건 아니지만 어쨌든 마음도 몸도 상처를 입은 건 하민이기에 정헌은 그냥 넘어갈 생각이 없었다.

"……안 해줘도 돼. 지금까지 오빠 덕분에 공부도 계속할 수 있었고, 아르바이트도 안 하면서 생활비 쓸 수 있었어."

윤주의 부고를 들었을 때는 충격을 받았다. 그 장례식장에 갔을 때 오빠의 친구들이 나누는 대화를 듣고 하민이 윤주의 죽음에 연루되어 있을지도 모른다는 생각까지 했다. 한 사람을 살인자로 만들기란 너무 쉬웠다. 윤주의 아버지는 딸의 죽음으로 인한 충격으로 부정맥이 와 혼수상태였다. 윤주는 아버지와 단둘뿐이었기에 상주 자리 또한 비어 있었다. 정희는 장례식장에도 오지 않은 제 오빠를 미쳤다고 생각했다.

"이제 나한테…… 그런 거 해주지 마."

자신이 내뱉었던 비수들이 비켜가지 않고 그대로 하민의 가슴을 찔렀다는 사실에 정희가 엉엉 울음을 터트렸다. 정헌의 한쪽 팔을 꽉 붙잡고 어떻게 하느냐 계속해서 물었으나 그는 묵묵부답이다.

"만나봐. 하민이가 너 만나고 싶어 해. 윤주가 죽었다는 이야기 모르니까 하지 말고."

그렇게 해서 만나게 된 자리였다. 절대 결혼 전까지 집 밖으로 못 내놓는다는, 나이 서른 먹고 외출금지를 당했다는 하민의 본가를 정희가 찾았다. 올여름은 살인적인 더위가 온다더니 햇볕이 너무 뜨거운 날이었다.

고용인의 안내를 받고 본채로 걸음을 옮기던 정희가 정원에 있는 하민을 발견했다. 햇빛을 차단하는 긴 차양 아래서 나른하게 카우치에 누워 시원한 매실차가 담긴 투명한 유리잔을 하민은 만지작거렸다. 그녀는 커다란 선글라스를 쓰고 얇은 카디건을 입고 있었다.

"정희야."

부드러운 목소리가 멀리 떨어져 있는 정희를 불렀다. 목소리는 부드러웠지만 선글라스를 쓰고 있어 어떤 표정으로 자신을 부르는지 알 수 없었다. 정희는 쉽게 다가오지 못하고 머뭇거렸다.

"볕이 많이 뜨거워. 이리 들어와."

자신이 몸을 숨기고 있는 드넓은 차양을 가리키며 하민이 권했다.

아직 아물지 않은 상처 부위가 더위 때문에 곪으면 안 된다고 의사가 밖에는 딱 삼십 분만 있으라 신신당부를 했다. 집 안은 항상 에어컨이 돌아가기에 머리가 아파 밖에서 정희를 기다렸다.

"안녕……하세요, 언니."

뭐라고 말을 해야 하나 머뭇거리다가 어색한 인사부터 뱉었다. 하민이 얼굴을 다 가리는 커다란 선글라스를 벗었다. 그늘이라지만 그래도 주변을 밝히는 햇빛 때문에 미간을 살포시 좁히는 붉은 동공이 정희의 눈에 보였다.

"바쁜데 내가 부른 거 아니지? 그래도 결혼식 전에 한번 봐야 될 것 같아서."

자신을 불렀을 때처럼 다정한 목소리였다.

"언니가 원하시면 결혼식 때 안 갈게요."

"와줘. 정헌이 하나뿐인 동생이잖아. 네가 안 오면 누가 오겠어. 꼭 와줘."

"저 보기 안 불편하세요?"

"불편하지."

대답은 재고도 없이 나왔다. 갑자기 허탈해진 정희가 물었다.

"그럼 왜 불러요? 오빠도 저 결혼식 오는 거 안 바라요."

"음…… 그런데 난 네가 밉거나 싫은 게 아니라 불편한 거라서."

하민은 정희가 올 때가 돼 미리 만들어놓았던 시원한 매실차를 컵에 따라 내밀었다.

"……네?"

"계속 보면 괜찮아지지 않을까. 음, 네가 안 괜찮을까?"

"언니 착한 척하는 거예요, 아님 진짜 어디가 좀 모자라요?"

대놓고 이런 말을 듣기는 또 처음이라 하민이 어색하게 웃었다. 어디 가서 모자라단 소리는 들은 적 없는데, 이런 걸 보면 정헌이 친동생이 맞다. 말을 가리지 않고 막 한다.

"차라리 욕이라도 하세요. 뺨도 내어드릴게요."

"너 옛날에 처음 봤을 때도 성격 되게 단호하다 싶었는데. 진짜 아직도 그러네. 너희 오빠랑 똑같아."

하민이 입을 가리고 웃었다. 자신이 생각했던 불편함이 금방 사라진 것처럼 웃다가 목을 잡고 아프다며 끙끙댔다.

"나 웃으면 안 돼. 자꾸 당겨서 상처가 벌어져."

흰색 블라우스 아래 얼핏 붕대가 비친다. 정헌이 화상을 입었다고 언질 주긴 했지만 이렇게 심할 거라곤 생각하지 못했다.

"욕도 안 하고 뺨도 안 때릴 거야. 다른 건 이제 떳떳해도 네 오빠가 사고 난 건 나 때문이 맞으니까."

"그거 생각하면 언니가 아직도 미운데 당사자인 오빠가……."

정희는 마른침이 넘어갔다. 왠지 눈시울이 붉어지는 것도 같았다.

"괜찮대요. 그러니까, 나는 동생이라도 오빠 인생에 끼어들 수는 없으니까 그걸로 언니를 미워하는 건 그만둘래요."

이 말을 하기까지가 너무 힘들었다. 막상 내뱉고 나면 그냥 말일 뿐인데.

"우리 여전히 불편한 사이지?"

"네. 불편해요, 이런 거."

"그래도 미워하는 사이는 아니니까, 계속 볼 수 있는 거지?"

하민의 목소리가 조심스러웠다. 자신의 의사를 묻는 말에, 저 얼굴에 정희는 참을 수 없었다. 욕하고 때리라니까 왜 눈치를 보는지 모르겠다.

"저 이제 제가 생활비 벌어야 돼요. 바빠요."

볼 수 없다는 말을 돌려서 이야기하자 하민의 눈이 커다래진다.

"정헌이가 돈 안 줘? 대학원 다닌다면서. 왜? 오빠 돈 잘 벌잖아!"

순식간에 우정헌에게 비난의 화살이 향한다.

"제가 안 받기로 한 거예요."

"아냐. 공부하는데 당연히 받아야지. 정헌이가 줄 거야."

그건 아니라고 손가락까지 눈앞에서 흔든다.

"정헌이가 네 보호잔데 이래선 안 되지."

"언니, 저 이제 내일모레면 서른 살이에요."

"응. 그런데 정헌이 눈에는 그냥 계속 어린 동생일 거야."

정희는 하민을 설득하길 포기했다. 어차피 오빠랑 대화하면 될 일이다. 왠지 피곤해 매실차를 단번에 들이켰다.

아작아작.

화가 났지만 언성을 높일 수 없었다. 어쨌든 자신은 사과를 하러 왔고 하민은 환자이자 피해자였다.

"……얼음 먹는 것도 네 오빠랑 똑같아."

하민이 또다시 웃음을 터트렸다. 저에게서 정헌의 모습을 찾고 그게 좋아 웃는 모습이 나쁘지 않았다. 마음 한구석이 쓰렸다. 아무것도 보려 하지 않았던 자신이 부끄러워서 얼굴을 들 수 없었다.

그것도 모르고 아프다며 목을 잡고 캑캑거리던 하민이 비어 있는 컵 가득 음료를 채워준다.

→·◆·←

"읍…… 으읍! 읍!"

사방이 어두컴컴했다. 바퀴 돌아가는 소리와 함께 차의 엔진 소리가 들려왔다. 연희가 사방을 짚어보려 했지만 뒤로 묶인 손은 꼼짝도 하지 않았다. 입에 재갈까지 물려 있었다. 화상이 너무 심해 병원에서 화상전문병원으로 이송한다는 의사의 말을 들은 후 정신을 잃었다.

"느으…… 느으아……."

저를 데려가는 사람이 누구인지 묻는 것조차 쉽지 않았다.

차는 끊임없이 달렸다. 한참을 멈춰 있다가 어딘가로 출발했고 또다시 어디선가 정차했다. 멀리 뱃고동이 울린다. 화장실을 참지 못하고 대소변을 줄줄 보아 악취가 진동했다. 눈물과 콧물이 뒤섞여 떨어졌다.

이런 짓을 할 사람은 최 여사뿐이다. 하민이를 데려다 제 편으로 만들어놓고 자신을 제거해 우환을 없애려는 거다. 하민이

가 제게 재산을 다 빼돌릴까 봐 겁이 났던 거다. 개같은 년. 다 가졌으면서, 저는 다 가졌으면서 제 아이도 가져다 바쳤는데. 정 회장이 죽으면 당연히 그의 아이를 낳은 자신에게도 재산이 돌아와야 된다. 유언장에 제 이름은 빼놓고, 개같은 년.

공포로 질색이 된 머리는 계속해서 끊임없는 저주와 욕설을 되풀이했다. 얼굴에서 흘러나온 진물과 고름이 더러운 화물차 바닥에 오물과 함께 문질러졌다. 차는 정차해 있었지만 좌우로 흔들렸다. 멀미가 와 그대로 속을 게워냈다.

"우엑! 우에에엑!"

물려 있는 재갈 때문에 꿀꺽꿀꺽 역류한다.

자신을 파묻기 전에 이대로 딱 죽을지도 모른다고 생각했을 때, 차가 다시 움직이기 시작했다. 바다에 던져 수장시킬 게 아니라면 어디로 데려가는 걸까. 연희는 가물가물한 의식을 잃지 않으려 애썼다.

얼굴 거죽이 전부 벗겨지는 것 같다. 전기레인지 위에서 몸부림을 치는 바람에 코와 입술이 녹아내렸다. 양 볼도 무섭도록 피부가 벗겨져 멀쩡한 곳은 드러난 이마뿐이다. 살아서 나갈 수만 있다면 하민이를 붙잡아서 유산을 내놓으라 해야지. 그 유산으로 미국으로 건너가 최고의 의사들을 사서 피부를 재건하면 된다. 티브이에서 미국이 그런 분야는 최고라는 이야길 들은 적 있다.

끼이이익! 차가 멈춰 섰다.

"으…… 으으…… "

밖은 어두웠다. 자신이 아침 일찍 병원의 구급차를 타고 출발하다 의식을 잃었으니 꼬박 여덟 시간은 넘게 이동했다는 뜻이다. 얼굴을 볼 수 없는 건장한 남자 하나가 화물차 안으로 들어왔다.

"똥오줌을 다 처발라놓으셨네."

자신이 그녀를 옮겨야 되는 불만을 내뱉으며 그가 오물범벅인 연희를 어깨에 둘러멨다. 가물거리는 눈에 불빛이 보였다.

"사려…… 사려두에여!"

남자는 신경 쓰지 않고, 오히려 그 집에 더 다가갔다. 그가 문을 발로 쾅쾅 치자 안쪽에서 문이 열렸다.

"사려…… 살……."

그곳은 어느 작고 낡은 오두막이었다. 한눈에 보이는 작은 방 안에는 낡은 침대 하나와 주방 하나. 그리고 바다로 나 있는 작은 창문 하나가 전부였다.

누군가 그 창문 앞에 서 있었다. 등을 보이고 있어 누군지는 확인할 수 없었다.

"살어두데여……."

연희는 본능적으로 그 사람에게 빌어야 살 수 있다는 걸 깨닫고 다른 남자가 자신을 바닥에 내려놓자마자 그쪽으로 기어갔다.

"사려…… 살러두……."

남자가 힐끗, 옆을 바라봤다. 그리고 무릎걸음으로 기고 있는 연희와 눈이 마주쳤다.

"어……?"

언젠가 봤던 하민과 결혼할 상대가 눈앞에 서 있다. 그가 친절하게 웃으며 허리를 숙였다. 연희의 입에 물린 재갈을 풀어 바닥에 던졌다.

"그년이 시켰지! 그년이!"

악다구니가 터져 나왔다. 정헌의 입은 웃고 있었으나 눈은 얼음보다 차갑게 상대를 응시한다.

"지금은 전혀 못 알아보겠네요."

"이거 풀어! 빨리 내보내줘! 내가 다시는 안 나타날게. 응?"

곧 여기서 소리쳐봤자 자신만 손해라는 걸 알아차리고 빌기 시작했다.

"저번에도 그러셨잖아요. 못 알아보니까 좀 낫네. 얼굴이 그대로면, 아무래도 하민이 생각이 나서 마음이 아플 뻔했어요."

사근사근 웃음을 지으며 정헌이 손짓하자 그녀를 업고 들어왔던 남자와 문을 열어준 남자가 다가와 연희를 끌고 갔다. 그리고 침대에 있는 긴 사슬로 묶인 족쇄를 들어 연희의 발에 채워준다. 사슬은 정확히 부엌과 화장실만 오갈 수 있는 길이다.

"이 집 밖으로 나가지 마세요. 그럼 정말 죽을 거예요."

"뭐, 뭐야. 너희 이거 뭐야!"

"음식은 일주일에 한 번, 사람이 와서 넣어줄 거예요."

"너 우리 하민이랑 결혼한다며? 나 하민이 엄마야. 친엄마라고. 걔 내가 배 아파서 낳았어."

"아, 얼굴이 뭉개져서 계속 그걸 잊네."

"으…… 너…… 네가…… 흐……."

뜨거운 눈물이 줄줄 흘러내렸다. 그럴수록 얼굴의 상처가 더 괴이하게 일그러졌다. 그걸 물끄러미 바라보던 정헌이 말했다.

"그래서 하민이 엄마라서 지금 여기 모든 게 다 있는 곳에 가
둬둔 거잖아요. 내 마음 같아선 지금 그쪽은 창문 없는 지하에
서 날 밝는 줄도 모르고 계셔야 해."

"다시는 안 나타날게. 흐흑…… 정말이야. 믿어줘."

"진짜 믿고 싶어요. 나도 믿고 싶은데 또 나타나서 하민이가
이번엔 털고 일어났어도 다음엔 무너지면 어떻게 해요. 그런
모험을 할 수는 없잖아."

사람의 인생을 박살내는 일이 이렇게 손쉬울 줄은 몰랐다.
그럼에도 아무런 가책이 느껴지지 않았다. 윤주의 인생을 처박
을 때도, 하민의 친모를 제 손으로 내리눌러 이곳에 처박을 때
도 죄책감은 조금도 느낄 수 없다.

"제발……"

"구걸밖에 이제 답이 없잖아요. 제일 잘하시는 일도 하실 수
가 없잖아. 얼굴이 이 모양이 돼서야."

이 더러운 여자가 눈처럼 깨끗한 아이를 낳았다. 자신에게
오기 위해 그저, 더럽고 추악한 욕심을 가진 여자의 배만 빌려
서 온 건 아닐까. 이 여자가 정하민을 아프게 할 존재라면 치우
는 게 맞다.

"구걸보다, 계속 몸이나 팔며 사는 것보다 훨씬 나은 인생이
에요. 여기서 조신하게 얌전히 사세요."

정헌이 손수건으로 그녀를 만졌던 손을 닦아냈다. 그리고 등
을 돌려 오두막을 나오려던 순간 뭔가 기억났다는 듯 멈춰 섰
다. 연기 하나하나가 완벽했다. 그녀를 가장 절망에 떨어트리

는 것. 재기할 수조차 없이 이 나무 바닥을 기어다니며 후회로 똘똘 뭉친 나날을 보내게 만드는 것.

엄마라면, 제 자식에게 그럴 수 없다. 밤에 하민이 잘 때마다 그녀의 상처 부위를 직접 소독하는 제 가슴이 미어지고 찢어지는데, 친모인 그녀는 단 한 번도 하민의 안부를 묻지 않았다.

"아참."

"제발…… 여기 싫어. 어둡고 무서워. 싫어."

방 안은 음식을 해 먹을 수 있는 일회용 버너 외에는 전기도 들어오지 않았다. 어두컴컴한 방을 밝히고 있는 건 랜턴 불빛이 전부다. 연희가 그에게로 기어가려 했지만 철컹, 발목에 감겨 있는 족쇄가 그녀를 잡았다.

목포의 수많은 섬 중 하나다. 옛날엔 어부들이 멀리 어업을 나왔다가 쉬어가는 곳이었다. 지금은 아무도 찾지 않는다. 섬을 통째로 사 정헌의 허락 없인 아무도 들어올 수 없다.

"정 회장님 유언장에…… 그쪽 이름 있었던 거 알아요?"

"무서워……. 싫……, 뭐? 뭐라고?"

"최 여사님이 알려주시더라고요. 조급하게 굴지 말고 기다리지 그랬어요?"

"아……. 아아! 아아아아아아아아악!"

"삼백억 정도. 평창동에 혼자 살 수 있는 저택 하나랑 주변 상가를 남기셨더라고."

"거짓말! 거짓말!"

정헌이 살갑게 웃었다. 등을 돌린 그의 얼굴이 온통 새까맣게 보인다. 검은 악마의 새카만 그림자를 본 양 연희가 펄쩍펄쩍 뛰었다.

"그건 하민이 몫이에요. 제 엄마가 사라졌으니 실종신고 기간이 끝나면 사망처리가 될 테고, 딸인 하민이 몫이 되는 거야."

"내 거야! 그건 내 거야! 손대지 마! 여기서 나가면…… 누가 나 좀…… 여기서 내보내주면 내가…… 십억 줄게. 응? 누가 좀……."

정헌을 구슬릴 수 없다는 걸 깨달은 연희가 그의 주변에 서 있는 남자 둘에게 소리쳤으나 아무도 반응을 보이지 않았다.

"이분들 못 들어요."

조용히 그가 비밀스러운 이야기를 하는 것처럼 연희에게 속삭인 뒤 오두막의 문을 닫았다. 아주 진하고 시커먼 어둠이 순식간에 몰려왔다. 한 치 앞도 보이지 않았다. 오로지 발목의 족쇄가 덜그럭거리는 소리와 멀리서 파도치는 소리만이 암흑 속에서 느낄 수 있는 전부였다. 어머니이길 포기하고 팔아치우기 위해 자식을 낳았던 여자가 비명을 지르며 울어댔다.

정헌의 발은 한시도 지체하지 않았다. 전파조차 터지지 않는 이곳에서 너무 오래 있었다. 어서 빨리 하민을 보고 안고 잠들어야 콧속을 맴도는 악취를 지워버릴 수 있을 것 같았다.

그는 유산 상속까지 몇 년 걸릴 거라 예상했지만 의외로 하민의 몫으로 받는 부분이 빨리 늘어났다. 여자가, 정하민의 친모 한연희가 화상을 입었던 곳에 감염이 일어나 그곳에서 한 달도 안 돼 사망했다는 연락을 받았기 때문이다. 어쩌면 정헌은 알고 있었을지도 모른다. 태어나서 단 한 번도 절망 속에 살아보지 않았던 여자가 그곳에서 버틸 수 없다는 것을.

결혼식 날은 잔뜩 흐렸다. 아침 일찍 일어난 하민은 햇살 한점 비치지 않는 창밖으로 시선을 향했다. 온통 잿빛인 하늘은 금방이라도 비를 죽죽 쏟아낼 것만 같다. 하민은 고개를 돌려 자신의 옆에 잠들어 있는 수지를 바라봤다. 요양과 치료를 이유로 한남동 본가로 들어온 뒤 정헌은 별채에서, 자신은 2층에서 수지와 함께 머물고 있었다.

처음 계획했던 대로 가족과 지인 몇 명만 부르는 것으로 결혼식을 단출하게 치르기로 했다. 넓은 정원을 가로지르면 세 개의 별채가 나온다. 손님이 묵는, 지금 정헌이 묵고 있는 현대식 건물이 있고 하나는 고용인들이 묵는 곳, 그리고 갤러리 관장이었던 최 여사가 자신의 소장품들을 둔 작은 박물관 같은 건물이다.

결혼식은 세 번째 별채에서 하기로 했다. 할 수만 있다면 야외결혼식을 하고 싶었다. 남들이 다 하는 것처럼 밝은 햇빛 아래 서서 평생 함께하기를 기약하는, 반짝이고 아름다운 신부가 된다면 얼마나 좋을까.

하민은 넓은 정원의 잔디밭을 아쉬운 눈으로 바라봤다. 그게 안 된다면 적어도 오늘 날이 맑기를 바랐는데 일기예보와는 다르게 구름이 잔뜩 끼어 있다.

한 시간 뒤면 메이크업이다 뭐다 사람들이 오기로 돼 있어서 하민은 씻기 위해 일어나려 했다. 창밖의 검은 그림자 하나가 저 멀리 별채에서부터 이곳으로 다가오고 있었다. 하민은 창문에 이마를 바짝 대고 아직 켜져 있는 가로등으로 길게 늘어진 그림자를 바라봤다.

"……정헌아."

회색 티셔츠에 트레이닝복 하의를 입은 정헌이 본채 근처까지 오더니 하늘을 올려다본다. 그의 시선을 따라 하민도 하늘을 쳐다봤다.

잔뜩 낀 구름은 역시 마음에 들지 않았다. 앞으로 제가 가는 길에 먹구름만 드리울 것 같단 느낌이 들어 아주 별로였다. 하지만 다시 시선을 내렸을 때 하늘을 보는 정헌의 얼굴이 너무 밝아서, 활짝 갠 날 같아서 더 잘 보기 위해 하민은 미간을 좁혔다. 그러다가 갑자기 이곳을 돌아본 그로 인해 소스라치게 놀랐다. 이렇게 어두운데 혹시 자신을 본 걸까?

고민은 오래 이어지지 않았다. 정헌이 내려오라고 손을 흔들었기 때문이다. 잠옷을 갈아입을 생각도 하지 못한 채 하민은 서둘러 침대에서 뛰어 내려왔다.

"으응…… 벌써 일어났어? 더 자."

밤새도록 하민과 이야기를 하다가 늦게 잠든 수지가 눈을 가늘게 떴다.

"먼저 씻을게요, 언니!"

"그래그래."

하지만 씻는다는 하민이 욕실이 아니라 밖으로 향하자 수지는 눈을 비볐다. 그리고 몸을 돌려 창문을 바라보다 남자의 실루엣을 발견하곤 피식 웃었다.

"조금 이따 볼 텐데 저렇게 좋을까."

정말 우정헌이 싫지만 하민이 저렇게 좋아하는 걸 보면 아무래도 상관없지 싶었다. 자신의 연애도 그랬을까. 저렇게 아무것도 보이지 않고 한 사람만 보였을까. 어느새 잠이 싹 달아났다. 수지가 손바닥에 얼굴을 묻었다.

계단을 구르듯 뛰어 내려간 하민이 막 현관문을 열었을 때 정헌은 이미 거기 있었다.

"넘어지면 어쩌려고 뛰어와?"

"……네가 기다릴까 봐."

말해놓고도 아차 싶어 입을 다물었다. 수지가 여자는 너무 쉽게 보여도 안 좋다고, 적당히 튕겨야 된다고 어젯밤 내내 입이 닳도록 했던 말이 생각나서였다. 하민이 서둘러 입을 닫자 정헌은 어이가 없단 듯 픽 웃었다.

"뛰지 마. 서두르지도 말고. 이것 봐. 너 뛰어왔더니 또 다리 경직됐잖아."

정헌의 눈은 원피스 잠옷 아래를 향해 있다. 그리고 하민을 데리고 나와 돌계단에 앉혔다. 스스럼없이 무릎을 꿇고 종아리를 주물러준다.

"조심히 좀 다녀."

아픈 곳만 꾹꾹 그가 눌렀다. 살짝 흩어진 앞머리, 매끈한 콧날을 하민은 홀린 듯 쳐다봤다. 그러다 눈이 마주치자 시선을

417

내려버린다.

"오늘 이상하네, 정하민."

"내가 왜?"

"내외하는 것처럼 왜 시선을 피해?"

피한 게 아니고 마주칠 수가 없는 거다. 평소와 똑같은 날이
아니다.

하민은 천천히 손을 뻗어 정헌의 얼굴을 만졌다. 지나치게
잘생겼다. 10년 만에 그를 재회하고 했던 생각처럼, 축구선수
를 하기에도, 기업가를 하기에도 어울리지 않았다.

"왜. 손가락 빨아줘?"

"안 씻었는데."

"빨아달라고 입술을 지분거린 게 아니라?"

공교롭게 손가락이 그의 입술 위를 오가고 있었다. 얇은 표
피 아래 매끈한 붉은 입술이 만져진다. 정헌이 입을 열 때마다
하민의 손톱에 숨결이 닿았다 떨어졌다. 그리고 새빨간 혀가
넘실대며 나와 손가락에 얽힌다. 뺄 타이밍을 놓쳐 손가락과
손가락 사이를 깊숙하게 빨렸다.

"아……. 일하는…… 사람들이 볼 거야."

그러자 정헌의 눈매가 휘어졌다. 볼 테면 보라는 듯 이제는
아예 하민의 손끝을 자근자근 씹었다.

"네가 그런 눈으로 보면 오해해."

말랑말랑한 혀가 능란하게 손가락과 손가락 사이를 오갔다.
타액으로 흠뻑 젖은 손을 뺄 수 없게끔 정헌은 붙잡고 있다. 점
점 올라온 얼굴이 하민의 손바닥에 비벼졌다. 아이가 하는 양

입술부터 시작해 코와 눈, 전부 비볐다. 그리고 손목의 오목하게 들어간 부분에 입술을 묻고 크게 숨을 내쉰다.

"무슨…… 웃, 오해를…….”

"여기서 울고 싶은 거라고.”

"아냐. 울고 싶은 거 아닌데.”

그가 정말 이상한 오해를 하는 듯해 하민이 고개를 저었다. 입을 뗀 정헌이 묘하게 웃는다. 하민의 팔목을 잡고 있던 손이 떨어져 얼굴까지 다가왔다. 그리고 머리카락 너머 어깨와 잠옷 위 드러난 하얀 목덜미를 쓸었다.

차가운 손가락이 뜨끈한 살결에 닿는다.

"어쩌지. 난 울리고 싶은데.”

하민이 그를 보면서 유독 부끄러워할 때가 언제인지, 정헌은 알고 있다. 지금이 그랬다. 하민은 모르겠지만, 그녀는 아침에 눈을 떠서 그를 볼 때 가장 부끄러워했다. 그때마다 제가 그런 그녀를 품에 안고 엉망으로 울음을 터트리게 만들고 싶어서 전전긍긍한다는 걸 알까.

꾹 내리눌러 참는 정헌은 이미 알고 있었다. 정말 손을 대는 순간 무슨 일이 있어도 울려버릴 거란 걸. 시트에 짓뭉개 하민이 애원하고 빌 때까지, 제 성에 찰 때까지 안아버릴 것 같아 아쉬운 손을 뗐다.

열기 섞인 숨이 그의 입 밖으로 나왔다.

"여전히 나네.”

본가에 들어오고부터 하민은 오일을 다루거나 디퓨저나 향초를 만질 일이 없었다. 하지만 그녀의 손끝에서, 그리고 맥박이 뛰는 곳에서 로즈우드 냄새가 났다.

"정말 인이 박였나 봐. 이 냄새는 정하민의 냄새라고."

이 집에 로즈우드의 향기를 내는 건 아무것도 없다. 다른 비누를 사용하는데 왜 아직도 제게서 그 향이 나는지는 하민도 알 수 없었다. 손을 코에 대고 냄새를 맡았으나 그녀 스스로는 잘 알지 못했다.

"기분 탓 아냐?"

"그럴지도 모르겠어. 너무 오래 떨어져 있었더니 이제는 환청도 들리거든. 냄새도 내 착각일수도."

2주였다. 화상이 잘 낫지 않자 하민은 예정대로 결혼식을 했으면 했지만, 결국 일주일을 미뤘다. 그동안 정헌은 출장을 다녀왔고, 하민은 매일 보던 그를 단 하루 보지 못한 것 가지고 문 앞을 서성거렸다. 자꾸만 정헌이 문을 열고 들어올 것 같아서 망부석처럼 앉아 있기만 해, 수지에 의해 강제로 자리에 눕혀졌을 정도였다.

갑작스러운 그의 출장은 이른 아침이 돼서야 끝났다. 들어오자마자 자신을 찾아온 정헌에게 꼭 끌어안겼을 때, 하민은 코끝에 스치는 짠 내음을 맡았다. 어딜 다녀왔냐는 말에 아주 비린 바다에 다녀왔다고 그는 대답했다. 끌어안고 놔주지 않았다. 상처 부위를 피해 온몸으로 달라붙는 그를 끌어안고 무슨 일인지 몰라 손으로 등을 쓸어주자 정헌은 웃었었다.

"어디 아픈 거 아냐? 환청 들리면 안 된다던데."

요새 하민이 이 집에서 하는 일은 두 가지다. 최 여사와 건강 프로그램을 챙겨 보는 것과 제때 끼니를 챙겨 먹는 것뿐이다.

스트레스를 많이 받으면 환청과 같은 증상이 나타날 수 있다고 티브이에서 그랬다.

"아프면, 고쳐줄래?"

"난 의사가 아닌데. 내가 고칠 순 없을 것 같아."

고쳐달라고 말하는 은밀한 목소리 때문에 눈치채버렸다. 살짝 하민의 엉덩이가 뒤로 빠졌다.

"우리 오래 안 했잖아."

"고작 2주쯤."

"난 20주쯤 된 것 같은데. 밤마다 곁이 허전해서 보면 네가 없어서. 그런데 네 신음은 기가 막히게 들려서 나도 내가 미친 것 같아."

하마터면 맞다고 긍정할 뻔했다.

"언니가 빨리 씻으라고 했는데."

엉덩이에 묻은 잔디를 털며 일어났다. 정헌은 시종일관 다정하고 부드러웠지만 어디로 튈지 알 수 없어 무서웠다. 순식간에 돌변해 저를 한입에 홀랑 털어 넣었던 게 한두 번이 아니다.

"한 시간 남았잖아."

어제 저녁을 먹으면서 오늘 몇 시부터 준비를 시작하는지 수지가 설명했더랬다. 정헌은 묵묵히 밥만 먹길래 시간 따위 기억 못 할 줄 알았는데 다 듣고 있었던 모양이다.

"으응."

"어딜 도망가."

그가 손을 뻗어 하민의 엉덩이를 꽉 쥐었다.

"우정헌!"

"쉿. 그러다 정말 네 말대로 사람들이 오겠어."

오늘은 평범한 날이 아니다. 이곳에서 일하는 사람들도 한둘이 아니란 걸 알고 있는 하민이 입술을 꾹 깨물면서 정헌을 흘겼다.

"오기를 바라는 거야, 오지 않기를 바라는 거야?"

"웃⋯⋯."

정곡을 찔린 듯 하민이 움찔거렸다. 그가 잡고 있는 엉덩이가 바짝 경직되었다.

"오늘 우리 결혼식이잖아. 훗⋯⋯ 나중에⋯⋯."

자박자박.

돌계단을 밟고 올라오는 발소리가 들렸다. 화들짝 놀란 하민이 두 손으로 정헌의 목을 꽉 끌어안았다. 가뿐히 그녀를 들어올린 그가 빛이 닿지 않은 어두운 곳으로 재빨리 몸을 숨겼다.

나쁜 짓을 한 것처럼 숨이 찼다.

"그러다 들키겠어."

정헌이 하민의 귀에 대고 아이처럼 키득거렸다. 하민은 소리 없는 비명을 삼키면서 그를 더 꽉 끌어안았다. 저쪽에서 나타난 사람은 주호 오빠였다. 조깅을 하다 왔는지 내뱉는 숨이 거칠었다. 땀에 젖은 머리칼을 털어내며 곧장 별채 쪽으로 주호가 뛰어갔다.

"세상에."

긴장이 풀린 하민이 정헌의 품에서 축 늘어졌다.

"뭘 그렇게 놀라."

"들켰으면⋯⋯."

"우리가 무슨 음탕한 짓이라도 했어?"

정헌의 말은 틀린 게 하나도 없었다. 괜히 제가 지레 겁먹고 숨으려 했던 거다.

"나 들어갈래."

"네가 이렇게 굴 때마다 죽을 것 같아, 하민아."

애끓는 목소리로 정헌이 속삭였다. 아주 은밀한 이야기를 나누는 양 낮은 음성이다.

"음란한 생각은 혼자 다 하면서 안 그런 척은."

목울음으로 큭큭 웃는다. 짜릿하게 돋은 소름에 하민의 허리가 바르르 떨리자 정헌이 두 손으로 단단하게 골반 아래를 받쳐 들었다. 수백 년 묵었다는 소나무의 거친 나무껍질이 하민의 등에 느껴졌다.

"너 못됐어. 오늘처럼."

"좋은 날에 못된 소리를 한다고?"

"알면서 왜 그래?"

"죽을 것 같아서. 내가 자제력이라곤 눈곱만큼도 없어."

지나치게 솔직한 대답에 하민이 손바닥으로 그의 어깨를 탁탁 쳤다. 이만 놔줬으면 좋겠는데 꿈쩍도 않는다. 약간 허공에 부유해 있는 자세가 살짝 불안정해 두 다리를 뻗어 정헌의 허리를 감았다.

"여기서 하면, 정하민 성격엔 창문으로 밖도 못 내다볼 거야."

수줍은 새색시처럼 얼굴을 붉게 물들이면서 고개를 끄덕이는 모습이 숨 막힐 정도로 예뻤다. 하얀 볼을 깨물고 씹고 싶었다. 정헌은 차마 오늘 가장 예쁜 모습을 보여야 하는 하민을 그렇게 하진 못하고 아쉬워 입맛만 다셨다.

"고개도 못 들게 하고 싶어."

"으응?"

"네가 어딜 가든 나랑 한 흔적이 남아 있어서 얼굴도 못 들고 다니게 하고 싶어."

"그렇게 말하면 진심 같잖아."

"진심이라서 문제야. 밖에 못 두겠다. 꽁꽁 곱게 감싸서 나만 풀 수 있게, 그렇게 가장 깊숙한 곳에 숨겨두고 싶어."

깨질까 봐 밖에 내놓기도 두려웠다. 그의 입을 막기 위해 내밀어진, 아직 불긋한 상처가 남아 있는 하민의 손바닥을 정헌이 충실하게 핥았다. 손금 부분을 혀가 가르자 할딱대는 신음이 흘렀다.

"흡……."

그가 잠시 하민의 어깨에 입술을 대고 숨을 골랐다. 얼핏 아직도 보이는 화상의 상처를 가린 거즈가 마음을 찢어지게 만들었다. 아직 이슬이 마르지 않은 잔디에 앉아 하민을 제 허벅지 위에 올려놨다.

"안 추워?"

자신을 꽉 끌어안아놓고 춥지 않느냐 묻는 음성은 다정했다.

"응."

그가 하민이 등을 대고 있던 소나무에 지친 듯 상체를 기댔다. 허벅지에 앉아서 꼬물거리자 위험한 목소리가 따라붙었다.

"꼬물거리지 마. 네 치마, 걷어 올릴지도 몰라."

그 말에 허벅지를 오므렸다. 정헌의 짧은 웃음소리가 귓전을 울렸다.

"……물어보고 싶은 게 있는데."

"말해."

"아까 하늘 보면서 웃었잖아. 왜 웃은 거야?"

잔뜩 찌푸린 하늘을 그가 만족스럽게 바라봤다.

"날이 좋아서."

정헌의 대답은 간단했다. 그저 날이 좋아서 그랬다는 말 한마디에 하민은 기가 막혔다.

"오늘이 결혼식인데. 나는 날이 흐려서 속상한데."

"결혼식인 건 내가 제일 잘 알아. 아마, 오늘을 제일 기다린 사람도 나일걸."

"그런데 왜 이런 날씨가 좋다고 해?"

정말 모르는 걸까. 정헌이 하민을 품에 안고 다시 하늘을 바라봤다. 잔뜩 찌푸려져 있는 하늘이 그에겐 활짝 갠 걸로만 보였다. 이런 날이라 정말 다행이라고 생각했다. 날씨까지 제 마음에 딱 들어 완벽하다고 여겼다.

"네가 선글라스를 안 껴도 되고 모자를 안 써도 되니까."

하민이 햇빛으로부터 도망가지 않아도 돼서, 정헌은 마음에 들었다.

외출을 위해 긴 옷을 꺼내 입고 한 손에 양산을 들고 커다란 선글라스를 쓰는 하민이 익숙했다. 그것들을 하지 않는 유일한 날은 이렇게 하늘이 꾸물거릴 때뿐이다. 다른 사람들과 똑같이 아무것도 필요 없이 돌아다닐 수 있을 때.

"비가 오면?"

"그래도 흐린 건 여전할 테니 난 좋은데."

하민의 입술이 파르르 떨렸다. 그가 이런 생각을 하는 줄은 몰랐다. 그저 자신이 그에게 가는 길에 날이 맑지 않다고 투덜 거리기만 했다. 완벽하게 자신을 생각해주는 남자 앞에서, 하 민은 속수무책으로 무너질 수밖에 없었다.

"정헌아."

그녀의 목소리는 젖어 있었다.

"울지 마. 네가 울면 누님이 정말 날 죽이려고 하실걸. 오늘 이 내 장례식이 된다 생각하면 날씨가 정말 우울해 보이잖아."

정헌의 장난스러운 목소리에 눈물이 쏙 들어갔다. 이런 남자 임을 알아서 단 하루만이라도 그와 살아보고 싶었다. 온전하게 그의 아내로 그의 곁에 있는 게 당당한 날이 오리라곤 꿈에도 생각한 적 없다. 그가 자신을 원망하고 찢고 상처를 줘도 받아 들일 거라 먹었던 마음이 신기루처럼 순식간에 흩어졌다.

"이렇게 날 좋은 날 내게 와줘. 예쁜 드레스 입고 팔랑거리면 서."

하민이 고개를 끄덕였다. 그가 울지 말라고 했는데, 대답을 하려 입을 열게 된다면 그 품에 안겨 엉엉 울어버릴까 봐.

그도 대답을 하라고 강요하진 않았다. 한참을, 씻으러 갈 시 간을 넘겨 자신을 찾으러 누군가가 밖에 나올 때까지 정헌에게 안긴 채로 둘이서 봤던 날 중 가장 좋은 날을 감상했다.

426

붓이 얼굴을 스치자 하민이 어깨를 움츠리며 웃었다.

"신부님, 인상 찌푸리시면 안 돼요."

"간지러운걸요."

"그래도 안 돼요. 조금만 참으세요."

단출한 결혼식이라지만 다 갖춘다. 일반 신부들처럼 일찍 일어나 메이크업과 헤어를 받은 하민은 주변의 도움을 받아 웨딩드레스를 겨우 입었다. 홀터넥 스타일인지라 목부터 가슴 라인을 덮는 디자인으로, 얼마 전 입은 상처를 기가 막히게 가려주는 드레스였다.

깨끗한 어깨가 반듯하게 드러났다.

드레스 차림의 하민이 전신거울 앞에서 제 모습을 점검하다 거울 너머로 자신을 바라보는 수지를 물끄러미 바라봤다.

"뭐 걱정하는 거라도 있어?"

"언니, 저기……."

하민의 말에 수지가 다가오며 메이크업 아티스트를 물렸다. 무슨 일이냐고, 혹시 불안하냐는 질문에 하민은 머뭇거리다 입을 뗐다.

"결혼식, 밖에서 하면 안 돼요?"

"응?"

수지가 날씨를 확인하며 고개를 갸웃했다.

"밖에 비 올 것 같은데?"

"비 오면 안으로 들어가고요."

"밖에서 할 계획은 없어서 차양이 많이 없을 텐데. 왜, 우리 하민이가 밖에서 하고 싶어 할까?"

자신을 아끼고 예뻐하는 수지도 그 이유를 알아채지 못했다
는 생각에 하민이 웃었다. 자신도 몰랐는데 언니라고 오죽할
까.

"제가 이대로 밖에 나갈 수 있는 날이잖아요."

"아."

미처 생각도 못 했다는 얼굴로 수지가 손바닥을 주먹으로 탁
쳤다.

"정헌이가 그랬어요. 나도 생각 못 했던 건데."

"그거 하나는 마음에 드네. 비 와도 하민이는 괜찮아?"

"괜찮아요."

"그럼 결정됐네. 결혼식 주인공인 신부가 괜찮다는데 밖에서
해야지."

수지는 결혼식을 맡아 진행하고 있는 대행업체를 찾으러 서
둘러 1층으로 내려갔다.

속눈썹이 풍성하게 올라갔다. 평소에는 눈 화장을 하지도 못
할 정도로 예민했지만 오늘만큼은 꾹 참았다. 거울에 비치는
점점 달라지는 자신의 모습에 눈을 떼지 못할 정도였다.

"언니, 진짜 여신! 완전 여신 같아요!"

한 시간 먼저 도착한 은정이 2층으로 올라와 열려 있는 방문
사이로 고개를 내밀었다. 그리고 하민을 보고 휴대전화 카메라
어플을 켜 눌러대기 시작한다.

"내가 진짜 이쁜 언니 만나고 있다고 해도 친구들이 안 믿어
주잖아요. 언니 오늘 진짜 완전 예쁘다. 저 사진 좀 찍어도 되
죠?"

이미 찍고 있으면서 허락을 구하는 물음에 하민은 웃으면서 고개를 끄덕였다. 아마 오늘 이 자리에 참석하는 제 지인의 처음이자 마지막이 은정이리라.

"드레스도 너무 예쁘고, 정말 공주님 같아요. 공주님이 뭐야, 이제는 여신이야, 여신."

친구들의 드레스 모습도 보고 친인척들의 드레스 모습도 본 적 있지만 이렇게 웨딩드레스가 잘 어울리는 사람을 은정은 맹세코 본 적 없다. 피부에 윤기가 돌며 드레스의 색상과 어우러졌다. 은빛 머리칼을 반쯤 묶고 거기에 화관을 씌워 청순하기 그지없다.

"지금은 좀 괜찮아?"

석진이 영국으로 떠난 뒤, 한남동으로 찾아온 은정은 하민의 앞에서 한참을 울었었다. 장거리 연애는 못 하겠다면서 온갖 나쁜 점을 토로하다 돌아갔다. 그 일이 있은 지 얼마 되지 않았기에 그렇게 묻자 은정이 한숨을 내쉬었다.

"그래서 말인데요, 언니."

"응?"

"밖에 나가보셔야 될 것 같아요. 와…… 우정헌 씨 고집 장난 아니에요."

"정헌이가 왜?"

"아무도 못 들어오게 해요."

은정의 얼굴이 난감함으로 물들었다.

가장 친한 친구의 결혼식이라 석진이 잠시 귀국했다. 내일 아침 비행기로 다시 영국으로 가야 된다고 은정은 울상을 지었다. 그러면서 석진이 친한 친구 몇몇에게 정헌이 오늘 결혼한다는 이야기를 흘리는 바람에, 지금 바깥이 온통 그의 친구들 투성이라고 했다.

"왜 못 들어오게 해? 여기까지 온 친구들을?"

"……언니가 불편해한다고…….."

대부분은 하민도 기억하지 못하는 고등학교 동창들이다. 정헌이 허락한 건 오직 하민의 부케를 받아주기로 한 은정과 석진뿐이다. 집 앞에서 경호원들을 뚫고 들어오려는 친구들에게 돌아가라고 하고 있다는 소리를 듣고 하민이 자리에서 일어났다.

"그 오빠들 성격 다 괜찮아요. 저도 몇 번 만나봤는데 진짜 좋은 사람들이에요. 언니 이용하거나 그러려는 사람들 아니."

"알아. 걱정하지 마."

하민이 웃으면서 말했다.

"꺅! 신부님 대체 이러고 어딜 가신단 말씀이세요!"

"집 앞에요. 친구들이 와 있다고 해서요."

"다른 사람 시키세요. 드레스 입고선 안 되세요, 신부님!"

도우미들이 절대 안 된다며 하민의 드레스 자락을 꽉 붙잡았다. 이걸 입고는 혼자서 움직이기 어렵다. 드레스를 벗으려고 해도 혼자서 할 수 없다. 그렇다고 해서 정헌이 기껏 찾아온 친구들을 돌려보내길 바라지 않는다.

하민이 저를 말리는 도우미들의 말을 듣지 않고 최대한 웨딩드레스 자락을 들어올리고 아래층으로 향했다.

"어머, 하민아."

웨딩드레스 자락을 잡고 내려오는 하민을 본 최 여사가 그녀를 불렀다.

"지금 혹시 결혼 안 하겠다고 도망가려는 상황은 아니겠지?"

인자하게 웃으면서 농담을 걸었다.

"아, 밖에……."

"시끌벅적하더구나."

이미 사태를 들어 알고 있는 최 여사는 여유롭게 홍차를 마셨다. 밖은 어젯밤에 별채에 세팅해놓은 꽃과 테이블 등을 정원으로 옮기느라 다들 여념이 없다.

"의자도 더 필요할 테고, 좋은 날이니 사람은 많을수록 좋겠지."

최 여사가 웃으면서 나가보라 말했다. 드레스가 구겨지는 건 아랑곳하지 않고 하민이 밖으로 나갔다. 갑자기 신부가 등장하자 사람들의 이목이 집중된다. 그 시선이 별로 신경 쓰이거나 불쾌하지 않았다. 소란이 있다는 바깥쪽으로 향하니 역시나 웅성거리는 소리들이 들렸다.

"도둑장가 드냐!"

"그래! 도둑장가라니! 우리 정헌이가 도둑장가라니!"

십수 명의 검은 정장을 차려입은, 하나같이 훤칠한 남자들이 씩씩거리며 대문 앞에 진을 치고 있다. 까딱 잘못했다간 어둠의 직종에 종사하는 사람들이 빚 받아내러 온 모습으로 보일 것 같아, 하민은 거기 다다르기도 전에 웃고 말았다.

"됐어. 꺼져."

"바쁘다고 우린 만나주지도 않고! 신부 얼굴 좀 보자!"

"정하민이라며? 이 미친놈이 고등학교 다닐 때부터 신부를 그렇게 쫓아다녔대요!"

대부분이 유명한 축구선수들이다. 그와 함께 축구부에 있던, 각기 다른 반이었던 학생들이 성인이 되어 대문 밖에 서 있다. 어렴풋 기억이 나는 것도 같다. 정헌의 옆에서 서 있던 석진이 어깨를 으쓱했다.

"야, 왜 석진이 새끼는 되고 우리는 안 돼? 월드스타라고 차별하냐!"

"서러워서 살겠나! 국내리그 뛰는 우리는 무시하냐!"

심각한 내용들이었지만 장난인 걸 알아서 하민이 웃음을 터트렸다.

"어? 신부님!"

"신부님이다!"

"정하민! 나 알지? 응? 내가 그때 너 양산 날아가서 주워다 줬잖아."

"미친놈아, 그걸 어떻게 기억해? 그렇게 따지면 난 정헌이 대신 교실까지 바래다준 적도 있어."

옆에서 배를 잡고 킬킬거리는 부류와 싸우는 부류, 그리고 정헌에게 화를 내는 부류로, 반응은 세 가지로 나뉘었다. 안주머니에서 흰 봉투를 꺼내 손바닥에 두드리는 이도 몇 있다.

"축의금을 내겠다는데 왜 받지를 않니."

"시끄럽고, 다들 안 나가?"

"우린 이미 밖이고! 더 이상 나갈 곳도 없고!"

에라, 모르겠다. 이들이 길바닥에 주저앉았다. 지나다니는 차들이 요란하게 빵빵거린다. 정헌이 굳은 얼굴로 그들을 보고 있었다. 하민이 다가가자 안으로 들어가라며 등을 떠밀었다.

"왜. 들어오라고 해. 친구들이잖아."

"옳소!"

"풉."

하민이 웃음을 터트렸다. 그러자 이들의 관심이 순식간에 정헌에서 하민으로 쏠렸다.

"이야, 우리 승리의 여신님 나오셨네."

"필드 위의 여신님! 정하민이 나와 있으면 꼭 새끼들이 잘 보이려고 골 넣느라 혈안이 돼서 코치도 가만히 뒀지. 원래 우리 쉬는 벤치에 막 여자들 오고 그러면 뒤지게 맞았는데."

저마다 고등학교 때의 이야길 하면서 와자하게 웃었다. 처음 듣는 소리에 하민이 정헌을 돌아보는데 그는 인상을 잔뜩 찌푸린 채 저것들 입을 어떻게 막지, 란 표정이다.

"둘이 헤어졌다길래 진짜 헤어진 줄 알았는데."

"역시 부부싸움은 칼로 물 베기야. 위로주 산다고 깝친 우리만 병신이지."

"넌 부부싸움 하다가 이혼했잖아, 새끼야."

"뭐, 이 새끼야? 그러다 이혼할 수도 있지, 새끼야!"

대화가 이리저리 휙휙 튀어, 하민은 어디서 어떻게 말을 하고 알은척을 해야 할지 알 수 없었다. '무력을 쓸까, 진짜 주먹다짐 한번 해?' 하는 표정으로 있는 정헌의 손을 하민이 잡았다.

"들어오라고 해. 저렇게 둘 거야?"

"그럴까 싶었는데 이제는 들어오는 것도 짜증나서."

어느샌가부터 윤주가 축이 된 고등학교 모임에서 하나둘 빠진 친구들이 여기에 전부 있다. 정헌에게 배신자 새끼, 대체 언제 거기에 발을 끊을 거냐고, 거긴 하나같이 열등감에 절어 있는 놈들만 있다고 충고했던 친구들이다.

"하민아, 우리 배고파 죽겠어. 우리 집 춘천인데, 정헌이 새끼 결혼한다고 해서 두 시간 걸려서 왔다."

"난 이혼하고 왔어, 새꺄. 어디서 죽는 척은."

하민이 웃느라 정헌에게 더 들여보내란 소리를 못 했다. 그의 팔짱을 끼고 정신없이 웃었다. 그의 친구들이 이렇게 재미있는 줄 왜 그때는 미처 몰랐을까. 이들과 어울리기도 전에 정헌의 손에 끌려나와 항상 단둘이 놀았다.

"솔직히 말해봐, 배신자 새끼. 너 정하민 혼자 보려고 우리 안 불렀지?"

"잘 알면 좀 가줄래? 슬슬 진짜 창피해지기 시작했는데."

"그러니까 보내려면 석진이 새끼도 보내!"

"생사람 잡지 말고 우정헌 잡아라."

석진이 논점을 흐리지 말라고 못을 박았다.

"아, 쟤야. 넌 들어와."

마치 간택하듯 정헌이 저 뒤쪽을 향해 손을 흔들었다. 이제 막 차에서 케이지를 들고 내리던 우인이 재벌가 앞에서 벌어지고 있는 행태들을 기막혀하며 쳐다봤다. 케이지 안에는 그가 임시보호 중이던 고양이, 공주님이 있었다.

냐.

하민을 알아보고 케이지에서 나오려 공주님이 버둥거렸다.

"공주님, 얌전히 있어."

정헌이 케이지로 손을 넣어 콧등을 매만져주며 말했다.

"……고양이한테는 존나 다정한 새끼."

다들 그렇게 핀잔을 줬지만 누구도 진심으로 화를 내는 게 아니다. 이 상황이 하민은 신선하고 재미있었다. 케이지를 든 우인이 말했다.

"고등학교 졸업하고 처음 보네. 다쳤다는 이야긴 들었었는데……."

"올! 우인이 새끼 고백하려나 봐. 그래, 결혼식에 신부랑 도망가는 스틸컷 정도는 찍어줘야지!"

"멍청한 새꺄, 쟤 작년에 결혼했다."

정헌이 턱시도 재킷을 벗자 다들 질린 얼굴로 입을 다물었다.

"우리 때릴 건가 봐."

어릴 땐 꽤나 치고받고 한 사이다. 아무래도 운동을 하다 보니 싸움의 횟수는 정말 많았는데, 그들 대부분이 정헌에게 맞아본 기억이 있기에 재빨리 입에 지퍼를 채웠다.

우인이 웃으면서 말을 이었다.

"다들 너 정말 보고 싶어 했어. 정헌이가 좋아해서가 아니라."

"입 다물어."

하민을 끌어안아 제 뒤에 숨기며 정헌이 위협적으로 으르렁댔다. 그에 아랑곳하지 않고 우인이 허리를 슬쩍 숙여 하민과 기어이 눈을 마주했다.

"여기 대부분의 첫사랑, 혹은 좋아했던 사람이 너거든."

그가 친구들을 안으로 들여보내지 않으려고 했던 이유는 따로 있었다. 하민은 영문을 모르겠다는 얼굴로 고개를 갸웃했다.

"다 정헌이 무서워서 말 못 걸었던 거야. 저 새끼가 존나 나쁜 새끼거든."

"잘한다, 우인이!"

개선장군을 대하는 듯한 함성이 울려 퍼졌다. 경기장에 살다시피 하는 이들이라 그런지, 신고가 들어올까 걱정될 정도로 그 소리는 엄청났다.

"너도 가, 새꺄."

정헌이 우인의 엉덩이를 차는 시늉을 하자 우인이 하하하, 짧게 웃었다. 하민은 학교에서 굉장히 유명했다. 같은 반이었던 아이들은 대부분 윤주 때문에 그녀에게 별로 좋지 않은 감정을 가졌지만 다른 반이었던 애들은 어떻게든 하민에게 말 한 번 붙여보고 싶어 했다.

하지만 정하민은 교실 밖으로 나오질 않았다. 그러다 어영부영 몇 달이 지나고 우정헌이 하민에게 들이댔을 때는 이미 게임 끝이었다.

축구부에선 우정헌을 이렇게 불렀다. 공격수인 그에게 '수비 존나 잘하는 새끼'라고. 정하민에 대한 수비가 철저해서 공격도 수비도 잘한다는 뜻으로 말이다.

"들어오세요."

그녀의 말에 정헌이 낮은 한숨을 내쉬었다. 어쩔 수 없다는 듯 하민을 데리고 그 자리를 먼저 빠져나오려고 했다. 함락된 성으로 들어오며 함성을 올리는 병사들처럼 그들이 저택으로 밀고 들어왔다.

"오늘 정신 하나도 없을 거야. 석진이 넌 나중에 나 좀 보자."

"사람은 많을수록 좋은 법."

"석진 씨 말이 맞아."

하민이 고개를 끄덕이며 동조했다.

"……근데 너 왜 자꾸 쟤들이랑 석진이한테 존대해? 이게 저번부터 진짜……."

"어색해서 그래. 나는 정말 낯설거든."

그렇게 말하니 더 이상 뭐라고 할 수가 없다. 아까부터 석진의 옆에서 웃던 은정이 하민의 꼬여 있는 드레스 뒷자락을 정리해줬다.

"이야, 이쪽은 말로만 듣던 월드스타 여자친구?"

"월드스타인 줄은 잘 모르겠지만 여자친구는 맞아요."

"역시……. 이렇게 예쁜 분을 만나려고 월드스타 하나 봐요."

석진의 손바닥이 말을 건 상대의 머리통을 후려치고 지나갔다.

"작업 걸지 마라."

"새끼, 눈치는 빨라가지고."

"은정 씨 안녕. 우리 저번에 봤었죠?"

"야, 나 빼고 언제 본 거야? 시발, 나 니들 사이에서도 지금 왕따 당해?"

"너 그때 은정 씨 오기 전에 술이 떡 돼서 집으로 실려갔어."

때린 이나 맞은 이나 별 상관을 안 했다. 하민이 터지려는 웃음을 입술을 깨물며 참았다. 옆을 보니 은정도 자신과 별반 다르지 않은 얼굴로 입술을 꾹 깨문 채 눈까지 감고 있었다.

테이블 세팅은 거의 끝나 있었다. 자리가 모자라 창고에서 테이블을 더 꺼내다 깨끗하게 닦자 손님석이 얼추 구색을 갖췄다.

"아…… 맞다……. 여기가 AE 본가였지."

아까까지의 패악들은 어딜 갔는지, 분주히 결혼식 준비를 하고 있는 사람들, 그리고 티브이에서나 접하던 주호나 최 여사의 모습이 보이자 다들 알아서 합죽이가 됐다.

"잘 왔어요."

"아름다우십니다, 사모님."

최 여사가 인사를 건네니 누군가 냉큼 그 인사를 받으며 아부를 떨었다.

분위기가 화기애애했다. 더 이상 욕설이 아니라 정상인처럼 제대로 대화를 하는 사람들을 보고 하민이 울듯이 웃었다. 방금 전까지 문밖에서 벌어졌던 일을 봤는데, 아까까지와 동일인물이라 생각할 수 없을 정도로 돌변한 모습들이 견딜 수 없을 만큼 웃겼다.

"울든지 웃든지 하나만 해."

정헌이 한숨을 쉬며 말하자 하민이 그에게 안겨 웃음을 터트렸다.

"정말 나 안 보여주고 싶어서 못 들어오게 한 거야?"

"들었잖아. 쟤들 대부분의 첫사랑이 너라고."

항상 우정헌을 보러 벤치에 앉아 있는데, 그런 그녀에게 시선이 가지 않았을 리 없다. 말 한번 잘못 붙였다가 우정헌에게 죽을 뻔한 녀석이 생긴 뒤 하민은 그냥 없는 사람이 되었고, 모두가 한마음으로 지켜만 보는 꽃이 되었다.

"말도 안 돼."

하지만 하민은 결혼식이라 제 기분 좋게끔 해주기 위한 소리라고 생각했다. 정헌은 내심 다행이라 여기면서 웃었다.

"저기 도우미분들 울고 계신다. 얼른 들어가봐."

식이 시작하기까진 이십여 분밖에 남지 않았다. 신부단장을 마무리해야 하는 하민이 은정의 도움을 받아 빠르게 걸어갔다.

"은정아, 혹시 정헌이 여동생은 안 왔어?"

"잘 모르겠어요. 정헌 오빠 주위에 여자는 딱히 없던데."

결혼식은 자유로운 형식으로 진행될 터다. 뷔페를 차려놓고 알아서 각자 가져다 먹으며 즐기는 스타일이다.

하민은 2층 창문으로 자꾸 바깥을 내다봤다. 곧 식이 시작하는데 정희가 보이지 않아서다. 그래도 마음을 조금 풀고 간 것 같아서 결혼식엔 올 줄 알았는데.

"신부님, 여기 보세요."

은은한 핑크빛으로 볼터치를 끝내자 이번에는 연한 벚꽃색의 립글로즈가 기다리고 있었다.

"세상에, 무슨 피부가 이렇게 예뻐요? 잡티 하나가 없네."

하민의 얼굴을 들여다보면서 메이크업 아티스트는 연신 감탄했다.

"하민아, 준비됐어?"

수지가 방에 들어섰다. 그 뒤에서 손을 흔들고 있는 종혁을 보고 하민이 반갑게 웃었다.

"네, 됐어요."

그 말에 수지가 울컥, 눈시울을 붉힌다. 달려와서 하민을 꽉 끌어안았다.

"우리 집에 온 게 엊그제 같은데 어느새 정말 다 커서 시집을 가네, 내 동생이."

하민이 볼 안쪽 살을 꾹 깨물며 눈물을 참았다. 도우미들이 눈물 참는 법을 알려주지 않았다면 그대로 울었을지도 모른다. 수지와 눈을 마주치지 않고 멀리, 다른 사물을 바라봤다.

"약하고 착한 내 동생. 네가 한 번이라도 살아보고 싶었던 우정헌이랑 평생 행복해야 해. 그 한 번이 네 생에 한 번이어야 해."

자신은 그러지 못했으니 하민은 좋아하는 사람과 잘 살았으면 했다.

"언니……."

"그래."

"형부는 좋은 사람이에요."

문가에 서 있는 종혁은 듣지 못할 거다.

"알아, 좋은 사람인 거."

"언니가 그 좋은 사람 두 번은 안 놓쳤으면 좋겠어요. 형부는 언니를 아직 사랑하는걸요."

그렇지 않았다면 저런 눈으로 계속해서 수지를 볼 리 없다. 안 그랬다면 진작 재혼을 하고도 남았을 사람들이다. 이혼을 하고도 들어오는 수많은 선자리를 수지 역시 전부 마다했다.

"내 동생이 시집가기 전에 하는 마지막 부탁이니까, 언니가 진지하게 들을게."

하민이 고개를 끄덕였다.

살아오면서 나쁜 사람들, 음험한 사람들, 이용만 하려고 하는 사람들을 수없이 만났다. 하지만 그렇지 않은 사람들도 있었다. 미워할 수밖에 없는 상대인 그녀를 품에 품어준 지금의 가족이 그랬다.

그리고…….

하민은 바깥에 있을 정헌을 생각했다. 드레스가 넓게 펼쳐진다. 2층의 계단으로 한 걸음 내딛었다. 손에 들린 핑크빛 부케가 밝은 빛처럼 반짝였다.

정헌이 계단 아래에서 기다리고 있었다. 마음 같아선 당장 올라오고 싶단, 날이 잔뜩 선 눈으로 그녀를 바라본다. 하민의 다리가 이 계단을 내려올 때까지 버텨줄 힘은 있는지, 손은 떨리지 않은지 하나하나 살펴보는 게 느껴졌다. 전에는 미처 느끼지 못한 배려들이 보였다.

그렇게 나약하지 않은데, 그의 앞에만 서면 나약한 사람이 된다. 우정헌이 없어도 지금까지 잘 살아왔는데, 그는 그녀에게 자신이 없으면 안 된다고 생각한다.

"정헌아."

소리를 내 그 이름을 불러봤다.

"조심히 내려와. 한 발, 한 발."

그가 쳐다보는 다리가 떨린다. 신경통처럼 저릿해진다. 예쁜 드레스를 입고 떨리는 다리를 하민이 원망스럽게 내려다봤다. 잠시 멈춰 서서 다리의 떨림이 가라앉길 기다렸다.

"괜찮아, 하민아."

그녀의 상태를 알아챈 정헌이 다정하게 말했다.

"네가 떨어져도 나는 널 받아줄 수 있어."

그 말에 거짓말처럼, 떨림이 멎기도 전에 다리가 움직였다. 한 발, 한 발, 걸음을 뗐다. 자신과 맞춘 근사한 턱시도를 입은 정헌이 여유롭게 기다리고 있다. 하지만 그가 그리 여유롭지만은 않음을 알고 있었다.

정말 자신이 발을 헛디뎌 떨어질까 봐 그가 온 신경을 쏟고 있단 걸 하민은 알고 있었다.

마지막 계단 하나를 남겨놨을 때, 더 이상 참지 못하고 하민은 두 손으로 그를 끌어안았다. 온몸으로 안겨드는 그녀를 꿈쩍도 하지 않고 받아 안은 정헌이 그 등을 다독여주었다. 내가 올라가지 않아도 네가 이만큼 내려왔다고, 참 잘했다고, 그런 칭찬이 담겨 있었다.

"잘했어. 서두르지 않고 잘했어, 하민아."

"얼마나 기다렸어?"

그는 단 한 번도 자신을 원망하지 않았다.

하민은 수없이 도망만 쳤다. 한국에 있는 정헌의 이야길 전해 들을 친구도 없었다. 그의 소식을 들을 수 있는 통로는 수지

뿐이다. 윤주의 아버지를 통해 투자금을 주기 시작했다고. 아주 작은 소식이라도 하민이 예민하게 귀를 세운다는 걸 알고 있기에 수지는 전부 말해줄 수밖에 없었다. 정헌의 소식을 들으면 적어도 하민이 안도하고 기뻐하기는 하니까.

"나를, 얼마나 기다렸어?"

하민이 그에게 매달려 다시 물었다.

"네가 내게서 도망쳤던 시간만큼."

조금 더 빨리 돌아올걸.

그가 이렇게 기다리고 있는 줄 알았다면, 조금 더 빨리 돌아와서 말을 걸어볼걸. 하지만 그럴 수 없었다는 걸 서로 안다. 10년 만의 재회, 그가 말을 걸었을 때 얼어붙어 움직이지 못했던 하민을 정헌은 기억했다.

최대한 자연스럽게 우연인 척 말을 걸었는데 곧바로 그 자리가 파투날 정도로 하민은 덜덜 떨었다. 저와 눈도 마주치지 못한 채 세상의 모든 죄를 뒤집어쓴 것마냥 굴었던 그녀를 정헌이 잊을 리 없다.

"결혼은 수단에 불과해."

정헌이 잇새로 말했다. 아까도 수지가 혼인신고는 나중에 하라며 그를 들들 볶았던 차다.

"그깟 종이가 대수일 것 같아?"

"……혼인신고 할 거야. 결혼식 끝나면 꼭."

수지는 불같이 화를 내겠지만 자신의 인생이다. 그깟 종이 한 장일지라도 배우자란에 서로의 이름이 있었으면 했다. 정헌의 오른손에 왼손을 올리고서 하민은 걸어 나갔다. 현관문이 열리자 휘파람 소리와 함께 박수가 들렸다.

흐린 하늘로 꽃잎이 불어 흩날렸다. 머리와 어깨와 드러난 모든 곳에 새빨간 장미가 내려앉았다.

금방이라도 비가 내릴 것 같다고, 이렇게 흐린 날 하필 야외 결혼식을 하냐고 투덜거리는 소리가 들렸다. 불어오는 바람이 습기를 가득 머금고 있다. 정말 빗방울이 떨어질 것 같았다.

하민이 하늘을 한번 올려다보자 정헌이 귓가에 속삭였다.

"꽃잎도 떨어졌는데 그깟 비가 대수라고."

그래. 그 무엇이 대수일까.

이 흐린 하늘이 영원히 기억에 남을 것 같다. 어떤 보호장비도 없이 정헌과 이렇게 둘이서 오후에 나온 적이 있었던가. 기억을 뒤집어봐도 그런 기억은 찾을 수 없었다. 그깟 햇볕 조금 쬐어도 죽지 않는데, 정헌은 혹시라도 하민의 피부에 문제가 생길까 봐 하민 본인보다 더 안절부절못했다.

"신랑 우정헌 군 입장!"

주례는 없다. 그저 둘이서 반지만 나눠 끼고 인사를 한 뒤 식을 마치기로 했기 때문이다. 동시 입장을 주장했으나 주호가 정 회장이 자리하지 못하니 제가 하민의 손을 잡고 입장하겠다 우겼다.

정헌이 먼저 걸어가 저 앞에서 그녀를 기다린다.

이렇게 정원이 넓었나 싶을 정도로 그와의 거리가 다시 까마 득하게 벌어진 듯한 기분이 든다.

하민이 주호의 손을 붙잡았다.

"너도 수지랑 똑같은 내 동생이다."

잔뜩 잠긴 목소리로 주호가 말했다. 앞을 보면서, 결코 하민을 돌아보지 않은 채.

"너에게 AE에 몸담고 그 책임을 지길 원한다고 하지는 않겠지만."

"신부 정하민 양, 입장해주세요!"

생애 첫 웨딩드레스를 입고 결혼행진곡에 맞춰 주호와 어색하게 걸음을 옮겼다. 자신의 손을 꽉 잡고 있는 주호의 손이 뜨겁다. 서로 잔뜩 긴장한 게 느껴졌다.

"알아요. 알아요, 오빠."

수지처럼 적극적으로 표현하지 않았다 해도 주호 또한 자신을 사랑하지 않은 건 아니다.

하민은 차마 정헌에게 하지 못했던 말을 떠올렸다. 그가 이렇게 흐린 날 자신을 위해 하늘도 도와준다며 웃음을 지었듯 하민은 아직도 날이 맑았으면 했다. 햇빛이 따라다니는 우정헌을 보고 싶었다.

왜 잊고 있었을까.

10년 전 사고가 났을 때, 그에게 뛰어가던 하민의 머릿속엔 단 하나밖에 없었다. 내가 죽어도 상관없을 만큼, 살았으면 하는 남자. 내가 들었던 모든 모욕의 말을 씻은 듯 되갚아준 유일한 남자.

"……정헌아."

하민이 그를 불렀다. 정헌이 귀신처럼 그 소릴 알아듣고 뚜벅뚜벅 걸어왔다.

왜 날은 이렇게 잔뜩 흐려 있는데, 나에게로 걸어오는 너는

445

빛이 나는 걸까. 눈이 부셔서 눈을 뜰 수도 없게.

하늘에서 기어이 빗방울이 떨어지기 시작했다. 급하게 야외로 변경된 결혼식인지라 미처 준비 못 해 차양은 몇 개 없었다. 손님들이 갑자기 쏟아진 비에 자리에서 일어났다. 수지가 이 다음은 별채에 들어가서 진행하겠다며 고용인들과 함께 사람들을 별채로 이동시켰다.

여기저기서 검은 우산이 펴졌을 때 하민이 주호에게 말했다.

"오빠, 저 갈래요."

그 뜻을 알아들은 주호가 하민과 맞잡은 손에 힘을 주었다가 놓아줬다.

쏴아아아아! 장대비가 쏟아졌다. 잠깐 지나가는 비일까, 이대로 넘쳐흐를 비일까.

이 잿빛 폭우 속에서도 하민은 자신을 향해 똑바로 걸어오는 정헌이 보였다. 그때도 그랬다. 수많은 흑백의 풍경 속에서 우정헌은 자신이 볼 수 있는 유일한 빛이었다. 선글라스를 쓰지 않아도 똑바로 응시할 수 있는 햇살보다 눈부신 나의 빛.

빗속에서 하민이 제 손을 내밀며 환하게 웃었다.

지금, 나의 해가 걸어온다.

>–◆–←

결혼식은 엉망이 됐다. 비가 너무 많이 내려서 한 치 앞도 분간하기가 힘들었다. 정헌이 하민을 안고 별채의 갤러리로 들어왔을 땐 그 둘뿐만 아니라 모두가 온통 젖어 있었다.

"와! 무슨 비가 이렇게 내려?"

"이래서야 결혼식 하겠어?"

별채에는 아무것도 없었다. 이미 다 정원으로 옮겨갔기 때문에 있는 건 갤러리에 있는 미술작품들뿐이다. 하객까지 해서 이삼십 명의 사람들이 이렇게 돌아가기도 그렇고, 그렇다고 가만히 있을 수도 없는 난관에 봉착했다.

"야…… 불쌍한 새끼. 10년을 기다려왔는데."

정헌의 친구들이 정헌에게 다가와 한 명씩 악담인지 덕담인지 모를 말들을 늘어놨다.

"우리 조금만 더 빨리 들여보내주고 식 빨리 했으면, '우정헌 군, 정하민 양을 아내로 맞아 평생 기쁠 때나 슬플 때나 검은 머리 파뿌리 되도록 함께하시겠습니까?' 소리 들어보는데. 그치?"

"이 새끼, 결혼 두 번 했다고 저걸 외웠어."

정헌과 하민은 가장 마지막으로 들어왔기에 제일 많이 젖었다. 머리부터 발끝까지 그냥 물에 빠진 생쥐 꼴이었다. 가장 예뻐야 할 신부가 이 상태이니 식을 이어가기란 불가능한 것과 마찬가지다.

정헌이 커다란 타월을 하민의 몸에 감싸주자 여기저기서 야유가 터졌다.

"그래, 얼어 죽어가는 친구들은 안 보인다 이거지?"

비가 온다 해도 여름인지라 기온은 높다. 괜히 그들은 죽는 소리를 했다.

"일단 돌려보낼 사람들부터 돌려보내고……."

수지가 빠르게 고용인들에게 지시를 내렸다. 돌려보내려는 사람들엔 정헌의 친구들도 포함돼 있었으나 왠지 미적미적 서로 눈빛만 주고받을 뿐 움직이지 않았다.

"하민아, 아무래도 결혼날짜는 다시 잡아야겠어. 괜찮아?"

"괜찮아요, 언니."

결혼식을 망쳤다는 생각은 들지 않았다. 오히려 정헌이 저에게로 똑똑히 걸어오는 걸 볼 수 있어 하민이 발그레해진 얼굴로 고개를 저었다.

"이걸로 됐어요."

하민이 배시시 웃자 그녀를 안고 있던 정헌이 두 번 결혼한 친구에게 턱짓을 하며 말했다.

"그거, 다시 말해봐."

"뭐?"

"결혼서약."

"어…… . 신랑 우정헌 군은 신부 정하민 양을 아내로 맞아 평생 해로하며 검은 머리 파뿌리 될 때까지 기쁨과 슬픔을 함께 나눌 것을 맹세합니까?"

"네. 맹세합니다."

"신부 정하민 양은 우정헌 군을 신랑으로 맞아…… 함께 나눌 것을 맹세합니까?"

나가려던 사람들이 그들의 대화를 듣고 멈춰 섰다.

"……네. 맹세해요."

정헌의 눈을 보며 홀린 듯 하민이 대답했다. 그가 품에서 반지를 꺼내 하민의 손에 쥐여줬다. 그의 네 번째 손가락에 정확히 맞는 반지. 그리고 천천히 끼워지는 제 몫의 반지를 보며 눈물이 나올 것 같았다.

"이, 이로써 부부가 됐음을…… 야, 인정합니다냐, 선포합니다냐?"

"무슨 선전포고하냐?"

"기억이 안 나는데."

뭔가 인정을 해줘야 하는데 하고 결혼서약을 읊었던 친구가 중얼거렸다.

"야, 요샌 그런 거 안 해. 맹세의 키스 같은 거 하지."

"오올! 맞아. 결혼식엔 찐한 키스지. 얼마나 찐하게 하느냐에 따라 신랑은 얼차려 열외입니다."

누군가 휴대전화를 들어 스톱워치를 켰다. 어느 순간 자신과 정헌의 주변으로 사람들이 동그랗게 둘러서 있다. 최 여사도 멀지 않은 곳에서 이쪽을 지켜보는 중이다.

주변을 둘러보던 하민은 언제 왔는지 한구석에 홀로 서 있는 정희를 발견했다.

"정희…… 읍!"

정헌의 입술이 예고도 없이 하민의 입술이 열리자마자 덮쳐왔다.

"저 짐승 같은 놈…… ."

부러움 가득한 투덜거림이 있었다.

타액이 흐른 순간, 정헌이 그리로 입을 가져갔다.

"반칙이야! 다른 데다 입술을 대고 있잖아!"

"맞아. 바, 반칙. 이 새끼 너무 능숙해서 나도 모르게 계속 보고 있었어."

이렇게 음란한 결혼서약의 키스는 처음이다. 덩달아 붉어진 사람들이 고개를 돌리고 있었다.

끈적한 입술이 떨어진 것은 그로부터도 한참 뒤였다. 스톱워치는 여전히 켜진 채다.

"바, 박수!"

하나둘 박수를 쳤다. 그리고 그때였다. 장난기 많은 친구 하나가 외쳤다.

"이제 신랑분은 벌을 받아볼까요? 룰을 어겼어요, 룰을. 키스는 입술에만 하는 걸 원칙으로 합니다. 자, 다들 신랑 들어!"

건장한 남자들이 한 번에 달려들어 하민과 둘을 떼어났다. 그리고 정헌을 헹가래 하듯 번쩍 들어올린다.

"이대로 분수대까지 갑니다."

"이 미친놈아."

갤러리 앞에 있는 작은 미니 분수대를 말하는 거다. 빗줄기는 가늘어질 기세 없이 쏟아지고 있다. 미니 분수대라고 해도 꽤 커 갑작스런 비로 불어난 물이 잔디로 넘치고 있었다.

누군가 말했듯 그들은 미쳐 있었다. 그대로 문을 완전히 젖히고 분수대를 향해 여섯 명의 남자들이 질주했다. 그때야 장난이 아님을 알아챈 정헌이 몸부림쳤으나 이미 늦었다. 걱정된 하민이 따라갔고 재미있는 구경이라고 여긴 사람들이 이왕 젖은 거 우르르 몰려갔다.

"미치겠어요, 진짜. 우정헌 씨가 왜 저 오빠들 안 불렀는지 알 거 같아."

은정이 배를 잡고 웃었다. 정희도 놀라서 따라 나온 건 마찬가지였다.

첨벙!

정헌의 몸이 그대로 분수대에 처박히는 소리였다.

"정헌아!"

빗속에서 하민이 소리쳤다.

"우아악!"

그의 친구들이 분수대를 둘러싸며 의기양양 웃고 있을 때 물속에서 슥, 나온 손이 그중 하나의 멱살을 잡고 그대로 끌어들였다.

"아오, 저 물귀신."

그러다가 이내 서로 밀치고 물에 빠트린다. 갤러리 안쪽에서 이 광경을 지켜보던 사람들의 웃음소리가 빗줄기를 뚫고 들려왔다.

첨벙! 작은 분수대라고 해도 성인 몇 명이 들어가기에 충분했다. 물도 아마 허벅지까지 올 정도라 깊다면 깊다고 할 수 있다. 정헌을 도와준다며 팔뚝 걷고 나선 석진도, 그를 적으로 인지한 정헌의 손에 그대로 물에 얼굴을 처박게 되자 이성이 날아간 것 같았다.

"으악! 살려줘! 나 수영 못 해!"

"등신아, 자리에서 일어나."

너도 나도 다 빠지고 다 큰 남자들 열 명 남짓이 옹기종기 엉덩이를 붙인 채 분수 안에서 고개만 내밀고 있다. 대여섯 명이면 꽉 찰 줄 알았던 분수대는 저렇게 몸을 옹송그리고 앉으니

이 인원이 전부 들어간다.

소나기였는지 빗줄기가 점점 가늘어졌다.

"아주 개판이구만."

우산을 갖고 나온 수지가 한마디로 상황을 정리했다. 이 결혼식이 어디서부터 어떻게 잘못됐는지 아무도 말을 꺼낼 수 없었다. 수지의 무시무시한 눈길을 받은 몇 명이 슬그머니 잠수를 시도했다.

"……오빠 잘 부탁드려요. 전 이만 가볼게요."

하민에게 떠넘기듯 정희가 그 말을 남겼다.

"식사는 하고 가야지."

"아뇨. 저런 근육바보들이랑 같이 밥 안 먹고 싶어요. 나중에 따로 찾아뵐게요, 언니."

정희도 어릴 때부터 봐온 오빠들이다. 한심한 눈으로 그들을 바라보곤 하민에게 다음을 기약했다. 그 말에 하민은 겨우 정희를 보내줄 수 있었다. 그녀가 생각하기에도 식사가 중요한 게 아니었다.

"흐…… 하하! 언니…… 하……. 저, 배가…… 하하하!"

아예 주저앉아서 땅을 치며 웃는 은정도 말릴 수 있는 상태가 아니다.

"일단 들어가서 몸부터 말리고 생각하자. 하민이 너 감기 걸리겠다."

수지가 하민을 다독여 안으로 들어가려 할 때 분수대의 물귀신들이 조용히 웃었다.

"이미 다 젖었는데 이제 와서 몸을 말리나, 나중에 말리나."

"우리만 빠질 수 없죠. 레이디 퍼스트였는데 잘못 알았어."

정헌이 하민에게 다가가려는 한 놈의 허리를 붙잡았다.

"하민아, 들어가!"

하지만 이미 늦었다. 다가온 남자들이 하민과 은정, 그리고 수지까지 들어 냅다 분수대에 사뿐히 집어넣었다.

"이 새끼들이!"

손님이라는 것도 잊고 수지가 광분했다. 분수대 물을 언제 갈았는지 그것부터 머릿속으로 계산한다. 다행히 일말의 양심을 갖고 있었는지 하민은 그대로 들어 정헌의 품에 안겨준 놈들이 분수대에서 나가 젖은 옷을 뒤적여 카메라를 찾았다.

"이거 '세상에 이런 일이'에 제보해야 돼."

이런 결혼식은 어디에도 없었다. 하지만 물에 흠뻑 젖은 휴대전화들은 제 기능을 하지 못했다. 그 물속에서도 은정은 석진을 찾아 그의 목을 붙잡고 웃고 있었다.

"괜찮아? 다친 덴 없어?"

정헌이 하민을 안고 일어나려 했지만 바닥의 이끼가 미끄러워 번번이 발을 헛디뎠다.

"아, 나는 괜찮은데……."

정헌이 안고 있어서 그나마 엉덩이와 허리만 물에 감겼다.

"쟤들 고등학교 때도 저랬어?"

"평생 저럴 놈들이야. 신경 쓰지 마. 나가자."

"잠깐만요! 신랑, 신부님. 여기 보셔야지. 내가 이번에 새로 장만한 AE 방수폰! 띠링띠링!"

입으로 알람 소리까지 내가며 한 놈이 의기양양하게 휴대전화를 들었다. 그렇게 철저하게 방수된다고 광고한 것답게 다른 휴대전화는 전멸했지만 그 휴대전화는 액정이 살아 있었다.

"자, 여기 보세요! 결혼사진 찍습니다!"

그러자 너도나도 결혼사진에 얼굴을 박아야 된다며 다시 우르르 분수대 안으로 기어 들어왔다. 얼떨결에 정헌에게 안겨 있는 하민도 휴대전화를 바라봤다. 수지도 어쩔 수 없다는 얼굴로 왜 자신이 여기에 동참해야 하는지 이해가 안 됐지만 반사적으로 휴대전화를 쳐다봤다.

"하나, 둘, 셋!"

찰칵!

"자아, 한 번 더! 하나, 둘, 셋!"

두 번째 사진이 찍히기 전에 휴대전화 액정이 새까맣게 변했다. 광고 어디에 수심 30미터쯤 견딘다고 했던 기억이 난다. 여타 전화기들과 마찬가지로 꼴랑 사진 한 장 찍고 휴대전화는 운명했다.

"시발, AE……."

휴대전화 브랜드 이름을 욕설로 중얼거리다 수지의 인상이 험악하게 일그러지는 것을 발견하고, 또 여기가 어디인지 깨달은 정헌의 친구가 얼른 입을 다물었다. 어느새 비는 완전히 멎어 있었다. 흐린 하늘 너머로 해가 모습을 드러내려 했다.

"정헌아, 내가 가본 결혼식 중에 제일 재미있었어."

"맞아. 진짜 평생 기억에 남을 결혼식이다."

정신이 든 이들이 번갈아가며 엄지를 치켜들었다. 정헌의 눈은 이미 싸늘해진 상태였다. 수지가 미친놈들이라고 욕설을 내뱉으며 분수대에서 나갔다.

"근데 이게 내 결혼식이라면 최악이고."

"아하하!"

그 말에 하민이 정헌을 끌어안으며 웃었다. 그녀에겐 정헌이 있는 최고의 결혼식이었다.

　신혼여행지는 하민이 지나가듯 이야기했던 제주도였다.

　정헌 또한 처음인 장소다. 학교에 다닐 땐 운동부는 훈련으로 인해 수학여행에 거의 참석하지 못했다. 하민 또한 수학여행은 전부 빠져서 제주도는 처음이었다. 정헌에게 혹시 싫어 비행기를 처음 타냐 물었지만, 그는 대답하지 않았다.

　비행기가 이륙할 때 손잡이를 꽉 잡는 정헌을 보고 하민이 그의 손등을 덮자 정헌의 다른 손이 그 위를 다시 덮었다. 맞잡은 손은 비행기가 이륙하고 안전벨트 착용 사인이 꺼질 때까지 떨어지지 않았다.

　겨우 비행기가 중심을 잡고 나서야 정헌이 한 손으로 이마를 짚었다.

　"그동안 해외출장 없었어? 여행 같은 건?"

　"출장은 다 강우나 윤주가⋯⋯."

　거기까지 말하던 정헌이 입을 닫았다. 윤주의 이야기를 정작 하민은 아무렇지도 않게 받아들인다.

　"여행도 안 다니고 일만 한 거야?"

　여유가 전혀 없었다. 시간이 날 때마다 놀러 다니긴커녕 어떻게든 위로 올라가기 위해 아등바등 머리를 쥐어짜내야 했다. 그녀는 모르겠지만 멀리서라도 보고 올 때가 있었다. 정말 죽을 것 같을 때. 이대로 포기하고 싶어질 때.

가게 안의 하민이 의자에 앉아 촛불을 바라볼 때면 몇 번이나 그 문을 열고 들어가고 싶은 충동을 느꼈다. 숨 막히게 외로워 보였다. 어떤 날은 손님이 올 때까지 한자리에서 움직이지 않은 날도 있었다.

하민이 한국에 돌아온 뒤 3년여 동안 정헌은 그런 하민을 바라봐왔다.

"그래."

기꺼이 그녀가 주는 돈에, 투자에 기생해가며 어떻게든 회사를 안정적인 궤도로 올려놓기 위해, 그래서 그녀에게 다가가기 위해 고심했다.

그날은 환기를 시키기 위해 하민이 가게 문을 활짝 열어놓더랬다. 야근을 마치고 집으로 가는 도중 충동적으로 들렀다. 그때 하민이 통화로 선 약속을 잡았다. 조건은 보지 않는다고, 그냥 좋은 사람이면 좋겠다는 순진한 말에 사나운 마음이 튀어나왔다. 아무것도 없는, 혈혈단신의 남자 또한 괜찮냐 묻고 싶었다.

"회사일도 좋지만 쉬어가면서 해야지."

걱정을 하는 하민의 이마를 정헌이 손등으로 짚었다.

어젯밤에 결국 비행기를 못 탔다. 비와 분수대 물에 흘딱 젖어 기침을 몇 번 하던 하민이 열이 오르는 바람에 결국 신혼여행을 하루 연기했다. 아침이 밝자 열이 말끔하게 내렸고, 신혼여행은 나중에 가자는 정헌에게 꼭 지금, 그와 함께 제주도에 가고 싶다며 하민은 신혼여행을 단행했다.

열이 내렸는데도 이렇게 옆에서 제 손등을 이마에 가져다 댄다.

"귀찮아?"

하민이 그 손등의 서늘함에 눈을 감자 정헌이 물었다.

"아니. 기분 좋아서. 엄마 같아."

"너, 그거 좀 모욕적인데."

"나 그 사람도, 사모님도 엄마라고 불러본 적 없거든."

어릴 때 친모에게 엄마라고 불렀다가 외면당했고, 최 여사에게는 엄마라 부를 수가 없었다. 아플 때 최 여사는 의사를 보내줬다. 그건 주호에게도 수지에게도 마찬가지였다. 최 여사는 해외에 있거나 다른 일정으로 인해 집에 있는 날이 드물었다. 자신이 아플 땐 수지가 주로 곁에 있어줬다.

"근데 네가 이렇게 챙겨주니까 엄마 소리가 나오잖아."

정헌의 어깨에 기대며 하민이 잠결에 웃었다. 그가 이마를 뒤덮은 손등을 떼지 않았다. 적당히 기분 좋게 차가워서 계속 그 손등에 하민은 얼굴을 부볐다.

"열이 좀 있는 거 같기도 하고."

"원래 사람은 졸릴 때 체온이 약간 오르잖아."

"졸려?"

"응……. 어제 되게 재미있었거든."

하민은 그렇게 열이 올랐으면서도 한술 더 떠 다음에 다 같이 일정이 맞으면 수영장엘 가면 좋겠다고 해 정헌을 경악시켰다. 그러다 그녀가 또래 친구들과 전혀 어울리지 못했음을 정헌은 상기해냈다.

"그래. 네가 재미있었으면 수영장 가자. 그 새끼들은 빼고. 걔들이랑 놀면 너 뼈까지 갈려."

어제 그 작은 분수대에서도 물 만난 물고기들이었는데 넓은 수영장이라니, 이성을 잃을 게 뻔했다.

"재미있었어. 나 그렇게 많이 웃어본 거 처음인 것 같아. 나한테는 정말 기억에 남는 결혼식이었어."

"……누구의 기억에라도 남을 거야."

꽃처럼 어여쁘게 모셔오려고 했다. 그런 정헌의 생각과 바람이 어제 모두 박살났다. 하지만 하민은 오히려 더 좋아하고 또 이렇게 모였으면 좋겠다고 했다. 손에 낀 반지를 열에 들떠서 몇 번이나 쳐다보고 정헌의 왼손을 가져다가 자신의 반지 낀 손 옆에 놓고 물끄러미 보기도 했다.

밤 내내 하민의 열이 떨어지지 않은 이유는 거기에 있었다.

잠에 들지를 못했다.

"넌 여행 많이 다녔어?"

"응. 엄청."

여행이라기보단 그냥 떠돌았다. 보다 못한 최 여사가 열일 제쳐두고 와서 자신을 다독이지 않았다면 아마 한국으로 돌아올 생각 같은 건 못 했을지도 모른다.

"언제 내 생각이 가장 많이 났어?"

"밥 먹을 때."

하민은 고민하지 않았다. 바로 나온 대답은 그에게 의외였으나 하민에겐 당연한 것이었다.

"밥 먹을 때 네 생각이 제일 많이 났어."

학교에서 급식도 먹지 않고 책상 앞만 지키던 저에게 꼬박꼬박 밥을 먹였던 정헌이다. 그가 가지고 온 급식을 기대하고 오늘 반찬이 별로라고 투덜거리기도 했다. 맛있는 반찬이 있으면 제 숟가락에 놔주던 정헌이 생각나, 헤어지고 처음 1년은 식사를 할 때마다 운 것 같다.

"지금은?"

"지금도 생각나지. 아마 평생 밥만 보면 네가 생각날 거야."

멋없는 말이지만 진솔했다. 사람은 밥을 먹지 않고 살 수 없으니 그에게 최고의 찬사였다.

— 우리 비행기는 곧 제주, 제주 국제공항에 착륙합니다. 손님 여러분, 안전벨트를 확인해주십시오.

안내방송이 나왔고 하민은 다시 정헌의 손을 잡았다.

"하하하하, 저게 뭐야. 아, 창피해. 품! 요새 누가 저런 걸 타."

예약은 전부 수지가 했다. 정확히는 수지의 지시를 따라 그의 비서가 했겠지만.

모두의 이목을 집중시킬 시선강탈자, 새빨간 스포츠카가 눈앞에 있다. 뚜껑까지 열린 채 제주도 바닷바람을 맞으며 그들을 기다리는 중이다. 그리고 스포츠카 여기저기에 풍선과 꽃이 매달려 있는 걸 보면 특별주문이 맞았다.

"창피해. 이거 떼면 안 돼?"

정헌이 묵묵히 풍선과 꽃을 떼 휴지통에 넣었다.

AE 계열사에서 운영하는 풀빌라 타운이 제주 서귀포에서 한 시간 정도 떨어진 곳에 있다. 프라이버시가 철저히 지켜져 연예인들이나 사업가들에게 인기가 많다. 넓은 개인 풀과 풀장에서 바라보는 오션뷰가 기가 막힐 정도라 언론에도 여러 번 소개됐는데, 정작 오너의 가족인 하민은 가보지 못했다.

"여기 내비에 풀빌라 주소 입력돼 있으니 그대로 몰고 가시면 됩니다. 즐거운 여행 되십시오."

렌트카 사장과 직원들이 화환까지 갖고 나와 결혼을 축하드린다고 인사했다. 목에 화환을 걸고서 하민이 어색하게 웃었다. 그 얼굴에 창피하다고 쓰여 있어서 정헌이 재빨리 운전석에 올랐다.

언젠가 유럽에서 기차를 타고 이렇게 창밖을 바라봤더랬다. 프랑스쯤이었던 것 같다. 끝이 보이지 않는 평원을 달리는데 덜컥 무서움이 일어 창가 쪽으로 시선을 다신 주지 않았다. 목적지에 도착할 때까지 정면만 바라본 채 하민은 겁에 질려 있었다.

어디서든 겁에 질려 있었다. 사람들은 자신에게 친절하고 호의를 베풀었지만 정헌이 없다는 사실만으로 하민은 어떤 풍경도 제대로 보지 못했다.

"안 되겠다. 이거 커버 올려야겠어."

그가 갓길에 차를 세우고 버튼을 찾아 두리번거렸다. 하민의 얼굴로 쏟아지는 햇살 때문이다. 챙이 넓은 모자를 쓰고 선글라스까지 쓰고 있었지만 그는 불만족스러운가 보다. 결국 버튼을 찾아 차 위에 커버를 씌우고서야 정헌은 다시 시동을 켰다.

"벗어봐."

"응?"

그의 옆모습을 바라보는 중이었는데, 벗으라는 소리가 떨어져서 하민은 놀랐다.

"밝은 대낮에 갓길에 이렇게 눈에 띄는 차 세워두고 짐승처럼 너한테 올라탈까 봐?"

"나 '응?' 한마디 했어. 그 한마디에 이렇게 길게 해석이 따라붙는 게 어디 있어?"

정헌의 눈이 살포시 접혔다. 그가 손을 뻗었을 때 숨을 흡 들이켰다. 그의 손에 떨어진 것은 선글라스였다.

"나 때문이야?"

문득 정헌이 물었다. 뭘 기대한 걸까. 스스로 너무 부끄러웠다. 그가 당연히 뭔가 할 거라고 생각했다. 이렇게 순순히 물러나는 우정헌을 본 적이 없다.

"응?"

또다시 아까처럼 되묻고 말았다. 정헌이 웃음을 참지 못하고 핸들에 턱을 괬다.

"나 때문에 정하민이 자꾸 야한 생각 하냐고."

"뭐? 내가 언제."

자신의 머릿속에 들어와본 것도 아닌데 그가 다 알 리 없다. 얼굴에 붉게 달아올랐다. 이러면 정헌이 더 놀릴 거란 걸 알기에 열심히 손부채질을 했다.

“어디까지 벗겨봤어?”

“뭘 벗겼다고 그래? 나 너한테 손가락 하나 안 댔어.”

“네 머릿속에서 나, 어디까지 벗겨봤냐고.”

정헌의 손가락이 하민의 관자놀이를 스쳤다. 등줄기가 뻣뻣해진다. 저도 모르게 의자 깊숙이 등을 묻자 꾸물꾸물, 살아 있는 뱀처럼 그의 손가락이 등줄기를 타고 올라온다. 정확히 척추를 짚으며 올라오다 쑥 내려간다.

“아!”

약간 큰 청바지 속으로 바로 들어간 손가락이 이내 속옷 끈에 닿았다.

“나는 상관없는데 준비를 너무 좋아 죽게 하셨어.”

정헌이 눈치챈 게 분명했다. 며칠 전에 개인적으로 만난 은정이 건네준 선물이다. 처음엔 절대 못 입는다고 버텼다. 불편할 것 같다며 거절하는 하민에게, 은정은 요일별로 준비했으니 신행까지 열심히 입고 익숙해지라고 했다.

「언니, 이것만 입으면 다른 팬티 못 입는대요.」

사실일까 싶어서 입었는데 하루가 지나고 이틀이 지나니 처음 느꼈던 거부감도 사라지고 정말 편해서 저도 모르는 사이 집어 들었나 보다. 정헌이 어떻게 생각할까. 하민의 머릿속이 하얘졌다.

“혼자서 고른 거야?”

“훗…… 아니……, 선물……받은 거야.”

463

"아아."

정헌이 느리게 말하며 손가락을 움직였다.

"하지 마. 장난하지 마."

"장난 아닌데. 누가 장난이라고 그래?"

웃음기 없는 얼굴로 정헌이 말했다. 시동이 켜진 차 안, 지나가는 차들, 그 안의 운전자들이 전부 한 번쯤은 돌아볼 새빨간 스포츠카. 옷을 다 입고 있는데 왜 벌거벗은 기분이 드는 걸까. 하민이 새빨간 목덜미를 하고선 정헌과는 반대편 창을 바라봤다.

"하민아, 여기 봐야지."

"아아!"

"정말 울리고 싶다니까."

그가 하민에게서 떨어졌다. 벌 받는 아이처럼 두 손을 허벅지 아래 붙이고 뚝뚝 눈물을 흘리는 하민의 모습이 가련하고 가슴이 아팠다.

"울지 마. 많이 놀랐어? 여기서 너 어떻게 할까 봐?"

"네가 웃지도 않고 자꾸……."

"우리 하민이 변태네. 웃으면서 희롱하는 게 더 악랄한 거야."

두 손으로 볼을 감싸 자신을 보게 만든다. 입술을 내려 하얀 볼에 촉촉하게 쏟아진 눈물을 핥았다. 이번엔 그의 타액으로 하민의 뺨이 젖어든다.

"빨리 숙소로 가고 싶다."

눈앞이 아찔해져서 운전을 할 수 있을지 모르겠다며 정헌이 하민에게 속삭였다.

"뚝. 울지 마."

울지 말라고 하니까 더 눈물이 났다. 굵게 방울진 눈물이 죽죽 하민의 얼굴로 쏟아져내리자 정헌이 곤란한 얼굴로 하민의 입술을 물었다.

"하민아, 미안해. 네가 이렇게 갑자기 우니까 당황스러워서 그래."

당황스럽다 말하는 입술이 얼굴 전체를 훑고 귓불을 빨았다. 숨이 목 끝까지 차 있는 그 때문에 하민은 정신을 차릴 수 없었다. 귓가에 부는 습한 바람은 방금까지 자신이 맡았던 물기 가득한 바닷바람과 달랐다.

"우는 걸 보니까 정말 여기서 하고 싶어져서."

거부할 수 없는 달콤한 미소를 지은 위험한 남자가 말했다.

하민이 어느새 그의 타액을 머금었다 바짝 마른 입술을 혀로 쓸었다.

"여기…… 안 돼."

"알아. 그러니까 그쳐줘. 입술 핥지도 말고."

그녀가 물었던 아랫입술을 정헌이 벌을 주듯 꽉 짓씹었다.

"아……!"

가까스로 한 번에 몰아치듯 밀려온 성욕을 토하듯 참아낸 정헌이 운전대를 뼈마디가 하얗게 드러나도록 말아 쥐었다. 그에겐 한 시간이 한 해처럼 길게 느껴졌다.

"좋은 시간 되십시오."

465

컨시어지가 허리를 숙여 인사하는 것을 본척만척하며 벨보이에게 세 시간 뒤에 짐을 올려보내달라 두둑한 팁과 함께 부탁했다. 그리고 정헌은 하민의 손목을 끌고 그들이 일러준 독채로 걸음을 옮겼다.

오너 가족인 그들을 안내해주겠다고 나섰다가 차갑게 거절당한 직원들을 뒤로한 채 정헌은 직접 빠르게 군데군데 멋스럽게 놓인 푯말만으로도 그들의 숙소를 찾았다. 다른 풀빌라들과도 멀찍이 떨어져 있는, 독채 중에서도 절벽 위에 있어 아름다운 일몰을 감상할 수 있는 곳이다.

곧 일몰이라 하늘이 온통 적빛으로 물들어 있었다.

"언니가 여기 일몰 예쁘다고……."

"너 빨개지는 게 더 예뻐."

정헌의 한마디에 하민의 피부가 붉게 달아올랐다. 마음만 먹으면 이런 장관을 보는데 고작 바다 너머로 사라지는 해 따위가 예뻐 보일 리 없다. 정헌이 하민의 손을 잡아끌었다.

안으로 들어가자마자 거실 전체의 투명한 유리창 너머로 바다가 펼쳐져 있었다. 새빨갛게 붉은 바다를 향해 하민을 밀쳤다.

"네 말대로 예쁜 거 구경은 각자 해. 넌 저기 보고."

하민이 유리창에 바짝 붙었다. 그리고 정헌은 하민에게 바짝 붙어 한숨처럼 말했다.

"난 이거 보고."

티셔츠 안으로 차가운 손이 들어왔다.

청바지를 벗기는 손길이 다급했다. 그의 지퍼가 내려가는 소리를 들으며 하민은 난생처음 새하얀 노을을 보게 됐다.

　　　　　　· · · · ·

　여름이라도 밤의 제주는 꽤 쌀쌀했다. 게다가 그들 풀빌라는 높은 지대에 있어서 더했기에, 정헌은 커다란 담요를 가지고 와 야외 자쿠지 안에 앉아 있는 하민의 옆에 내려놓았다. 주변이 모두 새카맸다. 바다에는 불을 켠 고깃배만 점점이 떠다니고 있다.

　그가 찾아온 담요를 드러난 어깨에 덮으며 하민이 은근슬쩍 시선을 피했다.

　"어차피 다 본 거 왜 수영복을 입어? 게다가 그 위에 담요는 왜 덮는데?"

　알몸으로 나른하게 고개를 까닥이며 정헌이 물었다.

　"추워서 그래."

　"얼굴은 열에 들떠 있는데. 온도 좀 더 올릴까."

　벌써 몇 번이나 하민이 춥다고 해서 물 온도를 높였다. 얼굴은 이미 활화산처럼 익어 터지기 직전인데 하민은 끝까지 춥다고 했다.

　"괜찮아, 하민아."

　"보여주기 싫어."

　목부터 가슴 아래쪽까지 있는 흉터 때문이다. 어차피 허리 아래는 물에 잠겨 있다. 상처는 연한 살점을 내보이며 아물어 있었지만 그 부분이 껍질이 벗겨져 짙은 체리색을 띤다.

방에 들어오자마자 다급하게 그녀를 안을 때도, 하민은 가슴 쪽을 보여주지 않으려 했다.

"내가 여기서부터 여기."

정헌이 자신의 목부터 복부까지 손가락으로 그었다.

"똑같은 흉이 생기면 넌 어떻게 할 거야? 나도 그럼 부끄러워해야 해?"

웃음기 없는 얼굴로 그가 물었다. 정헌에게 보여줄 수 있을 거라 생각했는데 자꾸만 상처를 가리고 싶은 충동이 일어 하민도 당황스러웠다.

"그냥 부끄러워. 네가 자꾸 쳐다보니까……."

"이리 와. 여기 앉아."

그가 다리를 넓게 벌리고 그 위에 앉으라 말했다. 정헌이 조금 화가 난 것처럼 보여 망설이던 하민은 물을 가르고 그 앞에 갔다. 단단한 손이 그녀의 엉덩이를 잡아 아래로 내렸다.

제 허벅지 위에 온전히 앉히고 그녀를 내려다본다.

"내가 눈을 감으면 괜찮아?"

언제 화가 난 언성을 냈냐는 듯 노곤하게 풀린 목소리로 정헌이 물었다.

"……네가 보고 싶으면 나는 그냥……."

눈은 제가 감겠다고 했는데 하민이 눈을 감았다. 자신의 상처를 보고 그가 혹시라도 멈칫거릴까 봐 걱정하는 기색이 역력하다.

"하민아, 눈 떠봐."

그녀의 허리를 쓰다듬으며 말했다. 미간을 잔뜩 찌푸리고 하민이 조심스럽게 눈을 떴다. 눈앞의 정헌이 눈을 감은 채 입술을 내리고 있었다. 그의 손이 하민의 부드러운 머리칼을 쥐고 가볍게 당기자 목선이 드러났다.

눈을 감은 입술이 목을 길게 핥았다. 그리고 입술이 점점 흉터를 향해간다. 매끄러운 살결 아래 울퉁불퉁한 흉터는 아직도 화상의 열기를 간직하고 있는 양 뜨거웠다.

"이렇게 해주면 돼?"

"으응······."

하민이 숨을 들이켰다. 상처를 어루만지는 입술이 끈질기게 그녀가 움직이는 방향으로 따라붙었다. 눈을 감았으면서도 마치 보이는 것처럼 능수능란하게, 짐승이 상처 입은 새끼를 핥아주듯 그렇게 군다.

"하아······ 응······. 미안해······."

"네가 여기 보여주기 싫으면 몇 번이고 말해. 나는 이렇게라도 닿아야겠으니까."

정헌이 눈을 감은 채 말했다.

"다음에는 눈 뜨고 봐도 돼. 내가 봐도 징그러워서 조금 더 나은 다음에 보여주고 싶었으니까."

"나는 너 예쁜 모습만 보려고 하는 거 아닌데."

정헌이 하민을 품에 안고 도닥였다. 아이를 달래듯 오래도록 손을 떼지 않았다. 어깨에 덮었던 담요는 물을 먹어 어느새 푹 가라앉아 있었다. 노곤한지 하민이 정헌의 품에서 눈을 감았다.

잠이 솔솔 쏟아졌다.

"침대로 갈래?"

그의 물음에 고개를 저었다. 손가락 하나 까딱할 수 없는 너무 깊고도 느른한 잠이었다.

고개를 돌리며 안 가겠다고 하는 하민이 깨지 않도록 안아 든 그가 그들이 사랑을 나누었던 창가 앞 침대로 다가갔다. 침대에 뉘이고 마른 수건으로 다시 열이 오르지 않게 물기만을 닦아줬다.

뜨거운 물 안에 있다가 나와 추웠는지 곧장 제 옆구리에 얼굴을 비비고 몸을 붙여오는 모습이 사랑스러웠다.

지이이이잉.

협탁에 놓아둔 휴대전화가 울렸다. 하민이 깰까 봐 재빨리 발신자를 확인한 그는, 액정에 뜨는 수지의 이름에 조용히 전화를 받았다.

"하민이 지금 자는,"

– 지금 전용기 보냈어. 서울로 와야 될 것 같아.

침잠한 목소리다. 본능적으로 정헌은 올 것이 왔다는 생각을 했다. 그의 손이 하민의 어깨를 아프지 않게 쥐고 부드럽게 흔든다.

– 아버지가,

숨을 끊어먹는 것처럼 말이 끊어졌다.

"지금 갈게요."

그 한마디로 무슨 일이 벌어졌는지 명백해졌다. 하민이 일어나기 싫은지 시트에 얼굴을 부볐다.

"하민아, 지금 서울로 돌아가야 될 것 같아."

"……왜?"

"일어나봐. 가면서 이야기해줄게."

정헌의 목소리가 심상치 않았다. 하민이 무거운 눈꺼풀을 들어올렸다. 웃음기 없는 그의 얼굴을 보고서야 뭔가 잘못됐단 걸 깨달았다.

정 회장의 죽음은 고요하게 찾아왔다. 의사들도 예상을 못한 갑작스러운 죽음이었다. 혼수상태라지만 바이털 사인은 안정됐었다. 언젠가 이런 때가 오리라 예상은 했지만 정말 와버렸다. 최 여사가 정 회장의 옆을 지키고 서 있었다.

"그 애, 결혼하는 거 보시니 마음이 놓이셨어요?"

호흡기가 제거된 채 여전히 잠들어 있는 것 같은 정 회장에게 그녀가 물었다.

주호는 언론에 얼굴을 비치기 위해 자리를 비웠다. 홍보이사인 수지 역시도 잠시 아버지의 임종을 지킨 것 외에 이곳에 있지 못했다. 자신의 직위도 전부 내려놓고 은둔하고 있는 최 여사만이 정 회장의 곁에 있을 수 있었다.

"그래도 신혼여행, 돌아올 때까진 기다려주시지."

최 여사의 주름진 손이 정 회장의 흐트러진 머리를 가지런히 넘겨줬다.

자신과 평생을 함께했던 동반자였다. 마음의 준비를 했다고는 해도 아무렇지 않을 리 없었다. 자신에게 미안해 대놓고 하민을 안아주거나 얼러주지 못한 사람. 자신이 잠들었을 거라 여기고 몰래 아이의 방에 가서 물끄러미 작은 얼굴을 내려다보고 그 통통한 뺨을 손가락으로 살짝 만져보느라 밤을 새우던 양반을 모를 리가 없다.

최 여사는 그걸 전부 모른 척했다. 그가 아이를 어떤 식으로 바라보고 있고, 그가 자신에게 어떤 죄책감을 느끼고 있는지 알면서도 그의 마음이 편해질 말을 한 번도 해준 적 없다.

그의 잘못이 아니란 건 알고 있었다. 그래도 밉지 않을 리가 없다.

드르륵.

연락을 받은 지 다섯 시간 만에 하민과 정헌이 병실을 찾았다. 2년 만에 호흡기를 뗀 정 회장을 그 발치에서 확인한 하민이 얼어붙었다.

"주호랑 수지는 인사하고 각자 할 일을 하러 갔단다. 하민아, 너도 인사하렴."

자신이 이 자리에 계속해서 있다면 할 말도 나오지 않으리라. 최 여사가 병실을 나갔다.

"아……."

정 회장의 발치에서 하민이 서성거린다. 정헌이 그녀의 어깨를 잡고 잠든 듯 누워 있는 그의 옆으로 이끌었다.

"나도 나가 있을까?"

"아니, 아니야. 내 옆에 있어줘."

한 번도 이렇게 단둘이 있었던 적이 없다. 정 회장은 하민이 그를 불편해하는 걸 알고 있어선지 혹은 바빠서인지, 제대로

얼굴을 마주한 적 없었다. 항상 가족들 다 같이 시간을 맞춰서
마주했다.

"돌아가실 거 알고 있었는데……."

정 회장이 쓰러졌을 때만 해도 금방 일어날 수 있을 줄 알았
다. 정정하던 분이셨으니까. 정기검진도 꾸준히 받고 계셔서
대수롭지 않게 생각하려 했다.

"그런데……."

임종은 지킬 수 있을 줄 알았다.

말을 맺지 못한 하민이 숨만 훅훅 들이켰다.

"아……."

중학생 때였나, 혹은 그 전이었나. 기억이 희미했다. 일부러
못 들은 척하려고 했다.

가족들이 다 같이 양평의 별장에 갔는데 벽난로 앞이 너무
따스해 방으로 돌아가는 걸 잊고 거기서 잠이 들었었다. 잠에
서 깨어나 방으로 돌아갈까 말까 하다 제 방으로 돌아가려 일
어나는데, 누군가 나오는 기척에 도로 다시 소파에 누워 자는
척을 했다.

자신에게로 걸어오는 걸음소리가 묵직했다. 얼굴 한쪽이 따
끔거렸다. 그게 정 회장임을 알았다. 소파 아래에서 뒹구는 담
요를 들어 하민의 몸에 덮어준 그는 곧장 들어가지 않고 옆에
있는 장작을 벽난로에 던져 넣었다. 온몸이 따끔거렸다. 아마,
자신이 일어나 있단 걸 그는 알아차렸을지도 모른다.

「하민아.」

하민은 대답하지 않았다. 오히려 눈을 더 꾹 감았다.

「아빠라고 불러도 되는데.」

언니는 아빠라고 스스럼없이 불렀다. 자신에게는 회장님, 사
모님일 뿐이다. 잠투정을 하는 것처럼 하민이 그에게서 등을
돌렸다. 푹신한 소파 등받이에 얼굴을 묻었다.

그때 자신이 등졌던 그가, 정 회장이 이렇게 눈앞에 누워 있
다.

그 한마디가 그날 이후 계속해서 입에 맴돌았는데, 최 여사
의 얼굴을 보면 도저히 밖으로 뻔뻔스럽게 나오지 않아서…….
그걸 알고 최 여사가 자리를 비켜준 거다.

"아…… 아빠……. 아, 아빠…… 아빠…… 아, 아아……."

싸늘하게 식은 정 회장의 손을 붙잡았다. 두 손으로 온기가
다시 돌아오도록 꽉 붙잡았다. 가족들과 함께가 아니면 병원도
잘 오지 못했다. 혼자 왔다가 병실에서 부딪힌 아버지의 누이
가 배다른 계집이 유산을 더 받으려 꼬리를 흔든다며 삿대질했
었다. 그때 잠시 의식이 돌아왔던 정 회장은 누이를 내보낸 뒤
한시바삐 변호사를 불러 유언장을 수정했다.

그가 유언장을 수정하는 동안 옆에 서 있었다.

「내가 죽더라도 너…….」

474

자필로 유언장을 작성하며 눈길도 주지 않으셨다. 그 말만 남기고 마지막 사인까지 완벽하게 남기신 뒤 공증을 받는 것까지 확인했다. 그리고 피곤하다며 다들 나가라고 하셨다. 자신이 나갈 때 등에 꽂혔던 시선을 기억한다.

그 이후 자신이 병원에 자주 찾아가면 그의 누이가 자신에게 했던 말처럼 세간엔 비칠 수도 있겠구나 싶어 다른 가족이 함께가 아니면 찾아가지 않았다. 그리고 그때를 마지막으로, 정 회장은 다시는 눈을 뜨지 못했다.

피곤하다고 나가라는 말이 마지막이었다.

"뒤, 돌아볼걸. 그때. 그때 저 보셨죠? 저한테, 응…… . 저, 저한테…… ."

'하민아' 하고 불렀다면 뒤를 돌아봤을 텐데. 제 등에 꽂힌 시선이 무거워서, 돌아보고 먼저 어떤 말을 해야 할지 몰라서 바로 병실을 나왔다.

"아빠…… ."

대답은 끝끝내 돌아오지 않았다.

하민이 다 울 때까지, 후회에 지쳐 정신을 잃을 때까지 정헌은 함께 자리를 지켰다.

가족과 한 해에 한 번도 보기 힘든 친지들이 모인 자리에서 유언장이 공개됐다.

그건 최 여사가 알려준, 하민이 알던 사실과 좀 달랐다.

수정 전의 유언장만 알고 있었던 하민은 어떤 내용이 빠지고, 어떤 내용이 추가됐는지 알 수 없었다. 배우자인 최 여사와 첫째인 주호, 둘째인 수지에게 어떤 재산과 부동산, 주식이 돌아갔는지 변호사의 입을 통해 발표됐다.

그날 이후 처음 본 고모의 싸늘한 눈이 하민을 향해 있다. 수십 명의, AE에서 한자리 차지하고 있다는 집안 식구들이 전부 이쪽을 본다. 직계 중 남은 것은 하민 하나다. 그 이후 친족들에게 나누어질 유산이 공개된다.

"셋째 정하민 양은……."

"제가 주제를 알면 듣기도 전에 전부 도로 반납한다고 해야지."

정 회장이 밖에서 본 핏줄을 인정하는 건 아이러니하게도 그의 가족들뿐이었다.

"고모! 무슨 말씀을 그렇게 하세요?"

"맞는 말 아니니? 어디서 창녀에서 난……."

질끈, 입술을 깨무는데 정헌의 두 손이 하민의 귀를 막았다.

"계속하시죠, 변호사님."

정헌이 웃으면서 재촉했다. 하민의 친족들을 향한 정헌의 눈빛이 서늘하게 굳어 있다.

"정하민 양에게 음…… 정 회장님이 갖고 계신 AE백화점 주식과 AE자동차 쪽 주식을 남기셨습니다."

"뭐, 뭐? 뭘 남겨?"

하민을 깎아내렸던 고모가 벌떡 일어나며 외쳤다. 최 여사는 픽 웃으며 혼잣말을 흘렸다.

"재미있는 양반이야."

AE자동차는 최근 부상하는 분야다. 전자 쪽에서 번 돈을 자동차에 쏟아붓는다는 말이 나올 만큼, 잘될 수밖에 없다. 그걸 고모의 아들이 맡아서 운영 중인데, 최 회장이 제 몫의 주식을 전부 하민에게 남겼다면 말이 달라진다.

AE자동차의 가장 큰 주주가 정하민이 된다. 수백억, 수천억을 물려주는 것과 차원이 다르다.

"언니! 언니, 무슨 말 좀 해봐요. 저 본데도 없는 년이 지금 우리 재산을 갉아먹는데!"

"나도 그 양반이 그럴 줄은 몰랐어요, 아가씨. 백화점 쪽은 원래부터 애한테 맡기고 싶어 하더라고."

"오빠 뇌 질환이었다면서! 치매나, 뭐 그런 거 온 거 아냐? 그러지 않고서야 쟤한테 수지한테보다 더 줄 수가 있냐고!"

"저는 불만 없어요, 고모님."

수지가 싸늘하게 말했다. 어차피 하민에게 주식을 남겼다 해도 그들은 하민을 믿고 있었다. 그리고 하민이 고모에게 무시당하는 것까지 모두 봤던 가족이다. 고모가 생각하는 것만큼 그들의 가족애는 헐겁지 않다.

"그러게, 입 좀 조심하시지. 그 양반 성격 불같은 거 아시면서."

최 여사가 상냥하게 웃으며 고모를 살살 긁었다.

"느지막이 본 막내, 티는 못 내도 어여뻐하시는 거 아셨으면 눈에 안 차도 입이라도 다물고 계시지. 그럼 누가 알아요? 태식이 예뻐하시는 분이시니 자동차 쪽은 태식이한테 물려주셨

477

을지."

설사 하민에게 남기지 않았다 해도 제 여동생의 탐욕을 알고 있는 정 회장은 절대 제 조카에게 AE자동차를 물려주지 않았을 텐데, 최 여사는 신기루 같은 이야기를 하며 웃음을 삼켰다.

"내가 소송 걸 거야! 분명히 오빠가 머리가 이상하게 된 거야. 제정신이 아니었을 거라고!"

"태식아, 너도 그렇게 생각하니?"

제 어머니의 옆에 있던 유태식이 하민을 슥 바라보았다. 그와의 사이에 정헌이 끼어들며 시선을 가려버린다.

"아니요, 큰어머님."

"그래. 그래야지."

나머지 작은 주식들을 적당히 불만은 나오지만 뭐라 말할 수 없을 정도로 쪼개 일가족들에게 나누어줬다. 모두가 유언장 발표가 끝났다고 여겼을 무렵이었다.

"그리고 정 회장님이 셋째, 정하민 양이 본인 사망 뒤 결혼을 했을 경우를 언급하셨습니다."

"하, 하!"

고모가 크게 코웃음을 치며 어디 뭐라고 하는지 보자 소파에 주저앉았다.

"그 배우자가 원한다면 정식으로, 음……."

변호사가 정헌을 힐끗 바라봤다. 하민의 앞에서 그녀를 든든하게 지켜주고 있는 그를 향해 입을 뗐다.

"AE그룹 IT사업 본부장으로 발령한다."

"뭐? 뭐어? 지금 뭐라고 그랬어!"

고모가 벌떡 일어나 변호사에게 쿵쿵대면서 뛰어갔다. 지금 그룹에서 가장 각광받는 사업이 IT 쪽이다. 마치 하민이 미래에 누구를 선택해 가정을 꾸릴지 알고 있었던 듯한 유언이다.

"니들 혼인신고 안 했지? 혼인신고 안 했으면 무효야, 이거!"

"저희, 제주도에서 했어요."

하민이 침착하게 대답했다.

정헌의 손을 잡고 더 이상 떨지 않는 조용하지만 단호한 목소리였다. 정헌과 숙소로 가던 도중 시청이 보여 충동적으로 혼인신고를 했다.

"어머, 잘했네. 잘했어."

"아, 아이고!"

혼인신고는 절대 늦게 하라고 윽박질렀던 수지가 박수를 짝 쳤다. 머리를 짚고 뒤로 넘어가는 고모를 아무도 붙잡아주지 않았다.

정헌은 바빴다.

그가 키워왔던 회사를 온전히 강우에게 넘겨주었고, AE그룹 IT 쪽의 새로운 본부장으로 취임하기 위해 주호와 함께 움직이는 시간이 길었다. 그래도 꼬박꼬박 하민에게 전화를 하고 밤에 늦게 들어올지언정 외박은 하지 않았다. 신혼에 이렇게 바빠서야 어떻게 하냐며 최 여사가 고개를 저을 정도였다.

가게에 아르바이트를 두 명 쓰기로 조건을 걸고 하민도 캔들숍을 다시 열었다.

"언니, 이거 여기에 둬요?"

이젠 스스로 생활비를 벌어야 된다던 정희가 생각나, 하민은 자신의 가게에서 일할 것을 제안했다. 대신 학비와 생활비를 내주겠다고 했지만, 파격적인 조건에도 극구 사양하던 정희는 이 가게에서 하민이 험한 일을 여러 번 당했다는 말을 듣고서야 수락했다. 그 험한 일을 한 장본인이 바로 저라며 한숨을 내쉬었다.

가게를 새로 오픈했다며 여기저기서 작은 꽃바구니나 화분이 들어와 창틀에 놓아두었다.

"응. 거기 두면 돼. 오늘 연구실 언제까지 가야 된다고 했지?"

"3시까지 가면 돼요."

"언니, 이건요?"

캔들 수업을 받으러 다녔던 대학생 하나가 휴학을 했다며 아르바이트 공고를 보고 찾아왔다. 손쉽게 이런 골목에서 두 명이나 아르바이트생으로 쓰면서 하민의 생활은 한결 편해졌다.

"아…… 그건, 카운터. 선인장 뾰족한 게 너무 예뻐."

고양이 공주님은 현재 한남동 본가에 있다. 정헌과 하민 둘 모두 일을 시작하고서 점점 챙겨줄 시간이 없어져 걱정이 되던 차, 고양이를 본 최 여사가 이름을 듣더니 집으로 데려간다고 했다. 생긴 것도 하민과 똑 닮았다며 놀리듯 웃고는 그날 바로 용품을 챙겨 데려갔다.

마음 같아선 캔들숍에 데려다 놓고 싶은데 혹시라도 돌아다니다 큰 사고로 번질까 봐 그러지 못한 게 아쉬웠다.

"안녕하세요."

요새 매일 출근도장을 찍는 선우가 샌드위치 봉지를 들고 찾아왔다.

"선우 씨, 또 왔네요. 오늘은 누구 선물이에요?"

"아, 직원이 아이를 가져서……."

가게를 재오픈한 뒤 그가 찾아왔기에 이미 결혼했다고 하니 눈에 띄게 실망했더랬다. 하지만 그가 그래도 수업을 듣겠다고 해 웃어버렸다. 호감에서 사랑으로 번지기 전의 마음인 것 같아 다행이라고 생각했다. 만약에 정말 이성으로 좋아하는 마음이 남아 있었다면 수업을 다시 등록하기는 힘들었으리라.

"오셨어요?"

화분을 놓으려고 했는데 창틀이 너무 더럽다며, 정희가 물티슈로 빡빡 닦으며 선우에게 인사를 건넸다.

"네, 안녕하세요."

샌드위치 봉지를 테이블에 올려놓고서 선우가 웃으면서 대답했다.

얼마 전에 회식 때 일찍 영업을 마감하려다 선우와 마주쳐 하민, 정희, 다른 아르바이트생 수연, 선우까지 넷이서 함께 밥을 먹었던 적이 있다. 그때 정헌에게 곧 퇴근한다는 연락이 와, 중간에 하민은 실컷 먹고 가라며 카드를 쥐여주고 먼저 돌아갔다. 그 이후로 둘 사이가 좀 미묘했다. 수연에게 물어보니 수연도 그날 엄마에게 호출이 와서 일찍 들어갔다고 했다.

"거기 좀 높은데. 제가 할게요."

"아뇨, 됐어요."

정희가 단칼에 거절했다.

"저 배고픈데, 샌드위치 먼저 먹어도 돼요?"

"네, 드세요."

선우가 답하자 수연이 손을 닦고 샌드위치 봉지를 열었다.

"읍⋯⋯!"

하민이 입을 막았다. 갑자기 헛구역질이 넘어왔다. 요 며칠 드문드문 이랬다. 어떤 날은 괜찮았다가 어떤 날은 오일 향만 맡아도 구역질이 넘어왔다.

정희가 묘한 눈으로 하민을 바라봤다. 몇 번 말을 꺼내려 했지만 왠지 쉽지 않아서 망설였던 터다.

"아⋯⋯ 요새 속이 너무 안 좋아서. 미안해. 많이 먹어. 나 나가 있을게."

정헌에게는 꼬박꼬박 밥 잘 먹고 있다고 답장을 하지만 사실 몇 술 뜨지 않은 나날이다. 시원한 생과일주스나 한 잔 사 먹을까 해 지갑을 들고 밖으로 나왔다.

"저기, 언니."

선우에게 대신 창틀을 닦아달라고 하고 서둘러 따라 나온 정희가 조심스럽게 하민을 불렀다.

"응? 나 지금 주스 사러 갈 건데 너도 먹을래? 수연이는 청포도주스 좋아했지?"

선우는 항상 커피만 마셔서 커피를 사면 될 것 같다.

"그게 아니라, 언니 혹시⋯⋯ 임신하신 거 아니에요?"

"에이, 아니야."

"요 며칠 계속 그러시는데. 체한 게 며칠씩이나 가진 않잖아요. 그것도 어떤 건 먹고, 어떤 건 못 먹고."

하민이 웃으면서 아니라며 손을 흔들다가 문득 굳어버렸다. 머릿속으로 날짜를 계산했다. 주기가 불명확해 보통 두 달에 한 번 정도 생리를 하는데 벌써 석 달째 생리가 없었다.

아이.

그 생각이 뒤늦게 머리를 강타했다.

정희는 자신이 뭔가 말을 잘못했나 싶을 정도로 하민이 얼어붙자 깜짝 놀라 그녀를 불렀다.

"언니, 괜찮아요?"

"어, 어…… 괜찮아. 임신 아닐 거야. 생리하려고 가슴도 커져 있고……."

"그럼 병원이라도 가봐요. 요새 통 못 먹잖아요."

"그래. 그럼 나온 김에 병원 들렀다 갈게. 혹시 나 늦으면 그냥 학교 가. 알았지?"

"네. 오빠 불러서 같이 가세요."

"아냐. 요 앞인데 뭐."

음료수 생각은 깨끗하게 지워져 있었다. 모퉁이를 돌아 사거리에 산부인과가 있단 사실이 떠올랐다.

병원까지 어떻게 왔는지도 모르는 하민은 초조하게 자신의 차례를 기다리는 중이다. 일단 소변검사를 먼저 해보자는 의사의 말이 임신했다는 선언처럼 느껴졌다. 몇 번이나 정헌에게 연락을 할까 하다가 관뒀다.

아니면 어쩌려고. 그리고 맞으면…….

언젠가 막연히 임신을 할 수도 있다는 생각은 했다. 자신의 생각이 기우라는 것도 안다. 하지만, 그래도 혹시나 만에 하나라면……. 두 손바닥에 그녀가 얼굴을 묻었을 때였다. 손에 들린 휴대전화가 진동했다. 발신인을 보니 정헌이다.

"응, 나야, 정헌아."

— 병원 갔다면서? 어디 아파? 어느 병원이야? 내가 지금 갈게.

"아니야. 체한 게 안 내려가서. 의사선생님이 약 처방해주셨어. 먹으면 괜찮아질 거래."

— 정희가 너 혹시…….

"임신 테스트도 해봤는데 아니래."

말을 해놓고 아차 싶었다. 결과를 기다리는 중이다. 누구도 아니라는 답을 주지 않았는데 벌써 정헌에게 아니라는 말을 해버리고 말았다. 하민이 초조하게 입술을 뜯었다.

— 그래. 나도 정희 이야기 듣고 혹시나 해서.

"가게 다시 열면서 스트레스 받았었나 봐. 걱정하지 마. 나 지금 약국인데 이따 전화할게."

간호사가 진료실에서 나오는 걸 보고 하민이 서둘러 전화를 끊었다. 결혼한 뒤 처음으로 정헌에게 하는 거짓말에 가슴이 두근두근 뛰어댔다. 아닐 거라고, 정말 아닐 거라고 생각했다. 그가 아이를 은근히 기다린다는 걸 알고 있어서 하민도 내심 기다렸다. 하지만 막상 아이가 생겼을지도 모른다고 생각하자 잊고 있었던 공포에 머리가 마비됐다.

"정하민 씨?"

"네."

"진료실로 들어오세요."

간호사를 따라 들어가는 발걸음이 무거웠다. 진료의자에 다시 앉아 여의사의 얼굴을 봤을 때 그녀가 컴퓨터로 기록을 보다가 활짝 웃었다.

"축하해요, 정하민 씨. 임신이네요."

"임……신이요?"

자신도 모르게 배를 손으로 덮었다. 여기에 생명이 들어 있다는 느낌은 전혀 없다.

"요새 그냥 있어도 피곤하고 졸리고 했을 테고. 입덧은 없으셨어요?"

"생리주기가 길어서…… 그리고 가게를 하고 있어서 그냥 졸린 줄 알았어요."

"일단 우리 아기가 어떤지 초음파 찍어보고 자세히 설명드릴게요. 간호사 따라가세요."

의사가 친절하게 웃었다. 정말 아무런 느낌이 없는데 이 안에 아이가 있는 게 맞는 걸까. 편편한 배 위를 오가는 하민의 손이 불안으로 떨렸다. 의사가 기뻐하기보단 불안해하는 하민을 보면서 물었다.

"혹시, 결혼하셨어요?"

"네. 결혼은 했어요."

"아이를 원하지 않으세요?"

"선생님. 제가…… 백색증이잖아요."

그렇게 묻는 하민의 입술이 파르르 떨렸다. 그녀가 무엇을 걱정하는지 눈치챈 상대의 표정이 진중해졌다.

"아이에게…… 저기, 아이에게 유전될 수도 있을까요?"

아니라고 대답해주길 간절히 바라는 얼굴의 그녀에게 어떻게 말을 꺼내야 할까.

"제가 말씀드릴 수 있는 건 확률뿐이에요."

하민은 눈을 감았다. 그녀에게 정확히 백색증에 대해, 그 유전 가능성에 대해 설명하던 의사는 하민이 듣고 있지 않다는 걸 알아차리고 말을 멈췄다. 이런 경우는 둘 중 하나다. 아이를 유산시키거나, 혹은 알면서도 확률에 의존해 낳거나. 이 여자는 어느 쪽일까. 의사는 가련할 정도로 덜덜 떨고 있는 하민을 보면서 한숨을 내쉬었다.

"남편분과 상의해보세요. 초음파는 그때 가서 하도록 하죠."

정헌에게 말할 수 있을까. 무어라 말해야 하지? 의사가 일러준 확률?

병원을 다 나서지도 못하고 하민이 계단에 주저앉았다. 자신의 배 속에 아기가 있다는 실감이 나지 않았다. 생명이 있는 줄 정말 모르겠다.

지이이이잉. 손에서 휴대전화가 진동했다. 보지 않았지만 정헌임을 알 수 있었다. 오른손에서 힘이 쭉 빠지며 휴대전화가 그대로 계단 아래로 떨어졌다.

타악! 완전히 박살난 건지 더 이상 울지 않는 휴대전화를 물끄러미 내려다보며 하민은 난간을 잡고 겨우 일어났다.

잠이 왔다. 가게를 다시 오픈해서 피곤한 건 줄 알았는데, 실은 임신 때문이란 걸 알고 난 뒤엔 일이 손에 잡히지 않았다. 결국 가게에 혼자 남아 있는 수연마저 집으로 돌려보내고서 하민은 숨을 들이쉬었다. 자신과 똑같은 아이를 낳는다는 것. 그게 왜 이리 두려울까.

이른 시간에 가게 문을 닫은 하민은 택시를 잡았다. 손이 떨려 어떻게 할 수가 없다. 정헌이 떠올랐지만 이내 고개를 저었다. 지금 그를 본다면 무슨 말을 해야 할지 알 수 없다.

왜 결혼이 끝이라고 생각한 걸까. 결혼을 하면 뭔가 달라질 거라 기대한 걸까. 아픈 환자를 보는 것처럼 쳐다보는 사람들, 햇빛을 보면 타들어가는 피부, 눈이 부셔 제대로 볼 수 없는 빛무리들. 평생 조심조심 유리처럼 살아가야 하는 삶. 나의 아이, 아니 우리의 아이가 그걸 견딜 수 있을까. 태어날 때부터 남들과 다르다는 것을, 남들이 이해하고 아이가 받아들일 수 있을까.

떠올리기조차 싫은 자신의 어린 시절이 떠올랐다. 그녀가 전염병에라도 걸린 양 손이 닿자마자 피하던 아이들, 쟤와 같이 놀지 말라며 속삭이던 그 부모들의 모습을 잊을 수 없다. 그래도 지금은 인식이 달라졌다지만, 아직도 시선의 칼날은 매서웠다. 동정을 받고 싶은 건 아니다. 동정 어린 시선이나 호기심 어린 시선들.

"아가씨, 괜찮아요?"

택시기사가 룸미러로 하민을 보며 물었다. 바들바들 떨고 있는 게 아무래도 이상했나 보다.

"네. 네, 괜찮아요."

"목적지를 말씀하셔야지. 어디까지 가세요?"

하민은 머뭇거렸다. 머릿속이 복잡했다. 하민이 목적지를 말하지 않자 기사가 아예 뒤를 돌아보았다.

"진짜 괜찮아요? 몸이 많이 안 좋은 것 같은데."

이러다 무슨 일이라도 생기면 골치 아프단 생각에 기사가 인상을 찌푸렸을 때였다. 뒷좌석 문이 벌컥 열리더니 정헌이 기사에게 지폐를 건넸다.

"내릴 겁니다."

병원이라는 말을 끝으로 하민과 연락이 닿지 않아 찾아온 길이다. 가게 근처까지 왔을 때 하민이 사거리로 나와 택시를 잡는 걸 발견하고 그도 바로 차에서 내렸다. 그가 다가갈 때까지 출발하지 못하고 있는 택시 뒷좌석 문을 열자 하민이 놀란 얼굴로 그를 쳐다보았다.

"하민아, 내려야지."

정헌이 내릴 생각이 없어 보이는 하민의 손목을 부드럽게 잡았을 때, 그녀는 반사적으로 뿌리쳤다. 충격은 정헌보다 하민이 더 컸다. 자신이 뿌리쳐놓고 당황한 얼굴은 그게 고의가 아니었다고 말하고 있었다.

"다리 아파?"

장거리를 뛰고도 남을 액수를 받은지라 택시기사는 내리라고 재촉하지 않고 입을 꾹 다물었다.

정헌이 다정하게 물으며 주저 없이 무릎을 꿇고 앉았다. 그녀의 오른쪽 무릎에 손을 얹었다. 눈높이를 맞추고 상냥하게,

뭔가에 겁을 먹고 있는 하민을 다독였다.

"아프면 업어줄까?"

변함없는 정헌의 목소리에 당황했던 마음이 점점 가라앉았다. 그가 제 옆에 있다는 것만으로 안도의 숨이 터져 나왔다.

"나 애 아닌데……."

"알아. 그런데 난 네가 애처럼 굴었으면 좋겠어서."

그대로 뒤를 돈 정헌이 등을 내밀었다. 넓고 단단한 등허리를 보는 순간 반사적으로 그의 목을 꼭 끌어안았다. 바로 엉덩이를 받치고 다시 한 번 택시기사에게 감사인사를 건넨 정헌이 천천히 걸었다. 해가 뉘엿뉘엿 저물어가는 어스름한 시간이었다. 둘의 그림자가 길게 이어 붙는다.

하민과 연락이 되지 않는다는 사실을 깨달았을 때 정헌이 가장 먼저 한 일은 그녀 곁에 붙여놓은, 그녀는 알지 못하는 경호원들에게 연락한 것이었다. 하민에겐 그 일 이후 위협이 없어져 더 이상 경호원을 붙이지 않는다고 말을 해뒀지만 어림없는 소리다. 세상 모든 게 다 그녀를 위협하는 걸로 보인다면, 그건 제가 이상한 걸까.

이곳으로 향하는 길에 그들에게 연락을 하자 별다른 일 없고, 다만 하민이 가게로 돌아와 아르바이트생을 바로 퇴근시켰다는 대답이 돌아왔다.

"병원에서 무슨 소릴 들었길래 이렇게 겁을 먹었어?"

"그냥, 정기검진 받으라고 해서. 무서워서."

정헌은 속으로 싸늘한 웃음을 삼켰다. 겨우 그런 거에 정하민이 겁을 먹을 리 없다. 자신이 하민에게 확신을 주지 못하는

걸까. 뭐든 털어놓으면 제가 감싸주고 안아주고, 그 무엇이라
도 해줄 텐데.

하민은 웅크리고 고개를 숙이는 걸 선택했다. 이럴 때일수록
사나운 마음이 비집고 올라온다. 윽박을 질러서라도 입을 열게
하고 싶었다. 그를 불안하게 하지 말라고 애원하고 싶기도 했
다.

"병원 같이 가줄까?"

"아니. 그냥 너한테 어리광 부리는 거야. 바쁘잖아. 맨날 새
벽에 늦게 들어오면서."

"지금 늦게 들어온다고 바가지 긁는 거지?"

하민이 낮게 웃으면서 정헌의 목덜미에 코를 부볐다. 그의
걸음이 천천히 가게 쪽을 향하고 있었다. 그럴수록 하민은 정
헌의 목을 더 꽉 끌어안았다. 가게로 가면 그와 얼굴을 마주하
고 대화를 해야 할 것이다. 어떻게 말해야 좋을까. 아직 머릿속
은 헝클어져 있기만 하다.

"정헌아."

가기 싫다는 의미로 정헌의 이름을 불렀다. 자신이 팔을 두
르고 있는 그의 목덜미 안쪽에서 낮은 신음이 새어나온다.

"지금 가게로 들어갈 건데,"

정헌이 잠시 숨을 골랐다.

"내가 다정하게 대해주는 건 지금뿐이야. 가게에 들어가서
널 마주 보기 전에 말해줘."

지금 얼마나 제 손이, 마음이 떨리는지 그녀가 알 리 없다.
고저 없는 다정하고 부드러운 그의 음성에 하민은 몸이 떨렸

다.

"······정말로····· 나 병원 싫어하는 거 알잖아. 병원에 가는 게 싫어서 그래."

"그래?"

심상한 목소리로 묻자 하민이 고개를 끄덕였다. 정헌이 가게 문 손잡이에 손을 가져다 대자 쉽게 열린다.

"병원 가기 싫어하는 거랑 문단속도 못 하고 급하게 나오는 거랑 관련 있어?"

왜 이렇게 자신은 바보 같은 걸까. 문단속은커녕 아무것도 생각하지 못했다. 머릿속이 백지장처럼 하얘서, 이제 정헌을 어떻게 속여야 할지 하민은 숨도 못 쉬고 머리를 굴렸다.

잠깐만. 내가 정리될 때까지만. 그때까지만 말하고 싶지 않아.

테이블로 다가간 정헌이 하민을 그 위에 올려놓았다. 그리고 두 손으로 하민이 도망가지 못하게 양옆을 짚었다.

"하민아, 이제 말해봐."

목소리는 다정했지만 눈은 뜨끔뜨끔 괴로울 정도로 빛나고 있었다. 입을 열게 하기 위해 어떤 짓이든 할 듯이.

"잠깐만 시간을 줘. 아직은 말하고 싶지 않아."

"잠깐의 시간, 준 것 같은데."

택시에서부터 여기까지 느리게 걸어온 시간을 정헌이 되새겨주었다.

"그냥, 제발. 정헌아. 내가 너무······."

"나는 하나부터 열까지 다 알아야겠어. 네가 불안해하면 내가 불안해. 그 불안 속에 한시도 널 그대로 두고 싶지 않아."

다급한 숨이 하민에게 덮쳐왔다. 곧은 눈매는 웃음기가 사라지자 더 매서워 보였다.

자제해야 된다는 건 안다. 그녀를 몰아쳐봤자 겁만 집어먹고 더 깊게 숨을 거라는 것도 안다. 하지만 이대로 그곳에서 하민 혼자 모든 걸 걱정하고 껴안고 곪아 들어가길 바라지 않는다. 이제야 겨우 그녀 곁에 있게 됐는데, 제가 그걸 두고 볼 리 없다.

"……어릴 때부터 난 친구가 별로 없었어."

친구가 있을 수 없었다. 유명한 사립유치원을 가면 어느새 금방 자신이 세컨드의 딸이라는 것이 알려졌고, 아이들은 하민의 생김새가 이상하다며 피하고 따돌리고 멸시하기 일쑤였다. 그런 걸 일일이 일러바칠 사람이 없었다. 그 집에 처음 와서 제 어미가 자신을 버리고 갔다는 걸 깨달은 순간부터, 자신이 정말 집안의 수치라는 걸 사람들의 손가락질로 알았을 때부터 하민은 입을 닫았다.

누가 괴롭혀요. 누가 정말 싫어요. 그 애가 저한테 병신이라고 손가락질했어요. 병에 걸렸다고 했어요. 그렇게 일러바치고 싶었지만 그랬다가 이 사람들이 자신을 미워하면? 이 집에서도 쫓겨나면 어떻게 하지? 문제를 일으켰다고 다른 곳으로 보내면 어떻게 하지?

이제 많이 잊었어도 그 공포가 항상 머릿속에 있었다는 사실은 결코 잊히지 않았다.

"나중에 좀 커서는 내가 입을 다물어야 그나마 덜 괴롭다는 걸 알았어. 덜 괴롭히고 덜 욕을 얻어먹고 덜……."

친구는 몇 있었다. 지금에 와서 봤을 땐, 친구라고 부를 수 있을까 싶을 정도의 아이들은 다가왔다가 하민의 벽을 쳐두는 성격에 금방 흥미를 잃고 멀어져갔다. 혹은 그녀의 돈을 보고 끈질기게 달라붙거나.

"그냥 빨리 졸업을 하고 대학을 가면…… 수지 언니가 그랬거든. 대학에 들어가면 혼자 다녀도 아무렇지도 않다고. 그럼 좀 편해지지 않을까 했어."

하민이 그때 생각이 나 배시시 웃었다. 너를 보기 전까지는 그렇게 살아도 괜찮을 것 같았다.

"그런데 정헌아."

정헌은 하민의 이야기가 끝날 때까지 진득하게 기다려줬다. 그녀가 지금 하려는 이야기는 호응이 필요한 게 아니라, 그저 가만히 들어줬으면 하는 이야기란 걸 알았으니까.

"나는 널 만나서 다행이었어. 내 외로운 시간들을 전부 보상받는 기분이었거든."

그래서 너와 제대로 된 날을, 단 하루라도 보내고 싶은 이기적인 마음으로 그가 내민 손을 잡았다. 하민이 자신의 허벅지 옆에 놓인 정헌의 손을 붙잡았다. 그리고 천천히 자신의 아랫배에 가져다 댔다.

"여기에 아이가 있대. 실감도 안 나고, 배도 부르지 않았지만, 있대."

"하……."

정헌의 입에서 낮은 탄성이 흘러나온다. 그저 대기만 했을 뿐인데 하민의 배를 짚은 손에 힘이 들어가는 게 느껴졌다. 힘 있고 단단한 손이 아기에게 너는 아주 안전하다고 얼러주는 듯했다.

"……나를 닮아서 이렇게 태어나면 어떻게 하지?"

이미 이곳에 도착하기 전에 예상했던 상황이다. 하민이 무엇을 두려워하는지까지도 정헌은 어렴풋이 짐작했었다. 불안에 떨리는 눈동자가 그를 바라보고 있었다.

"우리가 아이를 지켜줄 수 있는 덴 한계가 있잖아. 학교까지 따라가지도 못할 거고 친구를 억지로 만들어줄 수도 없어. 예쁘고 좋은 것만 들어야 될 나이에 사람들이 수군거리는 소리를 듣게 하고 싶지 않아."

정헌에게조차 말하기 망설였던 것. 가장 무서운 말이 튀어나왔다.

"이렇게 살게 하고 싶지 않아."

그녀를 안았을 때부터 아주 희미하게 머릿속을 떠돌던 것들이 있었다. 하민이 제 아이를 낳고 그 아이를 키우며 그 아이와 함께하는 그들만의 미래는 어떤 것인가 하는 것들. 가족사진 안의 사람들이 두 명에서 세 명으로, 세 명에서 네 명으로 늘어나는 기분은 무엇인지.

"아이를 지우자는 말이야?"

정헌이 단도직입적으로 물었다.

그와 마주친 그녀의 눈이 이루 말할 수 없을 정도로 커졌다. 속눈썹이 촉촉해져선 고개를 흔든다. 꾹 깨문 입술이 그의 눈엔 가련하게 비쳤다.

"내가 설마 그런 결심도 없이 너를 안았을 것 같아?"

낮고 단호한 목소리가 귓전을 때렸다.

"아무런 준비도 없이, 책임질 자신이나 각오도 없이 너와 함께했을까."

무서워하는 건 충분히 이해한다. 하지만 자신을 좀 더 믿어줬더라면. 정헌이 하민의 뒤통수를 다정하게 쓰다듬다가 자신의 품으로 끌어안았다. 작은 머리가 폭, 그의 왼쪽 어깨에 닿는다.

"나를 닮아 태어난다면 네 마음이 편해질 거고, 너를 닮아 태어난다면 아주 반짝반짝한 아이가 될 거야. 아마 세상에서 가장 예쁘겠지."

그는 세상의 그 무엇과도 싸울 준비가 돼 있었다. 아이를 마냥 싸고돌며 약하게만 키우지도 않으리라. 언제 어디서라도 부당한 일에는 항의하고 싸우고 토로할 줄 아는 아이로 키우리라 마음먹었다.

"우리 아이들은 약하지 않아."

든든한 부모가 뒷받침을 해준다면 아이들은 꿈처럼 자라난다는 걸 정헌은 믿고 있었다.

"자신을 낳았다고 나를 원망하진 않을까? 알면서 낳았다고……. 이거 유전이래, 정헌아. 확률도 높대. 나는……."

"하민아, 아기 불안하겠다."

그러니까 불안해하지 말라며 그녀의 등을 다독였다.

"나는 지금 너무 꿈같은데. 예쁘게 낳아주기만 해. 네가 걱정할 일 없도록 내가 키울게."

자신은 우정헌을 만나 인생이 빛나게 됐다. 만약 자신을 닮은 아이가 태어난다면 이 아이도 그 인생에서 우정헌 같은 등대를 만날 수 있을까.

"네가 어떻게? 회사일 바빠서 시간도 못 내잖아."

"그만둘 수 있어. 전부 내게는 수단이었지, 단 한 번도 너보다 먼저 생각했던 거 없어. 네가 아이를 낳고 안심하고, 내가 예쁘게 기르는 걸 편하게 볼 수 있을 때까지 네 옆에 붙어 있을게."

정말로 많이 모자란 자신이 잘 키울 수 있을까. 그와 맞닿아 있는 가슴이, 배가, 뜨거워진다. 여기에 생명이 있다고 말해주는 것 같다. 그토록 불안했는데, 왜 정헌의 말 한마디에 용기가 샘솟고 희망이 보이는 걸까. 자신의 아이는 자신과 다를 거라는 희망. 망설이던 하민이 고개를 끄덕였다.

허리 위까지 눈이 쌓였다. 눈앞에는 까마득한, 그 끝을 알 수 없는 산이 버티고 서 있었다. 이 산을 올라가야 된다는 생각만 들었다. 힘겹게 발을 디딜 때마다 허리까지 푹푹 빠져 허우적댔다. 눈은 차갑지 않았다. 오히려 따뜻한 물속처럼 포근하기까지 하다.

하민은 계속해서 걸었다. 허리까지 파묻히는 눈은 가혹했지만 걷다 보니 점점 요령이 생겨 편해지기까지 했다. 그리고 어느새 평지를 걷는 양 위로 향하고 있다. 숨이 차지도 않았고 사방이 눈밭인데 무섭지도 않았다.

쿠구구구구구!

눈사태라도 난 듯 아직도 한참 남아 있는 산자락 위가 뿌옇게 변한다. 그리고 지축이 뒤흔들렸다. 깜짝 놀라 돌아서 뛰어내려가려다 산꼭대기에서부터 굴러 내려오는 것에 시선을 빼앗겼다. 집채만 한 복숭아가 바위처럼 굴러오고 있었다. 깔리면 죽을 것 같은데 피할 수도 없었다. 크고 보드라운, 그리고 핑크빛으로 수줍게 물들어 있는 것이 데굴데굴 자신의 앞에 굴러온 순간 저도 모르게 두 팔을 벌렸다.

"아!"

단발의 소리를 지르며 하민은 잠에서 깼다. 턱을 괴고 잠에 들지 않은 채 하민을 바라보던 정헌이 부드럽게 묻는다.

"꿈이라도 꿨어?"

몇 분 전부터 끙끙대는 하민을 그는 깨우지 않았다. 처음에는 깨울까 했는데, 끙끙대던 그녀의 표정이 편안해졌기 때문이다. 한 손으로 하민의 편편한 배를 계속해서 문지르며 그들이 함께할 미래를 생각하던 정헌이었다. 잠이 오지 않았다. 벌써 세 사람의 자리가 생긴 것에 가슴이 벅차서 뜬눈으로 날을 새운 참이다.

"복숭아……."

"응?"

"이만한, 아니, 이 집만 한 복숭아가 나를 덮쳤어."

하민이 손끝을 꼼지락거렸다. 아직도 복숭아를 껴안았을 때의 느낌이 남아 있다. 털이라곤 하나도 없는 매끄러운 사람의 살결 같은 것. 그리고 몸 전체가 온화한 체온으로 순식간에 달구어지는 듯한 기분은 여타 꿈과는 달리 지금도 생생했고 생소했다.

"복숭아?"

정헌이 웃음을 참으며 물었다.

"진짜야. 복숭아가…….."

"태몽인 것 같은데? 네 품속으로 달려들었다면 말이야."

두 손으로 얼른 제 배를 짚어본다. 그래봤자 이미 그녀의 배를 덮고 있는 정헌의 손등을 더듬거릴 뿐이다.

"복숭아면, 딸이야, 아들이야?"

"내가 알기론 딸인데."

"엄청 커다란 복숭아였어. 진짜 이만한!"

천장을 가리키며 눈이 동그래진 하민이 귀여워 죽을 것 같다. 그가 큭큭 웃었다.

"이만한 딸이 나오려나 보지."

"말도 안 돼."

믿기지 않는다. 태몽이란 걸 말만 들어봤지 그걸 제가 꿀 거라곤 생각하지 못했다. 분홍빛의 사랑스럽던 복숭아가 아직도 눈앞에 어른댄다. 자신도 모르게 입맛을 다시자 정헌이 물었다.

"복숭아 먹고 싶어?"

"아냐. 밤도 늦었는데."

복숭아털 알레르기가 있어 평소에 손도 대지 않았던 게 복숭아다. 누군가 잘 씻어서 깨끗하게 껍질을 벗겨줘야 겨우 몇 조각 입에 댔고 그마저도 조금 먹다 고개를 젓곤 했다. 그래서 집에 다른 과일은 전부 있어도 복숭아는 없다.

"큰길 건너 나가면 24시간 마트 있어. 거기서 복숭아 본 것 같아."

정헌이 자리에서 일어나며 말했다. 대충 청바지와 셔츠를 걸쳐 입고 나가려는 그의 뒤를 하민이 졸졸 쫓아왔다.

"나도 같이 가."

"안 돼. 여기서 얌전히 배나 두드리고 있어."

아이를 타이르는 것처럼 그가 머리를 쓰다듬었다. 그리고 곧장 휴대전화와 차 키만 들고 집을 나섰다. 24시간 마트가 있다는 건 거짓말이었다. 이 근처 가게들은 전부 12시면 문을 닫는다.

새벽 3시가 넘은지라 정헌은 지체 없이 한남동으로 전화를 걸었다.

─ 누구…….

그나마 가장 가까운 수지의 번호를 누르자 잔뜩 잠긴 목소리가 흘러나왔다.

"정헌이에요."

─ 하민이한테 무슨 일 있어?

갑자기 잠이 확 깬 목소리로 수지가 물었다.

"아뇨. 별일은 없는데…… 혹시 집에 복숭아 있어요?"

─ 이게 무슨 소리야. 복숭아를 왜 여기서 찾아?

"하민이가 먹고 싶다고 해서요."

─ 걔 알레르기 때문에 복숭아 잘 안 먹어.

"아기가 먹고 싶나 봐요."

이런 식으로 알릴 예정은 아니었는데 저도 모르게 말하면서 뿌듯한 웃음이 새는 건 어쩔 수 없었다. 정헌의 말이 끝나기 무섭게 휴대전화가 떠나가라 고래고래 소리가 울린다.

– 너네 결혼한 지 얼마나 됐다고 벌써 아기야, 아기가! 세상에!

후다닥 자리에서 일어나다 어딘가에 찧었는지 짧은 비명이 이어졌다.

"이십 분이면 가요."

– 기다려! 있는지 없는지 나도 잘 모른단 말이야. 집에서 뭘 먹어봤어야 알지!

정헌은 웃음을 참았다. 자랑을 하고 싶어서 견딜 수가 없었다. 한번 입이 열리자 봇물 터지듯 쏟아낸다.

"하민이가 아이를 가졌어요."

– 시끄러워. 기다려봐, 기다려봐. 아, 오늘따라 아주머니는 왜 응접실 불을 꺼놓은 거야? 앞이 하나도 안 보이네.

그러다가 또다시 비명과 함께 쿠당탕탕 소리가 났다.

"처형. 처형, 괜찮아요?"

– 아, 아이고……. 아 젠장. 왜 계단이 여기 있어? 아, 젠장.

욕설이 끊임없이 이어지는 걸 보니 넘어졌지만 그리 크게 다친 것 같진 않았다. 수지가 다리를 절뚝이며 부엌까지 향해 냉장고 이곳저곳을 뒤지는 소리가 났다.

– 어머, 아가씨! 이게 무슨 일이에요?

– 아주머니! 우리 집에 복숭아 있어요?

– 이 새벽에 복숭아가 드시고 싶으셨어요?

일하는 분의 황당함 가득한 목소리가 들렸다. 정헌이 도착하려면 아직 시간이 있는데, 계속 급하다고 외치는 수지 때문에 아주머니가 서둘러 답했다.

  – 있어요. 복숭아. 어제 새벽시장 가서 사왔어요.

  – 복숭아 있대!

수지가 수화기 너머에서 환호성을 내질렀다.

"이미 들었어요. 지금 가요."

지하주차장 버튼을 누르며 정헌이 짧게 내뱉었다.

새벽이라 한남동까지 십 분이 조금 넘었을 때 도착했다. 급하게 대문 앞에 차를 주차하자마자 기다렸다는 듯 안쪽의 불이 켜졌다. 1층에 불이 환하게 들어와 있어 본의 아니게 최 여사까지 깨운 건 아닌가 생각하며 정헌은 안으로 들어갔다.

"아, 아! 아파요."

소파에 길게 드러누워 있던 수지가 소리를 지른다.

"그렇게 조심히 내려와야지, 왜 발을 접질려선."

최 여사의 타박이 오르고 고양이, 공주님이 울면서 나와 정헌의 다리에 몸을 부볐다.

"네 덕분에 살았어."

그가 손끝으로 고양이의 턱을 매만져줬다. 공주님은 제가 감사받는 이유를 아는지 모르는지 기분 좋게 골골댄다.

하민이 복숭아를 좋아하지 않아선지, 애초에 이 집에 다른 과일은 다 있어도 복숭아가 있는 날은 드물다고 그녀가 지나가는 말로 이야기했던 적이 있다. 하지만 이곳엔 요새 최 여사가 푹 빠져 사는 고양이, 공주님이 있다. 고양이가 무엇을 좋아하냐길래 정헌이 복숭아라고 대답했던 게 엊그제였다. 그 말을 듣기가 무섭게, 최 여사는 새벽시장에서 복숭아를 사다 놓으라 지시했다.

고양이가 복숭아를 먹는다고 해봤자 손톱만큼이다. 그것도 즙이나 좀 핥고 마는데 주방 테이블에 놓여 있는 복숭아는 어린아이 머리만 하다. 그것도 두 상자나.

"처형, 많이 다치셨어요?"

"눈은 복숭아에 가 있으면서 빨리도 묻는다."

"하민이가 아이를 가졌다고?"

"네, 장모님."

"세상에, 그럼 애 낳을 때까지 몸조리는 집에 들어와서 해야겠네."

시시때때로 이렇게 어떻게든 하민을 본가로 불러들이려는 움직임이 있다. 여기서는 하민이 제대로 자신에게 안겨주지 않아 불만인 정헌이 단호하게 고개를 저었다.

"제가 잘하겠습니다."

"취임식으로 바쁠 사람이 어떻게."

최 여사가 눈을 흘기며 물었다. 퉁퉁 부은 발목을 해가지고선 수지가 입을 삐죽였다.

"어차피 윗사람이야 아랫사람 일 잘하나 감시하는 것 말곤 별일 없으니 괜찮습니다. 오히려 지금이야 돌아가는 사정을 배운다지만 취임하고 난 뒤부턴 제 시간, 제 마음대로 쓸 수 있으니까요."

"지금 월급 날로 먹으려 들어?"

맞는 말이긴 하나 수지가 기어이 트집을 잡았다. 정헌이 웃으면서 그들이 꼼짝 못 할 한마디를 던졌다.

"하민이가 애 무사히 낳을 때까지 제가 없으면 불안해해서요."

너무 당연하고 맞는 말이라 반박할 수가 없었다.

"그래, 애는 어때. 불안해하지는 않고?"

"아직 많이 불안해해요. 그래서 이것만 들고 가봐야겠어요. 처형, 다리는……."

"난 괜찮아. 그냥 접질린 거야. 아침에 출근 전에 병원 들렀다 가면 돼."

이 시간에 고작 이런 것 가지고 주치의를 부르기도 뭐해 수지는 손을 휘휘 저었다.

"하민이 기다릴 테니 빨리 가보게."

최 여사가 아주머니에게 손짓해 복숭아를 정헌에게 주라 이른다. 복숭아를 두 박스나 받아든 정헌이 인사만 꾸벅하곤 서둘러 한남동 집을 나섰다.

"뭐 결혼은 잘한 것 같네, 우리 하민이가."

아내가 새벽에 복숭아 찾는다고 이렇게 한밤중에 처가댁까지 들이닥칠 만한 배짱 좋은 남자는 별로 없다. 최 여사가 입을 가리며 웃었다. 그런 최 여사의 다리에다 자신의 간식이 사라졌다고 짜증을 내며 공주가 몸을 부빈다.

"아주머니, 오늘 새벽에 다시 청과시장 다녀와야겠어요."

"네, 사모님."

남아 있는 복숭아를 전부 정헌에게 주라고 일렀기에 공주의 간식이 없다.

하민에게 줄 복숭아를 들고 나오던 정헌은 갑자기 멈춰 서서 휴대전화를 들었다. 신호는 한참이 가더니 음성사서함으로 넘어갈 때쯤에야 통화가 연결됐다.

― 네.

"우정헌입니다."

― 아아. 그래. 이른 시간이지만 잘 지냈나?

아주 많이 이른 시간이라며 잠에서 덜 깬 상대가 중얼거렸다.

"처형이 많이 다치셨는데요."

― 그래…… 뭐? 수지가 다쳐? 어딜?

"계단에서 굴러떨어져서 지금 구급차 기다리고 계세요."

― 이 새벽에 대체 계단에서 뭘 했길래 굴러떨어져? 거기 지금 어디야!

"당연히 한남동이죠."

아까 수지에게 전화했을 때와 마찬가지인 소리가 저편에서 이어진다. 급하게 일어나다 어디에 잘못 부딪힌 듯 억눌린 신음이 미처 끊지 못한 휴대전화에서 흘러나온다. 오지랖이었나 싶지만 뭐 어떻게든 되겠지 싶어 정헌은 전화를 끊고 차에 올라탔다.

◈

"위층까지 올라갈 수 있겠니?"

"아뇨. 그냥 이불 하나만 가져다주세요. 여기 누워서 잘래요."

수지가 고개를 흔들며 말했다.

"들어와서 자지."

자신의 방에서 같이 자자는 최 여사의 권유에 그녀가 고개를 흔들었다.

"아니에요. 그냥 여기서 잠깐 눈 붙이고 아침 일찍 나가는 게 나을 것 같아서요. 주무시는데 또 제가 깨우면 안 되니까."

요새 최 여사가 불면증에 시달리는 걸 수지는 알고 있었다. 아침나절에야 겨우 잠깐 눈 붙이는 최 여사가 자신이 나가는 소리에 깨길 원하지 않기에 수지는 고개를 흔들었다. 결국 최 여사는 이불 한 채를 소파에 두고 자러 들어갔다.

"아기가 아기를 가졌네."

픽, 수지가 웃으면서 생각했다. 결혼한 게 엊그젠데 벌써 아기라니. 그것도 평소에 좋아하지도 않고 알레르기 반응이 일어나는 복숭아가 먹고 싶다고 하니 참 신기했다. 아이를 가지면 사람이 그렇게 될 수도 있다는 게. 수지가 자신의 배에 두 손을 올려놓았다. 멍하니 샹들리에가 달린 천장을 올려다봤다.

삐! 그때 대문 쪽의 벨소리가 울려 그녀가 상체를 일으켰다.

막 기사를 깨워 새벽 청과시장에 갈 차비를 하던 아주머니가 인터폰을 받더니 고개를 갸우뚱했다.

"사장님이신데요?"

"사장 누구요?"

아주머니가 대답을 하기도 전에 현관문이 벌컥 열려 수지도 깜짝 놀랐다. 벨소리 때문에 막 방에 들어갔던 최 여사가 다시 나오다가 먼저 의외의 인물과 마주해 묻는다.

"자네가 여긴 어떻게……."

"수지는요? 의식은 있습니까?"

헐레벌떡 달려온 건 종혁이다. 하얗게 질려서 수지가 의식이 있냐고 최 여사에게 묻는다. 사태를 짐작한 최 여사가 짐짓 굳은 얼굴을 했다.

"소파에 있으니 가보게나."

무언가 접점이 생기려고 하나. 뛰어 들어가는 종혁을 보면서 최 여사가 안방으로 향했다. 젊은 사람들이 긴 이야기를 하려는데 자신이 있어서 좋을 게 없다.

"대체 어떻게 굴렀기에 다리가 이 모양이 돼!"

소파에 앉아 있는 수지를 보자마자 종혁이 소리를 버럭 질렀다. 단 한 번도 자신에게 소리를 지른 적 없던 남자다. 결혼생활 중에도 그랬고 이혼을 할 때도 그랬다. 모든 게 수지, 자신의 판단이었고 선택이었다. 이 남자는 거기에 따라오기만 했다.

"구급차는!"

"그렇게 심한 거 아닌데. 구급차는 무슨. 아침에 병원 가면 돼."

"전, 그럼 먼저 나가볼게요."

"네, 아주머니."

아직 기사가 준비도 덜 끝났는데 눈치 빠른 아주머니가 다녀

오겠다며 인사를 했다. 그녀마저 나가자 거실엔 종혁과 수지, 둘뿐이다. 이렇게 새벽에 가까운 시간에 아무도 없이 둘만 남은 적은 처음이다. 하민의 결혼 때 가장 많이 부딪쳤고, 결혼식이 끝난 뒤엔 별로 볼 일이 없어 얼굴을 마주하는 건 오랜만이다.

"다리 좀 봐."

"봐서 뭐하게. 네가 의사야?"

"의사는 아닌데 부러졌는지는 알지."

그가 허락도 받지 않고 멋대로 이불을 뒤집었다. 소파의 팔걸이에 올려놓은 왼쪽 다리를 조심히 들더니 부어 있는 곳에 올려져 있는 얼음주머니를 치우고 손가락을 대본다.

"적어도 뼈에 금은 갔겠다."

"그래."

대수롭지 않게 말하며 이제 일어나라고 다리를 가볍게 털었는데 종혁은 꽉 잡고서 놔주질 않았다.

"지금 뭐 하는 거야?"

"뭐가."

새집이 된 머리는 그가 정말 급하게 뛰어왔다는 걸 알려준다. 위에 얇은 재킷 하나만 걸쳤는데 그 아랜 잠옷인 채였다. 그것도 5년 전쯤 자신이 사준 잠옷을 입고 있는 걸 기가 막히게 알아본 수지가 헛웃음을 흘렸다.

"그게 언제 적 잠옷인데 아직까지 입어?"

"아……."

의미 없는 손길로 재킷을 여미지만 잠옷 바지를 벗어 던진

507

게 아니니, 잘만 보인다.

"종혁 씨, 아니 종혁아. 너 나한테 미련 있니?"

왼쪽 발을 잡고 있는 종혁의 손에 힘이 들어갔다. 그러다가 수지가 "아." 하고 작게 신음을 내뱉자 놀라 조심히 다시 팔걸이에 얹어둔다.

"좀 더 시간 지나면 아파서 너 못 움직여. 지금 병원 가자."

"왜 또 딴소리야. 이 새벽에 왜 달려왔는데. 아직 나한테 마음 있어?"

이 남자를 너무나 좋아했다. 얼굴은 평범하기까지 한데 그렇게 좋을 수가 없었다. 아버지의 부하직원으로 회사에 몸을 담았던 분의 아들이다. 어릴 때부터 모임에서 자연히 얼굴을 익혔고 당연하게 수지의 대시로 사귀게 됐다.

수지가 대시할 때도 '그래.' 한마디 하더니, 사고를 칠 때도 수지가 먼저 덮쳤다. 종혁은 순순히 그녀가 이끄는 대로 따라왔다. 이 관계가 파투난 것도 그 때문이다. 양가 부모님들께는 성격 차이로 이혼한다고 했지만 이유는 따로 있었다.

아이를 가졌었다.

수지는 종혁이 저에 대해 어떤 마음을 가졌는지, 결혼한 후에도 알 수 없었다. 그냥 자기가 이끄는 대로 이 남자는 따라오는 것뿐, 사실은 아무 생각이 없는 건 아닐까. 여기에 대해 몇 번을 이야기를 나눴는데 종혁은 별말 않았다. 자신도 수지를 좋아해서 결혼했다는 대답만 겨우 들었다. 그렇게 불안이 증폭될 즘, 그리고 자신이 알고 있는 종혁의 첫사랑이 유학을 마치고 아주 한국으로 돌아온 걸 알았을 때, 그리고 단둘이서 만났다는 것을 알았을 때, 아이가 흘렀다. 병원에서는 스트레스로 인한 자연유산이라고 했다.

고등학교 때부터 불안했다. 종혁이 좋아하는 여자가 있다는 걸 알면서 들이댔고 제 곁에 서게 만들었다.

"일어날 수 있겠어? 안아줄까?"

"다른 남자들은 백번 날 안아도 당신은 더 이상 안 돼."

"뭐?"

종혁이 어이없는 표정으로 소파에 기대 있는 수지를 바라봤다.

"이참에 궁금한 거 하나만 묻자. 당신 첫사랑 만났잖아. 걔가 고등학교 때 걔도…… 아니……."

자신의 절친한 친구였고 베스트 프렌드였다. 수지가 그에게 고백하고 나서 사귄 이후 멀어지긴 했지만 그때는 그랬다.

"민정이. 민정이가 못 잊겠다고 했다면서."

"네가 그걸 어떻게 알아?"

"그냥. 그냥 어디서 들었어."

참 추하기도 하지. 자신이 밀어붙여 서둘러 결혼했는데도 남편을 믿지 못하는 아내라니.

항상 불안했다. 너무 불안해서 가끔 그의 휴대전화를 뒤졌고 민정과의 약속장소와 날짜를 알아냈다. 그들이 만나는 곳 근처에서 그녀도 기다리고 있었다. 처음엔 결혼했다는 걸 뻔히 알고도 못 잊겠다고 말하는 민정의 머리채를 잡을까, 아무 말도 안 하는 이 남자의 앞에 나타나 이혼하자고 호기롭게 말할까 고민하다가 등을 돌려버렸다. 그 커피숍을 나왔을 때 다리 사이로 뜨끈한 게 흘렀다. 자신도 아이를 가졌다는 걸 몰랐는데 종혁이 알 리 없다. 그렇게 그들의 아이는 잊혔고 수지는 이혼을 택했다.

"나 그때 분명히 거절했는데. 그건 못 들었어?"

"뭐?"

지금까지 그는 혼자였기에 둘 사이에 무슨 변화가 생겼을 거라곤 짐작했다. 하지만 그가 그 자리에서 거절했다고는 생각하지 못했다.

"몇 년 전에, 아, 우리가 이혼할 때쯤이네. 민정이에게 연락 와서 만난 것도 사실이고 그 얘길 들은 것도 사실인데. 말이 되는 소리여야지."

종혁이 픽 웃었다.

"당신 민정이 좋아했잖아."

"무슨 소리야, 그게?"

그가 미간을 살풋 찌푸렸다. 그건 어디서 나온 근거 없는 말이냐 다그친다.

"첫사랑이……."

"당연히 너지, 멍청아."

종혁은 본래 수줍음이 많았다. 자신의 아버지 손을 잡고 갔던 창립기념파티에서 어린 수지의 당당하고 예쁜 얼굴을 본 순간 빠져들었다. 아마 첫사랑을 꼽자면 그건 분명히 수지였다. 그런 그녀에게 고백받아 사귀고도 자신에게 항상 과분한 여자라고 생각했다. 그녀가 원하는 대로 하는 게 그가 할 수 있는 전부라고 여겼다.

항상 있는 대로 욕심도 없이 조용히 살아가는 그에게 질렸다며 그녀가 제게 이혼을 요구했을 때도 다른 남자가 생겼다는 말을 듣게 될까 봐, 그가 할 수 있었던 건 고작 한마디였다. 잘 생각하고 결정한 거냐고. 수지는 망설임 없이 고개를 끄덕였고 종혁은 얌전히 이혼서류에 도장을 찍었다.

"……뭐?"

당황한 그녀가 종혁의 손을 붙잡고 되물었다. 이혼 뒤 수지가 먼저 이런 식으로 그를 붙잡은 것은 처음이다.

"당연히, 너라고."

이렇게 흔들리는 수지의 눈을 본 적 없다. 그가 아는 그녀는 항상 자신감에 차 있었고 누구에게도 약한 소리 하지 않는 굉장히 당당한 여자였으니까. 그런데 지금, 그 눈을 본 순간 종혁은 떨리는 마음을 주체하지 못했다.

"당신, 민정이가 첫사랑이라고 했다면서."

뭔가 잘못됐다. 이상한 오해가 끼어 있다. 종혁은 뒷골이 싸늘하게 식어내리는 것 같았다.

"내가 그거 듣고, 뺏길까 봐. 걔도 당신 좋아하는 거 알고 있어서, 내가 먼저……."

이 남자에게 어떤 죄책감을 품고 있었다. 아버지 상사의 딸인 자신이 손을 내밀었기에 그는 차마 거부할 수 없었을 거란, 마음 깊은 곳에 남아 있는 피할 수 없는 죄책감. 종혁이 민정을 좋아한다는 소문은 학교에 빠르게 퍼졌었다. 그 말을 들은 뒤 민정이 종혁에게 고백하겠다며 밸런타인데이 초콜릿을 만든다고 했을 때 수지는 도저히 그를 놓칠 수 없다고 생각했다.

"무슨 말인지 모르겠어. 누가 민정이를 좋아했다는 거야?"

종혁의 목소리가 거칠어졌다. 자신의 손목을 잡고 있는 수지의 손을 낚아채 물었다.

"당신이 그랬다고! 다 당신이 그랬다고 했단 말이야! 고등학교 때! 운동회에서……."

"아……."

불현듯 무언가 떠오른 종혁은 다리가 풀려 그 자리에 주저앉았다.

"기억났어. 너희 둘이 2인 3각 달리기 했었잖아. 베프였기도 하고."

항상 그들 사이에 끼어 함께 놀곤 했던 종혁에게 친구 중 하나가 장난처럼 누굴 좋아하냐고 물었던 적 있다. 그가 가리켰던 건 수지였다. 흙투성이 바닥을 굴러 얼굴이 까져가지곤 선머슴처럼 웃던 수지를 가리켰는데.

"나는 분명히 너였어."

"……그러면, 그러면 왜 민정이가……."

"걔가 나 좋아했단 건 알아. 나중에 미안하다고 하더라. 자기 남편이 미국에서 바람났는데 그냥 내 생각이 너무 났다고. 내가 널 두고 미쳤다고 걔를 만날 리 없잖아. 애초에 만나기로 한 것도 난 걔가 너랑 화해하고 싶다고, 그래서 한번 만나보고 싶다고 해서 본심을 알아보러 그 자리에 나간 거야."

혹시라도 민정이 이상한 마음을 품고 수지에게 접근한 걸까 봐 민정이 그와 수지를 만나고 싶다고 동창을 통해 그에게 연락을 했을 때 제가 나가 확인한 것이다. 횡설수설하며 지난날을 이야기하는 그녀에게 이건 아닌 것 같다며 수지도 만나지 않았으면 좋겠다고 확실히 못 박았다.

"하…… 이게 뭐야……. 나는 그럼……."

그렇게 똑똑한 척 당찬 척 다 했는데.

수지가 허탈하게 웃었다. 그와 자신의 거리가 새삼 멀게 느껴졌다. 이혼을 하고도 몇 년 동안 서로에게 상대가 없었다는 걸 알면서도, 왜 이제는 결코 자신이 먼저 다가갈 수 없다며 쓸데없는 자존심을 세웠을까.

이혼하면서 단 하나 이를 악물고 다짐한 건 그에게 절대 먼저 다가가지 않겠다는 것이었다. 그가 설사 민정과 혹은 다른 여자와 재혼을 한다고 해도 쿨하게 그 결혼식에 가서 자신은 축하해줄 수 있다고 여겼다. 하민의 결혼 준비를 하면서 부딪치고 이야기를 나누고, 그리고 가끔은 함께 일 때문에 밥을 먹는 일이 생긴다 해도 다시는 이 남자에게 먼저 다가가지 않겠다고.

"왜 당신은 표현을 안 해?"

소파에 있던 쿠션이 종혁에게 날아갔다. 꽤 단단한 것에 그는 그대로 얼굴을 내줬다.

"뭐든 내가 하자는 대로 하고! 당신은 의견도 없어? 입이 없니, 혀가 없니? 왜 뭐든……!"

"너 같으면…… 나 같은, 그냥 너 만나서 사장 자리 오른 것밖에 할 줄 아는 게 없는 남자가. 아니, 애초에 사장 자리도 나한테 안 맞아."

그저 수지와 결혼했기에 얻을 수 있는 자리였다.

"그런 남자를 네가 좋아한다는데 믿을 수 있었겠어? 너 변덕 심하잖아. 부잣집 딸 변덕이라고, 나도 오래도록 널 봐와서 이것도 변덕일 거라고 여겼는데."

무조건 그녀의 말에 따르며 떠받들어주려 했다. 수지가 자신에게 질리지 않게 하기 위해서 종혁은 하고 싶은 말을 삼키며 입을 다물었다.

"야!"

수지가 참지 못하고 자리에서 벌떡 일어나다 발목의 통증으로 인해 주저앉았다.

"수지야!"

"그럼 이혼할 때 왜 이혼하냐고 한마디라도 하지! 한마디라도! 뭐? 잘 생각하고 내린 결정이냐고? 수십 번, 너랑 결혼한 내내 수십 수백 번을 생각했다! 네가 나랑 억지로 묶여 있는 걸까 봐! 우리 집 돈이 존나 많아서!"

종혁이 울듯 웃어버렸다. 돈이 많아서 거부하지 못하고 곁에 묶여 있는 거 아니었냔 말에 허탈해졌다.

"아냐. 너만 괜찮다면 난 너랑 하루에 한 끼만 먹고 단칸방에서 살아도 좋아."

그 생활을 AE의 딸로 나고 자란 수지가 견딜 수 있을 리 만무하다.

"돈이 있는데 미쳤다고 단칸방에서 살아? 한 끼? 웃기고 있어. 난 세 끼에 디저트까지 못 먹으면 죽는 여자야."

"알아. 알고 있어."

"진짜 나쁜 새끼. 너랑 다시는 상종도 안 할 거야. 가!"

수지가 소리쳤다. 그게 정말 가라는 소리가 아님을 종혁은 너무 늦게 알았다. 애초에 여자의 마음을 알 수 있을 리 만무했다. 그에게 여자는 처음부터 끝까지 수지 하나뿐이고 그녀가 하자는 대로 해야 모든 게 평온할 줄 알았으니까. 남녀 사이의 관계가 그렇게 평온하고 한쪽이 일방적으로 예스를 외쳐서는 안 된다는 걸 너무 늦게 알았다.

"우리, 처제만도 못하다."

"처제? 웃기고 있네. 넌 걔가 데려온 고양이만도 못해."

수지가 멀쩡한 발로 그의 정강이를 걷어찼다. 하민의 임신 소식에 기쁘기도 기뻤지만 세상 빛도 보지 못하고 사라진 자신의 아기가 생각나는 건 어쩔 수 없었다. 평생 혼자 품고서 가려 했지만 이 남자에게 소리치고 싶은 충동이 일었다.

"나 그때 임신했었어."

"……뭐?"

"한 달쯤 됐었다더라. 스토커처럼 당신 따라다녔었거든."

종혁이 듣지 못할 소리라도 들은 양 굳었다. 이 남자가, 내게 이런 얼굴도 할 줄 아는구나. 수지가 두 손바닥으로 눈두덩을 꽉 눌렀다.

"수지야."

어떤 말을 어떻게 꺼내야 할까. 이미 그들의 아이는 하늘로 간 지 오랜데 자신은 너무 늦게 알았다.

"아무 말도 하지 마. 그냥 말하고 싶어서 한 거야. 지금은 아무렇지도 않아."

"그럼 왜 울어?"

꾹 누른 눈에서 눈물이 자꾸만 쏟아졌다.

"다리가, 다리가 너무 아파서 우는 거야."

다리도 아프고 마음도 아팠다. 자신이 조금만 더 조심했더라면. 그를 탓하려는 게 아니었다. 처음부터 그냥 조금만 믿어주고 양보하고 조심했다면 좋았을 텐데.

종혁이 손을 내밀어 수지를 품에 안았다. 더 이상의 말이 필요하지 않은 이상한 새벽이었다.

→·◆·←

"왜 이렇게 늦게 왔어? 24시 마트는 이 앞이라며."

정헌이 현관에 들어서자마자 그 앞에 쭈그리고 앉아 있던 하민이 불만을 토로했다. 벌써 사십 분이 넘었다. 옷을 입고 마트에 가볼까 하다가 조금만 더 기다려보자 싶어 현관 앞에서 서성거렸다.

"많이 기다렸어?"

"응."

"한남동까지 다녀왔거든."

다리만 하나 건너면 된다지만 이 시간에 거기까지 다녀왔냐고 눈을 동그랗게 뜬다.

"저리 떨어져 있어. 털 날릴라."

비닐에 싸여 있다고 해도 벌써 몸이 간지러운지 하민이 손톱을 세워 피부를 긁었다. 정헌이 그녀를 안아주지도 못한 채 빙 돌아 주방으로 바로 들어갔다. 주방 저쪽에 하민을 세워놓고 다른 복숭아는 채소 칸에, 당장 먹을 복숭아 두어 개만 먼저 소매를 걷어붙이고 씻어냈다. 털을 깨끗이 제거하고 칼로 껍질을 벗긴 후, 한입 크기로 자르고 나서야 하민에게 손짓했다.

"이리 와봐."

토끼처럼 도도도 달려와서 입만 아 벌리는 모습에, 제 혀를 집어넣고 싶은 충동을 그가 참았다. 일부러 손으로 복숭아 과육 하나를 집어 하민의 입에 넣어줬다. 그리고 손가락으로 혀 끝을 꾹 누른다. 하민의 입안에서 과육이 뭉개졌다. 주르륵. 그가 손가락으로 벌리며 들어간 탓에 다물지 못한 입가로 투명한 과즙이 흘렀다.

"질질 흘리네."

정헌이 만족스러운 양 눈을 살짝 접었다. 복숭아를 먹여주려 했는데 기다렸다는 듯 달려와 입을 벌리는 게 말할 수 없을 만큼 짜릿했다. 하민이 그들의 보금자리에서 그만을 기다리며 서성였기에 더 그렇게 느꼈을 수도 있다.

"먹고 싶었다며. 제대로 먹어야지, 하민아."

"손가락을……."

"응?"

그가 하민의 입에서 손가락을 뺐다.

"아, 얼마나 흘렸으면 여기도……."

가운뎃손가락 끝에 맺힌 타액을 그가 혀를 내밀어 날름 핥았다.

"다네."

"으응…… 복숭아 철이라."

달다고 말하는 그의 목소리가 정말 설탕을 묻힌 것처럼 끈적해서 하민은 애써 웃었다. 정헌이 이번에는 하민의 입이 아닌 제 입으로 복숭아를 한 조각 가져가 씹었다. 그러더니 고개를 모로 기울인다.

"이 맛이 아닌데."

"같은 복숭아인데 왜?"

그의 목울대가 느릿하게 오르내리더니 입안의 과육을 삼켰다. 그리고 새빨간 혀가 입술을 슥, 핥았다. 맛있는 먹이를 두고 입맛을 다시는 짐승처럼 군다.

"우리 복숭아 먹는 중이었어, 정헌아."

겨우 자신은 한 조각 먹었다고 항의하려는 찰나였다. 정헌이 접시를 식탁에 내려놓고 하민의 허리를 끌어안으며 깊게 입을 맞췄다.

"이게 단 거였네."

"말도 안……."

사람이 복숭아보다 달 리 없다. 하지만 자신의 입술을 덮은 정헌의 입술이 정말 복숭아보다 더 달아서 하민이 숨을 홉, 크게 들이켰다.

 아침이 돼서야 간신히 다시 잠든 하민을 내려다보다 정헌은 몸을 일으켰다. 색색거리는 숨소리가 귓가에 맴돈다. 울먹거리는 눈동자, 발그레한 입술, 그의 흔적을 그대로 간직한 하얀 피부가 끈질기게 머릿속에 따라붙는다.

 곁에 있으니 이제는 자제를 할 수 있을 줄 알았다. 하루 종일 보고 싶고, 만지고 싶고, 안고 싶다. 그저 제 품에다 데려다 놓고 껴안고 혹은 업고 다니기만 하고 싶지, 밖에 내어놓고 싶지 않다. 하민이 끝까지 자신을 거부했다면 어떻게 됐을까.

 침잠한 얼굴로 정헌이 휴대전화를 꺼냈다. 하민이 그를 보고 있지 않을 때의 그는 항상 이랬다. 그녀의 시선이 향할 때와는 정반대의 얼굴. 웃음기 없이 메마르고 물기 없는 사막에서 죽어가는 자의 표정. 자신의 인생을 바칠 이가 곁에 없는데 웃는다니, 말도 안 되는 소리다.

 ─ 이 시간에 네가 웬일이냐?

 강우가 졸린 음색으로 전화를 받았다.

 "미국 쪽…… 그래, 그 일. 그쪽에서 아직도 나를 원하면 추진해줘. 정식으로 이름을 올리진 못하겠지만 계약을 완료할 때까진…….”

윤주가 회사를 그만두고 죽은 뒤, 미국과 오갔던 계약 이야기는 거의 무산돼가는 분위기다. 강우 혼자서 회사를 꾸려야 하는 현시점에, 답보상태가 돼버린 그 건을 갑작스레 정헌이 도와주겠다고 나서주니 강우는 얼떨떨했다. 일단 다시 미팅 날짜를 잡고 연락을 주겠다며 강우가 전화를 끊자 정헌이 낮은 한숨을 쉬었다. 정하민을 위해선 못 할 것이 없다. 자신이 아무리 옆에서 잡아준다 해도 하민이 때때로 불안에 시달리리란 걸 알았다.

“나는 네가 어떤 아이를 낳든 정말 상관없는데.”

세상에 그 누구보다 사랑스럽고 밝은 아이로 키울 자신이 있는데. 하민은 자신의 어린 시절 때문인지 극도로 두려워하기만 한다. 그것뿐만 아니라 평생 건강에 조심을 기하며 살아야 한다는 것 또한 그녀에겐 말 못 할 스트레스이리라. 그 어떤 것으로부터도 지켜주고 싶은데, 결국 그녀 자신에게서부터는 지키지 못했다.

“차라리 그보다 더 어릴 때 만났더라면.”

네가 혼자 고개를 숙이지 않아도 될 아주 어릴 때 만났더라면, 좀 더 당당하게 어여쁘게 제 목소리를 낼 수 있도록 지켜줄 수 있었을 텐데. 세상의 칼날 같은 시선 속에서 혼자 커왔을 하민을 그때부터 만났더라면 더 좋았을 뻔했다. 모든 게 무섭고 혼란스러운 와중에도 자신을 똑바로 보고 곧게 걸어가길 약속해준 것만으로 정헌은 아쉬움을 접었다.

“네가 걱정하는 일은 결코 일어나지 않을 거야.”

그가 반드시 지킬 수밖에 없는, 하민은 듣지 못할 약속을 읊조렸다.

날이 완전히 밝아 햇빛이 그 방 안을 비추기 전에 정헌이 커튼과 블라인드를 이중으로 내렸다. 어둠 속에서 흐트러져 잠이 든 하민을 바라본다. 이렇게 그녀가 안식을 취할 수 있는 평온한 낮이 항상 밤이 되기를 정헌은 소원했다.

"언니, 여기에 그럼 정말 아기가 있는 거예요?"

하민은 평소보다 늦게 출근했다. 자고 일어나보니 정헌은 그녀가 먹기 편하게끔 흰죽과 자른 과일을 냉장고에 넣어놓고 나간 뒤였다. 그녀가 요새 냄새에 민감해졌단 걸 듣고 난 뒤라 아무것도 넣지 않은 죽을 보고 하민은 웃어버렸다.

과일과 죽 중에 입에 맞는 걸 먹고 나가라는 뜻 같았지만 오랜만에 둘 다 싹싹 비우고 출근했다. 오후 늦게쯤 나온 그녀를 맞은 정희가 이미 정헌에게 들었는지 하민에게 물었다.

"응. 그런 것 같아."

자신도 실감 나지 않는데 정희라고 오죽할까 싶었다.

신기하단 눈으로 하민의 배를 바라보던 정희가 테이블 앞에 앉아서 말했다.

"그래서 말인데…… 오빠가 가게를 좀 맡아서 해주면 안 되겠냐고 묻더라고요. 아르바이트생 더 구해서."

작은 가게였다. 여기서 아르바이트생을 더 늘렸다간 오는 손님보다 일하는 사람이 더 많아진다.

"언니 앞으로 몸조심해야 된다고 해서요. 저도 졸업논문 중이라 그건 여기서도 쓸 수 있고, 어느 정도 시간적 여유는 있어서 오빠한테는 알겠다고 했어요."

아이를 가졌다는 걸 알자마자 처음엔 한없이 불안했다. 하지만 새벽에 태몽을 꾸고 난 뒤엔 마음이 싱숭생숭하고 책임감도 느껴졌다.

가게 일이 힘들지 않다곤 하지만 계속해서 왁스를 만지고 여러 가지 향을 맡아야 하는 일이다. 안 그래도 점점 냄새가 역해져 본격적으로 입덧을 시작하면 무리라고 하민 본인도 생각하던 차다.

"먼저 말해줘서 고마워, 정희야. 그럼 입덧이 끝나고 안정기에 접어들 때까지만 부탁해도 될까? 월급은 더 많이 줄게."

이미 여기서 받는 월급도 많다고 그건 걱정 말라며 정희가 고개를 저었다.

"그럼 아르바이트생만 한 명 더 뽑을게요."

그녀가 그렇게 말하자 카운터에 있던 수연이 손을 번쩍 들었다.

"언니, 아니, 사장님!"

"응?"

"제 친구 데려와도 돼요?"

시급 만오천 원의 아르바이트였다. 보통 죽도록 고생하는 편의점, 영화관, 백화점 매대 행사, 서빙 등등의 알바보다 시급이 월등하게 높았다. 게다가 바쁜 일은 전혀 없고, 위험한 일도 없고 거의 그냥 사장인 하민의 말상대를 하는 게 전부였다.

힘든 일을 굳이 꼽자면 가게를 오픈할 때 하는 청소 정도다. 심지어 급한 약속이나 일이 있다고 하면 하민은 너그럽게 더 이상 묻지 않고 제 일처럼 걱정해주며 보내주는 사장님이다. 친구들은 이 말들을 듣고 대체 그런 사장님은 어디서 만나는 거냐고 부러워 죽으려 했다.

"수연이 친구? 수연이만큼 성실해?"

수연과 정희의 입가에 동시에 씁쓸한 미소가 맺혔다. 자신들의 사장님은 성실의 기준을 모르고 있었다. 하민은 손님이 올 때 외에는 휴대전화를 하든지 노트북을 켜고 과제를 하든지 상관하지 않았다. 게다가 손님 응대는 대부분 하민이 맡아서 정말 두 사람은 손 놓고 노는 때가 더 많았다. 그런 수연, 자신이 성실하다니.

"네……. 아마…….."

양심에 찔렸지만 수연은 애매하게 대답했다. 그러자 하민이 웃으면서 고개를 끄덕였다.

"그럼 면접 한번 보자. 시간 될 때 가게로 오라고 해."

"사장님 그런데 남자앤데 괜찮아요? 이제 전역한 친군데, 집안 사정이 안 좋아서 아르바이트 자리 찾고 있거든요."

이제 가게를 거의 비울 자신보다야 정희가 문제였다.

"정희야, 괜찮겠어?"

"차라리 남자애가 나아요. 한 번씩 힘쓸 일도 있고. 재료 들어올 때마다 힘들잖아요."

"응. 네가 안 불편하면 나도 괜찮아."

"지금 놀고 있을 거예요! 바로 오라고 할게요!"

수연은 신이 나서 휴대전화를 들어 바로 친구에게 문자를 보냈다. 아르바이트 공고를 하고 사람 구하기까지 한참 걸릴 줄 알았는데 이렇게 빨리 해결된 걸 보니 앞으로 일이 순탄하게 풀릴 것 같단 예감이 들었다.

"그럼 일주일에 한 번 있는 수업 땐 내가 나오도록 하고, 간간이 계속 들를게."

아직도 아이를 생각하면 많이 두렵고 무서웠다. 하지만 낳아만 달라고, 세상에서 가장 귀하고 예쁜 아이로 키우겠다는 정헌의 말에 불안이 씻겨나갔다. 그와 함께라면 이 아이가 자신과 닮았다 해도 괜찮을 것 같았다.

"언니!"

가게 문이 벌컥 열리고 풍경 소리보다 반가운 목소리가 먼저 들렸다. 은정이 꽃다발을 한 아름 들고 찾아왔다.

"너무너무 축하해요! 아니, 결혼한 지 얼마 안 됐는데 임신이라니!"

대체 어디까지 소문이 퍼진 걸까. 자신도 어제 임신 사실을 알았는데, 자고 일어났더니 주변 사람들 전부가 알고 있었다.

"누구한테 들었어?"

"오빠한테요. 석진 오빠."

"세상에. 영국에 있는 사람에게 무슨 소릴 한 거야."

부끄러운 마음에 하민이 얼굴을 붉혔다.

"새벽부터 전화해서 언니 아이 가졌다고 자랑을 그렇게 했다고, 저한테 '우리도 아이나 만들까?' 이러던데요."

물론 마지막 말은 농담이라며 은정이 웃음을 터트렸다. 순식간에 가게 분위기가 한층 더 밝아졌다. 은정과 있으면 그랬다. 정희가 은정이 가져온 꽃다발을 예쁘게 꽃병에 꽂아 테이블 가운데에 뒀는데 노란색 프리지아는 보는 것만으로도 기분이 좋아졌다.

　"아마 언니 아는 사람 중에 모르는 사람 찾는 게 더 빠를 거예요. 다 알아요. 우정헌 씨가 하루 종일 휴대전화 붙들고 사나 봐요."

　"일어나니까 없던데. 회사에 간 줄 알았지. 바쁘면서 언제 또 그런 연락을 돌렸대."

　사실 석진이 덧붙였던 건 하민이 혹시 우울해할지도 모르니 시간 나면 가게로 들러달라는 부탁이었다. 하민이 은정을 아주 좋아한다고 못마땅하게 말했다고도 전했다. 그날의 클럽 사건으로 인해 우정헌에게 은정은 천사를 타락시키려는 악마와 동급이 되었다.

　"우정헌 씨가 엄청 좋은가 봐요. 오빠 말로는 입이 귀에 걸렸다고."

　"내 앞에선 그런 티 그렇게 많이 안 냈어."

　"엄청 좋나 보던데요. 이 동네에 이미 소문 다 났을 거야."

　은정이 손바닥으로 얼굴을 가리더니 하민 대신 부끄럽다며 웃었다. 그 말을 듣고 함께 웃던 하민의 머릿속에 스쳐 지나가는 생각이 있었다. 설마 했지만 정헌의 성격을 알고 있어서 지금 상황이 부자연스럽다는 건 안다. 그는 이렇게 남들에게 자랑할 만한 성격이 아니다.

내가 정말 걱정을 끼쳤구나 싶어 하민이 고개를 푹 숙였다.

"언니?"

"나 왜 눈물이 나올 것 같지."

"우정헌 씨가 티 낸 게 그렇게 눈물 날 일이에요?"

"그런가 봐."

차마 은정에게는 말 못 하고 눈가에 맺힌 눈물을 손등으로 닦았다. 그가 더 이상 신경 쓰지 않도록 해야겠다는 마음만 든다. 아이를 가지면 엄마들은 대부분 강해진다는데 마음을 강하게 먹어야겠다.

딸랑.

"실례합니다."

묵직한 저음이 가게 안에 울렸다. 네 쌍의 시선이 한꺼번에 출입문으로 향하자 들어온 남자가 잠시 굳었다. 키가 훤칠했고 약간 마른 체형의 그의 시선이 잠시 흔들렸다. 누가 사장인지 알 수 없어 대충 허리를 숙여 인사했다.

"안녕하세요, 수연이 소개로 면접 보러 왔는데요."

"도현아! 여기가 우리 사장님!"

수연이 반갑게 손을 흔들면서 하민을 가리켰다. 날카롭게 찢어진 눈매는 요새 아이들이 좋아할 만한 것이다. 짧은 머리칼이 어색한지 한번 긁고서 도현이 하민을 보고 눈을 커다랗게 떴다.

"아……."

자신의 외모 때문인가 싶어 잠깐 난감하게 웃은 그녀가 자리에서 일어나 도현에게 손을 내밀었다.

"나는 정하민이에요. 여기 사장이구요."

"스물네 살, 김도현입니다."

하민의 손을 잡고 악수를 나누며 다른 손을 내밀어 감쌌다. 도현을 제외한 모두가 당황했다.

"정말……."

"네?"

"너무 예쁘셔서……."

수연이 경악하며 도현의 어깨를 손바닥으로 내리쳤다.

"야, 너 미쳤어?"

도현이 정신이 든 얼굴로 서둘러 그녀의 손을 놓아줬다. 약간 까무잡잡한 얼굴의 귀 끝이 새까맣게 변할 정도로 그도 당황한 게 분명했다.

"이야, 우리 언니 안 죽었네. 김도현 씨, 여기 이분이 지금 자타공인 유부녀인데. 거기에 어찌나 질투 심한 남편을 뒀는지. 여기 알바 말고 다른 데 찾아봐야 될 거예요. 우정헌 씨가 언니 옆에 흑심 품은 알바생을 둘 리가 없지."

안타깝다는 얼굴로 은정이 도현의 어깨를 두드렸다. 이대로 문을 열고 다시 나가면 된다는 말에 그는 울상이 됐다.

"죄송합니다, 사장님. 그런데 정말 너무 아름다우셔서……."

"어라, 아직도 이러네. 하하하. 언니, 우정헌 씨 들으면 난리 나겠어요."

"오빠한테는 말 안 할게요."

하민의 시선이 정희에게 쏠리자 그녀가 손가락을 입에 가져다 대며 지퍼 모양을 해 보였다.

"뭘 말을 안 해?"

가게 안으로 들어서던 정헌이 뒷말만 들었는지 그리 물었다. 뭔가 익숙한 얼굴들 사이에서 낯선 남자의 얼굴을 확인하고 표정을 굳힌다. 게다가 그와 하민이 가까이에 있는 걸 보고 한쪽 눈썹을 들어올렸다.

"양반은 아닌가 봐요."

이 상황이 재미있는 은정은 하민의 귀에 속삭였으나 그녀는 웃을 수 없었다.

"손님?"

정헌이 하민에게 다가가 한쪽 허리를 껴안으며 물었다. 이미 손님이 아니라는 걸 눈치챈 물음이다.

"아니. 아르바이트 후보."

"사장님, 정말 죄송해요. 이럴 애가 아닌데⋯⋯."

당황한 수연이 이 상황을 어떻게든 모면해보고자 그렇게 말을 하자 정헌이 흥미롭다는 미소를 입에 걸며 친절하게 물었다.

"수연 씨, 뭐가 죄송해요?"

"아냐, 아무것도."

"도현이가 이제 전역을 해서 사장님처럼 예쁜 분을 못 봐서 그래요."

도현이 머리를 긁적였다. 대충 상황을 짐작한 정헌이 낮게 침음을 삼켰다. 하민의 외모는 대단히 이국적이었다. 외국인으로 아는 사람들도 많을 정도였다. 누군가는 그 이질적인 외모 때문에 꺼리지만 누군가는 가까이 다가가고 싶어 한다.

"이 시간에 여기까진 무슨 일이야?"

"형님이 가서 대신 너 맛있는 거 사주라고 해서."

정헌을 데리고 다니며 계속해서 무뚝뚝하게 굴던 주호는 하민의 임신 사실을 알자마자 눈에 보일 정도로 기뻐했다. 평소엔 어떻게 해야 더 잘 굴릴까가 지상 최대의 과제인 마냥 일거리를 안겨주더니 오늘은 퇴근시간도 되기 전에 그의 등을 떠밀었다. 그러면서 R호텔의 디너를 하민이 꽤 좋아한다는 언질까지 줬다. 그의 이름으로 예약을 해놓겠다고, 그곳에서 같이 저녁 먹고 스파를 받으란 말에 정헌은 웃어버렸다.

"오빠가? 오빠도 알아?"

"누가 모를 것 같은데?"

그와 그녀가 아는 사람 중 누가 모를 것 같냐는 질문에 하민의 입이 다물어졌다. 정말 다 아나 보다. 얼굴이 붉어진 채 꾸물거리는 그녀를 보고 정헌이 말했다.

"가방 챙겨서 나와. 저녁 먹으러 가자."

"은정이도 이제 왔는데…… 같이 먹으면 안 돼?"

오랜만에 본 은정과 헤어지고 싶지 않은지 하민이 물었다. 평소라면 단칼에 은정을 떼어냈겠지만 홀몸이 아닌 하민의 마음을 상하게 하고 싶지 않은 정헌은 못마땅하게 고개를 끄덕였다.

그녀가 안쪽으로 들어가고 난 뒤 정헌이 아직도 서 있는 도현을 바라봤다.

"내일부터 출근해요."

"네?"

"가게에 여자들만 두는 거 마음에 걸렸거든. 내일부터 나와요."

이제 가게를 책임질 정희도 아니고, 실제 사장인 하민도 아닌 제삼자의 입에서 출근하라는 소리가 떨어졌다.

"저, 정말요?"

이 가게의 꿀 같은 임금이 도현의 머리를 스쳐 지나갔다.

"그럼요."

정헌이 선선한 얼굴로 웃으며 내일부터 오픈조에 수연과 함께 나오라며 그를 돌려보냈다.

"와…… 우정헌 씨 알고 보니 대인배였네요. 난 쟤 손목 부러지는 줄 알았지, 오늘."

도현을 배웅하러 간 수연이 아직 안 돌아와서 다행이었다.

"그럴 리가. 내가 애송이랑 상대가 되겠습니까?"

그가 차갑게 웃으면서 은정의 말을 받았다. 그걸 한 걸음 떨어져서 지켜본 정희가 새삼 자신의 오빠가 성격이 굉장히 나쁘다는 걸 깨닫고서 고개를 저었다.

"그게 아니라 보여주려고 하는 거죠."

"뭘요?"

"옆에서 직접 새언니에게 치근덕거리면서 네가 절대 오르지 못할 나무라는 걸 보여주고 싶은 거예요. 오빠 성격 진짜 나빠."

정헌이 미묘한 미소를 지었다. 부정하지 않은 채 하민이 들어간 직원들의 휴게실 겸용한 작은 방만 뚫어져라 보고 있었다.

"많이 기다렸지?"

하민이 해사하게 웃으며 고개를 내밀자 정헌은 다가가 그녀를 껴안았다. 정말 이 배에 아기가 있는 게 맞는지 여전히 가볍고 여전히 안쓰럽다.

"……내가 영국으로 가든가, 석진 오빠를 한국으로 데려오든가 해야겠다."

그렇지 않아도 장거리 연애라 힘들어 죽겠는데 두 사람의 이런 모습을 보니 대리만족으로 뿌듯하기도 하지만 질투가 나는 것도 사실이다. 언젠가 다시 한 번 하민을 꼬셔서 이번엔 강남 클럽에 데려가겠다고 전의를 다졌다. 그건 물론 아이가 태어난 후가 되겠지만, 미래를 벌써 생각한 은정이 눈치 없는 척 다가가 하민의 한쪽 팔을 꼭 끌어안고 팔짱을 꼈다.

"언니, 저 아아아아주! 맛있는 거 먹고 싶어요."

"그래? 뭐 먹지?"

"형님이 R호텔 레스토랑 예약해두셨대. 임신 축하한다고 꼭 전해달라고 하셨어."

하민의 얼굴이 다시 붉어졌다. 임신한 것도 사실이면서 축하를 받을 때마다 붉어지면 어떻게 하냐는 그의 말에 배시시, 웃음만 보였다.

한강의 야경이 보이는 근사한 자리였다. 항상 가족들과 이곳에 올 때마다 야경을 보느라 정신이 없었던 하민을, 주호는 알았던 걸까. 하민은 정적인 것들이 움직이는 모습을 좋아했다. 불빛은 수도 없이 많다. 하지만 강물을 따라 움직이는 일렁이

531

는 빛들은 다른 곳에서는 쉽게 볼 수 없는 것이었다.

"언니, 얼마 전에 월드 스포츠 뉴스 보셨어요?"

"응? 아니?"

"석진 오빠가 브라질 모델이랑 호텔에서 나오다가 찍혔다는데. 하……!"

그걸로 석진과 완전히 갈라설 뻔했다. 우연히 그 호텔에서 묵었다가 나오는 길에 팬이라는 브라질 쭉쭉빵빵 모델에게 붙잡혀 열애설이 났다. 휴대전화를 거의 하지 않아서 하민은 몰랐지만 한국에서도 한번 떠들썩했다.

이미 한국에 여자친구가 있다는 걸 알고 있는 진성 팬들은 오해일 거라며 믿지 않았고, 소문을 좋아하는 사람들은 장거리 연애가 쉬운 줄 아냐며 석진이 갈아탄 거라고 생각했다.

둘 사이가 무너질 정도로 심각한 사건이었다.

"근데, 걔가 좀 유명한 애고 각종 SNS에 석진 오빠 너무 멋있다고 팔로우 한 것도 제가 다 봤거든요. 그래도 존나…… 아, 죄송해요. 빡치는 거예요."

초등학교 교사인 은정은 거침없었다.

"한국에 또 언제 들어올지도 모르지, 기사는 이렇게 큼직하게 났는데 연락은 안 되지, 결혼하자고 말은 하는데 대체 언제 하는데요? 얼굴을 봐야 결혼 이야길 하든 할 거 아니에요."

하민은 은정의 이야기에 귀를 기울이고 있었다. 옆에서 그녀의 스테이크를 썰어주던 정헌이 보다 못해 말했다.

"내 얼굴도 좀 봐."

"아니, 맨날 보는 얼굴 한 시간쯤 안 보면 사라지나?"

은정이 눈을 흘겼다. 이제 곧 이 이야기의 클라이맥슨데 왜 끼어들었냐는 듯 도끼눈이었다.

"나도 매일 못 봐서 그래요."

정헌이 여유롭게 웃으며 하민을 똑바로 바라봤다. 그녀의 옆 좌석이 아니라 정면에 앉는 걸 택한 남자다웠다. 그래야 이렇게 하민의 얼굴 전체를 볼 수 있었으니까. 은정의 이야기에 홀딱 빠져 고개를 끄덕이면서 가끔 감탄사를 날리는 모습도 예뻤지만, 그보다 더 예쁜 건 자신을 똑바로 바라볼 때였다.

스테이크를 썰어놓으면 맛이 떨어지지만 하민이 제가 한 입, 한 입 썰어서 넣어주는 걸 바라지 않으니 어쩔 수 없었다. 그녀에게 접시를 밀어주며 포크만 쥐여주자 작은 입으로 오물거리며 넘긴다.

"역하진 않아, 음식 냄새?"

"응. 지금은 괜찮아."

소스 자체를 새콤한 과일로 만들었다더니, 입에 꽤 맞는지 하민이 고기를 집어 먹었다. 그러다 곁들여진 새우를 조금 먹곤 금세 인상을 찌푸렸다.

"나 화장실 좀."

그렇게 말하며 자리에서 재빨리 일어났다. 정헌이 따라가려는 걸 은정이 제가 가겠다 말리며 하민의 뒤를 따랐다.

새우를 먹는 순간 약간의 비린 맛이 나 속이 확 뒤집어졌다. 화장실로 들어가자마자 변기 앞에 엎어져 게워내자 은정이 등을 토닥여준다.

"언니, 괜찮아요?"

"괜찮아. 그냥 나가 있어. 나 때문에 너까지 비위 상해서 어떻게 해."

"내가 안 두드리면 우정헌 씨가 여자 화장실에 당당하게 들어올걸요."

하민이 입술을 손등으로 닦으며 희미하게 웃었다. 은정의 부축을 받고 세면대에 서서 입을 헹구다 거울에 비친 은정과 눈이 마주쳤다.

"그래서, 어떻게 하기로 했어?"

"제가 영국 갔죠."

"뭐?"

"연락도 제대로 안 됐다고 했잖아요. 아니라는 말 한마디만 하고 훈련 때문에 끊는다, 이러는데 얼마나 불안해요?"

다행히 방학과 겹쳐서 쉽게 시간을 낼 수 있었다며 은정이 혀를 내둘렀다. 영국이 옆집도 아니고, 일 년에 두어 번씩 서로 충동적으로 이렇게 오간다. 대부분이 전화로 싸우다가 머리끝까지 화가 났을 때 이렇게 됐다.

"그런데 내가 진짜 오빠를 좋아하긴 하나 봐요. 너무 화가 났는데 얼굴 보니까 아무 말도 못 하겠는 거예요."

문자로 비행기 시간과 '도망가면 죽는다.' 하고 보내놓았는데, 히드로 공항에 내리자 석진이 기다리고 있었다. 그 얼굴을 보는 순간 그냥 다 풀어졌다며 은정은 웃었다.

"맨날 화내야겠대요. 그럼 제가 맨날 영국에 올 거 아니냐고."

결혼 이야기는 진즉에 나왔지만 은정이 망설였던 것도 분명 있었다. 결혼을 해서도 장거리로 살기 쉽지 않으니 둘 중 하나는 직업을 포기하는 게 맞았다. 지금 한창 주가가 오르는 석진에게 포기하라는 건 말도 안 됐다. 어차피 자신이 포기해야 하는 게 맞는데 그게 잘 안 된다면서 은정이 한숨을 쉬었다.

"그냥 생각나는 거예요. 난 그래도 석진 오빠랑 사귀고 있으면서 하루에 두세 번 연락도 꼭꼭 하는데 언니랑 우정헌 씨는 10년이나 떨어져 있었다면서요."

지금까지 이런 이야기를 했던 건 이걸 위한 서두에 불과했다.

"두 사람은 어떻게 그렇게 서로만 그리면서 연락도 안 되는데 한눈 안 팔고 있을 수 있었어요? 심지어 헤어진 사이였다면서요."

은정이 묻기 전까지 한 번도 생각해보지 못했다. 어떻게 자신과 정헌은 그럴 수 있었을까.

"우리한테 신뢰라는 거 없었는데."

당연히 그의 곁에 윤주가 오래 있었으니, 그녀와 만났을 거라 생각했다. 그것도 아니라면 다른 여자가 있으리라 생각하면서 애써 그의 여자에 대해 하민은 떠올리지 않았다.

"아무것도 없었는데 은정이 네 말 듣고 보니까 정말, 이상해."

어떻게 그럴 수 있었을까.

정헌이 단 한 순간도 자신을 원망하지 않았다는 방증이 아닐까.

"에이, 언니한테 괜히 물어봤어요. 우리 커플이랑 똑같이 생각하면 안 되는데."

은정이 웃으면서 그만 나가자며, 이러다 정말 우정헌 씨가 화장실로 달려오겠다고 우스갯소리를 던졌다.

화장실을 나오다가 남자 화장실 앞에서 하민이 누군가와 어깨를 부딪쳤다.

"조심 좀 할……."

남자는 하민을 보고 말을 잃었다. 왜 이러나 해서 올려다보던 하민은 상대를 확인한 순간 정말 놀랐다. 자신과 마지막으로 선을 봤던 김우석이 그 자리에 있었다.

"이게 누구예요? 정하민 씨."

그가 웃으면서 친한 척 하민의 손을 잡으려는 걸 은정이 옆에서 끼어들었다.

"누구세요?"

"내가 그때 굉장히 화가 나서 그냥 갔는데, 난 적어도 사과는 할 줄 알았거든."

선자리가 파투나고선 최 여사도 별말 없었고 자신도 정헌을 만나느라 연락이 어느 순간 없어진 그의 존재를 까맣게 잊고 있었다.

"재벌은 다 그래요? 최소한의 사과 같은 것도 없나?"

"그날 어떤 일이 있었는진 모르겠지만……."

"당신이 나랑 만나러 오는 날 전날까지 끼고 놀았던 이게."

김우석이 노골적으로 새끼손가락을 들어 올리며 천박하게 말했다.

"그 자리에서 나에게 면박을 줬다 이거죠."

"정헌이가요?"

"그래놓고 딴 놈이랑 결혼했다는 소리가 들리던데."

상대는 한창 잘나가는 IT 사장이라는 소식을 들었다. 김우석은 지금 지푸라기라도 잡고 싶은 심정이었다. 지금도 선자리에 나온 길이었는데 상대는 그보다 열다섯 살이 많은, 그것도 사별한 여자였다.

최근 그는 하는 일마다, 되는 일마다 번번이 말아먹었다. 로펌에서는 작은 실수를 들먹이며 그를 쫓아냈고, 잡히는 선자리마다 여자가 아예 나오지도 않거나 도저히 눈뜨고 봐줄 수 없는 상대만 나오다 파투났다. 변호사 사무실을 개업할 생각이라며 어떻게든 모면하고 있었지만 이제는 웬만한 곳에서 선자리도 들어오지 않을 정도로 궁지에 몰렸다. 거기에 갖고 있는 주식이 폭락해 열다섯 살 많은 여자와 선을 보는 지금 상황에선 자존심 따위는 중요한 게 아니다.

"유산을 아주 많이 받으셨다고?"

그가 은근하게 하민에게 물었다. 협박을 하지는 못하겠지만 잘만 하면 구슬릴 수 있을지도 모른다.

"이봐요!"

"넌 좀 빠져."

우석이 귀찮은 얼굴로 은정을 민 뒤 하민의 손목을 움켜잡았다.

"이거 놔요."

"잠깐 이야기 좀 해요. 아주 잠깐이면 돼요, 하민 씨. 당신도 나한테 미안한 일 있잖아, 응?"

그의 목표는 하민의 재산을 전담 관리해주는 변호사로, 나아가 AE 법무팀도 괜찮다. 그녀가 그 잘난 모델 새끼랑 그렇고 그런 사이라는 걸 입 다물어주는 대가로 쳐도 좋았다. 순식간에 굴린 머리로 잠깐 이야기를 하자며 하민을 잡아끌자, 은정이 심상치 않다 느꼈는지 급하게 정헌을 부르러 갔다.

"놔요! 이거 놔!"

하민이 그의 손을 뿌리치려고 했다.

멀리서 달려오는 직원에게 손을 들어 보이며 여자친구라고 잠깐 다툼이 있어서 그러는 거라며 그가 천연덕스럽게 거짓말을 한다.

"여자친구 아니에요!"

이 호텔의 레스토랑에 익숙한 우석이 웨이터에게 팁을 주며 프라이빗 룸으로 하민을 밀어넣었다. 순식간에 그와 단둘이 되자 소름이 끼쳤다. 곧 정헌이 올 것을 알지만 이 남자가 그 짧은 시간 동안 무슨 짓을 할지 몰라 두려웠다.

"잠깐 조용한 데서 이야기하고 싶어서 그래요. 나 하민 씨 몸에 손 하나 까딱 안 해. 내 직업 몰라요?"

"이미 사람을 이렇게 끌고 와놓고 손 하나 안 댄다는 말은 우습네요."

"그게 아니고, 남들이 들어봤자 정하민 씨한테 좋지 않을 이야기니까 내가 배려를 한 거지."

"그 좋지 않을 이야기가 대체 뭔데요?"

"지금 결혼한 사람은 알아요? 하민 씨한테 몸 파는 남창 새끼 하나 붙어 있는 거."

이 남자가 지금 무슨 소리를 하는 걸까.

"그렇게 놀란 표정 짓지 말고. 내가 보기보다 입이 무거운 사람이라서요. 내가 입 다물어주는 대가로."

막 본론을 이야기하던 차에 쾅, 소리와 함께 문이 나가떨어질 듯 벌컥 열렸다.

"어…… 어?"

구면이라는 걸 알아차리기도 전에 안으로 황급히 들어온 정헌이 하민을 훑어본 뒤 이상이 없다는 것을 확인하고선 말했다.

"잠깐 나가 있어."

"정헌아."

"내가 이분께 진심으로 사과할 일이 있어서 그래."

그녀의 머리를 쓰다듬고 하민이 뭐라 말하기도 전에 정헌이 그녀를 바깥으로 내보낸 후 제가 지금 박차고 들어왔던 문을 곱게 닫아걸었다.

"너…… 너……!"

이렇게 공개적인 장소에서 자신의 세컨드를 만날 정도로 정하민이 얼굴 두꺼운 여자였던가? 여긴 정재계 인사들도 많이 오는 곳이다. 그만큼 소문도 빨리 퍼지는 곳이라 세컨드를 이곳까지 데리고 오는 사람은 거의 없다.

하지만 호텔의 프라이빗 룸도 있으니 영 드문 일은 아니라우석이 자신만만한 웃음을 지었을 때 정헌이 씩 웃었다.

"우리 또 만나네요, 김우석 씨."

"정하민 결혼한 건 알아? 아주 뻔뻔스러운 연놈들이구먼, 이

거. 내가 입 열면 AE 평판 바닥까지 추락하는 건 알고?"

승기를 잡았다고 여긴 우석이 뻗댔다. 정헌이 웃으면서 대답 대신에 그대로 스스로의 얼굴을 주먹으로 쳤다.

뻐억!

뼈가 나가지 않았을까 싶을 정도로 거센 일격이었다. 깜짝 놀란 우석이 허리를 곧추세웠을 정도였다.

"무슨……."

우석의 말에는 대답하지 않고 스스로의 얼굴에 주먹을 날린 정헌이 입을 오물거리며 새빨간 이 조각을 바닥에 뱉었다. 두 개를 투둑 뱉은 그가 벌써 부어오르고 피가 터진 입술로 우석 을 향해 웃었다. 자신도 모르게 물러난 그에게 주먹을 털며 다 가서면서 정헌이 말한다.

"일단 선빵을 내가 맞았는데, 이 두 개면 전치 4주 맞나? 너 무 오래돼서 기억이 잘 안 나네요."

사람을 많이 때려보거나, 폭행사건 진단을 여러 번 내려본 의사처럼 말한다.

"난 손도 안 댔어!"

그의 말은 이미 정헌의 귀에 들리지 않았다.

빡! 우석의 얼굴이 정헌의 얼굴이 돌아갔을 때와는 비교도 안 되는 소리를 내며 돌아갔다. 긴 다리가 거침없이 그의 허리 를 발로 차고 복부를 걷어찼다.

"로펌에서 쫓겨났으면 정신을 차리고 나이 든 과부라도 만나 결혼하셨어야죠."

"사람 살려! 사람 살려!"

밖을 향해 고래고래 소리를 질렀지만 말 그대로 방음이 완벽한 프라이빗 룸이다. 그의 괴성이 새어나갈 리 없다.

"하필이면 오늘, 정하민 앞에서 이게 무슨 꼴이람."

김우석은 싸움을 전혀 못했다. 반격도 못 한 채 바닥에 엎드려서는 문을 향해 기어갔다. 그걸 끝까지 따라붙으며 발로 그의 몸을 곤죽이 되게 밟는 정헌의 얼굴엔 표정이 없었다.

"아아, 문 열지 마세요. 걔가 지금 홑몸이 아니에요. 이상한 얼굴 보여주면 놀랄지도 몰라."

겨우 문 앞까지 도달해 부들부들 떨며 손잡이를 잡으려는 김우석의 머리를 잡아 그대로 뒤로 던지며 정헌이 말했다.

"잘못했어요. 내가…… 으윽…… 내가 잘못했……."

"하필 원수를 외나무다리에서 만나는 것도 아니고."

볼이 얼얼했다. 빠진 이가 시큰거려 정헌이 인상을 찌푸렸다. 김우석이 하민에게 했던 모욕적인 말이 아직도 그의 귓가에 들리는 것만 같다. 조용히, 본인도 알아채지 못할 정도로 은밀하게 손을 써 밑바닥으로 밀어넣으려 했던 인생과 이렇게 다시 마주칠 줄이야. 하민에게 제일 보여주고 싶지 않았던 면상이다.

"그러려고 그런 게…… 흑…… 제발……."

정헌이 제 입에서 후드득 흐르는 피를 손등으로 닦았다.

"자기 부인 억지로 끌고 가려고 하는 남자를 남편이 말렸는데 이렇게 폭력을 휘두르고. 변호사씩이나 돼서 그러면 안 되죠."

폭력에 젖어 있던 우석이 움찔거렸다. 이게 무슨 소리란 말인가. 맞은 건 분명 자신이다.

"합의는 없을 겁니다, 김우석 씨."

정헌이 주저앉아 그의 머리를 손가락으로 툭툭 두드렸다.

"나는 억울해! 억울해!"

말도 못 할 정도로 쥐어 터져 억울하다 소리칠 때마다 그 입에서 핏방울이 튀자, 정헌이 질색하며 몸을 뗐다.

"손님! 무슨 일이십니까! 손님!"

프라이빗 룸의 문이 벌컥 열렸다. 그리고 지배인이나 몰려온 종업원들이나 잠시 멈춰 섰다. 정헌은 카펫에 엉덩이를 대고 앉아 있었고 상대는 얼굴이 피투성이가 된 채 울면서 억울하다 외치고 있다.

경찰을 불러야 될 상황이었다.

→·◆·←

은정은 정헌이 하민을 병원에 데려가라고 했다며 곧장 호텔을 빠져나와 그녀를 데리고 AE계열의 종합병원으로 향했다. 뭔가 이상한 예감에 정헌이 나오면 함께 가겠다고 했지만 은정은 단호했다. 아기가 놀랐을 가능성이 있으니 바로 병원으로 향해야 한다고 해, 하민은 따를 수밖에 없었다. 몇 번이나 뒤를 돌아봤지만 정헌은 보이지 않았다.

"걱정 마요, 언니. 호텔 안인데 설마 무슨 일 있겠어요?"

은정이 옆에서 하민의 손을 꼭 잡아주었다. 심장이 아직도 쿵쿵댔다. 왜 거기서 전에 선본 남자를 마주했는지……. 그가 무슨 말을 하는지 전혀 알아들을 수 없었다. 정헌이 오지 않았다면 어떻게 됐을까.

갑자기 도는 오한에 몸이 떨렸다. 최근 저 혼자만 있을 때, 몇 번이고 공격당한 기억이 떠올라 입술을 꾹 깨물었다.

"왜 이렇게 정헌이가 안 오지?"

병원에 도착해서 VIP 병실로 안내됐다. 일단 간단한 체크를 한 뒤 산부인과 검진을 받기로 했다. 특별히 몸에 이상이 있는 게 아니니 아기는 괜찮을 거라며 의사가 하민을 안심시켰지만, 정헌의 얼굴을 보기 전까진 마음이 놓일 것 같지 않았다.

두어 시간이 지났을까. 정헌에게 지금 이리로 향하고 있다는 연락을 받고 난 뒤에야 하민은 병원 침대에 몸을 뉘일 수 있었다.

"언니 지금 너무 피곤해 보여요."

"괜찮다는 거 알아서 긴장이 풀렸나 봐."

"설마 무슨 일 있었겠어요? 그 새끼가 언니한테 쓴 건 폭력이나 다름없어서 경찰이 왔을 수도 있고요. 그거 처리하느라 늦는 걸 거예요."

은정은 최대한 하민을 안심시켰다. 우정헌의 성격이 청소년 시절과 똑같다면 아마 경찰보다 발이 먼저 나갔을 거라고, 은정은 차마 하민에게 말할 수 없었다.

하민은 휴대전화를 손에 꼭 쥐고 고개를 끄덕였다. 긴장이 풀려 까무룩 잠에 빠져들락 말락 하는 그 얼굴에, 은정은 침대가에 앉아 조곤조곤 말했다.

"제가 옆에 있을게요. 우정헌 씨 오면 깨워줄 테니까 한숨 주무세요."

아이 때문인지, 긴장 때문인지 눈꺼풀이 자꾸만 내려왔다. 꼭 정헌이 오면 깨워달라고 부탁하며 하민은 의식을 놓았다.

제 머리를 쓰다듬는 다정한 손길에 하민은 겨우 눈을 떴다. 이 다정함이 정헌이라는 걸 알아서, 자신이 그를 기다렸다는 걸 알고 있어서였다. 병실은 어두웠다. 바깥의 미세한 빛으로는 그의 얼굴을 알아볼 수 없었다.

"……정헌아."

잔뜩 잠긴 목소리에 그가 웃는 기색이 느껴졌다.

"널 데리고 외식을 못 하겠어. 요리를 좀 더 배워서 집에 곱게 앉혀두고 먹든지 해야겠네."

정헌의 말에 하민이 희미하게 웃었다. 자신은 어두워서 그의 얼굴이 보이지 않는데 그는 하민의 얼굴이 훤하게 보이는 양 손가락으로 그 입술선을 덧그린다.

"왜 이렇게 늦었어?"

"그냥 좀."

그는 짧게 답했지만 하민은 그 말을 믿지 않았다. 필시 무슨 일이 있었던 거다.

"검진 먼저 받으라니까 나 오면 받는다고 떼썼다며?"

하민이 묻기 전에 정헌이 화제를 돌렸다.

"응. 내일 초음파랑 하기로 했어. 지금은 선생님도 특별한 이상 없는 것 같다고 하셔서."

의사가 초음파를 하자는 걸 정헌이 있을 때 하고 싶어서 미됐다. 아기를 처음 만나는 자리였다. 그가 곁에 있어야 안심이 될 것 같았다.

"아까 많이 안 놀랐어?"

"괜찮아. 근데 그 사람 나랑 선본 사람인데 이해할 수 없는 소릴 해서."

그와 얼굴을 맞대고 싶어 스탠드의 불을 켜려는데 정헌이 막았다.

그가 돌아왔을 때 은정이 정헌의 얼굴을 보면서 '내 그럴 줄 알았지'란 표정으로 고개를 절레절레 젓고는, 하민이 보고 놀랄 수도 있으니 수건이라도 뒤집어쓰고 있으라 충고했다. 은정을 먼저 돌려보내고 곁을 지켰다. 아침까지 푹 자게 두고 싶었지만 자꾸만 하민의 얼굴로 향하는 손을 거둬들이지 못했다.

"네 손 기분 좋아."

정헌이 자신의 머리를 만져주면, 그가 세상의 어떤 것으로부터도 저를 지켜줄 것만 같은 느낌에 안심이 됐다.

"내 손은? 내 손은 기분 좋아?"

하민이 정헌의 얼굴로 손을 뻗으며 물었을 때 그가 얼굴을 피했다.

"정헌아?"

이상한 느낌에 하민이 몸을 일으켰다. 그의 입에서 한숨이 흘러나왔다.

"……다쳤어?"

정헌이 자신의 손을 피하는 이유를 하민은 기민하게 알아차렸다.

"조금."

숨을 멈췄다. 얼마나 다친 걸까. 어두워서 보이지 않았다. 그녀가 다시 스탠드를 찾아 불을 켜려는 것을 정헌이 막았다.

"너 보면 속상할걸."

이 말을 내뱉는데 왜 기분이 좋아질까. 정하민이 자신으로 인해 속상해하고 화를 내는 모습은 상상만 해도 아찔하다. 하민이 놀라면 아이가 놀랄 테니, 불을 켜려는 그녀를 몇 번 만류했을 뿐이다. 정헌의 손가락이 그녀의 손목을 은근하게 문질렀다.

"속상할 짓을 왜 하는데? 싸운 거야? 많이 맞았어?"

"그럼 내 아내를 무뢰한처럼 끌고 간 놈을 그냥 둬?"

하민이 마른침을 삼켰다. 얼마나 다친 건지 가늠이 되지 않았다. 얼굴을 보여주려 하지 않는 걸 보니 몸이 잘게 떨리기 시작한다.

"……불 켜줄 테니까 그럼 너무 놀라지 마."

그녀의 손목에서부터 떨림이 느껴지자 정헌이 한숨을 쉬며 말했다. 하민의 입에서 알겠다는 대답이 나오고서야 스탠드는 겨우 켜졌다.

"맙소사……."

하민이 한 손으로 입을 가리고 정헌을 바라본다. 불빛에 음영져 있었지만 새까만 멍이 올라오고 입술은 말도 못 할 정도로 터져 있는 게 한눈에 보인다.

"어떻게 변호사라는 사람이 사람 얼굴을 이렇게 만들어! 많이 아팠어? 응?"

"많이 아팠어, 하민아."

정헌이 그녀의 품에 제 커다란 몸을 파묻었다. 어리광을 부리는 아이 같다. 그녀의 등허리를 끌어안고 가슴에 얼굴을 기댄 그의 볼을 다정하게 양손으로 감싸주면서 하민이 고통에 가득한 눈길로 그를 내려다본다.

"대체 왜…… 왜 너한테……."

"먼저 주먹을 날려서 나도 몇 대 때려줬는데……. 알잖아, 나 싸움해본 적 없는 거."

정헌은 입에 침도 바르지 않고 거짓말을 했다. 하민이 자신을 안쓰럽게 여기고 마음 아파하는 걸 조금 더 누리고 싶다. 철저하게 피해자인 척 입술을 움직인다.

"다른 데는? 다른 데는 괜찮아?"

"몸이 좀 쑤시긴 한데 괜찮아. 경찰서에 다녀오느라 늦었어."

어차피 경찰서에서도 전화 한 통에 그를 바로 돌려보냈다. 피해자는 어디로 보나 정헌이었다. 남의 아내를 끌고 가는 모습을 본 사람이 한둘이 아니었기에 모든 비난의 화살은 김우석에게로 향했다. 심지어 먼저 맞아 이가 나간 정헌의 증언까지 있었다. 병원 진료가 끝나면 아마 정식으로 고소장이 접수되고 구속까지 당할 김우석을 생각하면서 정헌은 하민의 손이 제게 닿을 때마다 인상을 찌푸렸다.

"약은 발랐어?"

"아니."

절절하게 걱정하는 저 얼굴에 마음이 놓였다.

"같이 입원해. 너도 검사 받아. 얼굴을 맞았는데 머리라도 다쳤으면 어떻게 해?"

하민의 걱정에 정헌이 미간을 찌푸렸다.

"좀 어지러운 것도 같아."

"잠깐만. 간호사 부를게."

침대 머리맡에 있는 비상벨을 누르려고 하는 걸 막은 그가 그 커다란 몸으로 그녀 옆자리에 비집고 들어왔다.

"누워 있으면 괜찮아질 거야. 내일 너 검사 받으면서 같이 받을게."

"침대 좁지 않아? 안 불편해?"

VIP실 침대가 불편할 리 없다. 하지만 정헌은 일부러 하민의 곁을 파고들어 그녀의 겨드랑이에 얼굴을 묻고 아이처럼 꼭 끌어안았다.

"좁은데, 이렇게 있으면 돼."

하민은 그의 말이라면 곧이곧대로 전부 믿는다. 그 믿음을 정헌은 적절히 이용하고 안배한다. 나약해 보이는 건 질색이었지만, 하민이 이렇게 걱정을 해준다면 백번이고 천번이고 그는 나약해질 수 있다. 스스로의 얼굴에 주먹을 꽂아넣은 주제에 다쳤다는 이유만으로 하민의 품으로 파고든 정헌이 낮게 웃었다.

"벌써 네게서 젖냄새가 나는 것 같아."

아기를 낳으면 그녀의 품 안은 온통 달달한 젖내음이 나리라. 하민의 체향에 젖내까지 섞인다니, 그 향은 어떨 것이며 또 얼마나 그의 코를 즐겁게 해줄까. 그걸 생각하며 정헌이 얼굴을 부볐다.

"부비지 마. 얼굴 아프잖아."

이 다정한 말도, 손길도, 그리고 그녀의 마음까지 받을 수 있다면 정헌은 얼마든지 고통을 참을 수 있다. 얼굴의 감각이 무디다. 하민의 품에서 나는 로즈우드 향이 통증을 느끼지 못하게끔 그를 마비시키는 것 같았다.

정헌이 커다란 환자복 안으로 손을 집어넣어 명백한 의도를 담고서 쓰다듬었다.

"……여기 병원이야."

간호사가 언제 들어올지 모른다. 마른침이 꿀꺽 넘어가는 소리를 그녀의 가슴에 얼굴을 대고 있는 정헌은 똑똑히 들었다.

"그래서. 긴장돼?"

"웃……."

"내가 안하무인처럼 여기서 네 바지를 벗길까 봐 그래?"

순진무구한 척 음험한 눈빛은 내리눌러두고서 그는 물었다. 그저 아파서 파고든 것뿐이라며 또다시 약한 척을 한다. 하민이 지금쯤 병상에 누워 몇 군데 깁스를 한 김우석을 본다면 그게 전부 거짓말이라는 것을 알 테지만 그녀가 그를 다시 볼 일은 없다.

"그렇게는 말 안 했어. 으음…… 그냥, 누가 들어왔을 때 네가…… 아……."

등의 오목한 부분을 정헌이 손끝으로 노골적으로 긁자 하민이 앓는 소리를 흘렸다.

"우정헌."

커다란 몸을 침대에 욱여넣고서 저를 올려다보는 그의 얼굴에 난 상처가 그녀의 눈에 다시 들어왔다. 도저히 저 얼굴을 보고 그만하라고 할 수가 없다.

"우리 하민이는 이런 얼굴에 약하구나."

약점을 잡은 맹수처럼 정헌이 느리게, 배부른 얼굴로 웃었다.

"아픈 아이의 말을 뭐든 들어주는 어미처럼. 응?"

그가 집요하게 물고 늘어졌다. 등줄기를 훑은 손이 의도적으로 하민의 고무줄 바지 위를 만지작거렸다. 훅훅, 내쉬는 숨이 전부 그가 얼굴을 묻고 있는 가슴 언저리에서 흩어졌다. 옆으로 누워 있어 모아진 가슴 사이로 습한 바람이 들어찬다.

"하민아, 아파."

그가 달콤하게 소리 내 말했다.

하민이 그의 얼굴을 보고 마음 약해지지 않기 위해 눈을 질끈 감았다. 정헌의 웃음소리가 귓가를 스친다.

⤳ · ◆ · ⤳

하민이 손바닥만 한 초음파 사진을 놓지 못했다. 아직도 귓가에 도곤도곤 뛰어댔던 아이의 심장 소리가 울리는 것 같았다. 쉴 새 없이 눈물이 쏟아졌다. 옆에 있는 정헌이 손바닥으로 눈을 가려줄 정도로 그렇게 울었다.

분명한 생명이 있는, 심장이 뛰고 살아 있는 아이를 잠시나마 부정했던 자신이 밉고 아이에게 미안해서 견딜 수가 없었다.

한참을 듣고 또 듣고 의사가 검사를 끝내려 할 때마다 하민은 울면서 한 번만 더 듣게 해달라고 말했다.

사진에는 새까만 배경에 하얀 점이 찍혀 있을 뿐이다. 이런 사진 하나가 뭐라고. 아이의 얼굴이 손발이 나온 것도 아닌데 경이로운 느낌에 하민이 시선을 떼지 못했다.

병원 카페테리아에 앉아 있는 하민에게 정헌이 오렌지 주스를 건넸다.

"지금 눈알 톡 튀어나온 붕어 같아."

적빛 눈동자가 울어서 그런지 더 붉어져 있다. 눈가가 짓물러 있어 그가 차갑게 적신 손수건을 하민의 눈에 대줬다. 그제야 겨우 시선을 뗀 그녀가 정헌을 본다.

"지금은 더 못생겨졌네, 정하민."

차가운 손수건이 닿자 기분 좋은 듯 눈가에 대고 비빈다. 그게 붉은 눈가를 더 짓무르게 하는 것 같아 정헌이 낮게 혀를 찼다.

"그냥 대고만 있어. 문지르지 말고."

"나 지금 못생겼어?"

"응. 엄청. 왜? 새삼 예쁘게 보이고 싶어?"

하민이 눈을 흘겼다. 그때 정헌이 하민의 다른 손에 있는 초음파 사진을 가져갔다.

그녀가 소중한 물건을 뺏긴 양 손을 뻗으며 반쯤 일어나자 그가 픽 웃는다.

"그냥 보는 거야. 어떤 점이길래 네가 눈물까지 짓나."

그가 볼 땐 그저 사진에 찍힌 작은 점이었다.

세상에서 가장 사랑스러운 점.

하민이 심장 소리를 들으며 펑펑 울었을 때 정헌의 눈시울 또한 붉어졌다. 그녀의 눈을 손바닥으로 가린 채, 그 작고 선명한 심장 소리를, 초음파로 보이는 작은 점에서 눈을 뗄 수가 없었다.

두 사람은 작은 테이블을 사이에 두고서 머리를 바짝 붙이고 그 점을 내려다봤다.

정헌이 하민의 뺨에 제 얼굴을 부드럽게 가져다 댔다.

"너도 눈 빨개진 거 봤어."

"큰일이네. 난 너한테 못생겨 보이면 안 되는데."

"얼굴을 그렇게 다쳐놓고, 새삼스럽게 이제 와서 무슨 걱정이야."

그는 장난스럽게 웃었으나, 하민은 정헌 얼굴의 새파란 멍이 신경 쓰여 견딜 수가 없었다.

차가운 탄산수를 마시다가 인상을 찌푸리는 모습에 그녀가 물었다.

"입안도 다쳤어? 이는?"

"괜찮아. 입안이 좀 찢어져서 그래."

이가 나갔단 걸 알면 안절부절못할 게 분명했다.

하민이 한숨을 내쉰다.

"나이가 몇 살인데 사람을 때리고 그래?"

정헌은 거짓말을 들켰나 싶어 뜨끔해하는데, 그에게 하는 말이 아니었다.

"김우석 씨 그런 사람인 줄 몰랐어."

"그런 사람이랑 결혼했으면 큰일 날 뻔했지?"

어떻게든 제가 김우석보다 낫다는 말을 듣고 싶어 정헌이 턱을 괬다.

"누구랑 비교를 하는 거야."

하민이 말도 안 되는 소릴 한다는 듯 입을 비죽이자 그제야 정헌이 웃었다.

"하민아!"

"언니?"

목발을 짚은 수지가 절뚝이며 카페테리아로 들어오고 있었다. 하민이 왜 제가 보는 사람마다 이렇게 다쳤나 싶어 벌떡 일어나 수지에게 다가가니 그녀가 송골송골 맺힌 땀을 닦는다.

"오늘 초음파 찍었다며?"

"언니, 그것보다 다리가……."

"아, 이거……."

수지가 저쪽에 앉아 있는 정헌을 무섭게 노려본다. 그놈의 복숭아, 아니 복숭아는 하민이 먹고 싶어 했으니 빼자. 어쨌든 새벽에 너무 당황해 허둥댔던 자신의 잘못이 제일 크다.

"계단에서 삐끗했어."

"어쩌다가 그러셨어요. 조심하시지."

수지는 차마 하민이 자책할까 봐 네 복숭아 찾아주려다 그랬다고는 못 하고 애매하게 웃었다. 그리고 하민의 부축을 받아 정헌이 있는 곳까지 가서야 목발을 내려놓고 자리에 앉았다.

"얼굴이 화려하네, 제부. 나이가 몇인데 주먹질을 하고 다녀?"

"아니에요. 정헌이는 일방적으로 맞은 거예요."

"지금 병원에 있는 놈은 정헌이한테 일방적으로 처맞은 거 같던데."

"김우석 씨가요?"

수지는 변호사로부터 사건을 보고받았다. 정헌이 상대를 아주 화려하게 패놨는데, 이 정도면 정당방위라고 보기 힘들다는 소리까지 들었다. 하지만 하민이 끌려가는 게 CCTV에 다 찍혀 있어서 그걸로 집요하게 물고 늘어져라 수지는 소리쳤다. 어디 임신한 아이를 질질 끌고 간단 말인가. 아주 뼈까지 발라 놓으라 외치자 변호사는 잠시 말이 없었다.

"나도 따지고 보면 전치 4주라 병원에 누워야 돼, 하민아."

"입에 침도 안 바르고."

"정말이에요, 처형."

여우새끼를 보는 듯한 수지의 눈은 그의 말을 믿지 않는단 걸 여실히 보여준다. 하민만 정말 입원해야 되는 거 아니냐며 걱정스레 물었을 뿐이다.

"이게 내 조카야?"

더 말해봤자 입만 아프다는 것을 깨달은 수지가 테이블 위의 초음파 사진을 들어올렸다. 아무리 봐도 어디가 아기인지 모를 흑백사진 하나였다.

"엄마 아빠 닮았으면 예쁘겠네."

수지의 말에 하민이 금세 웃었다. 아직 아기가 세상 빛을 보려면 멀었건만 그 말만으로 안심이 된다. 누구의 눈에든 예쁜

게 보일 거란 사실이.

"엄마가 한남동에 안 들른다고 서운해하셔."

"그렇지 않아도 이따 가보려고요."

"와, 최 여사님 너무 좋아하시겠다."

이 말을 전해드리면 아주머니를 닦달해서 장을 한가득 보게 하시겠지.

"입덧은 괜찮고?"

"생선 같은 건 잘 못 먹겠어요. 고기는 좀 먹고."

"복숭아는? 여전히 좋아해?"

하민의 얼굴이 붉어졌다. 복숭아 알레르기였던 자신이 이렇게 복숭아를 찾게 될 줄은 꿈에도 몰랐다. 아마 배 속의 아이는 알레르기는 없는, 자신과는 다른 아이인 것 같았다. 복숭아라는 말에 군침이 돌았다.

"또 먹고 싶나 봐."

정헌이 눈치채고 웃었다.

"아래 편의점에 다녀올게요. 과일 조금씩 팔기도 하더라고요."

까다로운 아이는 아닌 듯하다. 제철 과일을 좋아하는 것을 보니 하민의 속을 썩일 것 같지도 않다.

정헌이 막 일어나는데, 누군가 카페테리아로 커다란 장미 바구니를 든 채 들어섰다. 사람들의 시선이 단번에 집중될 만큼 꽃바구니는 컸는데 그게 무엇인지, 그리고 그걸 든 사람이 누구인지 알아본 수지가 재빨리 고개를 숙였다.

"저쪽 보지 마."

그런다고 하민의 외모가 눈에 띄지 않을 리 없다. 일어나 있던 정헌과 가장 먼저 눈이 마주친 상대가 곧장 그들 쪽으로 뚜벅뚜벅 걸어왔다.

"처제, 검진 받았다면서?"

"형부, 여긴 어떻게……. 이 꽃바구니는 다 뭐예요?"

"미안. 처제 건 병실에 올려다 놨어. 이건…….."

"아무 말도 하지 마. 이거 내 거라고도 하지 말고."

애초에 입원도 아니고 그냥 잠깐 치료 받으러 온 사람에게 이 무식할 정도로 큰 꽃바구니는 다 무어란 말인가. 수지는 창피해 죽을 지경이었다. 심지어 목발을 짚고 있어 꽃바구니를 들 수도 없다.

"수지야."

애틋한 그 목소리에 하민의 눈이 동그래졌다. 며칠 사이에 무슨 일이 있었던 건지. 정헌은 선 자세 그대로 고개를 돌린 채 낮게 웃고 있었다.

"내가 미."

"한마디도 하지 마! 지금 너 뭐 해? 연애 처음 해?"

종혁이 고개를 끄덕였다.

"내가 연애해본 상대는 너밖에 없는걸."

삼십 대 중반 남자의 직설적인 고백에 수지의 얼굴이 붉어진다. 생각해보면 그랬다. 어릴 때부터 종혁의 곁에는 자신밖에 없었다. 첫 연애상대도 서로였다.

"지금 시대가 어느 땐데 꽃바구니야?"

"언니 꽃 좋아하잖아요."

자신이 모르는 사이 두 사람의 사이에 뭔가 생긴 거라 눈치챈 하민이 거들었다.

"꽃도 꽃 나름이지. 이렇게 커다란 건 이목만 끌고……."

"이만큼 커다랗게 언니를 좋아하시나 보죠. 그죠, 형부?"

"정하민. 우정헌이랑 살더니 이게 어디서 닭살 돋는 소릴 해?"

수지가 그만하라 눈치를 줬지만 하민은 종혁의 편이었다. 항상 두 사람이 가까워지길 바랐다. 그러나 일부러 수지와 종혁과 함께 밥을 먹고 뭔가를 하려고 해봐도 그 간격을 좁힐 수 없었다. 타인보다는 가깝지만, 그렇다고 해서 넘을 수 있는 선은 넘지 않은 채 길게 이어져왔던 세월. 지금 그들이 넘을 수 없는 선의 경계에 와 있다는 걸 눈치챈 하민이 더 적극적으로 다가가라고 종혁에게 힘을 실어줬다.

"제 연애도 지지부진했던 게 누군데 충고를 해?"

수지가 기가 찬지 웃음을 흘리며 하민의 머리카락을 헝클어뜨렸다.

카페테리아의 커다란 창을 통해 햇볕이 따사롭게 내리쬔다. 결코 하민이 앉아 있는 자리까지는 그 햇빛이 닿지 못했다. 그럼에도 불구하고, 굉장히 따뜻하고 나른한 날로 하민의 기억에 남았다.

"더 이상은 못 먹어요."

하민이 자신의 앞접시에 담긴 고기를 보고 고개를 저었다. 최 여사가 공주님을 무릎 위에 두고 하민에게 갈비찜을 집어주다가 서운한 표정을 짓는다.

"그렇게 조금 먹고 배 속에 있는 아기가 어떻게 힘을 내겠어?"

"진짜 배불러요. 정말이에요."

위가 빵빵하다. 하민이 두 손으로 옷 위를 쓰다듬자 최 여사가 젓가락을 내려놓았다. 오랜만에 가족들이 한자리에 모였다. 하민이 나가 산 뒤론 드문 일이다. 정헌과 초대받은 종혁까지 전부 모이자 커다란 식탁이 남김없이 가득 찼다.

이미 한참 전에 숟가락을 놓고 하민이 먹는 것만 바라보던 그들이 최 여사의 고집은 못 말린다며 웃었다.

"아주머니, 여기 복숭아 좀 내오세요."

최 여사가 일어나자 그제야 모두 식탁에서 벗어날 수 있었다. 응접실로 이동하면서 종혁과 주호가 회사일에 대한 얘기를 간간이 주고받았다.

"집으로 들어오면 내가 더 챙겨줄 텐데. 응?"

최 여사가 옆에 하민을 끼고 앉아 손을 잡았다.

"정말 괜찮아요. 안 그래도 잘 먹고 있는걸요."

공주님은 넓은 집이 좋은지 최 여사가 일어났을 때를 틈타 어디론가 가버리고 없다. 최 여사는 그런 공주님 대신 제 무릎에 하민의 손을 얹어놓고 아기를 가졌을 때 가려야 할 음식 등을 조곤조곤 설명했다.

"엄마, 그렇게 안 해도 요새는……."

"첫손주인데 걱정이 되는 게 당연하잖니."

철의 여인으로 살아왔던 그녀가 손주 앞에서는 이렇게 다정해지냐며 수지가 고개를 절레절레 저었다.

"이 변호사한테 연락 왔다. 상대를 곤죽이 되게 패놨다면서."

주호가 우석의 일을 끄집어냈다. 차를 마시면서 별일 아니라는 듯 심상하게 꺼낸 화제에 정헌이 대답했다.

"제가 일방적으로 맞았지만……."

모두의 시선이 정헌에게 쏠렸다. 피해자인 척 그는 유들유들한 얼굴로 하민을 속이기 위해 애쓴다. 정말 천연덕스러워서 주호마저 혀를 내두를 정도였다.

"상대가 그렇게 주장하니 어쩔 수 없네요."

"그건 이 변호사가 알아서 할 거다. 하민이 놀라게 말고."

그렇게 말하는 주호의 표정이 부드러웠다. 하민의 일이라 그 또한 바쁜 와중에 CCTV를 봤다. 그리고 어떻게든 이 새끼 인생을 끝장내라고 법무팀을 불러다 고래고래 소리를 지르고 나온 터다. 우리 집안을 어떻게 보고 감히 일개 변호사가.

아무리 하민의 태생에 관해 말이 분분하다지만 엄연한 AE의 핏줄이다. 한창 사춘기를 겪고 있을 때 이 집으로 들어온 하민이 쥐 죽은 듯이 작게 내뱉었던 '오빠' 소리는 수지의 공격적인 '오빠'와는 달랐다. 주호는 그것을 기억하고 있었다. 표현을 잘하지는 못해도 그에게 있어 하민은 핏줄이고 동생이다. 아버지인 정 회장이 마지막 가는 길에 부탁하지 않았어도, 기꺼이 주호는 하민을 거뒀을 것이다.

"네."

소화가 잘되는 매실차를 하민에게 밀어주면서 최 여사가 고개를 젓는다.

"사내애들이란 전부 똑같구나."

밖의 일을 여기서 논하지 말라는 뜻으로 알아들은 주호가 입을 다물었다. 자리에 앉은 내도록 종혁이 수지에게 귓속말로 무어라 무어라 했지만 수지는 들은 척도 하지 않았다.

"집은? 이제 아이가 태어나면 복작복작할 텐데. 별채를 수리해줄까?"

끝까지 하민을 한남동으로 끌어들이려는 시도에 정헌이 받아쳤다.

"아이 하난데요, 뭐. 복작복작할 일 없습니다."

"하나만 낳고 끝날 것도 아니지. 두세 명 정도, 가능한 많이 낳아서 내가 말년에 손주 구경 원 없이 할 수 있게 해주렴."

최 여사의 말이 끝나기 무섭게 다들 축하한다며 선물들을 꺼냈다. 태교여행을 가야 한다며 항공권과 리조트 숙박권, 피부관리실 이용권 등등 다양했다. 이런 걸 잘 모르는 주호는 카드를 꺼냈다가 수지와 최 여사에게 한소리 들었다.

하민은 남의 일처럼 그걸 바라봤다. 배 속의 아이를 걱정하는 건 오로지 자신뿐인 것 같다. 아무도 자신과 닮은 아이가 나오는지 궁금해하지 않고, 혹시라도 백색증이 유전될까 신경 쓰지 않는다. 정말 순수하게 아이를 가진 것 자체를 축하해주고 기뻐해줬다.

"이런 센스 없는 카드 말고. 얘가 돈이 부족해? 응? 오빠는 비서들한테 물어봐, 제발. 오빠 스스로 뭔가를 하려고 하지 말고."

주호의 카드를 손가락 사이에 끼운 채 까닥이며 수지가 시비를 걸었다. 무뚝뚝한 얼굴로 카드를 지갑에 넣은 그가 진지하게 하민에게 묻는다.

"하민아, 뭘 갖고 싶은지 말해봐."

"그럼 서프라이즈 선물이 아니지."

"오빠, 그럼 저 양평에 있는 별장 주세요. 저 거기 갖고 싶어요."

하민의 말에 모두가 놀랐다. 그녀 스스로 뭔가를 갖고 싶다고 말한 적이 없을 뿐만 아니라 물질적인 걸 바라는 것도 처음이기 때문이다. 자신이 어떤 것을 해달라고 말하는 것조차 폐라고 생각하는 아이였다.

정헌만이 고요하게 하민을 보고 있었다. 그녀가 어떤 생각인지, 어떤 마음인지.

"그래."

대답이 돌아오기까진 길지 않았다. 어차피 가족별장의 기능만 해왔던 곳이다. 가족 중 누군가에게 간다면 상관없다.

정 회장과의 마지막 추억이 있는 곳. 그가 아빠라고 불러달라고 했던 곳이 양평의 별장이었다. 왜 충동적으로 이랬는지 하민 자신도 알 수 없었으나 그냥 그곳을 온전히 보고 싶고 느끼고 싶었다.

"아이구, 우리 예쁜이. 여기 선물 중에 제일 큰 걸 받네."

수지가 하민이 예뻐 죽겠다는 표정을 지으며 만족스러워했다.

"그래서. 너희 둘은 언제 합친다고?"

최 여사가 복숭아를 집어 하민에게 건네며, 수지와 종혁에게 물었다.

"합치긴요!"

"조만간⋯⋯."

"뭐가 또 조만간이야!"

수지가 화를 버럭 냈다. 그녀 혼자만 펄펄 뛰었고 모두가 웃음을 참는 얼굴이다. 하민은 자신마저 웃으면 안 될 것 같아서, 소화가 안 돼 정원을 한 바퀴 돌고 오겠다며 서둘러 일어났다.

뒤에서 수지와 종혁이 티격대는 소리가 들렸다. 옛날처럼 정말 싸우자는 식으로 으르렁대는 게 아니라 이제는 사랑싸움 같기만 하다. 하민의 보호자로 따라 나온 정헌이 어둑하고 조명으로 은은하게 빛나는 정원을 함께 걷는다.

"하민아, 그때 부탁했던 양평 별장, 이번에 써야 될 것 같은데."

그러고 보니 그가 부탁을 했던 적이 있다. 그 이후 날짜를 일러주지 않아 유야무야됐었지만.

"응. 마음대로 써."

"혹시 불편하면⋯⋯."

정헌은 그 별장에서 있었던 일을 모른다. 하민이 고개를 저었다.

"아냐. 이미 오래전 일인데 뭐. 그냥 가족들이 다 같이 쉬던 공간이 너무 좋아서. 이제는 잘 안 가거든. 그래서 내가 가끔 가서 지낼까 하고."

"혼자?"

정헌의 서운한 표정을 놓치지 않고 그의 팔짱을 꼈다.

"너 쉴 때 같이."

그가 걸음을 늦췄다. 하민의 불편한 발이 따라올 수 있게끔
천천히 걷는다. 정원으로 길게 늘어진 그림자가, 아직도 열심
히 언쟁 중인 응접실의 창문 너머의 모습이 전부 또렷하게 보
였다.

"⋯⋯절대 생각 안 날 줄 알았거든."

"뭐가?"

"나를 낳아준 사람. 절대 내가 먼저 떠올릴 일은 없을 거라고
여겼어."

하민은 제 친모가 그 후 어떻게 됐는지 자세히 모른다. 그녀
가 죽었다는 사실만 인지했을 뿐이다. 정헌이 화장(火葬)장에
다녀왔다고 했을 때, 고맙다는 말을 건넸던 정도다. 그저 사고
사라고만 가족들과도 입을 맞춰놔 한연희의 죽음은 그렇게 잊
혀가고 있었다.

"그런데?"

"아기를 가지니까 갑자기 생각나는 거 있지?"

설마, 보고 싶은 걸까. 표정을 굳힌 정헌이 그녀의 어깨를 감
쌌다.

"보고 싶고 그런 게 아니라⋯⋯."

아직은 아이의 심장 소리를 들으려면, 얼굴을 보려면 초음파
기계를 이용해야 했다. 여전히 배는 고요했고 아이가 있단 흔

적도 보이지 않는다.

"내 배 속에 아이가 있다는 사실만으로 이렇게 마음이 풍요로워지고 충만감이 드는데, 그 사람은 안 그랬을까."

정말 단 한 번도 자신이 사랑스럽지 않았을까. 태어났을 때는 이런 모습이라 거부감이 드는 건 어쩔 수 없다고 해도, 열 달을 품으면서 정말 아무렇지도 않았을까. 그런 생각들이 들었다. 이렇게 자신의 임신을 축하하는 가족들을 보면서 그 생각은 더욱더 짙어졌다.

"그냥 내가 태어났을 때 너무 실망해서 그렇게 아껴주고 사랑해줬던 순간들이 기억나지 않는 거라고. 그렇게 생각할래."

친모가, 한연희가 죽었다는 소식을 들었을 때 눈물도 나지 않았다. 사고사인 것 같다는 말에도 고개를 끄덕였을 뿐이다. 다만 자신의 손으로 장례를 치르지는 못할 것 같다고 하니 정헌이 나서서 전부 해줬다. 그녀의 마지막 모습도 하민은 보지 않았다.

"너는 태어났을 때부터 사랑스러웠을 거야."

그 한마디가 다시없을 위안이 된다. 적어도 태어났을 때조차 사랑스러웠다는 말에 마음에 물기가 차올랐다. 자신의 아이도 분명 그러하리라고. 정헌의 말처럼 배 속에서도, 그리고 태어나서도 사랑스러울 것이라고 생각했다.

⇢ ⋅ ◆ ⋅ ⇠

미국 쪽 바이어들을 초대한 홈파티가 양평에서 열렸다. 처음엔 호텔 연회장 같은 곳을 생각했으나 아무래도 편한 분위기가 나을 듯해 정헌은 양평으로 그들을 초대했다.

이제는 사업에서 손을 뗐다지만 애초에 앱을 개발한 정헌과 만나고 싶었던 미국 측은 그가 이번에 한미 합작으로 진행하는 프로젝트에만 참여하겠다는 소식을 듣고 초대에 응했다.

하민은 손등까지 덮는 블라우스에 챙이 넓은 모자를 썼다. 긴 바지에 단화까지, 어디 한 군데 살결이 드러나지 않도록 덮는 것도 모자라 정원의 거의 모든 부분에 긴 차양까지 설치한 그는 하민의 모자를 눌러줬다.

"이러면 실례 아닐까."

"아닐걸."

왜 그렇게 단언하는지 알 수 없다. 바비큐가 구워지는 고소한 냄새가 났다. 프로젝트에 참여하는 팀과 대표인 강우 부부, 그리고 정헌과 그의 아내인 자신만 참석한 자리였다.

"반가워요, 하민 씨. 결혼식에는 제가 참석을 못 했네요."

강우가 다가와 손을 내밀었다.

"안녕하세요. 저도 말씀만 들었어요."

강우가 정헌을 흘겼다. 어느 날 갑자기 결혼했다고 말한 그에게 정말 주먹을 날릴 뻔했다. 같이 사업을 할 정도면 그래도 꽤 친한 줄 알았는데 그것도 아닌 모양이다. 게다가 서둘러 사업을 정리하고 AE로 가는 모습에서 연달아 충격을 받았다.

그렇지 않아도 윤주가 죽고 난 뒤 후임을 찾지 못한 상황이었는데, 정헌까지 빠진다면 벌여놓은 사업을 어떻게 해야 하나 고민을 많이 했다. 결국엔 정헌이 왔다 갔다 하며 이쪽 일까지 그대로 맡아 진행해주니 다행이었지만.

"전 이 사람 와이프 성지희예요. 반가워요."

강우의 아내인 지희는 통통한 인상에 포근한 타입이었다. 벌써 두 아이가 테이블 여기저기 돌아다니며 호기심 어린 구경을 했다. 부쩍 아이들에 대한 관심이 높아진 하민의 시선은 아까부터 그곳을 좇고 있었다.

"기사분 말로는 오 분 정도쯤 후에 도착한대."

서울의 호텔에서 이동하는 바이어 쪽도 가족 단위라고 해서 일부러 아이들을 데리고 나온 차다. 그의 곁에 공식적으로 아내라는 이름으로 서는 첫 자리였기에 하민의 얼굴에 긴장한 기색이 더했다.

"긴장하지 마. 너 불편하게 하려고 데려온 거 아냐."

"아는데, 그래도 내가 실수해서 곤란해질까 봐."

정헌의 손이 부드럽게 하민의 뒷목을 주물렀다.

"기분 전환해. 맛있는 거 먹고, 좋은 거 보고. 여기 경치도 좋잖아. 저녁에 다들 돌아가면 둘만 있자."

그가 눈매를 접으며 미소 지었다. 마지막 말은 하민에게만 들릴 정도로 작게 속삭여서 이상한 상상을 하게 만들었다.

"야한 생각 말고. 넌 꼭 귀밑부터 붉어져서 다 알게 하거든."

하민을 옆에서 지켜봐왔다면 바로 눈치챌 수 있는 현상이다. 이걸 누군가에게 말해주지도 않을 거지만, 그래도 그녀의 붉어진 얼굴을 타인이 보는 건 싫다. 이 작은 머릿속에 든 건 저로 인한 음탕한 생각들일 테니, 혼자서 보는 게 맞다.

"또 또, 이상한 소리 하지?"

주먹으로 가볍게 그의 팔뚝을 쳤으나 정헌은 미동도 하지 않았다.

"이리 와봐."

자신보다 높은 공기를 마시고 있는 그에게 손짓을 하자, 말 잘 듣는 개처럼 상체가 숙여진다. 하민이 클러치에 넣어놓은 파운데이션을 얇게 손등에 펴 바르더니 손가락에 묻혀 정헌의 얼굴을 톡톡 두드렸다.

이제는 제법 연해진 멍자국은 이렇게 하지 않으면 아직도 티가 났다. 아침에 얇게 발라준 게 오후가 되자 지워져 하민이 다시 한 번 손보고 있었다.

그 모습에, 강우의 부인인 지희가 저것 보라며 남편의 옆구리를 쿡쿡 찔렀다.

"신혼이라 그래. 당신도 신혼 때는 저랬어."

"말도 안 되는 소리. 우리 신혼 때 나 입덧하느라 정신없었거든요. 본인은 학교 다니느라 정신없었던 주제에 무슨."

사고부터 친 케이스인 그들이 티격태격했다. 그래도 저만큼은 했다느니, 지금 하민이 임신 중인데도 너와는 다르게 정헌 씨가 다정하다느니 그렇게 싸우는 소리에 민망해진 하민은 재빨리 파운데이션 뚜껑을 닫았다.

"다 됐어."

"나도 그거 발라줘."

"뭐?"

"립스틱. 너 바른 걸로."

"나 이거 립글로슨데."

약간 체리빛이 도는 립글로스를 발라 하민의 입술은 매우 붉고 촉촉했다. 남자들은 색 들어간 건 안 바른다며 그녀가 웃는데, 부지불식간에 정헌이 그녀의 입술을 덮쳐 제 것을 문질렀다. 그의 입술 군데군데 붉고 반들거리는 립글로스가 묻어 하민은 기가 막혀 웃었다.

"진짜……."

"기껏 네가 화장을 해줬는데 입술을 안 바르면 서운하잖아."

하민은 항상 하는 간단한 피부화장만 한 뒤 립글로스만 발랐다. 그게 화장의 전부라고 아는 정헌이 저도 그대로 해달라 한 것이다.

"남자는 바르는 거 아니래도."

말은 그렇게 했지만 또 그의 입술이 붉은 게 그래도 잘 어울려 하민이 손을 올려 립글로스를 고르게 펴준다. 따뜻한 손가락이 제 입술 위를 지나다니는 느낌이 좋아 정헌이 이를 드러내며 웃었다. 날카로운 송곳니가 보일 때마다 자못 위협적이다.

그때 테이블에 올려놓은 하민의 휴대전화가 울렸다. 발신자는 정희라 가게에 무슨 일이 생겼나 싶어 그녀는 양해를 구하고 자리에서 일어나 전화를 받았다.

"응, 정희야."

- 살았다! 언니, 이명선 고객님이 그때 캔들 서른 개 단체주문하면서 부탁하셨던 글귀가 뭐였죠? 그거 아무리 찾아도 안 보여요!

하민이 마지막으로 받았던 주문이다. 인수인계를 제대로 하지 않아 이런 일이 생겼나 싶어, 강우와 무언가 심각하게 이야기를 주고받는 정헌의 곁을 떠나 조용한 별장으로 향하며 통화를 이어갔다.

"내가 말 전한다면서 깜박했어. 그거 모레까지 맞춰줘야 되는 거였지? 이명선 님 재료를 따로 빼놨거든. 글귀뿐만 아니라 다섯 개씩 향까지 전부 다른 걸로 주문하셔서. 창고에 보면……."

상자에 따로 정리해놨다며 위치를 하민이 설명할 때였다. 멀리서 새하얀 아이가 뛰어왔다.

찰랑이는 은발이 햇빛을 받아 반짝였다. 붉은 눈동자가 자신을 곧게 쳐다보고 뛰어오고 있었다. 아이의 하얀 피부에 맞춰 입힌 셔츠가, 검은 바지가 너무 어여뻤다. 저도 모르게 휴대전화를 떨어트린 하민이 바닥에 무릎을 꿇고 아이에게 두 팔을 벌렸다.

『마마!』

하민을 꽉 끌어안은 아이가 그녀를 불렀다. 모자가 날아가고 엉덩이가 잔디에 닿았다. 오랜만에 닿는 햇볕의 뜨거움도 느껴지지 않았다. 이상한 순간이었다. 꼭, 배 속에 있는 제 아이가 어느새 커서 안겨든 듯한 기분이 든다.

우유 냄새가 나는 아이의 볼과 목에 하민은 저도 모르게 얼굴을 비볐다.

『조이!』

저쪽에서 누군가가 아이의 이름을 부르며 그들에게 달려왔다. 편한 셔츠와 슬랙스를 입은 장신의 외국인이었다.

『죄송합니다. 지금 애 엄마가 멀미 때문에 따로 오는 중인데…… 이런.』

하민을 제대로 본 남자가 가볍게 웃었다. 그리고 그녀의 품에서 조이라고 불린 남자아이를 떼어내고 하민이 일어날 수 있게 도와줬다.

『우 대표의 아내분이시군요.』

그는 자신을 알고 있는 것 같았다. 아이를 가볍게 한 손으로 안아 든 남자가 다른 손을 하민에게 내밀었다. 악수를 하자는 것 같아서 얼떨결에 그의 손을 잡았다.

『반가워요. 미국 M&R에서 근무하고 있는 데이비드 존스입니다.』

오늘 만나기로 한 미국의 부사장이다. 영문을 알 수 없어 어리둥절해 있는 하민을 정헌이 찾았다.

『마마! 마마!』

『조이, 제대로 봐. 네 엄마가 아냐. 인사해야지.』

『으음…….』

아이의 붉은 눈이 자신을 빤히 바라본다. 하얀 피부가 투명할 만큼 빛난다. 보송보송한 솜털이 그대로 보이는 피부를 갖고 있는 아이는 이제 서너 살쯤 됐을까. 하민을 향해 방싯방싯 웃는다.

『마마!』

조이가 하민을 엄마라고 부르며 데이비드의 품에 안긴 채 두 손을 내밀었다.

"아아, 이미 만난 거야?"

다가온 정헌이 이미 알고 있었다는 얼굴이다. 그리고 하민을 끌어안고 다른 손으로 데이비드와 악수한다.

『회사를 그만둬서 다시는 연락을 못 할 줄 알았는데 깜짝 놀랐어, 헨리.』

　정헌을 실제로 본 건 데이비드도 처음이었다. 오로지 연락은 윤주를 통해서 했는데, 윤주에게서 무슨 소릴 들었는지 그가 먼저 정헌에게 메일로 연락을 해왔다. 자신의 아내는 백색증이다. 그리고 둘 사이에서 나온 아이인 조이 또한 백색증을 타고났다.

　정헌은 백색증, 즉 알비노에 대해 데이비드에게 많은 것을 묻고 그의 아내 애니와 대화도 굉장히 많이 했다.

『정말 예쁜 아내분이야.』

『정하민이에요. 만나서 반가워요, 데이비드.』

　하민이 영어로 그들에게 인사하자 데이비드가 크게 웃음을 터트렸다.

　데이비드는 그간의 메일과 통화에서, 정헌이 하민을 어딘지 모르게 깨지기 쉬운 도자기처럼 대하는 구석이 있다고 느껴왔다. 그러나 작고 여렸지만 깨지기 쉬운 여자로 보이지는 않았다. 애니가 멀미하는 바람에 자신은 늦게 출발하겠다고 알렸고, 약속시간에 늦을 것 같아 데이비드는 조이와 함께 부랴부랴 먼저 도착했다.

『마마!』

　차 안에서 내내 마마는 언제 오냐고 짜증을 내던 조이가 큰 소리로 하민에게 말했다.

아마 애니와 비슷한 외모에 떼를 쓰는 것이다. 아빠 품에 안겨서 버둥거리며 하민에게 가려고 안간힘을 쓴다.

『실례가 아니라면 제가 한번 안아봐도 될까요?』

하민이 그렇게 말하자 정헌마저 놀랐다.

『좀 무거울 텐데요.』

『그래봤자 아이인걸요. 아까 안아봤어요.』

자신의 품에 뛰어들었던 아이의 느낌을 알고 있는 그녀가 웃었다. 데이비드가 조이를 하민에게 넘겨주자 아이의 두 손이 기다렸다는 듯 그녀의 목을 꽉 끌어안는다.

『쉬…… 조이. 그렇게 꽉 안으면 안 돼.』

『마마! 초콜릿 먹고 싶어요.』

아이답게 단것을 찾으며 어리광을 부리자 하민이 꽉 끌어안고 어설프게나마 아이의 엉덩이를 한 손으로 받쳐줬다. 그게 힘이 별로 들어가지 않는 오른팔이라는 걸 깨달은 정헌이 말리기도 전에 음식이 차려진 곳으로 그녀가 걸음을 옮겼다.

『이름이 조이야?』

『으응. 내 이름은 조이예요, 마마.』

하민이 엄마가 아니라는 것을 알면서도 조이는 끝까지 그녀를 마마라고 불렀다.

『햇볕이 뜨겁진 않아?』

『뜨거워. 가끔은 나를 태울 것 같아요.』

아이는 모자조차 쓰고 있지 않았다. 하민이 차양 안쪽으로 들어가자 작은 입술이 휴우, 숨을 내쉬었다.

『그런데 왜 모자를 안 쓰고 다녀? 눈도 부시잖아.』

『나는 안전하니까, 괜찮아요.』

아이는 앞뒤 다 빼먹고 괜찮다는 말부터 했다. 하민이 고개를 갸웃거리다 이내 조이가 초콜릿, 하고 외쳐 초콜릿 케이크가 있는 데로 향했다. 접시에 케이크를 조금 덜고 테이블에 앉자 옆자리가 아닌, 하민의 무릎에 앉혀달라 손을 뻗는다.

부드러운 머리카락이 블라우스 앞섶에 비벼졌다. 그리고 적당히 달아오른 두 볼을 발그레 물들인 채 작은 손으로 손뼉을 기쁘게 짝짝 친다.

『조이 먹여주세요. 아앙.』

작게 벌어진 입술에 케이크를 작게 잘라 넣어주자 조이가 오물거리며 행복한 표정을 지었다. 영어로 '작은 별' 동요를 흥얼거리면서 엉덩이를 들썩거린다. 가끔 고개를 돌려 하민을 빤히 바라보는 아이의 눈이 너무 맑아 하민도 가만히 시선을 마주했다.

『마마는 예뻐요.』

『조이는 더 예쁜데.』

『아냐. 조이는 잘생긴 거랬어.』

빨간 입술이 오물거렸다. 햇볕에 달아오른 붉은 뺨은 오히려 아이에게 혈색을 더해줬다. 딱 그 나이쯤 활기 넘치는 아이로 보였다.

『조이!』

멀리서 커다란 선글라스를 쓴 사람이 걸어왔다. 흰색에 가까운 머리카락을 뒤로 깔끔하게 넘긴 170센티미터가 훨씬 넘어 보이는 키 큰 여성은 하민이 조이를 안고 있는 걸 발견하자마자 곧장 뛰다시피 왔다.

『아! 세상에, 정말 헨리가 말한 대로 사랑스러운 분이네요! 반가워요. 난 조이의 엄마 애니 존스라고 해요.』

『저는…….』

『하밍. 맞죠? 하밍이야! 확실해요!』

'민'을 약간 어설프게 발음하며 애니가 시원하게 웃었다. 그리고 차양 안으로 들어오자마자 선글라스를 벗고 하민의 옆에 앉았다. 케이크를 볼이 미어져라 넣고 입 주위에 온통 초콜릿을 묻힌 채 조이가 제 엄마를 향해 손을 흔들었다.

『저를 아세요?』

『그럼요. 내 남편도, 나도, 조이도 하밍을 다 알죠.』

여자는 자신과 같은 백색증을 갖고 있었다. 하민으로선 저와 똑같은 사람을 처음 만나는 자리였다. 동양인 중엔 드물기도 하거니와 같은 병을 가진 사람끼리 만나는 일은 극히 드물었다.

『조이가 좀 무겁죠? 이리 와, 조이.』

애니가 팔을 벌리자 조이가 입술을 뚱 내밀며 어쩔 수 없이 애니의 무릎으로 옮겨갔다.

『헨리가 아주 많이 걱정했어요. 나한테도 물어보고, 내 남편에게도 물어보고. 우리는 아주 많은 이야기들을 나눴답니다.』

짐작도 못 했다. 정헌은 하민을 다시 만나고부터 그들 가족과 연락을 주고받고 있었다. 자신이 하민을 대할 때 주의해야 할 사항, 그녀가 불안해하는 것, 2세에 대한 하민의 두려움. 그리고 그들이 조이를 낳았을 때의 마음 등을 정헌은 고민하고,

또 끊임없이 하민을 걱정했다고 했다.

『우린 하밍을 다 같이 만나고 싶어서 여기에 온 거예요.』

자신은 알지 못하는 사람이. 자신을 만나기 위해 먼 거리를 찾아왔다는 것이 아직도 실감 나지 않았다.

정헌아.

마음속 깊이 그를 불렀다.

너는 어째서.

『어머, 이런. 하밍, 울지 말아요. 그렇게 완벽한 남편을 가졌는데 울면 안 돼요.』

가방에서 손수건을 꺼내 하민에게 건네며 애니가 다독였다.

『정헌이, 아니 헨리가 저에 대해서 뭐라고 했나요?』

『하밍이 아주 많이 불안해한다고 했어요. 아이를 낳는 것에 대해, 그리고 스스로에 대해 항상 불안해하고 자신이 없다고. 그는 자신이 하밍을 이해하는 데 한계가 있는 것 같다고 나에게 조언을 구했어요. 그리고 내 남편인 데이비드에게도 어떻게 해야 그처럼 행동할 수 있는지에 대해 묻기도 했죠.』

전혀 다른 나라에 자신과 같은 증상을 가진 여자가 있다는 사실이, 애니를 움직이게 만들었다. 외국이라고 다르지 않았다. 그 수많은 사람들 사이에서도 백색증은 눈에 띄었다.

『아이를 낳는 게 불안하지 않았냐고요? 당연히 나도 불안했죠.』

어느 날은 학교에서 한 아이가 대놓고 유색인종들을 차별하는데 거기에 애니를 끌고 들어갔다. 그러면서 백인도 아닌 다른 인종이라며 놀렸던 적이 있다. 그 아이는 곧장 처벌을 받았지만 그건 애니의 가슴에 깊은 상처로 남았다.

『나와 데이비드는 언제 어디서든 아이가 당당하게 자랐으면 했거든요. 평범한 아이들처럼요. 나도 하밍과 같은 고민을 하고 같이 아팠어요.』

『그런데 어떻게…….』

『세상에, 하밍! 하밍에겐 헨리가 있잖아요.』

애니가 뒤늦게 한 말에 하민이 손수건에 얼굴을 묻었다. 입술이 떨리고 몸이 떨렸다.

나는 왜, 너를 생각하지 못한 걸까.

『나는 나만 생각했던 거예요. 이 아이가 날 닮을 거라고만 생각한 거야. 이 아이가 어떻게 나오든, 분명한 사실은 우리 조이가…… 데이비드와 내가 만든 아이이고, 그의 아이일 거라곤 생각도 못 한 거예요.』

『저도…… 저도…….』

하민이 말을 잇지 못하고 울먹였다.

애니가 알고 있다는 듯 테이블 위에 꼭 쥐어진 하민의 손을 부드럽게 도닥였다.

『그걸 깨달은 순간 아이가 어떻게 태어날지에 대해선 아무런 걱정도 하지 않게 됐어요.』

정헌은 분명 이 이야기를 애니에게 들었을 텐데도 자신을 원망하지 않았고 다그치지도 않았다.

『왜 저는 이렇게 끝까지 이기적인지. 왜 정헌을 생각하지 못했을까요?』

『거기에 대해서 헨리가 단 한마디라도 하밍에게 했나요?』

하민이 고개를 저었다. 그는 이런 말을 해주지 않았다.

『정말 좋은 사람이네요. 데이비드는 불같이 화를 냈거든요. 우리 조이는 그의 아이이기도 한데 불안해한다고. 사실은…… 음…… 하밍은 이해하죠?』

애니 또한 자신이 나쁜 생각을 했다는 걸 에둘러 말했다. 조이가 있어 그 말을 입에 담지는 않았지만, 어떤 사정인지 눈치 챈 하민은 고개를 끄덕였다.

『하밍이 지금은 마음을 강하게 잡은 것 같지만 그래도 내가 와줬으면 좋겠다고 했어요, 헨리가. 마음 같아서야 그가 미국에 오고 싶지만 하밍이 임신 초기라 안 된다면서요.』

아기를 낳고 꼭 미국에 놀러 오라면서 애니가 웃었다.

『그와 좀 더 많은 대화를 해봐요. 그는 생각보다 하밍을 더 잘 이해하고 있고, 더 좋은 남편이, 아빠가 되기 위해 끊임없이 노력하고 있어요.』

정헌이 자신을 위해 무슨 일이든 할 수 있다는 것을 안다. 계속해서 눈에 물기가 고였다.

『고마워요, 애니.』

『지금 고작 네 살이지만, 우리 조이는 남부럽지 않게 컸죠? 난 아이가 일주일에 한두 번은 햇빛을 마주하도록 해요. 그렇게 오랜 시간은 아니지만.』

조이를 바라보면서 하민이 말했다.

『조이가 내게 다가와 엄마라고 부르며 안겼을 때, 전 제가 미래에 와 있다고 생각했어요.』

그것이 그녀의 솔직한 심정이었다. 배 속의 아이가 재빨리

자라 자신이 어느새 엄마가 되어 있고 그 아이를 품에 안은 줄 알았다.

『우리 조이만큼 예쁜 아기가 태어날 거예요. 걱정 말아요. 나는 아이에게 항상 너는 안전하다고 가르쳐요. 아무것도 너를 해칠 수 없다고. 너는 사람들의 시선에도 말에도 방패가 달려 있어 어느 것에도 상처받지 않는 강인한 성품을 지녔다고.』

조이가 하려던 말이 이거였나 보다.

붙임성이 좋고 밝은 아이. 조이가 자신의 이름이 나오자 입을 벌리며 하민에게 제 손을 뻗었다.

『마마도 아기를 가졌어?』

『응.』

『그럼 아기가 태어나면 조이가 놀아줄게. 조이는 예쁜 여동생이 갖고 싶어.』

해맑게 웃으면서 여동생이 갖고 싶다 말하는 얼굴이 이루 말할 수 없게 천진했다.

『아직도 조이와 둘이 외출하면 사람들이 우리 둘을 뚫어지게 보거든요. 그래도 우린 상처받지 않아요. 난 조이에게 티브이에 나오는 유명한 사람들처럼 우리를 보는 거라고 가르치거든.』

애니가 웃으면서 덧붙였다.

『우리는 사실 슈퍼스타라고.』

하민이 웃음을 터트렸다. 지금 이 순간, 정헌이 보고 싶었다. 오로지 그녀의 마음만이 최우선인 남자를, 이 만남을 주선하면서 이렇게 멋있게 살아가며 그들과 닮은 아이를 키워가는 부부가 있으니 걱정하지 말라, 돌려 말해준 그가.

못 견디게 보고 싶었다.

『애니, 잠시만요.』

왜 하민이 자리에서 일어나는지 짐작 간다는 듯 애니가 웃었다.

『그럼요. 지금쯤 당연히 헨리를 찾아서 포옹과 사랑의 키스를 해주셔야지.』

이건 하민을 위한 깜짝선물이었다. 그들 가족은 모두 하민을 만나고 싶어 했다. 몇 달 동안 메일과 전화로 그녀에 대한 사랑을 부르짖는 남자와 그의 사랑을 한몸에 받는 여자가 궁금했다. 먼저 겪었기에 이야기해줄 수 있는 것들을 전부 이야기해주려고, 한국에 오기 전 애니는 잔뜩 준비했다.

하민은 정헌이 어디에 있는지 찾았다. 선글라스도 모자도 내려놓은 채 상기된 얼굴로 급하게 두리번거렸다.

"정헌아!"

데이비드와 바비큐 플레이트 앞에서 이야기 중인 정헌이 고개를 돌렸다. 가볍게 맥주를 한잔하고 있었는지 손에 들린 맥주병을 내려놓고 그가 하민의 부름에 곧장 달려왔다.

"왜 그래? 무슨 일 있어?"

"나는…….."

언제쯤 널 따라갈 수 있을까. 나를 생각하지 않고 너를 생각하는 날이 언제쯤 오게 될까.

"이제는 널 이해한다고 생각했어. 과거의 내가 너무 이기적이었다고. 이제는 그렇지 않을 거라고."

눈물이 뚝뚝 떨어졌다. 무엇을 어디서부터 말하고 있는지는, 자신이 지금 횡설수설하는지는 중요하지 않았다. 오로지 진중한 얼굴로 그녀의 한마디 한마디를 놓치지 않고 이해하려 하는 그를 보니 눈물이 멎질 않았다.

볼이 금세 젖어들었다.

"여전히 미안해. 나만 생각해서, 이기적이라서 미안해."

네 의견을 물어봤어야 했다고. 이 아이는 너와 나의 아이라는 걸 미처 생각하지 못해서 미안하다고 하민이 내뱉었다.

"그 말 좋네."

정헌의 손은 바쁘게 하민의 볼을 오갔다. 그녀가 더 이상 울지 않도록 거의 무릎을 꿇다시피 해 눈물을 닦아줬다. 하민은 사람들의 시선 따위는 신경 쓰지 않고 오로지 자신만 바라보는 그의 눈에 완전히 안도해버렸다.

"너와 나의 아이라는 말. 그래, 하민아. 우리 아이. 말했잖아. 나는 정말 굉장한 아빠가 될 자신이 있어."

아마 아이의 아빠가 되는 일이 하민의 마음을 얻는 일보다 더 쉬울 것 같다고 정헌은 생각했다.

"그냥 계속 이기적인 채로 있어. 불안하면 내게 다 말을 해줘. 내가 어떻게든 해줄 테니까. 너는 아무것도 노력하지 않아도 돼."

네가 있는 힘껏 빗속을 달려온 그날. 정헌은 만약 살 수 있다면, 살아서 서로 다시 만날 수 있다면 정하민을 놓지 않을 거라 무의식중에 생각했다. 끔찍한 고통이 덮치고 그를 지탱해줬던 삶이 박살나도 집착처럼 매달렸다.

언젠가 이렇게 그녀가 다시 제게로 달려올 것을 알았다.

그를 구하러 주저 없이 달려오리란 걸 알았다.

하민은 그녀가 이기적이었다고 했지만 아니다. 오히려 지독하게 이기적인 건 정헌이었다. 어떻게든 그녀를 안심시켜 제곁에 두기 위해 한 일이다. 데이비드를 만나는 것까지, 혹시라도 아이 때문에 계속해서 불안해할 하민을 염두에 두고서 벌인일이다. 고작 나라에서 인정하는 혼인신고서 한 장도, 나누어 낀 작은 반지도 정헌에게는 전부 불안했다.

"그런 게 어디 있어? 나도 노력할 거야. 노력해서 너 아프지 않게⋯⋯. 그리고 건강하게 아이도 같이 키우고."

조이가 그랬던 것처럼 자신의 아이가 이곳에서 자신을 엄마라고 부르며 뛰어올 미래를 하민은 그려봤다.

"노력한다면 말리지 않을게."

정헌이 하민의 헝클어진 머리를 다정하게 넘겨주었다.

그의 입술이 약간의 알코올로 젖어 있었다. 하민이 입을 맞추려 하자 술을 먹었다며 처음으로 입술을 피한다.

"그 정도 알코올은 아이에게 아무런 해가 없대. 내가 술을 먹는 것도 아닌걸."

"꿈도 꾸지 마."

단호하게 말하면서 정헌이 웃었다. 정하민은 이제 아무것도 불안해하지 않을 테고, 그거면 충분했다. 이 자리는 그것만으로도 의미가 있었다.

애니와는 많은 이야기를 했다. 이렇게 말이 통하는 상대를 만날 수 있다곤 생각도 해보지 않았다. 앞으로 걱정되는 것들, 미래, 그리고 자신이 받은 상처를 가지고 상대를 비난하지 않는 방법 등을 애니는 세심하게 배려하며 알려줬다.

늦은 저녁까지 대화를 나누다 내일을 기약하며 홈파티를 파했다. 사람들을 전부 배웅하고 별장에 둘만 남게 된 뒤에야 하민은 두근거리는 가슴을 진정시켰다. 어딘가에서 자신과 같은 증상으로 같은 고민을 갖고 살아온 사람과 만나 공감대를 형성한 것이 아직도 믿기지 않았다.

애니도 자신도 데이비드와 우정헌처럼 평생을 헌신할 수 있는 상대를 만났다는 게 여전히 믿기지 않는다고 몇 번이나 말했다.

"아직은 좀 춥지 않겠어?"

하민이 거실에서 자겠다고 하자 정헌이 이불을 들고 나오며 물었다. 방은 난방이 되지만 거실은 벽난로가 있어 따로 난방이 되지 않아 밤이 되자 좀 쌀쌀했다.

"벽난로 켜줄까?"

"장작 팰 수 있어?"

"내가 뭐든 패는 건 잘해."

날이 그나마 따뜻해졌다고, 장작이라곤 보이지 않았다. 하민이 웃으면서 고개를 흔들었다. 별장은 일하시는 분들의 손이 계속 닿았다 해도 낡은 편이다. 하지만 이곳을 리모델링하거나 고치고 싶다는 생각은 들지 않았다. 조금 불편해도 그냥 불편한 대로 지내고 싶었다.

"아들일까, 딸일까."

"아들."

정헌이 단호하게 말했다. 하민도 내심 아들을 바라고 있던 차에 의견이 일치하자 놀란 얼굴로 그를 바라봤다. 왠지 정헌은 딸을 원할 것 같았는데 의외였다.

하민의 어깨에 이불을 둘러주고 그가 나른하게 벽난로 앞에 몸을 모로 뉘였다. 그리고 자신의 가슴 아래 바닥을 툭툭 두드린다. 신호를 알아듣고 몸을 동그랗게 말아 정헌의 옆에 딱 붙었다.

"넌 딸 바랄 줄 알았어."

"안 돼, 눈 돌아가서. 난 너 닮은 딸 나오면 아마 머리 위에 얹어놓고 다니거나 주머니에 넣고 다닐 거야."

너무 작고 예뻐서 아무것도 할 수 없을 거라며 정헌이 웃었다.

벌써부터 팔불출 같은 대답에 하민이 웃음을 터트렸다. 생각만 해도 마음이 따스해진다. 정헌의 손이 부드럽게 하민의 아랫배를 문질렀다. 배 속의 아이에게 그의 체온을 나누어주고 안전하다고, 지켜준다고 말하는 듯한 손짓이다.

"막상 낳으면 너무 커서 주머니에 못 넣을걸."

"생각해봐. 너를 닮았다고 생각하면 난 벌써 미칠 것 같은데. 내가 물고 빨고 안 놔줄 거라고. 정말 미친놈처럼 굴 거야."

하민의 작은 미니미라니. 생각만 해도 열이 올랐다. 아직 배도 안 불렀는데 두 사람은 쉴 새 없이 아이가 태어나고 난 후의 미래에 대해 이야기했다.

"아들이면 내가 물고 빨고 안 놔줄 거야."

그가 했던 말을 그대로 돌려주며 하민이 웃음을 터트렸다. 애니를 만난 뒤로 이렇게 곧잘 웃는 그녀를 정헌은 세밀하게 관찰했다. 그의 예상대로 만남은 성공적이었다. 자신이 아닌 게 아쉬웠지만 그래도 하민이 자신이 겪고 있는 고민을 털어놓을 수 있는 사람이 생겼다는 게 다행이다. 자신에게는 거의 이야기하지 않고 끙끙 앓으니 어쩔 수 없다. 하민이 겪는 마음의 상태를 그에게 꼭 이야기해주기로 애니가 약속한 것만으로 정헌은 만족하기로 했다.

"여기서……."

정 회장이 처음으로 하민에게 아빠라고 불러달라고 했었다. 못 들은 척했지만 그게 꿈이 아니었단 걸 안다. 배 속에 아이를 품고 이곳에 오니 그때의 기억이 떠올랐다.

"정헌아. 어떤 아이가 태어나든 우리 눈에는 분명히 예쁘고 사랑스럽겠지?"

"말이라고."

"아빠도 그랬을까? 내가 이렇게 태어났어도 예쁘니까, 사랑스러우니까 아빠라고 불러달라고 하셨겠지?"

"당연하잖아. 너 예뻐. 네가 웃을 때면 마음이 울릴 정도로."

그녀는 알까. 항상 웃을 때 어딘가 아파 보인다는 걸. 그녀가 환하게 웃는 순간을 정헌은 몇 번 보지 못했다.

"내가 엄마가 된다니까 이상하게 아빠 생각이 나서."

어렴풋이 깨달았다. 정 회장은 항상 자신을 아이처럼 대했다는 것을. 그래서 혹시라도 그가 죽은 뒤 하민에게 무슨 일이 생길까 두려워 과하게 남겨주고 갔다. 정말 알고 계셨을까, 우정헌과 하민이 결국 이어질 거란 걸.

"나 아니더라도, 회장님 살아 계셨으면 너 결혼 못 했을걸."

마음에 차는 놈은 평생 없었을 테니 그랬으리라.

"너에게도, 아빠에게도 난 굉장히 고집 세고 모질었나 봐."

"그런데 그것마저 예뻤을 거야. 내 눈에도, 회장님 눈에도."

하민이 가만히 자신을 안고 있는 정헌의 팔을 꼭 잡았다. 가늘게 떨리는 손이 무언가 참고 있음을 알려준다.

"기회를 놓쳤어. 그래서 또 놓칠까 봐 하고 싶은 말 이제 안 참으려고."

살아 계실 적 아빠라 불러드릴 기회를 놓친 뒤, 하민은 많은 생각을 했다. 두 번 다시 후회하면서 살고 싶지 않았다.

"사랑해, 정헌아."

말을 하지 않아도 그가 안다는 것을 안다. 하지만 단 한 번이라도 소리 내 말하고 싶었다. 자신에게 무조건적인 사랑을 쏟아붓는 그에게는 댈 바 아니겠지만, 차마 아빠라고 부르지 못하고 입이 떨어지지 않았던 곳에서 정헌에게는 진심을 고백했다.

"너는 내 첫사랑이야."

그녀의 고백에 정헌이 숨을 들이켰다. 이렇게 훅, 치고 들어오는 건 정하민답지 않다. 들으리라 예상도 못 했던 고백에 심장이 강하게 울렁인다.

"사랑……."

"대체 몇 번이나 사랑한다고 말할 셈이야."

그 말은 고통처럼 튀어나왔다. 정헌이 힘이 쭉 빠진, 하지만 날 선 목소리로 물었다.

"그건……."

"네가 사랑한다고 말할 때마다."

죽을 것 같다. 미처 방어하지 못해 심장이 덜컹거렸다. 그 낯선 감각에 정헌이 웃었다.

"……알고 있으니까 그만해."

그녀의 고백에 이렇게 답하는 수밖에 없다.

동화에서 백설공주는 왕자를 만나 평생을 기약한다. 정헌은 그 해피엔딩을 믿지 않았다. 하민이 왕자 따위를 만나 잘 사는 꼴은 절대 보지 못한다. 그녀는 본인을 과소평가하지만, 손만 뻗으면 언제든 왕자를 낚아챌 수 있는 자리에서 정하민은 왕자 대신 그를 다소곳하게 기다렸다.

나는 독이야.

정헌이 스스로에게 되뇌었다.

온실 속의 고운 공주님은 미처 눈치채지 못했겠지만 그는 왕자님이 아니다. 정하민을 길들이고 종국엔 저를 선택하게 만든 간교한 독이다. 정헌은 자신이 왕자보다 공주를 죽이려 했던 마녀에 가깝다는 것을 안다. 바닥에서부터 올라와 마침내 공주를 온통 잠식한 독.

"하민아."

달콤하게 정헌이 하민을 불렀다. 그녀에게 엉겨붙기라도 하듯이 온몸으로 하민을 끌어안으며 시큰한 눈을 감는다.

"나는 너 없이 안 돼."

서로가 없으면 죽는 치명적인 독이다. 세상물정 모르는 왕자에겐 절대 넘겨줄 수 없는. 자신을 버리고 하민 혼자 서기엔 이미 그가 차지한 자리가 컸다. 그 사실이 정헌을 못 견디게 만들었다. 기뻐서 숨이 멎을 정도로 웃었다. 너는 잘못 걸린 거라고. 그날 그냥 내가 차에 치이게 됐어야 했다고.

처음 만났을 때부터 알고 있었다. 자신이 이 고립된 온실의 공주님에게 손을 내밀면 그녀는 잡을 수밖에 없다는 것을. 그게 독인 줄도 모르고 맹목적으로 삼키고 이렇게 매달리리란 것을.

하민이 그를 향해 달려오던 그 순간 정헌은 깨달았다. 자신이 그녀를 죽일 수 있음을. 스스로도 왕자라고 착각하고 있었는데, 사실은 그녀를 죽일 독임을.

몇 년 후.

유진이 다니는 유치원에서 연락이 왔다.

다른 원생이 유진을 보고 놀리다가 시비가 붙어 크게 싸웠다는 소리에 하민은 그길로 유치원으로 달려갔다. 아이를 유치원에 보낸 뒤 처음 있는 일이라 크게 당황했다. 가는 내내 자신의 어린 시절을 떠올리며 상처받았을 아이를 걱정했다.

"어떻게 하지, 정헌아."

하민이 차 안에서 혼잣말을 했다. 회사에 있는 그를 부르고 싶지 않았다. 아직도 종종 애니와 연락을 주고받는데 그녀가 했던 말이 떠올랐다. 아이의 학교에 가거나 아이와 외출을 할 때 시선은 당연하게 따라붙는다고. 아이가 그걸 이상하게 생각할 때 상처받지 않게 도와주는 게 부모의 일이라고 했다.

자신은 어릴 때 그 역할을 해줄 수 있는 사람이 없었다. 학교에서 문제가 일어나 최 여사가 소환될 것 같으면 자신이 먼저 사과하고 끝내거나 최 여사의 귀에 들어가지 않도록 하기 위해 놀림과 모욕을 꾹 참았다.

참으면 되는 줄 알았다.

하지만 그 과정을 자신의 아이, 유진에게까지 물려줄 생각은 추호도 없다.

차가 유치원 앞에 서고 하민이 곧장 내렸다. 유치원으로 들어가기 직전 옷매무새를 정돈하고 신발장 옆에 있는 거울을 보며 머리를 단정하게 넘겼다.

"유진이 어머님이세요?"

"네, 선생님."

단번에 하민을 알아본 선생님이 그녀를 상담실로 안내했다.

"엄마!"

상담실에 있던 유진이 팔랑거리며 뛰어와 하민의 다리에 꼭 매달렸다. 그곳엔 아이 세 명과 각각의 보호자들이 있다. 나이가 많아 보이는 할머니 한 명과 그리고 그녀의 곁에 앉아 있는 뚱한 얼굴의 남자아이, 맞은편에 앉은 또 다른 남자아이 하나와 부모가 있었다.

자신에게 안겨든 유진의 머리를 쓰다듬어주며 하민이 비어 있는 곳에 앉자 유진은 익숙하게 그녀의 허벅지에 앉았다.

잠시 뒤 유치원 원장이 들어왔다.

"원장선생님. 이게 말이 된다고 보세요? 애 얼굴이 이렇게 됐는데!"

부모가 함께 와 있는 쪽에서 원장을 보자마자 언성을 높였다. 남자아이의 얼굴에는 손톱자국과 멍자국이 있다. 제 엄마가 큰 소리로 화를 내자 우왕 하며 아이가 울었다.

"그건 민우가 잘못한 거예요."

유진이 또박또박 말했다.

"뭐?"

"민우가 먼저 저한테 할머니라고 놀렸어요."

유진의 머리칼은 하민의 것보다 옅다. 유진은 하민보다 색소가 더 옅었고 눈동자도 마찬가지다.

"우리 민우는 그런 말 안 해. 넌 어디 어른들이 말하는 데 끼어드니? 네 엄마가 그렇게 가르쳤어?"

그렇게 말하는 여자가 하민을 힐끗 바라봤다. 경멸을 숨기지 않는 눈빛에 제 아이의 마음이 다칠까 하민은 유진의 얼굴을 손바닥으로 가렸다.

"저는 아이에게 부당한 일에 대해선 목소리를 높이라고 가르쳤어요."

"부당한 일? 하, 여보. 지금 이 여자가 뭐라는 거야?"

여자가 옆에 있는 남편의 팔을 잡아당겼다. 시종일관 미간을 좁히고 화를 삭이려 심호흡하던 남자가 결국 한마디를 한다.

"누가 봐도 피해자는 제 아이인데 사과는커녕 부당한 일이라니. 요새 가정교육을 다 이따위로 합니까?"

여자들끼리의 상황과, 남자가 관여하는 것은 다르다. 그가 끼어들자 순식간에 분위기가 살벌해졌다.

근방에서는 유명한 사립유치원이다. 아이를 좀 더 자연과 가까운 곳에서 살게 하고 싶다는 생각만으로 서울 근교로 집을 옮겼다. 유진이 좀 더 뛰어놀 수 있는 곳이 필요하다는 생각이 정헌의 것과 겹쳐 가능한 일이었다. 요새 한창 뜨는 곳이라 연예인들과 유명인사들이 많이 사는 동네라는 것을 안 건 최근이다. 그저 집에서 가까운 유치원으로 보냈는데 알고 보니 유명한 곳이었다. 그만큼 있는 집 아이들이 많고, 이런 싸움이 종종 일어난다며 하민이 출발하기 전 담임선생님이 슬쩍 언질을 줬다.

이게 바로 말로만 듣던 부모들 간의 기 싸움인가 싶었다.

"아이들은 내보내고 이야기하죠. 어른들이 언성 높이는 거 아이들이 보면 안 좋을 것 같은데."

하민의 침착한 말에 여자가 바로 삿대질을 했다.

"지금 누가 사람 열받게 하는데 그래? 응?"

하민보다 어려 보이는 여자는 기세가 등등했다. 한참 나이가 많은 듯한 그녀의 남편도 같은 생각인 듯했다.

"쟨 맞을 짓 했어요."

그동안 내내 가만히 있던 다른 남자아이가 입을 열었다. 옆에서 할머니로 보이는 분이 그러지 말라고 아이의 손을 잡아끌었으나 씩씩거리며 말한다.

"야, 김민우. 울지만 말고 네가 말해봐. 너 유진이한테 할머니라고만 한 거 아니잖아. 머리카락도 잡아당기고 볼도 꼬집었잖아."

"유진아, 민우가 그랬어?"

하민이 유진을 어르며 물었다. 유진이 슬쩍 하민의 시선을 피했다. 자신에게는 알리고 싶지 않았던 게 분명히 보여 마음이 다시 한 번 무너진다.

"얘들이 지금 어디서 생사람을 잡아? 응? 새파랗게 어린애들이 벌써 편먹고 우리 민우 몰아세우고! 원장선생님, 무슨 말 좀 해보세요!"

여자가 씩씩거렸다.

"저 지나갈 때마다 민우가 괴롭혔어요. 영헌이는 거짓말 안 해요."

머리카락을 잡아당기고 빈정대거나 치마를 뒤집은 적도 있었다. 그럴 때마다 유진은 눈물을 꾹 참았다. 아빠가 먼저 우는 사람이 지는 거라고 해서 절대 울지 않았다. 어느새 손을 내민 유진이 옆에 앉아 있는 영헌이라는 아이의 옷자락을 꽉 잡고 있었다.

"저 쬐그만 계집애가 사사건건 끼어들어?"

하민이 오기 전에도 이런 말들이 오간 듯하다.

"엄마인 제가 듣고 있는데 제 아이에게 함부로 말하지 마시죠."

상대들은 어떻게든 이쪽을 깔아뭉개고 싶어 하는 게 보였다. 옆에 앉아 있는 할머니는 그저 보호자 역할만 하러 온 양 아무 말 못 했다. 여기서 자신이 물러서거나 부당한 일을 수긍해버린다면 앞으로 유진의 얼굴을 볼 면목이 없었다. 그걸 생각하며 하민이 냉정하게 마음을 다스렸다.

"얘가 누군지 알아? 우리 집안 육대 독자야."

"어머님들 진정하시고……."

"지금 진정하게 생겼어요? 우리 민우 할아버지가 누군 줄 알고! 민우 할아버지가 보면 난리도 그런 난리가 없을 텐데."

은근히 대단한 집안이란 걸 자랑하는 게 기가 찼다. 정말 자신의 아이가 커서 무얼 배울지 정신을 똑바로 차려야겠다는 생각만 들었다.

"원장님, 우리가 이 유치원에 대체 얼마를 쏟는다고 생각하십니까? 이래서야 믿고 맡길 수가 있겠냐고요."

남자가 삐딱하게 말하자 원장의 얼굴에 난처한 기색이 가득했다.

"병원비는 일단 저희 쪽에서 전부 지불할게요. 대신 우리 아이가 받은 정신적 충격과 지금까지 당한 괴롭힘에 대한 보상은 그쪽에서 해주셔야겠어요."

"지금 병원비 한두 푼 가지고 이러는 줄 알아? 정신적 충격? 괴롭힘? 지금 누구 아들을 몰고 가는 거야! 야! 지금 네 딸년이 어디 다치기라도 했어? 손톱만큼이라도 다쳤냐고! 증거도 없이 어딜 우리 애를 몰아!"

여자가 자리에서 벌떡 일어나 당장이라도 하민에게 달려들 것처럼 손가락질을 했다.

"그거야 상담을 받아보면 나올 일이고요. 아이들도 있는데 진정하세요."

"상담? 웃기고 있네. 상담은 우리 민우가 받아야 돼. 저 새끼가…… 하!"

유진을 괴롭힌 건 민우였지만, 민우를 때린 건 자신 옆에 앉아 있는 영헌이었다.

"내가 말을 말아야지. 어디서 몸 함부로 굴려서 낳은 애새끼를."

"우리 엄마 욕하지 마세요!"

영헌이 자리에서 벌떡 일어나며 두 주먹을 불끈 쥐면서 말했다. 덩달아 유진도 하민의 허벅지에서 내려와 함께 서서 민우 쪽을 노려봤다.

"맞아요! 아줌마가 심했어요!"

"미치겠네. 언제부터 여기 이렇게 질이 떨어졌어? 병신 같은 애 하나랑 누구 씨인지도 모를 애까지. 됐고, 우리 유치원 옮길 거예요. 그렇게 아세요. 다른 엄마들이 이 얘길 들으면 누가 여기에 애들 맡길 거 같아?"

병신이라고 말을 하자마자 하민은 저도 모르게 두 아이를 모두 끌어안아 제 품에 뒀다.

"지금 뭐라고 하셨어요?"

"병신을 병신이라고 하지, 뭐!"

"우리 유진이 남들보다 똑똑하고 바르게 잘 가르쳤어요. 어디 아픈 곳도 없고 멀쩡해요. 그게 지금 어른이 애한테 할 소리예요? 당장 사과하세요. 나도 가만있지 않을 거야. 당장 사과해. 이 아이들한테 당장!"

유진은 흠칫 놀라 하민을 꽉 끌어안았다. 항상 조용조용하고 부드럽게 자신을 타이르던 엄마가 이렇게 화를 내는 모습은 본 적 없었다.

똑똑. 노크 소리가 들리고 대답을 하기도 전에 문이 열렸다.

"죄송합니다. 늦었습니다. 우유진 보호잡니다."

회사에서 바로 온 듯 아침에 자신이 골라준 네이비색 슈트를 입은 정헌이 자리에 서있었다.

"아……. 어머님과 연락이 돼서 안 오셔도 된다고 했는데……."

594

담임선생님이 난감한 얼굴로 말했다. 자신이 손님응대로 전화를 받지 못했을 때 정헌에게까지 전화가 간 모양이다. 그가 부드럽게 웃으면서 말했다.

"괜찮습니다. 아이에게 일이 생겼다는데 부모라면 응당 와야죠."

그리고 안쪽으로 완전히 들어온 그가 두 아이를 끌어안고 있는 하민과 대치 중인 상대측을 바라봤다.

커다란 키에 누구나 돌아볼 정도로 잘생겼다. 맞춤 슈트는 목부터 발끝까지 팽팽하고 단단한 그의 몸을 드러내고 있었다. 아이의 아빠라기보다는 모델 같은 포스에 싸우는 것도 잊고서 멍하니 쳐다봤다.

"아빠!"

하민의 품에서 벗어난 유진이 정헌에게 뛰어가자 그가 가볍게 자신의 딸을 안아 들었다. 아침에 깨끗하게 면도한 그의 뺨에 유진이 응석을 부리듯 얼굴을 비볐다. 자신의 아이를 바라보는 눈길이 다디달았다. 하지만 타인에게 향하는 시선은 180도 바뀌어 싸늘해졌다. 여자가 그제야 정신이 든 것처럼 입을 뗀다.

"아무튼 그렇게 알아요. 난 폭행으로 고소할 생각까지 하고 있으니까."

"사과부터 하시라고 했어요. 그리고 아이들 싸움에 고소요?"

"우리 딸, 무슨 일인지 아빠한테 말해봐."

정헌이 하민과 여자 사이에서 오가는 말을 들으며 목을 끌어안고 있는 유진에게 물었다. 유진이 비밀이야기를 하는 것처럼 정헌의 귓가에 이런저런 이야기를 한다. 입가에 시종일관 미소를 띠고 있지만 정헌의 분위기는 싸늘하게 가라앉아 있었다.

"유진아, 친구랑 같이 잠깐 나가 있을까?"

그가 유진을 바닥에 내려놓고 말했다. 아이가 고개를 끄덕이고 아직 하민의 품에 안겨 있는 영헌의 손을 잡고 밖으로 나갔다.

"그리고 당신도 나가 있어. 친구 보호자분과 선생님들도 나가 계세요."

"저희는 중재를 해야……."

"중재는 제가 합니다. 나가 계세요. 그쪽 아이 보호자분들은 저와 이야기하시죠."

하민의 어깨를 잡고 부드럽게 일으킨 그가 그녀의 등을 살짝 바깥쪽으로 밀었다.

"정헌아."

"걱정하지 마. 내가 나이가 몇 살인데 어린애를 보듯 해."

걱정스러운 하민의 얼굴을 보면서 정헌이 픽 웃었다.

"난 그냥 아이 봐주는 일을 하는 사람이라 이런 건 잘 몰라요."

영헌의 보호자로 왔던 할머니가 당황한 얼굴로 말했다. 이 자리에서 나가도 될지 확신이 서지 않는 얼굴이다.

"괜찮습니다. 조용히 해결할 테니 안심하고 나가 계세요."

정헌이 모두를 내보냈다. 덩달아 하민까지 유치원 복도로 나오게 됐다.

"엄마, 이따 영헌이 우리 집에 놀러 와도 돼?"

아빠가 와서 신났는지 유진이 하민의 팔을 붙잡으며 물었다.

"영헌이 엄마한테 허락을 받아야지."

"엄마 오늘 안 들어와요."

영헌이 풀이 죽어 말했다. 아까 상대 쪽 여자가 지르는 소리에 아이가 많이 충격을 받은 것 같다.

"영헌이라고 했니?"

"네."

"아줌마가 영헌이 엄마한테 대신 연락해줄까?"

"전화 안 받으실 거예요. 엄마가 바쁘거든요."

"영헌이 엄마 되게 되게 유명한 배우야, 엄마."

유진이 눈을 빛내며 말했다. 저번에 유치원에 한번 왔었는데 너무 예뻤다고 말을 덧붙인다. 영헌의 표정은 아무 말도 없이 굳어 있었다.

"그냥 할머니한테 말하고 가도 돼요."

그렇게 말한 영헌이 자신을 돌봐주는 도우미 할머니에게 가서 뭐라고 말을 하자 그녀는 별다른 말 없이 곧장 집으로 돌아가버렸다.

"그럼 우리 집에서 자고 가면 안 돼? 밤에 영헌이 혼자잖아."

"그건 영헌이 어머니께 허락을 받아야지, 유진아."

"오늘 안 들어오신다는데……. 할머니도 가버리셨고……."

하민이 난감한 얼굴을 했다. 영헌이 의젓하게 유진의 팔을 잡고 말한다.

"엄마를 곤란하게 하면 안 돼, 유진아. 난 혼자서도 잘 수 있어. 벌써 다섯 살인걸."

그게 제법 진지해서 하민이 웃음을 참았다. 아까까지 굉장히 화가 났는데 정헌이 온 순간 아무것도 걱정되지 않았다. 어떻게든 그가 이 일을 바로잡아 아이들의 마음에 상처가 남지 않게 해줄 거란 확신이 들었다.

"난 혼자 못 자. 혼자 자면 무서워."

정헌은 요새 한숨이 늘었다. 환경이 바뀐 탓에 유진이 무섭다며 항상 둘의 침대를 파고들기 때문이다.

"유진이 넌 어리니까 괜찮아."

고작 유진보다 한 살 더 많은 영헌의 말에 하민이 고개를 돌리고 웃어버렸다.

"휴…… 큰일이네요. 분명히 민우의 잘못은 맞지만 좀 난감한 집안이라……."

국내 굴지의 대학병원장을 할아버지로 둔 집이라고 원장이 난색을 표했다. 거기에 민우 아버지까지 그 병원의 의사라며 곤란한 표정을 지었다. 민우 엄마가 원생 학부모들의 대표급이라 입김이 세서 걱정이었다. 보통 이런 문제 하나로 입김 있는 학부모가 소리를 높이면 대부분 거기에 따라가버리고 만다.

어떻게든 이 건을 조용히 넘기고 싶다며 하민에게 말하려는 때였다.

"하민아!"

유치원 입구에서 들어오는 두 사람을 하민이 믿을 수 없다는 얼굴로 바라봤다. 왜 회사에 있어야 할 사람들이 여기에 있단 말인가.

주호와 수지가 나란히 들어서고 있었다.

"오빠! 언니!"

원장이 어딘지 낯익은 두 사람을 한참을 바라봤다. 저 사람들을 어디에서 봤는지 기억을 뒤적였다.

"유진이는? 안 다쳤어?"

"삼촌! 이모오!"

유진이 도도도 그들에게 달려갔다. 무뚝뚝한 주호가 가장 먼저 유진을 안아 올렸다. 그는 요새 이 네 살 난 조카 때문에 혼이 빠질 지경이다. 결혼도 하지 않고 아이도 없는 그에게 유진은 눈에 넣어도 아프지 않을 아이였다. 수지가 재결합을 하고 아들을 낳아 두 돌이 됐다지만, 깜찍한 유진은 주호에게 있어 제 자식이나 다름없었다.

오랜만에 셋이 모여 점심을 하고 있을 때 정헌이 유치원으로부터 전화를 받았다. 유진이 싸움에 휘말렸다는 이야기에 오후 스케줄을 주호가 뒤로 미루는 사이 정헌이 먼저 출발했고 초조해진 그와 수지가 뒤따라 온 것이다.

"아!"

원장이 뒤에서 큰소리를 냈다. 그들이 누군지 기억났다.

"A, AE……."

AE의 젊은 총수라고 불리는 주호와 이십 대 사이에서 가장 존경받는 여성으로 꼽히는 수지였다. 이틀에 한 번꼴로 그들의 행보가 기사에 나온다. 신문에서 봤던 기억이 난 원장이 너무 당황해 말을 더듬었다.

"여, 여긴 어떻게……."

"제가 유진이 삼촌입니다."

수지는 주호에게 안긴 유진이 어디 다치진 않았는지 꼼꼼히 살피고 있었다. 몇 번이나 유진에게 다친 곳은 없냐고 묻고 없다는 말을 들어도 안심되지 않는 얼굴이다.

그때 정헌이 상담실에서 나왔다. 가벼운 웃음을 지으며 나온 그가 하민과 아이들에게 말했다.

"들어가봐. 꼭 할 이야기가 있다고 하네."

하민이 아이들의 손을 잡고 상담실로 들어갔다. 아까와는 180도 다른 태도와 표정으로 얌전히 의자에 앉아 있는 부부가 보였다. 하얗게 질린 채 하민을 보자마자 벌떡 일어난 그들이 고개를 숙였다.

"정말 죄송합니다. 애들 일에 부모가 나서는 게 아닌데. 정말 죄송합니다, 사모님."

"미, 미안하게 됐어요. 제가 말을 함부로 해서……."

정헌이 상담실에 있었던 시간은 십 분이 채 되지 않았다.

대체 무슨 일이 있었는지 짐작이 가지 않았다. 분명한 건 자신들이 사과를 받았다는 사실이고, 그들은 유치원에 더 이상 이 일을 문제 삼지 않겠다고 공손히 말했다.

"정말 죄송합니다."

큰 죄를 지어 고개조차 못 드는 양 구는 사람들에게 하민은 모질게 굴지 못했다.

"아이들은 부모의 행동을 보고 사람을 차별해요. 겉모습만 보고 어릴 때부터 아이들에게 그런 인식을 심어주지 말았으면 좋겠어요. 유진이도, 영헌이도 부모에게 사랑받으면서 자란 귀한 애들입니다. 그쪽이 민우를 사랑하는 것처럼요."

"예…… 예……."

하민은 쓸쓸하게 웃었다. 자신의 말은 전혀 듣고 있지 않았다. 그저 정헌이 한 어떤 말 때문에 기가 죽어 이 상황을 반성하는 척 구는 것일 뿐이다. 더 이상 입 아프게 이야기하고 싶지 않았다.

"선생님. 오늘은 이만 애들 먼저 데리고 갈게요."

"아, 네네. 하민 어머님. 그렇게 하세요."

담임선생님과 원장이 고개를 끄덕이며 유치원 앞까지 배웅을 나왔다.

"삼촌……. 또 회사 가야 돼애?"

오랜만에 본 주호의 품에서 떨어지지 않으며 유진이 애교를 부렸다.

"다시 가봐야 되는데. 유진이도 같이 갈까."

"우웅…… 안 돼. 난 오늘 영헌이랑 놀아야 돼."

평소라면 자신을 물고 빨고 예뻐하는 주호 곁에서 한시도 떨어지지 않는 아이가 웬일로 거절을 다 했다. 그 말에 주호가 서운한 표정을 지었다.

"주말에 그럼 삼촌이랑 놀까."

"응응! 유진이 수영장 가고 싶어!"

유진의 말에 주호가 수영장에 가기로 약속을 했다.

"이모, 유진이 성민이도 보고 싶어요!"

"그래. 성민이랑 데리고 그럼 수영장 같이 가자."

"응!"

수지의 약속에 유진이 함박웃음을 지었다. 그리고 나서 바로 주호와 수지는 돌아가고 정헌만 그 자리에 남았다. 아이 둘을 자신의 차 뒷좌석 카시트에 태우곤 하민이 정헌에게 말했다.

"안 돌아가도 돼?"

"오늘은 이대로 퇴근할 거야."

어차피 도착하면 퇴근시간에 가까워진다. 하민이 고개를 끄덕이자 정헌이 그녀의 손목을 잡아 제게로 이끈다.

"앞으로 이런 일엔 내가 나설게. 넌 가게 일에만 집중해."

"나 유진이 엄마야. 당연히 내가 와야지."

단호한 하민의 말에 정헌이 웃었다. 아이를 낳고 단단하고 강해진 하민의 모습이 다시 한 번 새삼 반하게 만든다.

"정헌아, 그런데 그 사람들에게 대체 무슨 말을 했길래……."

정헌은 대답하지 않았다.

애초에 하민은 유진에게 세상을 있는 그대로만 보게 하기로 최 여사와 약속했다. 하지만 적어도 제가 아는 사람들이 더럽지 않을 거라는 믿음을 정헌은 주고 싶었다. 유진이 유치원에 들어가기 전 유치원에 다니는 대다수 원생들의 집안을 정헌은 알고 있었다.

그의 신분을 밝혔을 때부터 상대는 눈에 띄게 당황했다.

그들이 그렇게 믿고 있는 게 대학병원장이라면, 그 대학병원장이 어느 기업의 도움을 받는지 정도는 알고 있었을 테니까.

"운전 내가 할게."

"네 차는?"

"내일 아침에 와서 가져가지, 뭐."

정헌이 웃으면서 하민을 조수석에 앉히고 그가 보닛을 돌아 운전석으로 갔다.

새로운 보금자리는 작은 텃밭까지 가꿀 수 있는 전원주택이었다. 완벽한 전원주택은 아니었지만 서울 근교에 이런 곳을 얻을 수 있다는 것만으로 하민은 만족했다. 마당 한가운데는 전에 살던 집주인이 벨까 하다 그냥 뒀다는 큰 자두나무가 있었고, 바닥에는 잔디를 깔고 주변에 꽃나무를 몇 그루 심어놓았다.

좀 더 날씨가 따뜻해지면 함께 텃밭에 상추씨를 뿌리기로 유진과 약속했다.

그렇게 넓은 집은 아니지만 세 식구가 살기에 포근하고 따뜻한 집이었다.

"엄마! 영헌이가 엄마가 아니라 누나 같대."

그렇게 말하면서 유진이 꺄르르 웃었다. 마당의 자두나무에 달려 있는 그네로 영헌을 데리고 달려가자 아이의 귓불이 발개진 게 보였다.

"아줌마가 간식 얼른 만들어줄게. 여기서 유진이랑 놀고 있어. 바깥으론 나가지 말고, 알았지?"

"네!"

아이들 둘이 우렁차게 대답하는 목소리가 좋았다. 그리고 무엇보다 아까의 일은 벌써 잊고 노는 것에 열중하는 모습이 다행이었다. 아침에 준비해두고 나간 샌드위치 재료를 냉장고에서 꺼냈을 때 정헌이 주차를 마치고 들어왔다.

"아."

점심을 몇 술 뜨지도 못한 채 나왔기에 배가 고팠다. 샌드위치 재료를 보고 그가 입을 벌리자 하민이 깨끗하게 씻은 손으로 그 입속에 작게 자른 빵조각을 넣어줬다.

"밥 차려줄까?"

"조금 있으면 저녁이니까 이거 먹고 저녁 같이 먹지, 뭐."

"영헌이가 왔는데 찬거리가 제대로 있으려나 모르겠어."

정헌이 저녁 이야길 하자 갑자기 걱정이 돼 냉장고 문을 다시 열어봤다. 마침 엊그제 사다 놓은 스테이크용 고기가 있어서 저녁은 스테이크에 콩요리를 조금 하면 될 것 같았다. 냉장고 문을 열고 다른 야채들을 뒤적이고 있자 다가온 그가 하민의 허리를 껴안고 어깨에 얼굴을 붙인다.

"오늘 많이 놀랐어?"

유진이 유치원에 다닌 뒤 처음 있는 일이라 하민이 고개를 끄덕였다.

"조금. 그런데 미처 다 놀라기도 전에 네가 왔잖아."

가족 모두가 유진을 끼고돌았다. 왜 항상 긴팔을 입어야 하냐며 가끔 투정도 부리지만 피부가 약해 쉽게 화상을 입은 뒤부턴 항상 제가 먼저 선크림을 바르고 꼭꼭 챙겨 입었다. 지금도 모자를 뒤집어쓰고 그늘 아래서 영헌과 노는 모습이 보였다.

"하민아."

정헌의 목소리가 탁해져 있었다. 입술을 드러난 목선에 부비면서 그가 은근하게 하민의 엉덩이에 몸을 붙여왔다. 하체를 하민의 엉덩이에 가져가 비볐다. 창문 너머에서 다정하게 끌어안고 있는 정헌과 하민을 발견하고 유진이 손을 흔들었다.

　마주 흔들어주는 하민의 등줄기에 식은땀이 쭉 흘렀다.

　아이가 봤을 땐 마냥 다정하게 보일 텐데 엉덩이 사이를 찌르는 단단한 것은 무시할 수 없는 존재감을 과시했다.

　"나, 이거 만들어서……."

　"어차피 속 재료만 넣으면 되잖아. 기다릴게."

　그의 손이 하민의 아랫배를 감쌌다. 뒤에 떨어지지 않으려는 정헌을 매단 채로 하민이 식빵의 가장자리를 떨리는 손으로 자르고 속 재료를 가득 집어넣는다.

　"나도 집어넣고 싶은데."

　우유를 따르는 손이 멈칫했다. 그러다 컵을 잡고 있는 손에 주르륵 흘리자 정헌이 컵을 내려놓고 흠뻑 젖은 손을 입가에 가져다 댄다.

　"고소하네."

　"너 지금 너무 야해."

　밤에 유진이 침대를 파고들지 않았다면 정헌은 하루도 쉬지 않았으리라. 유진이 자고 있을 때 밖으로 나가자는 눈짓 보내는 걸 몇 번 무시했더니 기어이 이렇게 부메랑이 되어 돌아왔다.

　"나는 백수가 체질인가 봐. 그냥 네 가게에 취직시켜줘."

　마음 같아서는 하루 종일 하민과 유진만 보고 싶었다.

"어림없는 소리 마세요, 우정헌 씨."

"들어오는 길에 유진이가 그러던데. '헌'자가 들어간 남자는 너무 멋있는 것 같다고."

그게 영헌을 말하는 걸 알아차린 하민이 작게 웃었다.

"벌써 커서 남자친구를 데려올 줄이야."

그러면서 숨 막히게 뒤에서 하민을 꽉 끌어안는다. 하민이 창가에 딱 붙어서 배가 고픈지 간식이 되기만을 기다리는 아이들에게 들어오라고 손짓했다.

"둘째는."

"으응?"

창을 돌아 아이들이 현관으로 뛰는 소리가 들린다.

"여기로 이사 오면서 열심히 만들기로 했잖아. 협조를 해줘야지."

이사 오고 난 뒤 하민도 가게와의 거리가 멀어져서 적응하느라 잊고 있었다. 유진과 나이차이가 더 나면 안 될 것 같아서 이미 정헌과 이야기를 끝낸 상황이다.

"지금, 으응…… 지금 말고. 애들이……."

"그럼 언제?"

"저녁에."

확답을 듣고서야 정헌이 선선히 물러났다. 샌드위치를 겨우 접시에 담아놓고 다리에 힘이 풀린 하민이 의자에 주저앉았다.

"씻고 올게."

콧노래를 부르며 정헌이 주방 건너편에 있는 욕실로 사라졌다. 그와 동시에 아이들이 주방까지 단숨에 달려왔다.

"엄마! 배고파!"

유아용 의자에 냉큼 앉으며 유진이 목소리를 높였다.

"손 씻고 와야지."

"밖에서 씻었어!"

정원수에 물을 주기 위해 연결시켰던 호스를 말하는 게 분명했다. 손은 깨끗이 집안에서 씻는 거라고 말했는데 물기 젖은 손을 반짝반짝 별처럼 흔드는 아이를 보고 웃어버렸다.

"이번만이야."

"네!"

하민은 샌드위치를 두 쪽씩 나란히 아이들의 앞에 밀어주었다.

유진을 보자 저절로 정헌을 닮은 아들이 생각이 났다. 그의 말대로 아이들의 나이 차가 좀 더 벌어지기 전에 둘째를 낳는 게 맞았다. 유진이 샌드위치를 크게 한입 베어물다 작은 입가를 타고 속이 주르륵 흐르자 저도 모르게 손을 내밀었다. 하지만 유진의 입가에 묻은 소스를 영헌이 티슈로 닦아줬다.

"천천히 먹어, 유진아."

"영헌아, 우리 엄마가 만든 샌드위치 맛있지? 응?"

"유진아, 영헌이는 오빠잖아. 오빠라고 불러야지."

하민이 유진에게 말했다.

"아냐! 영헌이가 이름으로 불러도 된다고 그랬단 말이야."

"그냥 두세요. 제가 이름으로 불러도 된다고 그랬어요."

보면 볼수록 영헌은 아이 같지 않다. 아마 어머니가 배우이고, 아버지 없이 혼자 자라는 것 같았다.

607

"영헌이는 왜 우리 유진이 대신에 민우를 때렸어?"

영헌이 먹던 샌드위치를 얌전히 접시 위에 내려놓았다. 이미 샌드위치 하나를 다 먹어치우고 우유를 마시고 있는 유진은 뭔가 생각났다는 얼굴로 영헌의 팔을 흔들었다.

"오빠! 내가 실바니안 보여줄까? 우리 아빠가 출장 갈 때마다 사다 주거든! 기다려봐!"

유진은 토끼를 좋아했다. 실바니안 패밀리라는 토끼 미니어처를 밤마다 하나씩 닦아줄 정도라 집에 놀러온 영헌에게 보여주고 싶은 게 분명해 보였다. 자신의 방으로 도로록 뛰어가는 모습을 보면서 영헌이 눈웃음을 지었다.

그러다 하민을 보면서 반듯하게 말한다.

"유진이는 약하다고 들었어요. 선생님이 보통 아이들과는 똑같지만 햇빛이 유진이를 공격한다고. 그래도 놀리면 안 된다고 했어요. 그런데 민우가 그런 유진이를 놀리잖아요. 유진이는 할머니도 아니고, 이상한 괴물도 아니에요."

그 말을 듣는 순간 하민은 마음이 아팠다. 아이의 말에서 짐작할 수 있는 건 유진에게 저를 대입하고 있다는 사실이다. 그 안하무인이던 여자가 영헌의 가정사를 알 정도로 크게 떠들었다면 아이가 모를 리 없다.

"걱정 마세요. 유치원에서 유진이 놀리는 애가 있으면 제가 가만 안 둘 거예요."

"폭력은 안 돼, 영헌아."

"부모님들이 모두 오실 정도로 일이 커질 줄은 몰랐어요. 앞으론 조심할게요."

다섯 살의 아이라고 보기엔 무리가 있었다. 하민은 어떻게 아이를 대해야 할지 당황스러웠다.

"그리고 혹시…… 제가 유진이랑 있는 게 싫으시면……."

"누가 너한테 그렇게 말했어, 같이 있는 게 싫다고?"

"그냥……."

그 말을 분명 들어본 거다. 하민의 입술이 벌어졌다. 이렇게 착하고 바르게 자란 아이는 벌써 어른들의 눈치를 본다. 그 사실에 가슴이 아렸다. 하민이 자리에서 일어나 영헌에게 다가가 아이가 앉아 있는 의자 앞에 무릎을 꿇었다.

"난 영헌이가 우리 유진이랑 계속 잘 놀아주고 자주 놀러 왔으면 좋겠어. 엄마가 안 계실 때 할머니랑 있지 말구 여기로 와. 조만간 아줌마가 영헌이 엄마랑 통화해서 이야기할게."

영헌의 눈이 커졌다. 자신에게 다가와서 따뜻하게 이런 말을 건네준 어른은 처음이다. 여배우인 엄마는 너무 바빠서 얼굴을 볼 수 없을 정도고 할머니는 그저 밥을 차려주고 집을 치워줄 뿐 말이 통하지 않았다. 또래 아이들은 유치원이 끝나면 저마다 엄마의 손을 잡고 가버렸다. 그마저도 친했던 아이들 집에 놀러 갔다가 친구들 부모가 나누던 대화를 우연히 듣고 나서 영헌은 제 처지를 알게 됐다.

"그리고 우리 유진이처럼 영헌이가 아줌마한테, 아저씨한테 응석 많이 부렸으면 좋겠어."

"왜요?"

"영헌이가 유진이를 지켜준 것처럼 아줌마랑 아저씨가 너를 지켜주고 싶어서. 고마워, 영헌아. 우리가 볼 수 없는 곳에서 유진이를 지켜줘서."

유진이의 엄마는 너무 예쁜 사람이다. 유진이가 예쁜 게 이해가 될 정도로 예뻤는데, 그런 분이 자신에게 이런 말을 해줄 거라곤 생각도 못 했다. 영헌은 당황해 머뭇거렸다.

"오빠! 이거 봐라!"

품에 실바니안 토끼들을 끌어안고 뒤뚱거리며 유진이 다가왔다. 그럴 때마다 아이가 아끼는 토끼들이 바닥으로 떨어진다.

"어, 어……."

자신이 아끼는 토끼들이 발에 치이자 유진은 울상이 됐다. 밖에서는 절대 울지 않는 아이이지만 집에서는 응석받이에 울보였다. 영헌이 있어도 그건 마찬가지인지 곧 하얀 얼굴에서 뚝뚝 눈물이 흘러내렸다.

영헌이 벌떡 일어나 유진에게 달려갔다. 유진보다 조금 더 큰 아이가 어른스럽게 바닥에 떨어진 토끼 인형들을 주워준다. 그리고 유진을 앉히고 어깨를 토닥였다. 그러다 하민과 눈이 마주치곤 고개를 인사하듯 숙여 보였다.

"유진이 왜 울어?"

빠르게 샤워를 끝내고 나온 정헌이 타월로 머리를 털며 물었다. 그러다 눈물을 그치고 울먹이면서 영헌에게 인형 하나하나를 소개하고 있는 딸을 발견하곤 헛웃음을 짓는다.

"아빠가 사준 인형이 떨어져서 울어."

"인형이야 또 사면 되지."

"안 돼. 애 방에 이제 누울 자리도 없어."

하민이 눈을 흘겼다. 그리고 영헌이 식탁에 올려둔 휴대전화를 집어 들며 유진에게 온통 관심이 가 있는 아이에게 묻는다.

"영헌아, 여기에 있는 엄마 번호로 아줌마가 연락드려도 될까?"

"네?"

"오늘 자고 가야지. 집에 가면 혼자라면서."

아무리 어른스럽다고 해도 다섯 살이었다. 다섯 살짜리를 집에 혼자 둘 수는 없다는 일념으로 하민이 말했다. 영헌이 잠시 망설이다가 고개를 끄덕이면서 물었다.

"그래도…… 돼요?"

"그럼. 거실에 이불 깔아줄게. 우리 유진이랑 다 같이 자자."

"정하민."

정헌이 위협하듯 하민을 불렀다. 방금까지 식탁에서 한 약속을 되새기는 부름에 하민이 모른 척 영헌의 휴대전화를 열고 엄마라고 저장된 번호로 장문의 문자를 보내기 시작했다.

"하아…… ."

신경질적으로 타월로 머리를 비비는 그가 느껴졌다. 속으로 웃음을 삼킨 하민이 문자를 다 보낸 뒤 휴대전화를 식탁 위에 올려놓고 저녁거리를 냉장고에서 꺼냈다. 어느새 정헌이 아이들 사이에 앉아서 토끼 인형 시중을 들고 있었다. 그는 가끔 영헌의 머리를 헝클어트리며 미소를 지었다.

커다란 거실에 이불 몇 개를 깔아놓고 아이들의 잠자리를 봐주던 정헌이 내일 아침에 먹을 반찬을 만드느라 분주한 하민의 뒷모습을 바라봤다. 자신은 빵만 줘도 잘 먹지만 이상하게 유진은 아침에 꼭 밥을 먹어야 하는 성격이었다. 저녁에 아침거리와 아이가 유치원에서 돌아와 먹을 간식까지 만들어놓고 자야 다음 날이 편하다면서 하민은 쉴 새 없이 몸을 움직였다.

"아빠아."

영헌과 고른 동화책 하나를 들고 와 정헌의 허벅지에 주저앉은 유진이 책을 내밀었다.

정헌이 책상다리를 하고 한쪽은 유진을 앉히고 한쪽은 영헌을 앉혔다. 영헌이 불편한지 몸을 비틀자 그가 편하도록 다리를 더 벌려준다. 그리고 넓은 가슴에 두 아이들이 기대 동화책을 잘 볼 수 있도록 펴들었다.

"아기 돼지는 어제도 읽었잖아."

"응. 유진이는 그래도 돼지가 제일 좋아. 셋째 돼지 부분 읽어줘."

둘이 골랐다더니 지극히 제 취향만을 반영한 책을 가져온 딸을, 정헌은 픽 웃으곤 안아주곤 소리 내 동화책을 읽어갔다. 저녁을 먹고 실컷 티브이로 게임을 하다가 아이들이 눈을 비비고 있는 걸 본 그가 하민이 일을 끝내기 전에 아이들을 재우기 위해 동화책을 들고 오라고 선수를 친 것이다. 둘을 곱게 재워놓고. 거기까지 생각한 정헌이 알 수 없는 미소를 지었다.

처음엔 불편해하던 영헌도 곧 정헌의 가슴에 기대 꾸벅꾸벅 졸았다.

"셋째 돼지는 벽돌로 튼튼한 집을 지었어요."

달콤한 그의 목소리가 거실을 통해 주방까지 들려왔다. 국의

간을 보던 하민의 입에도 나른한 미소가 맺혔다. 아침 준비까지 모두 마친 하민이 뒤를 돌아보았을 때 잠시 움직이지 못했다.

소파에 등을 기대고 잠이 든 정헌의 양다리에 아이들이 하나씩 앉아 있었다. 어느새 동화책을 놓치고 그 손으로 잠든 두 아이를 끌어안고 있었다.

그의 품이 세상에서 가장 편하다는 얼굴로 아이들이 얌전하게 잠들어 있는 모습에 하민이 숨을 들이켰다. 새삼스럽게 이런 게 보통 사람들의 일상이란 걸 깨닫고 살그머니 뒤꿈치를 들고 거실로 다가가 불을 껐다. 정원을 밝히는 희미한 등이 창을 통해 거실을 은은하게 밝혔다.

영원히 지속될 것만 같은 시간 속에 하민은 한참을 그렇게 서 있었다.

fin.

안녕하세요, 촘촘 아닌 춈춈입니다.

'완벽한 포식자' 이후 1년 만에 두 번째 종이책이 나오게 됐어요. 고심 끝에 19세 미만 구독 불가 이북으로 선보였던 '백설공주를 탐하는 방법'(이하 백설공주)을 전연령가로 편집해 내게 됐습니다. 독자님들이 전연령 종이책과 19세 미만 구독 불가인 이북 사이에서 자유롭게 선택해 보셨으면 하는 마음과, 스토리를 중점적으로 썼던 글이니만큼 예쁜 종이책으로 나오는 김에 붉은 딱지를 과감히 뺐습니다.

백설공주는 재벌남을 많이 썼으니 재벌녀를 써보면 어떨까. 그것도 진창에 빠진 남자주인공을 건져주고 후원해주는 키다리 아저씨(이 경우엔 아가씨겠죠?) 같은 여자주인공을 써보자. 시작은 이렇게 단순한 생각에서였습니다.

쓰면서 캐릭터가 좀 더 확고하게 자리 잡고 많은 분들이 좋아해주셔서 외전까지 무사히 끝낼 수 있는 글이었어요. 거의 매번 씬 중심의 글을 쓰다 '완벽한 포식자'부터 시작해 긴 장편 글을 쓰다 보니 씬 중심을 쓸 때는 그것대로, 스토리 중심의 글을 쓸 때는 이것대로 재미있어요. 그래서 사실 2년이 지난 지금도 그때를 떠올리면 쓰는 내내 재미있었다, 라는 기억만 남아 있답니다.

백설공주가 2017년 4월에 처음 카카오페이지에 선보인 뒤로 딱 2년 만인 4월에 종이책으로 나오다니 아무도, 아마 편집부도 의도하지 않았겠지만 저는 이런 우연을 좋아해요. 혼자 의미도 부여하고 있구요.

다음 종이책으로 만날 때까지 모두가 건강하셨으면 좋겠습니다. 이렇게 예쁘고 황홀한 표지를 만들어주시고 예쁘게 작업해주신 도서출판 가하의 모든 분들과 즐겁게 읽어주시는 독자분들 감사합니다.

앞으로도 잘 부탁드립니다.

19년 다시, 4월.
촘촘 드림.